www.prun21c.com

www.prun21c.com

www.prun21c.com

중학생의 창조적 글읽기

고전소설 21

독서는 정신적으로 충실한 사람을 만들고, 사색은 사려깊은 사람을 만든다.
그리고 논술은 확실한 사람을 만든다.

－ 벤자민 플랭클린

중학생의 창조적 글읽기 고전소설 21 ②

인쇄 2005년 1월 20일. 발행 2005년 1월 25일

엮은이_김혜니 · 이영심 · 호승희
펴낸이_김두천
펴낸곳_푸른생각

등록 제310-2004-00019호
주소_서울시 중구 을지로3가 296-10 장양B/D 202호
대표전화_02) 2268-8706-7 / 팩시밀리_02) 2268-8708
메일_prun21c@yahoo.co.kr / prun21c@hanmail.net
홈페이지_www.prun21c.com
편집_송경란 심효정 장현석 / 기획 · 영업_한봉숙 한신규 지순이
ISBN 89-956134-2-4 ; ISBN 89-956134-0-8(세트)
ⓒ 2005, 푸른생각

정가 13,000원

중학생의 창조적 글읽기

고전소설 21

김혜니_이영심_호승희 | 엮음

푸른생각

책머리에 prologue

옛날부터 책은 어두운 거리에 등불이 되고(암구명촉暗衢明燭), 험한 나루에 훌륭한 배가 된다(미진보벌迷津寶筏)고 일러 왔다. 책이야말로 인류의 가장 우수한 지성인, 예지자들의 두뇌의 총화를 축적한 저장고라 하겠다. 특히 고전 작품은 우리 옛 선인들의 얼과 지혜가 담겨져 있는 소중한 유산이라고 할 수 있다.

어떻게 하면 바람직한 책읽기를 할 수 있을까? 책읽기는 단지 수동적으로 읽는 것이 아니라, 스스로의 경험에서 쌓인 지식을 바탕으로 하여 글의 내용에 적극적으로 반응하며 읽어야 한다. 이러한 읽기를 바로 능동적 읽기라고 한다. 책을 능동적으로 읽는다는 것은, 현재 읽는이가 가지고 있는 지식이나 경험, 배경 지식, 가치관, 상상력 등을 총동원하여 적극적으로 활용하는 것이다. 이것이 바로 창조적 글읽기에 해당한다. 읽는이는 문학 작품과 적극적으로 대화하면서 의미를 재구성해 내는 능동적인 창조자여야 한다. 이러한 창조적 글읽기는 문학 작품을 감상하는 능력을 길러줄 뿐만 아니라, 자아 실현의 기회를 제공하며, 인간의 총체적인 삶을 이해하는 데 도움이 될 것이다.

이 책은 창조적 글읽기의 학습이 가능한 완벽한 학습서이다. 이 책과 같은 충실한 기본서를 바탕으로 하여 창조적 감각으로 공부해 나간다면 누구라도 좋은 학습 결과를 기대할 수 있다. 중학교 공부에서 문학은 매우 큰 비중을 차지하고 있지만, 많은 학생들은 문학을 어려워하고 있다. 특히 고전 소설은 더욱 더 어렵게 생각하고 있다. 그러나 여기에 수록된 작품들을 하나하나 익히면서 기본기와 창조적 감각을 다져나가다 보면 언젠가는 자기 자신도 모르게 실력이 쌓아져 갈 것이다. 그리하여 고등학교에 올라가게 되면 내신과 수능에 완벽한 대비를 할 수 있게 된다.

이 책을 다음과 같이 꾸며 보았다.

첫째, 무엇보다도 전문을 실어 완전 학습이 이루어지도록 했다. 원문을 충실하게 실었으며, 어렵게 느껴지는 낱말의 뜻, 주요 구절 풀이를 통하여 작품의 중요한 내용을 보다 철저하게 이해할 수 있게 하였다.

둘째, 작품을 감상하기 전에 미리 작품 감상에 대한 초점의 방향을 안내하고 있으며, 또한 핵심 정리를 통하여 작품을 세밀하게 사항별로 요약하고 정리하여 학습 능률을 높일 수 있도록 하였다.

셋째, 전체 줄거리를 정리하여 완전 학습이 이루어지도록 하였으며, 작품의 이해와 감상을 통하여 작품에 대한 체계적 분석과 해설을 해 놓음으로써, 학생들이 작품의 내용을 바르게 이해하고 받아들일 수 있도록 하였다.

넷째, 창조학습활동에서 실전 문제를 엄선하여 내놓음으로써, 실제로 작품을 잘 이해하고 있으며 자기 실력을 점검하도록 하였다. 이는 자신의 지식을 내용과 통합하고 활용하는 능력을 기르는 데 도움이 될 것이다. 또한 각 학습활동의 문제들에는 도움말과 예시 답안을 제시하여 학습의 마무리가 되도록 하였다.

다섯째, 한눈에 보기를 통하여 도표나 그림으로써 작품을 통틀어 정리하였으며, 더 읽을 작품과 더 알아보기를 제시하여 학습 능률의 폭을 넓고 깊게 다져나가는 데 도움이 되도록 하였다.

현대를 살아가는 우리는 읽지 않고는 살아갈 수 없으며, 창조적으로 읽는 능력이 있어야만 개인의 성숙과 나아가서는 사회와 국가의 발전을 기약할 수 있다.

아무쪼록 이 책이 여러분에게 좋은 학습서가 되었으면 한다.

엮은이 대표
김 혜 니

차례

중학생의 창조적 글읽기 고전소설 21

심청전 沈淸傳

작자 미상

「심청전」은 심청이 공양미 삼백 석에 인당수의 제물이 되었다가 환생하여 왕비가 되고 아버지를 만나 아버지 눈을 뜨게 한다는 내용을 통해, 민중의 가난한 삶에 희망을 주고, 효의 중요성을 말하고 있다.

등장인물

심학규 |

황해도 황주 도화동에 사는 양반의 후예로 우연히 눈이 멀어 장님이 된다. 곽씨 부인이 심청을 낳은 후 7일 만에 죽자 어린 아이를 안고 이 집 저 집 돌아다니면서 동냥젖을 먹여 키운다. 그리고 심청이 공양미 삼백 석에 바다 제물로 팔려 가자 딸을 잃은 슬픔에 불우한 나날을 보낸다. 이를 통해 우리 나라 여느 아버지들과 똑같이 자식을 사랑하고 헌신하는 성품을 엿볼 수 있다. 그러나 눈을 뜰 수 있다는 화주승의 말에 선뜻 공양미 삼백 석을 절에 올리겠다고 약속하고 뺑덕 어미를 처로 삼은 행동은 즉흥적이며 경솔한 면을 보인다. 즉, 가부장적 의무감이나 성인으로서 책임감과 거리가 먼 인물이다.

심 청 |

나이 열한 살에 동냥, 품팔이 등을 하여 아버지를 봉양하고, 아버지의 눈을 뜨게 하기 위하여 공양미 삼백 석에 자기의 몸을 제물로 팔 정도로 효성이 지극한 딸이다. 순종적이며 자기 희생적 인물이다.

뺑덕 어미 |

심봉사가 딸을 잃고 처로 삼은 인물이다. 뺑덕 어미는 심봉사에게 잠시 동안이나마 먹을 것이 있는 것을 알고 심봉사와 같이 살 뿐, 돈이 떨어지자 도망을 가는 속물적인 여인이다.

게 하지 말고 건강하소서. 이승에서 미진한 일 후생에서 다시 만나 이별 없이 살고 싶소."

유언하고 한숨 쉬며 돌아누워 어린아이에게 얼굴을 대고 혀를 찼다.

"애고 애고, 잊은 게 있네요. 저 아이 이름을 심청이라 지어주고, 나 끼던 옥가락지 이 함 속에 있으니, 심청이 자라거든 날 본 듯이 내어 주고, 나라에서 내려주신 돈 수복강녕(壽福康寧)* 태평안락(太平安樂)* 양편에 새긴 돈을 고운 비단 주머니에 주홍 당사 벌 매듭 끈을 달아 두었으니, 기가 엎치락뒤치락하거들랑 나 본 듯이 씌워 주오."

하고 잡았던 손을 뿌리치고 한숨짓고 돌아누워 어린아이를 잡아당겨 얼굴을 한데 문지르며 혀를 끌끌 차며,

"천지도 무심하고 귀신도 야속하다. 네가 진작 생기거나 내가 좀 더 살거나, 너 낳자 나 죽으니 가없는 이 설움을 너로 하여 품게 하니, 죽는 어미 사는 자식 생사간에 무슨 죄냐? 뉘 젖 먹고 살아나며 뉘 품에서 잠을 자리. 애고, 아가, 내 젖 마지막 먹고 어서어서 자라거라."

두 줄기 눈물에 낯이 젖는다. 한숨지어 부는 바람 소슬바람 되어 있고, 눈물 맺어 오는 비는 보슬비가 되어 있다. 하늘은 나직하고 검은 구름 자욱한데 수풀에 우는 새는 둥지에 잠이 들어 고요히 머무르고, 시내에 도는 물은 돌돌돌 소리내며 흐느끼듯 흘러가니 하물며 사람이야 어찌 아니 설워하리. 말을 마치고 딸꾹질 두세 번에 숨이 덜컥 그쳤다. 슬프다, 곽씨 부인은 이미 다시 이승 사람이 아니었다.

슬프다. 사람의 수명을 어찌 하늘이 돕지 못하는가! 심봉사가 그제야 죽은 줄 알고,

"애고 애고, 마누라, 참으로 죽었는가? 이게 웬일인고."

가슴을 쾅쾅 두드리며 머리를 탕탕 부딪치며 내리 궁글 치궁 글며 엎어지며

수복강녕 : 오래 살고 행복하며, 건강하고 평안함.
태평안락 : 세상이 안정되어 아무 걱정이 없고 편안하고 즐거움.

자빠지며 발구르며 슬퍼하며,

"여보, 마누라. 그대 살고 내가 죽으면 저 자식을 키울 것을, 내가 살고 그대 죽어 저 자식을 어찌 키운단 말이오? 애고 애고, 모진 목숨, 살자 하니 무엇을 먹고 살며, 함께 죽자 한들 어린 자식 어찌할까.

애고! 동지 섣달 찬 바람에 무엇 입혀 키워 내며, 달은 지고 어두운 빈 방 안에 젖 먹자 우는 소리 뉘 젖 먹여 살려 낼까? 마오 마오, 제발 죽지 마오. 평생 정한 뜻이 같이 죽어 한데 묻히자더니 염라국이 어디라고 날 버리고 저것을 두고서 죽는단 말이오? 인제 가면 언제 오리, 애고, 겨울 지나 봄이 되면 친구 따라 오려는가, 여름 지나 가을 되면 달을 따라 오려는가. 꽃도 졌다 다시 피고 해도 졌다 돋건마는, 우리 마누라 가신 데는 가면 다시 못 오는가. 하늘나라 요지연*에 서왕모(西王母)*를 따라갔나, 월궁 항아(姮娥)* 짝이 되어 약을 찾아 올라갔나, 황릉묘 두부인께 회포 풀러 올라갔나. 회사정에 통곡하던 사씨 부인 찾아갔나.* 나는 뉘를 찾아갈까, 애고 애고, 설운지고."

하고 애통할 때 도화동 사람들이 남녀노소 모두 모여 눈물을 흘리며 하는 말이,

"음전*하던 곽씨 부인 불쌍히도 죽었구나. 우리 동네 백여 집이 십시일반(十匙一飯)*으로 장례나 치러 주세."

공론이 모아져서 수의와 관을 마련하여 양지바른 곳을 가리어서 사흘 만에 장례할 때 슬픈 소리로 「상두가」*를 불렀다.

원어 원어 원어리 넘차 원어.
북망산이 멀다더니 건넛산이 북망일세.

요지연 : 요지에서 벌어진 잔치. 요지는 중국 곤륜산에 있다는 연못.
서왕모 : 중국 고대에 곤륜산에 살았다는 선녀.
항아 : 남편이 비장한 불사약을 훔쳐 가지고 달로 달아났다는 예의 아내.
황릉묘 두부인께 ~ 사씨 부인 찾아갔나 : 여기서 두부인과 사씨 부인은 「사씨남정기」에 나오는 여성 인물이다.
음전 : 말이나 행동이 의젓하고 점잖음.
십시일반 : 열 사람이 한 술씩만 보태도 한 사람이 먹을 밥은 된다는 뜻. 여러 사람이 힘을 합하면 한 사람쯤은 구제하기 쉽다는 말.
상두가 : 장례 때 상여를 끌고 가며 부르는 노래.

원어 원어 원어리 넘차 원어.

황천(黃泉)길*이 멀다더니 방문 밖이 황천이라.

원어 원어.

불쌍하다 곽씨 부인, 행실도 음전하고 재질도 기이터니, 늙도 젊도 아니해서 영결종천하였구나.

원어, 원어, 원어리 넘차, 원어.

어화 너화 원어.

이리 저리 건너갈 때 심봉사 거동 보라. 어린아이 강보에 싼 채 귀덕 어미 맡겨 두고, 지팡막대 흩어 짚고 논틀 밭틀 좇아와서 상여 뒤채 부여잡고, 목은 쉬어 크게 울진 못하고,

"여보, 마누라. 내가 죽고 마누라가 살아야 어린 자식 살려 내지, 천하천지 몹쓸 마누라. 그대 죽고 내가 살아 초칠일 못다 간 어린 자식, 앞 못 보는 내가 어찌 키워 낼꼬. 애고 애고."

하였다.

그럭저럭 건너가 안산으로 돌아들어 양지 바른 자리를 가려서 깊이 묻은 후에 평토제(平土祭)*를 지내는데, 심봉사가 본래부터 맹인이 아니라 이십 후의 실명이라 머리 속에는 들어 있는 학식이 많으므로 원한이 사무치는 축문(祝文)*을 지어 몸소 읽었다.

아아, 부인이여, 아아, 부인이여! 그토록 음전하던 부인이여, 그 누군들 따를 수가 있으리오. 한평생 같이 살자 기약하고, 급히 떠나 어디로 갔소.

이 아일 남겨두고 떠나가니 이것을 어찌 길러 내며 한 번 가면 못 돌아올 저 승에서 어느 때나 오려는가. 깊은 산에 묻혀 있어 자는 듯이 누웠으니 말 못

황천길 : 죽음의 길. 저승으로 가는 길.
평토제 : 장례 때 관을 묻은 후 무덤을 땅표면처럼 평평하게 다지는 것을 평토라고 함. 이 동안에 축(祝:일을 주관하는 사람)이 마련해 온 목패(木牌)에 신주(神主)를 써서 완성시킴.
축문 : 제사 때 하늘과 땅의 신령에게 읽어 아뢰는 글.

하고 조용하니 보고 듣기 어려워라. 눈물 흘러 옷깃 적셔 젖는 눈물 피가 되고 애끊는 마음으로 빌어 본들 살 길이 전혀 없다.

　그대 생각 간절하나 바라본들 어이하며 그대 잃고 탄식하니 누구를 의지한 단 말인가

　백양나무 달이 지니 산은 적막 밤 깊은데 울음소리 들리는 듯 무슨 말을 하소연한들, 이승 저승 길이 달라 그 뉘라서 위로하리.

　후세에나 만나려나 이승에는 한이 없네. 변변찮은 제물이나 많이 먹고 돌아가오.

　축문을 막 읽더니 숨이 넘어갈 듯하여,

　"애고 애고. 이게 웬일인고. 가오 가오, 날 버리고 가는 부인 탓하여 무엇하리. 황천으로 가는 길에 주막이 없으니 뉘 집에 자고 가리, 가는 데나 내게 일러 주오."

　슬피 우니 장례에 온 손님들이 말려 진정시켰다.

　심봉사는 부인을 쓸쓸한 곳에 혼자 묻어 두고 허둥지둥 돌아오니, 부엌 안은 쓸쓸하고 방 안은 텅 비어 있는데 분향은 그저 피어 있었다. 휑뎅그렁한 빈 방 안에 홀로 누웠으니 어찌 마음이 온전할까? 벌떡 일어서더니 이불도 만져 보고 베개도 더듬으며, 전에 덮던 이부자리 전과 같이 있지마는 독수공방 누구와 함께 덮고 자겠는가? 농짝도 쾅쾅 치며 바느질 상자도 덥석 만져보고, 머리 빗던 빗도 제멋대로 던져도 보고, 받은 밥상도 더듬더듬 만져보고, 부엌을 향하여 공연히 불러도 보았다.

　심봉사가 심청에게 동냥젖을 먹이다.　이 때 이웃집 귀덕 어미가 사람 없는 동안에 데려다 돌보아 주었다가 건너와 아기를 주고 가는지라, 심봉사는 이를 받아 품에 안고서 지리산 갈가마귀 게 발 물어다 던진 듯이 혼자 우뚝 앉았으니 슬픔이 하늘에 사무치거늘 품안에 어린것들 자지러져 울어댔다.

어린아이 품에 품고,

"너의 어머니 무상하다, 너를 두고 죽었지? 오늘은 젖을 얻어먹었으니 내일은 뉘 집에 가 젖을 얻어먹여 올까. 애고 애고, 야속하고 무상한 귀신이 우리 마누라를 잡아갔구나."

이렇게 애통하다가 마음을 돌려 생각하였다.

'죽은 사람은 다시 살아올 수 없는 법이라. 할 수 없으니 이 자식이나 잘 키워 내리라.'

그럭저럭 그 날 밤은 넘기는데 아기 젖 못 먹어 기진하니 심봉사는 어두운 눈이 더욱 침침하여 어찌할 바를 모를 때, 동녘이 밝아오자 우물가에 두레박 소리가 귀에 얼른 들리기에 날이 새었음을 짐작하고, 문을 활짝 열어젖히며 단숨으로 우당탕 밖에 나가 애걸하였다.

"우물가에 오신 부인 뉘신 줄은 모르나 칠 일 만에 어미 잃고 젖 못 먹어 죽게 된 이 아기를 젖 좀 먹여 주오."

그러나 그 부인 대답하였다.

"나는 젖이 없소마는 젖 있는 여인네가 이 동네에 많으므로 아기 안고 찾아가서 좀 먹여 달라 하면 누가 괄시하겠소?"

심봉사는 그 말을 듣자 품속에다 아기 안고 한 손에는 지팡이를 거머잡고 더듬더듬 동네로 걸어가서 젖먹이 있는 집을 찾아 사립문을 밀치고 안으로 들어서며 애걸복걸 빌었다.

"이 댁이 뉘시온지 사뢸 말씀 있나이다."

"어쩐 일로 오셨소?"

"어진 우리 아내 인심으로 생각하나 눈먼 나를 보더라도 어미 잃은 우리 아기, 이 아니 불쌍하오! 댁의 아기 먹고 남은 젖이 있거든 이애 좀 먹여 주오."

근방의 부인네들 심봉사의 사정을 알므로 한없이 측은히 여겨서 아기 받아 젖을 먹이고 돌려 주며 말하였다.

"여보시오 봉사님, 어렵게 생각말고 내일도 안고 오고, 모레도 안고 오면 이

애를 설마 굶게 하겠소."

여러 번 절하며 감사하고 아기를 품에 안고 집으로 돌아와서는 요를 덮어 뉘에 놓고, 아기가 노는 사이에 심봉사는 동냥을 다녔다.

또 육칠 월 김매는 여인 쉬는 참 찾아가서 애걸하여 얻어먹이고, 또 시냇가에 빨래하는 데도 찾아가면 어떤 부인은 달래다가 따뜻이 먹여 주며 훗날도 찾아오라 하고, 또 어떤 여인은,

"이제 막 우리 아기 먹였더니 젖이 없구만요."

하였다. 젖을 많이 얻어먹여서 아기 배가 볼록하면 심봉사가 좋아라고 양지바른 언덕 밑에 쪼그려 앉아 아기를 얼렀다.

아가 아가 자느냐. 아가 아가 웃느냐.
어서 커서 너의 어머니 같이 어질고 똑똑하여
효행 있어 아비에게 귀한 일을 보여라.

하루라도 아이를 맡길 사람이 없어서 아이 젖을 얻어 먹여 뉘어 놓은 뒤에, 사이사이 동냥할 때 삼베 전대 두 동 지어 한 머리는 쌀을 받고 한 머리는 벼를 받아 모으고,* 장날이면 가게마다 다니며 한 푼 두 푼 얻어 모아 아이 간식거리로 갱엿이나 홍합도 샀다. 이렇게 살면서 매월 초하루 보름과 소상, 대상, 기제사를 염려없이 지냈다. 심청이는 장래 귀하게 될 사람이라, 천지 귀신이 도와주고 여러 부처와 보살이 남몰래 도와주어 잔병 없이 자라나서 제 발로 걸어다니며 어린 시절을 지냈다.

심청이 어려서부터 동냥하러 다니다. 무정한 세월은 물 흐르듯

사이사이 동냥할 때 ~ 벼를 받아 모으고 : 심봉사가 눈이 먼데다가 집안 형편마저 가난하여 심청을 키우는데 매우 어려운 처지에 놓여 있음을 알려 주고 있다. 곧, 심봉사는 동냥젖으로 심청을 키우면서 때를 틈타 먹을 것을 동냥하면서 생활하고 있는 처지이다.

하여 어느덧 예닐곱 살이 되니, 얼굴이 아름답고 행동이 민첩하고, 효행이 뛰어나고 생각이 깊고 어진 성품이었다. 아버지의 진지도 잘 챙기고 어머니의 제사를 법도대로 할 줄 아니, 누구나 다 칭찬하였다.

하루는 아버지에게 말하였다.

"까마귀 같은 새짐승도 저녁이 되면 먹을 것을 물어다가 제 어미를 먹일 줄 아는데 하물며 사람이 새짐승만 못하겠어요? 아버지 눈 어두우신데 밥 빌러 가시다가 높은 데 깊은 데와 좁은 길로 여기저기 다니다가 엎어져서 상하기 쉽고, 비바람 부는 궂은 날과 눈서리 치는 추운 날이면 병이 나실까 밤낮으로 염려됩니다. 제 나이 예닐곱이나 되었는데 낳아서 길러 주신 부모 은덕을 이제 갚지 못하면 후에 불행하신 날에 애통한들 갚겠어요? 오늘부터 아버지는 집이나 지키시면 제가 나서서 밥을 빌어다가 끼니 걱정 덜게 해 드리겠어요."

심봉사가 웃으며 말하였다.

"네 말이 기특하구나. 인정은 그러하나 어린 너를 내보내고 앉아 받아먹는 내 마음은 어찌 편하겠느냐, 그런 말 다시 마라."

심청이 다시 여쭈었다.

"자로는 어진 사람으로 백리 길에 쌀을 져다 부모를 봉양하였고,* 제영*은 어진 여자였지만 낙양 감옥에 갇힌 아버지를 제 몸 팔아 구해 냈다는데, 그런 일을 생각하면 사람이 예나 지금이 다르겠어요, 고집하지 마셔요."

심봉사가 옳게 여겨,

"기특하다 내 딸아, 효녀로다 내 딸아. 네 말대로 그리 하여라."

하고 허락하였다. 심청이 이 날부터 밥 빌러 나설 적에 먼 산에 해 비치고 앞마을에 연기 나면, 헌 버선에 대님 치고 말기만 남은 베치마, 앞 섬 없는 겹저고리 이렁저렁 얽어매고, 청목 휘양* 둘러쓰고 버선 없이 발을 벗고, 뒤축 없

자로는 어진 사람으로 ~ 져다 부모를 봉양하였고 : 공자의 제자인 자로가 흉년을 맞아 쌀이 귀하니 백 리 길을 걸어가서 쌀을 구해다가 부모를 봉양하였다고 함.
제영 : 한나라 때 태창령의 딸로 효녀였다고 함.
휘양 : 추울 때 머리에 쓰는 방한모자. 뒤가 길어 목덜미와 뺨까지 쌈.

는 신을 끌고 헌 바가지 옆에 끼고 노끈 매어 손에 들고, 엄동설한 모진 날에 추운 줄을 모르고 이 집 저 집 문 앞 들어가서 간절히 비는 말이,

"어머니는 세상 버리시고 우리 아버지 눈 어두워 앞 못 보시는 줄 뉘 모르시겠어요? 십시일반이오니 밥 한 술만 덜 잡수시고 나누어 주시면 눈 어두운 저의 아버지 시장은 면하겠습니다."

보고 듣는 사람들이 마음에 감동하여 밥 한 술, 김치 한 그릇을 아끼지 않고 주며 먹고 가라 하는 사람이 있으면, 심청이 하는 말이,

"추운 방에 늙으신 아버지가 기다리고 계실텐데 저 혼자만 먹겠습니까? 어서 바삐 돌아가서 아버지와 함께 먹지요."

이렇게 얻어서 두세 집 밥을 모아서 넉넉하면 급히 돌아와서 방문 앞에 들어서며,

"아버지 춥고 시장하지 않으셨어요, 오래 기다리셨지요, 여러 집을 다니다 보니 이렇게 더디었어요."

심봉사가 딸을 보내고 마음 둘 데 없어 탄식하다가 이런 소리를 얼른 반겨 듣고 문을 펄쩍 열고 두 손 덥석 잡고,

"손 시렵지?"

하며 손을 입에 대고 훌훌 불며, 발도 차다고 어루만지며, 혀를 끌끌 차고 눈물을 글썽이며,

"애고 애고, 애닯구나 너의 어머니. 무정하다 내 팔자야. 너를 시켜 이렇게 밥을 빌어먹고 살다니. 애고 애고, 모진 목숨 구차히 살아서 자식 고생만 시키는구나."

심청이 극진한 효성으로 아버지를 위로하기를,

"아버지 그런 말씀 마셔요. 부모를 봉양하고 자식의 효도 받는 게 이치에 떳떳하고 사람의 도리에 당연하니, 그런 걱정일랑 마시고 진지나 잡수셔요."

하며 아버지 손을 잡고,

"이것은 김치고, 이것은 간장이어요, 시장하신데 많이 잡수셔요."

이렇듯이 공양하며 춘하추동 사시절 없이 동네 거지 되었더니, 한 해 두 해 너댓 해 지나가니 천성이 재빠르고 바느질 솜씨가 뛰어나 동네 바느질로 공밥 먹지 아니하고, 삯을 주면 받아와서 아버지 의복과 반찬하고, 일 없는 날은 밥을 빌어 근근이 지냈다.

심청이 승상부인의 수양딸 되기를 거절하다.
세월이 물 흐르듯 흘러가서 심청의 나이 열다섯 살이 되었다. 얼굴이 빼어나고 효행이 뛰어나며 행동이 침착하고 하는 일이 비범하니 타고난 성품이지 가르쳐서 될 일인가? 여자 중의 군자요, 새 중의 봉황이었다.

이러한 소문이 온 이웃에 자자하니, 하루는 월명 무릉촌 장승상 댁 하녀가 들어와서, 부인이 심청이를 부른다 하기에 심청이 아버지께 여쭈었다.

"어른이 부르시니 다녀오겠습니다. 제가 가서 더디더라도 잡수실 진지상을 보아 두었으니 시장하시거든 잡수셔요. 부디 저 오기를 기다려 조심하셔요."

하녀를 따라가며 손을 들어 가리키는 데를 바라보니, 문 앞에 심은 버들 아늑한 마을을 둘러 있고, 안중문에 들어서니 규모도 굉장하고 대문과 창문에는 무늬가 찬란한데, 머리가 반 쯤 센 부인이 옷매무새 단정하고 살결이 깨끗하여 복스럽게 보였다. 심청이를 보고 반겨하여 손을 쥐며,

"네가 과연 심청이냐? 듣던 말과 같구나."

하며 자리에 앉게 한 뒤에 가련한 처지를 위로하고 자세히 살펴보니, 타고난 미인이었다. 옷깃을 여미고 앉은 모습은 비 개인 맑은 시냇가에 목욕하고 앉은 제비가 사람보고 놀라는 듯, 황홀한 저 얼굴은 하늘 가운데 돋은 달이 수면에 비치었고, 바라보는 저 눈길은 새벽빛 맑은 하늘에 빛나는 샛별 같고, 두 뺨에 고운 빛은 늦은 봄 산자락에 부용이 새로 핀 듯, 두 눈의 눈썹은 초생달 같고, 흐트러진 머리털은 새로 자란 난초 같았다. 입을 벌려 웃는 양은 모란화 한 송이가 하룻밤 비 기운에 피고자 벌어지는 듯, 흰 이를 드러내어 말을 하니 농산의 앵무였다.

부인이 칭찬하였다.

"전생의 일을 내가 어찌 알겠느냐마는 분명히 선녀로다. 도화동에 내려오니 월궁에 놀던 선녀가 벗 하나를 잃었구나. 오늘 너를 보니 우연한 일이 아니로다. 무릉촌에 내가 있고 도화동에 네가 나니, 무릉촌에 봄이 들고 도화동에 꽃이 핀다. 내 말을 들어라. 승상이 일찍 세상을 버리시고, 두셋 있는 아들이 서울에 가 벼슬하니 다른 자식 손자 없고, 슬하에 재미없고 눈 앞에 말벗 없구나. 너의 신세 생각하니 양반의 후예로 저렇듯 어려우니 어찌 아니 불쌍하랴. 내 수양딸이 되면 살림도 가르치고 글공부도 시켜 친딸 같이 길러 내어 말년 재미 보려 하니, 네 뜻이 어떠하냐?"

심청이 일어나 두 번 절하고 말하였다.

"팔자가 기구하여 태어난 지 이레 안에 어머니가 세상을 버리셔서, 눈 어두운 아버지가 동냥젖 얻어먹여 겨우 살았습니다. 오늘 승상부인께서 저의 미천함을 헤아리지 않으시고 딸을 삼으려 하시니, 어머니를 다시 뵈온 듯 황송하고 감격하여 마음을 둘 곳이 전혀 없습니다. 부인의 말씀을 따르면 몸은 영화롭고 부귀하겠지만, 눈 어두우신 우리 아버지 음식 공양과 사철 의복 누가 돌보아 드리겠습니까? 낳아서 길러 주신 부모님 은혜는 누구에게나 있지마는 저에게는 더욱 남다른 데가 있습니다. 아버지가 아니었다면 제가 이제까지 살았겠습니까? 제가 만일 없게 되면 저의 아버지 남은 수명을 마칠 길이 없을 테니 애틋한 정으로 서로 의지하여 제 몸이 다하도록 길이 모시려 하옵니다."

말을 마치며 눈물이 얼굴에 젖는 모습은 봄바람에 가는 빗방울이 복사꽃에 맺혔다가 점점이 떨어지는 듯하니, 부인도 또한 가련하여 등을 어루만지며,

"네 말 들으니 과연 하늘이 낸 효녀로다. 마땅히 그래야지. 늙고 정신 없는 내가 미처 생각지 못했구나."

그러는 가운데 날이 저무니 심청이 말하였다.

"부인의 크신 덕을 입어 종일토록 모셨으니, 이제 날이 저물었기로 급히 돌아가 아버지의 기다리시는 마음을 위로코자 합니다."

부인이 말리지 못하고 아쉬운 마음을 달래며 옷감과 양식을 후히 주어 시비와 함께 보낼 때,

"심청아 내 말 듣거라. 너는 부디 나를 잊지 말고 모녀간의 의(義)를 두면 이 늙은이의 다행이 되리라."

하니 심청이 대답하기를,

"부인의 고마우신 뜻이 이러하시니 삼가 그 말씀을 따르도록 하겠습니다."

하며 절하고 급히 집으로 돌아왔다.

심봉사가 공양미 삼백 석을 약속하다. 그 무렵 심봉사는 무릉촌에 딸을 보내고서 말벗 없이 홀로 앉아 심청을 기다리는데, 배고파 등에 붙고 방은 추워 턱이 떨어질 지경인데, 잘 새는 날아들고 먼 절에서 쇠북 소리 들리니 날 저문 줄 짐작하고 혼자 하는 말이,*

'내 딸 심청이는 무슨 일에 빠져서 날이 저문 줄 모르는고. 주인에게 잡히어 못 오는가, 저물게 오는 길에 동무에게 붙잡혀 있는가?'

눈바람에 길 가는 사람 보고 짖는 개소리에,

"심청이 오느냐?"

하면서 반기기도 하고, 괜히 눈보라가 떨어진 창가에 부딪치기만 해도 행여 심청이 오는 소리인가 하여 반겨 나서면서,

"심청이 너 오느냐?"

하고 나가 봐도 적막한 빈 뜰에 인적이 없으니 공연히 속았구나. 심봉사가 갑갑하기에 지팡막대 거머잡고 딸 마중 나가본다.

더듬더듬 주춤주춤 사립 밖에 나가다가 한 길 넘은 비탈에 발이 삐끗 개천에 밀친 듯이 떨어지니, 얼굴은 흙빛이요 의복은 얼음이라. 두 눈을 희번덕,

---

배고파 등에 붙고 ～ 혼자 하는 말이 : 당대 서민의 곤궁한 삶의 현실이 반영된 것으로 심봉사의 곤궁한 처지를 나타낸다. 이러한 가난은 독자들로부터 작중 인물의 처지와 동일시되는 효과를 가지며 공감대를 형성한다. 또한 심봉사가 봉사이기 때문에 시각이 아닌 청각의 효과를 드러내고 있기도 하다.

두 팔을 허위적, 뒤뚱거리다 도로 더 빠지며 나오자니 미끄러져 어쩔 수 없이 죽게 되었다. 아무리 소리친들 해는 저물고 행인은 끊겼으니 누가 건져주리. 그래도 죽을 사람 구해 주는 부처님은 곳곳마다 있는 법이었다.

마침 이 때 몽운사의 화주승(化主僧)*이 절을 새로 지으려고 시주책을 둘러메고 내려왔다가, 청산은 어둑어둑하고 눈 덮인 들판에 달이 돋아올 때, 돌밭 비탈길로 절을 찾아가는데 바람결에 애처로운 소리가 들렸다.

"사람 살려!"

화주승은 자비한 마음에 소리나는 곳을 찾아가니, 어떤 사람이 개천에 빠져서 거의 죽게 되었다.* 급한 마음에 짚고 있던 대지팡이와 바랑*을 바위 위에 휙 던져두고, 굴갓과 먹물장삼을 벗어놓고, 육날 미투리* 행전*, 대님, 버선도 훨훨 벗어 놓고, 누비 바지, 저고리 똘똘 말아 추켜 올려 붙이고는, 급히 뛰어들어가서 심봉사의 고추상투를 덥썩 잡아 들어올려 건져놓으니, 전에 보던 심봉사였다. 심봉사가 정신차려 물었다.

"허허 이게 웬일이오? 나 살린 이 그 뉘시오?"

화주승이 대답하였다.

"소승은 몽운사 화주승이오."

"그렇지, 사람을 살리는 부처로군요. 살려 주신 은혜 백골난망(白骨難忘)*이오."

화주승이 심봉사를 업어다 방 안에 앉히고 젖은 의복을 벗겨 놓고 마른 옷을 입힌 후에 물에 빠진 까닭을 물었다. 심봉사는 신세를 한탄하다가 전후 사

화주승 : 시주을 얻어 절의 양식을 대는 중.
마침 이 때 ~ 거의 죽게 되었다. : 이 장면은 심봉사가 딸이 날이 저물어도 돌아오지 않자, 찾아 나서다 개천에 빠지고, 이를 마침 시주를 나왔던 몽은사 화주승이 구해 주는 장면이다. 이 장면에서 드러난 화주승의 출현은 고전 소설의 특징인 우연성이 제시된 것으로, 그 뒤에 전개될 사건을 새로운 국면으로 바꾸어 주는 계기가 된다.
바랑 : 중이 등에 지고 다니는 자루 모양의 큰 주머니.
육날 미투리 : 삼이나 노 따위로 짚신처럼 삼은 신. 흔히, 날을 여섯 개로 함
행전 : 한복 바지를 입었을 때, 발목에서 장딴지 위까지 바짓가랑이를 가뜬하게 둘러싸는 물건. 위에 달린 끈으로 무릎 아래를 졸라맴.
백골난망 : 죽어 썩어서 남는 흰뼈가 되어도 은혜를 잊을 수 없음.

정을 말하니, 그 중이 봉사더러 하는 말이,

"딱하시군요. 우리 절 부처님은 영험이 많으셔서 빌어서 아니 되는 일이 없고 구하면 응답을 주신답니다. 공양미(供養米) 삼백 석을 부처님께 올리고 지성으로 불공을 드리면 반드시 눈을 떠서 성한 사람이 되어 세상을 다시 보게 될 것이오."

심봉사가 집안 형편은 생각지 않고 눈 뜬단 말에 혹하여,

"여보시오, 대사! 공양미 삼백 석을 권선문(勸善文)*에 적어 가시오."

화주승이 허허 웃고,

"여보시오, 댁의 집안 형편을 살펴보니 삼백 석을 무슨 수로 장만하겠소."

심봉사가 홧김에 하는 말이,

"여보시오, 어느 쇠아들놈이 부처님께 적어 놓고 빈말 하겠소? 눈 뜨려다가 앉은뱅이 되게요. 사람을 업신여겨 그런 걱정일랑 말고 적으시오."*

화주승이 바랑을 펼쳐 놓고 제일 윗줄 붉은 칸에,

'심학규 쌀 삼백 석.'

이라 적어 가지고 인사하고 돌아갔다.

그런 뒤에 심봉사는 화주승을 보내고 다시금 생각하니, 시주쌀 삼백 석을 장만할 길이 없어 복을 빌려다가 도리어 죄를 얻게 되니 이 일을 어이하리. 이 설움 저 설움, 묵은 설움 햇설움이 동무지어 일어나니 견디지 못하여 울음을 터뜨렸다.

"내가 공을 드리려다 만약에 죄가 되면 이를 장차 어찌한단 말인고?"

"천지가 아주 공평하여 별로 후하고 박함이 없건마는, 이내 팔자 어찌하여 맹인 되어 형세조차 가난하고, 일월 같이 밝은 것을 분별할 길 전혀 없고, 처

권선문 : 불가에서 선(善)을 권하는 글발.
여보시오, 어느 쇠아들놈이 ~ 걱정일랑 말고 적으시오 : 이 부분에서는 허세와 오기로 가득 찬 심봉사의 심리적 태도를 볼 수 있다. 심봉사는 봉사 생활에서 곤란과 고통을 당해오던 차 눈을 뜰 수 있다는 말에 기쁜 나머지 자신의 경제적 처지를 생각지 못하고 공양미 삼백 석을 화주승에게 약속한다. 그러나 화주승이 심봉사의 말을 무시하자 이에 대한 오기와 허세로 다시 한 번 약속한다.

자 같은 친한 사람 대하여도 못 보는가. 우리 아내 살았더면 끼니 근심 없을 것을, 다 커가는 딸자식을 온 동네에 내놓아서 품을 팔고 밥을 빌어 근근히 살아가는 형편에 공양미 삼백 석을 자신있게 적어 놓고 백 가지로 생각한들 방법이 없구나. 빈 단지를 기울인들 한 되 곡식 되지 않고, 장농을 뒤져본들 한 푼 돈이 어디 있나. 오두막 집 팔자 한들 비바람 못 피하니 살 사람이 뉘 있으리, 내 몸을 팔자 하니 한 푼 돈도 싸지 않아 내라도 안 사겠네. 어떤 사람 팔자 좋아 눈과 귀가 완전하고 손발이 다 성하며, 부부가 해로하고 자손이 그득하며 곡식이 그득하고 재물이 쌓여 있어 써도써도 못다 쓰고 아쉬운 것 없건마는, 애고 애고, 내 팔자야. 나 같은 이 또 있는가? 앉은뱅이 곱사등이 서럽다 하더라도 부모 처자 바로 보고, 말 못 하는 벙어리가 서럽다 하더라도 천지 만물 볼 수 있네."

한창 이리 탄식할 때에 심청이 바삐 들어와서 닫힌 방문을 벌떡 열고,

"아버지!"

하고 부르더니, 아버지 모습 보고 깜짝 놀라 발을 구르면서 온 몸을 두루 만지며,

"아버지 이게 웬일이어요? 나를 찾아 나오시다가 이런 욕을 보셨나요, 이웃집에 가셨다가 이런 봉변 당하셨나? 춥긴들 오죽하며 분함인들 오죽하리, 승상댁 노부인이 굳이 잡고 만류하여 하다 보니 늦었어요."

승상 댁 하녀를 불러 부엌에 있는 나무로 불 좀 지펴 달라 부탁하고, 치마폭을 걷어쥐고 눈물 흔적 씻으면서 얼른 밥을 지어 아버지 앞에 상을 놓는다.

"진지를 잡수셔요, 더운 진지 가져왔으니 국을 먼저 잡수셔요."

손을 끌어 가리키며,

"이것은 김치고, 이것은 자반이어요."

"나 밥 안 먹으련다."

심봉사는 얼굴 가득 근심 띤 빛으로 밥먹을 뜻이 조금도 없었다.

"아버지 웬일이어요? 어디 아파 그러셔요? 늦게 왔다고 화가 나셨나요?"

"아니다. 너 알아 쓸데없다."

"아버지 그게 무슨 말씀이어요? 부자간 천륜이야 무슨 허물 있겠어요? 아버지는 저만 믿고 저는 아버지만 믿어 크고 작은 일을 의논해 왔는데 오늘날 말씀이, '너 알아 쓸데없다' 하시니, 부모 근심은 곧 자식의 근심이라. 제 아무리 불효한들 말씀을 아니 하시니 제 마음이 서럽습니다."

심봉사가 그제야 말하기를,

"아가 아가 울지 마라. 내가 무슨 일로 너를 속이랴만, 네가 알게 되면 지극한 너의 마음 걱정만 되겠기로 말하지 못하였다. 아까 너를 기다리다 저물도록 안 오기에 하도 갑갑하여 너를 찾아 나가다가 한 길이 넘는 개천에 빠져서 거의 죽게 되었더니, 뜻밖에 몽운사 화주승이 나를 건져 살려 놓고 하는 말이, '공양미 삼백 석을 진심으로 시주하면 생전에 눈을 떠서 천지만물 보리라' 하더구나. 홧김에 적었더니 중을 보내고 생각하니, 한 푼 돈 한 톨 쌀이 없는 터에 삼백 석이 어디서 난단 말이냐? 도리어 후회로구나."

심청이 그 말을 반갑게 듣고 아버지를 위로한다.

"아버지, 걱정 마시고 진지나 잡수셔요. 후회하면 정성이 못 되옵니다. 아버지 눈을 떠서 천지만물 보신다면 공양미 삼백 석을 어떻게 해서든지 준비하여 몽운사로 올리지요."

"네가 아무리 애를 쓴들 이런 어려운 형편에 어찌 할 수 있겠느냐?"

심청이 여쭙기를,

"왕상(王祥)은 한겨울에 얼음 깨서 잉어를 얻었고, 곽거(郭巨)라 하는 사람은 부모의 반찬을 해 놓으면 제 자식이 상머리에 앉아 집어먹는다고 그 자식을 산 채로 묻으려 하다가 금항아리를 얻어 부모를 봉양하였다 합니다.* 제 효성이 비록 옛 사람만 못하지만 지성이면 감천이라 하니, 공양미는 얻을 길이 있을

왕상은 한겨울에 얼음 ~ 부모를 봉양하였다 합니다. : 심청의 애틋하고도 간절한 효성이 잘 드러나 있다. 중국 진(晉) 나라의 왕상은 어머니를 지성으로 섬기는데 그 어머니가 겨울에 물고기를 먹고 싶어하였다. 때가 겨울인지라 물이 얼어붙었다. 왕상이 옷을 벗어 얼음을 깨고 고기를 구하려 할 때, 갑자기 얼음이 저절로 깨지고 그 속에서 잉어 두 마리가 튀어 올랐다고 한다. 또한 곽거는 중국 한 나라 사람인데 가난한 가운데 어머니를 지성으로 봉양하였는데 세 살 된 아이가 끼니 때마다 어머니의 음식을 빼앗아 먹으므로 아내와 의논하여 아이를 산 채로 묻으려고 땅을 파다가 황금솥을 얻어서 그것으로 어머니를 봉양하였다고 한다.

테니 깊이 근심 마셔요."

갖가지로 위로하고, 그 날부터 목욕재계하여 몸을 깨끗이 하며 집을 청소하고 뒷곁에 단을 쌓아, 밤이 깊어 사방이 고요할 때 등불을 밝혀 놓고 정화수 한 그릇을 떠 좋고 북쪽을 향하여 빌었다.

"아무 달 아무 날에 심청은 삼가 두 번 절하고 비옵나이다. 하느님이 만드신 해와 달은 사람에게는 눈과 같사옵니다. 해와 달이 없사오면 무슨 분별하겠습니까? 저의 아비 무자생(戊子生)으로 삼십 안에 눈이 어두워 사물을 못 보오니 아비 허물을 제 몸으로 대신하옵고 아비 눈을 밝혀 주옵소서."

심청이 공양미 삼백 석에 몸을 팔기로 하다. 하루는 유모 귀덕 어미가 오더니,

"아가씨, 이상한 일 보았나이다."

"무슨 일이 이상하오?"

"어떠한 사람인지 십여 명씩 다니면서, 값은 어떻든 십오 세 처녀를 사겠다고 다니니 그런 미친 놈들이 있오?"

'남경 장사 뱃사람들이 열다섯 살 난 처녀를 사려 한다.'

하기에, 심청이 그 말을 반겨 듣고

"여보, 그 말 진정이오? 정말 그리될 양이면, 그 다니는 사람 중에 노숙하고 점잖은 사람을 불러오되, 말이 밖에 나지 않게 조용히 데려오오."

귀덕 어미 대답하고 과연 데려왔는지라, 처음은 유모를 시켜 사람 사려는 까닭을 물으니,

"우리는 본디 남경 뱃사람으로 장사차로 배를 타고 만 리밖에 다니더니, 배 갈 길에 인당수(印塘水)*라 하는 물이 있어 변화 불측하여 자칫하면 몰사를 당하는데, 인당수를 지나갈 때 십오 세 처녀를 제물로 제사를 지내면, 가이 없

인당수 : 서해 바다를 건너다니며 중국과 교역하던 장사치들로 미루어 서해의 어느 한 곳으로 짐작됨.

는 너른 바다를 무사히 건너고 수만 금 이익을 내기로, 몸을 팔려 하는 처녀가 있으면 값을 아끼지 않고 주겠습니다."

하기에 심청이 반겨 듣고,

"나는 이 동네 사람인데, 우리 아버지가 앞을 못 보셔서 '공양미 삼백 석을 지성으로 불공하면 눈을 떠보리라' 하기로, 집안 형편이 어려워 장만할 길이 전혀 없어 내 몸을 팔려 하니 나를 사가는 것이 어떠하오? 내 나이 십오 세라 그 아니 적당하오?"

뱃사람들이 이 말을 듣고 심청이를 보더니 마음이 착잡하여 다시 볼 정신이 없어, 고개를 숙이고 묵묵히 섰다가,

"효성이 지극하나 가련하군요."

이렇듯이 칭찬한 후에, 저의 일이 중요하기에,

"그리하오."

하고 허락하니 심청이 물었다.

"배 떠나는 날이 언제입니까?"

"내달 십오 일이 배 떠나는 날이오니, 그리 아옵소서."

서로 약속하고, 그 날로 뱃사람들이 즉시 쌀 삼백 석을 몽운사로 날라다 주고,

"오는 삼월 보름날에 배가 떠나기로 되어 있습니다."

하고 갔다.

심청이가 귀덕 어미를 백 번이나 단속하여 말 못 나게 한 연후에, 집으로 돌아와 아버지에게 물었다.

"아버지."

"왜 그러느냐?"

"공양미 삼백 석을 몽운사에 이미 실어다 주었으니, 이제는 근심치 마셔요."

심봉사가 깜짝 놀라,

"너, 그 말이 웬 말이냐? 삼백 석이 어디 있어 몽운사로 보냈어?"

심청같이 타고난 효녀가 어찌 아버지를 속일까마는, 어찌할 수 없는 형편이

라 잠깐 거짓말로 속여 대답한다.

"무릉촌 장승상 댁 노부인이 달포* 전에 저를 수양딸로 삼으려 하셨는데 차마 허락지 않았습니다. 그러나 지금 형편으로는 공양미 삼백 석을 장만할 길이 전혀 없기로 이 사연을 노부인께 말씀드렸더니, 쌀 삼백 석을 내어 주시기에 수양딸로 팔리기로 했습니다."

심봉사가 물정도 모르면서 이 말만 반겨 듣고,

"그렇다면 고맙구나. 그 부인은 한 나라 재상의 부인이라 아마도 다르리라. 복을 많이 받겠구나. 저러하기에 그 아들 삼 형제가 벼슬길에 나아갔나 보구나. 그나저나 양반의 자식으로 몸을 팔았단 말이 듣기에 괴이하다마는 장승상 댁 수양딸로 팔린 거야 어떻겠느냐. 언제 가느냐?"

"다음 달 보름날에 데려간다 합디다."

"어허, 그 일 매우 잘 되었다."

부녀간에 이같이 이야기하고, 아비를 위로한 후, 심청이는 그 날부터 뱃사람을 따라갈 일을 곰곰 생각하니, 사람이 세상에 생겨나서, 눈 어두운 백발 아비 영이별하고 죽을 일과 사람이 세상에 나서 열다섯 살에 죽을 일이 정신이 아득하고 일에도 뜻이 없어 식음을 전폐하고 근심으로 지내다가, 다시금 생각하였다.

'엎지러진 물이요, 쏘아놓은 화살이다.'

날이 점점 가까워오니 생각하기를,

'내 몸이 죽어지면, 춘하추동 사시절에 아버지 의복을 누가 다 챙길까? 내가 살았을 때 아버지 의복 빨래나 해 두리라.'

하고, 춘추 의복 갓 상침 겹것, 하절 의복 한삼 고의 박아 지어 들여놓고, 동절 의복 솜을 넣어 보에 싸서 농에 넣고, 청목으로 갓끈 접어 갓에 달아 벽에 걸고, 망건 꾸며 당줄 달아 걸어 두고, 배 떠날 날을 헤아리니 하룻밤이 남아 있다.

밤은 깊어 자정인데 은하수 기울어져 촛불이 희미할 때, 두 무릎을 마주 꿇

달포 : 한 달 이상이 되는 동안.

고 머리를 숙이고 한숨을 길게 쉬니, 아무리 효녀라도 마음이 온전하겠는가.

'아버지 버선이나 마지막으로 지으리라.'

하고 바늘에 실을 꿰어 손에 들고, 가슴이 답답하고 두 눈이 침침, 정신이 아득하여 하염없는 울음이 가슴 속에서 솟아올라, 복받쳐 오르는 울음소리에 아버지가 깰까 하여 크게 울지는 못하고 흐느끼며 아버지 얼굴에다가 얼굴을 가만히 대어보고 손발도 만져본다.

"날 볼 날이 몇 밤인가? 내가 한 번 죽어지면 여단수족(如斷手足)* 우리 아버지, 누굴 믿고 사실까? 애닯도다, 우리 아버지. 내가 철을 알고 나서 밥 빌기를 놓으시더니, 이제 내 몸이 죽어지면 내일부터라도 동네 걸인 되겠구나.

눈총인들 오죽하며, 괄시인들 오죽할까? 아버지 곁에 내가 모셔 백 세까지 공양하다가 이별을 당하여도 망극한 이 설움이 측량할 수 없을 텐데, 하물며 이러한 생이별이 세상에도 있을까.

몹쓸 년의 팔자로다. 칠 일 만에 어머니 잃고 아버지조차 이별하니 이런 일도 또 있을까? 살아서 당한 이별이야 소식들을 날이 있고 만날 날이 있건마는, 우리 부녀 이별이야 어느 날에 소식 알며 어느 때에 또 만날까. 돌아가신 어머니는 황천으로 가 계시고 나는 이제 죽게 되면 수궁으로 갈 것이니, 수궁에서 황천 가기 몇만 리, 몇천 리나 되는고? 모녀 상봉하려 한들 어머니가 나를 어찌 알며, 내가 어찌 어머니를 알리. 묻고 물어 찾아가서 모녀 상봉하는 날에 응당 아버지 소식을 물으실 테니 무슨 말씀으로 대답하리.

오늘밤 새벽 때를 함지에다 머물게 하고, 내일 아침 돋는 해를 부상(扶桑)*에다 매어 두면 가련하신 우리 아버지 좀더 모셔 보련마는, 날이 가고 달이 가니 누가 막을쏘냐. 애고 애고, 설운지고."

천지가 사정 없어 이윽고 닭이 우니 심청이 기가 막혀,

"닭아 닭아, 우지 마라. 제발 덕분에 우지 마라. 반야 진관에서 닭 울음 기다

여단수족 : 손발을 잘린 것과 같다는 뜻. 요긴한 사람이나 물건이 없어져서 몹시 아쉬움을 비유하여 이르는 말.
부상 : 옛날 중국에서 해가 뜨는 동쪽 바다 속에 있다고 한 상상의 나무.

리던 맹상군(孟嘗君)*이 아니로다. 네가 울면 날이 새고, 날이 새면 나 죽는 다. 죽기는 서럽지 않으나, 의지 없는 우리 아버지 어찌 잊고 가잔 말이냐?"

심청이 슬퍼하며 떠나다. 어느덧 동방이 밝아오니, 심청이 아버지 진지나 마지막 지어 드리려고 문을 열고 나서니, 벌써 뱃사람들이 사립문 밖에서,

"오늘이 배 떠나는 날이오니 빨리 가게 해 주시오."

하니, 심청이 이 말을 듣고 얼굴빛이 없어지고 손발에 맥이 풀리며 목이 메고 정신이 어지러워 뱃사람들을 겨우 불러,

"여보시오 선인네들, 나도 오늘이 배 떠나는 날인 줄 이미 알고 있으나, 내 몸 팔린 줄을 우리 아버지가 아직 모르십니다. 만일 아시게 되면 지레 야단이 날 테니, 잠깐 기다리면 진지나 마지막으로 지어 잡수시게 하고 말씀 여쭙고 떠나게 하겠어요."

하니 뱃사람들이,

"그리 하시지요."

하고 허락하였다. 심청이 들어와 눈물 섞어 밥을 지어 아버지께 올리고, 아무 쪼록 진지 많이 잡수시도록 하느라고 상머리에 마주 앉아 자반도 떼어 수저 위에 올려놓고 쌈도 싸서 입에 넣어,

"아버지, 진지를 많이 잡수셔요."

심봉사는 철도 모르고,

"오냐, 많이 먹으마. 오늘은 반찬이 유난히 좋구나. 뉘 집 제사 지냈느냐."

심청이 기가 막혀 속으로만 느껴 울며 훌쩍훌쩍 소리 나니, 심봉사는 물색 없이 귀 밝은 체 말을 한다.

맹상군 : 중국 제나라의 공족이며, 전국 시대 말기의 '사군'의 한 사람. 진나라 소양왕의 초빙으로 재상이 되었으나 의심을 받아 살해 위기에 처했을 때 좀도둑질과 닭 울음소리를 잘 내는 식객들의 도움으로 위기를 모면하였음. 이것이 '계명구도(鷄鳴狗盜)'의 고사. 후일 제나라와 위나라의 재상을 역임하고 독립하여 제후가 되었음.

"아가, 너 몸 아프냐? 감기가 들었나 보구나. 오늘이 며칠이냐? 오늘이 열닷 새지, 응?"

그 날 밤에 꿈을 꾸었는데, 부자간은 천륜지간이라 꿈에 미리 보여 주는 바가 있었다.* 심봉사가 간밤 꿈 이야기를 하며,

"아가, 이상한 일도 있더구나. 간밤에 꿈을 꾸니, 네가 큰 수레를 타고 한없이 가 보이더구나. 수레라 하는 것이 귀한 사람이 타는 것인데 우리 집에 무슨 좋은 일이 있을란가 보다. 그렇지 않으면 무릉촌 장승상 댁에서 가마 태워 가려나 보다.*"

심청이 들어보니 분명히 자기 죽을 꿈이로다. 속으로 슬픈 생각 가득하나, 겉으로는 아무쪼록 아버지가 안심하도록,

"그 꿈 참 좋습니다."

대답하고, 진지상을 물려내고 담배 피워 물려 드린 뒤에, 밥상을 앞에 놓고 먹으려 하니 간장이 썩는 눈물은 눈에서 솟아나고, 아버지 신세 생각하며 저 죽을 일 생각하니 정신이 아득하고 몸이 떨려 밥을 먹지 못하고 물렸다. 그런 뒤에 심청이 사당에 작별을 고하려고 들어갈 때, 다시 세수하고 눈물 흔적 없앤 후에 깨끗한 의복 갈아 입고 후원에 들어가서, 사당문을 가만히 열고 술과 과실을 차려 놓고 작별 인사를 올렸다.

"못난 여손(女孫) 심청이는 아비 눈 뜨기를 위하여 남경 장사 선인들에게 삼백 석에 인당수 제물로 몸이 팔려 가오니, 조상 제사를 끊게 되오니 사모하는 마음을 이기지 못하겠습니다.* 소녀가 죽더라도 아비의 눈 뜨게 하고 착한 부

그 날 밤에 꿈을 ~ 주는 바가 있었다 : 고전 소설에서 많이 나타나는데, 서술자가 직접 독자에게 알려 주는 부분이다. 곧, 하늘이 맺어 준 자식과 아버지의 인연이라 부녀간 이별의 징조를 꿈으로 알려 준 것이라고 말한다.

간밤에 꿈을 꾸니 ~ 태워 가려나 보다 : 심봉사가 꾼 꿈의 내용을 말하는 부분이다. 여기서 '수레'는 두 가지 해석이 가능하다. 먼저 심청이 인당수에 제물로 바쳐지는 것을 염두에 두는 경우, 수레는 이승과 저승을 이어 주는 매개물로서 심봉사의 꿈은 심청이 인당수에 제물로 바쳐진다는 사실을 하늘이 심봉사에게 알려 준 것이다. 다른 하나는 심청이 왕후가 된 것을 염두에 둔 경우, 수레가 부귀 영화를 상징한다. 곧. 수레를 통해 심청이 왕후가 될 것임을 알려 준 것이다.

조상 제사를 끊게 ~ 마음을 이기지 못하겠습니다 : 그간 자신이 지내 왔던 제사를 더 이상 지내지 못하게 됨을 조상께 고하는 장면이다. 유교적 덕목에서 볼 때 부모보다 먼저 죽는 것이나 대(代)가 끊겨 조상의 제사를 지니지 못하는 것은 모두 불효에 해당하는 것이다.

인 만나 아들 낳고 딸을 낳아 대를 이어 조상께 향을 올리게 하소서."

이렇게 축원하고 문 닫으며 우는 말이,

"소녀가 죽사오면 이 문을 누가 여닫으며, 동지, 한식, 단오, 추석사 명절이 온들 주과포혜를 누가 다시 올리오며, 분향 재배 누가 할고? 조상의 복이 없어 이 지경이 되옵는지, 불쌍한 우리 아버지 강근지친(强近之親)* 전혀 없고, 앞 못 보고 형세 없어 믿을 곳이 없이 되니 어찌 잊고 죽어갈까?"

하고 울며 작별 인사를 하고 사당문 닫은 뒤에 아버지 앞에 나와 두 손을 부여잡고 '아버지' 부르더니 말 못하고 기절한다. 심봉사가 깜짝 놀라,

"아가 아가, 이게 웬일이냐? 정신 차려 말하거라."

심청이 정신 차려,

"아버지!"

"오냐."

"제가 불효 여식으로 아버지를 속였어요. 공양미 삼백 석을 누가 저에게 주겠어요. 남경 뱃사람들에게 인당수 제물로 몸을 팔아 오늘이 떠나는 날이니 저를 마지막 보세요."

사람의 슬픔이 극진하면 가슴이 막히는 법이라, 심봉사 하도 기가 막혀 놓으니 울음도 아니 나오고 실성을 하는데,

"애고 애고, 이게 웬말인고? 참말이냐, 농담이냐? 말 같지 아니하다. 못 가리라, 못 가리라. 네가 날더러 묻지도 않고 네 마음대로 한단 말이냐? 네가 살고 내가 눈을 뜨면 그는 마땅히 할 일이나, 자식 죽여 눈을 뜬들 그게 차마 할 일이냐? 너의 어미 늦게야 너를 낳고 초이레 안에 죽은 뒤에, 눈 어두운 늙은 것이 품안에 너를 안고 이 집 저 집 다니면서 구차한 말 해 가면서 동냥 젖 얻어 먹여 이만치 자랐는데, 내 아무리 눈 어두우나 너를 눈으로 알고, 너의 어머니 죽은 뒤에 걱정 없이 살았더니 이 말이 무슨 말이냐?

마라 마라, 못 하리라. 아내 죽고 자식 잃고 내 살아서 무엇하리? 너하고 나

_____

강근지친 : 가까운 일가친척.

하고 함께 죽자. 눈을 팔아 너를 살 터에 너를 팔아 눈을 뜬들 무엇을 보려고 눈를 뜨리? 어떤 놈의 팔자길래 사궁지수(四窮之首)* 된단 말이냐? 네 이놈 상놈들아! 장사도 좋지마는 사람 사다 제사하는 데 어디서 보았느냐? 하느님의 어지심과 귀신의 밝은 마음 앙화(殃禍)*가 없겠느냐? 눈먼 놈의 무남독녀 철모르는 어린아이 나 모르게 유인하여 값을 주고 산단 말이냐? 돈도 싫고 쌀도 싫다.

네 이놈 상놈들아. 옛글을 모르느냐? 칠년 대한(七年大旱) 가뭄 때에 사람으로 빌라 하니 탕임금 어지신 말씀, '내가 지금 비는 바는 사람을 위함인데 사람 죽여 빌 양이면 내 몸으로 대신하리라.' 몸소 희생되어 몸을 정히 하여 상임 뜰에 빌었더니 수천 리 너른 땅에 큰 비가 내렸느니라.* 이런 일도 있었으니 내 몸으로 대신 감이 어떠하냐? 여보시오 동네 사람, 저런 놈들을 그저 두고 보오?"

이렇듯이 심봉사는 홀로 큰소리하더니 이를 갈며 죽기로 기를 쓰는지라. 심청이가 허겁지겁 아버지를 붙잡는다.

"아버지! 아버지! 이 일은 남의 탓이 아니오니 그리 마소서. 저는 이미 죽지마는 아버지는 눈을 떠서 밝은 세상 보시고, 착한 사람 구하셔서 아들 낳고 딸을 낳아 후사나 전하고, 못난 딸자식은 생각지 마시고 오래오래 평안히 계십시오. 이것 또한 천명이니 후회한들 어찌하겠어요?"

부녀가 서로 붙잡고 뒹굴며 통곡하니 도화동의 남녀노소 모두 슬퍼하였다. 뱃사람들도 모두 눈물을 흘렸다. 그 중의 한 사람이,

"여보시오. 영좌* 영감! 하늘이 낸 큰 효(孝) 심소저는 말할 것도 없거니와

사궁지수 : 살아가기에 매우 딱한 네 가지 처지. 늙은 홀아비, 늙은 홀어미, 부모 없는 아이, 자식 없는 늙은이를 통틀어 이르는 말.
앙화 : 지은 죄의 앙갚음으로 받는 온갖 재앙.
칠년 대한 가뭄 ~ 큰 비가 내렸느니라 : 중국 은나라 탕 임금 때 칠 년 동안 가뭄이 들어 백성들이 죽게 되었을 때, 태사관이 점을 쳐서 산 사람을 제물로 바쳐야 비가 오겠다고 하니, 왕은 스스로 자신의 몸을 바치리라 하여 목욕 재계하고 손톱과 머리털을 자르고 흰 띠풀을 깔고 그 위에 누워 몸소 희생이 되어 기도를 하니 비가 내렸다고 한다.
영좌 : 수령, 곧 선장.

심봉사저 영감이 참으로 불쌍하니, 우리 뱃사람 저 양반 남은 일생일랑 굶지 않도록 살림을 꾸며주면 어떻겠소?"

"그 말이 옳소."

하고 쌀 이백 석과 돈 삼백 냥이며, 무명 삼베 각 한 동씩 마을에 들어 놓고 동네 사람들을 모아 당부하였다.

"쌀 이백 석과 돈 삼백 냥을 착실한 사람 주어 실수 없이 온전하게 늘려 심봉사에게 바칩시다. 삼백 석 가운데 이십 석은 올해 양식으로 제하고, 나머지는 해마다 빚을 주어 이자를 받으면 양식이 넉넉할 테고, 명베 삼베로는 사철 의복 장만해 드리기로 하고, 이런 내용을 관청에 공문으로 보내고 마을에도 알립시다."

종중(宗中)*에서 의논하여 그리하고 그 연유를 통문(通文)* 내어 균일하게 구별하였다. 구별을 다 짓고 나서 심청에게 가자 할 때, 무릉촌 장승상 댁 부인이 그제야 이 말을 듣고 급히 하녀를 보내어 심청이를 부르기에, 심청이 하녀를 따라가니 승상부인이 문 밖에 내달아 심청의 손을 잡고 울며 말하였다.

"네 이 무정한 사람아. 나는 너를 자식으로 여겼는데 너는 나를 어미같이 알지를 않았구나. 말을 들으니 뱃사람들에게 쌀 삼백 석에 몸이 팔려 죽으러 간다 하니 효성이 지극하다마는, 네가 살아 세상에 있어 하는 것만 같겠느냐? 그토록 일이 되었거든 나와 의논했더라면 이 지경을 당하지는 않았을 것을! 쌀 삼백 석을 이제라도 다시 내어 줄 것이니 뱃사람들 도로 주고 당치 않은 말 다시 말라."

심청이는 이 말 듣고 한동안 생각하더니 태연스레 말하였다.

"당초에 말씀 못 드린 것을 이제야 후회한들 무엇하겠습니까? 또한 부모를 위해 공을 드릴 것이라면 어찌 남의 명분 없는 재물을 바라며, 쌀 삼백 석을 도로 내어 주면 뱃사람들 일이 낭패이니 그도 또한 어렵고, 남에게 몸을 허락

종중 : 한 겨레붙이의 문중(門中).
통문 : 여러 사람의 이름을 적어 차례로 돌려 보는 통지문.

하여 약속을 정한 뒤에 다시 약속을 어기면 못난 사람들 하는 짓이니, 그 말씀을 따르지 못하겠습니다. 하물며 값을 받고 몇 달이 지난 뒤에 차마 어찌 얼굴을 들어 무슨 말을 하겠습니까? 부인의 하늘같은 은혜와 착하신 말씀은 저승으로 돌아가서 결초보은(結草報恩)* 하겠습니다."

승상부인은 이 말을 듣고 애석한 마음에 차마 놓지 못하고 통곡한다.

"네가 잠깐 기다려 준다면 화공(畵工)을 불러들여 네 얼굴 네 태도를 그대로 그려두고 내 생전에 두고두고 볼 것이니 잠시 머물러 있어라."

화공이 그림을 그리니 심청이 둘이었다. 심청이 울며 말하였다.

"정녕 부인께서는 전생에 내 부모였으니, 오늘 물러가면 언제 다시 모실 수 있으리까? 소녀 글 한 수 지어 내어 부인께 정을 표하오니 보시면 아실 것입니다."

부인이 반기어 종이와 붓을 내어 주니 붓을 들고 글을 쓸 때, 눈물이 비가되어 점점이 떨어지니 송이송이 꽃이 되어 그림 족자였다. 안방에 걸고 보니그 글은 이러하였다.

사람의 죽고 사는 게 한 토막 꿈이니
정에 끌려 어찌 굳이 눈물을 흘리랴마는
세간에 가장 애끓는 곳이 있으니
강남이 푸르러도 돌아오지 않음이리.

부인이 글 짓는 것을 보고,

"너는 과연 세상 사람 아니로다. 글은 진실로 선녀로다. 분명 인간의 인연이다하여 상제께서 부르시니 네 어이 피할쏘냐. 나 또한 이 운에 맞추어 글을 지으리라."

하고 두루마리 한 축을 끌어내어 글 한 수를 단숨에 내리쓴다.

결초보은 : 죽어 혼령이 되어서라도 은혜를 잊지 않고 갚는다는 뜻. 은혜를 입은 사람이 혼령이 되어, 풀포기를 묶어 놓아 적이 걸려 넘어지게 함으로써, 은인을 구해 주었다는 중국 춘추 시대 진나라 위과의 고사에서 유래함.

난데없는 비바람 어둔 밤에 불어오니

아름다운 꽃 날려서 뉘 집 문에 떨어지나

인간의 귀양살이 하늘이 정하셔서

아비와 자식으로 하여금 정을 끊게 하는구나.

심청이 그 글을 품에 품고 눈물로 이별하니, 무릉촌의 남녀노소 모두 통곡하였다. 심청이 승상부인 댁에서 돌아와서 아버지께 작별 인사를 올리니, 심봉사가 달려들어 딸아이의 목을 껴안고 뛰며 통곡하였다.

"네가 날 죽이고 가지, 그냥은 못 가리라. 날 데리고 가거라. 너 혼자는 못 가리라."

심청이 아버지를 위로하였다.

"우리 부녀간 인연을 끊고 싶어 끊사오며 죽고 싶어 죽겠습니까? 액운이 막혀 있고 생사가 때가 있어 하느님이 하신 일이니 한탄한들 어찌하겠어요? 인정으로 할 양이면 떠날 날이 없을 것입니다. 불효 여식 청이는 생각지 마시고 아버지 눈을 떠서 광명 천지 다시 보고 착한 사람 배필로 삼아 아들 낳고 대를 잇게 하소서."

심봉사 펄쩍 뛰었다.

"애고 애고, 그 말 하지 마라. 처자 있을 필자라면 이런 일을 당하겠느냐? 나 버리고는 못 간다."

심청이는 사람을 시켜 아버지를 붙들어 앉혀 놓고 울며 당부하였다.

"동네 어른님들, 혈혈단신 우리 아버지를 내맡기고 죽으로 가는 이 몸은 오직 동네 분들만 믿사오니 굽어 살피소서."

저의 아버지를 동네 사람에게 붙들게 하고 뱃사람들을 따라갈 때, 소리내어 울며 치마끈 졸라매고 치마폭 거듬거듬 안고 흐트러진 머리털은 두 귀 밑에 늘어지고 비같이 흐르는 눈물 옷깃을 적셨다. 엎어지며 자빠지며 붙들어 나갈 때 건넛집 바라보며,

"아무개네 큰 아가야, 작은 아가야, 너와 나와 동갑으로 형제같이 정을 두어 백 년이 다 되도록 사는 재미 함께 하자 하였더니, 나 이렇게 떠나가니 그도 또한 한이구나. 천명이 그뿐으로 나는 이미 죽거니와 의지 없는 우리 아버지 애통하여 상하실까. 나 죽은 후 네가 나를 생각하거든 내 아버지 극진히 대우해 다오. 너희와 나와 사귄 정 너희 부모가 내 부모요, 내 부모가 너희 부모라. 우리 살아 있을 때는 별로 문제 없었으나, 우리 아버지 백 세 후에 저승에 들어오셔서 부녀 상봉하는 날에 너희 정성 내 알겠다. 언제나 다시 보랴. 너희는 팔자 좋아 양친 모시고 잘 있거라."

동네 남녀노소 없이 눈이 붓도록 서로 붙들고 울다가 마을 어귀에서 서로 손을 놓고 헤어졌다. 그 때 하느님이 아시던지 밝은 해는 어디 가고 어둠침침한 구름이 자욱하며 청산이 찡그리는 듯, 강물 소리 흐느끼고, 복사꽃은 다정하여 슬픈 듯이 피어 있다.

'묻노라 저 꾀꼬리, 뉘를 이별하였길래 벗을 불러 울어 대고, 뜻밖에 두견이는 피를 내어 우는구나. 달 밝은 너른 산을 어디 두고 애끊는* 슬픈 소리 울어서 보내느냐. 네 아무리 가지 위에서 가지 말라 울건마는 값을 받고 팔린 몸이 다시 어찌 돌아올까.'

바람에 날린 꽃이 얼굴에 와 부딪치니 꽃을 들고 바라보며,

"앞산에 지는 꽃이 지고 싶어 지랴마는 마지못한 일이러니 누구를 탓하고 누구를 원망하리오."

한 걸음에 돌아보며 두 걸음에 눈물 지며 강머리에 다다르니, 뱃머리에 판자 깔고 심청이를 인도하여 빗장 안에 실은 후에 닻을 감고 돛을 달아 여러 뱃사람들이 소리를 한다,

"어기야, 어기야, 어기야, 어기야."

소리를 하며 북을 둥둥 울리면서 노를 저어 물결에 배를 띄워 떠나갔다.

망망한 너른 바다에 거친 물결이 이니, 물 위의 갈매기는 갈대 숲으로 날아

애끊는: '몹시 슬퍼서 창자가 끊어질 듯한' 이란 뜻. 이와 달리 '애끓는'은 몹시 걱정이 되어 속이 끓는 듯하다는 뜻.

들고 북쪽의 기러기 남으로 돌아온다. 출렁이는 물소리는 고깃배 소리가 분명하나, '굽이친 물줄기에 사람 자취 보이지 않고 산봉우리만 푸르렀다. 달은 지고 깊은 밤에 고소성에 배를 매니 한산사 종소리 뱃전에 들려왔다.

소상강에 들어가니 악양루 높은 누각 호수 위에 떠 있고, 동남으로 바라보니 산들은 겹겹이 쌓여 있고 강물은 넓고 넓다. 칠백 평 호수 맑은 물에 가을 달이 돌아오니 하늘의 푸른 빛이 물 위에 어리었다. 어부는 잠을 자고 소쩍새만 날아드니 '동정호 가을 달'이 이 아니며, 오나라 초나라 너른 물에 오고 가는 장삿배는 순풍에 돛을 달아 북을 둥둥 울리면서,

"어기야, 어기야, 어야."

하고 소리하니, '먼 포구에 돌아오는 돛단배'가 이 아니냐. 강 언덕 두서 너 집에 밥짓는 연기 나고, 강 건너 절벽 위에 저녁 노을 비쳐왔다. 하늘에 떠다니는 갖가지 구름들은 뭉게뭉게 일어나서 한 떼로 둘렀고 푸른 물 하얀 모래 이끼 낀 양쪽 언덕에 시름을 못 이기어 날아오는 기러기는 갈대 하나 입에 물고 점점이 날아들며 '끼룩끼룩' 소리하였다.

소상강 구경을 다 한 후에 배를 타고 떠나 한 곳에 다다라 돛을 지우고 닻 내리니 여기가 바로 인당수였다. 거센 바람 크게 일어 바다가 뒤흔들리며 너른 바다 한가운데 일천 석 실은 배, 노도 잃고 닻도 끊어지고 키도 빠지고, 바람 불고 물결쳐 안개 비 뒤섞어 잦아진데 갈 길은 천리 만리 남아 있고, 사방은 어둑하고 천지가 적막하여 간신히 떠 있었다.

뱃전은 탕탕, 돛대도 와지끈, 순식간에 위태하니, 도사공 이하 모두들 겁을 내어 정신이 달아나고, 고사 제물 차릴 때 섬 쌀로 밥을 짓고 동이 술에 큰 소 잡아 온 소다리 온 소머리 사지 갈라 올려 놓고, 큰 돼지 잡아 통째 삶아 큰 칼 꽂아 기는 듯이 받쳐 놓고, 삼색 실과 오색 당속*, 갖은 고기 식혜류와 온갖 과일 방위 차려 고여 놓고, 심청을 목욕시켜 흰 옷으로 갈아입혀 상머리에 앉

당속 : 설탕에 졸여 만든 음식.

힌 뒤에, 도사공이 앞에 나서 북을 둥둥 울리면서 고사를 지냈다.

"두리둥 두리둥, 우리 스물네 명이 장사를 직업삼아 십여 세에 조수 타고 서호를 떠다니니, 인당수 용왕님은 사람 제물 받잡기로 유리국도 화동에 사는 십오 세 효녀 심청을 제물로 드리오니, 사해 용왕님은 고이고이 받으소서. 동해신이며, 남해신이며, 용왕님, 성황님네 다 굽어보옵소서. 물길 천 리 먼먼 길에 바람 구멍 열어내고, 낮이면 골을 넘어 대야에 물 담은 듯이, 배도 무쇠가 되고 닻도 무쇠가 되고 용총마류 닻줄 모두 다 무쇠로 점지하시고, 빠질 근심 없삽고 재물 잃을 근심도 없애시어 억십만 금 이문 남겨 대 끝에 봉기질러 웃음으로 즐기고 춤으로 기뻐하게 점지하여 주옵소서."

하며 북을 '두리둥 두리둥' 치면서,

"심청은 시각이 급하니 어서 바삐 물에 들어가라."

심청이 두 손을 합장하고 일어나서 하느님에게 빌었다.

"비나이다, 비나이다, 하느님께 비나이다. 심청이 죽는 일은 조금도 서럽지 아니하여도, 병든 아버지 깊은 한을 생전에 풀려하고 이 죽음을 당하오니 황천은 감동시어 어두운 아비 눈을 밝게 띄워 주옵소서."

뒤로 펄쩍 주저앉아 도화동을 향하더니,

"아버지 나 죽소. 어서 눈을 뜨옵소서."

손을 짚고 일어나서 눈물지며 하는 말이,

"여러 선인님네 평안히 가옵시고 억십만 금 이문 남겨 이 물가를 지나거든 나의 넋을 불러 내어 물밥이나 주시오."

이르고 빛나는 눈을 감고 치마폭을 뒤집어쓰고 이리저리 저리이리 뱃머리로 와락 나가 푸른 물에 풍덩 빠지니, 물은 인당수요, 사람은 심봉사의 딸 심청이었다. 꽃 같은 몸이 풍랑에 휩쓸리고 밝은 달이 물 속에 잠기어 너른 바다 속에 곡식낱이 빠진 것 같았다. 새는 날 기운같이 물결은 잔잔하고 광풍은 삭아지며 안개 자욱하여 가는 구름 머물렀고, 맑은 하늘 푸른 안개 새는 날 동방처럼 날씨가 명랑하였다. 인당수 깊은 물에 힘없이 떨어진 꽃 헛되이 고기 뱃속에 장사지냈단 말인가?

그 배의 우두머리가 한숨지며 통곡하고 삿대잡이는 엎드려 울었다.

"하늘이 낸 큰 효(孝) 심소저는 아깝고 불쌍하다. 부모 형제가 죽었다 한들 이에서 더할쏘냐?"

도사공 하는 말이,

"고사를 지낸 후에 날씨가 순조로우니 심낭자 덕 아니신가?"

모두가 같은 생각이라 고사를 마치고,

"술 한 잔씩 먹고 담배 한 대씩 먹고 행선하세."

"어, 그리 하세."

'어기야 어기야.' 뱃노래 한 곡조에 삼승 돛을 채어 양쪽에 갈라 달고 순식간에 남경으로 다다랐다.

이 무렵 무릉촌 장승상 부인이 심청의 글을 벽에다 걸어 두고 날마다 살펴보아도 빛이 변치 아니하더니, 하루는 글 족자에 물이 흐르고 빛이 변하여 검어지니,

'심소저가 이제 물에 빠져 죽었는가?'

하여 한없이 슬피 탄식하고 있는데, 이윽고 물이 걷히고 빛이 도로 황홀해지니 부인이 이상히 여겨,

'누가 구하여 살았는가?'

하며 매우 의아하게 생각하면서도,

'어찌 그러하기 쉬우리오.'

그 날 밤 자정에 장승상 부인이 제물을 갖추어 강가에 나아가, 심청을 위하여 혼을 불러 위로하는 제사를 바치려고 하녀를 데리고 강가에 다다르니, 밤은 깊어 자정인데 첩첩이 쌓인 안개 산골짝에 잠겨 있고 첩첩이 이는 안개 강물에 어리었다. 조각배 홀로 저어 중류에 띄워 놓고 배 안에 제사상을 차린 다음, 부인이 손수 잔을 부어 흐느끼며 소저를 불러 위로하였다.

"심소저야 심소저야! 아깝도다 심소저야 앞 못 보는 아버지 눈을 뜨게 하려

평생 한이 되는지라. 네 효성이 죽기로써 갚으려고 실낱 같은 목숨을 스스로 내던져 고기 뱃속 넋이 되니 가련하고 불쌍하구나! 하느님이 어찌하여 너를 내고 죽게 하며, 귀신은 어찌하여 죽는 너를 못 살리나? 네가 나지 말았거나 내가 너를 몰랐거나 할 것이지 살아서 이렇게 헤어져 죽는다니 웬 말인고? 두 귀 밑의 머리털은 이로 하여 희어지고 인간계에 남은 세월 너로 인해 재촉되니 무궁한 나의 수심을 너는 죽어 모르거니와 나는 살아 고생이렷다. 한 잔 술로 위로하니 꽃다운 넋이여, 오호라 슬프고나! 상향(尙饗)*."

눈물 뿌려 통곡하니 천지 미물인들 어찌 감동하지 않을까. 뜻밖에 강 가운데서 한 줄기 맑은 기운이 뱃머리에 어렸다가 잠시 뒤에 사라지며 날씨가 화창하니, 부인이 반겨하며 일어서서 바라보니 가득 부었던 잔이 반이나 줄어들었기로 심청의 영혼을 못내 슬퍼하였다.

이럴 즈음 심봉사는 딸을 잃고 모진 목숨 죽지 못하여 근근히 살아갈 때, 도화동 사람들이 심청이가 지극한 효성으로 물에 빠져 죽은 일을 불쌍히 여겨 타루비(墮淚碑)*를 세우고 글을 지었다.

앞 못 보는 아버지 위해
제 몸 바쳐 효도하러 용궁에 갔네.
안개 어린 바다에 마음만 떠 있으니
봄 풀에 해마다 한이 서린다.

강가를 오가는 행인이 비문을 보고 아니 우는 이 없고, 심봉사는 딸이 생각나면 그 비를 안고 울었다.

이 세상같이 억울하고 고르지 못한 것은 없을 것이다. 가난하고 약한 사람은 그 부모가 낳은 몸과 하늘이 주신 귀중한 목숨도 보전치 못하고 심청이 같

상향: '신명께서 제물을 받으소서' 라는 뜻으로 제례 축문의 끝에 쓰는 말.
타루비: 원래 진나라 양우의 덕을 기리기 위해 세운 비로, 백성들이 이 비석만 보면 눈물을 흘렸다고 함.

은 하늘이 낸 큰 효가 결국 인당수 물에 가련한 몸이 잠기게 되었다. 그러나 그가 잠긴 곳은 물 속이 아니라 이 인간계를 영 이별하고 간 하늘의 천상계이니, 하느님의 능력이 한없이 큰 세상이었다. 이익에 눈이 어두운 인간계의 사람들과 말 못하는 부처는 심청이를 돕지 못하였으나 인당수의 물귀신이야 심청이를 알아보지 못하겠는가?

심청이 용궁에 가 어미 곽씨를 만나다. 이 때 심청은 너른 바다에 몸이 들어 죽은 줄로 알았는데, 무지개 영롱하고 향내가 코를 찌르더니, 맑은 피리 소리 은근히 들리기에 몸을 머물러 주저할 때, 옥황상제가 인당수 용왕과 사해용왕, 지부왕에게 일일이 명을 내렸다.

"내일 하늘이 낸 효녀 심청이가 그곳에 갈 것이니 몸에 물 한 점 묻지 않게 할 것이며, 만일 모시기를 실수하면 사해용왕은 천벌을 주고 지부왕은 파문을 내릴 것이니, 수정궁으로 모셔 들여 3년 받들고 단장하여 세상으로 돌려보내라."

명이 내리자 사해용왕과 지부왕이 모두 다 놀라 두려워하며, 무수한 바다의 장군과 군사들이 모여들 제, 원참군 별주부, 승지 도미, 빈랑 낙지, 감찰왕 잉어며, 수찬 송어와 한림 붕어, 수문장 메기, 청령사령 자가사리, 승지 북어, 삼치 갈치 앙금 방게 수군 백관과 백만 물고기 병사며*, 무수한 선녀들은 백옥 가마를 마련하여 그 때를 기다리니, 과연 옥같은 심청이 물로 뛰어들기에 선녀들이 받들어 가마에 올렸다. 심청이 정신을 차려 하는 말이,

"속세의 비천한 인간으로 어찌 용궁의 가마를 타오리까?"

하니 여러 선녀들이 말하였다.

"옥황상제의 분부가 지엄하시어 만일 타시지 아니하시면 우리 용왕이 죄를 면치 못하실 것이니 사양치 마시고 타옵소서."

심청이 그제야 마지 못하여 가마 위에 높이 앉으니 팔선녀가 가마를 메고

원참군 별주부, 승지 ~ 백만 물고기 병사며 : 물에 사는 짐승에게 각각 소임에 맞는 직명을 붙여 나열한 부분.

여섯 용은 곁에서 모시고, 바다의 장군과 군사들이 좌우로 호위하며 청학 탄 두 동자는 앞길을 인도하여 바닷물에 길 만들고 풍악으로 들어갔다. 이 때 천상 신선과 선녀들이 심청이를 보려고 늘어섰다.

수정궁으로 들어가니 인간 세계와는 다른 별천지였다. 남해 광리 왕이 통천관을 쓰고 백옥홀을 손에 들고 호기 찬란하게 들어가니, 삼천팔백 수궁부 내외의 대신들은 왕을 위하여 영덕전 큰 문 밖에 차례로 늘어서서 환호성을 올렸다. 값진 보물로 치장한 궁궐은 하늘의 빛과 어울리고, 입고 있는 의복은 인간의 온갖 복과도 비길 수 없었다.

수궁에 머물 때에 옥황상제의 명이니 거행이 오죽할까. 사해용왕이 시녀를 보내어 아침 저녁으로 문안하고, 번갈아 당번을 서서 문안하고 호위하며, 금수능라 비단 옷에 고운 얼굴 다 각기 잘 보이려고, 예쁜 모습 웃는 시녀, 얌전하게 차린 시녀, 천성으로 고운 시녀, 수려한 시녀들이 밤낮으로 시중들 때 사흘마다 작은 잔치, 닷새마다 큰 잔치를 베풀면서, 상당에서 비단 백 필, 하당에서 진주 서 되를 바쳤다. 이처럼 받들면서도 오히려 잘못하지나 않을까 각별히 조심하였다.

하루는 광한전 옥진부인이 온다 하니 수궁이 뒤눕는 듯, 용왕이 겁을 내어 사방이 분주하였다. 원래 이 부인은 심봉사의 처 곽씨 부인이 죽어 광한전 옥진부인이 되어 있었는데, 그 딸 심청이 수중에 왔단 말을 듣고 상제에게 말미를 얻어 모녀 상면하려 하고 오는 길이었다. 심청이 누구인 줄을 모르고 멀리서 바라볼 따름인데, 무지개 어린 오색 가마를 옥기린에 높이 싣고, 벽도화 단계화를 좌우에 벌어 꽂고, 각 궁 시녀들은 곁에서 모시고 청학 백학들은 앞길을 인도하고 봉황은 춤을 추고 앵무는 벌어 섰는데, 처음 보는 광경이었다. 이윽고 가마에 내려 섬뜰에 올라서며,

"내 딸 심청아! 너의 어미 내가 왔다."

부르는 소리에 어머니인 줄 알고 왈칵 뛰어와,

"어머니 어머니, 나를 낳고 초 칠일 안에 죽었으니 지금까지 십오 년을 얼굴

도 모르오니 천지간 한없이 깊은 한이 개일 날이 없었습니다. 오늘날 이곳에 와서 어머니와 다시 만날 줄을 알아서 오는 날 아버지 앞에서 이 말씀을 여쭈었더라면, 날 보내고 서러운 마음 저윽이 위로했을 것을…… . 우리 모녀는 서로 만나보니 좋지마는 외로우신 아버님은 누구를 보고 반기시겠습니까? 아버지 생각이 새롭습니다.”

새롭게 반가운 정과 감격하고 급급한 마음 어찌할 줄 모르다가, 함께 누각에 올라가 어미 품에 싸여 앉아 얼굴도 대어 보고 수족도 만지면서 젖도 인제 먹어 보자. 반갑고도 즐거워라. 이같이 즐겨하며 울음 우니, 부인도 슬퍼하고 등을 토닥토닥 두드리며,

“울지 마라 내 딸아, 내가 너를 낳은 후에 죽어 귀하게 되니 오히려 인간 생각이 아득하였다. 너의 아버지는 너를 키우며 의지하다가 너와도 이별하였으니 네가 오던 날 그 모습이 오죽할까? 내가 너를 보고 반가워하는 마음이야 네 아버지가 너를 잃은 설움에다 비기겠는가? 너의 아버지 가난에 절어 그 모습이 어떠하며 아마도 많이 늙었겠구나. 그간 수십 년에 재혼이나 하였으며, 뒷마을 귀덕 어미 네게 극진하지 않더냐.”

심청이 여쭈었다.

“아버지에게 듣기로는 고생하고 지낸 일을 어찌 감히 잊으리까.”

아비 고생하던 얘기와 일곱 살에 제가 나서서 밥 빌어 먹던 일, 바느질로 살던 말과 승상부인이 저를 불러 모녀의(母女義)로 맺은 후에 은혜 태산 같은 일과, 선인 따라 오려 할 때 화상 족자 하던 말과 귀덕 어미 은혜 말을 낱낱이 하고 나니, 그 말 듣고 승상부인 치하하며 그렁저렁 여러 날을 수정궁에 머물 때, 옥진부인이 심청의 얼굴도 대어 보고 손발도 만져 보며,

“귀와 목이 희니 너의 아버지 같기도 하다. 손과 발이 고운 것은 어찌 아니 내 딸이랴. 내 끼던 옥지환도 네가 지금 가졌으며, 수복강녕 태평안락 양편에 새긴 돈 붉은 주머니 청홍당사 벌매듭도, 애고, 네가 찾구나. 아버지 이별하고 어미를 다시 보니 두 가지 다 온전하기 어려운 건 인간의 일이라. 그러나 오늘

나를 다시 이별하고 너의 아버지를 다시 만날 줄을 네가 어찌 알겠느냐? 광한전 맡은 일이 너무도 분주해서 오래 비워 두기 어렵기로 다시금 이별하니 애통하고 딱하다만, 내 맘대로 못 하니 한탄한들 어이하겠느냐? 후에라도 다시 만나 즐길 날이 있으리라."

하고 떨치고 일어서니 심청이 기가 막혀,

"아이고 어머니, 소녀는 어머니를 오래 뫼실 줄로만 알고 있었는데, 이별 말이 웬일이요?"

하고 아무리 애걸해도 말릴 방법이 없었다. 옥진부인이 일어서서 심청의 손을 잡으며 작별 인사하고, 공중으로 향하더니 금방 사라져버렸다. 심청이 어쩔 수 없이 눈물로 이별하고 수정궁에 머물렀다.

심청이 연꽃에 싸여 세상으로 나오다. 이럴 즈음 옥황상제께서는 심청의 효심를 어여삐 여겼으므로, 수정궁에 오래 둘 수 없었다. 그래서 하루는 옥황상제께서 사해용왕에게 말을 전하였다.

"심소저 혼약할 기한이 가까우니, 효녀 심낭자를 연꽃봉오리 속에 아무쪼록 고이 모셔 오던 길인 인당수로 돌려보내어 좋은 때를 잃지 말게 하라."

분부가 매우 엄하니 사해용왕이 명을 듣고 심청이를 보닐 때, 큰 꽃송이에 넣고 두 시녀를 곁에서 모시게 하여 아침 저녁 먹을 것과 비단, 보배를 많이 넣고 옥화분에 고이 담아 인당수로 보내었다. 이 때 사해용왕이 친히 나와 배웅하고 각 궁 시녀와 여덟 선녀가 말하였다.

"소저는 인간 세상에 나아가서 부귀와 영광으로 만만세를 즐기소서."

심청이 대답하였다.

"여러 왕의 덕을 입어 죽을 몸이 다시 살아 세상에 나가게 되었습니다. 이 은혜는 결코 잊을 수 없을 것입니다. 모든 시녀들과도 정이 깊어 떠나기 섭섭하오나 이승과 저승의 길이 다르기에 이별하고 가기는 하지마는 수궁의 귀하신 몸 내내 평안하옵소서."

꽃봉오리 속의 심청이는 어디로 가는지 모른 채 수정문 밖을 떠날 때 하늘에는 사나운 비바람이 없이 맑게 개었으며 바다 또한 잔잔하여 파도가 일지 않았다. 때는 봄이라 해당화는 바닷물에 피어 있고, 동풍에 푸른 버들은 바닷가에 가지를 드리웠는데 고기 낚는 저 어부는 시름없이 앉았구나. 한 곳에 다다르니 날씨가 명랑하고 사면이 광활하다. 심청이가 정신을 가다듬고 둘러보니 용궁 가던 인당수라. 슬프다 이 역시 꿈이 아닐까?

바로 그 무렵에, 남경으로 장사하러 갔던 선인들이 심청이를 제물로 바친 덕에 그 행보에 이익을 남겨 돛대 끝에 큰 기 꽂고 웃음으로 지껄이며 춤추고 돌아오다 인당수에 이르러, 큰 소 잡고 동이 술에 각종 과실 차려 놓고 북을 치며 제를 지내던 참이었다.

남경 갔던 뱃사람들이 억십만 금 이문을 내어 고국으로 돌아오다가 인당수에 다다라 배를 매고 제물을 깨끗이 차려 용왕에게 제를 지내면서 비는 말이,

"우리 일행 수십 명 몸에 재액을 막아 주시고 소망을 뜻한 대로 이루어 주셔서 용왕님의 넓으신 덕택을 한 잔 술로 정성을 드리오니, 어여삐 보셔서 이 제물을 받아 주시옵소서."

하고 제를 올린 뒤에 제물을 다시 차려 심청의 혼을 불러 슬픈 말로 위로하였다.

"하늘이 낸 효녀 심소저는 늙으신 아버지 눈뜨기를 위하여 젊은 나이에 죽기를 마다 않고 바다 속 외로운 혼이 되었으니 어찌 아니 가련하고 불쌍하리오. 우리 뱃사람들은 소저로 말미암아 장사에 이문을 내어 고국으로 돌아가지마는 소저의 영혼이야 어느 날에 다시 돌아올까? 가다가 도화동에 들어가서 소저의 아버지가 살았는가 여부를 알아보고 가오리다. 한 잔 술로 위로하니 만일 알으심이 있거든 영혼은 이를 받으소서."

제물을 풀고 눈물을 쏟고 나서, 바다 위를 바라보니 난데없는 꽃 한 송이 물위로 덩실덩실 떠 있으니 뱃사람들이 이상히 여겨 하는 말이,

"이 애야, 저 꽃이 웬 꽃이냐? 천상의 꽃도 아니요, 세상꽃도 아닌데 바다위에 홀로 있으니 아마도 심소저의 영혼이 꽃이 되어 떴나 보다."

가까이 가서 보니 과연 심청이가 빠졌던 곳이어서 마음이 감동하여 꽃을 건져 내어 놓고 보니, 크기가 수레바퀴처럼 생겼고 두세 사람이 넉넉히 앉을 만하였다.

"이 꽃은 세상에 없는 꽃이니 이상하다."

이같이 공론이 분분할 때 흰구름이 자욱한 가운데 산뜻하게 푸른 옷을 떨쳐입은 선관(仙官) 하나가 공중에 학을 타고 외치며 말하였다.

"해상에 떠 있는 선인들아, 꽃 보고 떠들지 마라. 그 꽃은 천상의 귀한 꽃이니 타인은 일체 접근치 말 것이며 각별 조심하여 고이 모셔다가 천상께 진상토록 하라. 만일 그리 아니하면 생벼락을 내리도록 하련다."

뱃사람들 그 말 듣고 겁을 먹고 벌벌 떨면서 그 꽃을 고이 건져 빈 곳에 놓은 후에 청포장을 둘러치니 내외 제례가 분명하였다. 닻을 감고 돛을 다니 순풍이 절로 일며, 서울 남경까지 네다섯 달이나 걸리던 길을 며칠 만에 다다르니, 이도 또한 이상하다 할 것이었다. 돌아와서 억십만 금이 넘는 재물을 다 각기 나누어 가질 때, 도선주는 무슨 마음에서인지 재물은 마다하고 꽃봉이만 차지하여 자기 집 깨끗한 곳에 단을 쌓고 두었더니 향취가 온 집 안에 가득하고 주위에 무지개가 둘러 있었다.

심청이 왕비가 되다. 때는 바로 경진년 삼월이었다. 이 무렵 송나라 천자가 황후를 잃었으니, 백성들은 물론 조공(朝貢)*하는 열두 나라 사신들은 분주한데, 천자의 마음이 어지러워 슬픔을 가라앉히려 온갖 화초를 고루고루 구하여서 상림원에 채우고 황극전 앞뜰에 골고루 심어 놓았다.

이 때 남경 뱃사람이 대궐 안 소식을 듣고 문득 생각하기를,

'옛 사람이 벼슬을 등에 지고 천자를 생각하니, 나도 이 꽃을 가져다가 천자께 드린 후에 정성을 논하리라.'

하고 인당수에서 얻은 꽃을 옥분에 옮겨 심어 대궐 문 밖에 이르러 이 뜻을 전

조공 : 한 나라가 다른 나라의 지배를 받으면서 그 나라에 때맞추어 예물로 물건을 바치던 일.

했다. 천자가 반갑게 그 꽃을 들여다가 황극전에 놓고 보니 빛이 찬란하여 해와 달이 빛을 내는 것 같고, 매우 크며 향기가 특별하니 세상 꽃이 아니었다.

"달빛에 그림자가 분명하니 계수나무 꽃도 아니요, 요지연의 흰 복숭아 동방삭이 따온 후에 삼천 년이 못 되니 벽도화도 아니요, 서역국에 연화씨가 떨어져 그것이 꽃 되어 바다에 떠 왔는가?"

하시며 그 꽃 이름을 '강선화(降仙花)'라 하고, 자세히 살펴보니 붉은 안개 둘러 있고 상서로운 기운이 어리었으니, 황제가 크게 기뻐하여 화단에 옮겨 놓으니 모란화·부용화가 다 아래 자리로 돌아가니, 매화·국화·선화는 모두 다 신하라 이를 지경이었다. 천자가 알던 다른 꽃은 다 버리고 이 꽃뿐이었다.

천자가 잠자리에 들어 비몽사몽간에 봉래산 선관이 학을 타고 분명히 내려와서 천자 앞에 돌연히 다가왔다.

"황후가 돌아가셨음을 상제께서 아시고 인연을 보내셨으니 폐하께서는 어서 바삐 살피소서."

천자가 잠을 깨고 자리에서 일어나 당나라의 옛일을 본받아 궁녀에게 명하여 화청지에서 목욕하고 친히 달을 따라 화단을 거니는데, 밝은 달은 뜰에 가득하고 산들바람 부는 중에 문득 강선화 봉오리가 흔들리며 가만히 벌어지고 무슨 소리 나는 듯하였다. 천자가 몸을 숨겨 가만히 살펴보니 예쁜 용녀가 얼굴을 반만 들어 꽃봉오리 밖으로 반만 내다보더니, 사람 자취 있음을 보고 도로 헤치고 들어갔다. 천자가 보고 홀연 몸과 마음이 황홀하였다. 의아한 생각이 들어 아무리 서 있어도 다시는 기척이 없었다. 가까이 가서 꽃봉이를 가만히 벌리고 보니 한 처녀와 두 미인이 있기에 천자가 반기며 물었다.

"너희가 귀신이냐 사람이냐?"

미인이 즉시 내려와 땅에 엎드려 말하였다.

"소녀는 남해 용궁 시녀이온데 소저를 모시고 세상으로 나왔다가 황제의 모습을 뵈오니 극히 황공하옵니다."

하니 천자가 마음 속으로,

'상제께옵서 좋은 인연을 보내신 것이로구나. 하늘이 내리신 바를 받아들이지 않으면 이런 좋은 기회가 다시는 오지 않으리라.'

생각하고,

'배필을 정하리라.'

결심하여 혼인을 하기로 작정하고 이튿날 아침에 삼정승과 육판서를 비롯하여 만조 백관 문무 제신을 불러 놓고 천자가 말하였다.

"짐이 간밤에 꿈을 꾼 후 기이하기로, 어제 뱃사람들이 바친 꽃을 보니 그 꽃은 간 곳이 없고 다만 한 낭자가 앉았는데 황후의 기상인지라, 짐이 이를 하늘이 정한 연분으로 여기거니와 경들의 뜻은 어떠한가?"

문무 제신이 일제히 아뢴다.

"황후께서 승하하셨음을 하늘이 아시고 인연을 보내셨으니 국운이 무궁하여 하늘이 보호하심입니다. 국가의 경사 이에 더함이 없는 줄 아뢰오."

천자가 태사관으로 하여금 날을 잡으라 하니 오월 오일 갑자일이었다. 심청이를 황후로 봉하여 승상의 집으로 모신 뒤에 혼인날이 되어 명하기를,

"이러한 일은 천만고에 없는 일이니 예의 범절을 특별히 마련하도록 하라."

하니 위엄이 이 세상에서 처음이요 옛날에도 없는 일이었다. 황제께서 잔치 자리에 나와 서니 꽃봉오리 속에서 두 시녀가 심청이를 부축하여 나오니 북두칠성에 좌우보필이 갈라서 있는 듯, 궁중이 휘황하여 바로 보기 어려웠다. 나라의 경사라, 온 나라에 사면령을 내리고, 남경 갔던 도선주를 특별히 무장태수로 임명하고, 온 조정(朝廷)* 여러 신하들은 축하를 보내고 온 백성들은 기뻐 환호하였다. 이리하여 혼례를 마친 다음 심청이를 가마에 고이 태워 황후전에 들게 하니 위의와 예절이 거룩하고 화사하였다.

이로부터 심황후의 어진 덕이 천하에 고루 퍼지니, 조정의 문무 백관과 각 고을 태수와 만백성이 엎드려 축원하였다.

"우리 황후 어진 성덕 만수 무강하소서."

조정 : 임금이 나라의 정치를 하던 곳.

이즈음 심봉사는 딸을 잃고 실성하여 날마다 탄식할 때 봄이 가고 여름 되니 녹음 방초도 원망스럽고 자연을 노래하는 새도 심봉사를 비웃는 듯하여 눈물지며 허송 세월하였다.

심청이 심봉사를 찾기로 하다. 심황후의 덕과 은혜가 지중하여 해마다 풍년이 들어 태평 세월을 다시 보니 태평성대가 되었다. 사람에게 있어 가장 절실한 정은 천륜(天倫)*이라, 심황후는 부귀 극진하나 앞 못 보는 아버지 생각이 무시로 솟아올라 홀로 앉아 근심과 탄식하는 날이 많았다.

하루는 근심을 이기지 못하여 시종을 데리고 옥난간에 기대 서 있었더니, 가을 달은 밝아 산호 발에 비쳐 들고 귀뚜라미 슬피 울어 방 안에 흘러들어 무한한 심사를 점점이 불러낼 때, 높은 하늘 외로운 기러기 울면서 내려오니 심황후가 반가운 마음에 바라보며,

"오느냐, 너 기러기. 거기 잠깐 머물러서 나의 한 말 들어 봐라. 도화동에 우리 아버지 편지를 매고 네 오느냐, 이별 삼 년에 소식을 못 들으니 내가 이제 편지를 써서 네게 전할 테니 부디부디 잘 전하여라."

하고 방 안에 들어가 상자를 얼른 열고 두루마리 종이 끌러 내어놓고 붓을 들고 편지를 쓰려 할 때, 눈물이 먼저 떨어지니 글자는 먹칠이 되고 말마디는 뒤바뀌었다.

"슬하를 떠나온 지 해가 세 번 바뀌오니 아버님 그리워 쌓인 한이 바다같이 깊습니다. 엎드려 생각컨대 그간에 아버지 몸 편히 지내시온지, 그리는 마음 이루 다 말씀드릴 길이 없습니다. 불효녀 심청은 뱃사람을 따라갈 때, 하루 열두 시에 열두 번씩이나 죽고 싶었으나 틈을 얻지 못하여 대여섯 달을 물 위에서 자고, 마지막에는 인당수에 가서 제물로 빠졌습니다. 그런데 하느님이 도우시고 용왕이 구하셔서 세상에 다시 나와 이 나라 천자의 황후가 되었습니다.

부귀영화는 다함이 없사오나, 간장에 맺힌 한 때문에 부귀에도 뜻이 없고

천륜: 부자(父子)·형제 사이에 마땅히 지켜야 할 도리.

살기도 바라지 아니하고, 다만 바라기는 아버님 슬하에 다시 뵈온 후에 그 날 죽사와도 한이 없겠습니다. 삼 년 동안에 눈을 떴사오며 마을에 맡긴 돈과 곡식은 그저 있어 목숨을 보존하시온지오. 아버님 귀하신 몸 잘 보존하셨다가 쉬이 만나 뵈옵기를 천만 바라고 천만 바라옵니다."

날짜를 얼른 써서 가지고 나와보니 기러기는 간데없고 아득한 구름 밖에 은하수만 기울어졌다. 별과 달만 밝아 있고 가을 바람이 쓸쓸하였다. 편지를 집어 상자에 넣고 소리없이 울고 있는데, 이 때 황제가 내전에 들어와 심황후를 바라보니, 두 눈 사이에 근심스러운 빛을 띄었고 얼굴에 눈물자국이 있으니 국화가 햇빛 아래 시드는 듯하여 황제가 물었다.

"무슨 근심이 계시길래 눈물 흔적이 있는지요? 귀하기는 황후가 되어 있으니 천하에 제일 귀하고, 부하기는 사해를 차지하였으니 인간에 제일 부자인데 무슨 일이 있어 저렇게 슬퍼하시는가요?"

심황후가 대답하였다.

"제가 과연 바라는 바가 있사오나 감히 여쭙지 못하였습니다."

이에 황제가 말하기를,

"바라는 바가 무슨 일인지 자세히 말씀해 보시구려."

하니, 심황후가 다시금 꿇어앉아 나지막히 말하였다.

"신첩은 본래 용궁사람이 아니라 황주 도화동에 사는 심학규의 딸인데, 첩의 아버지가 앞을 보지 못하는지라 철천지한(徹天之恨)*이더니, 부처님께 공양미 삼백 석을 시주하면 감은 눈을 뜬다 하기로 남경 장사 선인들에게 이 몸을 팔아 인당수에 빠졌습니다. 하늘이 굽어살피시어 몸은 귀하게 되었으나 천지인간 병신 중에서 소경이 제일 불쌍하니 맹인 불러 음식을 내려주시면 첩의 천륜을 찾을까 합니다."

하고 그 동안 있었던 일을 자세히 여쭈니 황제께서 들으시고,

"그러하시면 어찌 진작에 말씀을 못하시었소? 어렵지 않은 일이니 너무 근

철천지한 : 하늘에 사무치는 원한.

심치 마시오."

하고 그 다음 날 조회를 마친 뒤에 온 조정 신하들과 의논하고,

　"황주로 관리를 보내어 심학규를 부원군으로 대우하여 모셔오라."

하였더니, 황주자사가 장계를 올렸는데 떼어 보니,

　"분명히 본주의 도화동에 맹인 심학규가 있었으나 일 년 전에 떠난 뒤로 사는 곳을 알 수 없습니다."

라고 되어 있었다. 심황후가 듣고 망극한 마음을 이기지 못하여 눈물을 흘리며 길이 탄식하니 천자가 간곡히 위로하였다.

　"죽었으면 할 수 없겠지만 살아 있으면 만날 날이 있지, 설마 찾지 못하겠소?"

　심황후가 잠시 생각하고 황제에게 말하였다.

　"저에게 한 계책이 있으니 그대로 하옵소서, 이 땅의 모든 백성이 다 임금의 신하이온데 백성 중에 불쌍한 사람은 홀아비, 과부, 고아, 자식 없는 늙은이 네 부류의 사람일 것입니다. 그 가운데 가장 불쌍한 사람이 병든 사람이며, 병신 중에도 특히 맹인이오니 천하 맹인을 모두 모아 잔치를 하옵소서. 그들이 하늘과 땅과 해와 달과 별이며, 희고 검고 길고 짧은 것과, 부모 처자를 보아도 보지 못하여 품은 한을 풀어 주옵소서. 그러하면 그 가운데 혹시 저의 아버님을 만날 수도 있을 것이니, 이는 저의 소원일 뿐 아니라 또한 나라에 화평한 일도 될 듯하오니 이 일이 어떠하온지요?"

　천자가 이 말을 듣고 크게 칭찬하기를,

　"과연 여자 중의 요순이로소이다. 그렇게 하십시다."

하고 세상에 알렸다.

　"높은 관리에서 서민에 이르기까지 맹인이면 성명과 거주지를 기록하여 각 읍으로부터 기록해 올리도록 하라. 그들을 잔치에 참례하게 하되, 만일 맹인 하나라도 명을 몰라 참례치 못한 자가 있으면 해당 도의 감사와 수령은 마땅히 중한 벌을 받을 것이다."

　명령을 내리니 나라의 각 도와 각 읍이 놀라고 두려워 서둘러서 시행하였다.

심봉사는 뺑덕 어미와 살다가 버림받다. 이 때 심학규는 몽운사 부처가 영험이 없었는지 딸 잃고, 쌀 잃고, 눈도 뜨지 못해 지금껏 심봉사는 봉사 그대로 있었다. 그 중에 눈만 못 떴을 뿐 아니라 생애의 고생이 세월을 따라 더욱 깊어갔다. 도화동 사람들은 당초의 남경 장사 부탁도 있고 곽씨 부인을 생각하든지 심청의 정곡을 생각하여도 심봉사를 위하여 마음 극진히 써서 도왔다. 그 때 뱃사람이 맡긴 돈과 곡식은 착실히 늘어나 심봉사의 의식도 넉넉해지고 행세도 차차 좋아졌다.

이 때 마침 그 마을에 서방질 일쑤 잘 하여 밤낮없이 놀아나는 개같이 눈이 벌개서 다니는 뺑덕 어미가 심봉사의 재산이 많은 줄 알고 자원하여 첩이 되어 살았는데, 이 계집의 버릇은 아주 인중지말(人中之末)*이었다. 그렇듯 어두운 중에도 심봉사를 더욱 고생되게 가세를 결단내는데, 쌀을 주고 엿 사먹기, 벼를 주고 고기 사기, 잡곡으로 돈을 사서 술집에서 술 먹기와 이웃집에 밥 부치기, 빈 담뱃대 손에 들고 보는 대로 담배 청하기, 이웃집에 욕 잘 하고 동무들과 싸움 잘 하고 정자 밑에 낮잠 자기, 술 취하면 한밤중 길게 목놓고 울고, 동리 남자 유인하기, 일 년 삼백육십 일을 입 잠시 안 놀리고는 못 견디어 집안의 살림살이는 홍시감 빨듯 홀짝 없이 하되, 심봉사는 다년간 공방으로 지내던 터라 그 중에 실가지락(室家之樂)*이 있어 삯 받고 관가 일을 하듯 하되, 뺑덕 어미는 행세를 털어먹다 이삼 일 양식할 만큼 남겨 놓고 도망할 작정으로, 유월 까마귀가 곤 수박 파먹듯 불쌍한 심봉사의 재물을 밤낮으로 퍽퍽 파던 터였다.

하루는 심봉사가 생각다 못해서 물었다.

"여보소, 뺑덕이네. 우리 형편 착실하다고 남이 다 수군수군했는데, 근래에 어찌해서 형편이 못 되어 다시금 빌어먹게 되었으니, 이 늙은 것이 다시 빌어

인중지말 : 사람 가운데 가장 못난 사람.
실가지락 : 부부 사이의 금슬.

먹자 한들 동네 사람도 부끄럽고 내 신세도 말이 아니니, 어디 얼굴 들고 다니겠는가?"

빵덕 어미가 대답한다.

"봉사님, 여태 잡수신 게 무엇이오? 식전마다 해장하신다고 죽 값이 여든두 냥이요. 저렇게 갑갑하다니까, 낳아서 키우지도 못한 것 밴다고 살구는 어찌 그리 먹고 싶던지, 살구 값이 일흔석 냥이요. 저렇게 갑갑하다니까."

심봉사가 속은 타지만 헛웃음 웃으며,

"야, 살구는 너무 많이 먹었다. 그렇지마는 '계집 먹은 것은 쥐 먹은 것'이라 하니 따져 봐야 쓸 데 없다. 우리 세간 물건을 다 팔아 가지고 타향으로 가세."

"그러고 싶으면 그리합시다. 모든 일을 가장 하라는 대로 하지요."

"당연한 말이로세. 동리 사람에게 빚이나 없나?"

"내가 줄 것 조금 있소."

"얼마나 되나?"

"뒷동네 높은 주막에 가 해정주 한 값 마흔 냥."

심봉사가 어이없어,

"잘 먹었다. 또 어데?"

"저 건너 불통이 함씨에게 엿값이 서른 냥."

"잘 먹었다. 또."

"안촌 가서 담배값이 쉰 냥."

"이것 참 잘 먹었네."

"기름 장사한테 스무 냥."

"기름은 무엇 했나?"

"머리 기름 했지."

심봉사는 기가 막히고 하도 어이가 없어,

"실상 얼만큼 안 되네."

"고까짓 것 무엇이 많소?"

한참 이렇듯 문답하더니 그 재물을 생각할 때면 그 딸의 생각이 더욱 뼈가 울리며 간절하였다.

여광여취(如狂如醉)* 한 듯 홀로 뛰어나와 심청 가던 길을 찾아 강변에 홀로 앉아 딸을 부르며 울었다.

"내 딸 심청아, 너는 어이 못 오느냐. 인당수 깊은 물에 네가 죽어 황천 가서 너의 어머니 뵈옵거든 모녀간의 혼이라도 나를 어서 잡아가거라."

이렇듯이 눈물을 흘리고 있을 때, 관차(官差)*가 심봉사 강변에서 운단 말을 듣고 강변으로 쫓아와서,

"여보 봉사, 관가님께서 부르시니 어서 바삐 가십시다."

심봉사 이 말 듣고 깜짝 놀라,

"나는 아무 죄가 없소."

"황성에서 맹인님 불러 올려 벼슬을 주고 좋은 가택을 많이 준다 하니, 어서 급히 관가로 갑시다."

심봉사 관차 따라 관가에 들어가니 관가에서 분부하였다.

"황성 맹인 잔치 한다니 어서 급히 올라가라."

심봉사가 대답하였다.

"옷 없고 노자 없이 황성 천 리 못 가겠소."

관가에서도 심봉사 일을 다 아는지라 노자를 내어주고 옷 한 벌을 내어 주며 어서 바삐 올라가라 하였다. 심봉사가 집으로 돌아와 마누라를 불렀다.

"뺑덕이네."

뺑덕 어미는 심봉사가 홧김에 물에 빠진 줄 알고 남은 살림 내 차지라고 속으로 은근히 좋아하더니 심봉사가 들어오니까 급히 대답하였다.

"네, 네."

"여보게 마누라, 오늘 관가에 갔더니 황성서 맹인 잔치를 한다고 날더러 가

여광여취 : 매우 기뻐서 미친 듯도 하고 취한 듯도 함.
관차 : 관아에서 보내던 군뢰·사령 따위의 아전.

라 하니 내 갔다올 터이니 집안을 잘 살피고 나오기를 기다리시오."

"여필종부(女必從夫)*라니 서방 가는 데 나 아니 갈까? 나도 같이 가겠소."

"자네 말이 하도 고마우니 같이 가 볼까? 건너 마을 김장가에게 돈 삼백 냥 맡겼으니 그 돈 중에 오십 냥 가지고 가세."

"아이고 봉사님 딴소리 하네. 그 돈 삼백 냥 벌써 찾아 이 달의 살구값으로 다 없앴소."

심봉사 기가 막혀,

"삼백 냥 찾아온 지 며칠 안 되어 살구값으로 다 없앴단 말이야?"

"고까짓 돈 삼백 냥을 썼다고 그같이 노여워하나?"

"네 말하는 꼴 들어보니 귀덕이네 집에 맡긴 돈도 또 썼겠구나."

뺑덕 어미 또 대답하였다.

"그 돈 백 냥 찾아서는 떡값, 팥죽값으로 벌써 다 썼소."

심봉사 더욱 기가 먹혀,

"애고 이 몹쓸 년아, 내 딸 효녀 심청이 인당수에 죽으러 갈 때 사후에 신세라도 의탁하라 주고 간 돈, 네년이 무엇이라고 그 중한 돈을 떡값, 살구값, 팥죽값으로 다 녹였단 말이냐?"

"그러면 어찌하여요? 먹고 싶은 것을 안 먹을 수 있소?"

뺑덕 어미가 애교를 부리며,

"어쩐 일인지 지난 달에 몸 구실을 거르더니, 신 것만 구미에 당기고 밥은 아주 먹기가 싫어요."

그래도 어리석은 사내라 심봉사 이 말을 듣고 깜짝 놀라,

"여보게, 그러면 태기가 있나 보오. 그러하나 신 것을 많이 먹고 그 애를 나면 그놈의 자식이 시큰둥하여 쓰겠나? 남녀간에 하나만 낳소, 그도 그러려니와 서울 구경도 하고 황성 잔치도 같이 가세."

이렇듯 말하여 행장을 차릴 때에, 심봉사 거동 보라. 제주 양태, 굵은 베로

여필종부 : '아내는 반드시 남편의 뜻에 좇아야 한다' 는 말.

두루마기에 목전대 둘러 띠고, 노자돈을 보에 싸서 어깨 너머 둘러메고, 대나무 지팡이를 왼손에 든 연후에, 뺑덕 어미 앞세우고 심봉사 뒤를 따라 황성으로 올라갔다. 한 곳에 다다라서 한 주막에서 자노라니, 그 근처에 황봉사라 하는 소경이 뺑덕 어미가 잡것인 줄 인근 읍에 자자하여 한 번 보기를 원하였는데, 뺑덕 어미가 으레 그곳에 올 줄 알고 그 주인과 의논하고 뺑덕 어미를 유인할 때 뺑덕 어미 속으로,

'심봉사 따라 황성 잔치 간다 해도 눈 뜬 계집이야 참례도 못 할 터이요, 집으로 가자니 외상값에 졸릴 테니 집에 가 살 수 없은즉, 황봉사를 따라가면 일신도 편쿠 한철 살구는 잘 먹을 터이니 황봉사를 따라가리라.'

하고 심봉사의 노자 행장까지 도적해 가지고 밤중에 도망을 하였다.

불쌍한 심봉사는 아무것도 모르고 식전에 일어나서,

"여보소 뺑덕 어미, 어서 가세. 무슨 잠을 그리 자나."

하며 말을 한들 수십 리나 달아난 계집이 대답이 있을 수 있겠는가.

"여보소 마누라."

아무리 하여도 대답이 없으니 심봉사 마음이 괴이하여 머리맡을 더듬으니 행장 노자 싼 보가 없는지라 그제야 도망한 줄 알고,

"애고, 이 계집 도망하였나?"

심봉사 탄식하였다.

"여보게 마누라, 나를 두고 어데 갔나? 나도 가세 마누라, 나를 두고 어데 갔나? 황성 천 리 먼먼 길을 누구와 함께 동행하며 누구를 믿고 가잔 말인가. 나를 두고 어데 갔나? 애고 애고, 내 일이야."

이렇듯 탄식하다가 다시 생각하고,

"아서라, 그년 생각하니 내가 잡놈이다. 현명한 곽씨 부인 죽고, 내 딸 심청과 생이별도 하였거든, 그 망할 년을 다시 생각하면 내가 또 잡놈이다. 다시는 그년을 생각하며 말도 아니 하리라."

하더니 그래도 또 못 잊어,

"애고, 뺑덕 어미."

부르며 그곳에서 떠났다.

　심봉사가 홀로 황성으로 가다.　외로운 나그네로 그럭저럭 가노라니, 때는 마침 오뉴월 더운 때였다. 무더위는 불 같은데 비지땀 흘리면서 한 곳에 이르니, 해맑은 시내가 멱감는 아이들이 저희끼리 재담하며 물소리를 내는지라, 심봉사가,

"애라, 나도 목욕이나 하여야겠다."

하고 고의 적삼 활활 벗고 시냇물에 들어앉아 목욕을 한참 하고 물가로 나오면서 옷을 찾아 더듬으니 심봉사보다 더 궁한 도둑놈이 집어들고 달아났다.

　벌거벗은 심봉사가 불같이 따가운 볕에 땀을 뻘뻘 흘리면서 홀로 앉아 탄식한들 그 누가 옷을 줄까?

　그럴 즈음 무릉 태수가 황성 갔다 오는 길에, 벽제* 소리 반겨 듣고,

"옳다, 저 관원에게 억지나 좀 써 보리라."

벌거벗은 알봉사가 불두덩만 감싸쥐고 소리쳤다.

"전해 주시오! 나는 황성 가는 봉사요. 내 사정을 제발 들어 보시오."

행차가 멈추었다.

"어디 사는 소경이며 어찌 옷은 벗었으며 무슨 말을 하려는가?"

심봉사가 말하였다.

"저는 황주 도화동에 사는 심학규이온데, 서울로 가는 길에 날이 너무 더워서 길을 갈 수가 없기로 목욕하고 가려고 잠깐 목욕을 하고 나와서 보니, 어느 못된 좀도적놈이 의관과 봇짐을 모두 다 가져가서 낮에 나온 도깨비처럼 이러지도 저러지도 못하게 되었습니다. 제 의관과 봇짐을 찾아 주시거나 별도로 마련해 주옵소서. 그리 아니 하시면 잔치에 가지 못할 것이니, 나으리께서 특별히 살펴 주시기를 바라옵니다."

벽제 : 옛날 왕이나 관원 등 지위가 높은 사람이 지나갈 때 구종별배가 소리를 질러 잡인의 통행을 막은 일.

태수가 이 말을 듣고 불쌍히 여겨,

"네 아뢰는 말을 들으니 왜 유식한 것 같구나. 그 사정을 호소문으로 써서 올리도록 하라. 그런 다음에야 의관과 노자를 주겠노라."

심봉사가 말하였다.

"글은 좀 하오나 눈이 어두우니 형방 아전을 보내 주시면 불러서 쓰게 하겠습니다."

태수가 형방에게 분부하여,

"써 주도록 하라."

하니 심봉사가 호소문을 부르기를 서슴지 아니하고 좍좍 지어 올리니 태수 받아 보니 그 내용은 이러하였다.

제가 하늘에 죄를 얻어 타고난 팔자가 기박하여 두 눈이 어두워 보지 못하고 즐거움은 부부만 한 것이 없는데도 죽은 아내를 다시 만나지 못함이 한스럽네.

일찍이 청운의 꿈을 품었는데 늘그막에 생각하니 한 일 없이 머리만 세어졌으니 눈물이 흘러 옷깃 적시고 깊은 근심에 눈자위 찡그리도다. 아침 저녁 몰라보게 늙어감은 피부를 만져 보니 알겠네. 입에 풀칠하려고 이리저리 밥을 빌고 옷은 몸을 못 가리니 어디 가서 얻어 올까. 우리 천자 거룩하사 명을 내려 맹인 잔치 열어 주시니 밝은 햇빛 골짝마다 미치어서 동서남북 사방으로 서울에서 시골까지 갈 길은 멀고 먼데 가진 것은 지팡이 하나이고 살림이 가난하여 가진 것은 바가지 하나라네.

날씨가 너무 더워 냇가에서 목욕을 하다가 의복과 봇짐을 백사장에서 잃었으니 봇짐과 전대를 많은 나그네들 틈에서 찾기 어렵도다. 내 신세 생각하니 울에 걸린 양과 같네.

옷을 벗은 맨몸은 낮에 나온 도깨비요, 혼자서 우는 모습 그림자 없는 귀신일세. 엎드려 생각하니 나으리는 어질고 밝은 관리이시니 화살 맞은 새를 살려 주시고 물 마른 고기를 구해 주소서. 고금에 없는 이 어려움을 도와주시면 이 세상에 다시 살린 은혜가 되실 테니 밝히 살피시고 처리해 주옵소서.

태수가 심부름꾼을 불러 옷고리짝을 열고 의복 한 벌 내어 주고, 가마 뒤에 달린 갓 떼어 주고, 노자돈을 주니, 심봉사가 또 말하였다.

"신이 없어 못 가겠소."

"신이야 할 수 있느냐. 하인의 신을 주자 하니 저희들이라고 발을 벗고 갈 수 있나."

그 때 마침 그 중에 마부질 심하게 하는 놈이 말탄 손님의 돈을 일쑤 잘 발라내어, 말죽 값도 한 돈이면 열두 냥 훑어 내고, 신이 성하여도 떨어졌다 하고 신 값을 총총 훑어 내어 신을 사서 말 궁둥이에다 달고 다니니, 원님이 그 놈의 하는 행동이 괘씸하다고 여기고 신을 떼어 주라 하니, 심부름꾼이 달려들어 떼어 주었다. 심봉사 신을 얻어 신은 후에,

"오늘 가면서 먹을 담뱃대도 없소."

태수가 말하였다.

"그러하면 어찌 하잔 말인가?"

"글쎄 그렇단 말씀이오."

태수가 웃고 담뱃대를 내어 주니 심봉사가 받아 가지고,

"황송하오나 담배 한 대 맛보았으면 좋을 듯하오."

태수가 방자 불러 담배 내어 주니 심봉사가 작별을 고하고 황성으로 올라갈 때, 대성통곡 우는 말이,

"도중에 어진 수령 만나 의복은 얻어 입었으나 길을 인도할 사람이 없으니 어찌하여 찾아갈까?"

이렇게 탄식하며 앞내 버들은 푸른 휘장 두르고 뒷내 버들은 초록 휘장 둘러 한결같이 늘어지고 펑퍼져서 휘어져 늘어진 곳에서, 심봉사가 그늘에 앉아 쉬는데 온갖 새들이 날아들었다.

심봉사가 목동 아이들을 이별하고 한 발 한 발 안으로 더듬어 나아가서 여러 날이 지나니 서울이 가까웠다. 낙수교를 얼른 지나 서울 근교를 들어가니 한 곳에 방아집이 있어 여러 여자들이 방아를 찧고 있었다. 심봉사가 더위를 식히려고 방앗집 그늘에 앉아 쉬고 있는데 여러 사람들이 심봉사를 보고,

"애고, 저 봉사도 잔치에 오는 봉사인가 보오? 요즈음에 봉사들 살판이 생겼네. 저리 앉았지 말고 방아나 좀 찧어 주지."

심봉사가 그제야 마음속으로,

'옳지, 양반네 집 종이 아니면 상놈의 아낙네로다. 그렇다면 여기서 한 번 놀려먹기나 해 보리라.'

생각하고 대답하기를,

"천리 타향에서 힘들게 올라오는 사람더러 방아 찧으라 하기를 자기네 집안 어른더러 하듯 하니, 무엇이나 좀 줄라면 찧어 주지."

"애고, 그 봉사 음흉하여라. 주기는 무엇을 주어, 점심이나 얻어먹지."

"점심 얻어먹으려고 찧어 줄까."

"그러면 무엇을 주어, 고기나 줄까?"

심봉사가 하하 웃으며,

"그것도 고기지. 고기지마는 주기가 쉬울라고?"

"줄지 아니 줄지 어찌 아나. 방아나 찧고 보지."

"옳거니, 그 말이 반허락이렸다?"

방아에 올라서서 떨구덩 떨구덩 찧으면서 심봉사가 지어 내어 하는 말이,

"방아소리는 잘 하지마는 누가 알아 주겠소."

여러 여종들이 그 말 듣고 졸라 대니, 심봉사가 견디지 못하여 방아소리를 하였다.

어유아 방아요.

적적공산 나무 베어 이 방아를 만들었네.

방아 만든 것을 보니 이상하고 이상하다.

어유아 방아요.

길고 가는 허리를 보니 초패왕의 우미인 넋일런가,

그네 뛰고 놀던 발로 이 방아를 찧겠구나.

어유아 방아요.

우리 천자가 어지셔서 나라가 평안한데

하물며 맹인 잔치 고금에 없었으니

우리도 태평성대에 방아소리나 하여 보세.

어유아 방아요.

한 다리 높이 밟고 오르락내리락 하는 양과

실룩벌룩 삣죽삣죽 조개로다.

어유아 방아요.

얼씨고 좋을씨고 지화지자 좋을씨고.

흥에 겨워 이렇게 해 놓으니, 여러 여종들이 듣고 깔깔 웃으며,

"애그, 봉사님 그게 무슨 소리오. 자세히도 아네. 아마도 그리로 나왔나 보오."

"그리로 나온 게 아니라 해 보았지."

여러 사람들이 손뼉을 치며 크게 웃었다. 그럭저럭 방아를 찧고 점심을 얻어먹고 봇짐에다 술을 넣어 지고 지팡막대를 쥐고 나서면서,

"자, 마누라들 그리들 하오. 잘 얻어먹고 갑네."

"어, 그 봉사 심심치 않아서 사람은 좋은데, 잘 가고 내려올 때 또 오시오."

심봉사가 거기서 작별을 고하고, 성 안에 들어가니 억만 장안이 모두 다 소경들로 가득하여 서로 딱딱 부딪쳐 다니기 어려웠다.

심봉사가 안씨 맹인을 만나다. 한 곳을 지나는데 어떤 여자가 문 밖에 섰다가,

“저기 가는 분이 심봉사시오?”

“게 누군고, 날 알 사람이 없는데 그 뉘가 나를 찾나?”

“여보, 댁이 심봉사 아니오?”

“그렇기는 하오마는 어쩐 일이시오?”

“그렇잖은 일이 있으니 게 잠깐 머물러 계시오.”

하고 들어가더니 다시 나와 인도하여 사랑에다 앉히고 저녁밥을 내오니 심봉사가 생각하기를,

‘고이한 일이다. 이게 어쩐 일인고?

차려온 음식과 반찬이 예사 음식이 아니어서 밥을 달게 먹었다. 저물어 황혼이 되니, 그 여인이 다시 나와서,

“여보시오 봉사님, 날 따라서 안방으로 들어갑시다.”

심봉사가 대답하였다.

“이 집에 바깥 주인이 있는지 없는지는 모르겠지만 어찌 남의 안방으로 들어가겠소?”

“예, 그런 것은 캐묻지 마시고 나만 따라오시오.”

“여보시오, 무슨 병환이 있어서 이러시오?”

“여보, 헛말씀 그만하고 들어가 보시오.”

지팡이를 끌어당기니 끌려가며 의심이 나서,

‘아뿔사, 내가 아마도 보쌈에 들어가지. 어떡한다.’

혼자말로 중얼거리면서 대청마루에 올라가서 자리에 앉으니 동편의 한 여인이 묻기를,

“댁이 심봉사신가요?”

“어찌 아시오?

“아는 도리가 있지요. 먼 길에 평안히 오시오. 내 성은 안가이고 서울서 살아오고 있는데, 불행히도 부모님이 모두 돌아가시고 홀로 이 집을 지키고 있습니다. 지금 나이가 스물다섯 살이나 되었는데도 아직 시집을 가지 못하고

있답니다. 일찍이 점치는 법을 배워서 배필 될 사람을 알아보았더니, 며칠 전에 우물에 해와 달이 떨어져 물에 잠기기에 제가 건져 품에 안는 꿈을 꾸었답니다. 가만히 생각해 보니, 하늘의 해와 달은 사람의 눈인데 해와 달이 떨어졌으니 나처럼 맹인인 줄 알고, 물에 잠겼으니 심씨인 줄 알았지오. 그 날부터 아침 일찍 종을 시켜 문에 지나가는 맹인을 차례로 물어 온 지 여러 날 만에 천우신조(天佑神助)*로 이제야 만나니 연분인가 합니다."

심봉사가 픽 웃으며,

"말이야 좋소마는 그러하기가 쉬울런지요?"

안씨 맹인이 종을 불러 차를 들여 권한 뒤에,

"사시는 곳은 어디며 어떻게 되시는 분이신지요?"

심봉사가 자기 신세 전후 사정을 낱낱이 말하며 눈물을 흘리니, 안씨 맹인이 위로하고 그 날 밤에 함께 잠자리에 들었다. 한창 좋을 고비에 둘이 다 없는 눈이 벌덕벌덕할 듯하지만 서로 알 수 있나. 사람은 둘이어서 눈을 합하면 넷이지만 담배씨만큼도 보이지 않으니 어쩔 수 없어 잠을 자고 일어났다. 그 동안 주린 판이요 첫날밤이니 오죽 좋으랴마는, 심봉사는 근심스런 얼굴로 앉아 있었다. 안씨 맹인이 묻기를,

"무슨 일로 즐거운 빛이 없으니 제가 도리어 무안합니다."

"나는 본디 팔자가 기박하여 평생을 두고 살펴보니 막 좋은 일이 있으면 서러운 일이 생기곤 하였소. 이제 또 간밤에 꿈을 꾸니 평생 불길할 징조가 보입디다. 내 몸이 불에 들어가고, 내 가죽을 벗겨 북을 매고, 또 나뭇잎이 떨어져 뿌리를 덮으니 아마도 나 죽을 꿈이 아긴가 하오."

안씨 맹인이 듣고서 말하기를,

"그 꿈 참 좋습니다. 꿈이 흉하면 좋은 일이 생긴다 했으니, 내가 잠깐 해몽해 드리리다."

하고는 세수하고 향을 피워 놓고 단정히 꿇어 앉아 산통을 높이 들고 축문을

천우신조 : 하늘과 신령의 도움.

읽은 뒤에 점괘를 풀어 글을 지었다.

　　　몸이 불 속에 들어가니 만날 기약 있겠고,
　　　가죽을 벗겨 북을 만드니,
　　　가죽은 궁의 뜻이라 궁궐에 들어갈 징조요,
　　　낙엽이 뿌리로 돌아가니 자손을 만나리라.

"좋은 꿈이오니 대단히 반갑습니다."
심봉사가 웃으며 말하였다.
"속담에 '천부당 만부당', '가죽과 살의 관계', '지어 낸 말' 이란 말이 있소. 내 본디 자손이 없는데 누구를 만나겠소. 잔치에 참례하면 궁궐에 들어가고 관청의 밥도 먹게 될 테지요."
안씨 맹인이 다시 말하였다.
"지금은 내 말을 믿지 않지만 두고 보시오."
아침밥을 먹은 뒤에 대궐 문 밖에 다다르니 각 도 각 읍 소경들이 들거니 나거니로 객사마다 들끓었다. 소경이란 소경들은 장안에 그득하니 눈이 성한 사람마저 병신으로 보였다. 분부 받은 군사들이 푸른 깃발을 둘러메고 골목 골목 두루 돌며 큰소리로,
"각 도 각 읍 소경님께, 맹인 잔치 끝막이니 바삐 가서 참석하오."
하고 알리며 지나가자 객사에서 한숨 쉬던 심봉사가 바삐 떠나 대궐로 찾아 수문장이 서서 들어오는 소경을 일일이 확인하고 들여보냈다.

심봉사가 심청을 만나 눈을 뜨다.　이 때에 심황후는 나날이 오는 소경들의 거주 성명을 받아 보나 목을 늘여 고대하여 아버지 이름이 없는지라 눈물 흘리며 탄식하였다. 삼천 궁녀가 에워싸고 있으니 크게 울지 못하고 옥 난간에 나앉아서 문설주에 고운 얼굴을 대고 혼잣말로,

'불쌍하신 우리 아버지 세상에 사셨나 죽으셨나? 부처님이 영험하여 그 동안에 눈을 떠서 맹인 잔치 빠지셨나? 당년 칠십 노환으로 병이 들어 못 오시나? 오시다가 멀고 먼 길 노중에서 무슨 낭패 보셨는가? 이 몸이 살아나서 귀하게 되었음을 아실 리가 없으니 안타깝고 원통하다. 잔치가 오늘 마지막이니 내가 몸소 나가 보리라.'

하며 뒷동산에 자리를 잡고 앉으셔서 맹인잔치를 구경하는데 풍악도 요란하며 음식도 풍성하였다. 잔치를 다 끝낸 뒤에 맹인 명부를 올리라 하여 의복 한 벌씩을 내어 주니, 맹인들이 모두 사례하는데 명단에 들지 못한 맹인 하나가 우두커니 서 있었다. 심황후가 보고,

"저 사람은 어떤 맹인이오."

하고 상궁을 보내어 물으니 심봉사가 겁을 내어,

"저는 집이 없어 천지로 집을 삼고 사해로 밥을 부치어 떠돌아다니오니, 어느 고을에 산다고 할 수가 없어서 명단에도 들지 못하여 제 발로 들어왔습니다."

심황후가 반가워하면서 가까이 들라 하니 상궁이 명을 받아 심봉사의 손을 끌어 별전으로 들어갔다. 심봉사는 무슨 영문인 줄 모르고 겁을 내어 더듬거리는 걸음으로 별전에 들어가 계단 아래 섰는데, 그 얼굴은 몰라볼 만큼 변해 있었고 머리에는 흰 머리카락이 듬성듬성하였다. 심황후가 삼 년 동안을 용궁에서 지내다 보니 아버지의 얼굴이 가물가물하여 물어 보았다.*

"처자는 있으신가요?"

심봉사가 땅에 엎드려 눈물을 흘리면서 물었다.

"여러 해 전에 아내를 잃고, 초칠 일이 못 지나서 어미 잃은 딸이 하나 있었습니다. 제가 눈이 어두운 몸으로 어린 자식을 품에 품고 동냥젖을 얻어 먹여 근근히 길러 내어 점점 자라면서 효행이 뛰어나서 옛 사람을 앞서더니, 요망한 중이 와서, '공양미 삼백 석을 시주하면 눈을 떠서 볼 것입니다' 하니 저의

심황후가 삼 년 용궁에서 ~ 가물가물하여 물어 보았다 : 심청이가 인당수에 빠진 뒤 용궁에서 살았던 시기를 말한다. 용궁이라는 공간 설정을 통해 고전 소설의 환상적인 면을 엿볼 수 있다.

딸이 듣고, '어찌 아비 눈뜨리란 말을 듣고 그저 있으리오' 하고, 다른 길로는 공양미를 마련할 길이 전혀 없어 저도 모르게 남경 뱃사람들에게 삼백 석에 몸을 팔아서 인당수에 제물로 빠져 죽었는데, 그 때 나이가 열다섯이었습니다. 눈도 뜨지 못하고 자식만 잃었사오니 자식 팔아먹은 놈이 세상에 살아 쓸 데없으니 죽여 주옵소서."

심황후가 듣고 눈물을 흘리며, 그 말씀을 자세히 들으니 분명히 아버지인 줄을 알 수 있었다. 아버지와 딸 사이의 천륜에 어찌 그 말씀이 끝나기를 기다렸겠는가마는 자연 이야기를 만들자 하니 그렇게 되었던 것이었다. 그 말씀을 마치자 심황후가 버선발로 뛰어내려와서 아버지를 안고,

"아버지, 제가 정녕 인당수에 빠져 죽었던 심청이어요."

심봉사가 깜짝 놀라,

"이게 웬말이냐?"

하더니 어찌 반갑던지 뜻밖에 두 눈에서 딱지 떨어지는 소리가 나면서 두 눈이 활딱 밝았다. 그 자리에 가득 모여 있던 맹인들이 심봉사 눈 뜨는 소리에 일시에 눈들이 뜨이는데, '희번덕, 짝짝' 까치새끼 밥 먹이는 소리 같았다. 뭇소경이 밝은 세상을 보게 되고, 집 안에 있는 소경, 계집 소경도 눈이 다 밝고, 배 안의 소경 배 밖의 맹인, 반소경 청맹과니*까지 모조리 다 눈이 밝았으니, 맹인에게는 천지개벽이나 다름없었다.

심봉사가 반갑기는 반가우나 눈을 뜨고 보니 도리어 처음 보는 얼굴이라, 딸이라 하니 딸인 줄 알지마는 한 번도 보지 못한 얼굴이라 알 수가 있는가.

"이분이 누구뇨? 갑자 시월 초파일 꿈에 보던 얼굴일세. 음성은 같은데 얼굴은 초면일세. 허허 세상 사람들아, 고진감래(苦盡甘來)* 흥진비래(興盡悲來)*는 나를 두고 한 말일세. 얼씨구 좋을씨구 지화자 좋을씨구! 어둡던 두 눈뜨니 황성 대궐이 웬말이며, 궁중을 살펴보니 죽은 몸이 한 세상에 심황후 되고 사

청맹과니 : 녹내장으로 겉보기에는 멀쩡하면서도 앞을 못 보는 눈, 또는 그런 사람.
고진감래 흥진비래 : 고생 끝에 즐거움이 오고, 즐거움이 다하면 슬픈 일이 온다는 뜻. '그러므로 세상일이 돌고 돎'을 이르는 말.

십여 년 긴긴 세월 앞 못 보던 내 두 눈을 홀연히 다시 뜨니 이는 모두 옛글에도 없는 일. 허허 세상 이런 말을 들었는가? 얼씨구 좋을씨구 지화자 좋을씨구! 이런 경사 어디 있나? 칠십 평생 처음일세!"

딸의 목을 안고 기쁘기도 하고 슬프기도 하여 하는 말이,

"불쌍하다. 너의 어미 황천으로 돌아가서 내가 너를 잃고 수삼 년 고생으로 지내다가 황성에서 너를 만나 이같이 좋아하는 양을 알까부냐. 춤추며 노래하되 죽은 딸 다시 보니 사람으로 다시 태어났는가. 어두운 눈을 뜨니 대명천지 새로워라. 부중생남중생녀(父重生男重生女)* 나를 보고 이름이라. 지화자 좋을시고."

하고 좋아서 죽을동 살동 춤추며 노래하였다.

　　얼씨구 절씨구 지화자자 좋을씨구

　　어화, 세상사람들아 아들 낳기 힘쓰지 말고 딸 낳기를 힘쓰시오.

　　죽은 딸 심청이를 다시 보니

　　양귀비가 죽었다가 다시 살아난가,

　　아무리 보아도 내 딸 심청이지.

　　딸 덕으로 어두운 눈을 뜨니 해와 달이 다시 밝아 더욱 좋도다

　　별이 뜨고 구름이 이니 온갖 만물이 즐거한다.

　　태평세월 다시 보니 얼씨고 좋을시고.

　　'아들 낳기 힘쓰지 말고 딸 낳기를 힘쓰라' 함은 나를 두고 이름이라.

이 때 무수한 소경들도 영문 모르고 춤을 춘다.

　　지화자 지화자 좋을씨고 어화 좋구나.

　　세월아 세월아 가지 마라.

─────────────

부중생남중생녀 : 부모가 아들보다 딸 낳기를 더 중히 여김.

돌아간 봄 다시 돌아오건마는,

우리 인생 한 번 늙어지면 다시 젊기 어려워라.

옛글에 이르기를 '좋은 때는 만나기 어렵다' 하는 것은

세상의 명현 공자 맹자 말씀이요,

우리 인생 무슨 일 있으랴.

　노래를 마치고 다시 '산호 산호 만세!'를 불렀다.

　그 날로 심봉사에게 예복을 입혀 임금과 신하의 예로 인사를 하고 다시 내전에 들어가서 여러 해 쌓였던 회포를 풀며 안씨 맹인의 일까지 낱낱이 이야기하였다. 심황후가 듣고 비단 가마를 내어보내어 안씨를 모셔들여 아버지와 함께 하게 하였다. 천자가 심학규를 부원군으로 봉하고 안씨는 정렬부인으로 봉하고, 또 장승상 부인에게는 특별히 많은 재물을 상으로 내렸다. 도화동 동민들에게는 부역을 면제해 주고 많은 재물을 상으로 내리시어 마을에 어려운 일을 도와주라 하니, 도화동 사람들이 하늘 같고 바다 같은 은혜에 감사하는 소리가 온 천지에 진동하였다.

　무창태수를 불러 예주자사로 승진시키고 자사(刺史)*에게 분부하여 황봉사와 뺑덕 어미를 즉시 잡아들이라 엄하게 분부하니, 예주자사가 삼백예순 관청에 사람을 풀어서 황봉사와 뺑덕 어미를 잡아올렸다. 부원군이 천청루에 자리를 잡고 앉아서 황봉사와 뺑덕 어미를 잡아들여,

　"네 이 못된 년아, 산은 첩첩하고 밤은 깊은데 천지를 분별하지 못하는 맹인을 두고 황봉사를 얻어 가는 게 무슨 심보냐?"

하고 문초하니,

　"역촌에서 주막을 차리고 있는 정연이라 하는 사람의 계집에게 유인당하여 그러했습니다."

하였다. 부원군이 더욱 화가 나서 뺑덕 어미를 능지처참한 뒤에 황봉사를 불

자사 : 중국의 지방 관리.

러 꾸짖었다.

"네 이 못된 놈아, 너도 맹인이지? 남의 아내 꾀어내니 너는 좋겠지만 잃은 사람은 불쌍하지 않겠느냐? 속담에 '꽃을 탐하는 미친 벌' 이란 말이 있지마는 그럴 수가 있느냐? 마땅히 죽일 일이지만 특별히 귀양을 보내니 원망치 말라. 뒷날 세월이 흐른 뒤에 세상 사람이 이런 불의한 일을 본받지 못하게 하자는 것이니라."

이렇게 나무라니 온 조정의 벼슬아치며 천하 백성들이 가르침을 따랐다. 자손이 번성하고 천하에 아무런 어려움도 없으니 심황후의 덕이 온 천하에 덮였으며,

"만세만세 억만세를 끝도 없고 한도 없이 누리기를 천번 만번 엎드려 비옵니다."

하고 칭송하였다. 심황후가 천자에게 말하였다.

"이러한 즐거움이 없으니 축하하는 잔치를 베풀기를 바랍니다."

황제가 옳게 여겨 천하에 반포하여 일등 명기 명창을 다 불러 황극전에 자리를 잡고 앉고 온 조정의 모든 관리를 모아 즐길 때, 천하의 제후들이 모여와서 세상의 진귀한 보물을 바치고, 일등 명창 일등 명기들이 거의 다 참여하였다. 태평성대를 만난 백성들은 곳곳에 춤추며 노래하였다.

심청이와 심봉사 모두 부귀영화 누리다. 그 뒤에 심황후와 정렬부인 안씨가 같은 해 같은 달에 아기를 가져 같은 달에 낳으니 둘 다 아들이었다. 심황후의 어진 마음에 자기 일은 접어 두고 아버지가 아들 얻었다는 소식을 듣고 천자에게 알리니, 천자도 반기면서 음식물과 금은 비단을 많이 내리고 예관을 보내어 위문하였다.

부원군이 팔십을 바라보는 늦은 나이에 아이를 낳아 놓고 기쁜 마음 측량할 길 없어 밤인지 낮인지 모르던 차에, 황제가 금은 비단이며 음식을 내리고 예관을 보내어 위문하니 황공감사하여 정중하게 사례하고 전하러 온 예관을 맞

아들여 임금의 은혜에 사례하였다. 이 소식을 듣고 심황후가 더욱 기뻐하면서 금은 보화를 마련하고 예관을 보내어 위문하니 부원군이 더욱 기꺼워하며, 한편으로 예복을 갖추어 입고 예관을 따라 별궁에 들어가 심황후에게 인사하니, 심황후도 아들을 낳았으므로 그 즐거운 마음이 이루 다 측량할 길 없었다. 심황후가 아버지의 손을 잡고 옛일을 생각하며 한편으로 기뻐하면서 또 한편으로는 슬퍼하니 부원군도 또한 슬퍼하였다. 그런 다음 부원군이 궁궐로 들어가 예관을 따라 옥난간 아래 다다르니 임금이 기뻐하며,

"경이 늘그막에 귀한 아들을 얻고, 게다가 짐의 태자와 같은 해 같은 달 같은 근원에서 났으니 어찌 아니 반가우리오. 아이가 현명하면 훗날에 나라 일을 의논하도록 하겠습니다."

축하하니, 부원군이 말하였다.

"예전에 공자께서도 말씀하시기를, '아들 낳기가 어려운 것이 아니라 기르기가 어렵고, 기르기가 어려운 것이 아니라 가르치기가 어렵다'고 하셨으니, 기다려 보십시다."

하고 물러나와 아이 모습을 보니 활달한 기상이며 빼어난 골격이 넉넉히 옛사람을 본받을 만하였다. 이름은 태동이라 하고, 점점 자라 열 살이 되니 총명과 지혜가 비할 데 없었고, 학문과 재능이 능통하니 부모의 사랑함이 손 안에 든 보옥에다 비할 바 아니었다.

무정세월 물 흐르듯 하여 태자의 나이 열세 살이 되니 심황후가 태자를 혼인시키려 할 때, 외삼촌과 같은 달 같은 날에 혼례 올리기를 청하니, 황제께서 기꺼워하며 널리 알아보라 하였다. 이 때 마침 좌강로* 권성운이 딸 하나를 두었는데 뛰어난 덕행과 빼어 난 재질을 가졌으며 인물은 우미인(虞美人)*을 앞지를 만하였다. 또 연왕(燕王)*이 공주를 두었는데 안양공주라 했으며, 덕행이 뛰어나고 일을 처리함이 민첩하다고 소문이 났다. 임금이 이 소문을 듣고

좌강로 : 중국 당나라와 명나라 때의 재상을 가리키는 말.
우미인 : 중국 진나라의 무장 항우가 가장 사랑하던 여인.
연왕 : 중국 하북성 지방을 맡은 제후국 연나라의 왕.

연왕과 권강로를 들라 하여 어전에서 청혼하니, 공주와 소저가 다같이 열여섯 살 동갑이었다. 그 두 사람이 모두 기꺼이 허락하니 황제가 명령 내리기를,

"권소저로 태자의 배필을 정하고, 연왕의 공주로 태동의 배필을 삼음이 어떠하실는지오?"

하니 주위의 신하들이 모두,

"좋은 일입니다."

하고 허락하니, 심황후와 부원군이며 온 조정이 즐거워하였다. 즉시 태사관을 명하여 날을 잡게 하시니 삼월 보름날로 잡혀 온 나라의 큰 경사로 여겼다. 혼인날이 되어 큰 잔치를 차리니 각 지방의 제후와 모든 신하가 차례로 둘러서 있는 가운데 두 부인을 삼천 궁녀가 앞 뒤에서 모시고 나와 혼례장으로 인도하였다. 훤칠하게 생긴 두 신랑을 모든 신하들이 모시고 나오는데 그 모양이 마치 북두칠성을 좌우로 둘러싼 듯하였다. 두 신부는 달 같고 꽃 같은 고운 모습에 푸른 저고리 붉은 치마를 입고, 칠보로 단장하여 온갖 패물을 허리 위에 늘어뜨리고 머리에는 화관을 썼다. 삼천 궁녀가 모인 가운데 일등 미녀를 뽑아서 두 낭자를 좌우에서 시중드는데 마치 월궁 항아도 이보다 더 눈부시지는 못할 것이었다. 비단으로 수놓은 휘장을 공중에 둘러치고 혼인자리에 나아가니 그 화려한 모습을 말로는 표현할 길이 없었다.

두 신랑이 각기 혼례를 올리고 폐백을 드린 뒤에 숙소로 돌아가니, 첫날밤에 원앙이 푸른 물을 만난 듯 맑은 정으로 아름다운 밤을 지냈다. 아침에 일어나 태자가 권강로에게 먼저 인사하니 권강로 부부가 매우 즐거워하였다. 태동 또한 연왕 부부에게 인사하니 연왕과 왕후도 매우 반기며 기뻐하였다. 즉시 태자에게 연락하여 조회에 인사하게 하니 황제가 기뻐하며 부원군을 들어오라 하여 같은 자리에 앉아 인사를 받고, 모든 신하의 문안 인사를 받은 뒤에,

"내가 진작 심태동을 조정에 들이고자 했으나 장가를 들기 전이라 지금까지 벼슬을 주지 못했는데 경들의 소견은 어떠하시오?"

하니 문무백관이 말하였다.

"인물이 출중하오니 곧바로 불러다 벼슬을 내리소서."

임금이 즉시 태동을 불러들여 한림학사 겸 간의태부 도훈관에 이부시랑*의 직품(職品)*을 내리고, 그 부인은 왕렬부인으로 봉하고 금은 비단을 많이 내리면서 말하였다.

"경이 전에는 공부하는 학생이라 국정을 돕지 아니 했지만 오늘부터는 나라의 봉급을 받는 신하이니 정성을 다해 국정을 도우라."

태동이 공손히 절하고 물러나와 어머니께 인사를 드리니 즐기고 반기는 마음이야 어찌 다 형언하겠는가. 또 별궁에 들어가 심황후에게 절하고 인사하니 심황후도 즐거움을 이기지 못하여,

"신부가 어떠하더냐?"

하니 자리에서 물러서며 대답하였다.

"정숙하더이다."

심황후가 궁금하여 물었더니,

"오늘 아침 임금님을 뵈올 때 무슨 벼슬을 내리셨느냐?"

"이러이러 하였습니다."

하고 대답하니, 심황후가 더욱 기뻐하며 태자와 태동을 데리고 하루 종일 즐긴 뒤에, 해가 저물자 자리에서 일어나며,

"속히 신부를 본가로 데려 가거라."

하였다. 그러자 두 신랑이 대답하기를,

"속히 데려다가 부모님께 영화(榮華)*를 뵈어 드리겠습니다."

하니 심황후가 크게 기뻐하며 말하였다.

"내 말도 또한 그 뜻이었다."

며칠 뒤에 부원군이 날을 잡아서 왕렬부인을 찾아가니, 부인이 시부모 내외분에게 예를 올리고 부원군과 정렬부인이 금옥같이 사랑하며 별궁을 새로 지

이부시랑 : 옛날 중국의 행정조직인 육부 중에서 이부의 차관.
직품 : 왕조 때의 벼슬의 등급.
영화 : 권력과 부귀를 마음껏 누리는 일.

어 왕렬부인을 살게 하였다.

태동이 낮이면 나라 일을 돌보고 밤이면 학문을 힘쓰니, 높고 낮은 관리들과 백성들 모두 칭찬하였다. 이럭저럭 태동의 나이 스무 살이 되었을 때 임금이 태동의 덕망을 조정 신하에게 물어본 뒤에, 하루는 태동을 불러들여,

"경이 덕망이 높기로 온 나라에 유명하니 어찌 벼슬을 아끼겠는가?"

하고 직위를 높여 이부상서 겸 태학관을 시키고 태자와 함께 공부하라 하며, 그 아버지의 직위를 높여 남평왕으로 봉하고 정렬부인 안씨는 인성왕후로 봉하고, 또 상서부인은 왕렬부인 겸 공렬부인을 봉하니, 남평왕과 상서와 인성왕후 모두 임금님의 은혜에 감사하고,

"우리가 무슨 공이 있어 이런 벼슬을 하는가?"

하며 밤낮으로 임금님의 은혜를 기리었다.

남평왕이 나이 팔순이 되었을 때, 우연히 병을 얻어 온갖 약이 효험이 없었다. 이에 심황후의 어지신 효성과 부인의 착한 마음에 오죽 잘 간호했으랴마는, '죽는 사람은 다시 살릴 방도가 없는 법이라' 세상을 버리니, 온 집안이 망극하고 또한 심황후가 애통하여 황제에게 이 사실을 아뢰니 황제가 말하기를,

"사람이 팔십을 사는 것은 드문 일이라 하니, 너무 슬퍼하지 마소서."

하고, 명릉 후원에 왕의 예로 안장하게 하니 심황후는 삼 년 상복을 입었다.

부원군이 젊어서 고생하던 일을 생각하면 무슨 여한이 있겠는가. 어화, 세상 사람들아, 예와 지금이 다를 것이다. 부귀영화 한다 하고 부디 사람 무시하지 말라. '기쁨이 다하면 슬픔이 오고, 괴로움이 다하면 즐거움이 온다.'는 이치는 누구에게나 해당되는 일이다. 그 후 심황후의 어진 이름은 길이길이 전해졌다. ✸

핵심 정리

갈래 | 판소리계 소설, 설화 소설
성격 | 윤리적, 비현실적, 우연적
연대 | 조선 후기(18세기 이후)
배경 | 시간적–미상, 공간적–황해도 황주, 임당수의 용궁, 황성
시점 | 전지적 작가 시점
특징 | 사실적 표현, 효심 극화
형성 | 설화(「효녀 지은」 등) → 판소리 사설(「수궁가」·「심청가」)
 → 고전 소설(「심청전」) → 신소설(「강상련」)
근원 설화 | ① 인신공희 설화, 효자 불공구친 설화, 맹인득안 설화
 ② 거타지 설화, 효녀 지은 혹은 연권녀 설화, 전남 성덕
 산 관음사 연기 설화
주제 | 부모에 대한 지극한 효성

구성과 내용

❶ 발단 | 심청의 출생 – 심청은 눈먼 심학규와 곽씨 부인의 외동딸로 태어난다. 불행하게도 곽씨 부인은 딸을 낳고 그만 일찍 세상을 떠난다. 그 후 심봉사는 어린 딸을 안고 동냥젖을 먹여 가며 키운다.

❷ 전개 | 심청의 성장과 효행 – 심청이 열한 살에 이르러 동냥, 품팔이를 하여 아버지를 봉양한다. 심봉사가 물에 빠졌다가 몽운사 승려의 도움으로 살아난다. 부처님께 쌀 삼백 석을 공양하면 눈을 뜰 수 있다는 승려의 말에 심봉사는 시주를 약속한다. 심청은 아버지가 약속한 공양미를 마련하기 위해 남경 상인에게 인당수 제물로 자신의 몸을 판다.

❸ 위기 | 심청의 죽음 – 심청이 제물로 인당수에 몸을 던진다.

❹ 절정 | 심청의 재생 – 심청은 인당수에 빠졌으나 용왕은 옥황상제의 명으로 그녀를 연꽃에 싸서 인당수 물 위로 다시 내보낸다. 마침 남경 상인들이 돌아오다가 인당수 위에 떠 있는 연꽃 한 송이를 건져 황궁으로 가지고 가 황제에게 바친다. 이 연꽃에서 심청이 환생하여 황후가 된다.

❺ 결말 | 심봉사의 눈뜸과 부귀영화 – 심황후는 아버지를 찾으려고 맹인 잔치를 베풀고 전국의 맹인을 초대한다. 여기에 심봉사가 나타나 부녀가 다시 만나게 되고 그 반가움에 심봉사는 눈을 뜨게 된다. 심봉사는 딸과 더불어 부귀영화를 누린다.

작품 줄거리　　황해도 황주 도화동에 심학규(沈鶴圭)라는 봉사가 살고 있었다. 그는 우연히 눈이 멀어 장님이 되었으나, 본래 양반의 후손이라 행실이 청렴하고 정직하며 지조와 기개가 고상하여 모두 칭찬을 아끼지 않았다. 그의 아내 곽씨(郭氏)도 현명하였고 덕과 아름다움, 그리고 절개를 갖추고 있었으나, 집안이 몹시 가난하였으므로, 몸을 아끼지 않고 품팔이를 해야만 하였다. 그런데 그들에게는 슬하에 자식이 없다는 한이 있었다. 그리하여 아내 곽씨가 온갖 치성을 드려 심청(沈淸)이라는 딸을 얻었으나, 곽씨는 그만 산후의 탈을 얻어 세상을 뜨고 만다.

그 후 심봉사는 세상을 원망하면서 어린 심청을 가슴에 안고 이 집 저 집 돌아다니며 동냥젖을 먹여 키운다. 이웃 아낙들의 동냥젖을 먹으며 자란 심청은 나이 열한 살이 되었을 때 아버지를 대신하여 밥을 얻으러 다녔고, 바느질과 길쌈으로 삯을 받아 아버지를 봉양하였다. 심청의 효행이 인근에 알려져 무릉촌에 사는 장승상 부인이 양녀로 삼겠다고 하였으나, 심청은 아버지의 외로움을 생각하고 거절한다. 그런데 무릉촌에 딸을 보내고 홀로 앉아 딸 오기만 기다리던 심봉사가, 딸을 마중 나가다가 발을 헛디뎌 개천에 빠지게 된다. 이 때 몽운사(夢雲寺)의 주지가 지나가다가 물에 빠진 심봉사를 구해 주며, 부처님께 공양미 삼백 석만 바치면 눈을 뜰 수 있다고 한다. 심봉사는 눈을 뜰 수 있다는 기쁨에 선뜻 그렇게 하겠다고 약속을 해 버린다.

이 사실을 알게 된 심청은 아버지의 눈을 뜨게 해 드리기 위하여 여러 가지로 애를 쓴다. 그러나 근심만 더할 뿐 별 대책이 없다. 마침 남경(南京)으로 가는 상인들이 바다에 제물을 바치기 위해 열다섯 살 된 소녀를 사러 다닌다는 말을 듣는다. 심청은 아버지의 눈만 뜰 수 있다면 모든 것을 다할 각오가 되어 있어서, 그 남경 상인들을 찾아가 선뜻 공양미 삼백 석에 몸을 판다. 공양미 삼백 석을 몽운사로 보낸 심청은 아버지에게 장승상 부인의 수양딸이 되기로 하고 공양미 삼백 석을 절에 시주하였다고 속인다. 그런데 온 마을에 심청이 공양미 삼백 석에 바다 제물로 팔려 간다는 소문이 퍼진다. 장승상 부인이 이 소식을 듣고 쌀 삼백 석을 줄 터이니 이제라도 남경 상인들을 불러 약속을 깨뜨리라고 말한다. 그러나 심청은 사양한다.

드디어 심청이 바다의 제물이 되기로 약속한 날이 왔다. 심청은 장승상 부인과 눈물로 이별하고 자기를 붙들고 통곡하는 아버지를 뒤로 하고, 상인들을 따라 배를 타고 떠난다. 인당수에 이르러 상인들은 제를 지내고 심청으로 하여금 바다에 빨리 몸을 던지라고 재촉한다. 그리하여 심청은 임당수에 몸을 던진다. 그러나 심청의 지극한 효성에 감동한 옥황상제가, 용왕에게 명하여 심청을 용궁으로 데리고 가서 보호하게 한다. 심청은 용왕의 수정궁에서 융숭한 대접을 받고 친어미 곽씨 부인과 상봉한다. 그러나 곧 헤어지고 심청은 연꽃 속에 들어가 물 위에 띄워진다.

그 무렵, 남경에서 장사를 하여 큰 이익을 보고 돌아오던 상인들이 인당수 위에 떠 있는 연꽃을 발견하게 된다. 그들은 연꽃을 건져 가지고 돌아와 천자에게 바친다. 천자의 꿈에 봉래산 선관이 나타나 하는 말이 심상치 않아 연꽃을 살펴보니, 연꽃 속에서 아름다운 낭자가 나오는데, 바로 심청이다. 천자는 심청을 황후로 삼는다. 황후가 된 심청은 세상에 부러울 것이 없게 되었으나, 눈먼 아버지 생각에 수시로 슬픔에 잠긴다. 천자가 그 사연을 알고 심청이 원하는 대로 맹인 잔치를 열어, 모든 맹인들을 초대한다.

이 때 심봉사는 딸을 잃고 불우한 나날을 보내다가 한 마을에 사는 뺑덕 어미를 아내로 삼고 같이 살게 된다. 뺑덕 어미는 심봉사를 생각하여 들어온 것이 아니라, 심봉사에게 먹을 것이 많다는 것을 알고 발을 들여놓은 터라 먹을 것이 다 떨어지면 도망갈 생각만 하였다. 얼마 지나 심봉사는 돈도 떨어지고 양식도 떨어지고 하여 다시 동냥을 다녀야 할 처지에 놓이게 된다. 그러자 심봉사는 뺑덕 어미와 같이 다른 고장에 가서 살 생각으로 마을을 떠나려고 한다. 그 때 황성에서 맹인 잔치가 열린다는 소문을 듣게 된다. 심봉사도 이 잔치에 참석하려고 애써 노자를 마련한다. 그리고 뺑덕 어미와 함께 출발한다. 그러나 도중에 뺑덕 어미가 노자를 훔쳐 달아나는 바람에, 하는 수 없이 걸식을 하면서 갖은 고생을 겪으며 간신히 황궁에 이른다.

어느덧 맹인 잔치는 마지막에 이르렀지만 심청 황후가 기다리는 아버지는 나타나지 않았다. 그런데 마지막 날에 심청은 맨 끝자리에 앉아 있는 아버지를 발견한다. 심청은 달려가 "아버지!" 하고 부른다. 이 소리에 깜짝 놀라는 순간 심봉사는 눈을 뜨게 된다. 아버지와 딸은 서로 끌어안고 기쁨의 눈물을 흘린다. 그리고 심청 황후는 아버지를 모시고 부귀영화를 누린다.

판소리란 무엇인가?

판소리란 이야기를 노래로 부르는 전통적인 민속적 연예 양식을 말한다. 판소리란 말은 일차적으로 국악의 명칭이지만 국문학의 한 장르 명칭으로 쓰이기도 한다. 흔히 판소리 대본을 판소리 사설, 그 창자(唱者)를 판소리 광대, 또는 소리꾼이라 부른다. 판소리란 말의 어원은 확실치 않으나 보통 '판(무대)의 소리'라고 보아 판놀음에서 유래하였다는 설과 판(板)은 중국에서는 악조(樂調)를 의미하는 것이어서 변화 있는 악조로 구성된 판창(板唱), 즉 판을 짜서 부르는 소리라는 뜻을 지닌다는 설이 있다.

판소리를 창극이라고도 하며, 한문식 표현으로는 극(劇)·우희(優戲) 또는 극가(劇歌)라는 용어를 쓰기도 한다. 이야기를 노래로 부른다는 점에서 판소리는 구비 서사시라 볼 수 있는데, 창자인 광대가 노래할 때 '너름새' 또는 '발림'이라고 하는 몸짓을 수반한다. 그 내용이 극적이어서 연극으로 보는 견해가 있고, 또 그것이 대화 및 지문으로 구성되어 있는 데다가 그 사설이 정착된 것이 곧 소설이어서 소설로 보기도 한다.

감상의 길잡이

「심청전」의 판소리계 소설적 특징 「심청전」은 작가와 연대가 알려지지 않은 조선 시대의 소설이다. 이 작품은 민족 전래 설화를 바탕으로 하여 거기에 이야기가 덧붙여지거나 변형되어 판소리 사설의 소재가 되고, 그것이 고전 소설로 변형된 것이다. 이와 같은 소설을 판소리계 소설이라고 하며, 가창(歌唱)하기에 알맞은 4·4조 중심의 운문체로 되어 있는 것이 특징이다. 이것은 후에 신소설로 이어지는데, 곧 「강상련」이다. 때문에 「심청전」의 장르는 각각 판소리와 소설이라는 이중적 성격을 지닌다. 그리고 이 작품은 성장기 문학(成長期文學) 또는 적층 문학(積層文學)이라고 평가되고 있다. 즉, 「심청전」은 창작 연대와 작가의 개성적 의도에 따라 창작된 것이 아니라, 그 시기마다 이 작품에 관심을 가진 사람들이 지속적으로 개작하면서 계승해 온 것이다. 따라서 이 작품은 많은 이본(異本)을 가지고 있다.

심청의 희생이 지닌 의미 인간은 누구나 보다 절대적이고 완벽한 행복을 바란다. 그러나 이러한 행복은 쉽게 얻어지는 것이 아니다. 거기에는 반드시 값비싼 대가를 치러야 한다. 그 대가가 크면 클수록 나중에 보상되는 행복도 크다. 「심청전」의 심청도 작품 전반부에서는 불행과 그에 따른 희생이 점점 강조되다가 그 절정에 이르게 된다. 어머니가 죽고 아버지가 눈이 멀고, 가산이 기울어 심청은 걸식을 해야 하는 최악의 상황으로 내몰린다. 그리고 마침내 인간으로서의 절대 희생인 '아버지를 위해 몸을 바치는 죽음'을 맞이하게 된다.

여기서 심청의 죽음은 중요한 구실을 한다. 죽음은 곧 자기의 모든 것을 버리는 상황이지만, 반대로 자기가 버린 그 모든 것을 다시 얻게 되는 역설적 상황이기도 하다. 버린 만큼 보상이 뒤따르는 것, 이것이 바로 「심청전」이 지닌 윤리이다. 그것은 바로 '절대 희생만이 절대 행복을 약속받을 수 있다'는 역설의 논리와 통하는 것이다. 심청은 죽음이라는 자기 희생을 치렀기 때문에 자기를 다시 살릴 수 있었고 나아가 아버지의 눈을 뜨게 할 수 있었다. 그리고 심청은 실제로 황후의 지위에 올라 현명하게 왕을 내조함으로써 더 큰 공덕을 쌓는다.

심청이 아버지에게 효도하기 위해서 자신의 몸을 희생한 것은, 결코 남의 뜻이 아니다. 그것은 스스로의 판단으로, 자기 의지에 따라 결정한 것이다. 여기서 진정한 의미의 '효'가 드러난다. 그것이 만일 타의에 의해서 행해졌다면 참다운 효심이라고는 할 수 없을 것이다. 심청이 진정한 효도를 실천했기 때문에 그의 보상은 당연하다. 그런데 그 보상은 '가난'과 깊이 관련된다. 심청이 죽어야 했던 것은 가난 때문이다. 그래서 그 보상은 가난으로부터의 해방이어야 한다. 그것은 당연히 부귀영화를 마음껏 누리는 삶이어야 한다.

「심청전」의 영웅 소설적 양상 심청이 출생 배경과 어머니의 죽음까지의 이야기는 '영웅형 소설'의 기본 양상을 보여 주고 있다. 곽씨 부인이 태몽으로 선녀 꿈을 꾸고 심청을 낳았다는 것은 심청이 뛰어난 인물임을 암시하고 있는 것이다. 심청의 탁월성은 그 효가 하늘을 감동시켰다는 사실과 연결되며, 실제로 소설이 전개됨에 따라 그에게 닥쳐오는 온갖 역경을 극복해 나가는 데서 확인된다. 심청의 탁월한 능력을 증명하기 위해서 작품은 그에게 거듭되는 고난을 제시하지 않을 수 없게 된다. 이러한 고난의 제시를 위해서는 어머니의 죽음이 필요한 것이며, 자연스러운 것이다.

1. 다음은 한 중학교 학급에서 「심청전」을 새롭게 읽기 위해 토의한 내용이다. 이 중 알맞지 <u>않은</u> 것을 찾아보자.

① 정윤 : 과거에는 유교적 실천 덕목의 강요와 실천이라는 측면에서 「심청전」을 이해하였다면, 우리 시대 문학의 수용 방식은 훨씬 더 개방되어야 하고 일반화시켜야 한다고 생각해.

② 혜원 : 그렇다면 과거 서사 문학의 추구가 주로 남성 인물 중심의 이야기였던 것을 생각할 때, 「심청전」의 여성 인물 중심의 설정을 페미니즘적(여성 중심의) 시각으로 분석하면 어떨까?

③ 정엽 : 맞아, 이 작품은 효(孝)를 넘어 여성과 남성의 대립상을 전제로 하고 있으며, 남성과 세계의 구원을 여성에게 초점을 맞추고 있다고 할 수 있지.

④ 주미 : 그래, 「심청전」은 모성애적인 여성의 희생적 실천으로 한 개인의 남성은 물론, 세계 구원에까지 이른다는 새롭고 또 다른 의미로 읽혀질 수 있어.

⑤ 상길 : 그런데 「심청전」의 효 사상은 유교적이면서도 대체로 불교의 효를 연상시키는 대목이 많아. 주인공들의 생활 모습에서 그런 점을 연상하게 하거든.

2. 「심청전」의 배경 설화에 해당하지 <u>않은</u> 것을 골라 보자.

① 효녀 지은 설화　　　② 연권녀 설화
③ 거타지 설화　　　　④ 인신 공희 설화
⑤ 권선징악 설화

3. 「심청전」의 사상적 배경이 <u>아닌</u> 것을 찾아보자.

① 유교의 효 사상　　　② 불교의 윤회 사상
③ 도교의 신선 사상　　④ 동양 철학의 오행 사상
⑤ 불교의 인과응보 사상

4. 다음 [보기]와 관련된 속담으로 가장 알맞은 것을 찾아보자.

보기

왕상(王祥)은 한겨울에 얼음을 깨서 잉어를 얻었고, 곽거(郭巨)라 하는 사람은 부모의 반찬을 해 놓으면 제 자식이 상머리에 앉아 집어먹는다고 그 자식을 산 채로 묻으려 하다가 금항아리를 얻어 부모를 봉양하였다 합니다.

① 지는 것이 이기는 것이다.
② 잉어가 뛰니까 망둥이도 뛴다.
③ 지성이면 감천이다.
④ 하나를 가르치면 열을 안다.
⑤ 밥 먹을 때는 개도 안 때린다.

5. 심청은 아버지의 눈을 뜨게 하기 위해 남경 상인에게 몸을 팔아 인당수에 몸을 던지는 살신성인(殺身成仁)의 행동으로 효를 실천한다. 이러한 심청의 행동이 가장 최선의 방법이었다고 할 수 있을까? 자신의 의견을 말해 보자.

☞정답과 해설 p.410

심청의 생애

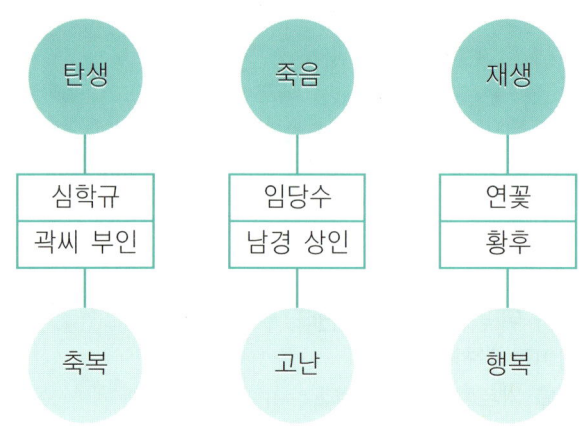

탄생	죽음	재생
심학규 곽씨 부인	임당수 남경 상인	연꽃 황후
축복	고난	행복

더 읽을
작품

「심청전」의 근원 설화 중에서 「효녀 지은 설화」, 「관음사 연기 설화」, 「거타지 설화」를 감상해 보자.

효녀 지은 설화

신라 여권의 딸인 지은은 일찍이 아버지가 세상을 떠나자 어머니를 봉양하느라고 32세가 되도록 시집을 가지 못한다. 그는 걸식도 하고 품팔이도 하며 지성으로 어머니를 섬긴다. 그러다 큰 흉년이 들어 걸식이 어려워진 지은은, 남의 집 종이 되어 하루 종일 일하고는 밥을 얻어다 어머니를 봉양한다. 이 사실을 알게 된 어머니는 딸을 붙들고 서글프게 운다. 마침 지나가던 화랑 효종랑이 이러한 사정을 듣고 조일백 석과 의복을 보내왔고, 왕도 역시 조 오백 석과 집을 내려 지은의 효행을 널리 알린다.

이상과 같은 「효녀 지은 설화(연권녀 설화)」(『삼국사기』 권 48)를 「심청전」과 비교해 보면, 효녀 지은이 걸식과 남의 집 종살이를 하며 지성으로 어머니를 봉양하였던 것과,

「심청전」에서 효녀 심청이 걸식을 하며 눈먼 아버지를 지성으로 봉양하였다는 이야기가 서로 비슷함을 보이고 있다.

관음사 연기 설화

충청도 대흥현에 원양(元良)이라고 하는 맹인이 일찍 부인을 잃고 홍장(洪壯)이라는 딸을 데리고 살았다. 하루는 원양이 외출하였다가 홍법사(弘法寺) 스님 성공(性空)을 만나서 법당을 고쳐 주면, 부처님이 영험하셔서 눈을 뜨게 해 주실 것이라는 말을 듣는다. 원양은 눈을 뜨고 싶은 생각이 간절하나 재산이 없으므로 홍장을 팔아서 주기로 한다. 이 때, 홍장은 16세였다. 원양은 홍장을 데리고 소랑포(蘇浪浦)라는 포구에서 돌아다니다가 중국 선인들을 만나 그들에게 홍장을 팔아 넘긴다. 이렇게 해서 생긴 돈을 홍법사에 보낸다. 그 선인들은 홍장을 데리고 가서 천자에게 바친다. 그 선인들은 중국 천자가 황후를 잃고 상심하고 있다가, 동국(東國)에 황후가 될 미녀가 있다는 꿈을 얻고 보낸 사자(使者)들이었다. 그리하여 홍장은 중국 천자의 황후가 된다. 홍장은 고국에 있는 어머니를 잊지 못한 나머지, 배에다 관음상을 싣고 동방(東方)으로 띄워 보낸다. 그 때, 그 배가 닿은 곳이 옥과현(玉果縣) 관음사의 절터라 한다.

이와 같은 「관음사의 연기 설화」(조선사찰사료에 수록)를 기록한 사람은 벽오문인(碧悟門人) 백매자(白梅子)로서, 옹정(雍正) 7년(1729)에 관음사의 연기문을 지을 때 아버지로부터 듣고서 지었다고 한다. 관음사가 1374년에 다시 지었다는 것을 보면, 이 연기 설화는 상당히 오래 된 이야기다.

이러한 「관음사의 연기 설화」를 「심청전」과 비교해 보면, 대체적으로 이야기가 비슷하다. 홍장이 맹인의 아버지를 지성으로 봉양하였고, 아버지의 눈을 뜨게 하기 위하여 선인들에게 몸을 팔고 중국으로 건너갔다는 것, 심청이 맹인인 아버지를 위하여 몸을 팔고 상인들을 따라 간 것의 내용이 비슷하다. 다만 심청이 인당수의 제물로 팔려 가서 몸을 던졌으나, 연꽃으로 변하였다가 황후가 되었으며, 아버지와 재회하는 순간 아버지가 눈을 떴다는 것이 다를 뿐이다.

거타지 설화

진성여왕 때, 왕의 막내 아들 양패(良貝)가 당나라 사신으로 가려고 할 때, 백제의 해적들이 길을 막는다는 말을 듣고 활을 잘 쏘는 군사 50여 명을 뽑아 데리고 간다. 배가 1993년 12월 22일 곡도(鵠島)에 이르니 풍랑이 크게 일어 그곳에서 10여 일을 보낸다. 양패공이 근심하여 점을 치게 하였더니, 점장이가 말하기를 "이곳에 신지(神池)가 있어 그곳에 제사를 지내면 좋겠다"고 한다. 이에 신지라는 연못 위에 음식을 차려 놓으니 못물이 한 길이 넘게 치솟는다. 그 날 밤 꿈에 한 노인이 나타나, 활을 잘 쏘는 사람을 하나만 남겨 두면 바람을 멎게 할 수 있다고 하였다. 이에 거타지가 남는다. 그러자 배는 무사히 갈 수 있게 된다. 거타지가 섬 위에 서있는데, 한 노인이 연못에서 나와 "나는 서해의 용신(龍神)이다. 날마다 하늘에서 요괴(어린 중)가 내려와 주문을 외우며 이 못을 세 번 도는데, 그러면 우리 부부와 자손들은 물에 뜨게 된다. 그렇게 되면 어린 중은 우리 자손들의 간과 창자를 빼 먹는다. 그리하여 이제는 우리 부부와 딸만 남았다. 활로 어린 중을 쏘아 죽여 달라"고 한다. 거타지는 노인으로 변신한 늙은 용의 부탁대로 용의 자손들을 잡아먹는 사미승을 쏘아 죽인다. 그러자 어린 중은 늙은 여우로 변하여 죽는다. 노인이 감사의 뜻으로 자기의 딸을 거타지의 아내로 삼게 한다. 용은 자기의 딸을 꽃으로 변하게 하여 거타지에게 준다. 거타지가 당나라에 갔다가 귀국하여 소매 속에 감추어 온 꽃을 도로 꺼내니 다시 어여쁜 아가씨로 변한다. 그리고 둘은 결혼하여 함께 살았다고 한다. 이와 더불어 당나라로 가는 길에 두 마리의 용이 거타지와 사신들의 배를 호위하게 된다.

이와 같은 「거타지 설화」를 「심청전」과 비교해 보면, 중국으로 가는 도중에 풍파가 극심하여 가지 못하다가, 풍파를 중지시키기 위해 제사를 지냈고, 거타지가 섬 가운데 머무름으로써 풍파를 막았으며, 노룡이 거타지에게 준 꽃을 가지고 돌아와 보니, 다시 여자로 변했다는 것 등이 「심청전」과 비슷하다. 그런데 「거타지 설화」는 거타지라는 초인적인 영웅의 이야기인 반면, 「심청전」은 운명에 순종하는 여인의 이야기라는 점이 다르다.

이생규장전

李生窺墻傳

■ 김시습

「이생규장전」은 간절한 소망과 사랑은 죽음과 같은 절대적인 장벽, 즉 담장을 넘어서까지 이어질 수 있고 또 마땅히 그렇게 되어야 한다는 것을 보여 준 애정 소설이다.

등장인물

이생 |

훤칠한 모습에 시를 잘 짓는 젊은이다. 강압적인 아버지 밑에서 자라나 성격이
약간 소극적인 인물이다. 그러나 최랑을 만나고 헤어지고 다시 만나면서 최랑에
대한 사랑이 더욱더 깊어진다. 비록 이생의 성격이 최랑에 비해서 적극적이지 않
지만 최랑을 따라 죽는 지극한 사랑을 보여 준다.

최랑 |

여성이지만 이생과는 달리 성격이 적극적이다. 이생을 먼저 담장 안으로 불러들
여 만나고 사랑을 이루려는 강한 모습을 보여 주고 있다. 또 이생과의 사랑을 지
키기 위해 홍건적에게 대항하다 목숨을 잃는데, 죽고 나서도 영혼의 상태로 이생
의 앞에 나타나 부모의 장례와 집안의 재산을 찾아주고 몇 년 동안 이생과 같이
살기도 한다.

작가 소개 **김시습**(金時習, 1435~1493) **|**

조선 초기의 문인. 호는 매월당(每月堂). 생육신 중의 한 사람. 수양대군이 단종
을 내몰고 왕위에 올랐다는 소식을 듣고 통분하여, 책을 태워 버리고 중이 되어
이름을 설잠이라고 하고 전국으로 방랑의 길을 떠났다. 저서로『금오신화』와『매
월당집』등이 있다.

이생규장전
李生窺墻傳

읽기 전에 | 이 작품은 고려 말 송도에 사는 이생과 최랑이 자유롭게 만나 서로 사랑하고 부모의 반대를 극복하고 결혼하여 행복하게 살다가 홍건적의 난으로 삶과 죽음의 경계선으로 갈라져야 하는 비극적인 이야기이다. 두 사람이 만남과 헤어짐을 거듭하면서 사랑의 갈등이 더욱더 깊어지는 줄거리를 잘 살펴보면서 작품을 읽어 보자.

이생이 최랑의 집 담장을 엿보다.   개성의 낙타교* 옆에 이생이라는 사람이 살고 있었다. 이생의 나이는 열여덟. 체격이 아주 좋고 재주도 대단히 뛰어났다. 이생은 매일 성균관에 다니면서 길 가는 도중에 시를 외우곤 하였다.

그 때 선죽리*에 최씨라고 하는 귀족 가문이 있었다. 그 집의 딸 최랑의 나이는 15,6세쯤 되었다. 최랑은 얼굴이 아름다웠고 자수와 바느질 솜씨도 뛰어났고 시도 잘 지었다. 그래서 세상 사람들은 이 두 사람을 두고 이렇게 칭찬하였다.

풍류재자(風流才子)* 이도령
요조숙녀(窈窕淑女)* 최낭자

낙타교 : 옛날 개성에 있었던 다리의 이름. 고려 태조 때 거란이 낙타 50필을 바치자 태조는 받지 않고 이 다리 밑에 매어 두었는데 결국 낙타가 모두 굶어 죽어 낙타교라는 이름이 붙음.
선죽리 : 개성 선죽교 부근에 있는 마을 이름.
풍류재자 : 글도 잘 짓고 노래도 잘 하는 멋스러운 남자.
요조숙녀 : 얌전하고 조용한 여자.

그 재주 그 모습을 듣기만 해도
굶주린 배가 불러진다오.

이생은 책을 옆에 끼고 학교에 갈 때에는 언제나 최랑의 집 앞을 지나갔다. 최랑의 집 담밖에는 수양버들 수십 그루가 줄을 서서 늘어져 있었다. 이생은 가끔 그 아래에서 쉬어가곤 하였다.

어느 날 이생이 그 집의 담장 안을 들여다보았다. 담장 안에는 이름난 꽃들이 활짝 피어 있었다. 벌과 새들도 다투어 춤을 추고 노래를 부르고 있었다. 담장 곁에는 조그마한 별당이 꽃에 싸여 보일 듯 말 듯 하였다. 별당에는 발이 반쯤 쳐져 있었고 비단으로 만든 휘장이 낮게 드리워져 있었다. 거기에 아름다운 아가씨가 앉아 수를 놓고 있었다. 아가씨는 자수 놓은 것을 잠시 멈추고 있었다. 그리고 턱을 괴면서 시를 읊기 시작하였다.

사창에 홀로 앉아 수놓기도 지쳤네
활짝 핀 꽃송이에 요란한 꾀꼬리 소리
봄바람 공연히 부는 게 원망스러워라
말없이 바늘 놓고 님 생각을 하네.

길 가는 저 님은 어느 댁 도련님인가
푸른 깃에 늘인 띠만 버들 사이로 보이네
어떻게 하면 날아가는 제비가 되어
구슬발 걷고 담장을 넘어갈 수 있을까.

이 시를 들은 이생의 가슴이 두근두근거렸다. 그러나 아가씨의 집 담장은 너무 높았고 솟을대문의 문고리고 굳게 잠겨 있었다. 남의 집을 함부로 넘어갈 수도 없었다. 서운한 마음이 들었지만 하는 수 없이 그 자리를 떠났다.

학교에서 돌아올 때 이생은 시 세 수를 지어 흰종이 한 폭에다 적고는 그것을 기와쪽에 매달아 담 안으로 던졌다.

무산 열두 봉우리 안개에 겹겹 싸이고
반쯤 드러난 뾰족한 봉우리에는 푸른 빛이 서렸네.
초나라 양왕의 외로운 꿈은 시름도 많아
구름 되고 비 되어 양대로 내리는구나.*

사마상여가 탁문군을 사랑하듯이
오고가는 정은 이미 무르익었네.
울긋불긋한 단청 고운 담장머리 저 복숭아꽃
바람 따라 어디로 어지럽게 떨어지는가.

좋은 연분일까 아니면 좋은 배필일까
부질없이 마음 졸이니 하루가 일 년이네.
그대 읊은 시로 마음 얽혔으니
남교에서 어느 날에 선녀를 만날 수 있을까.

최랑은 시녀 향아를 시켜 종이 쪽지를 가져다 보았다. 이생의 시였다. 종이를 펼쳐 시를 여러 번 읽고 나서 마음 속으로 혼자 기뻐하였다.
그래서 즉시 종이에다
"그대는 의심하지 말고 날이 저물면 만나러 오세요."
라고 써서 담 밖으로 던졌다.

무산 열두 봉우리 ~ 되어 양대로 내리는구나 : 무산은 중국에 있는 산 이름으로 봉우리가 열두 개다. 옛날 초나라 양왕이 고당에서 놀다가 꿈을 꾸었는데 꿈 속에 한 선녀가 나타나 같이 사랑을 하였다. 이 시들은 모두 남자와 여자의 사랑을 이야기하고 있다.

이생이 담장을 넘어가다. 이생은 그 말대로 날이 어두워지자 다시 그곳으로 갔다. 복숭아나무 한 가지가 담 너머로 넘어와 그림자를 한들한들 흔들고 있었다. 이생은 가까이 가서 살펴보았다. 거기에는 안으로부터 그네 줄이 드리워져 있었다.

이생은 즉시 그네 줄을 타고 담 안으로 넘어갔다. 마침 동산에는 달이 솟아 올라 꽃 그림자가 땅에 가득하였다. 맑은 향기가 코를 찔렀다. 이생은 신선 세계에 들어온 것 같은 착각이 들었다. 그래서 마음속으로 은근히 기뻤다. 또 한 편으로는 남의 눈을 피해 하는 일이기에 마음이 조마조마하여 머리카락이 곤두설 지경이었다.

이리저리 둘러보고 좌우를 살펴보았다. 그 아가씨는 향아와 함께 꽃을 꺾어 머리에 꽂고 으슥한 곳에 담요를 펴고 앉아 있었다. 아가씨는 이생을 보고 방 긋 웃었다. 그리고는 입 속으로 시 두 구절을 먼저 읊었다.

> 복숭아 가지마다 꽃송이 탐스럽고
> 원앙침 베개머리에 달빛이 곱네.

이생도 그 시구의 뒤를 이어서 읊었다.

> 나중에 봄 소식이 생긴다면
> 무정한 비바람 탓이라고 생각하리라.*

최랑은 얼굴빛이 달라지면서 말하였다.

"저는 처음부터 그대의 아내가 되어 평생토록 아내의 도리를 다하여 행복을 누리고자 했는데 이런 말씀을 하시다니요. 비록 여자의 몸이지만 저의 마음은

나중에 봄 소식이 ~ 비바람 탓이라고 생각하리라 : 봄 소식은 이생과 최랑의 사랑을 말하고, 비바람은 둘의 사랑 때문에 부모님의 노여움을 받는 것을 말한다.

아주 태연하여 걱정을 전혀 하지 않습니다. 그런데 그대는 대장부의 몸인데도 어떻게 이렇게 약한 말씀을 하시나요? 이 다음에 이 일이 새어나가 아버님께서 저를 꾸짖으신다면 제가 혼자 모든 책임을 지겠어요. 향아야! 방에 가서 술과 과일을 차려오너라."

향아는 분부대로 하려고 곧 자리에서 일어났다. 사방은 조용하여 인기척 하나 없었다. 이생은 물었다.

"여기가 어딘가요?"

최랑이 말하였다.

"여긴 저희 집 뒷동산에 있는 작은 별당이에요. 저의 부모님께서 외동딸인 저를 아주 사랑하셔서 여기 연못가에다 별당 한 채를 지어주셨어요. 봄이 되어 온갖 꽃들이 피면 시녀와 함께 놀라고 하신 것이지요. 부모님 계시는 곳은 여기와 아주 멀리 떨어져 있어 아무리 여기서 웃고 떠들어도 여간해서는 잘 아실 수는 없을 거예요."

최랑은 술 한 잔을 따라 이생에게 권하였다. 그리고는 시 한 수를 지어 읊었다.

굽어진 난간은 연못 속에 잠겼고
연못가 꽃 속에서 님과 속삭이네.
부슬부슬 피는 안개 무르익은 봄밤에
노래 가사 새로 지어 상사곡(相思曲)*을 노래하네.

달뜨자 꽃 그림자 담요 위에 비치고
꽃가지 당기자 붉은 꽃비 떨어지네.
바람 일어 맑은 향기 온몸에 풍기고

상사곡 : 남녀 사이의 서로 그리워하는 정을 읊은 노래.

님 위해 처음으로 봄볕 아래 춤을 추네
비단 치마 해당화 가지를 스치자
꽃 속에서 자던 앵무새를 깨우네.

이생은 바로 최랑의 시를 받아 지었다.

무릉도원(武陵桃源)* 들어서니 복숭아꽃 활짝 피었네
님 그리던 이 마음 이루 다 말할 수 없어라.
비취 운환* 두 갈래로 묶고 금비녀 나직한데
초록색 모시적삼에 봄빛 새로워라.

봄바람에 피어나는 두 송이 꽃
애꿎은 비바람아 꽃가지 흔들지 마라.
선녀의 소매 나부껴 그림자 너울너울
계수나무 그늘 속에서 항아가 춤을 추네.
좋은 일 끝나기도 전에 시름이 따르는 법
새로 지은 노래 앵무새에게 가르치지 마오.

술상을 물리고 최랑은 이생에게 말하였다.
"오늘의 일은 결코 작은 인연이 아니어요. 낭군께서는 부디 제 뒤를 따라오
셔서 좀더 정담을 나누어 주세요."
말을 마치고 최랑은 별당의 뒷문을 열고 들어갔다. 이생이 그 뒤를 따라가
보니 별당의 사닥다리가 방 안에 있었다. 사닥다리를 타고 올라가자 거기에는

무릉도원 : 중국 진나라 때 사람 도연명의 「도화원기」라는 글에서 나오는 별천지. 사람들이 화목하고 행복하게 살 수
있는 이상향.
운환 : 예쁜 여자의 쪽진 머리를 구름에 비유하여 이르는 말.

다락방이 있었다. 다락방 안에는 문방구(文房具)*와 책상이 매우 가지런히 정리되어 있었다.

한쪽 벽에는 산봉우리를 그린 그림과 대나무와 고목을 그림이 걸려 있었다. 모두 이름난 그림이었고 그 그림에는 이름 모를 시인들의 시구들이 쓰여 있었다.

첫째 그림에는 이러한 시가 적혀 있었다.

그 누구의 붓 끝에 힘이 넘쳐
강 한가운데 첩첩 산을 이렇게 그려놨나
웅장하여라, 지리산은 만 길이나 높게
아득한 구름 속에 솟았구나.
저 멀리 아득히 몇백 리가 펼쳐 있고
가까이는 푸른 소라 모양 옆에서 보는 듯
푸른 물결 넘실넘실 하늘가에 닿았고
저문 날 멀리 바라보니 고향 생각에 젖었구나
이 그림을 보니 내 마음 쓸쓸해져
비바람 부는 소상강에 몸이 둥실 떠오르네.

둘째 그림에는 다음과 같은 시가 쓰여 있었다.

화가의 가슴속에 조화를 품었나
신비한 저 풍경을 어떻게 말로 표현하겠나
위언*과 여가* 같은 화가도 귀신이 되었으니
천기를 누설(漏泄)*해도 몇이나 알겠는가.

문방구 : 서재에 갖추어 두는 필기구. 종이, 먹, 붓, 벼루 등을 일컬음.
위언 : 중국 당나라 때 이름 높은 화가.
여가 : 중국 송나라 때 화가.
누설 : 중대한 비밀이 새어나가게 함.

맑은 창가에서 말없이 바라보니
그림의 세계로 마음이 절로 끌려가네.

한쪽 벽에는 봄, 여름, 가을, 겨울 사계절의 풍경화가 걸려 있었다. 거기에는 각각 이름 모를 시인의 시가 네 편씩 있었다. 글씨는 조맹부*의 해설체를 본받아 글자가 매우 단정하였다.
첫째 폭에 쓰인 시는 다음과 같았다.

따스한 휘장 안에는 향 연기 피어나고
창 밖에는 살구꽃 비가 부슬부슬 내리네.
누각에서 꿈을 꾸는 희미한 이른 새벽
저기 저 꽃동산에서 새 소리 들려오네.

봄은 점점 깊어져 뜨락에 짙었는데
붉은 꽃 푸른 풀이 창가에 어른대네.
뜰 가득 우거진 풀 봄날이 다 가는 듯
구슬발을 반만 걷고 지는 꽃을 바라보네.

둘째 폭은 여름의 풍경화였다.

밀이삭 갓 패이고 어린 제비 비껴날 때
남쪽 동산에는 석류화가 활짝 피었네.
푸른 창 아래에서 가위질하는 아가씨
치마를 만들려고 자주빛 비단 자르네.

조맹부 : 중국 원나라의 서예가이자 화가. 호는 송설.

침상과 대나무 자리 너머로 보리밭 물결 일고
병풍에 그린 소상강*에는 온통 흰 구름.
한껏 게을러 한낮의 꿈을 깨지 못하는데
창 가득 노을이 서쪽 하늘을 물들이네.

세 번째 폭은 가을의 풍경화였다.

침상 아래 벌레들이 찌르르 울어대니
침상 위의 미인은 눈물만 흘리네.
우리 낭군 떠나가신 먼 곳의 전쟁터
오늘밤 싸움터엔 달이 밝으려니.

작은 못에 연꽃 지고 파초잎 누런데
원앙 기와 위에는 첫서리가 하얗구나.
옛 시름 새 근심은 언제 끝나려나.
하물며 귀뚜라미 구슬프게 우는 것이랴.

네 번째 폭은 겨울의 풍경화였다.

매화나무 꽃가지 창문에 비치는데
바람 없는 난간에 달빛이 밝아오네.
화롯불 꺼질까 부저로 돋구는데
아이야 여기 와서 차나 끓여서 내놓으려무나.

___

소상강 : 중국 양자강의 지류인 소강과 상강.

살을 에이는 찬바람에 북쪽 숲을 할퀴고

달밤에 우는 까마귀 소리 더욱 쓸쓸하구나.

외로운 등불 아래 님 생각에 흘린 눈물

눈물이 실을 적셔 바느질을 멈추네.

한쪽 옆에 따로 작은 방 하나가 있었다. 그 속에는 휘장과 요, 이불, 베개가 아주 깔끔하게 정돈되어 있었다. 그리고 휘장 앞에는 사향을 피워 놓고 난향 기름의 등잔불을 켜 놓았다. 그 불빛이 휘황찬란하여 방 안이 대낮처럼 밝았다.

이생은 이 방에서 최랑과 함께 정다운 말을 주고받으며 며칠 동안 머물렀다.

어느 날 이생이 최랑에게 말하였다.

"옛 성인의 말씀에 어버이가 계시면 놀러 나가도 반드시 가는 곳을 알려드려야 한다고 했소. 그런데 내가 아침저녁으로 부모님께 문안 인사를 드리지 못한 지 벌써 사흘이나 지났소. 부모님은 아마 문 밖에 나오셔서 내가 돌아오기만을 기다릴 것이요. 이것은 자식된 도리가 아니오."

최랑은 서글퍼하면서도 고개를 끄덕였다. 그리고는 이생이 담을 넘어 돌아갈 수 있게 해 주었다. 이생은 그 뒤로 밤마다 최랑을 찾아갔다.

이생이 멀리 떠나자 최랑이 병들다. 어느 날 저녁 이생의 아버지가 물었다.

"네가 아침에 집을 나가 해가 저물어 돌아오는 것은 옛 성인이 남기신 어질고 정의로운 글을 배우기 위해서다. 그런데 요즘은 해가 저물면 집을 나가 새벽에 돌아오니 이게 어찌된 일이냐? 필시 나쁜 짓을 배워 남의 집 담장을 넘나들면서 꽃가지를 꺾고 있구나.

일이 만일 드러나면 남들은 내가 자식을 엄하게 가르치지 못하였다고 흉을 볼 것이다. 또 만일 네 놈이 만나는 그 아가씨가 지체 높은 집안의 딸이라면 반드시 너의 미친 짓 때문에 저쪽 가문을 더럽혀 남의 집에 누를 끼칠 것이야.

어허, 이 일은 작은 일이 아니야. 빨리 영남으로 내려가서 하인들을 데리고 농사 감독이라 하거라. 그리고 다시는 돌아오지 말아라.”

이생은 이튿날 울주로 유배가듯 내쫓겼다.

최랑은 매일 저녁 정원에서 이생을 기다렸다. 하지만 여러 달이 되어도 이생은 오지 않았다. 최랑은 이생이 병이 났나 보다 생각하였다. 그래서 향아를 시켜 몰래 이생의 이웃에게 물어보게 하였다.

이웃집 사람은 이렇게 말하였다.

“이도령은 아버님한테 죄를 얻어 영남으로 내려갔어요. 벌써 여러 달이라오.”

최랑은 이 소식을 듣고 병이 나서 몸져누워 이리저리 뒤척일 뿐 일어나지 못하였다. 음식은커녕 물도 마시지 못하고 말도 헛소리뿐이었다. 얼굴은 뼈와 가죽만 남았다.

최랑의 부모는 이상하게 생각하여 병의 증상을 물었다. 그러나 최랑은 아무 말도 하지 않고 입을 꽉 다물고 있었다. 최랑의 부모는 딸의 글상자를 들추어 보다가 이생이 자기 딸의 시에 화답한 시를 발견하고 놀랐다.

“하마터면 내 딸을 잃을 뻔했구나!”

그리고는 최랑에게 물었다.

“이생이 누구냐?”

사태가 이 지경에 이르자 최랑은 더 이상 숨길 수 없었다. 목구멍에서 간신히 나오는 작은 소리로 부모에게 말하였다.

“아버지, 어머니! 저를 길러주신 은혜가 깊어 감히 숨기지를 못하겠습니다. 가만히 혼자 생각해 보니 남자와 여자가 서로 사랑을 느끼는 것은 자연스러운 일로서 지극히 중대한 일입니다. 그러기에 ‘매실이 떨어지기 전에 결혼할 좋은 때를 잃지 말라’는 말이 『시경』의 ‘주남’ 편에 있습니다. 또 여자가 장딴지에 먼저 느껴 경거망동(輕擧妄動)* 한다면 흉하다는 말이 『주역』에 있습니다.

경거망동 : (깊이 생각해 보지도 않고) 경솔하게 함부로 행동함.

저는 연약한 몸으로 옛 사람의 간곡한 교훈을 생각하지도 않고 밤이슬에 옷을 적셔 남의 비웃음을 샀습니다. 풀 수 없는 정에 얽혀 음탕한 행실을 했습니다. 제가 지은 죄는 말할 것도 없이 귀중한 가문에 누를 끼치게 되었습니다. 게다가 야속한 낭군마저 한 번 떠나간 뒤로는 저의 원망만 사게 되었습니다. 연약한 제가 서러운 고독을 견디려 하니 설움은 매일 깊어만 가고 병이 들어 이제 죽을 지경이 되었으니 남은 것은 원통한 귀신이 되는 것뿐이옵니다.

아버지, 어머니! 만일 저의 소원을 풀어주시면 남은 목숨 건질 것이오나 소녀의 심정을 몰라주시면 남은 것은 죽음뿐이옵니다. 한 번 죽어 저승에서 이생을 만나 놀지라도 맹세코 다른 집에는 시집을 가지 않겠습니다."

이 말을 들은 최랑의 부모는 딸의 소원이 무엇인가를 분명히 알았다. 다시는 병의 증세를 묻지 않았다. 최랑의 부모는 한편으로는 경계하기도 하고 한편으로는 달래기도 하면서 최랑의 마음을 누그러뜨렸다.

이생과 최랑이 혼인하다. 그리고는 격식을 갖춘 결혼을 시키고자 중매쟁이를 이생의 집에 보냈다. 그러나 이생의 집에서는 최랑의 집안 형편을 따졌다.

"우리 집 아이는 아직 철이 없어 비록 바람을 피우고 다녔지만 학문을 잘하고 모습도 뛰어나 언젠가 과거에 급제하면 귀한 사람이 될 거요. 그러니 너무 서둘러 결혼시킬 생각이 없소."

하며 거절하였다.

중매쟁이는 하는 수 없이 그 말을 최랑의 부모에게 전하였다. 그러나 최랑의 부모는 중매쟁이를 다시 한 번 더 보내 청혼을 하였다.

"아드님이 재주가 남보다 뛰어나다는 것은 누구나 다 알고 칭찬하고 있습니다. 물론 지금은 과거에 아직 오르지 않았지만 어찌 끝까지 연못 속의 물고기처럼 갇혀만 있겠습니까. 부디 좋은 날을 받아 두 사람을 결혼할 수 있게 해주시지요."

중매쟁이는 다시 이 말을 이생의 부모에게 전하였다. 이생의 아버지는 비로소 자기 집안의 사정을 이야기하였다.

"나도 젊을 때부터 손에서 책을 놓지 않고 글공부만 했지만 이렇게 늙도록 성공을 못하였소. 게다가 하인들은 뿔뿔이 흩어지고 친척들의 도움도 받을 길이 없어 생활이 어렵고 집안 살림도 보잘것이 없소. 지금 들어보니 그 집안은 대단히 부귀한 집안이니 어찌 우리 같이 가난한 선비 집안이 서로 사돈을 맺을 수 있겠소. 이것은 남의 말 좋아하는 사람이 우리 형편을 지나치게 자랑하여 그 집을 속인 것이 분명하오."

중매쟁이는 이 말을 다시 최랑의 부모에게 알렸다. 최랑의 부모는

"이쪽에서 결혼 예물과 혼수를 모두 마련할 테니 좋은 날을 받아 결혼을 할 수 있게 하시오."

하고 돌아온 중매쟁이를 다시 돌려보냈다.

일이 이렇게 되자 이생의 집에서도 마음이 내켜 곧바로 사람을 보내어 이생을 불러들였다.

이생은 그 소식을 듣고 기쁨을 억제할 수 없어 시를 이렇게 지었다.

깨진 이 거울이 다시 합칠 날이 왔네.*
은하수 까막까치 칠월칠석 만났구나.
그립고 그립던 님 이제야 만나니
불어오는 봄바람에 접동새 서러워 말라.

최랑도 이 소식을 듣고는 병에 차도(差度)*가 있었다. 최랑도 또한 이생의 시에 답하는 시를 지었다.

깨진 이 거울이 다시 합칠 날이 왔네 : 깨진 거울이 다시 합치듯이 이별하였던 부부가 다시 만난다는 것.
차도 : 병이 조금씩 나아가는 일.

애꿎은 그 인연이 좋은 연분 되었구나.

마음 굳게 다진 맹세 끝내 이루게 되었네.

언제일까 님과 함께 화촉동방 만날 날이

아이야! 날 일으켜라 경대 어디 두었느냐.

이리하여 결혼날이 다가오자 드디어 결혼 예식을 갖추어 끊어졌던 거문고 줄은 다시 이어지게 되었다.

최랑과 이생은 결혼을 한 이후로 원앙새처럼 화목하여 서로 사랑하고 존경하며 손님을 대하듯이 극진히 아꼈다. 옛날부터 부부의 사이가 아주 좋았던 양홍과 맹광과도 같았고, 포선과 황소군과도 같았다.*

이생은 그 다음 해 과거를 보아 높은 벼슬에 올랐다. 이생의 이름은 온 나라에 알려졌다.

최랑이 도적의 손에 죽다.

바로 이 때 신축년이 되자 홍건적(紅巾賊)*이 우리 나라에 쳐들어왔다. 홍건적은 송도까지 쳐들어와 왕은 복주*로 피난을 갔다.*

도적들은 사방에서 집을 불사르고 사람을 죽이고 가축과 재산을 닥치는 대로 빼앗았다. 이생의 양가 부모와 친척들이 모두 난리를 피해 자기 목숨을 구하는 것조차 힘들었다.

이생도 가족을 데리고 어느 깊은 산골로 피난을 떠났다. 그런데 도중에 도적들을 만났다. 도적들은 칼을 뽑아들어 이생에게 달려들었다. 이생은 엉겁결

옛날부터 부부의 사이가 ~ 포선과 황소군과도 같았다 : 양홍은 중국 한나라의 학자였는데 가난하여 아내 맹광이 밥 상을 찧어 남편을 도왔다고 한다. 부부간의 사이가 좋은 것으로 모범이 되었다. 또한 포선은 한나라 사람으로 환 소군의 아버지가 포선을 가르치다가 사위로 맞았다. 황소군이 시집 올 때 물품이 너무 많이 가지고 와 포선은 이 것을 거절하고 검소하게 살았다고 한다.

홍건적 : 중국 원나라 말기에 난을 일으켰던 도적의 무리. 붉은 두건을 머리에 둘러 홍건적이라고 부름.

복주 : 경상북도 안동군의 옛 이름.

바로 이 때 신축년이 ~ 복주로 피난을 갔다 : 1361(공민왕 10년) 홍건적이 송도로 쳐들어와 점령하여 공민왕은 경 상북도 안동으로 피난을 갔다.

에 도망하여 적의 손아귀에서 벗어났지만 최랑은 사로잡히고 말았다.

도적이 최랑에게 덤벼들자 최랑은 분노하며 큰 소리를 지르면서 도적을 꾸짖었다.

"이 창귀* 같은 놈들아, 죽이려면 죽여라. 차라리 승냥이와 이리의 뱃속에 들어갔지 어째 개돼지 같은 놈의 짝이 되겠느냐?"

도적은 노하여 최랑을 칼로 내리찍었다.

이생이 최랑의 죽음을 알고 슬퍼하다. 한편 이생은 황폐한 들에 숨어서 간신히 목숨을 보전하다가 도적의 무리가 떠났다는 소식을 듣고 부모님이 살던 옛 집을 찾아갔다. 그러나 집은 이미 난리에 불타버리고 없었다. 다시 아내의 집을 가 보니 거기에는 행랑채*만 휑하게 남았고 집 안에는 쥐들이 우글거리고 새들만 지저귈 뿐이었다.*

이생은 슬픔을 이기지 못해, 작은 누각에 올라가서 눈물을 훔치며 길게 한숨을 쉬었다. 날이 저물도록 앉아서 지난 날의 즐겁던 일을 생각해 보니, 어느새 날이 저물었으나 그는 우두커니 홀로 앉아 있었다.

지난 날 노닐던 일을 가만히 생각해 보니 모두 한바탕 꿈처럼 생각되었다.

이생이 최랑과 다시 만나다. 밤은 점점 깊어 밤 10시가 다 되었다. 달은 희미하게 빛을 내면서 지붕과 들보를 비추었다.* 그 때였다. 멀리 낭하*에서 발자국 소리가 차츰 들려왔다. 그 소리는 먼 곳에서부터 차츰 가까워졌다. 다 왔구나 싶었을 때 바라보니 그것은 바로 최랑이었다.

이생은 최랑이 이미 죽었다는 사실을 잘 알고 있었다. 하지만 최랑을 너무

창귀 : 사람이 호랑이에게 먹혀 악귀가 되어 호랑이에게 먹을 것이 있는 곳을 안내해 주는 귀신.
행랑채 : 행랑으로 쓰는 집채.
거기에는 행랑채만 휑하게 ~ 새들만 지저귈 뿐이었다 : 혼자 살아남아 집으로 돌아온 이생의 쓸쓸한 심정을 객관적인 사실 묘사로써 더욱 실감나게 그렸다.
밤은 점점 깊어 ~ 지붕과 들보를 비추었다 : 무엇인가 놀라운 일이 일어날 것이라는 암시를 해 준다.
낭하 : 건물 안의 여러 방을 연결하는 길이 되는 부분.

이생규장전　107

도 사랑하는 마음에 의심하거나 이상하게 생각하지 않았다.* 그래서 대뜸 물었다.

"어디서 피하다가 살아 돌아왔소?"

최랑은 이생의 손을 움켜잡고 한바탕 울었다. 그리고 그 동안 있었던 일을 하나하나 이야기하였다.

"저는 원래 양갓집 딸입니다. 어려서부터 부모님의 가르침대로 자수와 재봉 일에 힘썼어요. 글도 배웠습니다. 오로지 집안에서 여자로서의 예절만을 배웠을 뿐 어찌 이 바깥 세상을 알았겠습니까?

그러던 것이 어쩌다가 살구꽃 무르익은 담장 밖을 내다보다가 옥 같은 저의 청춘은 낭군에게 맡기게 되었습니다. 꽃 앞에서 한 번 웃고 평생의 인연을 맺었으며, 별당 안에서 다시 백 년의 정을 나누었고요.

낭군과 함께 백 년을 같이 살려고 했는데 어떻게 도중에서 허리가 잘리고 시궁창 구렁텅이에 떨어지게 되다니요!

스스로 살점을 찢어 방바닥에 바르는 한이 있어도 도적에게 저의 몸을 지켰습니다. 이 또한 제가 지켜야 할 본분이었지만 사람으로서는 차마 할 수 있는 일은 아니었어요.

그러나 서럽습니다. 깊고 깊은 산골에서 낭군과 한 번 헤어지니 짝 잃은 외기러기가 되었습니다. 집도 절도 다 타버리고 부모님 곁을 떠났으니 서러운 제가 의지할 곳이 없어졌습니다. 절개를 지키고자 이 목숨 바쳤으니 치욕을 벗어난 것만 해도 다행이지요.

하지만 누가 갈기갈기 찢어진 제 마음을 위로해 주겠나요? 잘게 끊어진 썩은 창자를 그저 모아 두었을 뿐입니다. 해골은 들판에 내던져졌고, 간담은 땅에 버려져 흙먼지를 덮어쓰고 있어요.

가만히 지난날 즐거웠던 일을 생각하면 오늘의 이 원통함이 더욱 깊어집니

이생은 최랑이 이미 ～ 이상하게 생각하지 않았다 : 최랑을 너무 사랑한 나머지 최랑의 죽음을 인정하지 않는 인생의 마음을 표현하고 있다.

다. 그러나 추연이란 사람이 피리를 불자 죽은 풀이 살아났듯이*, 천랑의 영혼이 이 세상에 다시 왔듯이*, 봉래산에서 맺은 백년 언약 굳게 얽혀 있습니다.

취굴*에서 맺은 삼생(三生)*의 인연 다시 향기를 내어 여기서 낭군을 다시 만나 뵈오니 지난날 우리가 맺은 맹세를 버리지 마세요.

잊지 않으셨으면 저와 함께 오랫동안 같이 지내 주세요. 낭군께서는 그렇게 해 주시겠습니까?"

이생은 기뻐하고 또 감격하였다.

"그건 정말 내가 바라는 바오."

두 사람은 다정하게 마주하여 마음속에 있는 것들을 이야기하였다. 그러다가 도적에게 빼앗긴 재산에 대한 말을 하였다. 최랑은 말하였다.

"하나도 잃지 않았어요. 어느 산의 골짜기에 묻어 두었어요."

이생이 또 물었다.

"우리 양쪽 집안 부모님들의 해골은 어디에 있소?"

최랑은 말하였다.

"그냥 버려져 있는 상태랍니다."

두 사람은 쌓인 정을 이야기한 다음 잠자리를 같이 하면서 옛날처럼 즐거운 생활을 하였다.

이튿날 최랑은 이생과 함께 재물이 묻혀 있는 곳으로 찾아갔다. 거기에는 금과 은 덩어리 그리고 약간의 재물을 찾아 내었다. 그리고 두 집 부모들의 시체를 찾아 내었다.

두 사람은 금과 재물을 팔아 오관산* 기슭에 부모들을 묻어 주고 묘비를 세웠다. 제물을 차려 제사를 지내는 등 자식된 도리를 다하였다.

추연이란 사람이 피리를 불자 죽은 풀이 살아났듯이 : 중국 전국 시대 제나라 사람 추연이 추운 지대에서 피리를 불어 기후를 따스하게 하였다. 계절의 변화를 말한다.
천랑의 영혼이 이 세상에 다시 왔듯이 : 천랑은 당나라 때 소설의 주인공으로 영혼이 되어 애인과 함께 살았다.
취굴 : 중국 서쪽 바다에 있다는 신선이 살고 있는 곳.
삼생 : 불교에서 전생과 금생, 후생을 이르는 말.
오관산 : 개성 송악산 동쪽에 있는 산.

그 뒤로 이생은 벼슬을 나아가지 않고 최랑과 함께 살았다. 그러자 피난을 갔던 하인들도 자기 발로 다시 찾아왔다.*

이생은 갈수록 세상일에 관심이 적어졌다. 친척과 친구들에게 찾아가는 일도 하지 않았다. 바깥을 나가지 않고 집 안에 들어앉아 언제나 최랑과 함께 글이나 지으며 서로 주고받는 것을 즐거움으로 삼았다.

그들의 사랑은 더욱 두터워지는 가운데 어느덧 몇 해가 흘렀다.

이생과 최랑이 결국 헤어지다. 어느 날 저녁 문득 최랑이 이생에게 말하였다.

"우린 세 번이나 다시 만나는 좋은 기회를 가졌습니다.* 하지만 세상일이란 원래 마음대로 되지 않는군요. 이 즐거움을 다 누리기도 전에 이제는 헤어져야 할 때가 왔군요."*

최랑은 말을 끝내기도 전에 그만 목이 메어 울기 시작하였다. 이생은 깜짝 놀랐다.

"무슨 이야기요?"

"운명은 피할 수가 없군요. 지난날 저와 낭군 사이의 인연이 끊어지지 않았고 또 우리들은 아무런 죄가 없으니 잠시 저를 낭군과 함께 못다 한 정을 다시 누릴 수 있도록 해 주신 겁니다. 하지만 저는 이 세상에 너무 오래도록 머물러 있을 수가 없습니다. 이 세상 사람들을 속일 수가 없어요."

최랑은 이렇게 말하면서 시녀를 시켜 술을 차려오게 하였다. 그리고 노래 한 곡조를 불러 이생을 위로하였다.

피난을 갔던 하인들도 자기 발로 다시 찾아왔다 : 하인들도 모두 난리 때 죽은 혼령들이다.
우린 세 번이나 다시 만나는 좋은 기회를 가졌습니다 : 최랑과 이생은 첫 번째로 담을 넘어 만났고, 두 번째는 부모의 허락을 받아 결혼했으며 세 번째는 죽은 최랑이 사람의 모습으로 나타나 다시 이생을 만나 함께 살았다는 것을 말한다.
세상일이란 원래 마음대로 ～ 할 때가 왔군요 : 즐거움은 잠깐이었고 슬픔이 찾아왔다고 한다. 세상일이 뜻대로 되지 않는다는 표현이다.

칼이 번쩍 창이 번쩍 이 나라 싸움터에
구슬처럼 깨어졌네 꽃잎처럼 떨어졌네.
짝을 잃은 원앙새여!
흩어진 이 해골을 누가 묻어 줄까.
피에 묻어 놀란 넋이 하소연할 데도 없구나.

무산의 선녀가 되어 고당에서 내려와서
다시 만났지만 또 헤어져야 하니 서럽구나.*
이제 헤어지면 가는 길 더욱 멀어지니
저승과 이승간에 소식조차 없으리.

　노래는 마디마디 울음이 뒤섞여 제대로 불러지지 않았다. 이생은 슬픔과 애달픔으로 견딜 수가 없었다.
　"차라리 그대와 함께 저승으로 가겠소. 내가 어찌 외롭게 혼자 남아 살아갈 수 있겠소? 지난날에 난리를 겪은 뒤에 친척과 하인들이 전부 흩어지고 부모님 해골들이 벌판에 버려졌을 때 만일 그대가 아니었다면 누가 있어 그 해골들을 거두어 묻어 드릴 수 있었겠소? 옛 사람이 말하지 않았소. '살아 계실 적에 예를 갖추어 섬기고 돌아가셨을 때에도 예를 갖추어 장례를 한다'고. 이렇게 예절을 지킨 이가 바로 그대가 아니었소? 효성이 지극하고 애정이 극진하기 때문이오. 나는 그저 감격할 뿐, 내 스스로 부끄럽기만 하오.* 부탁하오. 그대는 이 세상에 남아 나와 함께 백년을 살고 같이 땅에 묻힙니다."
　최랑은 대답하였다.
　"낭군의 수명은 아직 남아 있답니다. 저는 이미 귀신의 몸이니 더 이상은 여

무산의 선녀가 되어 ～ 헤어져야 하니 서럽구나 : 무산의 선녀가 초나라 회왕과 헤어지면서 "큰산이 막혀 직접 올 수 없으니 아침에는 구름이 되고 저녁에는 비가 되어 가깝게 모시겠다"고 한 말에서 비롯된 표현이다.
옛 사람이 말하지 ～ 스스로 부끄럽기만 하오 : 난리가 일어났을 때 이생만 살아남고 가족들을 제대로 돌보지 못한 것을 부끄러워하고 있다.

기에 있을 수 없습니다. 만일 이 세상에 계속 남아 있다가 이미 정해진 운명을 어기게 되면 저만 벌을 받는 것이 아니라 낭군에게까지 벌을 받습니다. 제 해골은 아직 그곳에 널려 있으니 혹시 염려가 되시면 그것이나 거두어 비바람을 가리게 해 주세요."*

최랑은 말을 더 이상 잇지 못하고 이생만을 바라보고 하염없이 울었다.

"낭군님, 부디 몸조심하세요."

말이 끝나자 최랑의 몸이 점점 사라져 마침내 보이지 않았다. 이생은 최랑의 해골을 거두어 부모님 무덤 곁에다 묻어 주었다.

최랑의 장례를 치른 후 이생은 최랑에 대한 그리움으로 병에 걸려 두 달 만에 죽고 말았다. 이 이야기를 들은 사람들은 모두 불쌍하게 생각하고 슬퍼하면서 두 사람의 절개를 사모하지 않은 이가 없었다.*

제 해골은 아직 ~ 가리게 해 주세요 : 최랑이 이생에게 무덤을 만들고 장사를 지내 달라고 부탁한다.
이 이야기를 들은 ~ 않은 이가 없었다 : 이 작품의 주제를 보여 주는 부분이다.

핵심 정리

갈래 | 한문 소설, 전기 소설, 염정 소설
성격 | 낭만적, 초현실적, 비극적, 전기적
연대 | 세조 때
배경 | 시간적-고려 말, 공간적-송도
시점 | 전지적 작가 시점
특징 | 직유법·은유법·과장법을 많이 사용
주제 | 삶과 죽음이라는 경계선을 두고서도 서로의 사랑을 더욱
깊게 하는 참된 사랑

구성과 내용

❶ 발단 | 이생과 최랑의 사랑 – 송도에 사는 이생은 국학에 가는 길에 늘 지나가던 최랑의 집 담장 안을 우연히 들여다본다. 이생은 최랑이 읊는 님 그리는 시를 듣고 최랑에게 답시를 보낸다. 이것을 시작으로 두 사람은 서로 사랑하게 된다.

❷ 전개 | 이생과 최랑의 결혼 – 이생이 양가집 아가씨와 사랑한다는 것을 알게 된 이생의 아버지는 울주로 이생을 보내 버린다. 이것을 안 최랑은 병으로 자리에 눕는다. 최랑의 부모는 이생과의 일을 알고는 중매쟁이를 보내 결혼을 부탁한다. 결국 양가 부모의 허락을 받아 두 사람은 결혼을 하고 이생은 과거에 급제하여 이름을 떨친다.

❸ 위기 | 최랑의 죽음 – 송도에 홍건적이 쳐들어와 이생 가족들은 피난을 가는 도중에 헤어지게 된다. 홍건적에게 붙잡힌 최랑은 정절을 지키려다 칼에 맞아 죽고 양쪽 집안의 부모도 목숨을 잃는다.

❹ 절정 | 이생과 최랑의 죽음을 초월한 사랑 – 혼자 살아남은 이생은 이전에 최랑과 만나던 옛집으로 돌아와 최랑의 영혼을 만난다. 이생은 세상과의 인연을 끊고 몇 년 동안 최랑과 즐거운 생활을 한다.

❺ 결말 | 이생과 최랑의 이별 – 어느 날 최랑이 이생과 자신은 사는 곳이 틀리기 때문에 헤어져야 한다는 것을 이생에게 알린다. 최랑이 사라지자 이생도 그리움으로 병을 앓다가 죽는다. 세상 사람들이 두 사람의 정절을 슬퍼한다.

고려 말 지금의 개성인 송도 낙타교 근처에 18세 청년 이생이 살고 있었다. 이생은 매일 국학에 나가 글을 배웠는데 늠름하게 생겼고 재주도 남달리 많아 사람들의 시선을 많이 받는다. 또 선죽리에는 당시 유명한 가문의 외동딸 최랑이 살고 있었다. 최랑은 16세였다. 얼굴이 아름답고 바느질도 잘 하며 시도 잘 짓는다. 개성 사람들은 이생과 최랑을 보고 아름답고 재주 있는 젊은이들이라고 칭찬한다.

이생은 국학에 다니면서 언제나 최랑의 집 담장을 지나가게 된다. 어느 날 이생이 몰래 담장 안을 들여다보았는데, 거기에는 작은 별당이 있다. 별당 안에 한 아리따운 아가씨가 앉아 수를 놓다 말고 시 한 수를 읊고 있다. 그것은 님을 그리워하는 내용이다. 시를 듣고 마음이 설렌 이생은 진정되지 않는 마음을 안고 글공부를 마치고 돌아오는 길에 시 3편을 써서 담장 안으로 던진다.

최랑은 시녀 향아를 시켜 이생이 던진 종이 쪽지를 가져다 본다. 거기에는 최랑을 만나고 싶어하는 간절한 마음이 담겨진 시가 적혀 있다. 최랑은 기뻐하며 즉시 종이 쪽지에다 이생에게 의심치 말고 날이 저물면 찾아오라는 답글을 적어 담 밖으로 내보낸다.

어둠이 내려앉자 이생은 최랑이 약속한 장소로 간다. 담장 밖에는 그넷줄이 드리워져 있었다. 이생은 조마조마한 마음으로 몰래 그넷줄을 타고 담장을 넘는다. 최랑은 사람들이 보지 않는 으슥한 곳에 자리를 만들고 이생에게 앉기를 권한다. 이생은 이 사실이 부모한테 알려질까 두렵다고 최랑에게 말한다. 그러자 최랑은 얼굴빛을 바꾸면서 일이 탄로나면 부모의 꾸지람은 자신이 전부 듣겠다고 말한다.

이 날 밤부터 두 사람은 별당의 다락방에 올라가 즐겁게 이야기를 나눈다. 그러다가 하루는 이생이 집에 갔다오겠다고 한다. 사실 부모님들이 많이 걱정할 것이 염려되었기 때문이다. 최랑은 섭섭했지만 하는 수 없이 승낙한다. 그리고 이생은 밤마다 최랑의 집 담장을 넘는다. 그러던 어느 날 이생의 아버지는 이생이 양가집 아가씨와 연애하고 있다는 것을 눈치채고 이생을 심하게 꾸짖는다. 그리고는 경상도 울주에 있는 농장으로 이생을 내려 보낸다.

밤마다 이생을 기다리던 최랑은 이생이 경상도 울주로 내려갔다는 사실을 알게 되자 병이 들어 자리에 눕고 만다. 최랑의 병이 점점 깊어지고, 부모는 딸이 병든 이유를 몰라 속만 태운다. 하루는 최랑의 부모가 딸이 쓰던 상자를 뒤지다가 뜻밖에 최랑과 이생이 처음에 만나게 된 시들을 발견한다. 부모가 이것에 대해 캐묻자 최랑은 더 이상 숨길 수 없어 그 동안의 사연을 이야기한다. 최랑의 부모는 곧바로 이생의 부모에게 중매쟁이를 보내 두 사람을 결혼시키자고 한다. 그러자 이생의 부모는 자신들의 집안이 가난하여 부잣집 딸인 최랑을 며느리로 받아들일 수 없다고 거절한다. 이에 최랑의 부모가 다시 간곡한 말로 부탁하여 결혼 승낙을 얻어 낸다. 이생의 부모는 이생을 불러들여 최랑과 결혼하게 한다. 이생과 최랑은 결혼 후 서로를 극진하게 대하고 존경하면서 살아간다. 이생은 결혼한 다음 해 과거에 합격하여 이후 높은 벼슬에 올랐으며 이름을 온 나라에 떨치게 된다.

이 때 북쪽에서 홍건적이 쳐들어온다. 홍건적은 개경까지 들어와 하는 수 없이 이생은 가족을 이끌고 어느 산골로 피난을 간다. 그러나 도중에 홍건적을 만나 가족이 서로 헤어지게 되고 최랑은 적에게 잡힌다. 적들이 최랑을 겁탈하려고 하자 최랑은 저항한다. 그러자 단칼에 내리쳐 최랑을 죽인다. 홍건적이 물러가자 이생은 살던 집으로 돌아오지만 부모는 모두 홍건적의 손에 죽고 집도 불에 타 없어진 뒤였다.

비통한 마음으로 최랑과 처음 만난 후원의 다락으로 찾아가 빈터 위에 서 있는 이생 앞에 이미 죽은 줄 알았던 최랑이 나타난다. 최랑은 이생의 손을 잡고 한바탕 운 다음 그 동안 있었던 일을 이야기한다. 최랑은 두 집 부모들의 시체가 있는 장소와 재산을 묻은 골짜기도 알려 준다.

이튿날 이생은 최랑과 함께 부모들의 시신을 찾아 무덤을 만들어 주고 재산도 찾아 낸다. 그 후 이생은 세상과 발길을 끊고 최랑과 함께 즐겁게 산다. 몇 해가 지난 어느 날, 최랑이 헤어져야 할 시간이 왔다고 하면서 자신의 해골이 있는 곳을 알려 준다. 그리고는 조용히 자취를 감춘다. 이생은 최랑의 해골을 거두어 부모의 묘지 옆에다 묻어 준다. 장례를 치르고 난 뒤 이생은 최랑을 그리워하며 두 달 만에 세상을 뜨고 만다. 사람들은 두 사람의 사랑과 굳은 절개를 두고 칭찬은 아끼지 않는다.

전기 소설

살아 있는 사람과 죽은 영혼과의 애절하고 순수한 사랑을 그린 「이생규장전」은 현실에서는 있을 수 없는 일을 그리고 있는데 이것을 전기 소설(傳奇小說)이라고 한다. 기이한 현상을 쓴다는 뜻의 전기 소설은 중국에서 먼저 쓰여졌다. 원래 단순한 귀신 이야기나 인간들의 재미나는 이야기를 시인들이 소일거리로 기록하던 것에서 발전한 것으로, 명나라 때 구우가 「전등신화」(1378)를 써서 소설 작품이 될 수 있도록 더욱더 다듬었다.

김시습은 이 「전등신화」를 읽고 깊은 감명을 받았다. 나중에 김시습은 이렇게 말했다. "「전등신화」에 실린 작품 하나하나를 읽기만 해도 입이 저절로 벌려지고 웃음이 나온다. 평생에 맺힌 나의 울분을 말끔하게 씰어 주고 없애 준다."

이런 소설은 쉽게 말하면 오늘날의 판타지 소설과 같은 형식인데, 거기에는 몇 가지 특징이 있다. 「이생규장전」과 「만복사저포기」에서 보듯이 산문이지만 중간중간에 주인공들의 마음을 그리거나 풍경을 묘사할 때 시를 집어넣고 있다. 이것은 단순한 귀신 이야기나 재미 삼아 인간들의 이야기를 그리던 전설이나 민담과는 달리, 작가가 자기 뜻에 맞게 줄거리를 다시 꾸미고 등장 인물들의 성격을 꼼꼼하게 그리기 위해서이다. 그렇게 해서 소설의 주제를 드러내어 삶과 현실의 문제를 진지하게 드러내려고 했다. 또한 전기 소설에서는 결혼에서 일어나는 비극이나 인간과 귀신의 이야기, 서로 다른 신분을 뛰어넘어 자유롭고 순수하게 사랑하는 이야기를 다루고 있다.

감상의 길잡이

담장을 뛰어넘는 이생과 최랑의 사랑 이 작품의 주인공 이생과 최랑이 살던 시대는 고려 말이다. 이 당시에는 부모의 허락을 받아야 남자와 여자가 만날 수 있고 또 결혼할 수 있는 시대였다. 그런데 이생과 최랑은 자유롭게 만나 사랑을 하고 있다. 이생과 최랑은 당시로서는 드물게 자유로운 연애를 한 것인데, 이렇게 자유로운 두 사람의 행동은 이 작품의 제목에서 잘 알 수 있다. '이생이 담장 안을 엿보다(李生窺墻傳)'라는 제목에서 담장은 무엇을 말하는 것일까? 그것은 넘어서는 안 되는 장소를 말한다. 이생과 최랑은 처음부터 주변의 생각과는 관계없이 해서는 안 되는 행동을 하면서 두 사람만의 자유로운 사랑을 한 것이다.

　거듭되는 이생과 최랑의 만남과 헤어짐, 그러나 갈수록 비극은 더욱 깊어진다. 순수하게 시작된 이생과 최랑의 사랑은 이생 부모의 반대라는 벽에 부딪힌다. 이생이 밤마다 외출하는 것을 알게 된 이생의 아버지는 옳지 못한 짓을 하고 있다고 이생을 멀리 울주로 보내 버린다. 이 사실을 알게 된 최랑은 병들어 눕고 만다. 최랑은 이생과의 사랑을 하는 데 있어 이생보다 더 적극적이었다. 이생이 담장 안으로 들어올 수 있도록 그넷줄도 놓아 주고, 부모의 허락을 받지 않은 것을 두려워하는 이생에게 모든 책임은 자기가 지겠다고 단호하게 잘라 말한다. 그 말대로 최랑은 부모에게 이생과 맺어지지 않으면 죽겠다고 한다. 최랑의 태도에 결국 이생과의 결혼을 허락받고 두 사람은 다시 만나게 된다. 그리고 벼슬도 하고 행복한 결혼생활을 하게 된다.

　이러한 행복도 잠시뿐. 홍건적의 난이 일어나 최랑이 도적에게 죽는 사건이 일어난다. 두 번째 헤어짐은 첫 번째 헤어짐에 비해 이생이 도저히 극복할 수 없는 헤어짐이 되었다. 이생은 최랑에 대한 그리움만 간직한 채 마냥 슬퍼할 뿐이었다. 그러한 이생에게 다시 최랑이 사람의 모습으로 나타난다. 이생의 깊은 슬픔이 최랑으로 하여금 다시 나타나게 되는 힘이 된 것이다. 두 사람은 아직 다하지 못한 사랑을 나누며 세상과 인연을 끊고 처음 만난 그 담장 안의 별당에서 꿈같은 시간을 보낸다.

　죽음을 넘어서는 귀신과의 애절한 사랑　이생과 최랑의 세 번째 만남은 이제 세 번째 헤어짐을 앞두게 된다. 이번의 헤어짐은 두 사람도 어찌할 수 없는 이승과 저승으로 갈라지는 헤어짐이다. 더욱이 최랑과 헤어진 후 두 달 만에 죽은 이생의 모습은 삶과 죽음의 경계선을 넘어 최랑을 쫓아가는 애절한 사랑을 한눈으로 보여 준다. 이생은 목숨보다는 최랑에 대한 절개를 더욱 중요하게 생각한 것이다. 「이생규장전」은 한문으로 쓰여진 짧은 이야기이지만, 「만복사저포기」와 같이 치밀하게 짜여진 아주 훌륭한 작품이다. 주인공들의 세 번에 걸친 만남과 헤어짐에서 슬픔은 더욱 깊어가고 있는데, 이런 점 때문에 『금오신화』 가운데 가장 예술성이 높다는 평가를 받고 있다.

　작가는 이들의 이야기를 통해 간절한 소망과 사랑은 죽음과 같은 절대적인 장벽, 즉 담장을 넘어서까지 이어질 수 있고, 또 마땅히 그렇게 되어야 한다는 것을 주장하고 있다. 따라서 이 작품의 주제는 삶과 죽음의 경계선을 넘어선 남녀의 간절한 소망과 사랑이라 할 수 있다.

창조학습
활동

1. 「이생규장전」에서 비극이 최고조에 이르는 장면을 찾아보자.

① 이생이 부모의 반대로 울주로 쫓겨난 장면
② 이생이 아버지에게 야단맞는 장면
③ 최랑이 홍건적에게 죽는 장면
④ 최랑이 이생에게 마지막 이별을 고하는 장면
⑤ 이생이 최랑의 뒤를 따라 얼마 후에 죽는 장면

2. 최랑의 애정관을 바르게 파악한 것을 찾아보자.

① 어리고 철없다.
② 무심하고 냉정하다.
③ 성급하고 당돌하다.
④ 개방적이고 적극적이다.
⑤ 은밀하고 퇴폐적이다.

3. 다음은 「이생규장전」에서 주인공들이 겪은 시련과 위기에 대해 정리한 도표이다. 빈 칸을 채워 보자.

첫 번째 위기——이생 부모의 반대
두 번째 위기——(   )
세 번째 위기——죽은 영혼과의 이별

4. 「이생규장전」에서는 이야기 중간에 시가 많이 실려 있다. 시를 통해 나타나는 효과는 무엇일까? 시를 다시 읽어 보면서 말해 보자.

5. 「이생규장전」의 배경이 되는 현실은 어떠한 세계인지 생각해 보자.

☞정답과 해설 p.411

한눈에
보기

이생과 최랑의 만남과 헤어짐

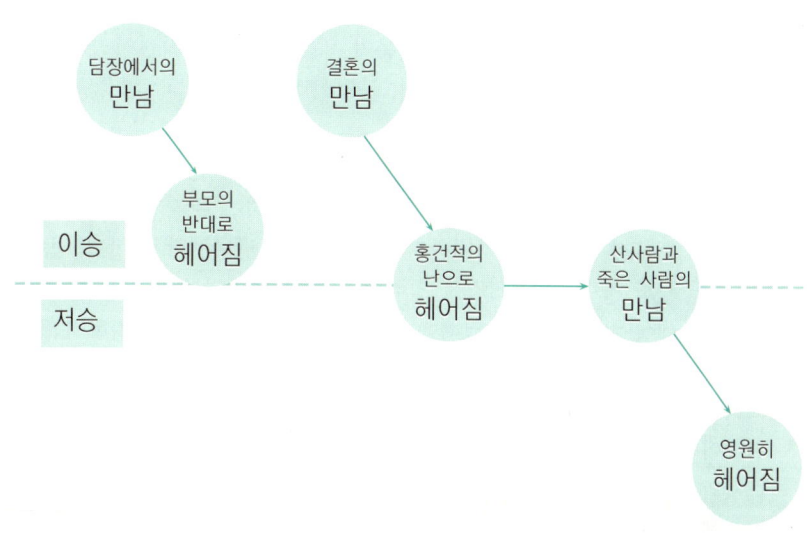

담장에서의
만남

결혼의
만남

부모의
반대로
헤어짐

이승

저승

홍건적의
난으로
헤어짐

산사람과
죽은 사람의
만남

영원히
헤어짐

더 읽을
작품

김시습의 「남염부주지(南炎浮洲志)」를 감상해 보자.

박생이 지옥의 염라왕을 만나 세상 살아가는 이치를 따지던 이야기 조선 세조 때 경주에 박생이라는 젊은 학자가 살았다. 박생은 일찍이 공부에 뜻을 두어 태학관에서 공부했지만 여러 번 과거에서 떨어진다. 박생은 솔직하고 어진 사람이었지만 옳지 않은 일에는 좀처럼 머리를 숙이지 않는다. 게다가 세상의 온갖 미신들도 믿지 않는다. 승려들이 극락이니 지옥이니 하는 말을 듣고는 저 세상이라는 것이 있다는 것을 증명해 보이라고도 한다. 승려들은 박생의 말에 시원스럽게 답하지 못한다.

박생은 혼자서 세상의 모든 것들이 어떻게 생겨났는가에 대해 생각하고는 글로 써 보기도 한다. 글의 내용은 이 세상과 저 세상을 나누어 보는 승려들의 생각을 쓸데없는 의견이라고 반박한 것이었다. 그런데 어느 날 박생은 글을 읽다가 잠깐 잠이 든다. 꿈에 박생은 머나먼 남해 바다 한가운데에 있는 남염부주라는 섬나라에 가게 된다. 가파른

낭떠러지로 둘러싼 섬나라는 풀도 없고 모래도 없으며 흙도 없는 나라였다. 그저 발에 밟히는 것이란 구리덩어리이나 무쇠덩어리뿐이었다.

한낮이 되면 이글거리며 타는 불꽃이 하늘까지 뻗어 마치 사방이 불도가니 같았다. 밤이 되면 으스스한 찬바람이 불어 온몸이 오돌오돌 떨릴 지경이었다. 성 안에 갇힌 사람들은 모두 무쇠로 만든 집에서 살며, 불덩어리와 같은 낮과 얼음덩어리와 같은 밤 속에서 고통에 신음하고 있었다.

험악하게 생긴 문지기가 철로 된 성문을 지키고 있었는데, 그가 박생에게 가까이 오라고 손짓을 한다. 박생이 문지기에게 자기를 소개하자 문지기는 염라왕에게 박생이 도착했다고 알린다. 염라왕은 기뻐하며 직접 박생을 만나겠다고 한다. 박생은 연꽃 수레를 타고 궁궐로 들어간다. 거기서 염라대왕과 마주 앉아 이야기를 나누었는데 이 섬나라는 인간 세상에 있을 때 반역죄를 저지른 자들, 백성들을 위협하여 자기만의 부귀와 영화만을 찾으려던 나쁜 인간들이 죄값을 치르고 있다고 한다. 그러기에 이 섬나라를 다스리는 사람은 인품이 곧고 욕심이 없어야 한다고 한다.

박생이 이 섬나라가 인간 세상과 아주 가까운 관계에 있다는 것을 알고 안심하고 염라대왕과 진지하게 이야기를 나누기 시작한다.

처음에 박생은 미신과 불교에 대해 묻는다. 원래 미신에 대해 의심을 품고 있던 박생은 극락과 지옥이란 곳이 과연 있는가 하고 염라대왕에게 묻는다. 그러자 염라대왕은 다른 세상은 없다며, 어리석은 사람들이 자기의 행복을 빌려고 재물을 귀신이나 부처에게 바치는 것이라고 말한다.

다음에 나라가 흥하고 망하는 것에 대해 박생이 묻자, 염라대왕은 왕은 폭력으로 백성을 다스리면 안 된다고 말한다. 그렇게 되면 백성들이 겁을 먹고 따르는 시늉만 할 뿐 마음속으로는 반항하는 마음을 품게 되고 이것이 쌓이면 나중에 터진다고 한다. 그러자 박생은 지금 세상 역시 폭군과 간신들이 죄를 짓고 있다고 폭로한다.

서로 마음이 통한 박생과 염라대왕은 만남의 기회를 가진 것에 대해 매우 기뻐하며 즐거운 잔치를 벌인다. 잔치가 끝나자 염라대왕은 박생이 섬나라를 다스릴 만한 왕의 그릇이라고 하면서 자신의 왕위를 박생에게 물려준다. 그리고는 박생에게 세상에 잠시 다녀오라고 한다. 박생은 염라대왕의 명령대로 수레를 타고 돌아오다가 그만 수레에서 미끄러진다. 순간 잠에서 깨어나니 모두가 한바탕 꿈이었다. 박생은 자신이 죽을 날이 얼마 남지 않았다는 것을 깨닫고 집안의 재산을 정리한다. 그리고 얼마 후 병이 들어 조용히 죽는다. 죽는 날 이웃사람의 꿈에 한 신선이 나타나 박생이 장차 염라대왕이 될 것이라고 알려 준다.

분수에 넘치는 허욕을 일깨우는 우화

토끼전

■ 작자 미상

「토끼전」은 무능한 용왕과 그에게 충성을 다하는 자라,
그리고 위기를 지혜롭게 극복하는 토끼의 모습을 통해 지배
계층의 무능함과 이에 대한 서민들의 비판의식을 잘 반영한
우화 소설이다.

📖 등장인물

토끼 |

힘도 없고 가진 것도 없는 토끼는 자라의 꾐에 빠져, 수궁에서 벼슬을 할 헛된 욕심으로 따라간다. 그러나 수궁에서 정확하게 사태를 파악하고, 지혜롭게 위기를 벗어난다. 육지에서도 역시 꾀를 내어 살아나는 지혜를 발휘한다. 우리 선조와 함께 애환을 같이 해 온 서민, 빈농의 전형으로 항상 고달프고 불만스러운 현실에 살면서, 화려한 생활을 동경하며 이상을 꿈꾸는 존재이다.

자라 |

육지로 가서 토끼의 간을 가져오겠다고 문어와 겨루어 끝내 이긴다. 토끼를 용궁으로 데려가기 위해 온갖 지혜를 동원하여 토끼를 설득한다. 공을 세워 신분을 높이고 싶은 욕구가 많고, 용왕을 위해서 최선을 다하는 충직한 신하이다.

용왕 |

병이 자업자득(술, 색)이라, 천명을 다해서 어쩔 수 없으나 수단과 방법을 가리지 않고 살기를 원한다. 즉 용왕을 중심으로 하는 수궁 세계는 지배 계층으로 자신을 위해서 남의 희생을 요구하는 이기적이고 탐욕스러운 인간 세계이다. 토끼의 꾀에 속는 것을 보면 어리석은 인간이기도 하다.

토끼전

읽기 전에 | 이 작품은 판소리로 불리다가 조선 후기에 문자로 정착되면서 소설이 되었다. 판소리는 그 특성상 한 사람의 창작으로 이루어진 것이 아니라, 많은 사람들의 입에서 입으로 전해지면서 내용이 풍부해지고 이야기의 전개가 세련되게 다듬어지면서 소설로서의 극적 구성을 가지게 되었다. 여러 사람의 창작 과정을 통해 어떤 주제를 갖게 되었으며, 민중의 어떤 바람을 담고 있는지 생각하며 읽어 보자.

용왕이 병들어 명의를 구하다. 천하의 모든 물 중에 동해와 서해와 남해와 북해 네 바닷물이 제일 컸다. 그 네 바다 가운데에는 용왕이 각각 있었으니, 동에는 광연왕, 남에는 광리왕, 서에는 광덕왕, 북에는 광택왕이었다. 남과 서와 북의 세 왕은 모두 평안하였으나, 오직 동해 광연왕만 우연히 병이 들어 천만 가지 약으로도 도무지 효험을 보지 못하였다.

하루는 왕이 모든 신하를 모으고 의논하였다.

"가련하도다. 과인(寡人)*한 몸이 죽어지면 북망산(北邙山)* 깊은 곳에 백골(白骨)*이 진토(塵土)*에 묻혀 세상의 영화며 부귀가 다 헛되도다. 이전에 여섯 나라를 통일하여 다스리던 진시황(秦始皇)*도 삼신산에 불사약(不死藥)*을

과인 : 덕이 적은 사람이란 뜻으로, 임금이 자신을 낮추어 일컫던 1인칭 대명사.
북망산 : 사람이 죽어서 묻히는 곳을 이름. 옛날 이곳에 제왕, 귀인, 명사들의 무덤이 많았다고 함.
백골 : 살이 다 썩은 남은 흰뼈
진토 : 흙과 먼지
진시황 : 기원전 221년에 천하 통일. 중국 최초의 중앙집권적 통일제국인 진나라를 건설한 제1대 전제군주. 시황제.
불사약 : 먹으면 영원히 죽지 않는다는 신선의 약.

구하려고 어린 남녀 오백 명을 보내었고, 위엄을 세상에 떨치던 한무제(漢武帝)*도 백대를 높이 짓고 승로반*에 신선의 손을 만들어 이슬을 받았으나, 하늘에 떳떳하지 못하여 결국 죽어서 여산(廬山)*에 묻혀 있다. 하물며 나 같은 한 쪽 조그마한 나라 임금이야 일러 무엇하겠는가. 대대로 전해 오던 왕 노릇도 못하고 죽을 일을 생각하니 멍해지는구나. 이름난 의원을 널리 구하여 나를 자세히 진찰하게 한 후에 약으로 치료하는 것이 마땅하도다.”

이렇게 명을 내리고 왕이 계속 말을 이었다.

“과인의 병세가 심히 위중하니 경들은 아무쪼록 충성을 다하여 명의를 널리 구하여 과인을 살려서 모든 신하가 서로 함께 더욱 즐겁게 지내도록 하라.”

이에 한 신하가 여러 사람이 모인 자리 맨 앞으로 나와 말하였다.

“신이 듣기로, 오나라에는 범상국이, 당나라에는 장정군이, 초나라에는 육처사가 오나라와 초나라 지경에 제일 가는 세 호걸이라 하오니, 세 사람을 찾아 물어 보소서.”

모두 보니 선조 때부터 정성을 극진히 하던 공신인데, 수천 년 묵은 잉어였다. 왕이 듣고 옳게 여기어 가까운 신하를 보내어 그 세 사람을 청하니 며칠 만에 모두 도착하였다. 이에 왕이 자리에 나와 세 사람을 인도하여 본 후 고마운 뜻을 표하여 말하였다.

“선생들이 과인이 청하자 이렇게 천 리를 멀리 여기지 아니하시고, 누추한 곳까지 찾아오시니 불안하고 감사하여 하노라.”

세 사람이 왕을 공경하여 대답하여 말하였다.

“생의 무리가 세상에 덧없는 인생으로 벼슬과 세상 일과 이별하고, 강산 풍경을 사랑하여 오초강산(午初江山)* 구석진 곳에 임의로 오가며 무정한 세월을 헛되이 보내다가 천만 뜻밖에 대왕의 명을 받고 황송하기 그지없었습니다.”

한무제 : 중국 전한 제7대 황제.
승로반 : 한무제가 불사약인 이슬을 받기 위해 구리로 만든 그릇.
여산 : 중국 장시성 북부 무푸 산맥의 동단부를 이루는 명산.
오초강산 : 십이시의 오시의 처음(오전 11시가 막 지난 무렵)의 자연의 겨치

왕이 말하였다.

"과인이 신수(身手)*가 불길하여 우연히 병든 지 지금 몇 년이 지나도록 약 신세도 많이 졌건마는, 평범한 의술이라 그러한지 종시 효험을 조금도 보지 못하오니, 선생이 죽게 된 목숨을 살려 주시기를 하늘같이 바라노라."

하니, 세 사람이 말하였다.

"술은 사람을 미치게 하는 약이오, 색(色)*은 사람의 수명을 줄이는 근본이 로소이다. 대왕이 술과 색을 지나치게 하시어 이 지경에 이르심이니 스스로 지으신 죄악이라 수원수구(誰怨誰咎)* 하시오리까마나는, 혹은 이르되 사람 의 소년 한때 예사라 하오니 저렇듯이 중한 병이 한 번 들면 회복하기 어려운 병이로소이다*. 푸른 산에 안개 걷히듯 봄바람에 눈 사라지듯 오장육부가 마디마디 녹아지니, 화타(華陀)*와 편작(扁鵲)*이 다시 살아나도 손쓸 수 없고, 인삼과 녹용을 오래 복용하고 재물이 쌓여 있어도 죄를 면할 수 없고, 용맹한 힘이 남보다 뛰어나도 제어할 수 없나이다. 이리저리 아무리 생각하여도 국운 이 불행하고 천명이 다하여 없어지심인지, 대왕의 병환이 회복되시기가 정말 어렵겠습니다."

왕이 다 듣고 정신이 복잡하여 말하였다.

"그러면 어찌할꼬? 죽을 자는 다시 살지 못하리로다. 이 세상 일 년에 한 번 저같이 좋은 이삼월 복숭아꽃과 배꽃, 사오월에 신록과 싱그러운 풀, 팔구월 에 노란 국화와 단풍, 동지섣달 눈 속에 핀 매화며, 저렇듯이 아리따운 삼천 궁녀의 애교를 헌신짝같이 버리고 속절없이 황천객(黃泉客)*이 되게 되었으 니, 그 아니 가련하오? 설혹 효험이 없을지라도 선생은 묘한 술법을 다하여

신수 : 사람의 얼굴에 나타나는 밝은 기운.
색 : 여색. 여자의 성적인 매력. 여기서는 여자를 가까이하는 것.
수원수구 : 남을 원망하거나 탓할 것이 없다는 말.
술은 사람을 미치게 ~ 회복하기 어려운 병이로소이다 : 세 호걸은 용왕의 병이 자신의 잘못으로 부른 화이니, 가망 이 없다고 이야기를 한다.
화타 : 중국 한나라의 명의.
편작 : 중국 전국 시대의 명의.
황천객 : 황천으로 가는 길손이라는 뜻으로, '죽은 사람'을 이르는 말.

약 처방이나 하나 내어 주시면 죽어도 한이 없겠노라."

이에 세 사람이 웃으며 말하였다.

"저희 말을 들으신다면, 약처방이나 하여 올리다. 상한병에는 시호탕*이요, 음기가 허하여 나는 병에는 보음익기전*이요, 열병에는 승마갈근탕*이요, 원기부족증에는 육미지탕*이요, 체증에는 양위탕*이요, 다리 통증에는 우슬탕*이요, 눈병에는 청간명목탕*이요, 풍증에는 방풍통성산*이라, 사람에 따라 갖가지 약이 있으니 증세 따라 약을 지어 줌이 다 당치 아니하옵고, 신통한 효험이 있는 것 한 가지가 있사오니, 바로 토끼의 생간이라, 그 간을 얻어 더운 김에 드시면 즉시 병환이 나아 회복되시오리이다."

이에 왕이,

"어찌하여 그 간이 좋다 하느냐?"

하니, 대답하여 여쭈었다.

"토끼란 것은 천지 개벽한 후 음양(陰陽)과 오행(五行)*으로 된 짐승이라. 병을 음양오행의 상극(相剋)*으로 고치고 상생(相生)*으로도 고치는 법이라. 토끼간이 두루 제일 좋은 것입니다. 더구나 대왕은 물 속 용신이시오, 토끼는 산 속 명물이라. 산은 양이요, 물은 음일 뿐 아니라, 그 중에 간이라 하는 것은 더욱 목(木)의 기운으로 된 것이니, 만일 대왕이 토끼 생간을 얻어 쓰시면 음양이 서로 화합하는 것이므로 효과가 있을 것입니다."

시호탕 : 감기나 말라리아의 치료에 쓰이는 탕약.
보음익기전 : 보혈이 되면서 외감을 푸는 탕약. 음이 부족하여 감기(感氣), 또는 기후의 갑작스러운 변화 등으로 일어나는 병을 낫게 하려는 탕약.
승마갈근탕 : 술 마신 뒤에 주독을 푸는 약.
육미지탕 : 숙지황 등으로 짓는 가장 흔히 쓰는 보약.
양위탕 : 인삼을 주제로 하여 달인 탕약.
우슬탕 : 소의 무릎뼈를 다린 약.
청간명목탕 : 간에 있는 열을 다스리는 탕약.
방풍통성산 : 몸에 열이 많아서 부스럼이 나고 얼굴빛이 붉어지며, 배설이 잘 안 될 때 쓰는 약.
오행 : 우주에 운행하는 金, 木, 水, 火, 土의 다섯 가지 기운.
상극 : 오행설에서, 목은 토를, 토는 수를, 수는 화를, 화는 금을, 금은 목을 이기는 일을 이르는 말.
상생 : 오행설에서, 금은 수를, 수는 목을, 목은 화를, 화는 토를, 토는 금을 나게 함, 또는 그 관계를 이르는 말.

이렇게 말하고 세 사람이 하직하며,

"녹수청산 벗님네와 무릉도원(武陵挑源)* 화류촌에서 만나기로 금석같이 언약하고 왔기에, 수많은 이야기를 다 못 나누고 바삐 하직하게 되었습니다. 부디 대왕은 옥체(玉體)*를 오래도록 보전하옵소서."

하고, 섬에 내려 백운산으로 가볍게 날아갔다.

별주부가 용왕을 위해 토끼 잡으러 가다.

왕이 그 세 사람을 보내고 즉시 모든 벼슬아치들을 모아 놓고 말하였다.

"과인의 병에는 토끼 생간이 제일 좋은 약이요, 그 외에는 천만 가지 약이 다 쓸데없다 하니 나를 위하여 누가 토끼를 산 채 잡아올꼬?"

문득 일원대장이 앞으로 나서며 아뢰었다.

"신이 비록 재주 없사오나 한 번 인간 세상에 나아가 토끼를 산 채 잡아오리이다."

하니, 모두 보니 머리는 두루주머니* 같고 꼬리는 여덟 갈래로 돋힌 수천 년 묵고 묵은 문어였다.

왕이 크게 기뻐하여,

"경의 용맹은 과인이 아는 바라. 급히 인간 세상에 나아가 토끼를 산 채 잡아오면 그 공이 적지 아니하리라."

하고, 장차 문성장군으로 봉하려 할 즈음에, 문득 한 장수가 뛰어 내달아 크게 외쳐 말한다.

"문어야. 네 아무리 기골이 장대하고 위풍이 약간 있다한들, 언변도 제일 넉넉지 못하고 생각도 부족한 네가 무슨 공을 이루겠다 하며, 또한 세상 사람들이 너를 보면 영락없이 잡아다가 요리조리 오려내어 국화송이며 매화송이처

무릉도원 : 도연명의 「도화원기」에 나오는 신선이 산다는 곳.
옥체 : 남을 높이어 그의 '몸'을 이르는 말.
두루주머니 : 허리에 차는 주머니의 하나.

럼 형형색색으로 갖가지로 아로새겨, 혼인 잔치 환갑 잔치에 크고 큰 상 어물 접시 음식 재료로 필요하고, 재주 있는 사람들의 놀음상과 명문 집안의 진지 상과, 어린아이의 거둘상과, 바람둥이가 남 술안주에 구하는 것이 바로 너다. 무섭고 두렵지도 아니하냐? 이 어림 반푼어치 없는 것아. 나는 세상에 나아가면 칠종칠금(七縱七擒)* 하던 제갈량(諸葛亮)*과 같이 신출귀몰한 꾀로 토끼를 산 채 잡아오기가 더 쉽다.*"

모두 보니 그는 수천 년 묵은 자라이니, 별호는 별주부였다.

문어가 그 말을 듣고 화가 치밀어 올라, 긴 꼬리 여덟 갈래를 샅샅이 벌리고 검붉은 대가리를 설레설레 흔들면서 소리를 지르니, 물결이 뛰노는 듯 웅어눈* 을 부릅뜨고 크게 꾸짖어 말하였다.

"요사스러운 별주부야, 내 말 잠깐 들어보아라. 포대기 속에 있는 어린아이가 장부를 방해할 줄 누가 알았으리오. 정말 그야말로 범 모르는 하룻강아지요, 수레 막는 쇠똥벌레로구나. 네 죄를 의논하고 보면 태산도 오히려 가볍고 황하의 물이 도리어 얕다 하겠으니, 그것은 다 그만 덮어 두고 첫 문제로 네 모양을 볼 것 같으면, 사면이 넓적하여 나무접시 모양이라. 작고 못생기기로 둘째 가라면 대단히 싫어할 터이지. 요따위 자격에 무슨 생각이 들어 있으리오. 그 뿐만 아니라 세상 사람들이 너를 보면 잡아다가 끓는 물에 솟구쳐서 자라탕을 만들어 양반들과 세도 가문의 자제들이 구하는 고기가 바로 너니, 무슨 수로 살아오랴?"

이에 자라가 반박을 하였다.

"너는 우물 안 개구리라. 한 가지만 알고 두 가지는 알지 못하는구나. 중국에서 세상을 주름잡던 초패왕*도 해하성에서 패하였고, 유럽에서 각국을 응

칠종칠금 : 마음대로 잡았다 놓아주었다 함.
제갈량 : 자는 공명. 중국 삼국시대 촉한의 정치가이자 전략가.
네 아무리 기골이 ~ 잡아오기가 더 쉽다 : 자라는 공을 세워 출세하려는 욕구가 강해, 문어에 대한 온갖 인신공격을 하고 있다. 상대의 무능함과 자신의 능력을 부각시켜 기회를 꼭 얻고자 하는 자라의 마음이 잘 나타나 있다.
웅어눈 : 웅어처럼 가늘고 길게 찢어진 눈.
초패왕 : 중국 초나라의 패왕으로, 진나라 왕 자영을 죽이고 왕이 된 항우를 높여 부르는 이름

시하던 나파룬*도 바다의 섬 중에 갇혔는데, 요사스런 네 용맹을 누구 앞에서 번쩍이며, 또는 무슨 지식이 있노라고 내 지혜를 헤아리느냐? 참으로 내 재주를 들어보아라. 끝없이 넓고 깊은 물에서 느릿느릿 네 발로 가까스로 기며 긴 목을 움츠리고 넓적이 엎드리면, 둥글둥글 수박이오, 편편납작 솥뚜껑이라. 나무 베는 목동이며 고기 잡는 어부들이 무엇인지 모를 것이다. 오래 살기는 태산과 같고, 평안하기는 너른 바위와 같구나. 남 모르게 다니다가 토끼를 만나 보면 어린아이 젖 먹이듯, 뚜장이 과부 속이듯, 이 패 저 패 두루 써서 간사한 저 토끼를 두 눈이 멀겋게 잡아올 것이요, 만일 운이 나빠서 못 잡아오는 경우에는 용궁에 돌아와서 내 목을 대신하리라."

문어는 할 수 없이 주먹 맞은 감투가 되어 슬쩍 웃으며 뒤통수를 툭툭 치고 흔들흔들 달아나니, 모든 신하가 별주부의 생각과 언변을 한없이 칭찬하였다. 자라가 다시 엎드려 왕께 아뢰어 말하였다.

"소신은 물 속에 있는 물건이옵고, 토끼는 산 속에 있는 짐승이오니 그 모습을 자세히 알 수 없사오니 화공을 불러 토끼 모양을 그려 주옵소서."

이에 용왕이 옳게 여기어 화공을 불러오니, 중국에 이르면 인물 그리던 모연수*와 대 잘 그리던 문여가*며, 조선으로 이르면 산수 그리던 겸재*와 나비 잘 그리던 남나비*며, 그 외에 오도자*, 김홍도*와 같이 유명한 여러 화공들이 많이 준비하고 기다리는데, 왕이 명하여 토끼의 화상을 그려 들이라 하시니, 화공들이 명령을 듣고 한 처소로 나와 보니, 여러 가지 그림 도구가 대단하였다. 고려자기 연적이며, 남포청석* 용무늬 벼루며, 한림풍원* 해묵*이며,

---

나파룬 : 나폴레옹을 가리킴.
모연수 : 중국 한나라의 화가.
문여가 : 중국 송나라의 화가로 대와 산수를 잘 그림.
겸재 : 조선 시대 중기의 산수화가 정선. 겸재는 그의 호.
남나비 : 남구만의 5대손인 남계우. 나비와 화초를 잘 그려 남나비라 불림.
오도자 : 중국 당나라의 화가 오도.
김홍도 : 조선 영조 때의 서화가. 호는 단원.
남포청석 : 충청도 남포에서 생산되는 검은색 돌.
한림풍원 : 황해도 해주에서 나던 먹 이름.
해묵 : 황해도 해주에서 나던 먹 이름. 석판 인쇄에서 쓰는 특수한 기름 먹.

중산 황모 무심필*과 눈같이 하얀 종이며, 백녹자주홍 여러 가지 물감이 전후 좌우에 벌여 있었다.

이에 화공들이 둘러앉아서 토끼 화상을 그리는데, 각기 한 가지씩 맡아 그려 토끼 한 마리를 만들어 냈다. 하나는 천하명산 좋은 경치 구경하던 저 눈 그리고, 또 하나는 두견·앵무 지저귈 때 소리 듣던 저 귀 그리고, 또 하나는 난초 지초 등 온갖 향초 꽃 따먹는 잎 그리고, 또 하나는 방장산과 봉래산이 구름과 안개 속에 냄새 맡던 코를 그리고, 또 하나는 동지섣달 추운 눈바람을 막던 털을 그리고, 또 하나는 첩첩산중의 골짜기와 높은 봉우리, 구름 깊은 곳에 펄펄 뛰던 발을 그리니, 두 눈은 도리도리, 앞다리는 짤막, 뒷다리는 길쭉, 두 귀는 쫑긋, 뛸 듯 뛸 듯 천연한 토기 모습 그대로였다.

왕이 보고 크게 기뻐하여 모든 화공에게 각기 천 금씩 상급하고, 그 그림을 자라를 주며 말하였다.

"어서 길을 떠나라."

이에 자라가 두 번 절하고 토끼 그림을 받아 들고, 이리 접고 저리 접쳐 등에다 지자 하니 물에 가라앉을 것이었다. 이윽히 생각하다 움츠린 목을 길게 늘려 한 편에 집어넣고 도로 움츠리니 전후가 도무지 염려 없게 되었다.

용왕이 신기하게 여기어 친히 잔을 들어 권하여 말하였다.

"경은 정성을 다하여 큰 공을 이루어 빨리 돌아오면 부귀를 함께 하리라."

그리고 즉시 호혜청에 명령을 전하여 돈과 곡식의 많고 적음을 생각지 않고 왕이 별주부에게 내리니, 별주부가 그 은혜에 대단히 감격하여 감사한 마음으로 엎드려 절하고 모든 신하들과 작별한 후, 집에 돌아왔다.

처자를 이별할 때, 그 아내가 당부하여 말하였다.

"인간 세상은 위험한 곳이니 부디 조심하여 큰 공을 세워 가지고 빨리 돌아오시기를 천만 기원하옵나이다."

황모 무심필 : 족제비의 꼬리털로만 만든 붓.

자라가 대답하였다.

"목숨의 길고 짧음이 하늘에 달렸으니 무슨 염려가 있으리오. 돌아올 동안 늙으신 부모와 어린 자식들을 잘 보호하라."

하고 행장(行裝)*을 수습해 소상강*과 동정호 깊은 물에 허위둥실 떠올라서 푸른 시내 흐르는 산 속으로 들어가니, 이 때는 꽃과 버들이 피는 좋은 시절이었다.

온갖 풀과 나무들, 모든 것이 다 스스로 즐거워하였다. 울긋불긋 진달래꽃은 향기를 띠었는데 얼숭얼숭 호랑나비는 춘흥을 못 이기어서 이리저리 흩날리고, 푸르른 수양버들 늘어진 시냇가에 날아드는 황금같은 꾀꼬리는 벗 부르는 소리로 구십춘광(九十春光)* 노래하고, 꽃 사이에 잠든 학은 자취 소리에 자주 날고, 가지 위에 두견새는 불여귀(不如歸)*와 어울리니, 그야말로 별유천지비인간(別有天地非人間)*이었다. 소상강 기러기는 가노라 작별을 고하고, 강남서 오는 제비는 왔노라 모습을 나타내고, 조팝나무*에 비쭉새 울고, 함박꽃에 뒹울벌이오, 방울새 떨렁, 물새떼 찍걱, 접동새 접동, 뻐꾹새 벅, 까마귀 골각, 비둘기 구구 슬피 우니, 그것인들 좋은 경치가 아니겠는가. 산마다 붉은 꽃이 피어 찬란하고, 앞 시내와 뒤 시내에 흰 비단을 펼친 듯, 푸른 대나무와 소나무는 오랜 세월동안 지녀온 절개요, 복숭아꽃과 살구꽃은 순식간의 봄이니, 기괴한 바윗돌은 좌우에 층층한데 절벽 사이 폭포수는 이 골 저 골 물 한 데 합쳐져 와당탕퉁텅 흘러가는 저 경치가 더할 수 없이 좋기도 좋았다.*

자라가 육지에서 토끼를 만나다. 그 구경 다하고 숲 사이로 들어가면 사방으로 토끼 자취를 살피다가 한 곳을 바라보니 가지각색의 짐승이 내려

행장 : 여행할 때에 쓰이는 물건.
소상강 : 중국의 유명한 호수 동정호의 남쪽에 있는 소수와 상강을 함께 부르는 말로 경치가 아름답기로 유명함.
구십춘광 : 봄의 석 달 90일 동안.
불여귀 : 두견새, 귀촉도, 자규라고도 함.
별유천지비인간 : 별세계. 이백의 「산중문답」에 나온 말.
조팝나무 : 장미과의 낙엽 관목. 산이나 들에 나는데, 관상용으로 심기도 함.
온갖 풀과 나무들 ~ 없이 좋기도 좋았다 : 육지에 도착한 자라의 눈에 비친 육지의 모습이다. 육지의 새와 꽃이 모두 아름다운 모습으로 인간이 사는 곳이 아니라 신선이 사는 곳과 같다.

왔다. 발발 떠는 다람쥐며, 노루, 사슴, 이리, 승냥이, 곰, 돼지, 너구리, 고슴도치, 사자, 원숭이, 범, 코끼리, 여우 등과 담비, 성성이*였다. 양쪽으로 지나가는데 토끼의 자취를 알 수 없어 움츠린 목을 길게 늘여 이리저리 휘둘러 살펴보았다. 뒤쪽으로 한 짐승이 들어오는데 그림과 비슷하였다. 토끼를 보고 그림을 보니 영락없는 토끼였다. 자라 혼자 마음에 매우 기뻐하여 진짜인지를 알아보려 할 때, 저 짐승 거동 보소. 혹 풀도 뜯적이며 싸리순도 뜯적이며 층암절벽 사이에 이리저리 뛰어 뺑뺑 돌며 흘끔흘끔 깡충깡충 뛰놀았다. 자라가 목소리를 높여서 점잖게 불러 말하였다.

"높고 험한 산봉우리에 경치도 좋다. 저 친구, 그대 토선생이 아니신가? 나는 본시 수중 호걸인데 육지에서 좋은 벗을 얻고자 이리저리 다니다가 오늘이야 산중호걸을 만났도다. 기쁜 마음을 금할 수가 없어 청하노니, 선생은 부디 망설이지 말고 허락해 주시오."*

하니, 토끼가 저를 대접하여 청함을 듣고 가장 점잖은 체하며 대답하였다.

"거 뉘라서 날 찾는고. 산이 높고 골이 깊은 이 강산 경개 좋은데, 날 찾는 이 거 누구신고. 수양산에 백이 숙제*가 고사리 캐자 날 찾는가, 소부 허유*가 영천수에 귀 씻자고 날 찾는가. 부춘산 엄자릉*이 밭 갈자고 날 찾는가, 굴원*이가 물에 빠져 건져 달라 날 찾는가, 시중천자 이태백*이 글 짓자고 날 찾는가. 석가여래 아미타불이 설법하자고 날 찾는가, 남양초당에 제갈 선생 꿈풀이하자고 날 찾는가, 한나라 종실 유비가 제갈공명과 같은 전략가가 없어 날

성성이 : 유인원과의 짐승. 물위 생활을 하는 오랑우탄.

높고 험한 산봉우리에 ~ 말고 허락해 주시오 : 자라가 처음 토끼를 만나 건네는 말이다. 자라는 토선생, 산중호걸이라는 표현을 쓰면서 토끼의 환심을 사려고 노력하고 있다.

백이 숙제 : 원래 고죽국의 왕자로 은나라 신하가 되었음. 후에 주나라 무왕이 걸주를 치려는 것을 만류하다가, 수양산에 들어가 굶어 죽었다고 함.

허유 : 요임금이 허유에게 벼슬을 시키자 허유는 영천수에 귀를 씻었음. 소부가 소에게 물을 먹이려 왔다가 그 사연을 듣고 상류로 올라가 소에게 물을 먹였다고 함.

엄자릉 : 중국 한나라의 엄광. 광무제가 동문이라 하여 벼슬을 주자 부춘산에 숨어 농사지으며 살았다.

굴원 : 전국 시대 초나라 사람으로 간언이 받아들여지지 않자 멱라수에 투신 자살함.

이태백 : 중국 당나라의 최고 시인이며 시선이라고까지 불리운 이백을 가리킴. 현종 때 한림학사를 지냈으나 양귀비의 노여움을 사서 추방되어 방랑생활을 함.

찾는가. 적벽강 소동파*가 배 띄워 놀자고 날 찾는가.*"

　두 귀를 쫑그리고 네 다리를 자주 놀려 가만히 와서 보니, 둥글 넙적 거뭇 편편하거늘 이상하게 여겨 주저할 즈음에 자라가 가까이 오라 부르니, 아무렇거나 그리하라 하고 곁에 가서 서로 절하고 잘 앉은 후, 손님을 대접하는 인사로 갖가지 담배와 담뱃대를 다 던져 두고 도토리 통에 싸리순이 제격이었다. 자라가 먼저 말을 꺼내며,

　"토공의 명성(名聲)은 들은 지 오랜지라 평생에 한 번 보기를 원하였더니 오늘이 무슨 날인지 호걸과 만나니 어찌하여 서로 보기가 이다지도 늦었는고?" 하니, 토선생이 대답하였다.

　"세상에 나서 네 바다를 돌아다니며 인물 구경도 많이 하였으나, 그대 같이 못생긴 얼굴은 처음 보네. 담 구멍을 뚫다가 정강이뼈가 빠졌는가? 발은 어이 이리 뭉둑한가. 양반 보고 욕하다가 상투를 잡혔던가? 목은 어찌 이렇게 기다란가. 색주가에 다니다가 한량패에게 밟혔던가? 등이 왜 이리 넓적한가? 사방으로 돌아보니 나무접시 모양이로다.* 그러나 성함은 뉘댁이라 하시오? 아까 한 말은 다 농담이니 거기 대하여 너무 노여워하지 마시기 바랍니다." 하니, 자라가 그 말을 듣고 마음이 불쾌하지마는 마음을 흠뻑 돌려 눅진눅진이 참고 대답하였다.

　"내 성은 별이요, 호는 주부로다. 등이 넓기는 물에 다녀도 가라앉지 아니함이요, 발이 짧은 것은 육지에 다녀도 넘어지지 아니함이요, 목이 긴 것은 먼 데를 살펴봄이요, 몸이 둥근 것은 행세를 둥글게 함이라. 그러하므로 수중에 영웅이요, 어른이라. 세상에 문무를 겸하는 것은 나뿐인가 하노라."

　토끼가 말하였다.

소동파 : 중국 북송의 문인 소식. 당송팔대가의 한 사람으로 「적벽부」를 지음.
수양산에 백이 숙제가 ～ 놀자고 날 찾는가 : 온갖 중국의 고사가 인용되어 있다. 건방진 토끼는 자신을 후대하는 자라를 보자 더 기가 살아 자신의 유식함을 자랑하려 한다.
세상에 나서 네 바다를 ～ 돌아보니 나무접시 모양이로다 : 토끼의 안하무인적인 모습을 볼 수 있다. 자라의 짧은 목, 넓은 등의 외모를 보고 인신공격을 하고 있다.

"내가 세상에 나서 온갖 고생을 다 겪다시피 하였으나, 그대 같은 호걸은 이제 처음 보는도다."

자라가 말하였다.

"그대의 연세가 얼마나 되기에 그다지 경력이 많다 하느뇨?"

토끼가 말하였다.

"내 나이를 알려면 육갑(六甲)*을 몇 번이나 지냈는지 모를 것이오.* 소년 시절에 달나라 궁궐에 가 계수나무 밑에서 약방아 찧다가 유궁후예*의 부인이 불로초를 얻으러 왔기로 내가 얻어 주었으니 이로 보면 삼천갑자 동방삭(東方朔)*은 내보다 한참 아래요, 팽조*의 많은 나이를 내게 대하면 입에서 젖내가 나는 사람이요, 종과 주인이라. 이러니 내가 그대에게 수십 갑절 할아비가 되는 어른이 아니신가."

자라가 말하였다.

"그대의 말이 자칭 왕이라 하는 것과 다름이 없도다. 어떻든지 내가 이왕 한 일을 대강 말할 것이니 좀 들어보아라. 모르면 모르거니와 아마 놀래기가 십상팔구 될 걸. 어찌 그러한고 하니, 반고씨* 생신날에 미역을 내가 주었고, 천황씨*가 황제가 되었을 때 술안주의 어물진상을 내가 하고, 신농씨*가 장기 내고 온갖 풀을 맛보아서 의약을 마련할 때 내가 역시 참견하고, 헌원씨*가 배를 만들 때 목방 패장 내가 했소. 탁록이라는 들판에서 치우*가 싸울 때 내

육갑 : 육십갑자(六十甲子). 만 60세.
내 나이를 알려면 ～ 지냈는지 모를 것이오 : 육갑을 한 번 지내면 60살이 되므로, 몇 번을 지냈다는 말을 통해서 나이가 상당히 많다는 것을 짐작할 수 있다. 서로 어른임을 나타내기 위해서 온갖 거짓말을 늘어놓고 있다.
유궁후예 : 중국 하나라의 임금. 활을 잘 쏘았으며, 신선세계 올라가 불사약과 불로초를 구하였다 함.
동방삭 : 중국 하나라 무제 때의 사람. 서왕모의 신선 복숭아를 훔쳐 먹고 장수함. '삼천갑자 동방삭'이라고 부름.
팽조 : 요 임금의 신하로 은나라 말까지 7백 여년을 살았다는 신선.
반고씨 : 천지개벽 때 처음으로 세상에 나왔다는 전설 속의 천자.
천황씨 : 중국 태고 시대의 전설적인 인물. 삼황 중의 한 사람이요 으뜸이다.
신농씨 : 중국의 전설 속의 제왕으로 삼황의 한 사람. 백성에게 경작을 가르친 데서 신농이라고 하며 불의 덕으로 왕이 된 데서 염제(炎帝)라고도 함.
헌원씨 : 다섯 황제 가운데 황제의 다른 이름.
치우 : 중국의 전설 속의 인물. 난리를 일으켜 황제(黃帝)와 탁록에서 싸우다가 패하여 잡혀 죽었다 할.

가 돌기를 추천하여 치우를 잡게 하고, 요임금의 강구(康衢)노래* 지금까지 즐기고, 순임금의 「남풍가(南風歌)*」는 어제 들은 듯 즐거워라. 우임금이 구년 홍수 다스릴 때 그 공덕을 내가 찬성하고, 탕임금이 상림(桑林)*들에서 비를 내려달라고 빌던 일이며, 주나라 문왕, 무왕과 주공의 찬란하던 예술과 음악, 문물 등이 다 눈에 역력하고, 서해 바다 태평양에 유람 갔다가 굴원이 멱라수에 빠질 때 구하지 못한 것이 지금까지 한(恨)이라오. 이로 헤아려 보면 나는 그대에게 수백 갑절 큰어른이 아닌가? 그러나 저러나 재담은 그만두고 세상 재미나 서로 이야기하여 보세.”

토끼와 자라가 서로 자랑하다. 토끼가 말하였다.

“인간 재미를 말하고 보면, 형이 재미가 나서 오줌을 졸졸 쌀 것이니 더 둥글넓적한 몸이 오줌에 빠져서 허우적거리느라고 헤어나지 못할 것이니 그 아니 불쌍한가?”

하니, 자라가 청하였다.

“어찌하였던지 대강 말하라.”

토끼가 말하였다.

“깊은 산 풍경 좋은 곳에 산봉우리는 칼날같이 하늘에 꽂혔는데 산을 등에 지고 물이 앞에 흐르니 앞에는 봄 물이 온갖 연못에 가득 차고, 여름 구름이 기이한 봉우리에 많구나. 봄 물이 온갖 연못에 가득 차고, 여름 구름이 기이한 봉우리에 많구나. 명당에 터를 닦고 초당 한 칸 지어 내니, 반 칸은 시원한 바람이요, 반 칸은 밝은 달이라. 뒷산에서 약을 캐고 앞쪽 냇가에서 고기 낚아 입에 맞고 배부르니 이 아니 즐거운가? 몸이 구름과 같이 세상 시비 없고 보니 내 자취를 그 누가 알리.

강구노래 : 요임금이 미복잠행할 때 길을 지나다가 들었다는 동요와 격양가
남풍가 : 순임금이 오현금을 만들고 지었다는 노래.
상림 : 탕임금이 즉위한 후 칠년간 가뭄이 들자 비를 빌던 숲.

병 없이 성한 이 내 몸이 태평성대에 한가한 백성이 되니, 중도 아니며 속된 사람도 아니요, 오직 이 땅의 신선이라. 강산 풍경을 마음대로 즐긴다고 그 누가 뭐라 하겠는가.

배꽃과 복숭아꽃 만발하고 푸른 버들 휘어지는데 동서남북 미인들은 시냇가에 늘어앉아 고운 손을 넌지시 들어 한가로이 빨래할 때의 모습은 요지연(瑤池宴)*과 비슷하고, 어진 오월이라 단오일에 신록이 우거지고 미인들이 버들가에 그네 매고 짝지어 그네뛰는 모양은 광한루*의 경치가 분명하다. 풍류호걸 이 내 몸이 저러한 절대가인(絕對佳人)* 구경하니 아마도 세상 재미는 나뿐인가 하노라."

자라가 말하였다.

"허허 우습도다. 우리 수궁 이야기 좀 들어보소. 오색 구름 같은 곳에 진주궁과 자개 대궐 공중에 솟았는데 해와 달이 명랑하다. 이 가운데 날마다 잔치요, 잔치마다 풍류로다. 연꽃 같은 용녀들은 쌍쌍이 춤을 추며 천일주와 포도주며 금강초 불사약을 유리병과 호박잔에 신선하게 담고 담아, 대모소반(玳瑁小盤)* 받쳐다가 갖가지 늘어놓고 잡수시오 권할 때 기분이 좋고 황홀하니 헛장단이 절로 난다.

이 때 순임금의 두 아내 아황과 여영의 비파 소리는 울적한 마음을 풀어주고, 길 건너 장사하는 계집아이의 부르는 「후정화(後庭花)」* 곡조는 울적함을 더하게 하는구나. 초나라 강과 오나라 물에서 고기잡는 어부들은 뱃노래를 주고받고, 연못에서 연 캐는 처녀들은 「상사곡(相思曲)」*을 노래하니, 아마도 별천지는 바다뿐이로다.

그러나 나의 말은 다 정말이오. 그대 하는 말은 백 가지에 한 가지도 취할

요지연 : 요지에서 벌어진 잔치. 요지는 중국 곤륜산에 있다는 연못.
광한루 : 전라북도 남원에 있는 누각. 「춘향전」에서 이도령과 춘향이가 만난 곳으로 유명하다.
절대가인 : 절세미인. 당대에 견줄 만한 인물이 없는 미인.
대모소반 : 거북의 등껍데기로 만든 작은 밥상.
후정화 : 중국 진나라 선제의 아들인 진후주가 지은 악곡의 이름.
상사곡 : 남녀 사이의 사랑을 주제로 한 노래.

것 없이 흉한 말은 감추고 좋은 말만 자랑하니, 그 형식으로 꾸며냄을 내 어찌 모르리오. 그대 신세 생각하니 여덟 가지 어려움을 면하기 어렵도다. 두 귀를 기울이고 자세히 들어 보라.

동지섣달 추운 겨울에 흰눈은 흩날리고 층암절벽 빙판되며 첩첩산중 높은 봉우리가 막혔으니 어디 가서 지낼까. 이것이 첫째로 어려움이오.

돌구멍 찬 자리에 먹을 것 전혀 없어 콧구멍을 핥을 때 냉한 땀이 질질 흘러 온몸이 불편할 때는 제 팔자 타령 절로 나니, 이것이 둘째로 어려움이오.

오뉴월 삼복 가운데 산과 들에 불이 나고 시냇물이 끓을 때에 산에서는 기름내고 털끝마다 누린내라. 짧은 혀를 길게 빼고 급한 숨을 헐떡일 때 그 사정이 오죽할까. 이것이 셋째로 어려움이오.

봄바람이 한창일 때 풀잎이나 뜯어먹자 하고 산간으로 들어가니 갑자기 독한 독수리가 두 날갯죽지를 옆에 끼고 살 쏘듯이 달려들면 제 두 눈에 불이 나고 작은 몸이 솟구쳐 바위틈으로 들어갈 때 혼비백산(魂飛魄散)* 할테니 가련하다. 이것이 넷째 어려움이오.

천방지축 달아나서 조용한 데 찾아가니, 매 쫓는 사냥꾼은 높은 봉에 우뚝 서서 근력 좋은 몰이꾼 시켜 냄새 잘 맡는 사냥개를 워리 하고 부르면 동에도 가고 서에도 가며 급히 쫓아올 때, 발톱이 뭉그러지며 진땀이 바짝 나니, 이것이 다섯째 어려움이오.

죽을 뻔한 후에 사냥꾼이 일자총*을 메고 길목에 질러 앉았다가 총에 탄환을 넣고 염통 줄기를 겨냥해 방아쇠를 당기면, 놀란 가슴으로 간신히 도망하여 숨을 곳을 찾아가니 죽을 뻔한 댁이 그대 아닌가. 이것이 여섯째 어려움이오.

알뜰히 고생하고 숲 속으로 들어가니 얼숭덜숭한 커다란 호랑이가 철사 같이 모진 수염을 위엄있게 쓰다듬으며 웅크려서 가는 거동, 에그 참말 무섭도다. 소리는 우뢰같고 대가리는 큰 산만 하며 허리는 반달같고 터럭은 불빛이

혼비백산 : 혼백이 날아 흩어진다는 뜻으로, 몹시 놀라 어찌할 바를 몰라 함을 이르는 말.
일자총 : 한 방으로 바로 맞히는 좋은 총.

라. 칼 같은 꼬리를 이리저리 두르면서 주홍 같은 입을 열고, 논밭을 가는 데 쓰는 써레 같은 이빨을 딱딱이며, 번개 같이 날랜 몸을 동서남북 번뜩이며 좌우로 충돌하여 이 골 저 골 다니며 돌도 툭툭 받아 보며 나무도 똑똑 꺾어 보니, 위풍이 늠름하고 풍채도 씩씩하여 당당한 산의 임금이라. 제 용맹을 버럭 써서 횃불 같은 두 눈깔을 번개 같이 휘두르며 톱날 같은 앞발을 떡 벌리고 숨을 한 번 씩하고 쉬면, 수목이 왔다 갔다 하고, 소리 한 번 응하고 지르면 산악이 움죽움죽할 때 정신이 아득하니, 이것이 일곱째 어려움이오.

죽을 것을 면한 후에 넓은 광야로 도망하니, 나무 베는 목동이며 소먹이는 아이들은 창검과 몽치를 들고 달려들어 시끄럽게 떠들며 치려할 때 목구멍에 침이 말라 이리저리 도망하니, 이것이 여덟째 어려움이라.*

이렇듯 어려울 때 무슨 경황에 삼신산에 가 불로초를 먹으며 동정호에 가 목욕할까. 그대의 말은 다 스스로 영웅이라 하는 것이니 그 아니 가소로운가. 아마도 실없는 중 땅강아지 아들 자네로세. 그러나 이것은 실없는 농담이니 과히 노여워하지는 마시오."

토끼가 다 들은 후에 할 말이 없어 하는 말이,

"소진*와 장의*의 말솜씨를 닮았는지 말씀도 잘도 하고, 소강절*이 운수를 미리 헤아리듯이 알기도 잘 하오. 남의 약점을 너무 밝히지 마시오. 듣는 이도 생각이 있다오. 세상의 대군자 공자(孔子)도 진채에서 봉변을 당하시고, 천하 장사 초패왕도 큰 연못에 빠졌으니, 재앙과 복이 다 하늘에 있는데, 그대는 용궁에서 호강 깨나 한다고 산 속에 묻혀 사는 선비인 나를 그다지 괄시하니 무슨 까닭인지 도무지 알 수 없노라."

자라가 말하였다.

동지섣달 추운 겨울에 ~ 이것이 여덟째 어려움이라 : 토끼가 육지에서 살기 어려운 여덟 가지 이유를 열거하고 있다. 토끼를 설득하여 용궁으로 데려가야 하는 자라의 입장에서는 육지보다는 용궁이 훨씬 더 살기 편하고, 안전한 곳으로 생각하게 해야 하였다.
소진 : 중국 전국 시대의 전략가. 진나라에 대항하고자 육국(六國)에 합종책을 설득하여 성공할 만큼 말을 잘 함.
장의 : 중국 전국 시대의 변론가. 연횡책을 육국에 부르짖어 소진의 합종책을 깨뜨렸다. 말 잘 하는 사람을 가리킴.
소강절 : 중국 송나라의 학자 소옹(邵雍)을 말함. 강절은 시호임.

"그런 것이 아니라 친구끼리 좋은 도리로 서로 권하려 하는 것이오. 옛글에 이르기를 위태한 방위에는 들어가지 말고 어지러운 나라에는 있지 말라 하였는데, 그대는 어찌하여 이같이 어수선한 세상에서 사느뇨. 이제 나를 만나 기회가 좋으니 이 요란한 세상을 떠나서 나를 따라 용궁에 들어가면 신선이 사는 곳도 구경하고, 천도(天桃) 반도(蟠桃)* 불사약과 천일주, 감홍로, 삼편주를 매일 마시고, 궁궐 같은 높은 집에 선녀들의 벗이 되어 마음대로 노닌다면 세상의 고통과 즐거움을 조금이라도 생각할 수 있겠는가?"

토끼가 그 말 듣고 수상이 여겨,

"어허 싫다."

하고 고개를 흔들면서 말하였다.

"그대 말은 비록 좋으나 위태하겠는걸. 속담에 이르기를 노루 피하면 범 만난다 하고, 부처의 명령은 독 안에 들어가도 못 면한다 하였으니, 육지에서 살다가 어찌 공연스레 수궁에 들어 가리오. 수궁 고생이 육지 고생보다 더하지 말라는 게 어디 있으며, 또는 제일 당장 첫째 고생이 두 콧구멍 멀젓게 뚫렸지만 호흡을 통치 못할 터이니 세상 만물이 숨 못 쉬고 어이 살며, 사지가 멀쩡하여도 헤엄칠 줄 모르거니 만경창파 깊은 물을 무슨 수로 건너갈꼬. 팔자에 없는 남의 호강을 부질없이 욕심을 내어 이 세상을 떠나서 그대를 따라 수궁에 들어가다가는 필연코 칠성(七星) 구멍*에 물이 들어 할 수 없이 죽을 것이니, 이 내 목숨 속절없이 고기 배때기 속에 장사지내면 임자 없는 내 혼백이 바닷물 속에서 외로운 영혼이 되어, 물고기를 벗삼아 굴삼려(屈三閭)*와 짝지어 속절없이 지내게 되면, 일가 친척 자손 중에 그 누가 나를 찾을까. 아무리 백천만 가지로 생각하여도 십분에 팔구분은 위태한 걸. 콩으로 메주를 쑤고 소금으로 장을 담는다 하여도 도무지 곧이 들리지 아니 하니 다시는 그 따위

천도 반도 : 선가(仙家)에서 하늘나라에 있다고 하는 신선 복숭아.
칠성 구멍 : 눈, 귀, 코, 입에 해당하는 7개의 구멍.
굴삼려 : 굴원은 중국 초나라의 왕족으로서 삼려대부의 직분을 맡았음. 삼려는 왕족의 삼성(三姓)인 소(昭)·굴(屈)·경(景) 세 집안을 다스리는 자리임.

말로 권하지 말게."

자라가 토끼를 설득하다. 자라가 웃으며 말하였다.

"그대는 매우 고루하도다*. 한 가지만 알고 두 가지는 알지 못하는구려. 옛 글에 강에서 먼 곳을 갈대 하나로 건너간다 하였소. 이에 조주의 선비인 여선문(餘善文)*은 광묘궁에 들어가서 상량문을 지어 주고, 천하 문장 이태백은 고래를 타고 달 건지러 들어가고, 삼장법사(三藏法師)*는 약수(弱水)* 삼천 리를 건너가서 대장경을 가져오고, 한나라 사신 장건*은 뗏목을 타고 은하수에 올라가서 직녀의 지기석(支機石)*을 주워 오고, 서왕세계(西往世界)* 아란존자(阿蘭尊者)*는 연잎에 거북을 타고 드넓은 바다를 임의로 헤쳐 나갔다오. 저의 목숨이 하늘에 달렸거든 공연히 죽을 수 있나. 대장부 되어 태어나서 지금까지 옹졸할까? 무릇 군자는 사람을 못 쓸 곳에 천거하지 않는다 하니 어찌 그대를 몹쓸 곳에 가라 하리오.

맹자가 말하기를 군자는 속을 듯한 방술로 속인다 하고, 또 어지러운 나라에 있지 아닐 것이라 하였으니, 이 점잖은 체면에 거짓말을 하겠나. 많은 재물에다 높은 벼슬을 주고, 밥 위에 떡을 얹어 준다 할지라도 아니 할 것이오. 하물며 아무 해도 없고 이익도 없는 일에 무슨 억하심정(抑何心情)*으로 위태한 지경에 빠지게 하리오.

또 그대의 상을 보니 미색이 누릇누릇 헷득헷득하야 금빛을 띠었으니 이른

고루하도다 : 세상과 동떨어져 자라거나 살아서, 보고 들은 것이 적고 마음이 좁도다.
여선문 : 중국 송나라 문인으로 상량문(上樑文)을 잘 지었다고 함.
삼장법사 : 중국 당나라의 중 현장. 인도에 가서 불경을 가져다가 한역하였고, 후에 법상종 및 구사종의 시조라 불림. 여행기에 『대당서역기』가 있음.
약수 : 신선이 살았다는 중국 서쪽의 전설적인 강. 길이가 삼천리에 이름.
장건 : 중국 한나라의 외교가. 무제(武帝) 때 북방의 흉노족을 견제하기 위하여 서역의 대월지와 동맹을 맺고자 서역으로 갔으나, 뜻을 이루지 못하고 귀국하였음.
지기석 : 직녀가 베틀이 움직이지 않도록 받쳤다고 하는 돌.
서왕세계 : 서방정토. 곧 불교에서 말하는 극락.
아란존자 : 석가모니의 사촌동생이자 그의 10대 제자 가운데 한 사람.
억하심정 : '무슨 생각으로 그러는지 그 심정을 알 수 없음'을 이르는 말.

바 물과 잘 어울려 조금도 염려 없고, 목이 기니 고향을 바라보고 타향살이 할 기상이오. 얼굴 아래쪽이 뾰족하니 위로 구하면 모든 일이 극히 어려우나, 아래로 구하면 잘 풀려서 모든 일이 크게 잘 될 것이오. 두 귀가 희고 잘 생겼으니 남의 말을 잘 들어 부귀를 할 것이오, 미간이 탁 트여 화려하니 용문에 올라 이름을 빛낼 것이오. 목소리가 평안하니 평생에 험한 일이 없을 것이라.

그대의 생김새가 이와 같이 여러 가지 갖추었으니, 이제부터 부귀영화가 끊임없을 것이오. 이러한 풍채와 배포는 천하의 제일이오, 당시에 제일 가는 영웅호걸이나, 그대가 마치 팔팔 뛰는 버릇이 있음으로 본토에만 묻혀 있어서는 이 위에 여러 가지 복과 즐거움을 결코 한 가지도 누리지 못하고, 도리어 전과 같이 곤란한 재앙만 돌아올 것이오. 본토를 떠나 바깥 세상으로 뛰어가야만 분명코 모든 일이 잘 될 것이오. 내 말을 털끝만큼이라도 의심치 말고 이 좋은 기회에 나와 함께 수궁으로 들어가도록 합시다. 정말이지 나와 같이 친구 잘 인도하는 사람을 만나 보기도 그대 평생 처음일 거요. 토선생 댁에 참으로 길한 별이 비치었소.*"

토끼가 말하였다.

"나의 기상도 이와 같이 뛰어나거니와 형의 관상하는 법 또한 신통하도다. 그런데 수요궁달(壽夭窮達)*이라 하는 것이 다 관상 보는 사람이 하는 말대로 되는 일이 없나니, 부자가 될 상이면 태산 상상봉 백운대 꼭대기에 누웠어도 재물이 절로 와서 부자 되며, 오래 살 상이면 걸주*의 포락(炮烙)*하는 형벌을 당하여도 살아날 수 있겠는가? 누구든지 제 관상만 믿고 행동하다가는 패가 망신할 것이 분명하다."

자라가 말하였다.

<hr />

또 그대의 상을 ~ 길한 별이 비치었소 : 자라가 토끼의 관상을 보며 토끼가 육지를 떠나 수궁에 가야만 하는 이유를 조목조목 이야기한다. 자라는 토끼의 허영심을 자극하여 수궁에서의 부귀영화를 강조하는 면이 잘 나타나 있다.
수요궁달 : 오래 살거나 일찍 죽으며, 궁핍하거나 부유하게 되는 것.
걸주 : 중국 하와 은나라의 걸과 주임금. 포악한 임금의 대표자.
포락 : 불에 달군 뜨거운 쇠로 단근질하는 극형.

"그대는 저물도록 무식한 말만 하는도다. 누구든지 자기 관상대로 되는 것이니, 진짜 증거가 있으니, 우뚝한 코와 부리부리한 눈을 가진 한태조는 임금이 되셨고, 뛰어나고 깨끗한 몸매를 지닌 당태종은 서생으로서 나라를 얻었고, 하얀 얼굴에 커다란 귀를 가진 송태조는 보통사람으로 천자가 되었고, 금반대 채택*이는 범수*를 대신하여 정승이 되었소. 그 외 여러 영웅호걸들이 다 관상대로 되었으니 왕후와 장상이 어찌 씨가 있다 하리까?

옛말에, 범의 굴에 들어가지 아니하면 어찌 범의 새끼를 얻으리오 하였으니, 대장부가 세상에 나서 자기 일신 사업을 하는데, 되면 좋고 아니 되면 말자 하고 분명히 할 것이지, 그까짓 것 무엇이 무서워서 계집아이 태도처럼 요리 빼고 조리 빼고 저물도록 시간만 헛되이 낭비하리요. 그대가 바위 구멍에 홀로 있어 무정한 세월을 보내고 초목과 같이 썩어지면 누가 토처사가 세상에 나 있는 줄 알겠느냐. 이는 형산에 흰 옥이 진토 중에 묻힌 꼴이니, 영웅호걸이 초야에 묻혀 있어 때를 만나지 못함이라. 도토리와 풀잎이며 칡순과 잔디 싹이 그다지 좋은가? 천일주와 불사약에 비하면 어떠하며, 돌구멍 찬 자리에 벗 없이 누었음이 또한 그리 좋은가? 아름답게 꾸민 방의 창문을 반쯤 열고 구름무늬 병풍 그림 속에 원앙금침 비단 요와 절대가인 벗이 되어 밤낮으로 즐기는 그 즐거움에 비한다면, 과연 어떠하겠느냐? 그대의 하는 말은 졸장부의 말이오, 내가 하는 말은 당당한 정론 아닌가? 갖가지로 의심하며 망설이는 자는 예로부터 하는 일마다 잘 되지 않는 법이라.

옛날에 한신*이가 괴철의 말을 듣지 않다가 팽구(烹狗)의 화*를 당하고, 대부 종이 범려*의 말을 들었던들 사금이 화를 당하지 않았을 것이오. 내 어찌

채택 : 중국 전국 시대의 정치가로 진나라 소왕에게 객경으로 발탁되었다가 범수 대신 재상이 되었음.
범수 : 중국 전국 시대 위나라의 변설가로 진나라 소왕에게 원교근공책(遠交近攻策)을 건의하여 제후를 침략하였음.
한신 : 중국 한나라의 무장으로 장량, 소하와 더불어 한나라 창업의 삼걸 중 한 사람. 고조를 따라 조·위·연·제를 멸망시키고 항우를 공격하여 큰 공을 세움.
팽구의 화 : 교토사주구팽(狡兎死走狗烹)에서 나온 말. 산에 있는 토끼를 다 잡으면 사냥개를 삶아 먹는다는 뜻. 한신이 독립하라는 모사 괴철의 말을 듣지 않고 유방을 도왔다가 제후억멸책에 의해 살해당한 고사를 말한다.
범려 : 중국 춘추 시대 월나라의 재상. 월왕 구천을 잘 도와 부차를 쳤으나 벼슬을 내놓고 도로 가서 거부가 되어 도주공(陶朱公)이라고 자칭하였음.

전에 일을 증거삼아 훗날의 일을 하지 않겠는가. 이제 내 말을 듣지 아니하고 후일에 나를 보고자 한다면 그대의 고(故) 고조(高祖)가 다시 살아온다고 해도 정말 할 수 없소. 때는 한 번 가면 다시 오지 않는 것이오. 후회한들 무엇하리오. 세상 인심은 처음 좋아하다가 나중 되면 헌 신 같이 버리거니와, 우리 수부는 동무를 한 번 추천하면 처음과 끝이 한결같으니 세상에 나서기 이렇게 좋은 곳은 구하여도 얻지 못하리라."

토끼가 자라 말에 속다. 토끼가 이 말을 들으니 마음이 든든해져 쌩긋쌩긋 웃으며 말하였다.

"내 형을 보니, 이 시대의 사람은 아니로다. 생각하는 뜻이 넓고 마음이 착하여 위인이 관대하니 평생에 남을 속이겠는가? 나같이 떠도는 인생을 좋은 곳에 추천한다 하니 감격스러우나 수궁에 들어가서 벼슬하기가 쉽겠소?*"

자라가 이 말을 듣고 웃으며 속으로 생각하였다.

'요놈 인제야 속았구나.'

하고 기뻐하며 대답하였다.

"그대가 오히려 경력이 적은 말이로다. 역산에서 밭 갈던 순임금도 당나라와 요나라의 천자 자리를 이어받고, 위수에서 고기 낚던 강태공(姜太公)*도 주문왕의 스승이 되고, 산야에 밭 갈던 이윤(伊尹)*도 탕임금의 아형(阿兄)*이 되었으니, 수궁이나 인간 세상이나 세상에 나가기는 다 같소. 그러므로 밝은 임금이 신하를 가리고 어진 신하가 임금을 가리나니, 우리 왕은 매우 믿음직하시고 다방면에 뛰어나 한 가지 능력과 한 가지 지조가 있는 선비라도 벼슬 직책을 맡기시고, 닭처럼 울고 개처럼 도적질하는 자도 버리지 아니하시오.

나같이 떠도는 인생을 ~ 들어가서 벼슬하기가 쉽겠소 : 토끼가 자라의 달콤함 말에 속아 넘어가기 시작함을 알 수 있다.
강태공 : 중국 주나라 초기의 정치가. 위수 강가에서 낚시를 하다가 문왕을 처음 만나 그의 정책가가 되었으며, 뒤에 무왕을 도와 은나라를 멸망시키고 천하를 다스림.
이윤 : 중국 고대 전설 속의 인물. 탕왕을 보좌하여 하(夏)의 걸왕을 멸망시키고 어진 정치를 베풀었음.
아형 : 형을 친근하게 부르는 말.

그래서 나같이 재주 없는 인물로도 벼슬이 주부 일품 자리에 있소. 하물며 그대같이 이름난 자야말로 들어가면 수군절도사는 따놓은 당상이지 어디 가겠나. 바로 토끼 가문 중에 시조(始祖)* 되기는 조금도 어렵지 않을 것이니라."

토끼 웃으며 말하였다.

"형의 말은 그럴싸하나 내가 어젯밤 꿈이 불길하여 마음이 꺼려지는도다."

자라가 말하였다.

"내가 젊어서 조금 해몽하는 법을 배웠으니 그대의 꿈 이야기를 듣고 싶소."

토끼가 말하였다.

"칼을 빼서 배에 대고 몸에 피칠을 하여 보이니, 아마도 좋지 못한 일을 당할까 염려스럽소."

자라가 꾸짖으며 말하였다.

"매우 좋은 꿈을 가지고 공연히 걱정하는구려. 배에 칼을 대었으니 칼은 금이라 금띠를 띨 것이요, 몸에 피칠을 하였으니 홍포(紅袍)*를 입을 징조라. 한나라에서 명성이 높아 팔방에까지 떨치리니, 이 어찌 성공할 길한 꿈이 아니며 부귀할 좋은 꿈이 아니겠소. 그대의 꿈은 꿈 중에 제일 가는 꿈이니, 수궁에 들어가면 모든 사람 위에 있을 것이라. 그 아니 좋겠는가."

토끼가 점점 곧이 듣고 점점 달려들며 기쁜 얼굴빛으로 말하였다.

"노형의 해몽하는 법은 참 귀신 아니면 도깨비오. 소강절 이순풍이 다시 살아온들 이보다 더하겠는가. 아름다운 몽조가 이미 나타났으니 내 부귀는 어디가랴. 떼어 놓은 당상*은 좀이나 먹지. 그러나 드넓은 바다와 푸른 물결을 어찌 헤쳐 나갈 것인가?"

자라가 기뻐하며 말하였다.

"그대는 조금도 염려 말라. 내 등에만 오르면 아무리 심한 풍파라도 물에 빠질

시조 : 한 집안이나 계통의 처음이 되는 사람.
홍포 : 조선시대 3품 이상의 관원이 공적인 일을 할 때 입는 옷.
떼어 놓은 당상 : '당상관 벼슬을 떼어서 따로 놓았다'는 말에서 유래. 어떤 일이 확실하여 조금도 틀림없이 계획된 대로 진행될 때, 또는 어떤 자리를 자기가 꼭 차지할 것이 틀림없을 때를 이르는 말.

염려 전혀 없이 순식간에 도착할 터이니, 그런 걱정은 행여 두 번도 마시오."

토끼가 웃으며 말하였다.

"체면과 도리가 있지, 형을 타는 것이 어찌 미안하지 않겠소. 어찌하여야 좋을는지요?"

자라가 크게 웃었다.

"형이 오히려 고지식하도다. 우리 이제 함께 들어가면 일생 함께 지낼 것이니 무엇이 미안하겠는가?"

토끼가 크게 기뻐하며 말하였다.

"형의 말대로 될 것 같으면 높은 은덕이 백골난망(白骨難忘)*이겠소. 이 세상 천하에 못 당할 노릇이 있으니 저 몹쓸 사람들이 일자총을 들러 메고 보챌 때, 송편으로 목을 따고 접시 물에 빠져 죽고 싶은 적이 한두 번이 아니었소. 내 큰 아들놈은 나무 베는 아이에게 죄없이 잡혀가서 구메밥*을 얻어먹으며 감옥에서 갇혀 있은 지 지금까지 칠팔 년이나 되었는데 풀려날 가망이 없다오. 둘째 아들놈은 사냥개한테 물려가서 까막까치 밥이 된 지 지금 여러 해 되었소. 그 일을 생각하면 갈수록 더욱 절치부심(切齒腐心)*하여 어찌하면, 이 원수의 세상을 떠날까 하며 밤낮으로 생각하였다오. 천만 뜻밖에 그대 같은 군자를 만나 어두운 데를 버리고 밝은 곳으로 가게 되었으니, 이는 참 하늘이 지시하시고 귀신이 도우심이라. 성인이라야 능히 성인을 안다 하였으니, 나같은 영웅을 형 같은 영웅이 아니면 어찌 알겠소? 하늘에서 내리신 영웅이 형이 아니었다면 헛되이 산중에서 늙을 뻔하였소. 또한 내가 아니었다면 수중 백성들이 어진 관원을 만나지 못할 뻔하였도다. 이번 내 길이 내게도 영광이거니와 수중에서 어찌 경사가 아니리오? 옛 사람이 말하기를 하늘에서 내 재주를 내며 반드시 싸움이 있다 하더니 내게 당하여 참 빈말이 아니로다."

백골난망 : 죽어 백골이 된다 하여도 은혜를 잊을 수 없음.
구메밥 : 죄수에게 벽구멍으로 몰래 들여보내는 밥.
절치부심 : 몹시 분하여 이를 갈고 속을 썩임.

하며 의기가 양양하여 자라 등에 오르려 할 때에, 저 바위 밑에서 너구리 달첨지가 썩 나서서,

"토끼야, 너 어디 가느냐? 내 아까 풀 옆에 누워서 너희 둘이 하는 이야기를 처음부터 끝까지 대강 들었지만 아무래도 위험하구나. 옛말에 위태한 지방에 들어가지 말라 하였고, 분수를 지키면 몸에 욕이 없다 하였으니, 저같이 졸지에 남의 부귀를 탐내고야 나중 재앙이 어찌 없겠는가? 고기 배때기에 장사 지내기가 쉬울 거다."*

라고 말하였다. 토끼가 이 말을 듣더니 두 귀를 쫑긋하며 시름없이 물러날 때, 자라가 가만히 생각하니,

'원수의 몹쓸 놈이 남의 큰 일을 방해하니 참 이른바 좋은 일에 마(魔)*가 드는 것이로군.'

하며 하는 말이,

"허허 우습도다. 그대가 잘 되고 보면 오히려 내가 술잔이나 얻어먹는다 하려니와 죽을 곳에 들어가는 데야, 더구나 내게 무슨 좋을 일이 있겠는가? 달첨지가 토선생 일에 대하여 꽃밭에 불 지르려고 왜 저리 배 아파하는가? 제 어디 실없는 똥 떼어먹을 놈이 다시 그 일에 대하여 말하겠나."

하고 썩 물러나며 하는 말이,

"유유상종(類類相從)*이라더니, 모인다니 졸장부뿐이라. 부귀가 저희에게 아랑곳 있나?"

하며 대단히 비난하고 작별하려 하니, 토끼가 생각하니,

'하늘이 도우시어 이렇게 좋은 기회를 만났으니 때를 잃을 수는 없지.'

하고 자라에게 달려들어 두 손을 덥석 쥐며 하는 말이,

토끼야, 너 어디 ~ 지내기가 쉬울 거다 : 달첨지가 헛된 욕심으로 수궁에 가려는 토끼를 일깨워 주려고 하나, 한 번 꾐에 빠진 토끼는 달첨지의 말이 귀에 들어올 리가 없다. 헛된 부귀영화를 꿈꾸는 우리 서민들의 모습을 나타내는 부분이다.
마 : 일이 잘 되지 않게 훼살을 부리는 것.
유유상종 : 비슷한 사람들끼리 서로 오가며 사귐.

"여보시오, 별주부. 천하 사람들이 별 말을 다한다 하여도 일단 내 말이 제일이오니, 형이 어찌하여 이다지 그리 경솔하시오? 죽어도 내가 죽고 살아도 내가 살 것이니 아무 염려 말고 가십시다."

하니, 주부가 말하였다.

"형의 마음이 굳건하여 변하지 않는다면 내 어찌 꾀를 조금이나 부리리오."

하고, 토끼를 얼른 등에 업고 물로 살짝 들어가 만경창파를 놀리며 소상강을 바라보고 동정호로 들어갈 때, 토끼가 흥에 겨워 혼자 하는 말이,

"세상의 번화한 거리, 서울 장안 곳곳에 있는 벗님네야. 사람마다 백 년을 산다 하여도 걱정 근심과 생로병사(生老病死)를 빼고 보면 태평 안락한 날이 몇 해가 못 되는 것이라. 천백 년을 못 살 인생 아니 놀고 무엇하리. 소상 동정의 무한한 경치를 나와 함께 즐겨보세."

이렇게 세상을 배반하며 흥을 겨워 가는 모습이 마치 칼 첨자(籤子)*에 개구리요, 대부등(大不等)*에 뱀이었다. 엉큼한 것은 별주부요, 어리석은 것은 토끼였다. 자라의 헛된 말을 꿀같이 달게 듣고, 서왕세계 얻자 하고 지옥으로 들어가며, 첩첩 청산 버려 두고 수궁의 외로운 넋이 되러 가니 불쌍하고 가련하다. 붉은 고기 한 덩이로 용왕에게 진상(進上)* 간다. 한 마리 자라의 거침없는 말솜씨에 그 약은 체하던 경박한 토끼가 속았구나.*

토끼가 용궁에 들어가 사로잡히다. 자라가 의기양양하여 범이 날개 돋친 듯, 용이 여의주 얻은 듯이 기운이 절로 나서 바닷속으로 순식간에 들어갔다. 자라가 내리라 하니, 토끼가 내려 사방을 살펴보니, 천지가 밝고 일월이 고요한데, 진주로 꾸민 집과 자개로 지은 대궐은 공중에 솟았으며, 수놓은

첨자 : 장도(粧刀)가 칼집에서 헐겁게 빠지지 않도록 하는 장식품.
대부등 : 아름드리의 아주 굵은 나무.
진상 : (지방의 토산물 따위를) 임금이나 높은 벼슬아치에게 바침.
이렇게 세상을 배반하며 ~ 경박한 토끼가 속았구나 : 작가가 개입된 부분이다. 자라에게 속아 용궁에 가게 된 토끼 앞에는 이제 죽음만이 기다리고 있을 뿐이다. 작가는 토끼에게 동정하는 빛이 역력하다.

문지게*와 비단으로 바른 창이 영롱하고 찬란하였다. 속으로 혼자 기뻐 제가 젠 체하더니, 이윽고 한편에서 수근쑥덕하며 수상한 기색이 있자, 토끼가 혼자 속으로 생각하였다.

'무너져도 솟아날 구멍이 있다 하나, 참 나야말로 속수무책이로구나. 그러나 병법에서 죽을 땅에 빠진 후에 살고 망할 때에 든 후에 이어진다고 한지라. 천하에 큰 성인 주문왕은 유리옥을 면하시고, 도덕이 높은 탕임금은 한대옥을 면하시고, 만고성인 공부자도 진채의 액을 면하셨으며, 천고영웅 한태조도 영양에 포위를 벗어났으니, 설마하니 이 내 몸을 한꺼번에 삼키겠는가.'

아무렇든지 차차 하는 거동 보아 가며 감언이설(甘言利說)*과 신출귀몰한 꾀로 임시변통하여 목숨을 보전하고, 손발을 바싹 웅크리고 죽은 듯이 엎드렸더니, 홀로 왕이 분부하여,

"토끼를 잡아들이라."

하니, 수중 물고기가 일시에 달려들어 토끼를 잡아다가 정전(正殿)*에 꿇리고, 용왕이 명령을 내렸다.

"과인이 병이 중한데 백약이 무효하더니, 하늘이 도와 도사가 말하기를, 네 간을 얻어먹으면 살아나리라 하기로 너를 잡아왔으니, 너는 죽기를 슬퍼 말라."

하고, 군졸을 명하여 간을 꺼내라 하니, 군졸이 명을 받들고 일시에 칼을 들고 날쌔게 달려들어 배를 단번에 째려 하였다. 토끼 기가 막혀 달첨지 말을 돌이켜 생각하나 후회막급(後悔莫及)*이었다.

'도대체 약명을 일러주던 도사놈이 나와 무슨 원수인가? 소진의 말솜씨라도 욕심 많은 저 용왕을 무슨 수로 꾀어내며, 관운장(關雲長)*의 용맹이라도

문지게 : 지게문. 마루에서 방으로 드나드는 곳에 안팎을 두꺼운 종이로 바른 외짝문.
감언이설 : 남의 비위를 맞추는 달콤한 말과 이로운 조건만 들어 그럴듯하게 꾸미는 말.
정전 : 왕이 나와서 조회를 하던 궁전.
후회막급 : 일이 잘못된 뒤라 아무리 뉘우쳐도 어찌할 수 없음.
관운장 : 관우. 중국 삼국시대 촉한의 무장. 유비를 섬기고 적벽전에서 조조의 군대를 격파함.

서리 같은 저 칼날을 무슨 수로 벗어나며, 요행 혹 벗어난다 한들 만경창파 넓은 물에 무슨 수로 도망할까? 가련하다 이 내 목숨 속절없이 죽었구나. 백계무책(百計無策)*이니 어이하리.'

하며 이리저리 생각하다가, 문득 한 꾀를 얻어 가지고 마음을 대담하게 고개를 번쩍 들어 왕을 바라보며,

"이왕 죽을 목숨이오니 한 말씀이나 아뢰고 죽겠나이다."

하고 말하였다.

"토끼 족속이란 것은 본시 곤륜산 정기로 태어나서, 온몸을 달빛으로 환생하여 아침 이슬과 저녁 안개를 받아먹고, 고운 꽃과 풀, 좋은 물을 찾아 명산을 두루 다니면서 늘 먹기 때문에 오장육부와 심지어 똥집, 오줌통까지라도 다 약이 된다 합니다. 그래서 막걸리 바람둥이들을 만나면 간 달라고 보채는 그 소리에 대답하기가 참으로 괴로운데, 간 붙은 염통 줄기를 모두 다 떼어내어 청산유수 맑은 물에 설레설레 흔들어서, 높은 봉우리와 깊은 골짜기에 깊이깊이 감추어 두고 아무 생각 없이 왔사오니, 배가 아니라 온몸을 모두 다 발기발기 찢는다 할지라도, 간이라 하는 것은 한 점도 얻어 볼 수 없을 터이오니, 어찌하면 좋을는지?

저 미련한 별주부가 거기에 대하여 한 마디 말도 없었으니 아무리 내가 영웅이라 해도 수궁의 일을 어찌 아오리까? 미리 알게 하였더라면 염통 줄기까지 가져다가 대왕께 바쳐 병환을 낫게 하고, 일등공신 너도 되고 나도 되어 부귀공명 하였으면 그 아니 좋았겠는가? 만경창파 멀고 먼 길 두 번 걸음 별주부 너 탓이라. 그러나 병환은 시급하신데 언제 다시 다녀올는지, 그 아니 딱하오니까?"

용왕이 듣고 어이없어 꾸짖어 말하였다.

"발칙 당돌하고 간사한 요놈. 네 내 말을 들어라 하니, 천지 사이 만물 가운

백계무책 : 있는 꾀를 다 써 봐도 별 수 없음.

데에 사람으로 동물들까지 제 뱃속에 붙은 간을 무슨 수로 꺼내었다 집어넣었다 하겠는고? 요놈 언감생심(焉敢生心)* 어느 앞이라고 당돌히 거짓으로 아뢰느냐. 그 죄가 만 번 죽어도 남지 못하리라.”

하고, 바삐 배를 째고 간을 올리라 하였다. 토끼 또한 어이없어 간장이 절로 녹으며 정신이 아득하여, 가슴이 막히고 진땀이 바짝바짝 나며 아무리 생각하여도 죽을 밖에 다시 수가 없었다.

　‘이것이 독에 든 쥐요 함정에 든 범이라. 그러나 말이나 한 번 더 단단히 하여 보리라.’

하고 걱정이 되면서도 아무렇지도 않은 모습으로 말하였다.

　“옛말에 이르기를, 지혜로운 자는 천 번 생각하는데 한 번 실수할 때가 있고, 우매한 자가 천 번 생각하는데 한 번 잘 할 때가 있다 하였는지라. 그래서 미친 사람의 말도 성인이 가리어 들으시고 어린아이 말도 귀담아 들으라 하오니, 대왕의 지극히 밝으신 지감(知鑑)*으로 세세히 통촉하여 보시옵소서. 만일 소신의 배를 갈랐다가 간이 있으면 다행이어니와, 정말 간이 없고 보면 물을 데 없이 누구를 대하여 간을 달라 하오리까? 후회한들 소용이 없을 것이오니, 지부왕(地府王)*의 아들이요 황건역사(黃巾力士)*의 동생인들 한 번 가면 다시 돌아오지 못할 황천길을 무슨 수로 면하겠습니까? 또한 소신의 몸에 분명한 표가 하나 있사오니 부디 살펴보시고 의심을 푸소서.”*

　용왕이 듣고 말하였다.

　“이 요망한 놈, 네 무슨 표가 있단 말이니?”

　토끼가 말하였다.

　“세상 만물의 생긴 것이 거의 다 같사오나, 오직 소신은 밑구멍 셋이오니 어

언감생심 : 감히 그런 마음을 품을 수도 없음.
지감 : 지인지감(知人之鑑)의 준말로 사람을 잘 알아보는 식견.
지부왕 : 염라대왕을 가리키는 말.
황건역사 : 힘이 센 신장(神將)의 이름.
옛말에 이르기를, 지혜로운 ~ 살펴보시고 의심을 푸소서 : 궁지에 빠진 토끼는 뛰어난 말솜씨로 용왕에게 거짓말을 늘어놓는다. 위기를 모면하는 토끼의 침착함과 지혜를 엿볼 수 있다.

찌 무리 가운데 다른 표가 아니오리까?"

용왕이 말하였다.

"네 말이 더욱 간사하도다. 어찌 밑구멍 셋이 될 리가 있느냐?"

토끼가 말하였다.

"그러하시면 소신의 밑구멍의 내력을 들어 보시옵소서. 하늘이 자시(子時)*에 열려 하늘이 되고, 땅이 축시(丑時)*에 열려 땅이 되고, 사람이 인시(寅時)*에 나서 사람되고, 토끼가 묘시(卯時)*에 나서 토끼가 되었으니, 그 근본을 미루어 보면 생풀을 밟지 않는 저 기린도 소자출(所自出)*이 내 몸이오, 굶주려도 곡식을 찍어 먹지 아니하는 봉황새도 소종래(所從來)*가 내 몸이라. 천지간 만물 중에 오직 토처사가 근본이오. 이러므로 옥황상제께옵서 순순히 명하시기를, 토처사는 나는 새 중에 임금이요 기는 짐승 중에 으뜸이라. 만물 중에 제일 신분이 특별하니, 신체 만들기를 따로 하여 표를 주자 하시고, 일월성신 세 가지 빛을 모아서 정직하고 강하며 부드러운 세 가지 덕을 겸하여 세 구멍을 점지하셨사오니, 보시면 자연 이해하실 것입니다."

용왕이 나졸을 명하여 살펴보라고 하니 과연 세 구멍이 분명하였다. 왕이 의심스러워 주저하니, 토끼가 말하였다.

"대왕이 어찌 이다지 의심하시나이까? 소신 같은 목숨은 하루 천만 명이 죽어도 관계가 없으니, 대왕은 가장 귀하신 몸으로 동방의 성군이시라 경중(輕重)이 다르니, 만일 불행하시면 천리강토와 구중궁궐을 누구에게 전하시며, 종묘사직과 억조창생을 누구에게 미루시렵니까? 소신의 간을 아무쪼록 갖다가 쓰시면 병환이 즉시 나으실 것이오, 건강해지시면 대왕은 아무 걱정 없이 만세나 사실 것이니, 그러면 소신은 일등공신이 되지 않겠습니까? 이러한 좋

자시 : 십이지의 첫째로, 오후 11시부터 오전 1시까지. 자정 무렵.
축시 : 십이지의 둘째로, 오전 1시부터 3시까지. 새벽 2시경.
인시 : 십이지의 셋째로, 오전 3시부터 5시까지. 새벽 4시경.
묘시 : 십이지의 넷째로, 오전 5시부터 7시까지. 아침 6시경.
소자출 : 사물이 어디로부터 나온 근본.
소종래 : 지내온 내력.

은 일에 어찌 조금이라도 속일 수 있겠습니까?"

하며 거침없는 말솜씨로 비위를 살살 맞추어 용왕을 푹신 삶아내는데, 하는 말마다 구구절절 옳은 소리였다. 이 고지식한 용왕은 곧이듣고 혼자 생각하여,

'만일 제 말과 같다면 저 죽은 후에 누구에게 묻겠는가? 차라리 잘 달래어 간을 얻는 것만 못하다.'

하고, 토끼를 궁중으로 불러 올려 상좌에 앉히고 공경하여 말하였다.

"과인의 망녕됨을 허물치 말라."

하니, 토끼가 무릎을 싹 쓰러뜨리고 단정히 앉아 공손히 대답해다.

"그는 다 예사올시다. 불우의 환과 낙미의 액을 성현도 면치 못하거든 하물며 소신 같은 것이야 일러 무엇 하오리까? 그러하오나, 별주부가 부주의하고 충성스럽지 못함이 가엾나이다."

문득 한 신하가 앞으로 나서며,

"신이 알기로 옛글에 이르기를, 하늘이 주시는 것을 받지 아니하면 도리어 그 재앙을 받는다 하오니, 토끼가 본시 간사한 짐승이라. 흐지부지 하다가는 잃어버릴 염려가 있을 듯 하오니, 부디 대왕은 잃어버리지 마시고 어서 급히 잡아 간을 내어 지극히 귀중하신 옥체를 보중케 하옵소서."*

하니, 이는 수천 년 묵은 거북이로 별호는 귀위선생(龜位先生)이었다. 왕이 크게 화를 내며 꾸짖기를,

"토처사는 충효를 골고루 갖춘 자라. 어찌 거짓이 있으리오. 너는 다시 잔말말고 물러 있거라."

하니, 귀위선생이 어쩔 수 없이 물러나와 탄식하였다.

용왕이 크게 잔치를 베풀어 토끼를 대접하여 수없이 한 잔 또 한 잔을 권하니 이에 취하여 세상의 갑자를 잃어버렸다. 토끼가 속으로 생각하기를,

'만일 내 간을 내어 주고도 죽지만 아니할 것 같으면 간을 내어 주고 수궁에

신이 알기로 옛글에 ~ 옥체를 보중케 하옵소서 : 결국 용왕은 토끼의 거짓말에 속아 넘어가 거북의 간언이 귀에 들어오지 않는다. 용왕의 어리석음이 더욱 부각되는 부분이다.

서 이런 호강을 누리고 싶구나.'

납작하게 엎드리니, 날이 저물어 잔치를 끝나자 용왕이 토끼를 향하여 말하였다.

"토공이 과인의 병만 낫게 하시면 온갖 상을 내리고 제후로 삼아 부귀를 함께 누릴 것이니, 수고를 생각지 말고 속히 나아가 간을 갔다가 과인을 먹이라."

하니, 토끼가 못 먹는 술을 취한 중에 혼자말로,

'한 번 속기도 원통하거든 두 번조차 속을까?'

하며 대답하여 말하였다.

"대왕은 염려 마옵소서. 대왕의 거룩하신 은혜를 만분의 일이라도 갚고자 하오니, 급히 별주부를 같이 보내어 소신의 간을 가져오게 하옵소서."

이 때에 날이 서산에 떨어지고 달이 동정에 나왔다. 신하에게 명하여 토끼를 사관으로 보내어 쉬게 하였다. 토끼가 사관으로 들어와 보니 백옥 섬돌이며 황금 기와요, 호박 주추*며 산호 기둥에 수정발을 높이 걸고, 거북이 등껍질로 만든 병풍을 둘러치고 야광주로 촛불 삼고, 원앙금침 잣벼개와 요강, 재떨이 등을 가까이에 두고, 거문고를 새 줄 얹어 세워 놓고, 연꽃 같은 용녀들은 맑은 노래와 맵씨 있는 춤으로 쌍쌍이 즐기니, 옛날에 주 무왕이 그림 속에 서왕모와 놀 듯, 옥소반에 안주 담고 금잔에 술을 부어 권주가로 권하니, 토끼가 산 속에서 이러한 빼어난 경치를 어찌 보았을까?*

토끼는 밤에 즐겁게 놀고, 이튿날 왕에게 작별을 고하고서 별주부의 등에 올라 만경창파 큰 바다를 순식간에 건너와서, 육지에 내렸다. 그리고는 자라에게,

"내 한 번 속은 것도 생각하면 진저리가 나거든 하물며 두 번까지 속겠느냐. 내 너를 다리뼈를 추려 보낼 것이나, 십분 용서한다. 너의 용왕에게 내 말을 이리 전하여라. 세상 만물이 어찌 간을 임의로 꺼내었다 넣었다 하리오. 신출

주추 : 기둥 밑에 괴는 돌 따위의 물건.
토끼가 산 속에서 이러한 빼어난 경치를 어찌 보았을까 : 작가가 개입된 부분이다. 낙원같은 용궁을 떠나야만 하는 토끼를 동정하는 빛이 엿보인다.

귀몰한 꾀에 너의 미련한 용왕이 잘 속았다 하여라."

하고는 별주부를 두고 깡충깡충 뛰어 너른 들로 나왔다.

육지에서도 토끼가 꾀를 내어 살다. 토끼는 들판을 이리저리 뛰며 흥에 겨워서,

'어화 인제 살았구나. 수궁에 들어가서 배 째일 뻔하였더니, 요 내 한 꾀로 살아와서 예전 보던 만산 풍경 다시 볼 줄 그 누가 알며, 옛적 먹던 산 실과며 나무 열매 다시 먹을 줄 누가 알았겠는가. 좋기만 하구나.'

한참 이리 노니는데, 난데없는 독수리가 살 쏘듯이 토끼에게 달려들어 손발을 낚아채어 공중으로 높이 나니, 토끼가 위태롭게 되었다.

토끼가 스스로 생각하니,

'간을 달라 하던 용왕은 좋은 말로 달랬거니와, 미련하고 배고픈 이 독수리야 무슨 수로 달래리오.'

하며 어찌할 바를 몰라 하는 가운데 문득 한 꾀를 생각해 내고 말하였다.

"여보, 독수리 아주머니! 내 말을 잠깐 들어보오. 아주머니 올 줄 알고 몇 달 모은 양식 쓸데없어 한이더니, 오늘이야 만났으니 어서 바삐 가십시다."*

이에 독수리가 말하였다.

"무슨 음식이 있다고 달콤한 말로 날 속이려 하느냐? 내가 수궁 용왕 아니어든 내 어찌 너한테 속겠느냐?"

토끼가 말하였다

"여보 아주머니, 내 다 털어놓을 테니 들어보시오. 사돈도 이리할 사돈이 있고 저리할 사돈이 있다 함과 같이 수궁의 왕은 아무리 속여도 다시 못 볼 테지만, 우리 사이는 종종 서로 만날 테니 어찌 감히 조금이라도 속이겠소. 건너

여보 독수리 아주머니 ~ 어서 바삐 가십시다 : 육지의 세계는 토끼를 위협하는 것들이 너무도 많다. 용궁의 위험에서 벗어난 토끼는 다시 독수리에게 잡혀서 죽게 되었다. 그러나 토끼는 생명력이 강한 민중이기 때문에 쉽게 희생되지는 않는다. 또 꾀를 내어 위기를 극복하려고 한다.

말 이동지가 납제(臘祭)* 사냥하느라고 나를 심히 노리기에 그 원수 갚기를 생각했는데, 금년 정이 월에 그 집 맏배* 병아리 사십여 수를 둘만 남기고 다 잡아왔소. 용궁에서 제일 귀하다는 의사 주머니를 내가 가지고 있다오. 아주머니에게는 생후에 듣도 보도 못한 물건일 것이니 가지기만 하면 전후 조화가 다 있지만은, 내게는 다 필요 없는 물건이요. 그러나 아주머니한테는 모두 필요할 것이라오. 나와 같이 어서 갑시다. 음식 도적은 매일 잔치를 한대도 다 못 먹을 것이오, 의사 주머니는 가만히 앉았어도 평생을 잘 견디는 것이니, 이 좋은 보배를 가지고 자손에게까지 전하여 누리면 그 아니 좋겠소?"

이러한 말에 이 미련한 독수리가 마음에 솔깃하여,

"아무려나 가 보자."

하고 토끼가 사는 곳으로 찾아가니, 토끼가 바위 아래로 들어가며 조금만 놓아 달라 하였다. 그러자 독수리가 말하였다.

"조금 놓아주다가 아주 들어가면 어찌하게?"

토끼가 하는 말이,

"그리하면 조금만 늦춰 주오."

하니, 독수리 생각에,

'조금 늦춰 주는 것이야 어떠하랴?'

하고 한 발로 반만 쥐고 있었다. 그러자 토끼가 점점 바위 아래로 들어가다가 힘을 주어 쏙 자기 손발을 빼며,

"요것이 의사 주머니지."

하더니, 어느 새 토끼가 눈에 보이지 않게 되었다.

토끼에게 속은 자라가 화타의 도움을 받다. 한편 자라는 토끼가

납제 : 납평제. 납일에 한 해 동안의 농사 형편과 그 밖의 일을 여러 신에게 고하는 제사. 이 납평제를 위하여 지방 관청에서는 산짐승을 잡아 바침.
맏배 : 짐승의 새끼를 낳는 처음 번. 또는, 그 새끼.

가는 모양을 하염없이 바라보고 길게 탄식하며 말하였다.

"내 충성이 부족하여 토끼에게 속았으니, 이를 장차 어찌 하겠는가?"

또 탄식하며,

"우리 수국 신하와 백성들이 복이 없어, 내, 토끼의 간을 얻지 못하고 무슨 면목으로 돌아가 우리 임금과 온 조정 동료를 대하리요? 차라리 이 땅에서 죽는 게 낫겠구나."

하고 머리를 들어 바윗돌을 향하여 부딪치려 하더니, 홀연, 누가 크게 부르며,

"별주부는 이 늙은이의 말을 들으라."

하였다. 이에 자라가 놀라 머리를 돌이켜보니, 한 도인이 머리에 각진 두건을 쓰고 몸에 자주색 옷을 입고서 자라 앞에 와 웃으며,

"네 정성이 지극하기로 내 하늘의 명을 받고 한 개의 선단(仙丹)*을 줄 터이니, 너는 빨리 돌아가 용왕의 병을 고치게 하라."*

하고 말을 마치더니, 소매 안에서 약을 내어 주었다. 자라가 크게 기뻐서 두 번 절하고 받아 보니, 그 크기가 산사나무 열매만 하고 광채가 호화찬란하며 향취가 확 퍼졌다. 자라는 도인에게 감사의 절을 올리며 말하였다.

"선생의 큰 은혜는 우리 나라의 임금과 신하가 모두 감격할 정도로 크옵니다. 감히 묻삽나니 선생의 존성대명(尊姓大名)*을 알려 주십시오."

이에 도인이

"나는 패국(沛國) 사람 화타로다."

하고 말하고 조용히 사라졌다. ✸

선단 : 먹으면 장생불사(長生不死)의 신선이 된다고 하는 영약.
네 정성이 지극하기로 ~ 병을 고치게 하라 : 충직한 신하인 자라 역시 그의 소임을 다할 수 있게 되었다. 이런 결말은 토끼로 대표되는 민중의 승리도 중요하지만, 자라의 충성스러움 역시 필요한 가치라는 생각을 갖고 있기 때문이다.
존성대명 : '지위가 높은 사람의 성명'을 높이어 이르는 말.

**핵심
정리**

갈래 | 한글 소설, 우화 소설, 설화 소설, 판소리계 소설,
　　　풍자 소설
성격 | 풍자적, 해학적, 비판적, 교훈적
연대 | 미상
배경 | 시간적-미상
　　　공간적-'수궁→육지→수궁→육지'의 공간이 반복
시점 | 전지적 작가 시점
특징 | 의인법, 중국 고사의 인용이 많음
주제 | 지배계급에 대한 비판적인 서민의식.
　　　자기 분수에 넘치는 허욕을 바라지 말고, 어려움에 빠지
　　　더라도 지혜롭게 해결하자.

구성과 내용

❶ 발단 | 용왕의 약을 구하러 나서는 자라 – 북해 용왕은 병을 얻게 되자 명의로부
터 토끼의 생간이 명약이라는 이야기를 듣는다. 결국 자라가 토끼의 그림
을 가지고 육지로 떠난다.

❷ 전개 | 자라와 토끼의 만남 – 육지에 올라온 자라는 토끼에게 용궁에 대한 자랑,
육지 생활의 위험을 이야기하며 토끼를 꼬드긴다. 토끼는 용궁에서의 어려
움을 이야기하며 더 이상 권하지 말라고 한다.

❸ 위기 | 자라의 설득 – 자라는 토끼의 관상을 보고 용궁에 가야만 하는 이유를 들
어 권하며, 토끼의 꿈을 길몽으로 풀이하여 토끼의 마음을 움직인다. 토끼
는 달첨지가 만류해도 용궁에 갈 마음을 바꾸지 않는다.

❹ 절정 | 토끼의 위기 탈출 – 용궁에 도착한 토끼는 상황을 파악하고, 이 위기를 벗
어나기 위해 꾀를 내어 용왕을 설득하는 데 성공한다. 용궁에서 무사히 빠
져나온 토끼는 육지에서 독수리에게 잡히지만 다시 꾀를 내어, 위험에서
벗어난다.

❺ 결말 | 하늘도 감동한 자라의 충성심 – 자라는 자신이 충성심이 부족하다고 생각
하여 죽으려 했지만, 명의 화타가 나타나 선단을 주고 사라진다.

천하의 모든 물 중에 동해, 서해, 남해, 북해의 네 바닷물이 제일 컸는데, 네 바다에 각각 용왕이 있었다. 남, 서, 북의 세 왕은 무사 태평했는데, 동해 광연왕(용왕)이 병을 얻게 된다. 왕이 신하를 모아 놓고 의원을 구하여 치료를 명한다. 그 때 한 신하(잉어)가 오나라 범상국과 당나라 장정군과 초나라 육처사 등 세 호걸을 추천한다. 세 호걸이 용궁에 도착하자, 왕은 그들에게 살려 달라고 간청한다. 세 호걸은 대왕의 병은 술과 색을 지나치게 하여 생긴 자업자득이며, 정해진 운명이니 어쩔 수 없다고 한다. 이 말을 들은 용왕은 마지막으로 약방문을 써 달라고 조른다. 왕의 간청을 못 이겨 세 호걸은 토끼의 생간, 특히 그 간을 더운 때에 먹게 되면 병이 회복된다고 일러 주고 떠난다.

왕은 모든 신하를 모아 놓고 육지에 나아가 토끼를 산 채로 잡아올 신하를 찾는다. 문어가 공을 세우기를 희망하자, 자라가 언변이 뛰어나고 꾀도 많은 자신이 가야 한다고 주장한다. 문어는 자라가 생각이 없고, 자라탕이 된다는 등 부적합한 이유를 들어 반박한다. 이에 질세라 자라는 문어가 부적합한 이유를 들어 반박하고, 혹시 잡아오지 못할 경우 목숨을 내놓겠다고 장담한다. 결국 자라가 토끼를 잡으러 갈 수 있게 된다. 자라는 왕에게 토끼의 그림을 그려 달라고 청한다.

왕은 많은 곡식과 돈을 내리고 자라를 격려하며 빨리 토끼를 잡아오라고 한다. 자라는 육지로 떠나기 전에 아내와 작별을 하며 늙은 부모와 자식들을 부탁한다.

자라가 소상강과 동정호 깊은 물에 둥실 떠올라서 푸른 시내 흐르는 산 속으로 들어가니 마치 신선이 노는 곳과 같다. 그곳에서 구경을 하며 숲으로 들어가 사방을 살피다 토끼를 만난다. 자라는 점잖게 토끼에게 토선생, 산중호걸이라고 추켜 세우며 환심을 산다. 안하무인은 토끼는 자라의 못생긴 얼굴과 모습을 비웃지만, 자라는 불쾌함을 참고 자신이 문무를 겸비한 영웅이며, 몇백 갑절 어른이라고 둘러댄다.

토끼는 자라에게 육지에서 신선과 같은 생활을 자랑하자, 자라는 별천지 같은 수궁생활을 자랑한다. 또 자라는 토끼의 위험한 육지 생활을 조목조목 이야기하며, 위험한 세상을 떠나 함께 용궁에서 즐겁게 살자고 이야기한다.

자라는 토끼에게 금빛을 띠었고 물과 잘 어울리며, 타향살이를 할 상이라고 이야기하며, 위험한 육지를 떠나 함께 수궁에 가자고 설득한다. 자라는 토끼에게 높은 벼슬을 얻어 토끼 가문의 시조가 될 수 있다고 하고, 토끼의 불길한 꿈도 길몽으로 해몽을 하여, 토끼의 마음을 돌려 놓는다. 토끼는 그 동안 육지 생활의 어려움을 떠올리며 이것은 하늘의 도움이라고 생각하고, 자라와 함께 용궁에 가려고 결심한다.

이 때 바위 밑 너구리 달첨지가 나타나 분수를 지키지 않고 부귀영화를 탐내는 토끼를 말렸으나, 한 번 꾐에 넘어간 토끼의 마음을 돌릴 수 없게 된다.

　용궁에 도착한 토끼는 수상한 낌새를 눈치챘으나 어쩔 도리가 없다. 용왕이 토끼의 배를 가르라고 명령하자, 토끼는 꾀를 내어 모면하려 했지만, 용왕은 오히려 토끼를 꾸짖고 좀처럼 넘어가지 않는다. 토끼는 정신을 수습하여 용왕을 설득하기 위해 꾀를 낸다. 토끼의 뛰어난 말솜씨와 계속되는 속임수에 결국 용왕은 속아 넘어간다. 이 때 귀위선생(거북)이 나타나 용왕에게 토끼의 간사함에 속지 말라는 간언을 하나, 용왕은 귀기울여 듣지 않는다. 용왕은 토끼에게 어서 빨리 간을 가져 오라고 잔치를 성대하게 베풀어 준다.

　다음 날 자라의 등에 업혀 육지에 온 토끼는 살아 돌아온 기쁨도 잠시 독수리에게 잡히게 된다. 토끼는 독수리에게 평생의 양식이 든 의사주머니를 주겠다고 꾀를 내어, 위험에서 벗어난다. 자라는 자신이 충성심이 부족하다고 생각하여 죽으려 했지만, 명의 화타가 나타나 선단을 주고 사라진다.

더 알아보기

「토끼전」의 근원 설화, 구토설화(구토지설)

　선덕여왕 11년 임인년(642년)에 백제가 대량주를 깨뜨리니 김춘추의 딸 고타소낭이 남편 품석을 따라 죽었다. 김춘추가 이를 원통히 여겨 고구려에 군사를 청하여 백제에 대한 원수를 갚으려고 하니, 왕이 허락하였다. 김춘추가 떠나려할 때 김유신은 김춘추가 고구려에 가서 살해당한다면 그 원수를 갚으리라 이야기를 하며 서로 손가락을 깨물어 맹세를 하였다.

　김춘추는 김유신에게 60일 이내에 돌아올 수 있다고 이야기를 하고 고구려에 들어갔다. 고구려 왕이 태대대로 연개소문을 보내어 잔치를 베풀어 김춘수를 대접하였다. 이 때 어떤 신하가 왕에게 김춘추를 의심하며 나라의 형세를 살피러 온 것이니 뒷날의 걱정없이 해치는 것이 낫다는 이야기를 하였다. 왕은 김춘추에게 곤란한 질문을 해서 그를 곤경에 처하게 하려고, "마목현과 죽령은 본래 고구려의 땅이니 돌려 달라"고 하였다. 만약 부탁을 들어주지 않으면 돌아갈 수 없다고 하였다. 김춘추는 국가의 땅을 자신이 마음대로 할 수 없어서 명령을 받아들일 수 없다고 대답하자 결국 옥에 가두었다. 옥에 갇힌 김춘추는 청포 삼백 포를 왕이 총애하는 신하 선도해에게 주고 그에게 빠져나갈 방책을 물었다. 선도해는 그 때 김춘추에게 토끼와 거북이 이야기를 해 주고 간다.

　김춘추는 그 이야기의 의미를 곰곰이 생각하고 이튿날 왕에게 두 땅을 돌려 주겠다고 거짓말을 하고 위기에서 벗어나 무사히 신라 땅에 돌아왔다. 그 때 김춘추를 기다리던 김유신은 군사를 몰고 국경으로 달려오다가 김춘추를 만나 무사히 귀환하였다. (출전 : 『삼국사기』 열전 '김유신' 조)

감상의 길잡이 「**토끼전」의 소설적 변화 과정** 「토끼전」은 「구토설화」가 판소리 사설인 「수궁가」로 되었다가, 판소리 대본이 문자로 정착되는 과정에서 「토끼전」으로 소설화한 것으로 추측된다. 이 설화는 우리 나라뿐 아니라 인도, 중국, 일본 등에도 널리 퍼져 있다.

「토끼전」은 「별주부전」, 「별토가」, 「수궁가」, 「토생전」, 「토처사전」 등으로 다양하게 불리며, 55종의 이본이 소설본과 판소리본으로 나뉘어 있다. 다양한 이본을 통해 볼 때 「토끼전」은 설화에서 판소리로, 판소리에서 소설로 변모해 가는 과정에서 설화적 기본 구조를 바탕으로 내용이 첨부되고 바뀌면서 소설로 자리잡게 되었다. 이 때 수궁과 육지라는 구체적인 세계를 설정하고 다양한 동물을 많이 등장시키며, 열거와 반복, 대조법, 중국 고사의 인용, 화려한 수식 등을 사용하여 수사적 표현을 늘리고, 다양한 사건들을 추가하여 재미를 더했을 것으로 짐작된다.

이 작품의 우화적 특성 「토끼전」은 우화의 형식을 취하고 있다. 우화 소설은 인간의 무지를 일깨우기 위한 목적으로, 풍자적인 표현 방법을 사용한다. 서민 의식이 크게 대두되던 시기에 우화 소설이 출현된 이유는 양반 계층과의 대결에서 인간을 통한 직접적인 공격보다는 동물을 통한 우회적인 방법이 유리했기 때문이며, 표현 방법으로 대개 풍자를 깃들인 의인화를 사용되었다. 즉 용왕은 왕이나 관리들을, 토끼는 일반 피지배 서민층을 나타낸다. 주색에 빠져 병이 들어 어리석게도 토끼에게 속아 넘어가는 용왕과 대신들은 당시 부패하고 무능한 정치 사회의 인물들의 모습을 비유한 것이다. 이와 반대로 토끼는 서민의 입장을 반영한다. 온갖 위험이 도사리는 현실, 자신의 목숨을 위협하는 사회와 관리들, 그곳에서 살아남기 위해서는 지혜가 없어서는 안 된다. 용궁에서 살아 돌아온 토끼를 기다리는 육지는 평온하고 행복한 곳만은 아니었다. 여기에도 다시 독수리라는 생명을 위협하는 존재가 기다리고 있다. 그러나 이 모든 위험을 극복할 수 있었던 것은 권력과 힘에 맞설 수 있는 토끼의 꾀 덕분이다. 이것은 피지배 계층인 서민들의 승리를 보여 주는 것이기도 하다.

이 작품에 반영된 서민 의식 「토끼전」은 당시 사회 현실을 용궁과 육지로 옮겨 표현한, 당대 현실의 축소판이다. 이와 같은 대립의 양상 속에서 결국 약자인 토끼가 최후의 승리를 거두는 것은 조선 후기의 역사적 현실에서 서민들이 가진 현실적 불만과 욕구, 비판 정신과 해학, 풍자가 작품을 통해 나타난 결과이다.

「토끼전」은 많은 이본이 존재하듯 결말도 다양하다. 토끼가 무사히 돌아온 후 자라의 죽음, 용왕의 죽음으로 끝나는 내용, 자라가 선단을 얻어 공을 세우고, 용왕이 병을 고치는 내용, 용왕이 자신의 허욕을 반성하고 아들에게 왕위를 물려주고 죽음을 맞이하는 내용 등 다양하지만, 이는 전승자 및 당시 민중의 의식이 반영된 결과라고 볼 수 있다.

「토끼전」은 당시 싹트기 시작한 서민 의식을 바탕으로 날카로운 풍자와 익살스러운 해학이 잘 나타난 작품으로, 작품에 나타난 풍자성은 작가층인 서민 계층이 가지고 있던 당시 정치 현실과 지배 계층에 대한 반항 의식을 보여 주고 있다. 또, 사회 경제적 현실에서 부정부패를 일삼고 혹독하게 세금을 거두어들이던 양반 관료 계급에 대한 비판 의식이 나타나 있는 소설로서, 근대적 의식의 출현을 알리는 문학작품이기도 하다.

**창조학습
활동**

1. 「토끼전」에 대한 설명으로 <u>잘못된</u> 것을 찾아보자.

　① 「토끼전」 같은 내용의 설화는 흔히 다루어지지 않는다.
　② 토끼에게 속은 용왕, 수궁 신하들의 어리석음을 통해 재미를 느낄 수 있다.
　③ 서민의식이 담긴 날카로운 풍자와 해학이 잘 나타나 있다.
④ 당시 사회의 부조리한 면을 우화의 형식으로 표현하고 있다.
⑤ 약자인 토끼의 승리에는 서민들의 소망이 담겨 있다.

2. [보기]에 어울리는 속담을 찾아보자.

> **보기**
>
> 　토끼가 말하였다. "칼을 빼서 배에 대고 몸에 피칠을 하여 보이니, 아마도 좋지 못한 일을 당할까 염려스럽소." 자라가 꾸짖으며 말하였다. "매우 좋은 꿈을 가지고 공연히 걱정하는구려. 배에 칼을 대였으니 칼은 금이라 금띠를 띨 것이요, 몸에 피칠을 하였으니 홍포(紅袍)를 입을 징조라. 한 나라에서 명성이 높아 팔방에까지 떨치리니, 이 어찌 성공할 길한 꿈이 아니며 부귀할 좋은 꿈이 아니겠소. 그대의 꿈은 꿈 중에 제일 가는 꿈이니, 수궁에 들어가면 모든 사람 위에 있을 것이라. 그 아니 좋겠는가."

① 눈 가리고 아웅한다.　　　② 꿈보다 해몽이 좋다.
③ 아는 도끼에 발등 찍힌다.　④ 개구리 올챙이 적 생각 못 한다.
⑤ 하늘이 무너져도 솟아날 구멍이 있다.

3. 「토끼전」은 어떤 변화를 거치면서 현재의 형태(소설)로 정착되었는지, 그 과정을 써 보자.

4. 「토끼전」은 많은 이본이 있어서 결말이 다양하다. 다음과 같은 결말 이 가지고 있는 의미를 생각해 보자.

보기

이 때, 별주부는 토끼가 간 곳을 바라보며 길게 탄식하여 가로되,
"충성이 부족한 탓에 간특한 토끼에게 속아 빈손으로 돌아가게 되었으니 무슨 면목 으로 우리 용왕과 신하들을 대하리요? 차라리 이 곳에서 죽는 것만 같지 못하도다."
하고 토끼에게 속은 사연을 적어 바위에 붙이고, 머리를 바위에 부딪쳐 죽었다.
〈중략〉
용왕이 이르기를
"여러 신하들의 말은 옳지 않다. 과인이 하늘의 명을 모르고 무고한 토끼의 목숨을 빼앗으려 하였으니 어찌 현명하다 하겠느냐? 그대들은 다시 아무 말도 하지 마라."
하고는 태자에게 자리를 물려주고 죽으니, 그 때 용왕의 나이 일천팔백 세였다. 태자 와 여러 신하들은 애통해하며 성대하게 장사를 치르니, 그 광경이 매우 엄숙하였다.

5. 이 작품에서 우화적 기법을 사용한 목적은 무엇인지 생각해 보자.

☞정답과 해설 p.412

한눈에
보기

근원 설화	→	판소리 사설	→	고전 소설	→	신소설
구토지설		수궁가, 토별가		토끼전, 별주부전		토의 간 (이해조)

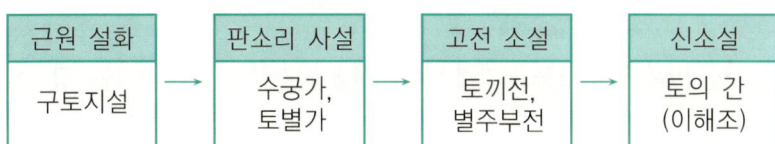

더 읽을
작품

「토끼전」처럼 우화 소설에 속하는 「장끼전」을 감상해 보자.

　　　　　　「웅치전」, 「화충전」, 「화충선생전」, 「자치가」 등으로 불리며 지은이는 알려져 있지 않다. 판소리의 한 마당인 「장끼타령」을 소설화한 4·4조의 율문체 작품으로, 장끼·까투리 등 조류를 의인화하여 그들의 세계를 통해 인간세계를 풍자하고 있다.

　　조선 시대 영조 때 창극의 각본으로 쓰였는데, 그 각본과 소설이 비슷하여 창극이 소설화가 되었다고 추측할 수 있다.

　　어느 추운 겨울날, 아들 아홉과 딸 열둘을 둔 장끼 부부가 먹이를 구하러 들판으로 나간다. 장끼가 붉은 콩 하나를 발견하고는 이를 먹으려 하자, 아내인 까투리가 지난 밤 꿈이 좋지 않다고 간곡히 만류한다. 그러나 고집이 센 장끼는 까투리가 말리는데도 붉은 콩을 주워 먹다가 탁첨지가 놓은 덫에 치인다. 까투리는 탄식을 하며 당황하는데 장끼는 죽어 가면서도 까투리에게 수절하여 결혼하지 말라고 한다. 과부가 된 까투리는 장끼의 깃털을 하나 주워다가 장례를 치른다. 장례식에 갈가마귀, 물오리 등이 조문하러 온다. 모두 까투리에게 청혼하지만 까투리는 아직 삼년상을 다 치르지 않았다고 하며 이를 거절한다.

　　그런데 뒤늦게 찾아온 홀아비 장끼에게 마음이 쏠려 앞서 자신이 한 말을 뒤집고 결혼을 한다. 새로운 남편을 만난 까투리는 아들딸을 모두 시집 장가 보내고 명산대천을 놀러 다니면서 큰 물에 들어가 조개가 된다.

이 작품에서는 개가 문제가 작품의 주제를 이루고 있다.

조선 사회는 이른바 '열녀는 두 지아비를 섬기지 않는다'는 '열녀불경이부'의 유교 윤리가 철저하게 지배하던 사회였는데, 그 윤리가 이 작품에서는 대담하게 무너진다.

아들 아홉과 딸 열둘을 가졌더라도 시집을 가고 싶으면 간다는, 당시로서는 경이롭고 진보적인 사상이 담겨 있다. 또 하나의 중요한 주제는 자신의 분수에 맞는 배필을 구해 제 팔자에 맞도록 살아야 한다는 교훈과, 아무리 소견이 좁고 어리석은 사람의 말이라도 거기에 충분한 이유와 근거가 있을 때는 존중해야 한다는 것이다.

이 작품은 남존여비와 개가(재혼) 금지를 주장하던 유교 도덕을 비판하고 여성의 위치에 대한 불합리함을 이야기하며, 인간의 본능적 욕구를 중시하던 당시의 서민 의식을 보여 주고 있다.

한자 성어

가렴주구(苛斂誅求) | 가혹하게 세금을 거두거나 백성의 재물을 억지로 빼앗음.

남가일몽(南柯一夢) | 덧없이 지나간 한 때의 부귀나 행복을 가리키는 말.

도탄(塗炭) | 진흙탕에 빠지고 숯불에 탄다는 뜻으로, 생활이 몹시 곤궁하고 고통스러운 지경을 이르는 말.

만고풍상(萬古風霜) | 살아오는 동안에 겪은 많은 고생.

백년하청(百年河淸) | 백 년을 기다린다 해도 황하의 흐린 물은 맑아지지 않는다는 뜻으로, 오랫동안 기다려도 바라는 것이 이루어질 수 없음, 아무리 세월(歲月)이 가도 일을 해결할 희망이 없음, 아무리 기다려도 가망 없어, 사태가 바로 잡히기 어려움 등을 이르는 말.

사이비(似而非) | 겉은 비슷하나 속은 전혀 다름. 진짜같이 보이나 실은 가짜임.

약관(弱冠) | 남자가 스무 살에 관례(冠禮)를 한다는 데서, 남자의 스무 살 된 때를 일컫는 말.

부귀영화에 대한 인간의 헛된 욕망

구운몽

九雲夢

■ 김만중

「구운몽」은 성진이 현실에서 꿈, 다시 현실로 돌아오는 과정을 통해 조선 사대부들의 꿈이며 이상인 입신양명의 유교적 생활관과, 세속적인 욕망이 부질없다는 불교적 사고방식을 보여 준 몽자류 소설이다.

등장인물

성진 |

육관대사 밑에서 불도를 열심히 닦았으나, 용왕이 권하는 술을 마신 뒤 마음이 흔들리기 시작한다. 돌다리 위에서 팔선녀를 만나고서 더욱 걷잡을 수 없는 번뇌에 빠진다. 성진은 불도의 세계·불자로서의 생활에 대해 회의하고, 세속의 생활을 흠모하나, 깨달음을 얻고 불도에 전념한다. 불교계를 대표하는 인물이다.

육관대사 |

성진이 윤회의 과정을 겪지 않고서는 깨달음의 세계에 도달할 수 없다고 판단하여 성진을 양처사와 류씨 사이의 아들 '소유'로 태어나게 한다. 수행이 깊어 존경을 받는 불교계를 대표하는 인물이다.

양소유 |

행운아로 언제나 아름다운 여성과 벼슬운이 따라다닌다. 이런 의미에서 그는 누구나가 바라는 이상적인 인물이며 유교 세계를 대표하는 인물이라고 할 수 있다. 그가 걸어온 길은 양반 사회의 모든 남자들이 꿈꾸는 전형적인 성공의 길이다. 소년 시절이나 청·장년 시절에는 인생의 가치에 대해 생각할 겨를이 없이 성공과 행운이 뒤따른다. 그러나 생애의 말년에 이르러 인간의 한평생은 꿈과 같고 허망하다는 것을 깨닫는다. 자신의 소원대로 아름답고 현숙한 팔선녀의 화신인 2명의 부인과 6명의 첩을 거느리고 온갖 부귀영화를 누린다.

팔선녀 |

위부인의 제자로 성진을 만나 서로 희롱한 죄로 성진과 함께 지옥으로 추방된다. 그곳에서 양소유의 2명의 부인과 6명의 첩으로 환생한다. 위부인과 그녀의 제자 격인 팔선녀들은 도교를 대표하는 인물들이지만, 팔선녀가 성진을 좇아 여승이 된 뒤 성진과 함께 극락 세계로 귀의한다. 이것으로 보아 육관대사와 그의 제자인 성진으로 대표되는 불교에 도교가 속하게 됨을 알 수 있다.

작가 소개 김만중(金萬重, 1637~ 1692) |

조선 시대의 문신이자 소설가. 호는 서포(西浦). 장원급제한 후 공조판서, 대사헌까지 올랐으나, 당쟁으로 말년에 남해에 유배되어 거기서 「구운몽」을 집필한 뒤 병들어 일생을 마쳤다. 저서로는 「구운몽」「사씨남정기」「서포만필」「서포집」 등이 있다.

구운몽
九雲夢

읽기 전에 | 이 작품은 유복자로 태어난 김만중이 어머니 윤씨를 위로하기 위해서 유배지에서 쓴 소설이라고 한다. 작품 속 유교와 불교와 도교의 반영 양상과 꿈을 매개로 한 몽자류 소설, 작품의 전개 과정을 생각하며 읽어 보자.

성진이 팔선녀와 만나다. 천하에 명산이 다섯이 있으니 동쪽은 동악 태산이요, 서쪽은 서악 화산이요, 남쪽은 남악 형산이요, 북쪽은 북악 항산이요, 가운데는 중악 숭산이다. 오악 중에 오직 형산이 중국에서 가장 멀어 구의산이 그 남쪽에 있고, 동정호*가 그 북쪽에 있고, 소상강* 물이 그 삼면에 둘러 있으니, 제일 수려한 곳이다. 그 가운데 축융, 자개, 천주, 석름, 연화 다섯 봉우리가 가장 높으니, 수목이 울창하고 구름과 안개가 가리워 날씨가 아주 맑고 햇빛이 밝지 않으면 사람이 그 근사한 진면목을 쉽게 보지 못하였다.

진나라 때 선녀 위부인(魏夫人)*이 옥황상제의 명을 받아 선동(仙童)과 옥녀(玉女)를 거느리고 이 산에 와 지키니, 신령한 일과 기이한 거동은 다 헤아리지 못할 정도였다.

동정호 : 호남성 북쪽에 있는 호수로 주위가 팔구백 리에 이른다고 함.
소상강 : 호남성을 흐르는 큰 강.
위부인 : 진나라 사도 위서의 딸로 신선이 되어 승천하여 남악을 주재하였다고 함.

당나라 시절에 한 노승이 있어 서역 천축국(天竺國)*에서 와 연화봉 경치를 사랑하여, 제자 오륙백 인을 데리고 연화봉 위에 법당을 크게 지었으니, 혹은 육여화상이라 하기도 하고 혹은 육관대사라 하기도 하였다.

그 대사가 대승법(大乘法)*으로 중생을 가르치고 귀신을 다스리니 사람이 다 공경하여 생불(生佛)이 세상에 나왔다 하였다. 무수한 제자 가운데 성진이라 하는 중이 부처의 말씀을 모르는 것이 없고 총명한 지혜를 당할 사람이 없으니, 대사가 극히 사랑하여 입던 옷과 먹던 바리때를 성진에게 전하고자 하였다.

대사가 매일 모든 제자와 함께 불법을 강론하는데 동정호 용왕이 흰옷을 입은 노인으로 변하여 법석(法席)*에 참여해 불경을 들었다.

어느 날 대사가 여러 제자들을 불러 말하였다.

"동정 용왕이 여러 번 와서 불경을 들었는데도 내가 아직 답례하지 못하였구나. 나는 늙고 병들어 절 밖을 나가지 못한 지 십여 년이다. 너희 가운데 누가 나를 대신하여 용궁에 들어가 용왕께 보답하고 돌아오겠는가?"

성진이 두 번 절하며 말하였다.

"소자가 비록 부족하오나 명을 받아 가겠습니다."

대사가 크게 기뻐 성진을 명하여 보내니 성진이 일곱 근이나 되는 가사(袈裟)*를 가다듬어 걸치고 육환장(六環杖)*을 끌고 가볍게 동정호를 향하였다.

얼마 후에 문을 지키는 도인(道人)이 대사에게 알렸다.

"남악 위부인이 팔선녀를 보내어 문 밖에 왔습니다."

"들게 하라."

하고 대사가 명하여 부르니 팔선녀가 차례로 들어와 대사가 앉은 자리를 세

천축국 : 중국에서 인도를 가리키던 말.
대승법 : 많은 사람들을 속세의 고통에서 구하려는 불교 교리.
법석 : 대중이 둘러앉혀 놓고 불법에 대해 가르치는 자리.
가사 : 승려가 입는 법의.
육환장 : 승려가 짚는 지팡이.

번 돌며 신선의 꽃을 뿌린 다음 무릎을 꿇고 위부인의 말씀을 전하였다.

"대사께서는 산 서쪽에 계시고 저는 산 동쪽에 있어 떨어진 거리가 멀지 않지만 자연히 일이 많아 한 번도 법석에 나아가 대사의 말씀을 듣지 못했습니다. 사람을 대하는 도리도 없고, 또한 이웃과 교제하는 뜻도 없기에 심부름꾼을 보내어 안부를 묻고, 아울러 하늘 꽃과 신선의 과일 그리고 칠보(七寶)와 무늬 놓은 비단으로 보잘것없는 정성을 표합니다."

하고, 팔선녀가 각각 가지고 온 신선들이 즐기는 과일과 보배를 눈 위에 높이 들어 대사께 올리니, 대사가 손수 받아 시자(侍子)*에게 주어 불전에 공양하게 하고 나서 합장하여 사례하며 말하였다.

"노승이 무슨 공덕이 있기에 이렇듯 위부인의 풍성한 선물을 받겠는가?"

하며, 이어서 큰 재(齋)*를 베풀어 팔선녀를 대접하여 보냈다.

팔선녀가 대사에게 작별을 고하고 절 밖에 나와 서로 손을 잡고 말하였다.

"이 남악의 물 하나 산 하나가 다 우리 집 경계인데 육환대사가 거처 기거하신 후로는 동서로 분명히 나뉘게 되어 연화봉 아름다운 경치를 지척에 두고도 구경하지 못한 지 오래 되었다. 이제 우리 부인의 명을 받아 이 땅에 왔으니 만나기 힘든 좋은 기회라, 또 봄빛이 좋고 해가 저물지 아니하였으니 이 좋은 때를 맞아 저 높은 누각에 올라 흥을 타며 시를 읊어 풍경을 구경하고 돌아가 궁중에 자랑하는 것이 어떠한가?"

하고 서로 손을 이끌고 천천히 걸어 올라 폭포에 나아가 흐름을 보고 물을 쫓아 내려가 돌다리 위에서 쉬었다.

이 때는 바로 춘삼월이었다. 화초는 만발하고 구름과 안개는 자욱한데 봄새 소리에 봄의 흥취가 일고 물색이 사람을 붙잡는 듯하니, 팔선녀가 자연 몸과 마음이 흔들려 이곳을 차마 떠나지 못한 채 편히 웃고 떠들며 돌다리에 걸터앉아 경치를 즐겼다. 낭랑한 웃음소리는 물소리에 어울리고 아름답고 고운 얼

시자 : 시중 드는 사람.
재 : 죽은 사람을 위해 불공을 드리는 일.

굴은 물 가운데 비치어 완전히 한 폭의 미인도를 이루었는데, 마치 미인도를 잘 그렸다는 주방(周昉)*의 손 아래에서 갓 나온 듯하였다. 팔선녀는 그 그림자를 즐기며 스스로를 사랑하여 차마 떠나지 못하고 산 속의 해가 저물어 가는 것도 깨닫지 못하였다.

이 무렵, 성진이 동정호에 이르러 물결을 헤치고 수정궁에 들어갔다. 용왕이 크게 기뻐하여 몸소 문무(文武) 여러 신하들을 거느리고 용궁 문 밖에 나와 성진을 맞이하여 윗자리에 앉혔다. 성진은 땅에 엎드려 대사의 말씀을 낱낱이 아뢰니, 용왕이 공경하여 사례하고 잔치를 크게 베풀어 성진을 대접할 때, 신선의 과일과 채소는 인간 세상의 음식과 달랐다.

용왕이 잔을 들어 성진에게 술 세 잔을 권하여 말하였다.

"이 술이 좋지는 않으나 인간의 술과는 다르니 내가 권하는 정을 생각하라."

성진이 두 번 절하여 말하였다.

"술은 사람의 정신을 헤치는 것이라 불가(佛家)에서 크게 경계하니 감히 먹지 못하겠습니다."

성진이 사양하였으나 용왕이 다시 권하였다.

"부처의 다섯 가지 계율(戒律)*에서 술을 경계한 것을 내 어찌 모르겠습니까? 그러나 용궁 안에서 쓰는 술은 인간 세상의 술과 달라서 사람의 기운을 화창하게 할 뿐 마음을 상하게 하거나 어지럽히지 아니하나이다."

용왕이 지성으로 권하니 성진이 감히 사양치 못하여 석 잔 술을 먹은 후에 용왕께 작별을 고하고 수궁에서 떠나 연화봉을 행하였다. 연화산 아래에 당도하니 취기가 크게 일어나 낯이 달아올랐다.

'사부께서 만일 나의 취한 얼굴을 보면 반드시 무거운 벌을 내리실 것이다.'

하고, 곧 시냇가로 가서 가사를 벗어 모래 위에 놓고 손으로 맑은 물을 쥐어

주방 : 중국 당나라의 유명한 화가.
다섯 가지 계율 : 오계(五戒).즉 불교 신자로서 산 것을 죽이지 말고, 도적질을 하지 않으며, 음란한 짓을 하지 않고, 거짓말을 하지 않으며, 술과 고기를 먹지 말라는 규칙.

얼굴을 씻었다. 그러자 문득 기이한 향내가 바람결에 진동하니 정신이 몹시 어지러워 뭐라 말할 수가 없었다.

성진이 이상히 여겨,

'이 향내는 보통 초목의 것이 아니다. 이 산 중에 무슨 기이한 것이 있나?' 생각하고, 다시 의관을 가다듬어 입고 물을 따라 올라가니, 그 때까지도 팔선녀가 돌다리 위에 앉아 이야기를 나누며 있었다.

성진이 육환장을 놓고 합장하여 두 번 절하고 말하였다.

"보살님들, 잠깐 소승의 말씀을 들어주십시오. 천승(賤僧)*은 연화 도량 육관대사의 제자로서 사부의 명을 받아 용궁에 갔다 오는데, 이 좁은 다리 위에 모든 보살님이 앉아 계시니 천승이 갈 길이 없어 부탁합니다. 잠깐 보살님들의 연보(蓮步)*를 움직여 길을 빌려 주십시오."

팔선녀가 대답하고 절하며 말하였다.

"첩 등은 남악 위부인의 시녀들이온데 부인의 명을 받아 연화 도량 육관대사께 문안하고 돌아오는 길에 이 다리 위에 잠깐 쉬고 있습니다. 『예기(禮記)*』에 '남자는 왼편으로 가고, 여자는 오른편으로 간다' 하였습니다. 첩 등이 먼저 와 앉았으니, 원컨대 스님께서는 다른 길을 구하십시오."

성진이 답하여 말하였다.

"물은 깊고 다른 길이 없으니 어디로 가라 하십니까?"

선녀가 대답하여 말하였다.

"옛날 달마존자(達磨尊者)*라 하는 대사는 연꽃잎을 타고도 큰 바다를 육지 같이 왕래하였으니, 화상이 진실로 육관대사의 제자라면 반드시 신통한 도술이 있을 것이니, 어찌 이 같은 조그마한 물을 건너기를 염려하시며 아녀자와

천승 : 천한 승려. 자신을 낮추는 말.
연보 : 연꽃같이 아리따운 발걸음. 미인의 걸음걸이를 이르는 말.
예기 : 고대중국 유가(儒家)의 경전.
달마존자 : 중국 선종의 창시자. 남인도 향지국의 셋째 왕자로, 520년경 중국에 들어와 북위의 낙양에 이르러 동쪽의 숭산 소림사에서 9년간 도를 닦고 깨달음을 얻어 제자 혜가에게 전수하였다고 함.

길을 다투십니까?"

성진이 크게 웃으며 말하였다.

"모든 낭자의 뜻을 보니 이는 반드시 값을 받고 길을 빌려 주시고자 하는 것이니, 본디 가난한 중이라 다른 보화는 없고 다만 행장에 지닌 백팔염주가 있으니, 이것으로 값을 드리겠습니다."

하고, 목의 염주를 벗어 손으로 만지더니 복숭아 꽃가지 하나를 꺾어 팔선녀 앞에 던지자 여덟 꽃봉오리가 땅에 떨어져 네 쌍의 구슬이 되었다. 그 빛이 땅에 가득하고 상서로운 기운은 하늘에 사무치니 향내가 천지에 진동하였다.

팔선녀가 그제야 일어나 움직이며 말하였다.

"과연 육관대사의 제자구나."

하며, 각각 하나씩 손에 쥐고 성진을 서로 돌아보고 웃으며 바람을 타고 날아갔다. 성진이 홀로 돌다리 위에서 눈을 들어보니 팔선녀는 간 곳이 없었다.

성진이 인간 부귀를 생각하다 쫓겨나다. 한참 후에 채색 구름이 흩어지고 향내가 사라지니 성진이 마음을 진정치 못하여 홀린 듯 취한 듯 돌아와 용왕의 말씀을 대사에게 전하자, 대사가 말하였다.

"어찌 늦었는가?"

성진이 대답하였다.

"용왕이 심히 만류하기에 차마 떨치지 못하여 지체하였습니다."

대사가 대답하지 아니하고,

"네 방으로 가서 쉬라."

하였다. 성진이 돌아와 밤에 혼자 빈 방에 누우니 팔선녀의 말소리가 귀에 쟁쟁하고 얼굴 빛은 눈에 아른거려 앞에 앉아 있는 듯, 옆에서 당기는 듯 마음이 황홀하여 진정치 못하다가 문득 생각하였다.*

―――――――――

성진이 돌아와 밤에 ~ 못하다가 문득 생각하였다 : 성진이 팔선녀를 만난 이후로 세속의 욕망에 갈등을 일으키는 부분이다. 결국 성진은 육관대사의 벌을 받아 양소유로 다시 태어나게 된다.

'남자로 태어나서 어려서는 공자와 맹자의 글을 읽고, 자라서는 문무(文武)를 아울러 갖추어 요순 같은 임금을 섬겨, 나가서는 장수가 되어 백만 대군을 거느려 적진에 횡행하고, 조정에 들어가서는 재상이 되어 몸에는 비단 두루마기를 입고, 허리에는 황금으로 만든 도장을 차고, 임금을 섬기고 백성을 달래며, 눈에는 아리따운 미인과 즐기고, 귀에는 좋은 풍류 소리를 들으며, 영화를 당대에 자랑하고 공명을 후세에 전하면 그것이야말로 진실로 대장부의 일일 텐데. 슬프다, 우리 불가는 다만 한 바리때* 밥과 한 잔 정화수요, 수삼 권 경문과 백팔염주일 따름이요, 그 도가 허무하고 그 덕이 사라져 없어지니, 가령 도통한들 넋이 한 번 불꽃 속에 흩어지면 누가 한낱 성진이 세상에 났던 줄을 알리오.'

밤이 깊도록 이리저리 잠을 이루지 못하여 밤이 이미 깊었다, 눈을 감으면 팔선녀가 앞에 앉았고 눈을 떠 보면 문득 간 데가 없었다. 성진이 크게 뉘우쳐 말하였다.

"불법 공부는 마음을 정하는 것이 제일인데 이 사사로운 마음이 이렇듯 일어나니 어찌 앞날을 바라겠는가?"

하고, 즉시 염주를 굴리며 염불을 하는데 갑자기 창 밖에서 동자가 급히 말하였다.

"사형(師兄)*은 주무십니까? 사부께서 부르십니다."

성진이 크게 놀라 동자를 따라 바삐 들어가니 대사가 모든 제자를 거느려 있는데 촛불이 대낮 같았다. 대사가 크게 화를 내며 말하였다.

"성진아, 네 죄를 아느냐?"

성진이 크게 놀라 신을 벗고 뜰에 나려 엎드려 말하였다.

"소자가 사부를 섬긴 지 십 년이 넘었지만 조금도 뜻을 거역한 적이 없사오니, 참으로 어리석고 어두워 지은 죄를 알지 못하겠습니다."

바리때 : 절에서 쓰는 중의 밥그릇.
사형 : 한 스승 밑에서 불법을 이어받은 선배, 혹은 나이나 학덕이 자기보다 높은 사람을 높여 부르는 말.

대사가 크게 화를 내며 말하였다.

"중의 공부에는 몸과 말씀과 뜻에서 지켜야 할 행실이 있느니라. 네가 용궁에 가 술을 먹었으니 그것도 죄요, 오가다 돌다리 위에서 팔선녀와 함께 말을 주고받고 꽃을 꺾어 주었으니 그 죄를 어찌하며, 돌아온 후 선녀를 그리워하여 불가의 계율은 잊고 인간 부귀를 생각하니 그러고서 공부를 어찌하겠느냐, 네 죄가 무거워 이곳에 있지 못할 것이니, 너 가고자 하는 데로 가거라."

성진이 머리를 두드리고 울며 말하였다.

"소자가 죄 있어 아뢸 말씀이 없지만, 용궁에서 술을 먹은 것은 주인이 권했기 때문이요, 돌다리에서 수작한 것은 길을 빌리기 위함이었고, 방에 들어가 망령된 생각이 있었지만 즉시 잘못인 줄을 알아 다시 마음을 정하였으니 무슨 죄가 있습니까? 설사 죄가 있다면 종아리나 때리셔 경계하실 것이지 박절하게 내치십니까? 소자가 십이 세에 부모를 버리고 친척을 떠나 사부님께 의탁하여 머리를 깎아 중이 되었으니, 그 뜻을 말한다면 부자의 은혜가 깊고 사제의 분별이 중하니, 사부를 떠나 연화도량을 버리고 어디로 가라 하십니까?"

대사가 말하였다.

"네 마음이 크게 변하여 산중에 있어도 공부를 이루지 못할 것이니 사양치 말고 가거라. 연화봉을 다시 생각한다면 찾을 날이 있을 것이다."

하고, 이어서 크게 소리쳐 황건역사(黃巾力士)*를 불러 분부하여 말하였다.

"이 죄인을 압송하여 풍도라는 지옥에 가 염라대왕께 부쳐라."

성진이 이 말씀을 듣고 간장이 떨어지는 듯하였다. 머리를 두드리며 눈물을 흘리고 사죄하여 말하였다.

"사부, 사부님은 들으십시오. 옛적 아난존자(阿難尊者)*는 창가(娼家)*에 가 창녀와 잤지만 석가여래께서 오히려 벌하지 아니하였으니, 소자가 비록 근신

황건역사 : 도사가 부린다는 신장(神將)의 이름. 염라왕의 차사(差使), 신장은 신병을 거느리는 장수.
아난존자 : 석가모니의 제자. 석가불의 사촌동생으로서 석가불을 따라 25년을 수도하여 일체 불법을 전수받았다 함.
창가 : 몸 파는 여자가 일하는 집.

하지 않은 죄가 있으나 아난존자에게 비하면 오히려 가벼운데, 어찌 연화봉을 버리고 풍도로 가라 하십니까?"

대사가 말하였다.

"아난존자는 비록 창녀와 동침하였으나 그 마음은 변치 아니하였지만, 너는 한 번 요염한 미인을 보고 본심을 잃으니 어찌 아난존자와 비교하겠는가?"

성진이 눈물을 흘리고 마지못하여 부처와 대사께 작별을 고하고 선후배들과 이별하고, 사자(使者)를 따라 수만 리를 행하여 음혼관 망향대를 지나 풍도에 들어가니 문을 지키는 군졸이 말하였다.

"이 죄인은 어떤 죄인이요?"

황건역사가 대답하여 말하였다.

"육관대사의 명으로 이 죄인을 잡아왔노라."

귀졸(鬼卒)*이 대문을 열자, 황건역사가 성진을 데리고 삼라전(森羅殿)*에 들어가 염라대왕을 뵙게 하였다.

염라대왕이 말하였다.

"그대 비록 몸은 연화봉에 매였으나, 이름은 지장왕(地藏王)* 향안(香案)*에 있어 신통한 도술로 천하 중생을 건질까 하였는데, 이제 무슨 일로 이곳에 왔느냐?"

성진이 크게 부끄러워하며 아뢰었다.

"소승이 사리가 밝지 못하여 사부께 죄를 짓고 왔으니, 부디 처벌하십시오."

한참 후에 또 황건역사가 여덟 죄인을 거느리고 들어오자, 성진이 잠깐 눈을 들어보니 남악산 팔선녀였다.

염라대왕이 또 팔선녀에게 물었다.

"남악산 아름다운 경치가 어떠하기에 버리고 이런 데 왔느냐?"

귀졸 : 염라국의 병사.
삼라전 : 염라대왕이 있는 궁전.
지장왕 : 현세를 주관하는 보살.
향안 : 향을 피우는 향로나 향을 담는 향합 등을 얹어 놓는 상.

팔선녀가 부끄러움을 머금고 대답해 말하였다.

"첩 등이 위부인 낭랑의 명을 받아 육관대사께 문안하고 돌아오는 길에 성진 화상을 만나 문답한 말씀이 있었는데, 대사가 첩 등이 좋은 경계를 더럽게 하였다 하여 위부인께 넘겨 첩 등을 잡아 보냈습니다. 첩 등의 괴로움과 즐거움이 다 대왕의 손에 매였으니, 부디 좋은 곳을 점지해 주십시오."

염라대왕이 즉시 지장왕(地藏王)*에게 보고하고, 사자(使者) 아홉 사람을 불러 각각 비밀리에 지시하자 갑자기 궁전 앞에 큰 바람이 일어나더니 사람들을 모두 공중으로 불어 올려 사방팔방으로 흩어지게 하였다.*

성진이 양소유로 태어나다. 성진이 사자를 따라 가는데 문득 큰 바람이 일어 공중에 떠 천지(天地)를 분간치 못하였다. 한 곳에 이르러 바람이 그치자 정신을 수습하여 눈을 떠 보니 비로소 땅에 서 있었다.

한 곳에 이르니 푸른 산이 사방으로 둘러 있고 푸른 물이 잔잔한 곳에 마을이 있었다. 사자가 성진을 인도하여 한 집에 이르더니 성진을 문 밖에 서 있게 하고 안으로 들어갔다.

성진이 한참 서 있자니 여인 서넛이 서로 하는 말이,

"양(楊) 처사(處士)* 부인이 오십이 넘은 후에 태기가 있으니 인간 세상에 드문 일이요, 임신한 지 오래인데 지금 해산치 못하니 이상하다."

하였다.

한참 후에 사자가 성진의 손을 잡고 말하였다.

"이 땅은 곧 당나라 회남도(淮南道)* 수주(秀州)* 고을이요, 이 집은 양처사의 집이다. 처사는 너의 아버지요, 부인 유씨는 네 어머니다. 네 전생의 연분

지장왕 : 현재의 세상을 다스리는 보살.
염라대왕이 즉시 지장왕에게 ~ 사방팔방으로 흩어지게 하였다 : 결국 성진과 팔선녀는 육관대사의 벌을 받아 인간 세계에서 흩어져 살게 되는 부분이다. 성진은 양소유로, 팔선녀는 양소유의 처와 첩으로 환생한다.
처사 : 벼슬을 하지 않았으나 문장과 도덕이 높은 선비.
회남도 : 중국 당나라 10도(道)의 하나. 지금의 호북 대강 북쪽, 한수 동쪽.
수주 : 지금의 절강성과 강소성의 경계에 있는 곳.

으로 이 집 자식이 되었으니 너는 네 때를 잃지 말고 급히 들어가라."

성진이 들어가며 보니 처사는 갈건*을 쓰고 학창의*를 입고 화로에서 약을 다리고 있었다. 부인이 이제 막 신음하자, 사자가 성진을 재촉하여 뒤에서 밀쳤다. 성진이 땅에 엎어지니 정신이 아득하여 천지가 뒤집어지는 듯하였다. 급히 소리쳐 말하였다.

"나 살려! 나 살려!"

그러나 소리가 목구멍 속에 있어 능히 말을 이루지 못하고 어린 아이의 울음소리만 나왔다. 부인이 이에 아기를 낳으니 남자아이였다.

성진이 다만 오히려 연화봉에서 놀던 마음이 역력하였으나, 점점 자라면서 부모를 알아본 후로 전생 일을 아득히 생각지 못하였다.

양처사가 아들을 낳은 후에 매우 사랑하여 말하였다.

"아이의 골격이 맑고 빼어나니 천상의 신선이 귀양 왔다."

하고, 이름을 소유라 하였다. 양생이 십여 세가 되어 얼굴이 옥같고 눈이 샛별 같으며 풍채가 좋고 지혜로우니 실로 대인군자(大人君子)*였다.

하루는 처사가 부인에게 말하였다.

"나는 본디 세상 사람이 아니요, 봉래산 선관(仙官)*으로서 부인과 전생 연분이 있어 내려와 있었소. 전부터 봉래산 신선들이 돌아오라 하였으나 그대가 외로울 것을 염려하여 가지 못하였소이다. 그러나 이제 아들을 낳았으니 나는 봉래산으로 가겠으니 부인은 말년에 영화를 보시고 부귀를 누리시오."

그러던 어느 날 여러 도사가 처사의 집에 모여 다 함께 하얀 사슴과 푸른 학을 타고 깊은 산골짜기로 들어갔다. 이후로는 이따금 공중으로 편지를 부쳐 올 뿐 집에는 돌아오지 않았다.

갈건 : 칡으로 만든 모자.
학창의 : 덕망 높은 선비의 웃옷.
대인군자 : 너그럽고 생각이 깊으며 덕행이 있는 점잖은 사람.
선관 : 신선이 사는 선경의 관리.

양처사가 떠난 후 채봉과 만나다. 처사가 승천(昇天)한 후에, 양생 모자는 서로 의지하며 세월을 보냈다.

이삼 년이 지난 뒤, 양생은 신동(神童)으로 널리 알려져 그 고을 태수가 조정에 추천하였으나 어머니를 두고 떠나기가 어려워 나아가지 않았다. 열네댓 살에 이르자 양생은 얼굴은 반악(潘岳)* 같이 아름답고, 기상은 시인 이백(李白)* 같이 맑았다. 또 글은 연허(燕許)* 같으며, 시는 포사(鮑謝)*, 글씨는 왕희지(王羲之)*같고, 지혜는 손빈(孫殯)* · 오기(吳起)*도 미치지 못하였다.

하루는 양생이 어머니에게 말하였다.

"듣자하니 장차 과거 시험이 있다고 합니다. 저는 잠시 어머니 슬하를 떠나 서울 황성에 가서 공부하고자 합니다."

유씨가 아들의 뜻과 기상이 본디 평범하지 않음을 보고 만 리 밖에 보내기 민망하지만, '공명을 얻어 가문을 보전할까 한다' 하고, 즉시 봉황이 새겨진 금비녀를 팔아 행장을 차려 주니, 양생이 어머니에게 작별 인사를 하고 한 필 나귀와 서동(書童)*을 데리고 떠났다.

한 곳에 도달하니 수양버들이 있는데 그 가운데 한 작은 누각이 있어 단청은 밝게 빛나고 향기 진동하니 이 땅은 화주 화음현이었다.

양생이 춘흥을 이기지 못하여 버들을 비스듬히 잡고 「양류사(楊柳詞)」*를 지어 읊으니 그 글은 다음과 같았다.

'버드나무 푸르러 베 짠 듯하니, 긴 가지 그림 같은 누각에 드리웠구나.

반악 : 중국 진나라 사람으로 자태와 용모가 매우 아름다웠다고 함.
이백 : 중국 당나라의 시인. 흔히 이태백이라고 부름.
연허 : 중국 당나라의 연국공 장설과 허국공 소정을 아울러 이름.
포사 : 중국 진나라의 시인. 포조(鮑照)와 사영운(謝靈運).
왕희지 : 중국 진나라의 명필.
손빈 · 오기 : 중국 춘추 전국 시대의 병법가들.
서동 : 서당에서 글을 배우는 아이.
양류사 : 버드나무를 찬양하는 노래.

원컨대 부지런히 심으세요. 이 버들이 가장 멋지다오.

버드나무 어찌 이리 푸르고 푸를까? 긴 가지 비단 기둥에 드리웠구나.
원컨대 그대는 잡아 꺾지 마오. 이 나무가 가장 다정하다오.'

하고 읊으니 그 소리가 티 없이 맑아 옥을 깨치는 듯하였다.

이 때 그 누각 위에 옥 같은 처자가 있으니 이제 막 낮잠을 자다가 그 청아한 소리를 듣고 잠을 깨어,

'이 소리는 필연 인간의 소리가 아니다. 반드시 이 소리를 찾으리라.'
생각하고, 베개를 밀치고 주렴을 반만 걷고 옥난간에 비껴서서 사방을 두루 보다가 양생과 눈이 마주치니 그 처자의 눈을 초생달 같고, 얼굴은 옥과 같으며, 머리 구비가 헝클어져 귀밑에 드리워졌고, 옥비녀는 비스듬히 옷깃에 걸친 모양이 낮잠 잔 흔적이었다. 그 아리따운 거동을 어찌 다 헤아리겠는가.

이 때 서동이 주막에 가 묵을 곳을 잡고 와 양생에게 알려,

"저녁밥이 다 되었으니 드십시오."
라고 하자, 그 처자가 부끄러워 주렴*을 걷고 안으로 들어갔다. 양생이 홀로 누각 아래에서 속절없이 바라보니, 해는 지고 빈 누각에 향내만 남아 있었다. 지척(咫尺)이 천리* 되고 약수(弱水)가 멀어지니 양생이 할 수 없이 서동을 데리고 주막으로 돌아와 애만 태웠다.

이 처자의 성은 진씨요, 이름은 채봉이니, 진어사의 딸이다. 일찍이 어머니를 여의고 동생이 없어, 아버지를 모시고 살았는데, 그 아버지가 서울에 가 벼슬하는 까닭에 소저가 홀로 종만 데리고 머물렀다. 그런데 뜻밖에 꿈 밖에서 양생을 만나 그 풍채와 재주를 보고 심신(心身)이 황홀하여 말하였다.

"여자가 장부를 섬기기는 것은 중요한 일이요 또한 진정한 삶이로다. 옛날

주렴 : 구슬을 꿰어 만든 발 즉 가리개.
지척이 천리 : 썩 가까운 곳에 살면서 오래 만나지 못하여 멀리 떨어져 사는 것과 같다는 뜻.

탁문군(卓文君)*이 사마상여를 찾아갔으니 처자의 몸으로 배필을 청하기는 가하지 않지만, 그분의 거주지와 성명을 묻지 아니하였다가 후에 아버지께 고하여 매파를 보내려 한들 어디 가서 찾겠는가?"

하고, 즉시 편지를 써 유모를 주며 말하였다.

"주막에 가 나귀를 타고 이 누각 아래에 와 「양류사」를 읊던 상공을 찾아 이 편지를 전하고 내 몸이 의지하고자 하는 뜻을 전해 주오."

유모가 말하였다.

"이후에 상공의 어르신이 노하여 물으시면 어찌하시렵니까?"

소저가 말하였다.

"이는 내가 당할 것이니 염려치 마오."

유모가 말하였다.

"그 상공이 이미 배필을 정하였으면 어찌하시렵니까?"

소저가 한참을 생각다가 말하였다.

"불행히도 배필을 정하였으면 이 상공의 소첩됨이 부끄럽지 아니할 것이다. 또 그 상공을 보니 소년이어서 혼인하지 아니하였을 것이니 의심 말고 가오."

유모가 주막으로 가니, 이 때 양생이 주막 밖에서 두루 걸으며 글을 읊다가 늙은 할미가 「양류사」 읊은 나그네를 찾는 것을 보고 바삐 나와서 물었다.

"「양류사」는 내가 읊었는데, 무슨 일로 찾습니까?"

유모가 말하였다.

"여기서 할 말씀이 아니 오니 주막으로 들어가십시오."

양생이 유모를 이끌고 주막에 들어가 급히 물으니 유모가 말하였다.

"「양류사」를 어디서 읊으셨습니까?"

양생이 대답하여 말하였다.

"나는 먼 지방 사람으로 지나다가 마침 한 누각을 보니 버드나무에 물든 봄

탁문군 : 한나라 촉군의 부호 탁왕손의 딸. 과부가 되었을 때 사마상여가 거문고로 문군을 유혹하자 그의 아내가 되었음. 후에 사마상여가 무릉의 여자를 첩으로 삼으려 하자 질투하여 「배두음(白頭吟)」을 지었다고 함.

빛이 볼 만하기에 흥에 겨워 시 한 수를 읊었는데 어찌 묻소이까?"

유모가 말하였다.

"낭군께서 그 때 누구를 보셨습니까?"

양생이 말하였다.

"마침 하늘의 선녀가 누각에 있어 아리따운 거동과 기이한 향내가 이제까지 눈에 남아 있어 잊지 못하고 있소."

유모가 말하였다.

"그 집은 진어사 댁이요, 처자는 우리 소저인데 소저가 마음이 총명하고 눈이 밝아 사람을 잘 알아 잠깐 상공을 보시고 몸을 의탁고자 하되, 어사께서 지금 경성에 계시니 이후로 매파를 통하고자 한들 상공이 한 번 떠난 후에는 종적을 찾을 길이 없어, 이 늙은이로 하여금 사시는 곳과 성명과 혼인 여부를 알고자 하여 왔습니다."

양생이 크게 기뻐하여 말하였다.

"내 성은 양씨요, 이름은 소유요, 집은 초나라 수주 고을이오. 나이 어려 배필을 정하지 못하였고, 노모가 계시니 혼례를 지내기는 서로 부모께 아뢰어야 하겠지만 배필 정하기는 한 마디로 결단을 내리겠소."

유모가 크게 기뻐하여 봉한 편지를 건네주기에 떼어 보니, 「양류사」에 화답하는 시 한 수가 적혀 있었다.

　　누각 앞에 양류를 심기는 낭군의 말 매게 함입니다.
　　어찌 이 버들을 꺾어 채를 만들어 장대 길로 가기를 향하시는지요?

양생이 다 읽고 나서 탄복하여 말하였다.

"옛날 왕유와 이백이라도 미치지 못할 것입니다."

즉시 편지지를 펼쳐 다시 시 한 수를 지어 써서 유모에게 주었다.

양류 천만 실이 가지마다 마음을 맺었습니다.

원컨대 달 아래 만나 즐거운 봄 소식을 맺을까 하오.

유모가 받아 품속에 넣고 주막 문 밖에 나가자, 양생이 다시 불러 말하였다.

"소저는 진나라 땅 사람이요, 나는 초나라 땅 사람이라서, 산천이 멀리 떨어져 있으니 소식을 통하기가 어렵소. 하물며 오늘날 이룬 징표가 없으니, 내 마음이 믿고 의지할 곳이 없소이다. 오늘밤 달빛을 타고 서로 상대하여 굳게 약속하여 정함이 어떠한가 여쭈시오."

유모가 가더니 즉시 돌아와 소저의 말씀을 양생에게 전하여 말하였다.

"혼인 전에 서로 보기가 지극히 편치 못하지만, 내 그대에게 의탁코자 하는데 어찌 말씀을 어기겠습니까. 밤에 서로 만나 보면 남의 말도 있을 것이요, 아버지가 아시면 반드시 죄를 주실 것이니, 원컨대 밝은 날 길에서 만나 약속을 정하는 것이 좋을 듯합니다."

양생이 이 말을 듣고 탄식하며 말하였다.

"소저의 밝은 소견과 정겨운 뜻은 남에게 미칠 바가 아니구려."

하고, 유모를 사례하여 보냈다.

양소유가 난리를 만나 진채봉과 헤어지다. 양생이 주막에서 자는데 마음에 잊혀지지 않아 잠을 이루지 못하고 새벽 닭 우는 소리를 기다리더니, 한참 후에 날이 장차 밝으려 하자 양생이 서동을 불러 말을 먹이는데, 갑자기 큰 규모의 군대가 들어오는 소리가 나기에 바라보니 천지가 진동하였다. 양생이 크게 놀라 옷을 떨쳐 입고 문 밖에 나와 보니, 피난하는 사람들이 분주하게 달아났다. 양생이 어리둥절하여 그 까닭을 묻자,

"신책장군 구사량(仇士良)*이란 사람이 나라를 배반하여 자칭 황제라 하고

구사량 : 중국 당나라 문종, 무종 때의 장군으로 권세를 멋대로 휘둘러 포악한 일을 많이 한 사람.

군병을 일으키자 천자(天子)가 양주로 떠나니, 온통 어지럽고 반란군 병사들이 사방에서 민가를 약탈하고 있소. 천자께서 진노하시어 양민·천민 할 것 없이 군대에 편입시켜 신책의 대병을 단번에 쳐부수니 도적이 크게 패하고 온다."

하였다. 양생이 더욱 크게 놀라 서동을 재촉하여 피난하여 도망할 때, 갈 바를 몰라 남전산으로 들어가 피하고자 하였다.

양생이 서동과 함께 발걸음을 재촉하여 산에 들어갔다. 가면서 좌우를 살피며 산수를 구경하다가, 문득 보니 절벽 위에 수간 초당이 있는데 구름에 가렸고 학의 소리가 들려왔다.

"분명 인가가 있다."

하고, 바위 사이 돌길로 올라 찾아가니 한 도사가 자리 위에 비스듬히 앉았다가 양생을 보고 기뻐하며 물었다.

"그대는 피난하는 사람이니, 반드시 회남 양처사의 아들이 아니냐?"

양생이 나아가 두 번 절하며 눈물을 머금고 대답하였다.

"소생은 양처사의 아들입니다. 아비를 이별하고 다만 어미를 의지하여 재주가 심히 미련하나 망령되이 요행으로 과거를 보려 화음 땅에 이르렀는데, 난리를 만나 살기를 도모하여 이곳에 와 오늘날 선생을 만나 아버지의 소식을 듣기는 하늘이 명하신 일입니다. 이제 대인을 만났으니, 엎드려 빌건대 아버지는 어디 계시며 건강은 어떠하십니까? 부디 말씀해 주십시오."

도사가 웃으며 말하였다.

"네 아버지가 아까 자각봉에서 나와 바둑을 두었는데 어디로 간 줄을 알겠느냐. 얼굴이 아이 같고 머리카락이 세지 아니하였으니 그대는 염려치 말라."

양생이 또 울며 청하여 말하였다.

"부디 선생의 도움으로 아버지를 뵙게 해 주십시오."

도사가 웃으며 말하였다.

"부자간 지극한 정이 중요하나 신선과 보통 사람이 다르니 보기 어렵도다. 또 삼산(三山)이 막연하고 십주(十洲)가 아득하니 네 아버지의 거취를 어디 가서 찾겠는가, 너는 부질없이 슬퍼 말고 여기서 머물며 난리가 평정된 후에 내려가거라."

양생이 눈물을 씻고 앉았는데 도사가 갑자기 벽 위의 거문고를 가리켜 말하였다.

"너는 저것을 하느냐?"

양생이 대답하여 말하였다.

"소자가 좋아하지만 선생을 만나지 못하여 배우지는 못하였습니다."

도사가 동자를 시켜 거문고를 내려와 세상에 전해지지 않은 네 곡조를 가르치니, 그 소리는 청아하고 맑고 또렷하여 인간 세상에서 듣지 못하던 소리였다. 도사가 양생에게 타라고 하자, 양생이 도사의 곡조를 본받아 타니 도사가 기특히 여겨 옥통소 한 곡조를 불며 생을 가르치니, 생이 또 능히 따라하였다.

도사가 크게 기뻐하여 말하였다.

"이제 한 거문고와 한 통소를 네게 주니 잃어버리지 말아라. 이후에 쓸 때가 있을 것이다."

양생이 감사하여 절을 하고 말하였다.

"소생이 선생을 만나기도 아버지의 인도하심이요, 또 어르신은 아버지의 친구이시니 어찌 아버지와 다르겠습니까? 간절히 바라오니 어르신을 모셔 제자가 되고 싶습니다."

도사가 웃으며 말하였다.

"인간의 공명이 너를 따르니 네 아무리 하여도 피하지 못할 것이다. 어찌 나와 같은 늙은 사내를 쫓아 속절없이 늙겠느냐? 말년에 네 돌아갈 곳이 있으니 우리와 상대할 사람은 아니다."*

양생이 다시 절하고 말하였다.

"소자가 화음 땅의 진씨 여자와 혼사를 의논하였는데, 난리에 바쁘게 도망

인간의 공명이 너를 ~ 상대할 사람은 아니다 : 양소유가 입신양명하여 출세와 성공을 얻을 것임을 암시하는 구절이다. 양소유는 유교 세계를 대표하는 인물로 양반 사회의 모든 선비들이 꿈꾸는 이상적인 인물이다.

하였으니 이 혼사가 되겠습니까?"

도사가 웃으며 말하였다.

"네 혼처는 많지만 진씨와의 혼사는 어두운 밤 같으니 생각지 말아라."

양생이 도사를 모시고 자는데, 문득 동방이 밝았다.

도사가 생을 불러 말하였다.

"이제 난이 평정되었고 과거는 다음 봄으로 기한이 옮겨졌다. 대부인이 너를 보내고 밤낮으로 염려하시니 어서 가거라."

하고, 행장을 차려 주었다. 양생이 상하에 내려 두 번 절하고 거문고와 통소를 가지고 동구 밖으로 나와 돌아보니, 그 집이며 도사는 간데없었다.

처음에 양생이 들어갈 때는 춘삼월이어서 화초가 만발하였는데 나올 때에는 국화가 만발하였기에 이상하게 여겨 행인에게 물으니 음력 팔월이었다. 어찌 도사와 하룻밤 잔 것이 이토록 오래인가, 헛된 것이 세상이로다. 양생이 나귀를 재촉하여 몰아 진어사 집을 찾아오니 양류는 간데없고 집이 다 쑥밭이 되어 있었다. 생이 속절없이 빈 터에 서서 소저의 「양류사」를 읊으며 소식을 묻고자 하였지만, 인적이 없어 어쩔 수 없이 주막으로 가서 물었다.

"저 진어사의 가족이 어디로 갔소?"

주인이 탄식하여 말하였다.

"상공이 듣지 못하셨군요? 진어사는 역적에 참여하여 죽고 그 소저는 서울로 잡혀갔는데, 혹 죽었다 하고, 혹 궁중 노비가 되었다 하니 자세히 알지 못하겠습니다."

양생이 이 말을 듣고 슬픔을 이기지 못하여 말하였다.

"남전산 도사가 진씨 혼사는 어두운 밤 같다더니, 진소저는 분명히 죽었구나."

하고, 즉시 행장을 꾸려 출발해 수주로 향하였다.

이 때 유씨가 양생을 보낸 후에 경성이 어지러움을 듣고 밤낮으로 염려하더니 문득 양생을 보고 내달아 붙들고 울며 죽었던 사람을 다시 본 듯하였다.

"지난 해 서울에 가 난리 중에 위태로운 지경을 면하고 살아와 모자가 다시 만난 것은 하늘의 뜻이요, 또 네 나이가 어리니 공명은 바쁘지 아니하나 내 너를 만류치 아니함은 이 땅이 좁고 또 궁벽하기 때문이다. 네 나이 십륙 세니 배필을 구할 것이지만 가문과 재주와 얼굴이 너와 같은 사람이 없구나. 경성 춘명문 밖에 자청관의 두연사라 하는 사람은 나의 외사촌 형제다. 지혜가 넉넉하고 기개와 도량이 평범치 않아 모든 명문귀족을 다 알고 있다. 내가 편지를 부치면 반드시 너를 위하여 어진 배필을 구해 줄 것이다."

하고 유씨가 편지를 건네자, 양생이 행장을 차려 작별 인사를 하고 떠났다.

양소유가 과거 보러 가다가 계섬월과 만나다. 양생은 어머니에게 작별 인사를 하고 명을 받아 길을 떠나 여러 날 만에 낙양 땅에 이르렀다. 낙양은 천자가 머무는 서울이다. 번화한 풍경을 구경코자 하여 천진교에 이르니 낙숫물은 동정호를 지나 천 리 밖으로 흐르고, 다리는 황룡이 굽이를 편 듯한데 다리 가에 한 누각이 있으니, 단청은 찬란하고 난간은 층층하였다. 금안장을 한 좋은 말들은 좌우에 매어 있고 누각의 비단 장막은 은은한 가운데 온갖 풍류 소리가 들리거늘 생이 누각 아래에 이르러 물었다.

"이 어떠한 잔치인가?"

모두들 말하였다.

"모든 선비가 일대 이름난 기생을 데리고 잔치합니다."

양생이 이 말을 듣고 취흥을 이기지 못하고 말에서 내려 누각 위에 올라가니, 모든 선비가 미인 수십 사람을 데리고 서로 좋은 자리 위에 앉아 떠들썩하며 담소가 단란하다가, 양생의 거동과 풍채가 깨끗함을 보고 다 일어나 허리를 굽혀 예를 갖추고 자리를 나누어 앉았다. 성명을 소개한 후에 노생이라 하는 선비가 물어 말하였다.

"내 양형의 행색을 보니 분명 과거를 보러 가십니까?"

양생이 말하였다.

"과연 재주는 없지만 굿이나 보러 가거니와 오늘 잔치는 한갓 술만 먹고 노는 일이 아니라 문장을 다투는 뜻이 있는 듯합니다. 저와 같은 사람은 먼 지방 미천한 사람으로 나이가 어리고 견식이 심히 천(淺)하고 비루(鄙陋)*하니 용렬(庸劣)*한 재주로 여러 공의 잔치에 참여하는 것은 극히 외람될까 합니다."

모든 선비가 양생이 나이 젊고 겸손한 것을 보고 오히려 쉽게 여겨,

"과연 그러하지만 양형은 후에 왔으니 글을 짓거나 말거나 하고 술이나 먹고 가시오."

하고, 이어서 잔 돌리기를 재촉하고 온갖 풍악을 한꺼번에 울리게 하였다.

양생이 눈을 들어보니 모든 창기는 각각 풍악을 가지고 즐겼지만, 한 미인이 홀로 풍류도 아니하고 말도 아니하며 앉았는데 아름다운 얼굴과 얌전한 태도가 정말로 미인이었다. 한 번 보자 정신이 황홀하여 정처가 없고, 그 미인도 자주 추파를 들어 정을 보내는 듯하였다.

양생이 또 바라보니 그 미인의 앞 흰 옥으로 된 책상에 글 지은 종이가 여러 장 있거늘, 생이 여러 선비를 향하여 읍하고 말하였다.

"저 글이 다 모든 형들의 글입니까? 주옥 같은 글을 구경함이 어떠합니까?"

여러 선비가 미처 대답하지 못할 때, 그 미인이 급히 일어나 그 글을 받들어 양생 앞에 놓거늘, 양생이 차례로 보니 그 글이 놀라운 글귀가 없고 평범하였다. 양생이 속으로 생각하였다.

'낙양에는 인재가 많다 하더니 이것으로 보면 헛된 말이로다.'

양생은 속으로 생각하며 그 글을 도로 미인에게 주고 여러 선비에게 절하며 말하였다.

"궁벽한 벽지의 미천한 선비가 상국의 문장을 구경하니 어찌 즐겁지 아니하겠습니까?"

이 때 여러 선비가 술이 다 취하여서 웃으며 말하였다.

"양형은 다만 글만 좋은 줄 알고 더욱 좋은 일이 있는 줄을 알지 못하는구려."

비루 : (행동이나 성질 따위가) 품위가 없고 천함.
용렬 : 평범하고 재주가 남보다 못함.

양생이 말하였다.

"소제가 모든 형의 사랑함을 입어 함께 취하였는데 더욱 좋은 일을 어찌 말하지 아니하십니까?"

왕생이라 하는 선비가 웃으며 말하였다.

"낙양은 예부터 인재의 고장이오, 과거에서 낙양 사람이 장원이 아니면 둘째·셋째를 하여 왔소이다. 그래서 우리도 모두 잠시 글로 헛된 명성을 들어 왔으나 우리 스스로 서로의 우열을 정하지 못하였소. 저 미인의 성은 계(桂)요, 이름은 섬월(蟾月)이오, 한갓 얼굴 아름답고 가무 출중한 뿐 아니라 글을 알아보는 슬기 또한 신통하여 한 번 보면 과거의 합격과 낙제를 정하기에, 우리도 글을 지어 섬월과 오늘밤 연분을 정하고자 하니 어찌 더욱 좋은 일이 아니겠소. 양형 또한 남자라 좋은 흥이 있거든 우리와 함께 글을 지어 우열을 다툼이 어떠하오?"

양생이 말하였다.

"여러 형들의 글은 지은 지 오래니 누구의 글을 취하여 읊었습니까?"

왕생이 말하였다.

"아직 불만족해 하고 붉은 입술과 흰 이를 열어 양춘곡조(陽春曲調)*를 들려주지 않으니 분명히 부끄러운 마음이 있어 그러한가 하오."

양생이 말하였다.

"소제는 글도 잘 못 하거니와 하물며 다른 곳에서 온 사람이라 여러 형과 재주를 다투는 것이 미안합니다."

왕생이 크게 말하였다.

"양형의 얼굴이 계집 같지만, 어찌 장부의 기품이 아니오. 다만 양형이 글 지을 재주가 없다면 할 수 없겠지만 재주가 있다면 어찌 사양하려 하시오."

양생이 처음에는 사양하는 체하였으나 섬월을 본 후 시를 지어 뜻을 시험코

양춘곡조 : 따뜻한 봄날의 노랫가락.

자 하였지만, 여러 선비가 시기할까 주저하였는데 이 말을 듣고 즉시 종이와 붓을 들어 거침없는 필체로 순식간에 세 장의 시를 쓰니, 바람 돛대가 바다에서 달리는 것 같고 목마른 말이 물에 닿은 것 같았다. 여러 선비들이 시 글귀가 민첩하고 필법(筆法)이 매우 생생함을 보고 크게 놀라지 않는 사람이 없었다.

양생이 여러 선비를 향해 절하고,

"이 글을 먼저 여러 선비께 드려야 마땅하나, 오늘 좌중의 시험관은 곧 계랑입니다. 글 바칠 시각이 되지 않았습니까?"

하며, 즉시 시 쓴 종이를 섬월에게 주었다.

초나라 손이 서쪽에서 놀다가 길이 진나라에 드니,
술집에 와 낙양춘 술에 취하였도다.
달 가운데 붉은 계수나무를 누가 먼저 꺾을꼬,
오늘날 문장이 스스로 사람이 있도다.

이 시를 섬월이 샛별 같은 눈을 뜨며 옥 같은 소리로 높이 읊으니, 그 소리는 외로운 학이 구름 속에 우는 듯, 짝 잃은 봉황이 달밤에 우지지는 듯하여 진나라의 쟁과 조나라의 거문고라도 미치지 못할 정도였다.

여러 선비가 처음에 양생을 쉽게 여겨 글을 지으라 했다가 양생의 글이 섬월의 눈에 든 것을 보고 낙담하여 섬월을 돌아보며 아무 말도 못하였다. 양생이 그 기색을 보고 갑자기 일어나 여러 선비에게 작별을 고하고 말하였다.

"소제가 여러 형의 가없게 여겨 돌보심을 입어 술이 취하니 감사하거니와 갈 길이 멀어 종일 이야기를 나누지는 못하겠습니다. 훗날 곡강(曲江)* 잔치에서 다시 뵙겠습니다."

하고 조용히 내려가니 여러 선비가 말리지 아니하였다.

곡강 : 중국 장안현 동남쪽에 있었는데 당나라 때 과거에 합격한 사람들이 이곳에 있는 정자에서 잔치하였다고 함.

양생이 막 나귀를 타려는데 섬월이 따라 나왔다.

섬월이 양생에게,

"이 길로 가시다가 길가 분칠한 담장 밖에 앵두화가 활짝 핀 곳이 바로 제집입니다. 상공께서 먼저 가시어 기다리십시오. 제가 곧 따라가겠습니다."

하니, 양생이 머리를 끄덕이고 갔다.

섬월이 누각에 올라가 여러 선비에게 말하였다.

"모든 상공이 첩을 더럽게 아니 여기시어 한 곡조 노래로 연분을 정하셨으니 어찌하면 좋겠습니까?"

여러 선비가 말하였다.

"양생은 손님이라서 우리와 약속한 사람이 아니니 어찌 거리낄 게 있겠는가?"

이 말을 듣고 섬월이 일어서며,

"사람이 신의가 없으면 어찌 옳다 하겠습니까? 첩이 병이 있어 먼저 가오니, 원컨대 상공들은 종일토록 즐기십시오."

하고는 누각에서 천천히 내려갔다. 여러 선비가 이에 앙심을 품었지만, 이미 섬월에겐 언약이 있었고, 또 그 기색을 보고는 감히 아무 말도 하지 못하였다.

이 때 양생이 주막에 머물다가 날이 저물어 섬월의 집을 찾아가니 섬월이 이미 먼저 와 있었다. 중당을 쓸고 촛불을 켜고 기다리는데, 양생이 앵두화 나무에 나귀를 매고 문을 두드리며 불러 말하였다.

"계랑은 있느냐?"

섬월이 문 두드리는 소리를 듣고 신을 벗고 내달아 손을 이끌어 말하였다.

"상공께서 먼저 가셨는데 어찌 이제야 오십니까?"

양생이 웃으며 말하였다.

"주인이 손을 기다려야 옳으냐, 손이 주인을 기다려야 옳으냐?"

서로 이끌고 중당에 들어갔다. 섬월이 옥잔에 술을 부어 「금루의(金縷衣)」*

금루의 : 악곡 이름. 중국 당나라 시인 두목의 「두추랑」이란 시에 들어 있다고 함.

라는 노래를 부르며 술을 권하니 그 아리따운 태도와 부드러운 목소리가 사람의 간장을 끊어 내었다.

이윽고 그들이 정을 이기지 못하고 서로 이끌어 원앙금침(鴛鴦衾枕)*을 한가지로 하니, 신녀를 만나 고운 인연을 맺은 초회황의 '무산의 꿈(巫山之夢)*과, 죽어 낙수의 신녀가 된 연인을 만난 위나라 조식의 '낙수의 만남(洛水之逢)*이라도 이보다 더하지는 못할 것이었다.

이럭저럭 밤이 깊었다. 섬월이 눈물을 머금고 탄식하여 말하였다.

"첩의 몸을 이미 상공께 의탁하였으니 첩의 사정을 잠깐 생각하십시오. 첩은 소주 땅 사람입니다. 첩의 아버지가 이 고을 태수가 되었는데 불행히도 세상을 버리신 후에 가세가 몰락하고 고향이 멀어서 집으로 모셔다 장사 지낼 길이 없으니, 첩의 계모가 첩을 백금에 창가(娼家)에 팔아 장례를 치렀습니다. 첩이 차마 거스르지 못하여 슬픔을 머금고 몸을 굽혀 이제까지 부지하였는데, 천행을 입어 낭군을 만나니 해와 달이 다시 밝은 듯합니다. 낭군께서 첩을 더럽다 하지 않으신다면 저는 낭군을 위하여 물 긷고 밥 짓는 종이 되어도 따를 것이니 낭군의 뜻은 어떠하십니까?"

그러자 양생이 말하기를,

"내 뜻이 어이 계랑과 다르겠소. 그러나 나는 가난하고 늙은 어머니가 계시니 내가 계랑과 함께 하는 것은 어머니 뜻에 어긋날 듯하오. 또 내가 처첩을 갖추는 것은 계랑이 즐겨 하지 않을 것이오. 비록 계랑이 거리끼지 않는다 해도 천하에 두루 구한들 계랑의 여군될 만한 숙녀를 얻기는 어려울 것 같소."

하니, 섬월이 앉아 말하였다.

"낭군께서는 어찌 그런 말씀을 하십니까? 지금 천하의 재주를 헤아리건대

원앙금침 : 원앙을 수놓은 이불과 베갯모. 부부가 함께 쓰는 이불과 베개.
무산의 꿈 : 송옥(宋玉)의 「고당부(高唐賦)」에 의하면, 옛날에 초나라 회왕이 낮잠을 자다가, 무산의 여자가 나타나 같이 자고 다음을 기약하는 꿈을 꾸었다. 그 후 왕이 여기에 '조대'라는 사당을 세웠다고 함.
낙수의 만남 : 「낙신부(洛神賦)」에 의하면, 위나라 조식(曹植)이 사랑하여 간절히 그리워하던 견(甄) 왕후가 죽어 낙수의 신이 되었는데, 조식이 낙수가에서 견 왕후를 생각하다가 그의 영혼을 만났다고 함.

낭군께 미칠 사람이 없습니다. 이번 과거 장원은 하려니와 승상의 인수(印綬)*와 장군의 절월(節鉞)* 또한 오래지 아니하여서 낭군께 돌아올 것이니 천하 미색이 누가 아니 쫓겠습니까? 어찌 저만한 사람으로 아내 삼기를 원하십니까? 낭군은 어진 아내를 구하여 대부인을 모신 후에 첩을 버리시지나 마십시오. 저는 오늘부터 몸을 깨끗이 하고 명을 기다리겠나이다."

양생이 말하였다.

"내가 일찍이 화음 땅을 지나다가 마침 진 소저를 만났는데 그 얼굴과 재주가 계랑과 비슷했는데 불행하게 죽었으니, 어디 가서 다시 어진 아내를 얻겠는가?"

섬월이 말하였다.

"그 처자는 진어사의 딸 채봉입니다. 진어사가 낙양 태수로 오셨던 때에 첩이 그 낭자와 더불어 친하게 지냈습니다. 그 낭자 같은 얼굴과 재주는 과연 얻기 어렵거니와 이제는 속절없으니 생각지 마시고 다른 데 구혼하십시오."

양생이 말하였다.

"예로부터 천하 절색이 없다 하니 진낭자와 계낭자가 있는데 또 어디 가서 다시 구하겠는가?"

섬월이 웃으며 말하였다.

"낭군의 말씀이 진실로 우물 안 개구리 같습니다. 우리 창가로 말하면 절색이 셋이 있으니 강남의 만옥연이요, 하북의 적경홍이요, 낙양의 계섬월입니다. 첩은 모처럼 허황된 이름을 얻었지만 만옥연과 적경홍은 진실로 절색입니다. 어찌 천하에 절색이 없다 하겠습니까?"

양생이 말하였다.

"저 두 낭자는 외람되게 계낭과 이름을 가지런히 하였구나."

인수 : 옛날 관인(官印) 꼭지에 단 끈. 인끈.
절월 : 부절과 부월. 부절은 돌이나 대나무로 만든 증표로, 둘로 갈라 하나는 조정에 보관하고 하나는 사신이 가짐. 부월은 전쟁에 나가는 대장이나 지방에 나가는 장군에게 임금이 손수 주던 물건.

섬월이 말하였다.

"옥연은 먼 지방 사람이라 보지는 못하였지만, 경홍은 저와 아주 형제 같으니 경홍의 일생 본말을 대충 고하겠습니다. 경홍은 곧 파주 땅 양민의 딸입니다. 일찍 부모를 잃고 그 고모께 의탁하였는데 십 세부터 아주 빼어난 미인이 강 위쪽에 이름이 자자하여 근방 사람이 천금으로 구하는 사람이 많아 매파가 구름같이 모였지만, 경홍이 모두 물리치니 매파가 고모에게 물어 말했습니다. '동서로 모두 물리치니 어떤 훌륭한 신랑을 구하여야 고모의 뜻에 합당하겠습니까? 대승상의 총애하는 첩이 되고자 하시는가, 아니면 절도사의 첩이 되고자 하시는가, 이름난 선비에게 허락코자 하시는가, 뛰어난 재주를 가진 선비에게 보내고자 하시는가?' 경홍이 크게 노하여 대답했습니다. '진나라 때 동산에서 기생들을 모아들이던 사안석(謝安石)*이 있으면 가히 대승상의 첩이 될 것이요, 삼국 때 사람들에게 곡조 가르치던 주공근(周公瑾)*이 있으면 가히 절도사의 첩이 될 것이요, 현종 조에 「청평사(淸平詞)」를 드리던 한림학사가 있으면 가히 이름난 선비를 좇을 것이요, 무제 때 봉황곡(鳳凰曲)을 아뢰던 사마상여가 곧 있으면 뛰어난 재주를 가진 선비를 가히 따를 것이라.' 하니, 모든 매파가 크게 웃으며 물러났습니다.

경홍이 첩과 함께 상국사에 놀러가 첩에게 말하였습니다. '우리 두 사람이 진실로 뜻하던 군자를 만나거든 서로 천거하여 함께 한 사람을 섬겨 백 년을 해로하자' 고 하여, 첩이 또한 허락하였는데, 첩이 낭군을 만남에 문득 경홍을 생각하지만 경홍이 산동 제후의 궁중에 있으니 이는 분명히 호사다마(好事多魔)*입니다. 왕후의 희첩이 부귀가 극진하나 이것은 경홍의 소원이 아닙니다."

이어서 탄식하여 말하였다.

사안석 : 본명은 안(安). 안석은 자(字). 중국의 동진 중기의 명신(名臣). 벼슬하지 않고 동산(東山)에 들어가 은거하고 있다가 사십 세에 이르러서야 관계에 나아감.
주공근 : 이름은 유(瑜). 공근은 자(字). 삼국 시대 오나라 장수. 오나라에서는 주랑(周郞)이라고 불렀다 함. 젊어서 음악에 힘써 잘못된 곡을 들으면 반드시 알아서 돌아보았다고 함.
호사다마 : 좋은 일에는 흔히 탈이 끼어들기 쉬움, 또는 그런 일이 많이 생김.

"어찌 한 번 경홍을 보고 이 정회를 풀겠습니까?"

양생이 말하였다.

"창가에 비록 재색(才色)*이 많으나 사대부 집의 규수는 보지 못하니 어찌 알겠는가?"

섬월이 말하였다.

"제 눈으로 본 바로는 실로 진채봉이라는 소저만 한 사람이 없을 뿐 아니라 장안 사람이 다 정사도의 딸이 요조한 얼굴과 유한한 덕행이 당세에 으뜸이라 합니다. 첩이 비록 보지는 못하였으나, '이름이 높으면 실속 없는 빈 명예가 없다' 하니, 낭군은 서울에 가셔서 두루 방문하십시오."

이 때 닭이 울어 날이 샜다.

섬월이 말하였다.

"이곳은 오래 머물 곳이 아니니 상공은 가십시오, 이후에 모실 날이 있을 것이니 아녀자를 위하여 떠나는 것을 슬퍼 마십시오. 하물며 어제 여러 공자들의 앙심 품은 마음이 없겠습니까?"

양생이 오히려 눈물을 뿌리고 떠났다.

과거 급제한 양생이 정경패를 보고 싶어하다. 양생이 여러 날 만에 서울 장안에 들어가 쉴 곳을 정한 후에 주인에게 물었다.

"자청관이 어디에 있는가?"

주인이 대답하여 말하였다.

"저 춘명문 밖에 있습니다."

양생이 즉시 예단(禮緞)*을 갖추고 어머니의 사촌인 두연사를 찾아갔다. 연사는 나이 육십이 넘었는데 계율을 잘 닦아 자청관의 으뜸 여도사가 되어 있었다. 양생이 연사에게 두 번 절하고 어머니의 편지를 드리자 연사가 그 편지

재색 : 여자의 재주와 용모.
예단 : 예의를 표하기 위해 보내는 비단.

를 보고 눈물을 흘리며 말하였다.

"내가 그대의 어머니와 이별한 지 이십여 년이 되었구나. 그런데 그 후에 태어난 사람이 이렇게 컸으니 인간 세월이 실로 흐르는 물 같구나. 나는 이제 늙어서 번잡하고 시끄러운 곳이 싫어 세상 밖에 와 있거니와, 네 어머니 편지를 보니 네 배필을 구하라 하였지만 네 풍채를 보니 진실로 신선이구나. 아무리 구하여도 너 같은 사람은 얻기 어렵거니와 다시 생각할 것이니 훗날 다시 오너라."

양생이 말하였다.

"소자의 어머니께서 연세가 많으십니다. 소자의 나이가 십륙 세나 배필을 정하지 못하여 봉양치 못하고 있으니, 숙모님께서는 십분 염려하십시오."

작별 인사를 하고 갔다.

이 때 과거 날이 가까웠지만 혼처를 정하지 못하였기에 과거의 뜻이 없어 다시 자청관에 가니 연사가 양생을 보고 웃으며 말하였다.

"한 혼처 있는데 처자의 얼굴과 재주는 양랑과 배필이다. 양랑이 이번에 장원 급제 하면 그 혼사를 바랄 것이나 그 전에는 의논하지 못할 것이니, 양랑은 나만 보채지 말고 착실히 공부하여 장원 급제를 하라."

"누구의 집입니까?"

연사가 말하였다.

"춘명문 밖의 정사도 집이다. 사도가 딸 하나를 두었는데 신선이요, 이 세상 사람이 아니다."

양생이 이 말을 듣고 갑자기 생각하되, '

계섬월이 그런 말을 하더니 과연 그러한가?'

하여 물었다.

"정사도의 딸을 숙모님이 직접 보셨습니까?"

연사가 말하였다.

"어찌 보지 못하였겠는가? 정소저는 진실로 하늘 나라 사람이요, 범인이 아니다. 어이 다 입으로 헤아리겠는가?"

양생이 말하였다.

"어리석지만 이번 과거는 내 손 안에 있어 염려치 아니하지만, 평생에 정한 뜻이 있으니 그 처자를 보지 못하면 결단코 구혼치 않고자 하니, 불쌍히 여겨 그 소저를 보게 해 주십시오."

연사가 크게 웃으며 말하였다.

"재상집 처녀를 어이 보겠는가? 양랑이 이 노인을 믿지 아니하는구나."

양생이 말하였다.

"소자가 어찌 사부의 말씀을 의심하겠습니까마는 사람의 소견이 각각 다르니 사부의 소견이 소자와 다를까 염려하는 것입니다."

연사가 웃으며 말하였다.

"봉황과 기린은 아무리 무식한 계집이라도 좋은 징조를 알아보고 푸른 하늘과 밝은 태양은 아무리 지극히 천한 시골 사람이라도 높고 밝은 줄을 아는데, 노인의 눈이 아무리 밝지 못한들 사람 알기를 양랑만 못하겠는가."

양생이 한참을 생각하다가 말하였다.

"아무리 해도 내 눈으로 보지 못하면 의심이 풀리지 아니하오니, 사부는 어머니께서 편지한 뜻을 생각하셔서 한 번 보게 해 주십시오."

연사가 말하였다.

"죽기는 쉬워도 정소저 보기는 어렵다. 어이하면 좋은가?"

하더니 갑자기 생각이 나서,

"네가 혹시 음률을 아느냐?"

하니, 양생이 대답하였다.

"지난 해 도사 한 분을 만나 한 곡조를 배워 압니다."

"재상가의 뜰이 엄숙하니 날지 못하면 들어갈 길 없다. 또 소저가 경서와 예문(禮文)에 능통하여 한 번 움직이고 그치는 것도 구차히 하지 않으니 여도관이나 여승이 있는 절에도 분향하지 않고, 정월 대보름날에도 연등 구경을 하지 않으며, 삼월 삼일에도 곡강에 가서 놀지 않으니 바깥 사람이 어찌 엿볼 길이 있겠는가. 다만 한 일이 있지만 양랑이 듣지 아니할까 염려되는구나."

양생이 연사의 말을 듣고 일어나 두 번 절하여 말하였다.

"정소저를 볼 수만 있다면 하늘이라도 오를 것이요, 깊은 못이라도 들어가리니 무슨 일을 듣지 아니하겠습니까?"

연사가 말하였다.

"정사도가 요사이 늙고 병들어 벼슬을 사양하고 동산 숲과 악기에 재미를 붙였고, 사도 부인 최씨는 거문고를 좋아하여 거문고를 잘 타는 객을 만나면 소저와 함께 곡조를 의논하는데, 소저가 지음(知音)*을 잘 해서 한 번 들으면 맑고 탁함, 높고 낮음을 모를 것이 없으니 비록 사광(師曠)*이라도 더하지 못할 것이다. 양랑이 만일 거문고를 알면 분명히 보기 쉬울 것이다. 이월 그믐날은 정사도의 생일이라 해마다 시비를 보내어 향불을 갖추어 복을 비니, 그 때 양랑이 여도사의 옷을 입고 거문고를 타면 시비가 보고 돌아가서 부인께 고하면 부인이 반드시 청할 것이고, 그러면 소저를 보기 분명 쉬울 듯하니 양랑은 연분만 기다리라."

양생이 기뻐하며 그 날을 기다렸다. 그러던 어느 날 정사도의 시비가 부인의 명으로 향촉을 가지고 왔다. 연사가 받아 삼청전(三淸殿)*에 가서 불전에 가 공양하고 시비를 보낼 때, 양생이 여도사 옷을 입고 별당에 앉아 거문고를 탔다. 시비가 작별 인사를 하다가 거문고 소리를 듣고 물었다.

"내 일찍이 부인 앞에서 이름난 거문고 소리를 많이 들었지만 이런 소리는 과연 듣지 못하였으니 모르겠지만 어떤 사람입니까?"

연사가 말하였다.

"엊그제 나이 어린 궁녀가 초나라 땅에서 와 황성을 구경하고 여기 와 머물

지음 : 음악의 곡조를 잘 앎. 마음이 서로 통하는 친한 벗. 중국 춘추 전국 시대에 거문고의 명수인 백아의 거문고 소리를 잘 알아들은 사람은 오직 그 친구 종자기뿐이었다는 고사에서 유래함.
사광 : 중국 진나라의 음악가.
삼청전 : 도가(悼歌)에서 옥청(玉淸)·상청(上淸)·태청(太淸)을 삼청이라 하는데 모두 신선이 거처하는 곳이라고 함.

고 있다. 때때로 거문고를 타니 그 소리가 심히 사랑스럽더구나. 나는 본디 음률에 귀먹어 곡조를 모르는데 그대의 말을 들으니 진실로 잘 하는 것 같구나."

시비가 말하였다.

"부인의 말씀을 들으면 반드시 청하실 것이니, 사부님이 이 사람을 잡아 두십시오."

연사가 말하였다.

"그대를 위하여 잡아 두겠다."

하고 시비를 돌려보냈다.

양생이 이 말을 듣고 부인의 부르심을 기다리니, 시비가 돌아가 부인에게 전하였다.

"자청관에 있는 어떤 여도사가 거문고를 타는데 그 소리가 참으로 듣기 좋았습니다."

부인이 이 말을 듣고 기뻐하며 말하였다.

"내 잠깐 듣고자 한다."

하고, 즉시 시비를 자청관에 보내어 두연사에게 청하여 말하였다.

"나이 어린 도사가 거문고를 잘 탄다 하니, 한 번 그 도사를 보내 주십시오."

연사가 시비를 데리고 별당에 가 양생에게 물었다.

"최부인께서 부르시니 도사는 나를 위하여 잠깐 가 보는 것이 어떻겠는가?"

양생이 말하였다.

"먼 지방 천한 몸이 존귀한 댁 출입이 어려우나 대사께서 권하시니 어찌 감히 사양하겠습니까?"

하고, 여도사의 옷을 입고 화관을 바로 쓰고 거문고를 안고 나오니 신선다운 모습은 위부인과 사자연(謝自然)*이라도 미치지 못하였다. 양생이 가마를 타고 가니 최부인이 중당에 앉았는데 대단히 엄숙하였다. 양생이 대청마루 아래

사자연 : 중국 당나라의 궁녀로 도술을 익혀 신선이 되었다고 함.

에 나아가 두 번 절하니 대부인이 시비를 명하여 자리를 주고 말하였다.

"우연히 시비가 도관(道觀)*에 갔다가 도사의 음악을 듣고 이야기하기에 신선의 음악 소리를 듣고자 하여 청하였는데, 과연 그대를 보니 천상 선녀를 만난 듯하여 세상 걱정이 다 사라지는 듯하구나."

양생이 말하였다.

"첩은 본디 초나라 천한 사람이라 외로운 자취 구름같이 동서로 다니다가 오늘날 부인을 모시니 하늘의 뜻인가 합니다."

부인이 양생의 거문고를 취하여 무릎에 놓고 손으로 만지며 말하였다.

"이 재질이 진실로 묘하도다."

양생이 말하였다.

"이 재질은 용문산에서 백 년 자란, 오래 된 오동나무라 천금으로 사려고 하여도 얻지 못할 것입니다."

양생이 이 위험한 곳에 들어온 것은 정소저를 보려 함인데 날이 저물도록 소저를 보지 못하니 마음이 초조해지자 부인에게 아뢰었다.

"첩이 비록 예부터 전하여 오는 곡조를 타오나 청탁을 알지 못합니다. 자청관에 와 들으니 정소저가 지음을 잘 하신다 하기에 한 곡조를 아뢰어 가르치는 말씀을 듣고자 하였는데, 소저가 안에 계시니 마음이 섭섭합니다."

부인이 시비를 시켜 즉시 정소저를 불렀다. 한참 후에 정소저가 비단 장막을 잠깐 걷고 나와 부인 앞에 앉으니, 양생이 일어나 절하고 앉으며 눈을 들어 바라보니 태양이 처음으로 붉은 안개 속에서 비취는 듯, 아리따운 연꽃이 물 가운데 피었는 듯 심신이 황홀하여 안정치 못하였다.

양생이 멀리 앉아 소저의 얼굴을 자세히 못 볼까 하여 일어나 말하였다.

"한 곡조 연주하여 소저의 가르침을 듣고자 하였는데, 소저 있는 화당과 거리가 멀면 거문고 소리가 흩어져 소저의 귀에 잘 들리지 않을까 염려됩니다."

도관 : 도교의 사원. 즉 도사가 수도하는 곳.

부인이 즉시 시비를 명하여 자리를 옮겼다. 양생이 고쳐 앉으며 거문고를 무릎 위에 놓고 줄을 고른 후에 한 곡조를 타니 소저가 말하였다.

"아름답다, 곡조여! 이 곡조는 왕소군(王昭君)의 「출새곡(出塞曲)」*이다. 오 랑캐 땅의 곡조니 어찌 들을 수 있겠는가?"

또 한 곡조를 타니 소저가 말하였다.

"이 곡조를 듣지 못한 지 오래 되었다. 여도사는 보통 사람이 아니다. 옛날 혜숙야의 「광릉산(廣陵散)」이라 하는 곡조다. 혜숙야가 도적을 쳐 파하고 천 하를 맑게 하고자 하다가 뜻밖에 참소를 만남에 분을 이기지 못하여 이 곡조 를 지었거니와 후세에 전할 사람이 없었는데 여관은 어디서 배웠느냐?"

양생이 일어나 절하고 감사해 하며 말하였다.

"소저의 총명은 세상에 없습니다. 소첩의 스승 말씀도 그러하였습니다."

또 한 곡조를 타니 소저가 말하였다.

"이는 백아(佰牙)의 「수선조(水仙操)」*다. 도인이 천백 년 후에 백아의 지음 이구나."

양생이 말하였다.

"첩이 듣자오니 아홉 곡조를 이루면 천신이 내린다 하는데, 이미 여덟 곡조 를 탔고 또 한 곡조가 남았으니 마저 탈까 합니다."

줄을 고쳐 다스려 타니 그 소리가 청량하여 사람의 마음을 흔들어 놓았다. 정소저가 눈썹을 나직이 하고 말하지 아니하니 양생이 곡조를 더욱 빠르게 몰 아 쳐 소리가 호탕하였다.

왕소군의 「출새곡」 : 한나라 원제의 후궁이었다. 원제에게는 후궁·궁녀가 아주 많아서 화공에게 그 화상을 그리게 하여 그것을 보고 궁인들을 가까이 하였으므로 궁인들이 화공에게 큰 뇌물을 썼으나, 소군은 자신을 믿고 그렇 게 하지 않았다. 어느 날 흉노에게 궁녀들을 바치게 되었을 때 역시 화상을 통하여 그다지 곱지 않은 궁인들을 가려 흉노의 땅으로 보내기로 하였는데 소군이 여기에 들게 되었다. 소군은 자신의 신세를 슬퍼하여 오랑캐의 땅으로 가면서 소군은 자신의 신세를 슬퍼하여 오랑캐의 땅으로 가서 '국경 요새에 벗어나며' 라는 뜻의 「출새곡 (出塞曲)」을 지었다고 한다.
백아의 「수선조」 : 춘추시대 사람으로 거문고를 잘 탔음. 종자기와 친하였는데 종자기가 죽자 다시는 거문고를 타지 않고 세상에 자기의 거문고 가락을 알아줄 이가 없어졌음을 한탄하며 통곡하였다고 함. 「수선조(水仙操)」는 백아 가 동해 가운데 있는 봉래산 적막한 숲 속에서 물소리와 새소리를 들으며 지었다고 하는 곡

"봉(鳳)이여, 봉이여."

그 황(凰)을 구하는 곡조에 이르러 소저가 눈을 들어 양생을 자주 돌아보며 옥같이 아름다운 얼굴에 부끄러운 빛을 띠고 즉시 일어나 안으로 들어가자*, 양생이 놀라 거문고를 밀치고 소저가 가는 데만 보니, 부인이 말하였다.

"여도사가 아까 탄 곡조는 무슨 곡조냐?"

양생이 말하였다.

"선생께 배웠지만 곡조 이름은 알지 못하기에 소저의 가르치심을 듣고자 하였는데 소저는 아니 오십니까?"

부인이 시비를 명하여 정소저를 부르니 시녀가 돌아와 전하였다.

"소저가 반나절을 바람을 쏘여 기운이 편치 아니하다 합니다."

양생이 이 말을 듣고 정소저가 아는가 하여 크게 놀라,

'오래 머물지 못하겠구나.'

하고, 즉시 일어나 인사하며 말하였다.

"듣자오니 소저가 몸이 불편하시다 하오니, 부인이 진맥하실 것 같아 소첩은 물러가겠습니다."

부인이 상으로 비단을 많이 주었지만 사양하며,

"첩이 천한 재주를 배웠으니 어찌 값을 받겠습니까?"

라 말하고 갔다.

부인이 즉시 들어가 물으니, 소저의 병이 이미 나았다.

소저가 침소에 가 시녀에게 물었다.

"춘랑의 병이 어떠하였는가?"

시녀가 말하였다.

"오늘은 잠깐 나아 소저가 거문고 소리를 희롱하심을 듣고 일어나 세수하였습니다."

그 황을 구하는 ~ 일어나 안으로 들어가자 : 봉황은 상상의 새로, 봉은 수컷이요, 황은 암컷이다. 양소유가 황, 즉 여자를 구하는 곡조를 연주하였으니, 그 음악을 듣던 정소저는 몹시 불쾌하였을 것이다.

춘운이 정소저 곁에서 밤낮 함께 지내니 비록 주인과 종의 신분 차이는 있으나 정은 자매와 같았다.

이 날 소저의 방에 와 물어 말하였다.

"아침에 어떤 여도사가 거문고를 가지고 와 좋은 소리를 탄다 하여 병을 억지로 참고 왔는데 무슨 까닭으로 그 여관이 속히 갔습니까?"

소저가 낯빛이 붉어지며 가만히 대답하여 말하였다.

"내가 몸 가지기를 법대로 하고 말씀을 예대로 하여 나이가 십륙 세 되었지만 중문(中門) 밖에 나가 바깥 사람과 만나지 않았는데, 하루 아침에 간사한 사람에게 평생 씻지 못할 욕을 입으니 무슨 면목으로 너를 대하겠는가."

춘운이 크게 놀라 말하였다.

"무슨 일이기에 이런 말씀을 하십니까?"

정소저가 말하였다.

"아까 왔던 여관이 사마상여가 탁문군을 꼬이던 「봉구황곡(鳳求凰曲)」을 타는데, 자세히 보니 그 여관은 얼굴이 아름다우나 기상이 호탕하여 아마도 계집이 아니었다. 분명 간사한 사람이 내 소문을 듣고 보기 위해서 위장하고 온 것이니, 다만 춘랑이 병들어 보지 못한 것이 애달프구나. 춘랑이 곧 한 번 보았으면 남녀를 구별하였을 것이다. 춘랑은 생각해 보라. 내 규중 처녀로서 평생에 보지 못하던 사내를 데리고 반나절을 서로 말을 주고받았으니 천하에 이런 일이 있을 수 있겠느냐? 아무리 부모라도 차마 아뢰지 못하였는데 춘랑에게 말하노라."

춘운이 웃으며 말하였다.

"소저는 궁녀의 「봉황곡」을 듣고 사마상여의 「봉황곡」은 아니었으니 어찌 그리 과하게 생각하십니까. 옛날 사람이 잔 가운데 활 그림자를 보고 병들었다는 것과 같습니다. 또 그 궁녀가 얼굴이 아름답고 기상이 호방하며 음률을 능통하니 참으로 사마상여인가 합니다."

정소저가 말하였다.

"비록 사마상여라도 나는 탁문군이 되지 아니할 것이다."

춘랑이 양소유와 인연을 맺다. 하루는 정소저가 부인와 함께 중당에 앉았는데 정사도가 과거 방목(榜目)*을 가지고 기쁜 얼굴로 들어오며 부인에게 말하였다.

"내 아기의 혼사를 정하지 못하여 밤낮으로 염려하였는데 오늘날 어진 사위를 얻었소."

부인이 말하였다.

"어떤 사람입니까?"

사도가 말하였다.

"이번 장원한 사람은 성은 양씨요 이름은 소유요, 나이는 십륙 세요, 회남 땅 사람이오. 그 풍채와 재주가 뛰어나니 진실로 이 사람을 얻으면 어찌 즐겁지 아니하겠소."

부인이 말하였다.

"열 번 듣는 것이 한 번 보기만 못하다 하니 친히 본 후에 정하십시오."

소저가 이 말을 듣고 부끄러움을 이기지 못하여 즉시 일어나 침소에 가 춘운에게 말하였다.

"저번에 거문고 타던 여도사가 초나라 땅 사람이라 하더니 회남은 초나라 땅이다. 양장원이 분명히 아버지께 뵈오려 올 것이니 춘랑은 자세히 보고 나에게 이르라."

춘운이 웃으며 답하였다.

"나는 여도사를 보지 못하였사오니 양장원을 본들 어찌 알겠습니까. 소저가 주렴 사이로 잠깐 보시면 어떠하겠습니까?"

정소저가 말하였다.

방목 : 과거에 급제한 사람의 성명을 적던 책.

"한 번 욕을 먹은 후에 다시 볼 뜻이 있겠는가?"

이 때 양장원이 장원 급제하여 한림학사를 하니 이름이 천하에 알려졌다. 명문 귀족의 딸 둔 집에서 매파를 보내어 구혼하는 집이 구름 모이 듯 하였다. 그러나 양생은 이들을 다 물리치고 예부의 권시랑을 찾아가 정사도 집안에 구혼을 뜻을 밝히니 자신을 소개하여 줄 것을 요청하였다. 양생은 권시랑이 써준 편지를 받아 소매에 넣고 정사도의 집으로 향하였다. 천자가 내려준 비단옷을 입고 머리에는 계수나무 꽃가지를 꽂고, 양쪽으로 신선의 음악에 둘러싸여 소유는 정사도 집문 앞에 이르렀다.

"장원 급제한 양장원이 왔도다."

사도가 부인에게 말하고 나가 양생을 뒤채로 맞아들여 서로 인사하니, 이 때 집안 사람 가운데 경패 한 사람을 제외하고 양생을 보지 않은 사람이 없었다.

춘운이 부인의 시비를 불러 말하였다.

"이전에 거문고를 타던 도사가 아름답다 하더니 양한림과 닮은 곳이 있는가?"

시비들이 모두 말하였다.

"그 여도사의 얼굴과 아주 같습니다."

춘운이 들어가 정소저의 눈이 밝은 줄을 말하였다.

사도가 한림에게 말하였다.

"나는 팔자가 기구하여 아들이 없고 다만 딸자식이 있으되 혼처를 정하지 못하였으니 한림이 내 사위가 됨이 어떠한가?"

한림이 일어나 절하고 말하였다.

"소자가 경성에 들어와 소저의 아리따운 얼굴과 그윽한 재주와 덕행은 일찍이 들었지만, 문벌이 하늘과 땅 사이처럼 다르고 인품이 봉황과 까막까치 같사오니 어찌 바라겠습니까마는 버리지 아니하시면 하늘같은 은덕으로 여기겠습니다."

사도가 크게 기뻐하여 술과 안주로 대접하였다.

한참 후에 부인이 정소저를 불러 말하였다.

"새로 장원으로 뽑힌 양한림은 만인이 칭찬하는 바이다. 네 아버지가 이미 혼인을 허락하셨으니 우리 부처는 몸을 의탁할 곳을 얻었구나. 무슨 근심이 있겠느냐."

소저가 말하였다.

"시비의 말을 들으니 양한림이 전에 거문고를 타던 여인과 같다 하던데 그러합니까?"

부인이 말하였다.

"그래, 내가 그 도사를 사랑하여 다시 보고자 하였지만 자연 일이 많아 못하였는데, 오늘 양한림을 보니 그 도사를 다시 본 듯하여 즐거운 마음을 어찌 금하겠느냐."

"양한림이 비록 아름다우나, 저는 그와 거리끼는 일이 있으니 혼인함이 마땅치 아니합니다."

부인이 크게 놀라 말하였다.

"너는 재상가 규중의 처녀요, 양한림은 회남 땅 사람이니 무슨 관계가 있겠느냐? 무슨 거리낌이 있어."

정소저가 말하였다.

"소녀가 말씀드리기 부끄러워 어머니께 아뢰지 못하였지만 오늘 양한림은 이전에 거문고를 타던 여도사입니다. 제가 그 간사한 사람의 꾀에 빠져 한나절이나 말을 주고받았으니 어찌 거리낌이 없겠습니까?"

부인이 미처 대답하지 못하여, 사도가 한림을 보내고 바삐 들어와 정소저를 불러 말하였다.

"내 딸 경패야, 오늘날 용을 타고 하늘에 올라가는 경사를 보았으니 어찌 기쁘지 아니하겠느냐."

부인이 정소저가 거리낀다는 말을 전하자, 정사도가 크게 웃으며 말하였다.

"양랑은 진실로 세상의 풍류를 즐길 줄 아는 남자로다. 옛날 당나라 때의 왕유도 연주가가 되어 고종의 딸 태평공주의 집에 들어가 비파를 타고 돌아와 장원급제하여 세상이 오래 칭찬하였다. 이제 한림이 또 그리하였으니 무슨 해로움이 있겠느냐? 또 너는 여도사를 보고 한림을 본 것은 아니였으니 무슨 거리낌이 있겠느냐?"

정소저가 말하였다.

"소저가 욕먹기는 부끄럽지 아니하오나, 제가 어질지 못하여 남에게 속은 것이 한이 됩니다."

사도가 웃으며 말하였다.

"그것은 늙은 아비가 알 바가 아니다. 훗날 양한림에게 물어 보아라."

사도가 부인에게 말하였다.

"올 가을에 한림이 대부인을 모셔온 후에 혼례식을 올리는 것이 마땅하나, 납채(納采)*는 먼저 받는 것이 좋겠소. 즉시 택일하여 납채를 받고 한림을 데려와 화원 별당에 두고 사위로 대접하십시다."

하루는 부인이 한림의 저녁 반찬을 장만하고 있는데 정소저가 이를 보고 말하였다.

"한림이 화원에 오신 후로 의복과 음식을 친히 염려하시니 소저가 그 괴로움을 당하고자 하나 인정이나 예법에 맞지 않아 못하지만, 춘운이 이미 장성하여 족히 온갖 일을 당할 수 있으니 화원에 보내어 한림을 섬기게 하여 노천의 수고를 덜까 합니다."

부인이 말하였다.

"춘운이 얼굴과 재주로 무슨 일을 못 당하겠느냐마는 춘운의 얼굴과 재주가 너와 진배없으니, 먼저 한림을 섬기면 반드시 부인의 권한을 빼앗아 갈까 염려되는구나."

소저가 말하였다.

"춘운이 소저와 함께 한 사람을 섬기고자 하오니 따르지 아니할 이유가 없

납채 : 잔가들일 아들을 가진 집에서 신부 집으로 혼인을 청하는 의례. [요즘은 '납폐'와 같은 뜻으로 쓰이고 있음.]

을 것이고, 또 춘운을 먼저 보내면 권한을 빼앗길까 염려하시지만, 한림이 나이 어린 서생으로 재상가 규방에 들어와 처녀와 놀아나니 그 기상이 어찌 한 아내만 지키어 늙겠습니까? 다른 날 승상부의 많은 녹봉을 먹을 때 춘운 같은 미인이 몇일 줄을 알겠습니까?"

부인이 사도에게 뜻을 전하자, 사도가 말하였다.

"어찌 나이 어린 남자로 빈 방 촛불만 벗삼게 하겠소."

이 날 정소저가 춘운에게 말하였다.

"춘랑아, 내 너와 어려서부터 동기같이 지냈는데 나는 이미 한림의 납채를 받았거니와 너도 나이가 자랐으니 백 년 대사를 염려해야 할 것이다. 어떤 사람을 섬기고자 하느냐?"

춘운이 말하였다.

"소저는 어찌 그런 말씀을 하시옵니까? 첩은 소저를 따라 한 사람을 섬기고자 하오니, 저를 버리지 마십시오."

정소저가 말하였다.

"내가 춘랑의 뜻을 안다. 의논코자 하는 일이 있으니 어떠하냐? 한림이 거문고 한 곡조로 규중 처녀를 놀렸으니 몹시 욕되구나. 우리 춘랑이 아니면 누가 나를 위하여 그 치욕을 씻어 주겠는가? 산이 깊고 경치가 좋은 이곳에 춘랑을 위하여 별도의 작은 방을 지어 춘랑의 화촉을 베풀고, 또 사촌형 십삼낭(十三郎)과 기특한 꾀를 내면 내 부끄럼을 씻게 될 것이다. 춘랑은 한 번 수고를 아끼지 말라."

춘운이 말하였다.

"소저의 말씀을 어찌 사양하겠습니까마는, 나중에 무슨 면목으로 한림을 뵙겠습니까?"

정소저가 말하였다.

"군사의 무리는 장군의 명령을 듣는다 하니, 춘랑은 한림만 두려워하는구나."

춘랑이 웃으며 말하였다.

"죽기도 피하지 못하는데 소저의 말씀을 어찌 좇지 아니하겠습니까?"

양소유가 장녀랑의 혼과 인연을 맺다.
양한림은 궐 안에 들어가는 일 외에 한가한 날에는 친구를 찾아 술집에 가서 술도 먹고 기생도 구경하였는데, 하루는 정십삼이 와서,

"종남산 자각봉이 산천이 아름답고 경개가 좋으니 한 번 구경함이 어떠하오?"

한림이 말하였다.

"바로 내 뜻입니다."

하고, 술과 안주를 이끌고 갔다.

한 곳에 도착하니 꽃과 풀은 흐드러지게 피어 있고 온갖 꽃은 아리따운데, 문득 시냇물에 꽃이 떠내려오거늘 한림이 말하였다.

"반드시 무릉도원(武陵桃源)*이 있을 것이다."

정생이 말하였다.

"이 물이 자각봉에서 내려오는데, 일찍이 들으니 꽃 피고 달 밝은 때에는 신선의 풍류 소리가 있어 들은 사람이 많다 하지만, 나는 신선과의 연분이 없어 한 번도 구경치 못하였으니, 오늘 형과 함께 옷을 떨치고 올라가 신선의 자취를 찾고자 합니다."

그러할 때 문득 정생의 종이 급히 와서 아뢰었다.

"낭자의 병이 중하오니 상공을 어서 오시라 합니다."

정생이 탄식하며 말하였다.

"과연 신선과는 인연이 없도다. 인연이 이러하여 가지만 양형은 신선을 찾아보고 오시오."

하고 가자, 한림이 흥을 이기지 못하여 혼자 올라가더니 물 위에 나뭇잎이 떠내려 왔다. 건져 보니,

무릉도원 : 신선이 살았다는 중국의 전설적인 명승지. 호남성 동정호 서남쪽 무릉산 기슭 완강의 강변이라고 함. 당나라 시인 도연명이 지은「도화원기」에서 나온 말로 이 세상과 따로 떨어진 별천지의 뜻.

'신선의 개 구름 밖에서 짖으니, 알겠군, 양랑이 오는구나.'
하고 씌어 있었다. 한림이 크게 놀라 말하였다.

"이는 반드시 신선의 글이다."

한림이 이상하게 생각하고, 충암절벽으로 올라가니, 이 때 날이 저물고 달이 밝아 길은 험하고 갈 곳이 없어 헤매는데, 갑자기 푸른 옷을 입은 선동(仙童)*이 시냇가의 길을 쓸다가 한림을 보고 들어가며,

"양랑이 오십니다."
하였다.

한림이 더욱 놀라 선동을 따라 가니 충암절벽 위에 한 정자가 있었다. 온갖 화초가 만발하고 앵무 공작이며 두견새 소리가 여기저기서 들리니 진실로 아름다웠다.

한림이 마음이 황홀하여 들어가니, 한 선녀가 비단 장막에 공작 병풍을 둘렀는데 촛불을 밝게 켜고 서 있다가 앞으로 나와 예를 올린 후에 말하였다.

"양랑께서는 어찌 저물어 오십니까?"

한림이 대답하여 말하였다.

"소생은 인간 사람이라 달 아래 기약*이 없는데 선녀께서 어찌 더디다 하십니까?"

선녀가 말하였다.

"한림은 의심치 마십시오."
하고, 여자아이를 불러 말하였다.

"낭군께서 멀리 와 계시니 급히 차를 드려라."
하니, 여자아이가 즉시 백옥 쟁반에 신선의 과일을 배설하고 유리잔에 자하주를 부어 권하거늘, 그 술이 인간 술과 달랐다.

한림이 말하였다.

선동 : 신선의 세계에 산다는 아이 신선.
달 아래 기약 : 월하(月下)의 기약(期約). 혼인의 기약을 말하며, 월하노인(月下老人)의 고사에서 유래함.

"선녀는 무슨 일로 요지(瑤池)*의 무한한 경개를 버리고 이 산중에 와 외로이 머무십니까?"

선녀가 탄식하여 말하였다.

"옛일이 꿈 같아 생각하면 슬픕니다. 첩은 서왕모의 시녀로서 광한궁의 잔치 때 낭군이 첩을 보고 희롱하였다 하시고 옥황상제께서 화가 나시어, 낭군은 크게 벌하여 인간으로 귀양 보내고 첩은 경한 죄로 이 산중에 와 있는데, 낭군이 불에 익힌 음식을 드신 까닭에 전생 일을 알지 못하시는군요. 상제께서 첩의 죄를 용서하셔서 곧 승천하라는 분부가 계셨지만, 낭군을 만나 전생의 회포를 풀고자 하는 까닭에 아직 머물렀으니 한림은 의심치 마십시오."

한림이 이 말을 닫고 선녀의 손을 이끌어 침소로 들어가 오랫동안 바라던 회포를 다 못 풀었는데 창문이 밝아왔다.

선녀가 한림에게 말하였다.

"오늘은 첩이 승천할 날이어서 모든 선관이 첩을 데리러 올 것이니, 낭군은 오래 머물지 못하실 것입니다."

하고, 어서 가기를 재촉하며 말하였다.

"낭군이 첩을 잊지 아니하신다면 다시 만나 뵈올 날이 있을 것입니다."

하며, 수건에 이별시를 써 한림에게 주었다.

서로 만나니 꽃이 하늘에 가득하고 서로 이별하니 꽃이 물 속에 있도다.
봄빛은 꿈 속에 있는 듯하고 흐르는 물은 천리에 아득하도다.

한림이 옷소매를 떼어 내어 시를 써서 선녀에게 주었다.

하늘 바람이 옥 장신구에 부니 흰 구름이 기이하도다.

요지 : 중국 곤륜산에 있다는 연못. 이곳에서 주나라 목왕이 서쪽을 정벌하고 나서 요지에 서왕모 선녀를 초대하여 함께 친지하였다고 임.

무산(巫山)*의 다른 날 밤비에 양왕(襄王)*의 옷을 적시고저 하노라.

선녀가 그 글을 보고 눈물을 지으며 말하였다.

"서산에 달이 지고 두견이 슬피 우니 한 번 이별하면 구만 장천 구름 밖에 이 글귀뿐이군요."

글은 받아 품속에 넣고 여러 번 재촉하였다.

"때가 점점 늦어지니 낭군은 어서 가십시오."

한림이 선녀의 손을 잡고 눈물로 이별하니 그 애련한 정은 차마 보지 못할 바였다.

한림이 집에 돌아오니 자각봉의 많은 화초가 두 눈에 삼삼하고 선녀의 말소리는 두 귀에 쟁쟁하니 꿈을 깬 듯하여 탄식해 말하였다.

"거기 잠깐 몸을 숨겨 선녀의 가는 모습을 못 본 것이 한이다."

이렇듯 도저히 잊을 수 없어 할 때, 정생이 돌아와서 한림에게 말하였다.

"어제 집사람의 병으로 형과 함께 선경을 구경치 못하여 한이 되었으니 다시 또 한 번 형과 놀아봄이 어떠하오?"

한림이 크게 기뻐하여 선녀가 있던 곳이나 보고자 하여 술과 안주를 가지고 성 밖에 나와 보니 신록이 꽃보다 아름다운 초여름이었다.

한림과 정생이 술을 부어 마시는데 길가에 허물어져 가는 무덤이 있어 한림이 잔을 잡고 탄식하여 말하였다.

"슬프다. 사람이 죽으면 다 저러하구나."

정생이 말하였다.

"형은 저 무덤을 알지 못할 것이오. 옛날 장녀랑의 무덤이라. 장녀랑의 얼굴과 재덕이 만고에 으뜸이었는데 나이 이십 세에 죽자, 후세 사람들이 불쌍히 여겨 그 무덤 앞에 화초를 심어 죽은 넋을 위로하니, 우리도 마침 이곳에 왔으

무산 : 사천성 무산현 동남에 있는 산.
양왕 : 무산에서 신녀(神女)와 만나 즐겼다는 초나라 회왕의 아들.

구운몽   211

니 한 잔 술로써 위로함이 어떠하오?"

한림은 다정한 사람이다.

"형의 말씀이 옳소. 한 잔 술을 아끼겠는가?"

하고, 각각 제문(祭文)을 지어 한 잔 술로 위로하였다.

이 때 정생이 무덤을 돌아다니다가 문득 비단 적삼 소매에 쓴 글을 얻어 가지고 읊으며 말하였다.

"어떤 사람이 이 글을 지어 무덤 구멍에다 넣었는가?"

한림이 살펴보니, 자각봉에서 선녀와 이별하던 글이었다.

크게 놀라 말하였다.

"그 미인이 선녀가 아니라 장녀화의 혼이었구나."

하고, 땀이 나 등이 젖고 머리털이 하늘로 솟았다. 정생 없는 때를 타 다시 한 잔 술을 부어 가만히 빌어 말하였다.

"비록 이승과 저승이 다르지만 정(情)은 같으니 혼령은 다시 보게 하라."

하고, 정생을 데리고 왔다.

이 날 밤 한림이 화원 별당에 앉았는데 과연 창 밖에 발자취 소리가 나 한림이 문을 열어보니 자각봉 선녀였다. 한편으로 반갑고 한편으로는 놀라 내달아 옥 같은 손을 이끌자, 미인이 말하였다.

"첩의 근본을 낭군이 아셨으니 더러운 몸이 어찌 가까이 하겠습니까? 처음에 낭군을 속인 것은 놀라실까 하고 선녀라 하여 하룻밤을 모셨던 것인데, 오늘 첩의 무덤을 찾아와 제사를 올리고 술을 부으셨으니 즐거웠고, 또 제문을 지어 임자 없는 그 혼을 이같이 위로하시니 어찌 감격치 않겠습니까? 은공을 잊지 못하여 은혜에 보답하러 왔지만 더러운 몸으로는 다시 상공을 모시지 못하겠습니다."

한림이 다시 소매를 잡고 말하였다.

"사람이 죽으면 귀신이 되고 환생하면 사람이 되는 그 근본은 한 가지라. 어찌 인연을 잊을 수 있겠는가?"

하고, 허리를 안고 들어가니 연모하는 정이 전날보다 백 배나 더하였다.

한참 후에 날이 새었다.

미인이 말하였다.

"첩은 날이 밝으면 출입을 못합니다."

한림이 말하였다.

"그러하면 밤에 만나기로 하지."

미인이 대답지 아니하고 꽃밭 속으로 들어갔다.

이후부터는 밤마다 왕래하였다.

하루는 정생이 두진인이란 사람을 데리고 화원에 들어가니 한림이 일어나 예를 올린 후에 정생이 말하였다.

"진인은 한림의 관상을 봐 주십시오."

진인이 말하였다.

"한림의 관상이 두 눈썹이 빼어나 눈초리가 귀밑까지 갔으니 정승할 상이요, 귀밑이 분을 바른 듯하고 귓밥이 구슬을 드린 듯하니 어진 이름은 천하에 진동할 것이요, 권세 잡을 골격이 낯에 가득하니 군사를 거느리고 만리 밖에서 제후가 될 관상이지만, 한 가지 흠이 있습니다."

한림이 말하였다.

"사람이 길흉화복은 다 정한 바이오."

진인이 말하였다.

"임자 없는 여귀신이 한림의 몸에 어리었으니 여러 날이 지나지 아니하여 병이 골수에 들 것이니 낫기가 어렵습니다."

한림이 말하였다.

"진인의 말씀이 그러면 과연 그러하겠지만 장녀랑이 나와 정회가 심히 깊으니 어찌 나를 해하겠는가? 옛날 초나라의 양왕도 무산선녀를 만나 함께 잤고, 유춘이라 하는 사람도 귀신과 관계하여 자식을 낳았으니 어찌 의심하며, 또 사람이 오래 살고 일찍 죽는 것은 다 하늘이 정한 것이니, 내 관상이 부귀와 명예를 가질 상이라면 장녀랑의 혼이 어찌하겠오?"

진인이 말하였다.

"한림은 마음대로 하십시오."

하고 갔다.

한림이 술이 취하여 누었다가 밤에 일어나 앉아 향을 피우고 장녀랑 오기를 기다리더니, 갑자기 창 밖에서 슬프게 말하는 소리가 있어 가만히 들어 보니 장녀랑의 소리였다.

장녀랑이 울며 말하였다.

"괴상한 도사의 말을 듣고 첩을 오지 못하게 하니 어찌 이리 냉대하십니까?"

한림이 크게 놀라 문을 열고 말하였다.

"어찌 들어오지 못하는가?"

여랑이 말하였다.

"나를 오게 하면 왜 부적을 머리에 붙이셨습니까?"

한림이 머리를 만져 보니 과연 귀신을 쫓는 부적이었다. 한림이 크게 화가 나서 부적을 찢고 내달아 장녀랑을 잡으려 하니, 장녀랑이 말하였다.

"나는 이제부터 영원히 이별하니 낭군은 몸을 편안히 보전하십시오."

하고 울며 담을 넘어가니 붙들지 못하였다.

쓸쓸한 빈 방에 혼자 누워 잠도 이루지 못하고 음식도 먹지 못하니 자연 병이 되어 모습이 초췌해졌다.

하루는 정사도 부부가 잔치를 베풀고 한림을 청하여 놀다가 사도가 말하였다.

"양랑의 얼굴이 어찌 저토록 창백한가?"

한림이 말하였다.

"정형과 술을 과히 먹어 술병인가 합니다."

사도가 말하였다.

"종의 말을 들으니 어떤 계집과 함께 잔다 하니 그러한가?"

한림이 말하였다.

"화원이 깊으니 누가 들어오겠습니까?"

정생이 말하기를,

"형이 어찌 아녀자 같이 부끄러워하는가. 형이 두진인의 말을 깨닫지 못하기에, 축귀 부적을 형의 상투 밑에 넣고 그 날 밤에 꽃밭 속에 앉아 보았는데, 어떤 계집이 울며 창 밖에 와 작별을 고하고 가니 과연 두진인의 말이 그르지 아니하였소."

라 하자, 한림이 속이지 못하고 말하였다.

"소자에게 과연 괴이한 일이 있습니다."

하고, 일의 전후의 일을 이야기하자, 사도가 웃으며 말하였다.

"나도 젊었을 때 부적을 배워 귀신을 낮에 불러오게 하였는데, 이제 양랑을 위하여 그 미인을 불러 생각하는 마음을 위로하겠다."

한림이 말하였다.

"장인 어른께서 비록 도술이 용하시나 귀신을 어찌 낮에 부르시겠습니까? 소자를 희롱하시려는군요."

사도가 파리채로 병풍을 치며 말하였다.

"장녀랑은 있느냐?"

하자, 한 미인이 웃음을 머금고 병풍 뒤에서 나오는데 한림이 눈을 들어 보니 과연 장녀랑이었다. 마음이 황홀하여 사도에게 말하였다.

"저 미인이 귀신입니까, 사람입니까? 귀신이면 어찌 대낮에 나옵니까?"

사도가 말하였다.

"저 미인의 성은 가씨요, 이름은 춘운이다. 한림이 조용한 빈 방에 외로이 있음이 민망하여 춘운을 보내어 위로하기 위함이었다."

한림이 말하였다.

"위로함이 아니라 놀리시려는 것입니다."

정생이 말하였다.

"양형은 스스로 화를 입은 것이니 전날의 허물을 생각하시오."

한림이 말하였다.

"나는 지은 죄 없으니 무슨 허물이 있겠소?"

정생이 말하였다.

"사나이가 계집이 되어 삼 척 거문고로 규중 처녀를 놀리셨으니 사람이 신선되며 귀신됨도 이상치 아니합니다."

양소유가 연왕의 항복을 받다. 양한림이 고향에 돌아와 대부인을 모셔 와 혼례를 지내고자 했는데, 그 때 토번(吐蕃)이란 도적이 변방을 쳐들어와 하북(河北)을 나누어 연나라, 위나라, 조나라가 되어 서로 장난하니 천자가 몹시 화가 나서 조정 대신을 불러 의논하자, 양한림이 임금 앞에 나아가 말하였다.

"옛날 한무제는 조서(詔書)*를 내려서 남월 왕을 항복 받았으니, 부디 폐하는 급히 조서를 내리시어 천자의 위엄을 보이십시오."

천자가 즉시 한림에게 명하여 조서를 만들게 하여 세 나라에 보내니, 조왕과 위왕은 즉시 항복하고 무명 천 필을 드렸지만, 오직 연왕만은 멀리 떨어져 있고 군병이 강하기로 항복하지 않았다.

천자가 한림을 불러 말하였다.

"선왕(先王)이 십만 군병으로도 항복 받지 못한 나라를 한림은 짧은 글로써 두 나라를 항복 받고 천자의 위엄을 만 리 밖에 빛나게 하니 어찌 아름답지 아니하겠는가?"

비단 이천 필과 말 오십 필을 상으로 내리니, 한림이 점잖게 사양하며 말하였다.

"모두 다 현명한 임금의 덕이오니 소신이 무슨 공이 있겠습니까? 연왕이 항복지 아니함은 나라의 부끄러움입니다. 부디 한 칼을 짚고 연국에 가 연왕을

조서 : 임금이 어명을 일반에게 널리 알릴 목적으로 적은 문서.

달래보다가, 정녕 듣지 않거든 연왕의 머리를 베어 오겠습니다.”

천자의 허락을 받고 천자에게 감사하여 절하고 나와, 정사도에게 작별 인사를 하고 갈 때, 사도가 말하였다.

“슬프다. 양랑이 십륙 세 서생으로 만리 밖에 가니 늙은이의 불행이다. 내 늙고 병들어 조정 의논에 참여치 못하나 상소하여 다투고자 한다.”

한림이 말하였다.

“장인께서는 과히 염려치 마십시오.”

그러자 옆에 있던 부인이 눈물을 흘리며 말하였다.

“좋은 사위를 얻고 이 늙은이 기쁘고 즐거웠는데, 이제 어찌 될지 알 수 없는 땅에 간다 하니 어찌 슬프지 아니하겠는가? 빨리 성공하고 돌아오시오.”

또한 한림이 떠나려 할 때, 춘운이 소매를 잡고 눈물을 흘리며,

“상공이 한림원에 가셔도 밤에 잠을 이루지 못하시는데 이제 만 리 밖에 가시니 불 밝혀 지키다가 올까 합니다.”

하니, 한림이 웃으며,

“대장부는 나라 일을 당하여 사생을 돌아보지 아니하니 어찌 사사로운 감정을 생각하겠는가? 춘랑은 부질없이 슬퍼 말고 소저를 편히 모셔 내가 공을 이뤄 돌아오기를 기다리라.”

하고 떠났다.

한림이 낙양 땅을 지날 때, 십육 세 소년이지만 늠름하기 그지없었다.

한림이 먼저 서동을 보내어 계섬월을 찾으니 섬월이 거짓으로 아프다 하고 산중에 들어간 지 오래였다. 한림이 섭섭한 마음을 금치 못하여 객관(客館)*에 들어가 촛불만 벗을 삼고 지내다가, 연나라로 향하였다.

연나라에 이르니 그 땅 사람이 한쪽 구석에 있어 천자의 위엄을 보지 못하였다가, 한림 행차를 보고는 두려워 음식을 많이 장만하여 군사를 먹이고 감

객관 : 왕의 명령을 받고 내려오는 벼슬아치를 묵게 하던 집.

사를 표하였다.

한림이 연왕을 보고 천자의 위엄을 베푸니 연왕이 즉시 땅에 엎드려 항복하고 황금 일만 냥과 명마 백 필을 주었다. 그러나 한림은 받지 않았다.

양소유가 적경홍과 인연을 맺다. 연나라를 떠나 서쪽으로 십여 일을 가서 조나라의 도읍지 한단 땅에 이르렀다. 한 나이 어린 서생이 혼자 한 마리 말을 타고 행차를 피하여 길가에 섰는데, 한림이 자세히 보니 얼굴은 위개(衛价)와 반악(潘岳)* 같고 풍채와 거동이 비범하니 한림이 객관에 머물러 소년을 청하여 물었다.

"내 천하를 두루 다니며 보았지만 그대 같은 사람을 보지 못하였으니 성명을 뭐라 하는가?"

그러자 소년이 대답하였다.

"소생은 하북 사람입니다. 성은 적씨요, 이름은 생이라 합니다."

한림이 반가워하며,

"내 어진 선비를 얻지 못하여 세상 일을 의논치 못하였는데 그대를 만나니 어찌 즐겁지 아니하겠는가?"

적생이 말하였다.

"나는 산천에 묻혀 있어 견문(見聞)이 없으나, 상공이 버리지 아니하시면 평생 상공을 지키고 모시겠습니다."

한림이 적생을 데리고 산수풍경을 구경하고 낙양 객관에 도착하였다. 이 때 계섬월이 높은 누각 위에 올라 한림의 행차를 기다리다가 한림에게 나아가 절하고 앉으니 한편으로는 슬프고 한편으로는 기쁨을 이기지 못하여 눈물을 흘리며 말하였다.

"첩이 상공을 이별한 후에 깊은 산중에 들어가 자취를 감추었다가 상공이

위개와 반악 : 진나라 사람들로서 위개는 풍채가 빼어나고 말 잘 하기로 이름이 높았고, 반악은 자태와 용모가 아름다웠다고 함.

급제하여 한림 벼슬하신 기별만은 들었지만, 그 때 옥으로 만든 증표를 가지고 이리 지나실 줄을 모르고 산중에 있었는데, 연나라를 항복 받아 꽃 장식한 덮개 가마를 앞에 세우고 돌아오실 때, 천지만물과 산천초목이 다 환영하오니 첩이 어찌 모르겠습니까? 알지 못하겠지만 부인은 정하셨습니까?"

한림이 말하였다.

"정사도 댁 따님과 혼사를 정하였지만 예식은 치루지 못하였다."

말을 그친 후에 날이 저물어 서동이 들어와 알렸다.

"한림께서 적생을 어진 선비라 하셨는데 지금 섬랑의 손을 잡고 장난치며 놀고 있습니다."

한림이 말하였다.

"적생은 본디 어진 사람이라 반드시 그러지 아니할 것이요, 섬월도 내게 정성이 지극하니 어찌 다른 뜻이 있겠느냐? 네가 잘못 보았다."

서동이 부끄러워하며 물러갔다가 한참 후에 다시 와 고하였다.

"상공께서 제 말을 요망타 하셔서 다시 아뢰지 못하겠으니, 상공께서 잠깐 가서 보십시오."

한림이 난간에 숨어 거동을 보니 과연 적생이 섬월의 손을 잡고 장난치며 놀고 있었다. 한림이 하는 말을 듣고자 하여 나아가니 적생이 갑자기 한림을 보고 놀라 도망하고, 섬월도 부끄러워 말을 못하자 한림이 말하였다.

"섬랑아, 네가 적생과 친한 사이였느냐?"

섬월이 말하였다.

"첩이 과연 적생의 누이와 의자매를 맺어 그 정이 동기 같더니, 적생을 만남에 반가워 안부를 물었는데 상공께서 보시고 의심하시니, 첩의 죄가 백 번 죽어도 아까울 것이 없습니다."

한림이 말하였다.

"내 어찌 섬랑을 의심하겠는가? 어진 사람을 잃었으니 잘못되었다."

하고, 이어서 섬월과 함께 잤는데 닭이 울어 날이 샜다. 섬월이 먼저 일어나 촛불을 돋우고 단장하는데 한림이 눈을 들어보니 밝은 눈과 고운 태도가 섬월이었으나 자세히 보면 또 아니었다. 한림이 놀라 물었다.

"미인은 어떤 사람인가?"

미인이 대답하였다.

"첩은 본디 하북 사람입니다. 제 성명은 적경홍으로 섬랑과 함께 의자매가 되었는데, 오늘밤 섬랑이 마침 병이 있노라 하고 저에게 상공을 모시라 하거늘 첩이 마지못하여 모셨습니다."

말을 맺지 못하여 섬월이 문을 열고 말하였다.

"상공께서 오늘밤 새 사람을 얻었으니 축하드립니다. 첩이 일찍이 하북의 적경홍을 상공께 천거하였는데 과연 어떠십니까?"

한림이 말하였다.

"듣던 말보다 훨씬 낫군. 어제 적생의 누이가 있다 하더니 그러하냐? 얼굴이 아주 같구나."

경홍이 말하였다.

"첩은 본디 동생이 없습니다. 첩이 바로 적생입니다."

한림이 오히려 의심하여 말하였다.

"그대는 어찌 남자의 복장을 하고 나를 속이느냐?"

경홍이 말하였다.

"첩은 본디 연왕의 궁중 사람입니다. 재주와 얼굴이 남보다 못하나 평생에 대인군자를 섬기는 것이 소원이었는데, 저번에 연왕이 상공을 맞아 잔치할 때, 첩이 벽 틈으로 상공을 잠깐 본 후에 화려한 생활이 다 하찮게 보여 상공을 따라 좇고자 하였지만, 깊은 궁궐에서 어찌 나오며 천리만리를 어찌 따르겠습니까? 죽기를 무릅쓰고 연왕의 천리마를 도적해 타고 남자 복장을 하여 상공을 따라 왔으니, 부디 상공을 속인 일은 아니지만 엎드려 사죄합니다."

한림이 섬월을 시켜 위로하였다.

이 날 한림이 떠나려 할 때, 섬월과 경홍이 말하였다.

"상공이 부인을 얻으신 후에 첩 등이 모실 날이 있으니 상공은 평안히 행차하십시오."

이 때 연왕의 항복 받은 문서와 조공 받은 보화를 다 경성으로 들여가자, 황제가 크게 기뻐하여 말하였다.

"양한림이 전쟁에 이기고 온다."

하고, 모든 관리들을 보내어 맞아 들여와 상을 내리고 예부상서(禮部尙書)*를 내렸다. 한림이 은혜에 깊이 감사드리고 물러 나와 정사도 집에 가 안부를 전하였다. 사도는 반가움을 이기지 못하여 말하였다.

"만리 타국에 가 성공하고 벼슬을 돋우시니 우리 집의 복이로다."

양소유가 부마로 선택되다.

하루는 한림원에서 난간에 지어 붙인 글귀를 읊으며 달을 구경하는데, 갑자기 바람결에 통소 소리가 들려왔다. 하인을 불러 물으니,

"이 소리가 어디서 나느냐?"

"확실히는 모르겠지만 달이 밝고 바람이 순하면 때때로 들립니다."

하고 하인이 대답하였다.

한림이 손 안에 백옥 통소를 꺼내어 들고 한 곡조를 부니 맑은 소리가 청천에 사무쳐 오색 구름이 사면에 일어나며 청학과 백학이 공중에서 내려와 뜰에서 춤을 추었다. 보는 사람마다 기이하게 여겨 말하였다.

"옛날 왕자 진이라도 이에 미치지 못할 것이다."

이 때 황태후에게 두 아들과 한 딸이 있는데, 맏아들은 천자요, 또 하나는 월왕을 봉하고, 또 딸은 난양공주(蘭陽公主)다. 태후가 한 선녀가 신선의 꽃과 붉은 진주를 가져와 팔에 거는 꿈을 꾸고 한참 후에 공주를 낳으니 옥 같은 얼굴과 난초 같은 태도는 세상 사람이 아니요, 민첩한 재주와 늠름한 풍채는 천상

예부상서 : 의례를 맡아보던 관아의 우두머리 벼슬. 지금의 교육·외무부 장관과 같은 역할을 함.

의 신선이었다. 태후가 가장 사랑했는데, 서역국에서 백옥 통소를 바치자 악공을 이것을 불러 불라고 하였으나 소리를 내지 못하였다. 그런데 어느 날 밤 공주의 꿈 속에 한 선녀가 나타나 한 곡조를 가르쳐 주었는데, 공주가 꿈에서 깨어 그 통소를 불어보니 소리가 청아하여 세상에 듣지 못하던 곡조였다. 황제와 태후가 사랑하여 항상 달 밝은 밤이면 불게 하니, 그 때마다 청학이 내려와 춤을 추었다.

태후와 황제가 매일 말하였다.

"난양이 자라면 신선 같은 사람을 얻어 부마(駙馬)*를 삼을 것이다."

이 날 밤도 공주의 통소 소리에 춤추던 학이 한림원에 가 춤을 추었다. 이것을 본 궁중 사람들이 모두 양상서가 통소를 불어 선학을 내리게 한다고 말하였다. 궁 안으로 흘러들어 천자가 이 말을 듣고 기특히 여겨 말하였다.

"양소유는 진실로 난양의 배필이다."

소화는 곧 난양공주의 이름으로, 백옥 통소에 '소화' 두 글자가 새겨져 있어 그것으로 이름 지은 것이었다.

천자가 태후께 들어가 아뢰어 말하였다.

"예부상서 양소유의 나이가 난양과 서로 비슷하고 재주와 얼굴이 모든 신하 중에 으뜸이니 부마를 정할까 합니다."

태후가 크게 기뻐하여 말하였다.

"소화의 혼사를 정하지 못하여 밤낮으로 염려하였는데 양소유는 진실로 하늘이 정해 준 소화의 배필이니, 내가 양상서를 보고 청하고자 하오."

황제가 말하였다.

"어렵지 아니하니 양상서를 불러 별전(別殿)에 앉히고 문장을 의논할 때, 태후께서는 주렴 속에서 보시면 아실 것입니다."

"그렇게 하는 것이 아주 좋겠소."

부마 : 임금의 사위. 부마도위(駙馬都尉)의 준말.

태후가 크게 기뻐하였다.

그리하여 천자가 내시를 보내어 양상서를 부르자, 환자(宦子)*가 정사도의 집에 가 물으니 상서가 오지 않았다. 환자가 급히 찾으니 상서가 바야흐로 정십삼을 데리고 장안 술집에 가 술에 흠뻑 취하였다. 환자가 급히 부르니 상서가 취중에 정신을 차리지 못하여 기생에게 붙들려 관복을 입고 겨우 궁궐 안으로 들어가 천자를 뵈었다.

천자가 자리를 내주며 반갑게 맞이하였다. 상서가 이제까지의 제왕들에 대해 이야기하며 문장을 차례로 헤아리니, 황제가 매우 기뻐하여 말하였다.

"내 이태백을 보지 못하여 한이었는데 경을 얻었으니 어찌 이태백을 부러워하겠는가? 짐이 글 하는 궁녀 여남은 명을 가려 여중서(女中書)*를 봉하였으니, 경이 그 궁녀들에게 각각 글을 지어주면 그 재주를 보고자 한다."

상서가 취흥이 일어나 좋은 붓을 한 번 휘두르니 구름과 바람이 일어나며 용과 뱀이 뒤트는 것 같았다. 잠깐 사이에 앞에 놓인 종이와 수건과 부채 등에 글이 가득하였다. 순식간에 궁녀에게 다 지어 주니 궁녀들이 그 글을 가지고 차례로 황제께 드리자, 황제가 다 보시고 극히 아름답게 여겨 궁녀를 명하여 어주(御酒)*를 내리라 하였다. 궁녀가 다투어 각각 술을 드리니 상서가 받는 듯, 주는 듯 삼십여 잔을 마신 후에 몹시 취하여 정신을 차리지 못하였다.

황제가 말하였다.

"이 글 한 구절의 값을 논하면 천금과 같다. 옛글*에 '모과를 던지거든 구슬로 보답하라' 하였으니, 너희는 무엇으로 문장을 써 준 대가를 치르겠느냐?"

모든 궁녀가 봉황을 새긴 금비녀도 빼고, 흰 옥과 금으로 된 노리개도 끄르며, 옥가락지도 벗어 서로 다투어 상서께 던지니 잠깐만에 산같이 쌓였다.

황제가 웃으며 말하였다.

환자 : 내시. 궁중의 내시부의 벼슬아치를 통틀어 이르는 말.
여중서 : 여자의 관직 이름.
어주 : 임금께서 신하에게 내리는 술.
옛글 : 여기서는 시전(詩傳). 즉 시전은 『시경(詩經)』의 해설서를 가리킴.

"짐은 무엇으로 상을 내리면 좋겠는가?"

하고, 환자를 시켜 쓰던 필먹과 벼루와 연적과 궁녀들이 드린 보화를 거두어 상서의 집에 드리라 하였다. 상서가 머리를 조아려 그 은혜에 깊이 감사하고 일어나 화원에 가니, 춘운이 내달아 옷을 벗기고 물었다.

"누구의 집에 가서서 이리 취하셨습니까?"

말을 맺지 못하여 종이, 필먹, 벼루, 연적과 봉황을 새긴 비녀, 가락지, 금 노리개를 무수히 보여 주었다.

상서가 춘운에게 말하였다.

"이 보화는 천자께서 춘랑에게 상으로 주신 것이다."

춘운이 다시 듣고자 하였으나, 상서는 벌써 잠이 들었다.

다음 날 상서가 일어나 세수하는데 문 지키는 사람이 급히 고하였다.

"월왕께서 오셨습니다."

상서가 크게 놀라 신을 벗고 내달아 맞아 윗자리를 내어 주고 물었다.

"전하께서 무슨 일로 누추한 곳에 행차하셨습니까?"

월왕이 말하였다.

"과인이 황제의 명을 받아 왔소. 난양공주는 나이가 들었지만 부마를 정하지 못하였는데, 황제께서 상서의 재덕을 사랑하시어 혼인을 정하고자 하십니다."

상서가 크게 놀라 말하였다.

"소신이 무슨 재덕이 있습니까? 황제 폐하의 은혜가 이렇듯 하오니 아뢸 말씀이 없지만 정사도 댁 따님과 혼인을 정하여 납폐를 한 지 삼 년이니, 부디 대왕은 이 뜻을 황제께 아뢰어 주십시오."

월왕이 말하였다.

"내 돌아가 아뢰겠지만 슬프오. 상서를 사랑하던 일이 헛수고가 되었군요."

상서가 말하였다.

"혼인은 인륜대사이니 소신이 들어가 죄를 받겠습니다."

월왕이 즉시 작별을 고하고 갔다.

상서가 들어가 사도를 보고 월왕의 말을 전하니 온 집 안이 다 허둥지둥 하며 어쩔 줄 몰라하였다.

황태후가 봉래전에서 상서를 처음 보고 크게 기뻐하여,

"이는 하늘이 정해 준 난양의 배필이니 어찌 다른 생각이 있겠는가?"

하고 월왕에게 먼저 뜻을 통하게 하였던 것이다.

진채봉이 난양공주를 모시다.　그 때 천자가 별전에 있다가 상서의 글과 글씨를 잊지 못하여 다시 보고자 하여 태감(太監)*에게 명하여,

"즉시 거두어 들이라."

하였다. 궁녀들이 이미 그 글을 깊이 간수하였는데 한 궁녀는 상서가 글 쓴 부채를 들고 제 침실에 들어가 슬피 울었다. 이 궁녀의 성명은 진채봉이니 화음 땅 진어사의 딸이다. 진어사가 죽은 후에 궁의 노비가 되었는데 천자가 보고 사랑하여 후궁을 봉하려 하자, 황후가 그 재덕을 보고 자기 권리를 휘두를까 염려하여 말하였다.

"진낭자의 재주와 행실이 족히 후궁을 봉함직 하지만 제 아비를 죽이고 그 딸을 가까이 함이 옳지 아니한 듯합니다."

천자가 말하였다.

"옳다."

하고, 채봉을 불러,

"너를 황태후 궁중에 보내어 난양공주를 모시게 할 것이니 잘 모셔야 한다."

하고 진채봉에게 여중서 벼슬을 주어 궁중의 문서를 맡게 하고, 난양공주를 모시게 하였다. 난양공주도 진소저의 재주와 용모를 보고 사랑하여 잠시도 떠나지 못하게 하였다.

태감 : 원나라와 명나라 때의 환관.

하루는 황태후를 모시고 봉래전에 가 양상서의 글을 얻으니 상서는 채봉이 살아 있을 것을 확신하지 못하여 알아보지 못하였지만, 채봉은 알아보고 자연 슬픈 마음을 이기지 못하였다. 눈물을 머금고 남이 알까 두려워 부채만 들고 물러가 상서를 피하여 한 번 글을 읊으니 눈물이 일천 줄이었다. 진랑이 옛 일을 생각하여 상서의 글에 화답하여 그 부채에 썼는데, 갑자기 태감이 급히 와 양상서의 글을 다 들이라 하신다 하자, 채봉이 크게 놀라 말하였다.

"과연 다시 찾을 줄을 알지 못하고 그 글에 화답하여 그 부채에 썼는데, 황상께서 보시면 반드시 죄가 중할 것이니 차라리 자결하겠습니다."

하자 태감이 말하였다.

"황상이 인후하시니 반드시 죄 하지 아니하실 것이요, 내 또 힘써 구완할 터이니 염려 말고 갑시다."

채봉이 마지못하여 태감을 따라갔다.

태감이 모든 궁녀의 글을 차례로 드리자 황제가 글마다 보시다가 채봉의 부채에 쓴 글을 보시고 괴이히 여겨 물어 말하였다.

"양상서의 글에 누가 화답하였느냐?"

태감이 말하였다.

"진씨의 말을 들어 보니 '황상이 다시 찾으실 줄을 모르고 외람되게 화답하여 썼습니다' 하고 죽으려 하기에 소신이 못 죽게 하여 데려왔습니다."

천자가 말하였다.

"진씨에게 반드시 사정이 있도다. 어떤 사람을 보았기에 이 글이 이러한가? 그러나 재주가 아까우니 살려는 주겠다."

하고, 태감을 명하여 채봉을 불렀다. 그러자 채봉이 들어가 섬돌 아래에 엎드려 머리를 두드리며 말하였다.

"소첩이 죽을 죄를 지었사오니, 빨리 죽여 주십시오."

천자가 말하였다.

"네 속이지 말고 바로 아뢰라. 어떤 사람과 사정이 있느냐?"

채봉이 눈물을 흘리며 말하였다.

"황상께서 여쭈시니 어찌 속이겠습니까? 첩의 집이 망하지 아니하였을 때, 양상서가 과거를 보러 가다가 첩을 보고 「양류사」로 서로 화답하고 혼인을 언약하였는데, 이전에 봉래전에서 글을 지을 때 첩은 상서를 알아보았지만 상서는 첩을 알지 못해서 슬픈 마음을 이기지 못하여 우연히 화답하였으니, 첩의 죄는 백 번 죽어 마땅합니다."

천자가 말하였다.

"네가 「양류사」를 기억하겠느냐?"

채봉이 즉시 「양류사」를 써서 드리니, 천자가 보고 말하였다.

"너의 죄가 무거우나 네 재주가 기특하니 용서한다. 돌아가 난양을 정성으로 섬겨라."

하고 부채를 주었다.

양소유가 부마 되기를 거절하여 옥에 갇히다. 이 날 상이 황태후를 모셔 잔치를 하는데, 월왕이 양상서의 집에서 돌아와 정사도의 집에 납폐한 말을 전하니, 황태후가 크게 노하여 말하였다.

"양상서가 조정의 체면을 알 텐데 어찌 나라의 영을 거역하는가?"

다음 날 천자가 양소유를 불러 보고 말하였다.

"내 누이동생의 재질이 보통 사람과 달라 경이 아니면 가히 배필될 사람이 없어 월왕을 경의 집에 보냈소. 그런데 정사도의 집 말로써 경이 사양한다 하니 생각지 못한 바이다. 예로부터 부마를 정하면 얻은 아내라도 내보내기도 하였으니, 상서는 정씨 집안 여자와 아직 혼례를 올리지 않았으니 정소저가 자연히 시집갈 곳이 있을 것인데 무슨 해가 되겠는가?"

양상서가 머리를 조아리며 말하였다.

"소신은 먼 지방 사람으로 경성에 와 몸을 맡길 곳이 없어 정사도의 은혜를 입어 장인과 사위의 의리를 맺고 부부의 뜻을 정하였지만, 이제까지 혼례를 하지 못한 것은 국가의 일을 많이 맡아 어머니를 모셔오지 못하였기 때문이었는데, 이제 소신을 부마를 정하시면 정소저가 수절할 것이니 어찌 나라에 해롭지 아니하겠습니까?"

천자가 말하였다.

"경의 딱하고 가엾은 형편은 그러하나 혼례를 행치 아니하였으니 정가 여자가 무슨 수절을 하며, 또 황태후가 경의 재덕을 사랑하여 부마를 정하고자 하시니 경은 과히 사양치 말라. 혼인은 중대사이니 어찌 소소한 사정을 생각하겠는가. 짐과 바둑이나 두자."

하고 종일토록 바둑을 두다가 나오니, 정사도가 상서를 보고 눈물을 흘리며 말하였다.

"오늘 황태후께서 명을 내리시어 '양상서의 예물을 빨리 내어 주라. 아니면 큰 벌이 있을 것이다.' 라고 하시기에 춘랑을 시켜 이미 화원에 내어 보냈으니, 우리 집 앞 일이 걱정이다. 나는 겨우 부지하겠지만, 늙은 처는 병이 되어 정신을 차리지 못하니 이런 사정이 있는가?"

상서가 어안이 벙벙하여 말을 못하다가 한참 후에 말하였다.

"제가 상소하여 다투면 조정에서 의견이 분분할 것입니다."

사도가 말하였다.

"상서가 이제 상소하면 반드시 무거운 죄를 얻으려니와 천자의 명령을 받은 후에 화원에 있기 미안하니, 아무리 떠나기 서운하나 다른 데 거처를 정하는 것이 마땅하다."

상서가 대답하지 아니하고 화원으로 나가니, 춘운이 눈물을 흘리며 혼약 예물을 붙들고 말하였다.

"소저의 명으로 와 상서를 모신 지 오래인데 호사다마(好事多魔)하여 일이 이리 되어 소저의 혼사는 다시 바랄 것이 없으니 첩도 아주 이별하렵니다."

상서가 말하였다.

"내가 상소하여 힘써 다투겠지만 설사 허락하지 아니하신 데도 춘랑은 이미 내게 몸을 맡겼으니 어찌 나를 버리는가."

춘운이 말하였다.

"첩이 비록 민첩하지 못하나 여필종부의 뜻을 어이 모르겠습니까마는, 첩이 어려서 소저와 죽고 살며 남고 모자란 것을 함께 하자고 맹세하였으니, 오늘날 상서를 모시는 것도 소저의 명입니다. 소저가 평생토록 수절하면 첩이 어디를 가겠습니까?"

상서가 말하였다.

"소저는 동서남북의 뜻대로 가겠지만 춘랑이 소저를 좇아 다른 사람을 섬기면 여자의 정절이 있다고 할 수 있는가?"

춘운이 말하였다.

"상공은 우리 소저를 알지 못합니다. 소저가 정한 일이 있습니다. 부모 슬하에 있다가 백 년이 지난 후에 인연을 끊고 몸을 깨끗하게 하고 절에 몸을 맡겨 일생을 지키고자 하시니, 첩이 홀로 어디로 가겠습니까? 상서께서 춘운을 보고자 하시거든 예물을 소저의 방으로 보내십시오. 그렇게 하지 아니하시면 죽어 후세에서나 다시 뵙겠습니다. 부디 상공은 오랫동안 편안히 계십시오."
하고 문득 뜰에 내려와 두 번 절하고 안으로 들어갔다. 상서가 마음이 쓸쓸하여 길게 탄식만 하였다.

이 날 상서가 상소하니 그 글은 다음과 같았다.

한림학사 겸 예부상서 양소유는 머리를 조아려 절하며 황제 폐하께 아룁니다. 대개 인륜(人倫)*은 왕정의 근본이요, 혼인은 인륜의 대사(大事)여서 왕정을 잃으면 나라가 그릇되고 혼인을 삼가지 아니하면 가도(家道)*가 망하니, 어찌 혼인을 삼가 왕정(王政)*을 구하지 아니하겠습니까? 소신(小臣)이 바야흐

인륜 : 사람이 마땅히 지켜야 할 도리.
가도 : 집안의 도덕이나 규율.
왕정 : 임금이 친히 다스리는 조정.

로 정가 여자와 혼인을 정하여 납채하였는데, 천만 뜻밖에 부마로 봉코자 하시어 황태후의 명으로 이미 받은 납채를 내어 주라 하시니 이는 예로부터 듣지 못하던 바입니다. 원컨대 폐하는 왕정과 인륜을 살펴 정가와의 혼인을 하락하여 주십시오.

천자가 보고 태후에게 알리니, 태후가 크게 노하여,
"양상서를 감옥에 가두라!"
하자, 조정 대신들이 모두 이를 말렸으나 태후는 듣지 아니하였다.

양소유가 토번 정벌에 나가 심요연과 인연을 맺다. 이 때 토번(吐蕃) 오랑캐가 강성하여 중국을 얕보아 3만 병을 거느리고 와 변경 지방에 있는 고을을 노략하여 선봉(先鋒)이 이미 위교(渭橋)*에 왔다. 천자가 조정 대신을 불러 의논할 때, 다 아뢰어 말하였다.
"양상서가 전에도 군병을 죄하지 아니하고 세 진영을 정벌(征伐)하였으니 지금도 양상서가 아니면 당할 사람이 없을까 합니다."
천자가 말하였다.
"옳다."
하고, 즉시 들어가 태후에게 말하였다.
"조정에는 양소유가 아니면 도적을 당할 사람이 없다 하오니, 비록 죄가 있으나 국사를 먼저 생각하십시오."
태후가 허락하자, 즉시 사신을 보내어 양상서를 불러들여 의논하였다.
"도적이 급하여 경이 아니면 제어치 못할 것이니 어찌하면 좋은가?"
양상서가 대답하여 말하였다.
"신이 비록 재주가 없으나 수천 군사를 얻어 이 도적을 파하여 죽을 목숨을

위교 : 장안성 북쪽에 있는 다리.

구해 주신 은덕을 만분지 일이나 갚을까 합니다."

천자가 크게 기뻐하여 즉시 양상서를 대사마 대원수를 봉하고 3만 군을 주었다. 양상서가 이 날 천자에게 작별 인사를 하고 군병을 거느려 위교로 나가자, 선봉장이 달려들어 좌현왕을 사로잡으니, 적의 기세가 크게 꺾여 다 도망하였다. 그 뒤를 쫓아가 세 번 싸워 세 번 이기고 머리 3만과 좋은 말 8천을 얻었다. 이 소식을 전해 들은 천자가 크게 기뻐하며 양상서를 칭찬하였다.

양상서가 또 군중에서 상소하였다.

"도적을 비록 파하였으나 저들의 땅에 들어가 멸하고 돌아오겠습니다."

천자가 상소를 보시고 장하게 여겨 병부상서 대원수 벼슬을 내리고 보검(寶劍)과 붉은 활과 화살*, 천자가 두르던 띠를 내려 주었다. 또 흰소 꼬리로 만든 기와 황금으로 꾸민 크고 작은 도끼를 주며 삭방, 하동, 산남, 농서 지방의 병마를 다 데려다 쓰도록 하였다.

양상서가 택일하여 길을 떠날 때, 붉은 빛의 갓끈이 엄숙하고 위의가 씩씩하였다. 수일 사이에 오십여 개의 성을 항복 받고 적절산 아래에 군사를 머물게 하였는데, 갑자기 찬바람이 일어나며 까치가 진영 안에 들어와 울고 가기에 상서가 말 위에서 점을 치니 흉한 것이 먼저 나타나고 뒤이어 좋은 일이 발생할 괘(卦)*였다. 상서가 촛불을 밝히고 병서를 보는데 자정쯤 되어 촛불이 꺼지며 냉기가 사람을 놀라게 하였다. 문득 한 여자가 공중에서 내려와 양상서의 앞에 섰는데, 보니 손에 팔 척의 비수를 들고 있는데 얼굴이 눈빛 같았다. 상서가 자객인 줄 알고 안색을 바꾸지 않은 채 물어 말하였다.

"여자는 어떤 사람이기에 밤에 여기로 들어왔느냐?"

대답하여 말하였다.

"저는 토번국 군주 찬보의 명으로 상서의 머리를 베러 왔습니다."

붉은 활과 화살 : 단궁적전(丹弓赤箭). 옛날에 천자가 큰 공이 있는 제후에게 선물로 주었음.
괘 : 주역의 골자로서, 음양으로 나뉜 효(爻)를 세 개 또는 여섯 개씩 어울러 놓은 것. 어울러는 차례를 바꾸는 데 따라 3효가 어울러 8괘를 이루고, 6효가 어울러 64괘를 이룸.

양상서가 웃으며 말하였다.

"대장부가 어찌 죽기를 두려워하겠는가."

안색이 편안하자, 그 여자가 칼을 땅에 던지고 머리를 들어 말하였다.

"상서는 염려치 마십시오."

양상서가 붙들어 일으키고 물어 말하였다.

"그대가 나를 해치지 아니함은 어찌된 일인가?"

여자가 대답하여 말하였다.

"첩은 본디 양주 사람입니다. 부모를 일찍 여의고 한 도사를 따라 검술을 배웠는데, 첩의 성명은 심요연입니다. 진해월이와 김채홍이와 함께 배운 지 삼년 만에 바람을 타고 번개를 좇아 천 리를 가게 되었습니다. 선생이 혹 원수를 갚거나 사나운 사람을 죽이고자 하면 항상 해월과 채홍을 보내고 첩은 보내지 아니하여 첩이 이상히 여겨 물으니 선생이 말하였습니다. '어찌 네 재주가 부족하겠는가. 너는 인간 세상의 귀한 사람이다. 당나라의 양상서의 배필이 될 것이니 어찌 사람을 살해하겠는가?' 첩이 말하였습니다. '그러면 검술을 배워 무엇하겠습니까?' 선생이 말하였습니다. '양상서를 백만 군중에서 만나 연분을 맺을 것이다. 또 토번이 천하 자객을 모아 들여 양상서를 죽이려 하니 네 어서 나가 자객을 물리쳐 양상서를 구완하라' 하기에, 첩이 토번국에 와 모든 자객을 물리치고 왔으니 어찌 상공을 해하겠습니까?"

양상서가 이 말을 듣고 크게 기뻐하여 말하였다.

"낭자가 죽어가는 목숨을 살려 주고 또 몸을 허락하니 이 은혜를 어찌 갚겠는가. 낭자와 함께 백년 해로하겠다."

이 날 밤, 상서가 군영 장막 안에서 창검 빛으로 화촉을 대신하고 야경하는 징소리를 금슬 소리로 삼아 요연과 잠자리를 함께 하니, 복파(伏波) 장군의 군영 가운데 달빛이 뜰에 가득하고 옥문관(玉門關)* 밖에 봄빛이 가득하였다.

옥문관 : 감숙성에 있어서 서역으로 통하는 옛 관문 이름.

기분 좋은 흥취를 어이 헤아리겠는가.

요연이 문득 작별 인사를 하며,

"이곳은 여자가 있을 곳이 아니니 돌아가겠습니다."

하니, 양상서가 서운하여

"낭자는 세상 사람이 아니다. 도적을 물리칠 좋은 묘책을 가르쳐 주지 않고, 어찌 나를 버리고 급히 가느냐?"

물으니, 요연이 대답하였다.

"상공의 용맹으로 패한 도적을 치는 것은 손에 침 뱉기와 같이 쉬우니 무엇이 염려되십니까? 첩이 돌아가 선생을 모시고 있다가 상서께서 군사를 돌이켜 가신 후에 가 모시겠습니다."

양상서가 말하였다.

"그리하는 것이 좋기는 하겠으나 그대가 간 후에 다른 자객이 오면 어찌하리?"

"자객이 비록 많기는 하나 적수는 없으니 제가 상공께 귀순한 것을 알면 다른 사람은 감히 오지 못할 것입니다."

그리고 허리에서 묘아완이란 구슬을 꺼내어 상서에게 주며 말하였다.

"이것은 찬보의 상투에 매었던 구슬이니 사자를 시켜 찬보에게 보내어 제가 다시 돌아가지 않을 것임을 알게 하소서."

"이밖에 또 무슨 일러 줄 말이 있는가."

"반사곡(盤蛇谷)*에 가서 물이 없거든 샘을 파서 군사를 먹이고 돌아가십시오."

또 무슨 말을 묻고자 했는데, 요연이 공중으로 오르더니 온데간데 없었다. 양상서가 여러 장수를 불러 요연의 일과 말을 전하자 모두 축하하였다.

"장군께서 몹시 신통하시기에 천신이 와 도우신 것입니다."

반사곡 : 「삼국지연의」에 나오는 땅 이름. 뱀이 서린 모양의 골짜기란 뜻.

양소유가 용녀 백능파와 인연을 맺다. 양상서가 군사를 거느리고 돌아올 때, 한 곳에 이르니 길이 좁아 군대가 지나가기 어려웠다. 겨우 수백 리를 기어 나와, 한 들을 만나 군대를 머물게 하니 군사가 다 목이 말라 급하였다. 마침 못의 물을 보고 먹으니 일시에 몸이 푸르게 되고 말을 통치 못하여 죽어갔다. 양상서가 크게 놀라서 문득 심요연이 전해 준 '반사곡' 이라는 말을 생각하고, 즉시 샘을 팠지만 물이 나오지 않으니, 양상서가 염려하여 진을 옮기고자 하는데, 갑자기 북소리가 천지를 진동하며 산천이 다 응하니, 이는 적병이 험한 길을 막아 습격코자 한 것이었다.

여러 장수와 군사가 배고픔과 목마름이 심해 적병을 당할 뜻이 없었다. 양상서가 크게 민망해 하며 묘책을 생각하다가, 문득 잠이 들어 꿈을 꾸니 푸른 옷을 입은 여자아이가 앞에 와 섰는데, 그 얼굴을 보니 단정한 모습이 보통 사람은 아니었다.

양상서에게 말하였다.

"우리 낭자가 한 말씀을 상서께 아뢰고자 하오니, 상서는 잠깐 같이 가시지요."

양상서가 말하였다.

"너의 낭자는 어떤 사람이냐?"

대답하여 말하였다.

"우리 낭자는 동정용왕의 작은 딸이신데, 잠깐 화를 피하여 여기에 와 있습니다."

양상서가 말하였다.

"용녀는 용궁에 살고, 나는 세상 사람인데 어찌 가겠는가?"

여동이 말하였다.

"말을 진영문 밖에 매어 두었으니 그 말을 타시면 가실 수 있을 것입니다."

양상서가 여자아이를 따라 한참 들어가니 궁궐이며 장엄하고 찬란하였다. 여자아이가 여러 사람이 나와 상서를 맞아 백옥으로 꾸민 의자에 앉기를 권하였다. 양상서가 사양치 못하여 앉았더니 시녀 수십 명이 한 낭자를 모시고 중앙 대청 앞으로 나왔다. 신선 같은 아름다움과 빛나는 차림새가 세상에는 없는 것이었다.

시녀가 양상서에게 물었다.

"우리 낭자가 상서께 예로써 뵙고자 합니다."

양상서가 놀라 피하고자 하나 좌우 시녀가 붙잡으니 어쩔 수 없었다. 용녀가 예를 갖추어 절을 한 후에 양상서가 시녀에게 명하여,

"앞으로 모셔라."

하나 용녀가 사양하고 자리에 무릎을 꿇고 앉자 양상서가 말하였다.

"양소유는 인간 천하 사람이요, 낭자는 용궁 선녀인데 어이 이토록 과히 하십니까?"

용녀가 일어나 두 번 절하고 말하였다.

"첩은 동정 용왕의 작은 딸 능파(凌波)입니다. 제가 태어났을 때 부왕이 옥황상제께 아침 문안할 때, 장진인을 만나 첩의 팔자를 물어 보니 진인이 말하였습니다. '이 아기는 천상 선녀입니다. 죄를 짓고 용왕의 딸이 되었으나 인간 양상서의 첩이 돼 영화를 얻어 백년해로하다가 다시 불가에 돌아가 극락세계에서 천만 년을 지낼 것입니다.' 부왕이 이 말을 듣고 첩을 각별히 사랑하셨는데, 천만 뜻밖에 남해 용왕의 태자가 첩의 자색을 듣고 구혼하니, 우리 동정은 남해 소속이라 부왕이 거역하지 못하여 몸소 가서 장진인의 말로 변명하셨지만, 남해 왕이 요망타 하고 구혼을 더욱 급히 하였습니다. 그래 첩이 생각다 못해 피하여 이 물에 와 살고 있는데, 이 물의 이름은 백룡담입니다. 물빛과 맛을 변하게 하여 사람과 물상을 통치 못하게 하였습니다. 그러나 지금 양상서를 청하여 이 더러운 땅에 오시게 하여 신세를 부탁하니, 양상서의 근심은 첩의 근심이라 어찌 구완치 아니하겠습니까? 그 물 맛을 다시 달게 할 것이니 군사가 먹으면 자연 병이 나을 것입니다."

양상서가 말하였다.

"낭자의 말을 들으니 하늘이 정한 연분입니다. 낭자와 잠자리를 같이함이 어떠합니까?"

용녀가 말하였다.

"첩의 몸을 이미 상서께 허락하였으나 부모께 고하지 아니하였으니 옳지 않고, 또 남해 태자가 수만 군을 거느리고 첩을 얻고자 하니 그 우환이 상서께 미칠 것이요, 첩이 몸의 비늘을 벗지 못하였으니 귀인의 몸을 더럽힘이 옳지 않습니다."

양상서가 말하였다.

"낭자의 말씀이 아름다우나 낭자의 부왕이 나를 기다리니 알리지 아니하여도 부끄럽지 아니하고, 몸에 비늘이 있으나 신선의 연분을 정하였으면 관계치 아니하며, 내 백만 군병을 거느렸으니 남해의 태자를 어찌 두려워하겠소."

하고, 용녀를 이끌고 잠자리에 드니 그 즐거움은 꿈도 아니요, 인간 세상보다 백 배나 더하였다.

날이 새지 않았는데 북소리가 급히 들리거늘, 용녀가 잠을 깨어 일어나 앉으니 궁녀가 들어와 급히 알렸다.

"지금 남해 태자가 무수한 군병을 거느리고 와 산 아래에 진을 치고 양상서와 사생을 다투고자 합니다."

양상서가 크게 웃으며 말하였다.

"미친 사람이 나를 어찌 하겠는가."

하고 일어나 보니, 남해 군병이 백룡담을 여러 겹으로 에워싸고 함성 소리가 천지에 진동하였다.

남해 태자가 외치며 말하였다.

"네 어떤 것이기에 남의 혼사를 방해하느냐? 너와 사생을 결단하겠다."

하니, 상서가 크게 웃으며 말하였다.

"동정 용녀는 나와 부부의 인연이 있어 하늘과 귀신이 다 아는 일인데, 너 같은 버러지가 감히 하늘의 명을 거스르느냐?"

하고 깃발로 지휘하여 백만 군병을 몰아 싸우자, 천만 용궁의 백성이 다 패하였다. 원참군 별주부와 잉어제독을 한 칼에 베고 남해 태자를 사로잡아 죄를 묻고 놓아 주었다.

이 때 용녀가 음식을 장만하여 군대를 축하하고 천 석 술과 천 필 소로 군사를 먹이며 양원수가 용녀와 함께 앉았는데, 한참 후에 동남쪽에서 붉은 옷을 입은 사자(使者)가 공중에서 내려와 상서에게 말하였다.

"동정 용왕이 상서의 공덕을 치하코자 하였지만, 맡은 일을 떠나지 못하여 지금 응벽전에서 잔치를 베풀고 상서를 청하십니다."

양상서가 용녀와 수레 위에 오르니 바람이 수레를 몰아 공중으로 날아가더니, 한참 후에 동정호 용궁에 이르자 용왕이 멀리 나와 맞아 들어가 장인과 사위의 예를 베풀고 잔치할 때, 용왕이 잔을 잡고 양상서에게 감사해 하며,

"과인이 덕이 없어 한 딸을 두고 남에게 곤란한 일이 많았는데, 양원수의 위엄과 덕망으로 근심을 없애니 어찌 즐겁지 아니하겠소."
말하니, 양상서가 말하였다.

"다 대왕의 신령하심인데 무슨 사례를 하십니까?"
양상서가 술에 취하여 작별 인사로,

"궁중에 일이 많으니 오래 머물지 못하겠습니다. 부디 낭자와 훗날 기약을 잊지 마십시오."
하고, 용왕과 함께 궁문 밖에 나오니, 문득 산이 하나 보이는데 다섯 봉우리가 구름 속에 우뚝 솟아 있고, 붉은 안개가 사방에 둘러져 있고 층암절벽이 하늘에 이어진 듯하였다. 그러자 양상서가 용왕에게 물었다.

"저 산은 무슨 산입니까?"
용왕이 말하였다.

"저 산의 이름은 남악산이라 하는데 산천이 아름답고 경치가 거룩합니다."
양상서가 말하였다.

"어찌해야 저 산에 올라 구경할 수 있겠습니까?"

용왕이 말하였다.

"날이 저물지 아니하였으니 올라 구경하여도 늦지 않을 것입니다."

양상서가 즉시 수레를 타니 벌써 연화봉에 이르렀다. 죽장을 짚고 수많은 봉우리와 계곡을 차례로 구경하여 말하였다.

"슬프다. 이런 아름다운 경치를 버리고 전쟁의 북새통에 골몰하니 언제야 공을 이루고 물러가 이런 산천을 찾을까?"

하더니, 갑자기 경쇠 소리가 들리거늘 상서가 찾아 올라가니 한 절이 있는데 법당이 아주 맑고 깨끗하고 중이 다 신선 같았다. 한 노승이 있는데 눈썹이 길고 골격은 푸르고 정신이 맑으니 그 나이는 헤아리지 못하였다. 문득 양상서를 보고 모든 제자를 거느리고 당에 내려와 예를 표하고 말하였다.

"깊은 산중에 있는 중이 귀먹어 대원수의 행차를 알지 못하여 산문 밖에 나가 대령치 못하였으니, 청컨대 상공은 허물하지 마십시오. 또 이번은 대원수가 아주 오신 길이 아니오니 어서 법당에 올라 예불하고 가십시오."

양상서가 즉시 불전에 가 향을 피우고 두 번 절하고 계단에 내려올 때 발을 헛디뎌 잠을 깨니 몸이 진영에 앉아 있었다. 점점 날이 밝자 양상서가 여러 장수를 불러 말하였다.

"공들도 꿈을 꾸었는가?"

여러 장수가 말하였다.

"소인들도 다 꿈을 꾸었습니다. 장군을 모시고 신병귀졸(神兵鬼卒)과 크게 싸워 장수를 사로잡아 뵈오니 이는 좋은 징조인가 합니다."

양상서도 꿈의 일을 역력히 말하고 여러 장수를 모시고 물가에 가 보니, 부서진 비늘이 땅에 깔리고 피가 흘러 물이 붉었다. 양상서가 그 물을 맛보니 과연 달거늘 군사와 말을 먹이니 병에 즉시 효험이 있었다. 적병이 이 말을 듣고 크게 놀라 즉시 항복하였다. 양상서가 명령하여 전쟁에 이겼다는 첩서(捷書)*

첩서 : 보고서.

를 올리자 천자가 크게 기뻐하였다.

태후가 양소유의 혼인을 정하다. 하루는 천자가 황태후에게 아뢰어 말하였다.

"양상서의 공은 세상의 으뜸이니 군사를 돌린 후에 즉시 승상을 봉하겠지만, 난양의 혼사를 양상서가 마음을 바꾸어 허락하면 좋거니와 만일 고집하면 공신(功臣)을 말하지 못할 것이요, 혼인을 우격다짐 못 할 것이니 어찌하면 좋겠습니까? 매우 민망합니다."

태후가 말하였다.

"양상서가 돌아오지 않았으니 정사도의 딸에게 다른 혼인을 급히 하게 하면 어떠한가?"

이에 천자가 대답지 아니하고 나가니, 난양공주가 태후에게 말하였다.

"낭랑은 어찌 이런 말씀을 하십니까? 정가의 혼사는 제 집 일인데 어찌 조정에서 권하겠습니까?"

태후가 말하였다.

"내가 벌써 너와 의논하고자 하였다. 양상서는 풍채와 문장이 세상에 으뜸일 뿐 아니라, 통소 한 곡조로 네 연분을 정하였으니 어찌 이 사람을 버리고 다른 데서 구하겠느냐. 양상서가 돌아오면 먼저 네 혼사를 지내고 정사도 여자로 첩을 삼게 하면, 양상서가 사양할 바가 없을 텐데 네 뜻을 알지 못하여 염려스럽구나."

공주가 대답하여 말하였다.

"소저가 일생 질투심을 알지 못하니 어찌 정가 여자를 꺼리겠습니까? 다만 양상서가 처음에 납폐하였다가 다시 첩을 삼으면 예가 아니요, 또 정사도는 여러 대에 걸친 재상의 집입니다. 그 여자로 남의 첩이 되게 함이 어찌 원통치 아니하겠습니까?"

태후가 말하였다.

"네 뜻이 그러하면 어찌하면 좋겠느냐?"

공주가 말하였다.

"들으니 제후에게는 세 부인이 가하다 합니다. 양상서가 성공하고 돌아오면 후왕으로 봉할 것이니, 두 부인 취함이 어찌 마땅치 아니하겠습니까?*"

태후가 말하였다.

"안 된다. 사람이 귀천이 없다면 관계치 아니하겠지마는 너는 선왕(先王)의 귀한 딸이요, 지금 임금의 사랑하는 누이다. 어찌 여염집 천한 사람과 함께 섬기겠느냐?"

공주가 말하였다.

"선비가 어질면 황제도 벗한다 하니 관계치 아니하며, 또 정사도의 딸은 자색과 덕행이 옛 사람이라도 미치기 어렵다 합니다. 그것이 소녀에게는 오히려 다행입니다. 아무튼 그 여자를 친히 보아 들던 말과 같으면 몸을 굽혀 섞임이 가하고, 그렇지 아니하면 첩을 삼거나 마음대로 하십시오."

태후가 말하였다.

"여자의 투기는 예로부터 있는데 너는 어찌 이토록 인자하고 후덕한가? 내가 내일 정씨 딸을 부르겠다."

공주가 말하였다.

"아무리 낭랑의 명이 있어도 아프다고 핑계하면 부질없고, 더구나 재상가의 여자를 어찌 불러들이겠습니까? 소녀가 직접 가 보겠습니다."

이 때 정소저가 부모를 위하여 태연한 체 하지만 모습이 초췌하였다.

하루는 한 여자아이가 비단 족자를 팔러 왔는데, 춘운이 보니 꽃밭 속에 공작이 수놓여 있었다.*

춘운이 족자를 가지고 들어가 정소저에게 알렸다.

<hr>

들으니 제후에게는 세 부인이 ~ 어찌 마땅치 아니하겠습니까 : 남자의 관직에 따라 세 명의 부인이나 두 명의 부인을 취할 수 있다는 것을 미루어 일부다처가 당연한 사회라는 것을 알 수 있고, 성공한 사대부들의 전형적인 모습이라고 할 수도 있다.

하루는 한 여자아이가 ~ 공작이 수놓여 있었다 : 족자에 수를 놓은 사람이 범상한 인물이 아님을 이야기하고 있다.

"이 족자는 어떠합니까?"

정소저가 보고 놀라 말하였다.

"어떤 사람이 이런 재주가 있는가? 세상 사람이 아니다."

하고 춘운을 명하여,

"이 족자는 어디서 났으며, 만든 사람이 어떤 사람이냐?"

여자아이가 말하였다.

"우리 소저의 재주인데, 우리 소저가 객중에 계셔 급히 쓸 곳이 있어 팔러 왔으니 값의 많고 적음을 보지 아니합니다."

춘운이 말하였다.

"너의 소저는 뉘집 낭자이며, 무슨 일로 객중에 머무느냐?"

여자아이가 말하였다.

"우리 소저는 이통판(李通判)의 누이입니다. 이통판이 절동 땅에 벼슬 갈 때, 부인과 소저를 모시고 가는데 소저가 병이 들어 가지 못하여 연지촌 사삼 랑의 집에 처소를 정하여 계십니다."

정소저가 그 족자를 많은 값을 주고 사 중당에 걸어 두고 춘운에게,

"이 족자의 임자를 시비를 보내어 얼굴이나 보고 싶구나."

하고 즉시 시비를 보냈다.

시비가 돌아와 알렸다.

"억만 장안을 다 보았지만 우리 소저 같은 사람은 없었는데, 과연 이 소저는 우리 소저와 같았습니다."

춘운이 말하였다.

"그 족자를 보니 재주는 아름다우나 어찌 우리 소저 같은 사람이 있겠느냐? 네가 잘못 보았다."

하루는 연지* 파는 사삼낭이 와서 부인과 정소저에게 말하였다.

연지 : 잇꽃의 꽃잎에서 뽑아낸 붉은 물감으로 여자의 얼굴 화장에 많이 썼음.

"소인의 집에 이통판 댁 낭자가 거처하고 있는데, 소저의 재덕을 듣고 한 번 뵙고자 청합니다."

부인이 말하였다.

"내 그 낭자를 보고자 하였지만 청하기 미안하여 못 하였는데, 그대 말을 들으니 어찌 기쁘지 아니하겠는가?"

다음 날 이소저가 흰 옥으로 꾸민 가마를 타고 시비를 데리고 왔다. 정소저가 나와 맞아 침실에 들어가 서로 대하여 앉으니, 월궁(月宮)의 선녀가 요지연에 들어간 듯 그 광채가 비할 데 없었다.

정소저가 말하였다.

"마침 시비에게 들으니 그대가 가까이 와 계시다 하나, 나는 팔자가 기박하여 인사를 사절하였기 때문에 가 뵈옵지 못하였는데, 그대가 이런 더러운 곳에 오시니 매우 감사합니다."

이소저가 말하였다.

"나는 본디 초야에 묻힌 사람입니다. 아버지를 일찍 여의고 어머니를 의지하여 배운 일이 없어 마침 소저의 아름다운 행실을 듣고 한 번 모시어 가르치시는 말씀을 듣고자 했는데, 더러운 몸을 버리지 아니하시니 평생 소원을 푼 듯합니다. 또 들으니 댁에 춘운이 있다 하오니 볼 수 있겠습니까?"

정소저가 즉시 시비에게 명하여 춘운을 불렀다. 춘운이 들어와 예의바르게 인사하자 이소저가 일어나 맞아들였다.

이소저가 춘운을 보고 감탄하여 말하였다.

'들던 말과 같구나, 정소저가 저러하고 춘운이 또 이러하니 양상서가 어찌 부마가 되려고 하겠는가?'

이소저가 일어나 부인과 정소저에게 작별 인사를 하며,

"날이 저물었으니 물러가지만 거처한 곳이 멀지 아니하나, 언제 다시 뵐 날이 있을지 모르겠습니다."

하고 정소저가 계단 아래로 내려와 절하고,

"나는 얼굴을 내놓고 나다니지 못하기에 은혜에 보답하지 못하오니 허물치 마십시오."

하고, 서로 이별하였다.

정소저가 춘운에게 말하였다.

"이소저의 자태와 용모가 이렇듯 아름다운데도, 같은 땅에 있으면서 우리가 일찍이 듣지 못하였으니 이상하도다."

춘운이 말하였다.

"첩은 의심컨대 화음 진어사의 딸이 상서와 「양류사」를 화답하여 혼인을 언약하였다가 그 집이 난리를 만난 후에 진씨가 아무 데도 간 줄을 모른다 하는데, 반드시 성명을 바꾸고 소저를 쫓아 연분을 잇고자 함인가 합니다."

정소저가 말하였다.

"나도 진씨 말을 들었지만 그 집이 난리를 만난 후에 진씨는 궁궐의 시비가 되었으니 어찌 오겠는가? 나는 의심컨대 난양공주가 덕행과 재색이 세상에 으뜸이라 하니 그러한가 한다."

다음 날 또 시비를 보내어 이소저를 청하여 춘운이 함께 앉아 종일토록 문장을 의논하였다.

하루는 이소저가 와서 부인과 정소저에게 작별 인사를 하며 말하였다.

"내 병이 잠깐 나아 내일은 절강으로 가는 배를 얻어 가게 되었습니다."

이 말을 듣고 정소저가 말하였다.

"더러운 몸을 버리지 아니하시고 자주 부르시니 즐거운 마음을 이기지 못하였는데 버리고 돌아가시니 떠나는 정회를 어이 헤아리겠습니까?"

이소저가 말하였다.

"한 말씀을 정소저께 아뢰고자 하나 좇지 아니하실까 염려됩니다."

이 말을 듣고 정소저가 물었다.

"무슨 말씀이십니까?"

"늙은 어미를 위하여 남해 관음보살의 얼굴과 모습을 그린 그림을 수놓았는데 문장 명필을 얻어 제목을 쓰고자 합니다. 소저가 찬문(贊文)*을 지어 제목을 써 주시면 한편으로는 아쉬운 마음을 위로하고, 한편으로는 우리 서로 잊지 못할 정표나 해 주십시오. 소저가 허락하지 아니하실까 염려하여 족자를 가져오지 않았으나 거처하는 곳이 멀지 아니하니 잠깐 생각해 주십시오."

하는 이소저의 말에 정소저가 청하였다.

"비록 문필은 없으나 그렇게 말씀하시니 어찌 따르지 아니하겠습니까? 날이 저물기를 기다려 가셨으면 합니다."

이소저가 크게 기뻐하여 일어나 절하고 말하였다.

"날이 저물면 글쓰기가 어려울 것이니 내가 타고 온 가마가 비록 더러우나 함께 가셨으면 합니다."

정소저가 허락하니 이소저가 일어나 부인에게 작별 인사를 하고 춘운의 손을 잡고 이별한 후에 정소저와 함께 흰 옥으로 꾸민 가마를 타고 갈 때, 정소저의 시녀 여러 사람이 따라갔다.

정소저가 이소저의 침실에 들어가니 패물과 음식이 다 보통과 달리 이상하였다. 이소저가 족자도 내놓지 아니하고 문필도 청하지 아니하자 정소자가 민망하여 말하였다.

"날이 저물어 가는데 관음화상은 어디에 있습니까? 절하여 뵙고자 합니다."

이 말을 미처 마치지 못하여 말을 타고 달리는 군사들의 소리가 떠들썩하게 들리면서 붉고 푸른 수많은 깃발이 사면을 에워쌌다. 정소저가 크게 놀라 피하려 하자 이소저가 말하였다.

"소저는 놀라지 마십시오. 나는 난양공주로 이름은 소화입니다. 태후 낭랑의 명으로 소저를 모셔 가려합니다."

정소저가 이 말을 듣고 땅에 내려 두 번 절하여 말하였다.

"여염집 천한 사람이 지식이 없어 귀한 공주를 알아 뵙지 못하고 예의 없이

찬문 : 아름다움을 칭찬하는 문체의 한 가지로, 서화 등에 글제로 쓰는 시나 노래 등을 말함.

하였으니 죽어도 아깝지 아니합니다."

난양공주가 말하였다.

"그런 말씀은 차차 하겠지만 태후 낭랑께서 지금 난간에 의지해 기다리시니, 부디 소저는 함께 가십시다."

정소저가 말하였다.

"귀한 공주께서 먼저 들어가시면 첩이 돌아가 부모께 고하고 이후에 따라 들어가겠습니다."

공주가 말하였다.

"태후가 소저를 보시고자 하여 어명을 내리신 것이니 사양치 마십시오."

정소저가 말하였다.

"첩은 본디 천한 사람입니다. 어찌 귀한 공주와 가마를 함께 타겠습니까?"

공주가 말하였다.

"여상은 어부였지만 문왕과 한 수레에 탔고, 후영은 문지기였지만 신능군의 고삐를 잡았습니다. 더구나 소저는 재상가 처녀인데 어찌 사양하겠습니까?"

하고 손을 이끌어 가마를 타고 갔다.

난양공주가 소저를 궁궐 문 밖에 세우고 궁녀에게 명하여 호위케 한 후, 공주가 들어가 태후에게 문안 인사를 올리고 정소저의 재주와 미모, 덕행을 알렸다.

태후가 감탄하여 말하였다.

"그러하다면 양상서가 부마를 어찌 사양치 아니하겠는가?"

하고 궁녀에게 명하여 말하였다.

"정소저는 대신의 딸이요, 양상서의 납채를 받았으니 조복 한 벌을 입고 들어오라."

궁녀가 의복함을 가져와 정소저께 고하자 소저가 말하였다.

"첩은 천한 몸이니 어찌 이런 옷을 입겠습니까."

태후가 듣고 더욱 기특히 여겨 불러 들어가니, 궁중 사람이 다 감탄하여 말하였다.

"천하 일색이 우리 공주님뿐인가 하였는데 또 이소저가 있는 줄을 어이 알았겠는가?"

정소저가 예를 마치자 태후가 명하여 자리를 주고 말하였다.

"양상서는 일대 호걸이요, 만고 영웅이다. 부마를 정하려고 하였는데 너의 집이 납채를 먼저 받았다기에 억지로 빼앗지 못하여 난양의 지휘로 너를 데려 왔거니와, 내 일찍이 두 딸이 있다가 한 딸이 죽은 후에 난양만 두고 외롭게 여겼는데, 네 자색과 덕행이 족히 난양과 형제 될 만하구나. 너를 양녀로 정하여 난양이 너를 잊지 못하는 정을 표하고자 한다."

정소저가 말하였다.

"첩이 여염집 천인으로 어찌 난양공주님과 형제가 되겠습니까? 복을 잃을까 두렵습니다."

태후가 말하였다.

"내가 이미 정하였으니 무슨 사양하느냐? 또 네 글 재주가 용타하니 글 한 구를 지어 나를 위로하라. 옛날 조자건(曹子健)*은 「칠보시(七步詩)」를 지었으니, 너도 그렇게 할 수 있겠느냐? 재주를 보고자 한다."

정소저가 대답하여 말하였다.

"소저가 글은 잘 못하지만 낭랑의 명을 어찌 거스르겠습니까?"

난양공주가 말하였다.

"정씨를 혼자 시키기 미안하니 소녀가 함께 짓겠습니다."

태후가 크게 기뻐하여 필먹을 갖추고 궁녀를 명해 앞에 세우고 글의 제목을 낼 때, 이 때는 춘삼월이다. 복숭아꽃이 많이 핀 가운데서 까치가 짖자, 그것으로 글제를 내니 각각 붓을 잡고 써 드렸는데, 궁녀가 겨우 다섯 걸음을 옮겼을 뿐이었다.

조자건 : 일곱 걸음 안에 글을 지은 사람. 조식(曹植)을 가리킴.

태후가 다 보시고 칭찬하여 말하였다.

"내 두 딸은 이태백과 조자건이라도 미치지 못할 것이다."

이 때 천자가 태후께 낮 문안을 왔다. 태후가 난양공주에게 경패를 데리고 잠깐 곁방으로 피하라 하고 천자에게 말하였다.

"내 난양의 혼사를 위하여 정소저를 데려다가 내 양녀를 삼아 함께 양상서를 섬기고자 하니 어떠하오?"

천자가 말하였다.

"낭랑의 훌륭한 덕은 고금에 없습니다."

태후가 정소저를 불러,

"황상께 알현하라."

하자, 정소저가 즉시 들어와 뵈니 천자가 여중서(女中書) 진채봉을 명하여 비단과 필먹을 가져오라 하여, 친필로 '정씨를 영양공주로 봉한다' 하고 차례를 형으로 하니 영양공주가 땅에 엎드려 말하였다.

"첩은 본디 미천한 사람인데 어찌 난양의 언니가 되겠습니까?"

난양공주가 말하였다.

"영양은 재주와 덕이 나보다 위니 어찌 사양하십니까?"

천자가 태후께 여쭈었다.

"두 누이의 혼사를 이미 결단하셨으니 여중서 진채봉을 생각하십시오. 진채봉은 본디 조관(朝官)의 자식입니다. 그의 집이 비록 망하였으나 그 재주와 심덕이 기특하고 또 양상서와 언약이 있었다 하니, 공주 혼사에서 시녀로 삼았으면 합니다."

태후가 즉시 채봉을 불러 말하였다.

"너를 양상서의 첩으로 정하니 두 공주의 희작시(喜鵲詩)*를 짓게 하였도다. 이제 너도 돌아갈 곳을 얻었으니 한 수 지을 수 있겠느냐."

희작시 : 까치에 대해 노래한 시. 여기서 희작은 까치를 가리키는 말.

진씨가 즉시 글을 지어 올리니,

까치가 울며 궁궐을 둘러싸니 어여쁜 복숭아꽃 위에 봄바람이 일도다.
편안히 깃들여 남으로 날아가지 않으리라. 셋 다섯 별이 드문드문 동녘에 있
도다.

태후와 천자가 함께 그 뜻과 필법이 기특하여 칭찬해 마지않았다.

양소유가 공주와 결혼하다. 양상서가 돌아온다는 소문이 경성에 들
어오자, 천자가 친히 위교에 나와 상서의 손을 잡고 말하였다.
"만 리 밖에 가 역적들을 깨끗이 쓸어버린 공을 어찌 갚겠는가?"
하고, 바로 그 날 대승상 위국공(魏國公)*을 봉하고, 식읍(食邑)* 삼만 호와 황
금 일만 근, 백금 십만 근, 촉나라 비단 십만 필, 준마 일천 필을 내려 주고, 이
밖에 상으로 준 여러 진기한 보배는 이루 다 기록할 수 없다. 상서가 은혜에
감사하여 깊이 절하자, 천자는 큰 잔치를 열어 군신이 함께 즐기고 상서의 초
상을 기린각에 그려놓게 하였다.
승상이 공손히 절하고 물러나와 정사도 집에 가자 정사도 일가가 다 사랑채
에 모여 승상을 위로할 때, 양승상이 사도 부처의 안부를 물으니 정십삼이 말
하였다.
"누이의 죽음을 당한 후에 항상 눈물로 지내시기에 나와서 승상을 맞이하지
못하니, 승상은 들어가 뵙되 아프게 하는 말씀은 하지 마십시오."
승상이 이 말을 듣고 질색하여 말을 못하다가 한참 후에 말하였다.
"소저가 죽었단 말이오?"
하고 눈물을 흘리니, 정생이 말하였다.

위국공 : 위나라의 제후.
식읍 : 나라에서 공신에게 내려 주어 거두어들인 조세를 받아 쓰게 한 고을.

"승상과 혼인을 정하였다가 불행하여 이렇게 되니 어찌 우리 집 가문의 운수가 쇠한 것이 아니겠습니까? 승상은 슬퍼 마십시오."

승상이 눈물을 씻고 정생을 데리고 들어가 사도 부처께 뵈니 사도 부처가 별로 서러워하는 빛이 없었다.

승상이 말하였다.

"저는 나라의 명으로 만리 타국에 가 성공하고 돌아와 전생연분을 맺을까 하였는데, 하늘이 그르게 여기시어 소저가 인간 세상을 이별하였다 하오니 소자의 불행입니다."

사도가 말하였다.

"사람의 생사는 하늘에 달려 있으니 어찌 하겠나? 오늘은 승상의 즐길 날이니 어찌 슬퍼하는가?"

정생이 승상에게 눈짓을 해 일어나 화원에 들어가니 춘운이 반겨 내달아 뵈자, 승상이 춘운을 보고 소저를 생각하여 눈물을 금치 못하였다.

춘운이 위로하여 말하였다.

"승상께서는 과히 슬퍼 마시고 첩의 말을 들으십시오. 소저는 본디 천상에서 귀양왔는데 하늘에 올라갈 때, 첩에게 이르되 '양상서가 납채를 도로 내어 주었으니 부당한 사람이다. 혹 내 무덤이나 내 제사를 지내는 대청에 들어와 조문(弔問)*하면 나를 욕하는 일이니 아무리 죽은 혼령인들 어찌 노하지 아니 하겠는가?' 하였습니다."

승상이 말하였다.

"또 무슨 말을 하던가?"

춘운이 말하였다.

"상서께서 춘운을 사랑하시라고 전하였습니다."

승상이 말하였다.

조문 : (남의 죽음에 대하여) 슬퍼하는 것을 드러내고 상주(喪主)를 위문함.

"소저가 이르지 아니한들 어찌 너를 버리겠는가."

하루는 천자가 승상을 이끌어 보시고 말하였다.

"승상이 부마를 사양하였지만 이제 정소저가 이미 죽었으니 또 무슨 말로 사양하겠는가?"

승상이 두 번 절하고 말하였다.

"정녀가 죽었으니 어찌 항거하겠습니까만 소신의 문벌이 미천하고 재덕이 천하고 비루하오니 당치 못할까 합니다."

천자가 크게 기뻐하여 태사(太史)*를 불러 좋은 날을 선택하니 구월 보름이었다.

천자가 승상에게 말하였다.

"경의 혼사를 확실히 결정치 못하였기에 미처 이르지 못하였는데, 짐에게 과연 두 누이가 있으니 하나는 영양공주요, 하나는 난양공주이다. 영양공주는 정부인을 정하고, 난양공주는 둘째 부인을 정하여 한 날에 혼사를 행할 것이다."

구월 보름을 당하여 혼례를 궐문 밖에서 행할 때, 승상이 비단으로 만든 도포와 옥으로 된 띠를 하고 두 공주와 예를 이루니 그 위엄 있는 거동은 다 헤아리지 못할 바였다.

이 날 밤은 영양공주와 함께 지내고, 다음 날은 난양공주와 지내고, 또 다음 날에는 진씨 방으로 갔는데, 진씨가 승상을 보고 슬픔을 이기지 못하여 눈물을 흘리자 승상이 말하였다.

"오늘은 즐거운 날인데 낭자는 무슨 일로 눈물을 흘리는가?"

진씨가 말하였다.

"승상이 첩을 알아보지 못하시니 반드시 잊으신 것 같습니다. 그래서 자연 슬퍼하는 것입니다."

태사 : 옛날 중국에서 기록을 맡아보던 관리. 사관(史官).

승상이 자세히 보고 나아가 손을 잡고 말하였다.

"낭자가 화음 진씨인 줄을 알겠군. 낭자가 벌써 죽은 줄 알았는데 오늘 궁중에서 볼 줄 어찌 알았겠는가? 낭자의 집이 참화를 본 일은 차마 말하지 못하겠군. 주막에서 난리를 만나 이별한 후에 어느 날인들 생각지 아니하였겠는가."

하며 승상과 진씨가 「양류사」를 서로 마주 앉아 읊으니, 한편으로는 반갑고 한편으로는 슬펐다.

승상이 말하였다.

"내 처음에 배필을 기약하였다가 오늘날 첩을 삼으니 어찌 부끄럽지 아니하겠는가."

진씨가 대답하여 말하였다.

"처음에 유모를 보낼 때 첩 되기를 원하였으니 무슨 원통함이 있겠습니까?"

하고, 서로 즐기는 정이 두 날 밤보다 백 배나 더하였다.

그 다음 날 두 공주가 승상께 술을 권하다가 영양공주가 시비를 불러 진씨를 청하니 승상이 그 소리를 듣고 마음이 자연 감동하여 갑자기 생각하였다.

'내 일찍이 정소저와 거문고 한 곡조를 의논할 때, 그 소리와 얼굴을 익히 듣고 보았는데 오늘 영양공주를 보니 얼굴과 말소리가 매우 같구나. 나는 두 공주와 함께 즐겨하는데 슬프다, 정소저의 외로운 혼은 어디에 가 의탁하였을까?'

영양공주를 거듭 보고 눈물을 머금고 말하지 아니하자, 영양공주가 잔을 놓고 물어 말하였다.

"승상이 무슨 일로 마음을 슬퍼하십니까?"

승상이 말하였다.

"내 일찍이 정사도의 딸을 보았는데 공주의 얼굴과 소리가 매우 같아 자연 감동하여 그러합니다."

영양공주가 말을 듣고 낯빛이 변하고 일어나 안으로 들어가자 승상이 부끄러워하며 난양공주에게 알렸다.

"영양은 내 말을 그릇되다 여깁니까?"

난양공주가 말하였다.

"영양공주는 태후의 딸이요, 천자의 누이입니다. 뜻이 교만하고 건방져 한 번 그릇되게 여기면 마음을 좇지 아니합니다. 아까 상공께서 마마를 정소저에게 비기시니 이 일로 편치 않아 하는가 싶습니다."

승상이 즉시 진씨를 불러 영양공주에게 용서를 빌며 말하였다.

"마침 술을 과히 먹고 망발을 하였으니, 공주는 나무라지 마십시오."

진씨가 즉시 돌아와 승상에게 전하였다.

"공주가 하시는 말씀이 있었지만 첩이 차마 아뢰지 못하겠습니다."

승상이 말하였다.

"공주의 말씀이 비록 과하나 진씨의 죄가 아니니 전해 보라."

진씨가 말하였다.

"공주가 막 화를 내시며 이르시되, '나는 황태후의 딸이요, 정녀는 여염집 천인입니다. 제 얼굴만 자랑하고 평생 보지 못하던 상공과 반나절을 함께 거문고를 가지고 이야기를 나누니 행실이 아름답지 못하고, 또 혼인이 시기를 놓쳐 이루어지지 못하게 된 것에 심술이 나서 청춘에 죽었으니 복도 좋지 못한 사람입니다. 옛날 추호(秋胡)*라는 사람이 뽕 따는 여자와 즐길 때 그 아내가 듣고 말하기를, '내 아무리 어질지 못하나 나를 생각한다면 어찌 뽕나무 가운데서 기생들과 즐길 수 있겠는가' 하고 물에 빠져 죽었으니, 낸들 무슨 면목으로 상공을 대하겠습니까? 나를 죽은 정씨에게 비하고 행실 없는 사람을 생각하니 내 그런 사람 섬기기를 원치 않습니다. 난양은 성질이 양순하고 인정이 많으니 승상을 모셔 백년해로 하십시오' 하였습니다."

승상이 이 말을 듣고 크게 화를 내며,

"천하의 형세만 믿고 가장을 업신여기기는 영양공주 같은 사람이 없다. 예

추호 : 중국 노나라 사람으로 아내를 맞은 지 5일 만에 진나라에 가서 벼슬을 하다가 5년 만에 돌아왔는데, 길가에서 뽕 따는 미녀에게 황금으로 환심을 사려다가 거절당하고 집에 돌아와 보니 뽕 따던 미녀는 곧 그의 아내였다. 아내는 남편의 행실을 부끄러워하여 물에 빠져 죽었다는 고사.

로부터 부마 되기를 싫어한 것은 이렇기 때문이다."

하고는 난양공주에게 말하였다.

"과연 정소저를 만나본 것에 곡절이 있습니다. 영양이 행실 없는 사람으로 책망하니 어찌 애닲지 아니하겠습니까?"

난양이 말하였다.

"첩이 들어가 알아듣도록 잘 타이르겠습니다."

하고, 즉시 돌아가 날이 저물도록 나오지 아니하고 시비를 시켜 승상께 전갈하여 말하였다.

"백 번 알아 듣도록 잘 타일렀지만 도무지 듣지 아니합니다. 첩은 영양과 생사고락(生死苦樂)을 함께 하기로 했습니다. 영양이 깊은 방에서 혼자 늙기를 결단하니 첩도 상공을 모시지 못하겠습니다. 부디 진씨와 함께 백년을 해로하십시오."

승상이 이 말을 듣고 분을 이기지 못하여 빈 방에 촛불만 대하고 앉았는데, 진씨가 금으로 만든 화로에 향을 피우고 승상에게 알렸다.

"첩은 군자를 곁에서 모시지 못하기에 첩도 들어가니 승상은 평안히 쉬십시오."

하고 나가자, 승상이 더욱 분하여 잠을 이루지 못하여,

'저희가 작당하고 가장을 이토록 조롱하니 세상에 이런 고약한 일이 어디에 있는가. 차라리 정사도 집 화원에서 낮이면 정십삼과 술이나 먹고, 밤이면 춘운과 희롱함만 같지 못하다. 부마된 삼 일 만에 이토록 곤핍하니 어찌 분하지 아니한가?'

하고 창을 여니, 이 때 달빛은 뜰에 가득하고 은하수가 비껴 있었다. 잠깐 일어나 신을 신고 배회하는데, 문득 바라보니 영양공주의 방에 등촉이 휘황하고 웃음소리가 자자하기에 승상이 생각하기를,

"밤이 깊었는데 어떤 궁인이 이제까지 아니 자는가? 영양이 나에게 화가 나서 들어가더니 침실에 있는가?"

하여, 가만히 들어가 창 밖에서 엿들으니 두 공주가 재미 삼아 쌍륙(雙六)* 치는 소리가 분명히 들렸다. 승상이 창틀로 보니 진씨가 한 여자와 함께 두 공주 앞에서 쌍륙을 치는데 자세히 보니 춘운이었다.

대개 춘운이 공주를 위하여 경치 구경을 하고 궁중에 머물렀지만, 나타나지 않은 까닭에 승상이 알지 못하였다. 승상이 춘운을 보자 마음에 이상히 여겨 '어찌 왔을까?' 하는데, 문득 진씨가 쌍륙을 다시 벌이고 말하였다.

"춘랑과 내기를 하겠습니다."

춘운이 말하였다.

"첩은 본디 가난하여 내기하면 술 한 잔뿐이거니와, 진숙인은 귀한 공주를 모셔 명주 비단을 흔한 삼베 같이 여기고 산해진미를 변변치 못한 음식처럼 여기니 무엇을 내기하려고 하십니까?"

진씨가 말하였다.

"내가 지면 보물과 패물을 끌러 춘랑을 주고, 춘랑이 지면 내가 청하는 일을 하거라."

춘운이 말하였다.

"무슨 일을 청하십니까?"

진씨가 말하였다.

"내 잠깐 말씀을 들으니 춘랑이 '신선도 되고 귀신도 된다' 하니, 그 말을 자세히 듣고자 하오."

춘운이 쌍륙판을 밀치고 영양공주를 향하여,

"소저가 평소 저를 사랑하시면서 어찌 이런 말씀을 공주께 하십니까? 진숙인이 들었으니 궁중에 귀 있는 사람이 누가 아니 들었겠습니까?"

진씨가 말하였다.

"춘랑이 어찌 우리 공주께 소저라 하는가? 공주는 대승상 위국공 부인이시

쌍륙 : 두 사람 또는 두 편이 15개씩 말을 가지고 2개의 주사위를 굴려 사위대로 판 위에 말을 써서 먼저 나가면 이기는 놀이.

오. 비록 나이는 어리나 작위가 이미 높으신데 어찌 춘랑자의 소저이겠는가?"

춘운이 웃으며 말하였다.

"십 년 넘게 부르던 입을 고치기 어렵습니다. 꽃을 다투어 희롱하던 일이 어제인 듯해서 그러했습니다."

하고 서로 웃음소리가 낭랑하였다.

"춘랑의 말을 다 듣지 못하였지만 승상이 과연 춘랑에게 그토록 속았습니까?"

영양공주가 말하였다.

"승상이 겁내는 거동을 보고자 하였는데 승상이 사리에 어둡고 완고하여 귀신을 꺼릴 줄 알지 못하니, 예로부터 여자를 좋아하는 사람을 여자에 굶주렸다고 하더니, 과연 승상 같은 사람을 가리키는 말입니다."

하고, 모두 크게 웃었다.

승상이 비로소 영양공주가 정소저인 줄을 알고 한편으로 반가워 문을 열고 급히 보고자 하다가, 갑자기 생각하니,

'제가 나를 속이니 나도 또한 속이리라.'

하고 가만히 진씨의 방으로 돌아와 누웠는데 하늘이 이미 새었다.

양소유가 진채봉을 알아보다. 진씨가 나와 창 밖에 서서 승상이 일어나기를 기다리다가, 승상이 신음하는 소리가 때때로 들리자 들어가 물었다.

"승상께서 편안히 주무셨습니까?"

승상이 대답하지 아니하고 눈을 바로 떠보며 헛소리를 많이 하자 진씨가 물었다.

"승상은 무슨 헛소리를 이리 하십니까?"

승상이 두 손을 내어 두르며 말하였다.

"너는 어떤 사람이냐?"

진씨가 놀래어 나아가 승상의 머리를 만져보니 심히 더웠다.

진씨가 걱정이 되어,

"승상 병환이 하룻밤 사이에 어찌 이토록 중하십니까?"

하니 승상이 말하였다.

"내 꿈에 정씨와 함께 밤새도록 말했더니 내 기운이 이러하다."

진씨가 다시 물으나 승상이 대답지 아니하고 몸을 돌이켜 눕자, 진씨가 민망하여 시녀를 명하여 두 공주에게 보고하였다.

"승상의 병환이 중하여 빨리 나와 보십시오."

영양공주가 말하였다.

"어제 술을 먹은 사람이 무슨 병이겠는가. 우리를 나오게 함일 뿐이다."

진씨가 바삐 들어가 태후께 고하였다.

"승상의 병환이 중하니 사람을 알아보지 못하니 황상께 아뢰어 의원을 불러 치료하게 하십시오."

태후가 이 말을 듣고 두 공주를 불러 꾸짖어 말하였다.

"너희는 부질없이 승상을 지나치게 놀렸구나. 병이 중하다면 어찌 빨리 나가 보지 아니하느냐? 급히 나가 병이 중하거든 의원을 불러 치료하게 하라."

두 공주가 마지못하여 승상의 침소에 나와 영양공주는 밖에 서고 난양과 진씨가 먼저 들어가니, 승상이 난양공주를 보고 두 손을 내어 두르며 눈을 굴려 사람을 알아보지 못하고 목 안으로 소리쳐 말하였다.

"내 명이 다하여 영양과 영결하고자 하는데 영양은 어디에 가고 아니 오는가?"

난양공주가 말하였다.

"승상은 어찌 그런 말씀을 하십니까?"

승상이 말하였다.

"오늘밤 정씨가 와 나에게 이르기를, '상공은 어찌 약속을 저버리십니까?' 하며 술을 주어 먹었더니 말을 못하겠고 눈을 감으면 내 품에 눕고 눈을 뜨면 내 앞에 서니, 정씨가 나를 원망함이 깊은 모양인데 내 어찌 살 수 있겠는가?"

하고, 벽을 향하여 헛소리를 무수히 하고 기절하는 듯하자, 난양공주가 승상의 증세를 보고 몹시 겁을 먹고 나와서 영양공주에게 말하였다.

"승상이 정소저를 보고자 하여 병이 되었으니, 정소저가 아니면 구하지 못할 것입니다. 급히 정소저를 불러오십시오."

영양공주가 오히려 의심하였지만, 난양공주가 영양공주의 손을 잡아 함께 들어가니 승상이 헛소리를 하는데 모두 정씨에 대한 말이었다.

난양공주가 크게 소리하여 말하였다.

"영양이 왔으니 눈을 들어 보십시오."

승상이 잠깐 머리를 들어 손을 내어 일어나고자 하자, 진씨가 나아가 몸을 붙들어 일으켜 앉히니 승상이 두 공주에게 말하였다.

"내 두 공주와 백년해로 하려 하였는데 지금 나를 잡아가려 하는 사람이 있으니, 나는 세상에 오래 머물지 못할 것 같습니다."

영양공주가 말하였다.

"상공은 어떤 재상이시기에 저런 허황된 말씀을 하십니까? 정씨가 비록 남은 혼이 있다한들 궁중이 깊숙하고 그윽하며 천만 귀신이 지키고 보호하는데 어찌 감히 들어오겠습니까?"

승상이 말하였다.

"정씨가 지금 내 앞에 앉았는데 어찌 '들어오지 못하리라' 하십니까?"

난양공주가 말하였다.

"옛 사람이 술잔의 활 그림자를 보고 병이 들어 죽었다더니 승상이 또 그러하십니다."

승상이 대답하지 아니하고 두 손만 내어 두르자, 영양공주가 승상의 병세가 좋지 않음을 보고 다시 속이지 못하여 나아가 앉아 말하였다.

"승상이 죽은 정씨를 이렇듯 생각하니 산 정씨를 보면 어떠하시겠습니까? 첩이 과연 정씨입니다."

승상이 말하였다.

"부인은 어찌 그런 말씀을 하십니까? 정씨의 혼이 지금 내 앞에 앉아 나를 황천에 데려가 전생의 연분을 맺자 하고 잠시도 머물지 못하게 하니 산 정씨가 어디에 있겠소? 불과 내 병을 위로코자 하여 산 정씨라 하지만 진실로 허망합니다."

난양공주가 나앉으며 말하였다.

"승상은 의심치 마십시오. 과연 태후 낭랑이 정씨를 양녀로 삼아 영양공주를 봉하여 첩과 함께 상서를 섬기게 하였으니, 오늘의 영양공주는 전일 거문고 희롱하던 정소저입니다. 그렇지 않으면 어찌 얼굴과 말소리가 심히 같겠습니까?"

승상이 대답하지 아니하고 가만히 소리내어 말하였다.

"내가 정씨 집안에 있을 때 정소저에게 시비 춘운이 있었는데, 한 가지 묻고자 합니다."

난양공주가 말하였다.

"춘운이 영양을 뵈러 궁중에 왔다가 승상의 몸이 평안치 아니하심을 보고 밖에 대령하였습니다."

하고 즉시 춘운을 부르니 춘운이 들어와 앉으며 말하였다.

"승상께서는 몸이 어떠하십니까?"

승상이 말하였다.

"춘운 혼자만 있고 다른 사람은 다 나가시오."

두 공주와 진숙인이 나와 난간에 나와 앉았는데, 승상이 즉시 일어나 세수하고 의관을 정제해 춘운으로 하여금 '데려오라' 하니 춘운이 웃음을 머금고 또 나와 전하자 다 들어갔다. 승상이 옷을 차려 입고, 자리에 비스듬히 앉았는데, 전혀 병든 기색이 없었다.

"가까이 앉으시오."

영양공주가 들어온 줄을 알고 웃음을 머금고 머리를 숙이고 앉았다.

난양공주가 말하였다.

"상공께서 몸이 지금 어떠하십니까?"

승상이 정색하고 말하였다.

"요새는 풍속이 좋지 못하여 부인이 작당하고 가장을 놀리니, 내가 비록 어질지 못하나 대신의 위치에 있어 문란해진 풍속을 바로잡을 일을 생각하여 병이 들었는데, 이제는 나았으니 염려 마십시오."

영양공주가 말하였다.

"그 일은 첩들이 알지 못하거니와 승상의 병환이 쾌치 못하면 태후께 여쭈어 명의를 불러 고치고자 합니다."

승상은 사실 '정소저가 죽었는가?' 하였는데, 이 날 밤에 소저가 살아 있음을 알고 기뻤으나, 자신을 속인 것이 서운하여 이렇듯 거짓으로 앓아 누운 것이었으나 결국 승상은 참지 못하고 크게 웃으며 말하였다.

"이제 부인을 지하에 가서 상봉할까 하였는데, 오늘 일은 진실로 꿈인가 봅니다."

하며 손을 잡으니 원앙새가 초목 사이의 푸른 물을 만난 듯, 나비가 붉은 꽃을 본 듯 그 사랑함을 이루 헤아리지 못할 정도였다.

영양공주가 일어나 절하고 말하였다.

"이는 태후께서 어지시기 때문이며 황상 폐하의 성덕과 난양공주의 덕이오니, 그 은덕은 죽어도 갚지 못할까 합니다. 어찌 입으로 다 말씀드릴 수 있겠습니까?"

하고 그 동안의 일을 다 이야기하는데, 세상에서 듣지 못한 이야기였다.

난양공주가 웃으며 말하였다.

"영양은 마음이 고와서 하늘이 감동하신 것이니 첩이 무슨 관계가 있겠습니까?"

한편 태후가 이 이야기를 듣고 크게 웃으며,

"내가 또한 속았구나."

하고 즉시 승상을 불러 물었다.

"승상이 죽은 정씨와 함께 끊어진 연분을 다시 맺으니 어떠하신가?"

승상이 땅에 엎드려 말하였다.

"성은이 망극한데 만분지 일이나 다 갚지 못하올까 합니다."

태후가 말하였다.

"내가 놀린 것이 무슨 은혜라 하겠는가?"

이 날 천자가 신하들의 문안을 받는데, 신하들이 아뢰었다.

"요즘이 진실로 태평성대인가 합니다."

천자가 겸손하게 그 공을 신하들에게 돌리자 여러 신하가 또 말하였다.

"양소유가 요사이 태후마마의 부마가 되어 퉁소로 봉황을 길들이느라 오래 도록 오지 않으니, 조정의 일이 많이 쌓였습니다."

천자가 크게 웃으며 대답하였다.

"태후마마가 매일 불러 보시니 나갈 수 없었던 것이라. 이제 내어 보내시 리라."

양소유가 어머니를 모셔 오다. 하루는 승상이 대부인을 모시고자 하여 상소를 할 때, 그 말이 정성스럽고 간절하여 천자가 보고,

"양소유는 극진한 효자이다."

하고 황금과 비단, 그리고 옥으로 꾸민 가마를 내어 주며 말하였다.

"즉시 가서 대부인을 위하여 잔치하고 모셔 오라."

이에 승상이 황태후에게 작별 인사를 하려고 하니, 태후가 비단으로 장식된 신을 주었다. 승상이 물러 나와 두 공주와 진씨, 춘랑을 이별하고 발행하여 낙 양에 다다르니, 계섬월과 적경홍이 벌써 나와 기다리고 있었다.

승상이 웃으며 말하였다.

"내 이 길은 황명이 아니요, 사사로운 용무로 가는데 두 낭자는 어찌 알고 왔는가?"

대답하여 말하였다.

"대승상 위국공이자 부마의 행차를 깊은 산골이라도 다 아는데, 첩들이 아 무리 산림에 숨었은들 어찌 모르겠습니까. 또한 승상의 부귀는 천하의 으뜸이

라 첩들도 즐겁거니와 소문에 두 공주를 부인 삼으셨다 하니 알지 못하겠습니다. 첩들을 받아들이시겠습니까?"

승상이 말하였다.

"한 분은 황상 폐하의 누이요, 또 한 분은 정사도의 소저이다. 황태후가 양녀를 삼아 영양공주를 봉하였으니 계량이 정한 바이다. 무슨 질투심이 있겠는가. 두 공주가 다 덕이 있으니, 두 낭자의 복이다."

섬월과 경홍이 크게 기뻐하였다.

승상이 발걸음을 옮겨 고향에 이르렀다.

양소유와 월왕이 잔치를 벌이며 즐기다. 승상이 십육 세에 어머니께 이별하고 과거에 갔다가 다시 사 년 사이에 대승상 위국공이 된 위엄을 갖추고 대부인께 돌아가 뵈니, 부인 유씨가 손을 잡고 등을 어루만지며 말하였다.

"네가 진실로 내 아들 양소유냐? 근근히 너를 기를 때 이리 될 줄 어찌 알았겠느냐?"

하고, 반가운 마음을 헤아리지 못하여 손을 잡고서 눈물을 흘렸다.

승상이 조상의 무덤을 깨끗이 한 후 제사지내고 임금께 받은 금과 비단으로 대부인을 위하여 친구와 일가 친척을 다 청하여 큰 잔치를 베풀고 대부인을 모셔 경성으로 올라갈 때, 각 도의 수령이며 여러 고을의 태수들이 다 따라나왔다.

황성에 이르러 대부인을 모셔 승상부에 모시고 들어가 황제와 태후를 뵈니 황제가 불러 만나보고 금과 비단을 상으로 많이 내렸다. 택일하여 임금께서 내려준 새 집에 모시고 두 공주와 진숙인, 가유인을 다 예의바르게 뵙고 모든 신하들을 청하여 삼 일 동안 잔치할 때, 궁실 거처의 휘황함과 풍악 음식의 찬란함은 세상에 비할 데 없었다.

그 때 한참 후에 문지기가 물었다.

"문 밖에서 두 여자가 승상과 대부인 뵙기를 청합니다."

승상이 말하였다.

"분명 계섬월과 적경홍이다."

하고, 대부인에게 묻고 부르자, 섬월과 경홍이 머리를 숙여 계단 아래에 서 뵈니 진실로 절대 가인이어서 모든 손님들이 다 칭찬해 마지않았다. 진숙인이 섬월과 옛정이 있기에 서로 만나 슬픔과 기쁨을 이기지 못하였다.

영양공주가 섬월을 불러 술 한 잔을 주어 말하였다.

"이것으로 나를 천거한 공에 감사하오."

대부인이 말하였다.

"너희는 섬월에게만 사례하고 두연사의 공은 생각지 아니하느냐?"

승상이 말하였다.

"오늘날 이렇게 즐기는 것은 다 두연사의 덕이다."

하고, 즉시 사람을 자청관에 보내어 두연사는 찾았으나 그는 이미 촉나라에 들어가고 없었다.

이로부터 승상부 기생 팔백 명을 동부와 서부를 만들어, 동부 사백은 섬월이 가르치고, 서부 사백 인은 경홍이 가르치니 춤과 노래가 날로 새로워, 비록 배우들이고 해도 이에 미치지 못할 정도였다.

양소유가 월왕과 잔치를 벌이다. 하루는 공주와 여러 낭자가 대부인을 모셔 앉았는데, 승상이 한 편지를 들고 들어와 난양공주에게 주며 말하였다.

"이는 월왕의 편지니 보십시오."

난양공주가 펴 보니 다음과 같았다.

"지난번 국가에 일이 많아 이제껏 경치를 즐기며 놀지 못하였는데, 지금 황제의 넓으신 덕과 승상의 공명을 힘입어 천하태평하였으니, 승상과 함께 봄빛을 구경코자 합니다."

난양공주가 승상에게 말하였다.

"월왕의 뜻을 아시겠습니까?"

승상이 말하였다.

"봄빛을 잠깐 즐기려는 것 아닙니까?"

난양공주가 말하였다.

"월왕의 뜻이 본디 풍류를 좋아하여 무창의 이름난 기생 만옥연을 얻어 두고, 승상 궁중에서 보았던 미인들과 한 번 다투어 보고자 하는 것입니다."

영양공주가 말하였다.

"그렇다면 아무리 노는 일이라도 어찌 남에게 질 수야 있겠습니까?"

하고 계섬월과 적경홍을 쳐다보며 말하였다.

"군병을 십 년 가르치기는 한 번 싸움의 승패를 위한 것이니, 이 날 승부는 다 두 낭자에게 있다. 부디 힘써 하라."

섬월이 말하였다.

"월궁의 풍류는 일국의 으뜸이요, 만옥연은 천하의 절색입니다. 첩의 얼굴과 음율이 다 부족하니 누를 끼치게 될까 두렵습니다."

경홍이 이 말을 듣고 큰 소리로 말하였다.

"섬랑, 우리 두 사람이 관동 칠십 여 주를 돌아다녔지만 당할 사람이 없었는데, 만옥연 한 사람을 두려워하는가?"

섬월이 말하였다.

"홍랑은 어찌 이처럼 자신하는가?"

하고 승상에게 말하였다.

"'교만한 사람과 하는 일은 반드시 잘못된다'고 하는데, 홍랑의 말이 과하니 패배할 것 같습니다. 또 홍랑의 얼굴이 아리따우면 승상이 어찌 남자로 속으셨겠습니까?"

영양공주가 말하였다.

"홍랑의 얼굴이 부족한 것이 아니라 승상의 눈이 밝지 못한 것이지요."

승상이 크게 웃으며 말하였다.

"부인도 눈이 있으면 어이 남자인 줄을 모르셨습니까?"

모든 사람들이 크게 웃었다.

이럭저럭 월왕과 모이는 날이 되자, 승상이 의복과 안장 없은 말을 각별히 가다듬어 모양을 내고 계섬월과 적경홍 등 팔백 명의 기생을 거느려 좌우에 모시게 하니, 진실로 춘삼월 복숭아꽃 속이었다. 월왕이 또한 풍류를 성대히 갖추고 승상을 맞아 서로 자리를 정한 후에, 승상과 월왕이 말도 자랑하고 활 쏘는 법도 시험하여 서로 칭찬하는데 문득 심부름꾼이 아뢰었다.

"내시가 어명을 모셔 왔습니다."

월왕과 승상이 놀라 일어나 맞이하니, 내시가 천자가 내려 준 황봉주(黃封酒)를 부어 권하며 말하였다.

"글제를 받들어 글을 지으라 하셨습니다."

월왕과 승상이 머리를 조아려 절하고 각각 시를 지어 보냈다.

이 때 여러 빈객은 차례대로 쭉 벌여 앉았고 좋은 술과 맛난 안주를 한꺼번에 올리니, 위엄이 찬란하고 음식이 난만하였다. 각각 풍류와 온갖 노래는 서왕모의 요지연과 한무제의 백량대라도 미치지 못하였다.

월왕이 승상에게 말하였다.

"승상께 조그마한 정성을 아뢰고자 하니, 소첩 등을 불러 춤과 노래로 승상을 즐겁게 하고자 합니다."

승상이 말하였다.

"제가 감히 대왕의 궁인과 상대하겠습니까? 저 또한 시첩(侍妾)*을 시켜 재주를 아뢰어 대왕의 흥을 돕고자 합니다."

이에 계섬월과 적경홍과 월궁의 네 미인이 나와 뵈니 승상이 말하였다.

"옛날 현종 황제 때 궁중에 부운이라는 한 미인이 있었습니다. 이태백이 그 미인을 보고자 황제께 청하였지만 겨우 말소리만 듣고 얼굴을 보지 못하였는

시첩 : 귀인이나 벼슬아치를 곁에서 모시고 있는 첩(소실).

데, 저는 대왕의 네 선녀를 보니 하늘의 신선인가 하거니와 저 미인의 이름은 무엇이라 합니까?"

월왕이 말하였다.

"저 미인은 금릉의 두운선이요, 진류의 소채아요, 무창의 만옥연이요, 장안의 호영영입니다."

승상이 말하였다.

"만옥연의 이름을 들은 지 오래 되었는데, 그 얼굴을 보니 과연 소문과 같습니다."

월왕이 또 섬월의 성명을 들은 바 있어 물어 말하였다.

"이 두 낭자를 어디서 얻으셨습니까?"

승상이 말하였다.

"제가 과거 보러 오는 날에 마침 낙양 땅에서 섬월은 제 스스로 좇아왔고, 경홍은 연나라를 치러갈 때 한단 땅에서 스스로 좇아왔습니다."

월왕이 손뼉 치고 크게 웃으며 말하였다.

"승상이 한림을 띠고 황금인을 차고 도적을 쳐 승전하고 돌아오니 적낭자가 알아보기는 쉬웠겠지만, 계낭자는 승상이 곤궁할 때 부귀할 줄을 알았으니 기특하구나."

하고 술을 가득 부어 섬월에게 상으로 주었다.

승상과 월왕이 장막 밖의 무사들이 활 쏘고 말 달리는 것을 보고 있다가 월왕이 말하였다.

"미인이 말 타고 활 쏘는 모습은 볼 만합니다. 내 궁녀 수십 명을 가르쳤는데, 승상에게도 그런 미인이 있습니까? 각각 뽑아서 함께 활 쏴 꿩과 토끼를 사냥하며 한 즐거움을 맛보십시다."

승상이 크게 기뻐하여 즉시 수십 인을 뽑아 월궁녀와 승부를 다툴 때, 경홍이 물었다.

"비록 활을 잡아보지는 아니하였으나 남이 활 쏘는 것을 익히 보았으니 잠깐 시험코자 합니다."

승상이 기뻐하며 즉시 차고 있던 활을 끌러 주었다.

경홍이 여러 미인에게 말하였다.

"비록 맞추지 못하여도 웃지 말라."

하고 말에 올라 채찍질을 하는데 마침 꿩이 날자 쏴 말 아래 떨어뜨리니, 승상과 월왕이 다 놀라고 월궁 미인이 모두 탄복하며 말하였다.

"우리는 십 년 헛공부를 하였다."

그러자 계섬월과 적경홍이 말하였다.

"우리 두 사람이 월왕의 미인들에게 첫 자리를 사양하는 것은 아니지만 외로워 안타깝구나."

심요연과 백능파가 찾아오다. 이 때 문득 바라보니 두 미인이 수레를 타고 장막 밖에 와 물었다.

"양승상의 첩입니다."

하고 수레에서 내려왔다. 자세히 보니 그 중 하나는 심요연이요, 또 하나는 완연히 꿈 속에서 보던 동정 용녀였다.

이들이 승상에게 절하며 인사하니 승상이 월왕을 가리켜 말하였다.

"이 분은 월왕 전하시다."

두 사람이 예로써 알현하였다.

두 사람이 계섬월, 적경홍과 함께 앉아 있는데 승상이 월왕에게 말하였다.

"저 두 사람은 내가 토번을 정벌할 때 얻었지만 미처 데려오지 못하였는데, 오늘 이 성대한 모임을 듣고 온 듯합니다."

왕이 그 두 사람을 보니 재주와 용모가 섬월과 같았지만 고고한 태도와 뛰어난 기운은 더하였다. 왕이 기이히 여기고 월궁의 미인들도 다 얼굴빛이 바뀌었다.

왕이 물었다.

"두 낭자는 어디 사람이며 성명은 누구냐?"

하나가 말하였다.

"첩은 심요연입니다."

또 하나는 말하였다.

"백능파입니다."

왕이 말하였다.

"두 낭자에게 무슨 재주가 있느냐?"

요연이 말하였다.

"변방 밖 사람이라 음악 소리를 듣지 못하였으니 대왕께서 즐기실 바는 없지만, 칼춤은 좀 배웠습니다."

월왕이 크게 기뻐하여 승상에게 말하였다.

"현종 조에 공손대랑이 칼춤으로 유명하였지만 후세에 전해지지 않아 항상 두보의 글만 읊고 쾌히 보지 못함을 한탄하였는데, 낭자가 능히 하면 즐거울 일이다."

그러자 승상이 칼을 끌러 주었다.

요연이 한 곡조를 추는데, 몸과 칼을 자유자재로 움직이며 신기한 솜씨를 보이자 왕이 놀라 정신을 잃었다가 한참 후에 말하였다.

"세상 사람이야 어찌 저럴 수 있겠는가, 낭자는 진실로 신선이구나."

또 능파에게 물으니 대답하여 말하였다.

"첩은 상강 가에 살기에 항상 비파 타는 노래를 때때로 익혔는데 귀한 분께서도 들을 만하실 것입니다."

왕이 말하였다.

"상비(湘妃)*의 비파 소리를 옛 사람의 시구를 통해서나 알 수 있었을 뿐이다. 낭자가 능히 하면 좋겠도다. 어서 타라."

상비 : 호남성 북쪽의 동정호로 흘러간다는 상수의 여신을 말함. 이들은 원래 중국 순임금의 두 왕비 아황과 여영으로, 순임금이 창오에서 죽자 상수에 빠져 죽어 상수의 신이 되었다고 함.

능파가 한 곡조를 타니 맑은 노래와 신통한 재주가 사람을 슬프게 하고 조화를 아는 듯하였다.

왕이 기이히 여겨 말하였다.

"진실로 인간이 연주하는 곡조가 아니다. 정말로 선녀구나."

날이 저물어 잔치를 끝나고 나니 춤과 노래에 감탄하여 상금으로 내린 금과 비단이 헤아리지 못할 정도였다. 승상과 월왕이 각각 풍류를 여러 가지로 갖추어 성문에 들어오니 장안 사람이 모두 구경하는데, 백 세 노인도 감탄하며 말하였다.

"현종 황제가 화청궁(華淸宮)*에 가실 때 위엄이 이와 같았는데 오늘 또다시 보는구나."

이 때 두 공주가 진씨 집안의 두 낭자를 데리고 대부인을 모셔 승상이 돌아오기를 밤낮으로 기다렸다.

날이 저물어 승상이 당에 오르자 좌우가 다 놀랐다. 심요연과 백능파 두 사람을 대부인과 두 공주께 뵈니 부인이 말하였다.

"전일 승상이 두 낭자의 공로를 칭찬하여 일찍 보고자 하였는데 어찌 이리 늦었느냐?"

요연과 능파가 말하였다.

"첩 등은 먼 지방의 천인입니다. 비록 승상의 한 번 돌아보신 은혜를 입었으나 두 부인께서 한 자리 땅을 허락하지 않으실까 두려워 감히 오지 못하였습니다. 서울에 들어와 두 공주께서 관저와 규목의 덕이 있으심을 듣고 이제야 나아와 뵙고자 했는데, 마침 승상께서 성대히 노신다는 것을 듣고 외람되게 참여하고 돌아오니 첩 등의 영광스러운 행운인가 합니다."

공주가 웃으며 말하였다.

"우리 궁중에 봄빛이 한창인 것은 다 우리 형제의 공이니 승상은 아십니까?"

화청궁 : 중국 섬서성 여산에 있는 당나라의 궁전.

승상이 크게 웃으며 말하였다.

"저 두 사람이 새로 와 공주의 위풍이 두려워 아첨하는 말을 공주는 공을 삼고자 합니까?"

모두가 크게 웃었다.

진가의 두 낭자가 섬월에게 물어 말하였다.

"오늘 승부는 어떠했는가?"

경홍이 말하였다.

"섬랑이 내 큰 소리를 비웃었는데 내 한 마디로 월궁 미인들의 기운을 꺾었으니 섬랑에게 물으시면 아실 것입니다."

섬랑이 말하였다.

"홍랑의 말 타고 활 쏘는 재주는 절묘하다 할 것이지만, 저 월궁 미인의 기운을 꺾은 것은 다 새로 온 두 낭자의 자색과 재주 때문입니다."

그 이튿날 승상이 천자를 뵐 때, 태후가 승상과 월왕을 보니 두 공주는 벌써 들어가 모시고 있었다.

태후가 월왕에게 말하였다.

"어제 승상과 춘색을 다투었다 하더니 승부는 어떠했는가?"

월왕이 말하였다.

"승상의 복은 보통 사람과 같을 바가 아닙니다. 다만 공주에게도 복이 되겠습니까? 원컨대 낭랑은 이 말씀으로 승상을 심문하십시오."

승상이 말하였다.

"월왕이 신에게 졌단 말은 이태백이 최호의 시를 겁내는 것과 같습니다. 공주에게 복이 되고 아니 됨은 공주에게 물으십시오."

공주가 대답하여 말하였다.

"부부는 한 몸이니 모든 인생사가 어찌 다르겠습니까?"

월왕이 말하였다.

"누이의 말이 비록 좋으나 자고로 부마 중에 누가 승상같이 방탕하였겠습니까? 부디 승상을 벌하여 주십시오."

태후가 크게 웃고 술 한 잔으로 벌하였다. 승상이 크게 취하여 돌아올 때, 두 공주도 함께 왔다. 이에 대부인이 물었다.

"어찌 오늘은 이렇게 취하였는가?"

승상이 말하였다.

"공주의 오라비인 월왕이 태후께 고자질하여 소자의 죄를 지어내었는데 마침 말씀을 잘 드려 한 말 술로 벌을 받았습니다. 소자가 만일 주량이 약했으면 거의 죽을 뻔하였으니, 대개 월왕이야 낙원에서 진 일을 설욕하려 한 일이겠지만, 난양공주도 내가 첩이 많음을 시기하여 그 오라비와 함께 나를 모함하였으니, 어머니께서는 소자 대신 한 잔 술로 난양공주를 벌하여 주십시오."

대부인이 크게 웃으며 말하였다.

"공주가 비록 술을 먹지 못하나 취객을 위하여 마다하지는 못할 것이다."

대부인이 난양공주에게 말하고 시녀를 시켜 난양공주에게 벌주 잔을 보냈다. 난양공주가 받아 마시려 하자 승상이 의심하여 잔을 빼앗아 맛보려 하므로 난양공주가 급히 바닥에 쏟아 버렸다. 승상이 잔 바닥에 남은 술을 찍어 맛보니 설탕물이었다. 승상이 시녀에게 좋을 술을 가져오도록 하여 손수 한 잔 가득 부어 난양공주에게 보냈다. 난양공주가 마지못하여 받아 마시자 승상이 대부인에게 다시 말하였다.

"태후께서 저를 벌하신 것이 난양의 계교이기는 하지만 영양도 간여함이 없지 않고, 또 제가 태후 앞에서 머리를 조아려 사죄하는 모습을 보고 난양과 함께 서로 눈을 주며 웃었으니 그 마음을 측량하지 못하겠습니다. 영양도 벌하소서."

대부인이 웃으며 또 한 잔을 영양공주에게 보내자 영양공주가 자리에서 일어나 받아 마시고 잔을 돌려 주었다. 대부인이 다시 말하였다.

"태후마마께서 소유를 벌하신 것은 첩들이 있기 때문이다. 이로 인하여 부인이 둘씩이나 벌주를 마셨으니 첩들이 어찌 편안하겠오. 경홍·섬월·요연·능파에게도 모두 한 잔씩 벌주를 내리라.”

술이 내려지자 네 사람이 모두 꿇어앉아 한 잔씩 받아 마셨다. 섬월과 경홍이 대부인에게 말하였다.

“태후마마께서 승상을 벌하심은 첩들이 있음을 책망하심이요, 낙유원 잔치에서 이겼기 때문이 아니오이다. 요연과 능파는 아직 승상의 잠자리를 받들지 못하여 부끄러운 낯을 들지 못하는데도 저희와 함께 벌주를 마셨으니, 춘운은 승상을 저렇듯 오로지 모시면서도 낙유원에 가지 않아 벌을 면하였으니 주시는 정이 공평하지 않습니다.”

대부인이 그렇다고 하고 큰 잔으로 춘운을 벌하니 춘운이 웃음을 머금고 받아 마셨다. 이렇듯 모든 사람이 두루 벌주를 마셔 자못 시끌시끌하고 난양공주는 술에 부대껴 못 견뎌하는데 채봉만은 단정히 앉아 말도 하지 않고 웃지도 아니하였다.

승상은 요연과 능파의 성품이 산과 물을 좋아한다 하여 화원 가운데에 거처를 정하였다. 맑은 물이 강같이 넓은 호수 한가운데 화려하게 색칠한 누각을 짓고 영일루라 이름지어 능파가 거처하게 하고, 못의 북쪽에 산을 만들어 온갖 옥이 우뚝하고 늙은 소나무와 여윈 대나무 그늘이 섞인 사이에 정자를 짓고 빙설헌이라 이름지어 요연이 거처하게 하였다. 그리하여 부인네들이 화원에서 놀 때면 이 두 사람이 주인이 되었다.

“낭자의 신통한 변화를 구경할 수 있을까?”

부인들이 능파에게 묻자 능파가 대답하였다.

“그것은 저의 전신인 용녀일 때 한 일입니다. 천지 조화의 힘으로 사람의 몸을 얻을 때 벗어놓은 허물과 비늘이 산같이 쌓였으니, 참새가 변하여 조개가 된 후에 어찌 감히 두 날개로 하늘을 날 수 있겠오?”

요연도 승상과 부인들 앞에서 이따금 검무를 추어 즐기게 하기는 하나 또한 자주 하려 하지 않고 말하였다.

“처음에 검술을 빌려 승상을 만나기는 하였으나, 이것은 죽이고 치는 놀이

이니 보통 때 볼 만한 것이 아니오이다."

이후로 두 부인이 육 낭자와 서로 즐기는 뜻이 고기가 물에서 놀고 새가 구름에서 나는 것 같아서 서로 정을 잊지 못하니, 비록 두 부인의 인자함에 감동하였지만 대개 남악산에 있을 때의 소원이 이러하였기 때문이었다.

2처 6첩이 의를 맺고 양소유와 행복을 누리다. 하루는 두 공주가 서로 의논하여 말하였다.

"옛 사람이 자매형제가 혹 남의 아내도 되고 혹 남의 첩도 되었는데, 우리 여덟 사람은 의리가 한 핏줄 같고 우애가 형제 같으니 어찌 하늘의 뜻이 아니겠는가. 마땅히 의자매가 되어서 일생을 지내는 것이 어떠한가?"

육 낭자가 다 겸손히 사양하고 춘운과 섬월이 더욱 응하려 하지 않자 정부인이 말하였다.

"유비, 관우, 장비 세 사람은 군신 사이였지만 형제의 의가 있었고, 세존의 처와 등가여자는 높고 낮음이 현격히 차이가 났지만 함께 제자가 되었으니, 당초 미천함이 앞날을 성취하는데 무엇이 관계하겠는가?"

두 공주가 이에 육 낭자를 데리고 관음화상 앞에 나아가 분향하고 두 번 절한 후, 의자매의 맹세를 하고 글을 지었다.

"모년 모월 모일에 제자 정경패, 이소화, 진채봉, 가춘운, 계섬월, 적경홍, 심요연, 백능파는 삼가 남해대사께 말씀드립니다. 저희 제자 여덟 사람은 비록 각각 다른 집에서 태어나 자랐으나 모두 함께 한 사람을 섬겨 뜻과 정이 꼭 같사오니 오늘부터 자매가 되어 생사고락을 함께 하고, 누구든 다른 마음을 가지면 천지가 용납하지 아니할 것을 맹세하나이다. 대사께서는 복을 내리시고 재앙을 덜어 백 년 후에 다 함께 극락세계로 가게 해 주소서."

이후 육 낭자가 오히려 명분을 지키어 말이 공순하나 정은 더 깊어갔다. 여덟 사람이 각각 자녀를 두었다. 양부인, 춘운, 섬월, 요연, 경홍은 아들을 낳았고, 채봉, 능파는 딸을 낳았는데, 모두 한 번 출산한 후에 다시는 잉태하지 않으니 낳고 기르는데 괴로움이 없었다.

이럭저럭 세월이 물 흐르는 듯하였다. 승상이 장상(將相)이 되어 권세를 잡은 지 이미 수십 년이었다. 대부인이 세상을 떠나자 승상이 슬퍼서 지나칠 정도로 야위어 갔다. 임금과 왕비가 위로하고 왕후로 대접하여 장사 지내게 하였으며, 정사도 부부가 또한 세상을 떠나니 승상이 서러워하기를 정부인과 같이 하였다.

승상에게 육남 이녀가 있었다. 맏아들 대경은 정부인의 소생으로 이부상서를 하고, 둘째 차경은 적씨의 소생으로 경조윤을 하고, 셋째 순경은 가씨의 소생으로 어사중승을 하고, 넷째 계경은 난양공주의 소생으로 병부시랑을 하고, 다섯째 오경은 계씨의 소생으로 한림학사를 하고, 여섯째 치경은 심씨의 소생으로 나이 열다섯에 용맹이 뛰어나 금오상장군이 되었다. 맏딸 전단은 진씨의 소생으로 월왕의 며느리가 되었고, 차녀 영락은 백씨의 소생으로 황태자의 후궁이 되었다.

승상이 글공부하는 학생으로 난리를 평정하고 태평을 이루어 그 부귀영화가 대단하였다.

어느 날 승상이 나라의 큰 명령 아래에 있은 지 오래인데다가 누리는 것이 너무 넘치고 가득하다고 생각하여 벼슬을 돌려 드리며 '조정에서 물러가고자 합니다' 라고 상소하였지만, 천자가 만류하다가 결국 친필로 답장을 써 말하였다.

"그대의 높은 절개를 이루어 주고자 하지만, 황태후께서 돌아가신 후에 어찌 차마 두 공주를 멀리 떠나보낼 수 있겠는가? 성남 사십 리에 취미궁이라는 별궁이 있으니, 거기서 한적하게 지내는 것이 마땅하다."
하고 승상을 위국공으로 더 봉하고 재산을 더 주며 승상의 자리를 거두었다. 승상이 큰 은혜에 더욱 감격하여 바로 취미궁으로 가니, 이 궁은 종남산 가운데 있는데 경치가 아주 빼어났다.

승상이 두 부인과 육 낭자를 데리고 물에 이르러 달빛을 즐기고 산에 들어가 매화를 찾아, 혹은 시로 화답하며 거문고도 타니 나이들어 얻은 그 복을 모두 부러워하였다. 팔월 보름날은 승상의 생일이어서 모든 자녀들이 다 장수하기를 빌며 잔치하니, 그 화려한 모습은 비할 데가 없었다.

이럭저럭 구월이 되니 국화가 만발하여 구경하기 좋은 때였다. 취미궁 서편에 한 높은 누각이 있으니 올라보면 팔백 리 진천이 손바닥 펼친 모양으로 훤히 보였다. 승상이 부인과 낭자를 데리고 올라가 가을 경치를 즐기는데, 어느덧 석양은 기울어지고 구름은 낮게 깔려 있고 가을빛이 찬란하니, 마치 그림 속 같았다.

승상이 옥퉁소를 내어 한 곡조를 부니 그 소리가 처량하였다. 미인이 모두 다 슬픔을 이기지 못하니, 두 부인이 물었다.

"승상이 일찍이 공명을 이루고 오래 부귀를 누려 오늘날 좋은 풍경을 당하였는데, 퉁소 소리가 처량하여 전일과 다르니 어찌된 일입니까?"

승상이 옥퉁소를 던지고 난간에 기대어 밝은 달을 가리키며 말하였다.

"동쪽을 바라보니 진시황의 아방궁이 풀 속에 외롭게 서 있고, 서쪽을 바라보니 한무제의 능이 가을 풀 속에 쓸쓸하며, 북쪽을 바라보니 당명황의 화청궁에 빈 달빛뿐이라오. 이 세 임금은 천고의 영웅이어서 천세를 지내고자 하였지만, 이제 어디 있는가?*

나는 하동의 베옷을 입던 선비로 다행히 현명하신 임금을 만나 벼슬이 장상에 이르고 또 여러 낭자와 함께 서로 만나 정이 두텁고 심정이 늙도록 더 가까워지니, 천생 연분이 아니면 어찌 그러하겠소? 연분이 있어 모이고 연분이 다하면 흩어지기는 당연한 일이오.

우리 한 번 돌아가면 누각과 연못, 노래하던 궁전과 춤추던 정자들이 거친 풀과 쓸쓸한 연기로 적막한 가운데 나무하는 아이들과 소치는 아이들이 손가락질하며, '양승상이 낭자와 함께 놀던 곳이다' 하리니 어찌 슬프지 아니하겠소.

동쪽을 바라보니 진시황의 ~ 이제 어디 있는가 : 두 명의 처와 여섯 명의 첩을 거느리고 위국공에 오른 양소유의 성공적인 삶도 다 허무하고 덧없다는 것을 보여주기 위한 부분이다. 이 소설의 주제를 나타내고 있다.

천하에 세 가지 도가 있으니 유도(儒道)·선도(仙道)·불도(佛道)라오. 이 가운데 유도는 윤리의 기본 질서를 밝히고 살아 있는 동안의 일을 중요하게 여기며 죽은 후에 이름을 남길 따름이오. 선도는 예부터 구하는 사람은 많으나 얻은 사람이 드물다오.

근래에 꿈을 꾸면 내가 항상 부들 방석 위에서 참선하는 것을 보게 되오. 아마도 불도에 인연이 있는 것 같소. 내 장차 장자방이 적송자를 따른 것같이 하여 관음을 뵙고, 문수보살(文殊菩薩)*에게 예불(禮佛)*하여, 불생불멸(不生不滅)*의 도를 얻고자 하나, 다만 그대들과 함께 반평생을 서로 의지하다가 장차 이별하려 하니 자연 슬픔이 퉁소 소리에 나타난 모양이오."

여러 낭자도 다 남악 선녀로서 세속의 인연이 다한 가운데 승상의 말을 들으니 어찌 감동하지 않겠는가?

다 같이 말하였다.

"상공께 이런 복잡한 마음이 있으니 분명 하늘의 뜻입니다. 첩 등 여덟 사람이 마땅히 아침저녁으로 예불하여 상공을 기다릴 것이니, 상공은 밝은 스승을 얻어 큰 도를 깨달은 후에 첩 등을 가르치십시오."

승상이 크게 기뻐하며 말하였다.

"우리 아홉 사람의 마음이 서로 맞으니 무슨 근심이 있겠소. 나는 내일 떠날 것이니, 오늘은 낭자들과 실컷 취하리다."

여러 낭자가 술을 내어와 작별하려 할 때, 문득 지팡막대 끄는 소리가 난간 밖에서 나니 여러 사람이 다 의심하였다.

노승이 나타나 성진이 꿈에서 깨다. 한참 후에 한 노승이 나타났는데, 눈썹은 한 자나 길고 눈은 물결 같았는데, 얼굴과 행동이 평범한 중은 아

문수보살 : 석가여래의 왼편에서 지혜를 맡고 있는 보살.
예불 : 불교에서 부처에게 공손히 절하는 일.
불생불멸 : 불교에서 이르는, 생겨나지도 아니하고 죽어 없어지지도 아니하는 진여(眞如)의 경지. 여기서 진여는 진실함은 항상 같다는 뜻임.

니었다.

　누각 위에 올라 승상과 자리를 맞대고 앉아 말하였다.

　"촌사람이 대승상을 뵙습니다."

　승상이 일어나 답례하여 말하였다.

　"사부는 어디에서 오셨습니까?"

　노승이 웃으며 말하였다.

　"승상은 평생 사귀던 오랜 벗을 모르십니까?"

　승상이 한참 보다가 깨닫고 여러 낭자를 돌아보며 말하였다.

　"내 토번을 치러갔을 때 꿈에 동정호에 갔다가 남악산에 올라 늙은 중이 제
자를 데리고 강론하는 모습을 보았는데 사부가 바로 그분이십니까?"

　노승이 박장대소하며 말하였다.

　"옳소! 옳소! 그러나 승상은 꿈 속에서 한 번 본 것만 기억하고, 십 년을 같
이 산 일은 생각하지 못하십니까?"

　승상이 멍한 채로 말하였다.

　"십육 세 이전은 부모의 곁을 떠나지 아니하고, 십육 세 후는 벼슬하여 임금을
섬겨 분주하여 겨를이 없었는데, 어느 때 사부를 좇아 십 년을 놀았겠습니까?"

　노승이 웃으며 말하였다.

　"승상이 오히려 꿈을 깨닫지 못하였소."

　승상이 말하였다.

　"사부께서 저를 깨닫게 하시겠습니까?"

　노승이 말하였다.

　"이 어렵지 않다."

하고 막대기를 들어 난간을 치니, 문득 흰구름이 일어나며 사면에 두루 끼니
바로 눈 앞도 분간하지 못할 지경이었다.

　승상이 크게 불러 말하였다.

　"사부는 바른 도리로 가르치지 아니하시고 어찌 도술로 놀리십니까?"

승상이 채 말을 마치기도 전에 구름이 걷히며 노승과 두 부인, 육 낭자는 간데없었다*. 승상이 크게 놀라 자세히 보니 누대 궁궐은 간 데 없고, 몸은 홀로 작은 암자 가운데 앉아 있었다. 손으로 머리를 만지니 새로 깎은 흔적이 송송하고 백팔염주가 목에 걸려 있으니 다시는 대승상의 위엄은 없어지고, 단지 연화도장의 성진의 모습이었다.

다시 생각하니,

'처음에 사부의 책망을 받고 황건역사를 따라 지옥 풍도로 갔고, 거기서 인간 세상으로 쫓겨나 양씨 집안의 아들로 태어났지. 장성하여 장원 급제하고 한림학사가 되었고, 전쟁에 나가서는 장수가 되고, 조정에 들어가서는 재상이 되어 공명을 이루었구나. 그 후 조정에서 물러나 두 공주와 여섯 낭자에 의지하여 즐긴 것이 모두 다 하룻밤 꿈이었단 말인가? 이것은 사부가 나의 잘못을 깨닫게 하고자 인간 세상에 나가 부귀영화와 남녀 정욕을 한 번 알게 하신 것이 분명하구나.'

하고, 즉시 샘터에 가 세수한 후, 장삼을 바로 입고 고깔을 뚜렷이 쓰고 방장(房丈)*에 들어가니 모든 제자들이 다 모여 있었다.

대사가 큰 소리로 말하였다.

"성진아, 인간 세상의 재미가 어떠하더냐?"

성진이 머리를 땅에 두드리며 눈물을 흘려 말하였다.

"이제야 깨달았습니다. 성진이 함부로 굴며 마음을 바르게 갖지 못했으니, 마땅히 이승에서 재앙을 받아야 하는데 사부께서 꿈을 불러 일으켜 성진의 마음을 깨닫게 하시니, 사부의 은덕은 천만년이라도 갚지 못하겠습니다.*"

대사가 말하였다.

승상이 채 말을 ~ 육 낭자는 간데없었다 : 꿈에서 현실로 돌아오는 부분이다. 꿈 속에서 인생의 성공과 부귀영화는 모두가 허무하다는 깨달음을 얻고, 불도를 닦는 데에 힘쓰게 된다.
방장 : 화상, 국사, 주실 등 높은 중의 처소.
성진이 함부로 굴며 ~ 천만년이라도 갚지 못하겠습니다 : 몽자류 소설의 특징 중 하나로 현실에서의 깨달음을 꿈 속에서 알게 된다.

"네 흥을 타고 갔다가 흥이 다하여 왔으니 내가 무슨 간섭하겠느냐? 또 너는 인간 세상에 윤회하는 것을 꿈꾸었다 하는데 이것은 네가 세상과 꿈을 다르다고 하는 것이다. 너는 아직도 꿈을 깨지 못하였구나."

"제자가 어리석어 꿈과 참을 알지 못하니, 사부께서는 불법을 가르쳐 깨닫게 해 주소서."

"이제 불경인『금강경(金剛經)』* 큰 법을 말하여 너의 마음을 깨닫게 하려니와 새로 오는 제자가 있을 것이니 잠깐 기다려라."

말이 끝나자 문 지키던 도인이 들어와 말하였다.

"어제 다녀간, 위부인 밑에 있는 팔선녀가 또 와서 스승께 뵙고자 합니다."

대사가 들어오라 하자, 팔선녀가 대사 앞에 나아와 합장하고 머리를 조아리며 여쭈었다.

"제자 등이 위부인을 모셔 배운 것이 없기에 정욕을 금치 못해 중한 책망을 입었는데, 사부께서 구제하심을 입어 꿈에서 깨었으니, 제자가 되어 같은 길을 가게 해주십시오."

"선녀들의 뜻은 비록 아름다우나 불법은 깊고 멀어서 큰 역량과 발원이 아니면 이룰 수 없으니 모름지기 스스로 헤아려 하라."

팔선녀가 물러가 얼굴 위의 연지분을 씻어 버리고 소매에서 금가위를 꺼내어 검은 구름 같은 머리칼을 다 깎아 낸 후에 들어와 다시 아뢰었다.

"제자들이 이미 얼굴이 변하였으니 사부의 가르침과 명에 게으르지 아니하겠습니다."

대사가 크게 웃으며 말하였다.

"너희들이 진실로 꿈을 알았으니 다시는 망령된 생각을 하지 말라."

마침내 대사가 자리에 올라 불경을 강론하자 부처의 두 눈썹 사이의 하얀 털빛이 세계를 비추고 하늘에서 연꽃이 비같이 내렸다.

금강경 : 인도에서 2세기에 이루어진 공(空)사상의 기초가 되는 경전. 공사상은 한곳에 집착하지 말고 세상의 모든 모습은 모양이 없으니, 모양으로 부처를 보지 말고 진리로서 존경하라는 사상을 말함. 금강반야바라밀경의 준말

"모든 유위(有爲)*의 법은 꿈 같고 환각 같고 물방울 같고 그림자 같으며 이슬 같고 번개 같으니 마땅히 이와 같이 볼 것이다."

그러자 성진과 여덟 여승이 동시에 깨달아 불생불멸할 바른 도를 얻었다. 대사는 성진의 수행이 높고 순수하며 원숙함을 보고 대중을 모아놓고 말하였다.

"나는 본디 도를 전하려고 중국에 들어왔도다. 이제 부처의 법을 전할 사람이 있으니 돌아가노라."

말을 마치자 가사와 염주와 바리, 깨끗한 물병, 지팡이, 그리고 『금강경』 한 권을 성진에게 주고 천축국으로 돌아갔다.

이후로 성진이 연화도장의 대중을 거느리고 크게 교화를 베푸니, 신선, 용신, 사람, 귀신 모두가 성진을 육관대사처럼 존중하였다. 또한 여덟 여승은 성진을 스승으로 섬겨 깊이 보살의 큰 도를 얻어 마침내 아홉 사람이 다 함께 극락 세계로 갔다. ❀

유위 : 불교에서, 인연으로 말미암아 일어나는 모든 현상을 이르는 말.

**핵심
정리**

갈래 | 한글 소설, 몽자 소설, 영웅 소설
성격 | 환상적, 비현실적
연대 | 1687~1688년 귀양지인 평북 선천에서 지음
배경 | 시간적-당나라 때, 공간적-중국
시점 | 전지적 작가 시점
특징 | 현실(이상적 세계)→꿈(현실적 세계)→현실의 과정, 성진의 일
생 속에 양소유의 일생이 포개져 펼쳐지는 중층 구조
주제 | 인간의 부귀공명의 허망함과 인생무상

구성과 내용

❶ **발단** | 성진과 팔선녀가 추방 당함 – 중국 당나라 때 남악 연화봉에 육관대사가 법당
을 짓고 불법을 베푼다. 성진이 여기에 참석한 동정호 용왕에게 인사하러 갔다
가 술이 취해 돌아오던 중, 팔선녀와 만나 농담을 주고받는다. 선방에 돌아온
성진은 팔선녀의 미모에 취해 속세의 부귀와 공명을 생각하다가 팔선녀와 함께
추방된다.

❷ **전개** | 성진이 양소유로 태어남 – 성진은 양처사의 아들 양소유로 태어나, 15세에 과
거 보러 가던 중 진채봉을 만나 혼약한다. 그러나 구사량의 난으로 양소유와 진
채봉이 헤어진다. 다시 과거 보러 가던 양소유는 낙양에서 계섬월과 인연을 맺
고, 두연사의 주선으로 정사도의 딸 경패를 만난다. 과거 급제한 양소유는 정경
패와 결혼하려 하나, 계속 고난을 겪고, 그녀의 시비 가춘운과 인연을 맺는다.

❸ **위기** | 양소유의 입신양명 – 토번의 난을 평정한 양소유는 하북의 적경홍과 인연을 맺
고, 예부상서가 된다. 한편 구사량의 난 이후 난양공주를 모시게 된 진채봉은
양소유와 재회한다. 양소유는 난양공주의 퉁소소리에 화답한 것이 인연이 되어
부마로 간택되지만, 정경패와의 혼약을 이유로 거절하다 옥에 갇힌다. 그러나
토번왕을 물리쳐 병부상서 대원수가 된다. 양소유는 진중에서 만난 심요연, 백
룡담에서 만난 백능파와 인연을 맺는다.

❹ **절정** | 양소유와 2처 6첩의 부귀영화 – 양소유는 영양공주(정경패), 난양공주와 혼인
하고, 진채봉, 춘운을 첩으로 맞이한다. 그리고 어머니를 찾아 고향에 가던 도
중 계섬월과 적경홍을 만난다. 그 뒤 심요연과 백능파도 양소유를 찾아온다. 양
소유는 두 명의 처와 여섯 명의 첩을 거느리고 부귀공명을 누리며 산다.

❺ **결말** | 성진과 팔선녀로 돌아옴 – 양소유는 깨달은 바가 있어 2처 6첩과 이별하려 하
한다. 이 때 노승이 나타나자 꿈에서 깨어난다. 자신으로 돌아온 성진은 육관대
사의 가르침을 받게 되고, 팔선녀도 육관대사를 찾아와 그의 제자가 된다. 그
뒤 육관대사는 천축국으로 가고, 성진과 여덟 여승(팔선녀)도 극락으로 간다.

작품 줄거리 중국 당나라 때 서역에서 불교를 전하러 온 육관대사가 남악 형산 연화봉에 법당을 짓고 불법을 베푼다. 어느 날 육관대사는 동정호의 용왕이 참석한 데에 사례하기 위해 제자 성진을 용왕에게 보낸다. 이 때 형산의 선녀인 위부인이 팔선녀를 육관대사에게 보내 인사한다. 용왕의 후한 대접을 받고 술이 취해 돌아가던 성진은 팔선녀와 석교에서 만나 서로 농담을 주고받는다. 선방에 돌아온 성진은 팔선녀의 미모에 취해 불문의 적막함에 회의를 느끼고 속세의 부귀와 공명을 생각하다가 육관대사에 의해 팔선녀와 함께 지옥으로 추방된다.

성진은 당나라 회남도 수주 고을에 사는 양처사의 아들로 다시 태어난다. 양처사는 아들을 낳은 후 봉래산으로 승천한다. 아버지 없이 자란 양소유는 15세에 과거를 보러 서울 황성으로 가던 중 화음현에서 진어사의 딸 채봉을 만나 서로 마음이 맞아 혼약한다. 그 때 구사량의 난으로 양소유는 남전산으로 피신한다. 거기서 아버지를 아는 도사에게 거문고와 퉁소를 배우고, 공명이 양소유를 따르리라는 말을 듣는다. 한편 난리 중에 진어사와 식구들은 노비가 되거나 잡혀간다.

이듬해 다시 과거를 보러 올라가던 양소유는 낙양 천지교의 시회에 참석하였다가 기생 계섬월과 인연을 맺는다. 장안에 도착한 양소유는 어머니의 사촌인 두연사의 주선으로 배필을 구하려고 한다. 양소유는 거문고를 탄다는 구실로 정사도의 생일날 여장을 하고 정사도의 딸 경패를 만난다. 과거 급제한 양소유는 정사도의 딸과 결혼하고 싶었으나, 경패는 몰래 변복을 하고 자신을 본 양소유의 행동을 치욕스럽게 생각하여, 자신의 시비 가춘운에게 선녀처럼 꾸며 양소유를 유혹하여 인연을 맺도록 한다.

토번이 난을 일으키자, 양소유가 이 난을 평정하고 돌아오는 길에 계섬월과 결의형제를 맺고 있는 하북의 명기 적경홍과 인연을 맺는다. 양소유는 난을 평정한 공으로 예부상서가 된다. 진채봉은 경사로 잡혀온 뒤 난양공주의 시녀가 되었는데, 황제가 베푼 주연에서 양소유를 보고 애를 태운다. 천자는 진채봉과 양소유의 관계를 알게 된다. 양소유는 한림원에서 난양공주의 퉁소소리에 화답한 것이 인연이 되어 부마로 간택되지만, 정경패와의 혼약을 이유로 거절하다 옥에 갇힌다. 그 때 토번왕이 쳐들어 오자 양소유가 대사마 대원수로 출정하여 승리한 후 병부상서 대원수가 된다. 진중에서 토번왕이 보낸 여자 자객 심요연과 인연을 맺고, 후일을 기약한다. 양소유는 남해 태자의 구혼을 피해 백룡담으로 온 동정 용왕의 딸인 백능파를 도와 주고, 그녀와 인연을 맺는다.

태후는 양소유와 약혼하고 글도 뛰어난 정경패를 양녀로 삼아 영양공주로 삼는다. 토번왕을 물리친 공으로 양소유는 위국공에 봉해지고, 천자는 부마가 되는 날을 잡는다. 결국 영양공주, 난양공주와 혼인하고, 진채봉, 춘운을 첩으로 맞는다. 양소유는 고향으로 노모를 찾아가다가 계섬월과 적경홍을 만나고, 심요연과 백능파도 찾아온다.

그 뒤 양소유는 두 명의 처와 여섯 명의 첩을 거느리고 부귀공명을 누리며 살아간다. 생

일을 맞아 종남산에 올라가 가무를 즐기던 양소유는 역대 영웅들의 황폐한 무덤을 보고 문득 인생의 무상함을 느끼고 슬픔에 잠긴다. 이에 아홉 사람이 인간 세계의 허무를 느끼며, 내일의 이별을 앞두고 술로 작별을 고할 때, 노승이 나타나자 꿈에서 깨어나 육관대사의 앞에 있음을 알게 된다. 양소유는 본래의 성진으로 돌아와 전죄를 뉘우치고 육관대사의 가르침을 받는다. 이 때 팔선녀가 찾아와 육관대사의 제자가 되기를 희망한다. 대사는 부처의 법을 전할 사람으로 성진을 정한 뒤 천축국으로 떠나고, 아홉 명 모두 극락으로 간다.

더 알아보기

김만중의 효성

조선 중기의 문신인 김만중(1637~1692)은 1637년 병자호란의 혼란 속에서 부모가 피난한 강화도에서 태어났다. 이곳에서 아버지 김익겸(1614~1637)은 청군을 막지 못하고 24세의 나이에 세상을 떠난다. 김만중은 유복자로 형 만기와 함께 어머니 윤씨만을 의지하며 자랐다.

어머니 윤씨는 김만중과 김만기(숙종의 부원군) 형제에게 모든 정성을 다하며 어려운 살림에도 서책을 구입하여 아들들의 학문을 도왔다. 때로는 이웃에 사는 홍문관 교리에게 책을 빌려 손수 필사하여 교본을 만들어 주기도 하였다. 집이 가난하여 선생을 둘 수 없자, 원래 학문이 깊던 윤씨가 「소학」·「대학」·「중용」·「시전」까지 직접 가르쳤다. 항상 "아비 없는 자식이 버릇이 없다"는 말을 아들들에게 잊지 않도록 엄하게 다스렸다.

어느 날 책장사가 왔는데, 아이들이 책이 보고 싶어 기웃거리자 부인은 생계를 위해 짜고 있던 베를 서슴지 않고 잘라서 책값으로 주고 그 책을 샀다. 베틀에 남은 베는 겨우 수건 한 벌 정도였다고 한다. 이렇게 청상과부로서 어린 자식들의 교육에 전념한 결과, 형 만기는 효종 4년(1653)에, 만중은 2년 후에 각각 과거에 급제하였다.

김만중은 1665년부터 관직 생활을 하여 대제학과 병조판서에까지 올랐으나 계속 되는 당쟁 속에서 세 차례의 유배 생활을 해야 했다. 그는 평생 아버지의 얼굴을 보지 못한 것이 한이었다. 이 한을 메우기 위해 어머니에게 효도를 극진히 하였다. 어머니의 지극한 사랑과 교육 때문에 자기가 있을 수 있었음을 뼈저리게 느꼈던 김만중은 평생을 두고 어머니에 대한 효도를 잊지 않았고, 남해 외딴 섬에서 유배 생활을 할 때에도 병상에 누워 있는 어머니를 위로하고자 소설을 써 보냈다고 하니, 그의 효성이 곧 한국문학사를 빛나게 했다고 말할 수 있다.

그의 어머니 윤씨는 아들의 처지를 남달리 애통해 하며 병으로 죽었다. 김만중은 어머니의 장례에도 참석하지 못한 채 1692년 유배지 남해에서 숨을 거두었다. 1706년 김만중의 효행에 대해 정표가 내려졌다.

감상의 길잡이　「구운몽」은 최초의 몽자류 소설　한국의 고전 소설과 현대 소설을 통틀어 해외에도 가장 많이 알려진 소설이다. 그만큼 한국인의 보편적인 정서에 들어맞는 동시에 세계적인 보편성을 갖고 있는 소설이라고 할 수 있다.

「구운몽」은 영웅 소설과 몽자류 소설을 변형시켜 결합한 소설이다. 양소유는 사대부들이 꿈꾸는 영웅이다. 양소유의 출장입상과 계속되는 부귀공명은 유교적 생활관의 표현으로 사대부들이 꿈꾸는 생활이며, 양소유에 의해 완전히 성취되고 있다. 그러나 전반적인 사건이 현실의 이야기가 아닌 꿈 속의 이야기로 설정하여, 현실의 깨달음을 꿈 속의 사건을 통해 얻게 되는 몽자류 소설의 형태를 지닌다. (몽자류 소설은 작품의 제목에 '몽(夢)'으로 끝나서 붙여진 이름이다.)

「구운몽」은 그 전의 꿈을 소재로 한 문학이 단편적인 구조를 취한 데 비해, 장편으로 구성된 최초의 '몽자류 소설'이라고 할 수 있다.

이 작품의 구조　기본 구조는 현실에서 꿈으로 다시 현실로 돌아오는 과정으로, 현실에서 이루지 못한 뜻을 꿈 속에서 실현하다가 다시 현실로 돌아와 꿈 속의 일이 허망한 한바탕 꿈인 줄 깨닫게 되는 불교적인 인생무상의 사고가 중심이 된 문학이다. 성진과 육관대사를 통해 불법을 전하고, 불법에 회의를 느낀 죄로 인간세계로 내려가고, 공명과 출세의 길에서 허무함을 느끼고, 다시 불교에 정진하는 과정은 이 작품의 주된 사고가 불교임을 이야기해 준다. 이것은 도교를 대표하는 인물인 위부인과 팔선녀가 결국 성진과 함께 불교에 귀의하는 모습을 통해서도 알 수 있다.

「구운몽」의 구조는 상계에서 죄를 짓고 하계로 쫓겨가는 내용의 적강형(謫降型 : 신선이 세상에 내려오거나 사람으로 태어난다는 이야기 형태) 구조를 취하고 있다. 성진은 낙원인 연화봉에서 팔선녀와의 만남 이후 번민을 하게 되고, 결국 그 벌로 팔선녀와 함께 인간세계로 쫓겨나 그곳에서 생활하고 깨달음을 얻은 후 다시 구원을 받아 불도에 전념하게 된다. 즉 '현실 - 꿈 - 현실'의 구조는 '상계 - 하계 - 상계'의 구조이며 '낙원(불교의 세계) - 인간 세계 - 낙원(불교의 세계)'의 구조라고 할 수 있다.

「구운몽」은 애정 소설　이 작품은 양소유와 여덟 명의 여인과의 만남과 사랑이 큰 줄기를 이루고 있는 애정 소설이다. 그러나 여인과의 만남은 성진의 출세에 따르는 부수적인 사건으로, 남녀간의 애정이 중심인 다른 소설과는 차이가 있다.

김만중은 양소유가 온갖 부귀영화를 누리면서 팔선녀를 차례로 맞이하는 과정을 인간의 다양한 감정과 함께 표현하여, 오늘날의 사람들에게 느낄 수 있는 섬세하고 아기자기한 감정을 느끼게 한다. 흔히 유교 이념에 갇혀 남녀유별의 세계관을 가지고 있었다고 생각되는 조선 시대에 「구운몽」은 우리의 고정관념을 깨뜨리는 역할을 한다고 볼 수 있다.

그러나 8명의 여인들이 한 지아비를 섬기며 화목하게 지내는 모습, 양소유의 어머니에 대한 지극한 효성, 양소유의 정혼에 대한 지조 등은 전통 유교 사회의 모습도 보여 주고 있다.

「구운몽」은 김만중이 어머니 윤씨를 위로하기 위해서 유배지에서 지은 소설로 유명하다. 김만중은 일찍 혼자가 되어 불행한 삶을 산 어머니에게 양소유의 깨달음처럼 인간의 부귀영화는 한낱 헛된 것에 불과하다는 것을 이야기하고 싶었던 것 같다. 그리고 정치 싸움에 휩쓸려 귀양간 자신에게도 양소유의 깨달음을 이야기하고 싶었을지도 모른다.

더 알아보기

한글에 대한 서포의 생각

한글이 생겨난 지 240여 년 만에 서포는 한글로 본격적인 소설을 지었으니 이것은 한글의 역사와 우리 소설사에 있어서 중대한 의의를 갖고 있는 것이다. 서포는 당시의 대다수의 양반 관료들이 '언문'이라고 천시하던 한글을 오히려 높이 평가하였다.

그는 저서 「서포만필」에서 "우리 나라 시문의 대부분이 우리의 말을 버리고 남의 말로써 대신하는데, 설령 그 표현이 십분 근사하다고 하더라도 이것은 마치 앵무새가 사람의 말을 흉내내는 데 지나지 않는 것이다"라고 이야기하였다. 즉 우리말을 통한 국민 문학론을 전개한 것이다. 더구나 「구운몽」, 「사씨남정기」와 같은 한글 소설을 창작함으로써 이를 실증하고 있다. 그의 소설 창작은 단순한 무료함을 달래기 위한 것이 아니라 주체성 있는 우리 문학 정신에서 비롯된 것이다.

창조학습
활동

1. 「구운몽」의 등장인물에 대한 설명으로 잘못된 것을 골라 보자.

① 성진 – 불교의 세계를 대표하는 인물
② 양소유 – 유교의 세계를 대표하는 인물
③ 육관대사 – 불교의 세계를 대표하는 인물
④ 팔선녀 – 도교를 대표하는 인물
⑤ 난양공주 – 유교의 세계를 대표하는 인물

2. 「구운몽」에 대한 설명으로 잘못된 것을 찾아보자.

① 영웅소설과 몽유소설을 결합시킨 형태이다.
② 사대부들의 세계관을 꿈 속의 이야기로 형상화시켰다.
③ 성진의 출세는 당시 사대부들의 꿈의 실현이다.
④ 남녀간의 다양한 사랑의 감정을 나타내기도 하였다.
⑤ 몽자류 소설의 효시가 된 작품이다.

3. 「구운몽」은 유교, 불교, 도교의 요소가 화합을 이루어 표현되었다고 한다. 이 소설 속에 나타난 각 부분의 특성을 찾아보자.

4. 이 소설의 창작 동기를 개인적 동기와 문학적 동기로 나누어 써 보자.

5. 다음 [보기]의 내용은 글에서 어떤 구실을 하고 있는지 정리해 보자.

보기

동쪽을 바라보니 진시황의 아방궁이 풀 속에 외롭게 서 있고, 서쪽을 바라보니 한 무제의 능이 가을 풀 속에 쓸쓸하며, 북쪽을 바라보니 당명황의 화청궁에 빈 달빛뿐이라오. 이 세 임금은 천고의 영웅이어서 천세를 지내고자 하였지만, 이제 어디 있는가?

☞정답과 해설 p.413

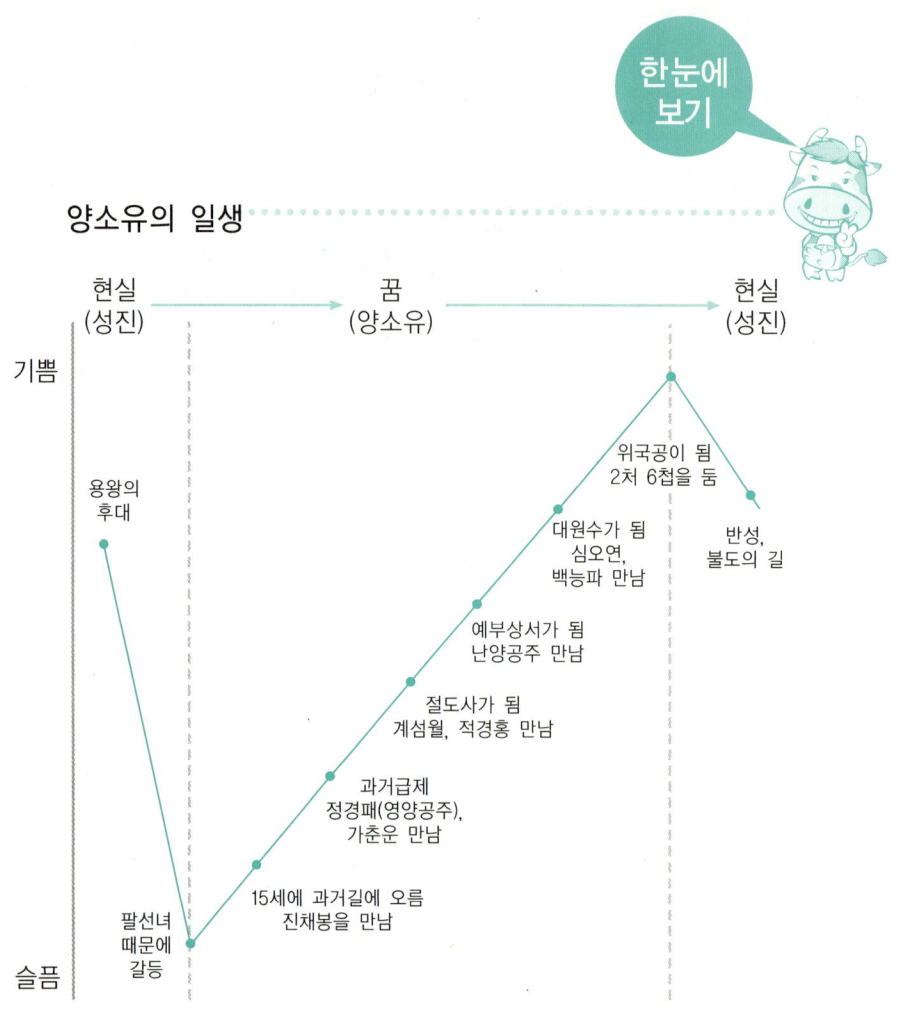

한눈에 보기

양소유의 일생

| | 현실 (성진) | 꿈 (양소유) | 현실 (성진) |

기쁨

용왕의 후대

위국공이 됨
2처 6첩을 둠

대원수가 됨
심오연,
백능파 만남

반성,
불도의 길

예부상서가 됨
난양공주 만남

절도사가 됨
계섬월, 적경홍 만남

과거급제
정경패(영양공주),
가춘운 만남

15세에 과거길에 오름
진채봉을 만남

팔선녀
때문에
갈등

슬픔

몽자류 소설의 원조, 『삼국유사』의 「조신 설화」를 감상해 보자.

조신은 지금의 강릉 지방에 있는 세규사의 승려였다. 이웃에 사는 김씨 집의 딸이 몹시 예뻐 항상 생각하다가, 마침내 용기를 내어 낙산대비라는 부처님 앞에 소원을 하소연한다. 어떻게 하든지 김씨 집의

더 읽을 작품

그 소저와 행복하게 살 수 있게 해 달라고 몇 해를 두고 기도했으나 보람도 없이 그 처녀는 다른 사람에게 시집가고 만다. 조신은 절망 끝에 어느 날, 대비 앞에 나아가 자기의 소원을 들어주지 않는 데 대해 원망하면서 슬피 운다.

그러다가 해가 질 무렵, 너무 지쳐서 잠깐 풋잠이 든다. 홀연히, 잊지 못하던 김씨의 소저가 나타나서, "저는 일찍이 그대를 몹시 사랑했으나, 부모님의 고집으로 다른 데 시집을 갔지만 이제 제 소원이 이루어져 그대에게 왔으니 나를 받아들여 주시겠습니까?"라고 수줍게 말한다. 조신은 너무도 반가워 그를 맞이하여 집으로 돌아가서 사십여 년을 살았다. 그러나 너무도 가난하여 입에 풀칠하기 위하여 십여 년을 문전 걸식을 하다가 큰 아들은 굶어서 죽고, 조신과 그 아내는 늙고 병들어서 누워 있고, 열 살 짜리 딸은 구걸하다가 개에게 물려서 쓰러진다. 그 아내는 남편에게 말한다. "처음에는 사랑이 두터워서 밥 한 그릇으로 나누어 먹으면서 살지만, 이제 오십 년을 살다 보니 몸은 늙어서 병들고, 아이들은 굶고 추워서 죽기도 하고, 구걸을 해야 하니, 부부의 즐거움을 누릴 수 없습니다. 이제 더 이상 참을 수가 없으니 헤어지는 도리밖에 없습니다."라고 이야기한다. 이 말을 들은 조신도 옳다고 여기고, 각자 헤어지되 아이를 하나씩 맡아 키우기로 한다. 부부가 서로 손을 잡고 이별하려고 할 때 조신이 잠이 깨어난다. 모두가 한바탕 꿈이었던 것이다.

대비 앞의 등불은 여전히 깜박거리고 밤은 고요히 깊어만 간다. 조신은 열다섯 살 아들이 굶어죽은 언덕에 찾아가서 시체를 묻은 곳을 파 보니, 돌미륵이 나온다. 조신은 인간의 일생이 물거품같이 무상함을 느끼고, 다시는 인간 세상에 뜻을 두지 않고 불도를 닦는 데에만 전심하였다고 한다.

각주구검(刻舟求劍) | 칼을 강물에 떨어뜨리자 뱃전에 그 자리를 표시했다가 나중에 그 칼을 찾으려 한다는 뜻. 판단력이 둔하여 세상일에 어둡고 어리석다는 뜻임.

구사일생(九死一生) | 여러 차례 죽을 고비를 겪고 간신히 목숨을 건짐.

누란지위(累卵之危) | 알을 쌓은 듯한 위태로움이라는 뜻으로, 쌓아 놓은 알과 같이 매우 위태로운 형세.

동병상련(同病相憐) | 같은 병자끼리 가엾게 여긴다는 뜻으로, 어려운 처지에 있는 사람끼리 서로 불쌍히 여겨 서로 돕는다는 말.

망양지탄(望洋之歎) | 넓은 바다를 보고 탄식한다는 뜻으로, 남의 원대함에 감탄하고, 자신의 부족함을 부끄러워한다는 말. 또는 제 힘이 미치지 못할 때 하는 탄식을 가리킴.

백미(白眉) | 마량의 눈썹이 흼을 뜻함. 형제 다섯 중 '흰 눈썹(백미)'을 가진 맏이 마량의 재주가 뛰어났다는 데서 온 말로, 여럿 중에서 가장 뛰어난 사람이나 사물을 가리키는 말로 사용됨.

사족(蛇足) | 뱀의 발을 그린다는 뜻으로, 쓸데없는 군일을 하다가 도리어 실패하거나 쓸데없는 일을 할 때를 이르는 말.

양상군자(梁上君子) | 들보 위에 있는 군자란 뜻으로, '도둑'을 점잖게 이르는 말.

자포자기(自暴自棄) | 절망 상태에 빠져서, 자신을 버리고 돌보지 아니함.

타산지석(他山之石) | 다른 산의 돌이라는 뜻. 다른 사람의 하찮은 언행이라도 자기의 덕을 닦는데 도움이 됨.

천리안(千里眼) | 천 리 밖을 보는 눈이란 뜻으로, 먼 곳의 것을 볼 수 있는 눈의 힘, 사물을 꿰뚫어 보는 힘, 먼 데서 일어난 일을 직각적으로 감지하는 능력 등을 이르는 말.

파렴치한(破廉恥漢) | 염치를 모르는 뻔뻔스런 사람을 이르는 말.

나라를 구하고 가문을 빛낸 여성 영웅

박 씨 전
朴氏傳

■ 작자 미상

「박씨전」은 청나라에 패배한 쓰라린 경험을 극복하려
는 뜻과, 봉건적 속박에서 벗어나고 싶어한 여성들의 사회
참여 욕구가 반영된 여성 영웅 소설이다.

 **등장인물**

박씨 |

금강산에 있는 도학에 능한 박현옥의 딸로 추한 얼굴 때문에 사람들의 미움을 받으나, 묵묵히 자신의 위치를 지킨다. 시집 온 지 삼 년 후 액운이 다해 본모습으로 바뀌고, 여러 가지 도술로 위기를 극복한다. 슬기와 도술로써 어려움을 극복하고, 나라를 위기에서 구하는 데에 중심 역할을 하는 초인적인 능력을 지닌 비범한 여인이다.

이시백 |

박씨가 추한 얼굴임을 알고 실망하여 멀리하지만, 박씨가 준 연적 덕분에 과거에 급제한다. 위기를 겪을 때마다 스스로 해결하기보다는 아내의 도움으로 해결한다.

이귀 |

덕망 높은 재상으로, 사람을 외모로 판단하지 않고 숨은 재능을 알고 인정할 수 있는 안목을 가지고 있다. 박씨가 추한 얼굴을 가지고 있지만, 신비한 능력이 있음을 알고 귀하게 여긴다.

박씨전

朴氏傳

읽기 전에 | 이 작품은 임진왜란과 병자호란으로 인한 국토의 초토화, 국민의 살상, 국고의 탕진 등 물질적인 피해와 국민이 받은 정신적인 충격을 완화하고 싶은 의도에서 쓰여진 소설이다. 작품 속에 전쟁이 어떻게 표현되었으며, 전쟁의 상처가 어떻게 치유될 수 있는지 생각하며 읽어 보자.

박씨가 이시백과 혼인하다. 인조대왕 때 한양성 안 북촌 안국방에 이귀(李貴)*라는 재상(宰相)*이 있었다. 어려서부터 공부에 힘써 열 살 전에 총명함이 보통 사람을 넘어섰고, 문장과 무예, 재주와 덕행이 온 나라 안에서 가장 뛰어났다. 벼슬이 한 나라의 재상에 이르렀는데, 나라를 충성으로 섬기고 백성을 어질게 다스려 위엄과 그 훌륭한 이름을 온 세상에 떨쳤다.

상공(相公)*이 어질고 무던한 마음씨와 재주와 덕으로 귀한 아들을 두었는데, 그 아들의 이름이 시백(時白)*이었다. 어려서부터 총명하고 영리해서 하나를 들으면 열을 알고 열다섯 살이 되어서는 풍채가 뛰어날 뿐 아니라, 문장은 이백(李白)*과 두보(杜甫)*보다 뛰어났으며, 필법은 진나라 때의 유명한 서

이귀 : 광해군 15년 김유 등과 힘을 합쳐 광해군을 폐하고 인조를 세움. 연평군.
재상 : 2품 이상의 벼슬.
상공 : '재상'의 높임말.
시백 : 이시백. 병자호란 때 남한산성 방어에 공을 세워 영의정까지 오름. 호는 조암(釣岩).
이백 : 중국 성당시대 시인. 시의 천자라고 부름.
두보 : 중국 성당시대 시인. 중국 최고의 시인으로, 시의 성인이라고 부름. 이백과 함께 이두라고 일컬음.

예가 왕희지(王羲之)*를 본받고, 지혜는 촉한의 승상인 제갈공명(諸葛孔明)* 을 따랐으며, 게다가 초패왕이라 불리는 항우 장사와 같은 용맹함을 지녔으니, 상공이 금과 옥같이 사랑하였고 사람마다 칭찬하였다. 그래서 그의 이름이 조정(朝廷)*과 백성들 사이에 알려졌다.

한편, 상공이 바둑 두기와 퉁소 불기와 달 아래에서 낚시하기를 즐겼는데, 한 도인을 찾아 퉁소 다루는 솜씨를 겨루어 보니 잘 어울려 밝은 달을 가지고 노는 듯하였다. 마치 꽃밭에 피었던 꽃들이 퉁소소리에 흥을 못 이겨 떨어지는데, 이런 재주는 한 나라에 한 사람뿐이었다.

하루는 어떤 사람이 다 떨어진 옷에 찌그러진 갓을 쓰고 파리하고 창백한 모습으로 와서는 하룻밤 머물고 가기를 청하였다. 상공이 그를 자세히 보니 비록 차림은 형편없었으나 보통사람과 달라 보였다. 상공이 밝고 총명하니 이런 도인을 몰라볼 리가 없었다. 한 번 보고 마음속으로 생각하기를,

'저 사람이 본래 촌사람이라면 어떻게 당돌하게 마루 위로 올라오겠는가. 분명히 보통사람은 아니로다.'

하고 상공이 말하였다.

"어떤 손님이신지는 모르나 이처럼 누추한 곳을 찾아주시니 황공합니다."

하고 마루에 오르라고 하니, 그 사람이 마루에 올라 자리를 잡고 앉은 다음 서로 자신의 성과 이름을 알려주며 인사를 하는데, 그 사람이 먼저,

"저는 본래 부산 사람으로 이름난 산의 큰 절들을 찾아다니며 돌부처를 벗삼아 세월을 보내고 있었사오나, 지금은 쓸데없이 나이만 들어 널리 나아가 놀지 못하고 한갓 금강산에 머무르며 죽기만을 바라고 삽니다. 성은 박이고 세상 사람들이 부르기를 처사라고 하나이다."

하니, 상공이 말하기를,

왕희지 : 중국 동진 시대의 서예가.
제갈공명 : 제갈량. 중국 촉나라의 정치가이자 책략가.
조정 : 임금이 나라의 정치를 집행하던 곳.

"내 성은 이요 세상 사람들이 부르기를 득춘이라 합니다."

하고 무릎을 가다듬고 말하였다.

"귀하신 손님이 어쩐 일로 이렇게 누추한 곳에 오셨습니까?"

처사가 대답하였다.

"나는 산 속에서 살면서 바둑 두기와 퉁소 불기를 즐겼는데, 소문에 들자하니 상공 또한 그러하시다니 천리를 멀다 않고 이렇게 찾아온 것입니다."

상공이 그 사람의 말이 진실하다고 느끼고 흔쾌히 그 사람에게 윗자리를 내주며 말하였다.

"어찌 보잘것없는 보통사람이 신선의 문답에 대꾸를 하겠습니까? 평생에 적수가 없는 것을 한탄했는데 처사를 대하오니 반가움을 이기지 못하고 있는 차에, 선생의 높은 퉁소소리를 어찌 따라 화답하겠습니까만, 부족하지만 가르침을 받을까 하여 제가 먼저 시험해 보겠습니다."

하고 한 곡조를 부니 맑고 깨끗한 소리가 구름 속에 사무치는데,

"손님이 주인의 노래만 듣기 미안하오니 퉁소를 빌려 주시면 저도 미숙한 곡조로 화답할까 하나이다."

하고 처사가 퉁소를 불렀다.

다 듣고서 칭찬하며,

"저같이 부족한 재주로도 세상의 칭찬을 듣습니다만, 나의 퉁소소리는 다만 꽃송이만 떨어질 뿐인데 선인의 피리소리는 봉황이 춤추고 떨어지는 꽃을 다시 피어나게 하시니, 옛날 한고조를 도와 천하를 통일한 장자방(張子房)*의 곡조로도 비교할 수 없겠습니다."

하고 못내 칭찬하였다. 이로써 주인과 손님이 되어 바둑과 퉁소로 여러 날을 보내더니 하루는 처사가 상공에게 부탁하여 말하였다.

"듣자하니 상공께 귀한 아드님이 있다 하오니 한 번 보고 싶습니다."

장자방 : 중국 한(漢) 고조를 도와 천하를 통일한 충신 장량. 한신과 함께 한나라의 세 영웅으로 일컬어짐.

상공이 허락하고 아들을 부르니 시백이 명을 받들고 들어와 인사를 하는데, 처사가 인사를 받고 자세히 보니 만고의 영웅이 될 재목이고 전쟁터에 나가 장수가 되고 평상시에 재상이 되어 정치를 할 기상이 아름다운 얼굴에 은은히 나타나니, 마음에 기쁨을 이기지 못하여 즉시 상공에게 청하여 말하였다.

"미천한 사람이 상공을 찾아온 것은 다름이 아니라 상공께 부탁드릴 일이 있어서입니다."

상공이 듣고 대답하였다.

"무슨 말씀이신지 자세히 듣고 싶습니다."

처사가 말하기를,

"제게 딸이 하나 있는데 나이가 열여섯 살로 부부가 될 인연을 찾지 못하고 있는데, 다행히 존귀한 가문에 들어와 귀하신 아드님을 보니 마음에 드는군요. 제 못난 딸이 어리석고 단순하지만 존귀하신 가문에 받아들이실 만하오니, 혼사를 정하는 것이 어떻겠습니까?"

상공이 생각해 보니,

'박처사의 지혜와 덕이 저러하다면 딸도 평범할 리는 없을 것이다.'

하는데, 처사가 다시 말을 꺼냈다.

"상공은 한 나라의 재상이시나 저는 산 속에 묻혀 사는 보잘것없는 촌사람인데, 제 딸아이를 존귀하신 집안에 들이는 것이 안 될 일이지만, 제 뜻을 저버리지 않으시면 여한이 없을 것 같습니다."

상공이 기뻐하여 혼인을 허락하므로, 처사가 반겨하며 즉시 택일을 하니, 석 달 뒤가 되었다.

혼인을 완전히 정하고 술과 음식을 내어서 서로 권하며 바둑 두기와 밝은 달이 비치는 창가에서 옥퉁소 불기를 즐기다가, 하루는 처사가 떠나려고 하므로 상공이 못내 슬퍼하지만 어쩔 수 없이 작별하여 보내니, 처사는 산 속으로 돌아갔다.

한편, 상공이 여러 가족들을 모아 놓고 처사의 딸과 정혼한 것을 이야기하니, 부인과 여러 가족들이 혼인을 정하였다는 말을 듣고 크게 책망하여 말하였다.

"혼인은 인륜지대사입니다. 어찌 재상 집안에서 산중 처사의 근본도 모르는데, 어찌 그리하셨습니까?"

상공이 웃으며,

"들으니 처사의 딸이 재주와 인덕이 많고 사람 됨됨이가 요조숙녀(窈窕淑女)*라 하기에 결혼을 승낙하였다오."

하며, 가족들의 안목이 부족함을 한탄하였다.

결혼날이 다가와 혼사를 준비할 때에, 몸가짐과 차림새를 위엄 있게 갖추고 혼사에 필요한 행렬이 신부집으로 출발하는데, 상공이 직접 신랑을 이끌고 가는 후배(後陪)*를 서서 행렬을 이끌고 길을 떠났다. 신랑이 훌륭한 말에 관복을 갖추어 입고 큰 길 위로 의젓하게 가니 어린 소년의 풍채가 신선이나 다름없었다.

여러 날 만에 금강산에 다다라 보니 산천 풍경이 빼어나고 갖가지 색깔의 화초가 활짝 피었는데, 벌과 나비는 쌍쌍이 날아들어 꽃송이를 보고 춤도 추고, 푸른 버들가지가 늘어졌는데 황금 같은 꾀꼬리는 조화로운 목소리를 높여 벗을 불러 사람의 흥을 돋우었다.

경치를 구경하면서 점점 금강산 속으로 들어가니 인적이 뜸하고 다닌 흔적이 없으므로 찾을 길이 없어 주막을 찾아 쉬고, 이튿날 다시 걸어서 산골짜기로 들어가니 인적은 전혀 없고 층층이 늘어선 바위들이 병풍을 두른 듯하고 산골짜기의 물은 잔잔하게 흘러 남청을 부르는 듯, 박새는 슬피 울어 허황한 일을 비웃는 듯, 두견새 소리는 처량하여 사람의 어리석은 회포를 자아내는 듯하였다.

요조숙녀 : 행동이 아름답고 얌전한 여성.
후배 : 혼인 때에 가족 중 신랑이나 신부를 데리고 가는 사람.

상공이 자신의 일을 돌아보니 오히려 허황하여 후회해도 소용이 없으므로 마음속으로 어찐 된 일인지 몹시 의아해하였다. 어느 사이엔가 해는 서산으로 지고 달이 동쪽 고갯마루로 떠오르니 어쩔 수 없이 또다시 주막을 찾아가 쉬고, 이튿날 산골짜기로 찾아들어 가는데 깊은 산골짜기에 갈 곳을 생각하니 어디로 가야 할지 전혀 방법이 없어 나아갈 수도 없고 돌아갈 수도 없는 지경이었다.

상공이 동쪽을 바라보고 생각하기를,

'중국 한나라 종친이었던 유비는 남양 땅에 삼고초려(三顧草廬)*하여 와룡 선생이라는 제갈량을 만났다고 하더니 내게는 허황된 일이로구나.'

하고 잠시 망설이는데, 문득 산골짜기에서 목동 세 사람이 내려왔다. 상공이 반겨하며,

"저기 가는 아이들아, 거기 좀 섰거라! 앞길을 가리켜 주어 지나가는 사람의 불안함을 없애 주었으면 좋겠구나."

하니, 목동이 대답하였다.

"이곳은 금강산이고 이 길은 박처사 사는 곳으로 통하는 길인데, 우리가 박처사가 사는 곳에서 내려오는 길입니다."

상공이 반가워하며 물었다.

"지금 박처사가 댁에 계시더냐?"

목동이 다시 대답하였다.

"계시다는 말씀은 옛 노인들이 들으시기를 '수백 년 전에 이곳에 있는 사람이 나무를 얽어서 집을 만들고 나무 열매를 먹으며 생활하면서 높으신 이름을 박처사라 일컬으시고 사시는데 잠자는 곳을 모른다' 하고 말씀하시는 것만 들었을 뿐이고, 지금 살고 계신다는 말은 처음 듣는 말입니다."

하는데, 상공이 들으니 더욱 정신이 아득해졌다. 또다시 물었다.

"처사가 그곳에서 산 지는 몇 해나 되는가?"

삼고초려 : 촉의 유비가 제갈량의 집을 세 번이나 찾아가서 그를 군사(軍師)로 삼은 일. 윗사람의 우대를 받음을 비유한 말.

목동이 미소를 지으며 말하였다.

"거기서 사신 지는 삼천삼백 년이라고 하더군요."

다시는 묻는 말에 대답하지 않고 가므로, 상공이 이 말을 들으니 더욱 의심이 되어 하늘을 쳐다보고 크게 웃으며 말하였다.

"세상에 허황되고 미덥지 않은 일도 많구나."

하고 망설이다가, 다시 생각하고 주막에 돌아와 머무는데, 시백이 또한 아버지를 위로하였다.

"지나간 이야기로 후회하실 것 없이 도로 돌아가시는 것이 낫겠습니다."

상공이 웃으며,

"그저 돌아가도 남의 웃음을 면치 못할 것이고 돌아가지 아니하자고 하니 허황하기 이를 데 없구나. 내일은 바로 혼인을 하기로 한 그 날이다."

하고 그 이튿날 노복(奴僕)*들을 데리고 길을 서둘러 반나절을 산속으로 왔다 갔다 하여 기진맥진할 정도로 찾고 있자니, 오후쯤 되어서 한 사람이 허름한 옷차림으로 대나무 막대기를 짚고 산 속에서 내려오니 이가 곧 박처사였다. 처사가 상공을 보고 반기며 말하였다.

"저 같은 사람과 인연을 맺어 여러 날을 깊은 산골짜기에 마음이 매우 불편하게 지내셨을 것 같으니 죄송스러워 몸둘 바를 모르겠습니다."

상공이 웃고 서로 이야기를 한 후 처사가 상공을 데리고 산 속으로 들어가니, 이 때가 바로 봄이 한창일 무렵이었다. 화초는 양쪽에 만발하여 있는데 벌 나비는 쌍쌍이 날아들어 꽃을 보고 반겨 춤도 추고, 늙은 소나무는 늘어지고 수양버들은 실버들이 되고, 그 가운데 황금꾀꼬리는 실버들 사이를 오가며 거문고 소리 가득 울려 퍼지니, 상공이 생각하기를 정말로 속세를 떠나서 신선 세상에 들어선 듯하였다.

처사가 상공에게 말하기를,

노복 : 사내종

"저는 본래 가난하여 손님을 접대할 방도 없고 달리 머무르시게 하면서 대접할 집도 없사오니, 돌 위에나마 잠시 편안히 앉으십시오."

하고 낙랑장송 밑에 돌마루를 정결하게 다듬어 놓았는데, 자리를 정하고 앉아서 처사가 말하기를,

"산중에서 예의와 도리를 갖출 수는 없는 것이라 미안하기가 헤아릴 수 없사오나, 혼인의 예식을 되는 대로 합시다."

하고 결혼식을 올리는데, 상공이 시백을 데리고 교배석에 들어가니 처사가 신랑을 인도하여 안채로 들어가고 난 뒤, 상공은 돌마루로 나아가 앉아 있으니 이윽고 처사가 나와 송화주를 권하며 말하기를,

"산 속에서 나는 음식들이라 별 맛은 없을 것이지만 흉보지 마십시오."

하고 여러 잔을 서로 권하였다. 처사가 저녁밥을 차려 먹인 후 다시 또 상공에게 술을 권하니 술이 몹시 취하여 다시 먹고 싶은 생각이 없게 되었다. 상공과 노복들이 술을 이기지 못하여 정신없이 졸았는데, 조금 뒤에 깨어 보니 날이 이미 밝아 있었다. 처사를 불러서 말하기를,

"어제 먹은 술이 정말로 인간 세상의 술이 아니고 신선의 술인 듯합니다."

처사가 웃으며 말하기를,

"송화주 한 잔에 그렇게 취하여 계십니까?"

상공이 대답하였다.

"인간 세상의 평범한 사람이 신선한 한 잔 술을 겁없이 마셨으니 정말로 분에 넘치더군요."

하고 서로 이야기를 하다가 이 날 돌아가겠다고 말하니 처사가 말하였다.

"이곳은 깊은 산골이라 길이 머니 이번에 제 딸아이를 데리고 가십시오."

상공이 옳다고 여겨 허락하고, 처사가 채비를 차리는데, 신부의 얼굴을 엷은 비단천으로 가리어서 전신을 남이 보지 못하게 하고는 상공에게 말하였다.

"가신 후에 다시 만납시다."

박씨는 추한 외모로 냉대받다. 한편, 상공이 처사와 아쉽게 헤어진 후에 며느리를 데리고 그 산어귀를 내려오니 해가 서산에 지므로 주막을 찾아 들어가 쉬었는데, 그제서야 신부의 생김새를 보니 얼굴 가운데 거칠고 더러운 때가 줄줄이 맺혀 마마 자국의 얽은 구멍에 가득하며, 눈은 달팽이 구멍 같고 코는 심산궁곡의 험한 바위 같고 이마는 너무 벗겨져 태상노군이라는 노자의 이마 같고 키는 팔 척이나 되는 키다리인데다가, 팔은 늘어지고 한쪽 다리는 저는 듯해서 그 용모를 차마 바로 보지 못할 정도였다.

상공과 시백이 한 번 보고 정신이 아득하여 다시는 대할 마음이 없어 부자가 서로 말없이 있으나, 어찌할 수 없었다. 그렁저렁 날이 새니 길을 재촉하여 여러 날 만에 서울에 도착하여 집에 들어가니 일가친척이 신부를 구경해 보려고 모두 모였는데, 신부가 가마에서 내려 곁방으로 들어가 얼굴을 가렸던 엷은 비단천을 벗어 놓으니 정말 대단한 모습이었다. 방 안의 사람들이 모두 다 보고 '구경은 처음 하는 구경이라' 하며 서로 얼굴만 쳐다보고, 그 날부터 비방하는 일이 무수하게 많았다. 비록 경사이오나 오히려 걱정할 일이 생긴 집 같았다.

모든 사람들이 다 놀라고 부인은 상공을 원망하며 말하였다.

"서울에도 높고 귀한 집안의 아리따운 숙녀들이 많은데, 구태여 산 속에 들어가 남의 웃음을 사게 하십니까?"

상공이 크게 나무라며 말하였다.

"아무리 빼어나게 아름다운 사람을 얻어 며느리로 삼더라도 여자로서의 행실이 바르지 못하면 인륜이 패망해 버리며 가문을 온전하게 지켜 나가지 못할 것이요, 비록 괴상한 인물이라도 덕행이 있으면 한 가문이 매우 행복하고 복록을 누릴 것이니, 무슨 말씀을 그렇게 하시오? 지금 며느리의 얼굴은 비록 추하지만 옛날 어진 어머니였다는 태임과 태사와 같은 덕행이 있으니 하늘이 우연히 도우시어 저러한 어진 며느리를 얻어왔는데, 부인은 사람을 알아보는 안목이 없는 말을 다시는 하지 마오."

부인이 대답하였다.

"대감의 말씀이 당연하지만, 자식의 부부 사이에 오가는 즐거움이 없을까 걱정이 됩니다."

상공이 대답하였다.

"자식의 화목과 즐거움은 우리 집 가문의 흥망에 달려 있는데, 무엇을 근심하겠는가. 그러나 부인도 조심하여 구박하지 마시오. 부모가 사랑하면 자식이 어찌 즐겁지 않겠습니까?"

하며 타일렀다. 이 때 시백이 박씨의 추하고 보잘것없는 얼굴을 보고 한편으로는 미워도 하면서 얼굴을 대하지 않으니 남녀 노비들도 또한 같이 미워하였다. 그러므로 낮이고 밤이고 혼자 방 안에서 잠자기만 일삼았는데, 시백이 더욱 미안하여 내보내고 싶었지만 아버지가 두려워 감히 마음대로 못하니, 상공이 그 낌새를 알고 시백을 불러 꾸짖어 말하였다.

"사람의 덕행을 모르고 겉보기에 아름다운 것만 찾으면 그 일이 곧 가문을 망치는 근원이라. 내 듣자하니 부부가 화목하고 즐거워하지 않는다 하니, 그렇게 하고 어떻게 몸을 닦고 집안을 다스린다는 말이냐.

옛날 제갈공명의 아내 황발 부인은 비록 인물이 추하고 보잘것없었으나 재주와 덕망을 함께 갖추어, 공명의 도덕이 삼국에 으뜸이요 그 이름을 천하에 전하는 것이 모두 부인의 교훈에 따른 까닭이라 하며, 경솔하고 성급하게 버렸다면 영웅호걸이 되었겠는가. 너의 아내도 비록 얼굴은 아리땁지 못하나 보통사람과 다른 비범한 재질이 있을 것이니 부디 가볍게 여기지 말아라."

부모가 개와 말이라도 사랑하면 자식이 또한 따라 사랑하는 것이 그 부모를 위하는 것이니라. 하물며 내가 총애하는 사람을 박대하면 이는 부모를 모르는 것이니 어떻게 부모를 섬기는 것이라고 할 수 있겠는가. 그런 까닭으로 인륜이 피폐해지고 말 것이니, 부디 각별히 조심하여서 옛 법도를 어기지 말라."

하는데, 시백이 말을 다 듣고 나서 조아리고 잘못을 빌며 말하였다.

"사람을 모르고 인륜을 패망하게 하였으니 만 번 죽어도 아까울 것이 없는 큰 죄를 지었습니다. 이후로는 어떻게 다시 가르치심을 저버리겠습니까?"

상공이 또 말하기를,

"네가 그렇게 알고 있다면 오늘부터 부부간에 화목하고 즐겁게 지내겠느냐?"

하는데, 시백이 명을 받고 없는 정이 있는 척하고 마음을 단단히 먹고 안방에 들어가 보니, 아버지의 훈계는 헛일이고 박씨를 미워하는 마음이 전보다 더 커지는 것이었다. 등잔 뒤에서 부채로 얼굴을 가리고 밤을 지내더니, 이윽고 닭울음소리가 나므로 즉시 나와 부모님 앞에 문안하니 상공이 어떻게 그런 줄을 알겠는가.

상공이 또 하루는 노복들을 꾸짖어 말하기를,

"내 들으니 너희들이 어진 윗사람을 몰라보고 멸시한다 하니 만일 다시 그렇게 한다면 너희들을 죽음을 각오하고 엄하게 다스리리라."

하니 노복들이 두려워하며 잘못을 빌었다. 이 때에 부인이 박씨의 일을 몹시 원통하게 여겨 계집종 계화를 불러 말하기를,

"집안의 운수가 불행하여 그 많은 사람들 중에 저런 것을 며느리라 하고 생겼으나, 쓸데없는 가운데에서도 게을러 잠만 자고 여자들이 하는 길쌈질 재주는 없는 것이 밥을 많이 먹으려고 하니 어디다가 쓴다는 말인가. 오늘부터는 아침밥과 저녁밥도 적게 먹이겠다."

하고 수없이 잘못을 찾아내어 험담을 하니 친척들도 화목하고 즐겁게 대하지 않았다.

박씨가 여러 사람들이 구박하는 것을 비웃어 넘기고 있으면서도 계화를 불러 말하기를,

"대감께 여쭐 말씀이 있으니 사랑에 나아가 말씀드려라."

하므로 계화가 명을 받들어 즉시 나아가 그 말씀을 상공에게 알리니, 상공이 바로 들어가자 박씨가 태연스럽게 한숨을 쉬면서,

"복이 없는 인물이 얼굴과 모양이 추하고 볼품없어 부모께 효도도 못하옵고 부부간이나 가족이 화목하지도 못하오니 쓸데없이 되었습니다. 자식으로 아

신다면 뒤뜰에 초가집 세 칸만 지어주시면 좋을 듯합니다."

하며 말을 마치고 눈물을 흘리며 애원하는데, 상공이 그 모습을 보고 같이 눈물을 흘리며 불쌍히 여겨 말하였다.

"자식이 변변치 못하고 못나 내 가르침을 듣지 않고 너를 박대하니 이는 집안의 운수가 길하지 못한 탓이다. 그러나 내가 때때로 타일러서 조심시킬 것이니 안심하여라."

하는데, 박씨가 그 말을 듣고 감격하여 다시 부탁하였다.

"대감의 말씀은 지극히 감사하여 어찌할 바를 모르겠으나 이것은 애당초에 못난 며느리의 용모가 추하고 보잘것없으며 덕행이 없는 탓이오니 누구를 원망하겠습니까만, 이 못난 며느리의 소원대로 뒤뜰에 초가집을 지어 주시기 바라나이다."

이에 상공이 승낙하고, 사랑채로 나와 시백을 불러 꾸짖어 말하였다.

"네가 내 가르침을 몰라서 말을 거역하니 그렇게 하고 어디다가 쓰겠느냐? 효도를 모르는데 충성을 어떻게 알겠느냐. 네가 아비의 명을 거스르고 마음을 고치지 아니하면 부자간의 정은 고사하고 네 아내가 원망을 품을 것인데, 여자는 한 쪽으로 치우치는 성질이 있으니 뒷일을 모를 뿐만 아니라, '한 여자가 한을 품으면 오뉴월에도 서리가 내린다' 하였으니, 네가 아비의 명을 어떻게 하며 만일 불행히도 남편 없이 혼자 빈 방에서 외롭게 밤을 지내는 것을 슬퍼하다가 스스로 목숨이라도 끊으면, 첫째는 임금님께서 너그럽게 받아들이지 못하실 죄인이고, 둘째는 집안의 재앙이 될 것이니 어떻게 걱정하지 않을 수 있겠느냐? 어떻게 된 사람이기에 얼굴만 따지고 내 잘못은 고치지 않느냐?

시백이 엎드려 사죄하여 말하였다.

"소자가 못나서 아버님의 가르치심을 거스르고 부부간에 화목하지 못하오니, 그 죄는 만 번 죽어도 억울하지 않습니다. 어찌 다시 거역하겠습니까?"

하고 나와서 생각하기를,

'다음부터는 그러지 말아야겠다.'

하고 마음을 가다듬어 다시 박씨의 방에 들어가니 눈이 저절로 감기고 얼굴을 보니 기절을 할 지경이었다. 아무리 마음을 단단히 먹어도 그 괴물을 보고서야 어떻게 마음을 움직일 수 있겠는가? 상공이 그 일을 알고 급히 뒤뜰에 곁방을 지어주고 몸종 계화로 하여금 같이 지내도록 하니, 박씨의 불쌍하고 가련함을 차마 못 볼 지경이었다.

임금이 박씨의 재주를 인정하다. 이러는 가운데 임금이 상공에게 명하여 일품의 벼슬로 올려주고 명을 내려,

"내일 궐 안으로 들어오라."

하니, 상공이 북쪽을 향하여 네 번 절하고 벼슬아치가 궁에 들어갈 때 입는 조복(朝服)*을 갖추려고 하는데,

"헌옷은 색이 바래었고 새옷은 미처 준비하지 못하였으니, 내일 당장 궁궐에 들어가 임금님을 뵈라는 명령을 내려 계시니 하룻밤 사이에 어떻게 준비하겠는가?"

하고 걱정하니 부인이

"일이 급하게 되었으니 아무쪼록 바느질 잘 하는 사람을 데려다가 지어 봅시다."

하며 서로 걱정을 태산같이 하고 있는데, 이 때 계화가 이 말을 듣고 뒤뜰의 초당에 들어가 상공의 벼슬이 높아진 일이며, 조복으로 걱정을 하여 낭패스럽게 된 일을 알리니 박씨가 듣고 계화에게,

"일이 급하다면 조복 지을 감을 가져오너라."

하니 계화가 더욱 신기하게 여겨 박씨의 얼굴을 보며 급히 상공에게 알리니 상공이 크게 기뻐하며,

"내 며느리가 신선의 딸이라 반드시 뛰어난 재주가 있을 것이라."

조복 : 관원이 조정에 나가 축하 예식할 때 입던 예복.

하고 조복감을 급히 가져다 주라 하시니 상공의 부인이 크게 웃으며,

"겉모양이 그런데 무슨 재주가 있겠는가?"

여러 사람들도 또한,

"옷감만 버릴 것이니 들여보내지 않는 것이 옳겠다."

하고 의견이 분분한데, 상공이 웃으며 말하였다.

"속담에 말하기를, '중국 형산에서 얻었다는 백옥이 티끌과 흙 속에 묻혀 있고, 보배와 구슬이 돌 속에 들어 있으나 안목이 없으면 알아보지 못한다' 하였으니, 인품은 측량하기가 어려운 것이라. 부인은 남의 속마음을 그렇게 가볍게 알고 경망스러운 말씀을 하십니까?"

부인이 상공의 말을 거역하지 못하고 조복감을 초당으로 보내 놓고 염려하였다.

한편, 계화가 조복감을 드리니 박씨가 말하기를,

"이 옷은 혼자 지을 옷이 아니니 도와줄 사람을 몇 명 불러오너라."

하니, 계화가 이 말씀을 상공께 전하니 바느질을 도와줄 사람을 불러내었다. 박씨가 촛불을 밝히고 옷을 짓는데, 수놓는 법은 팔괘(八卦)*와 같고 바느질은 달 속 궁전에 산다는 항아 같으며, 대여섯 사람이 할 일을 혼자 하고 2, 3일 동안 할 일을 하룻밤 사이에 해내니, 앞에는 봉황 무늬로 수를 놓고 뒤에는 푸른 학 무늬 수를 놓았는데, 봉황은 춤을 추고 청학은 날아드는 듯하였다. 함께 바느질한 사람이 말하기를,

"우리는 우러러볼 뿐이지 감히 따라하지는 못하겠습니다."

하고 감탄하였다.

이튿날 상공이 조복을 입고 대궐 안에 들어가 공손히 절을 하니 임금은 상공이 입고 있는 조복을 자세히 보다가 물었다.

"경의 조복을 누가 지었는가?"

팔괘 : 중국 상고시대 복희씨가 지었다는 8가지 괘. 건 · 태 · 이 · 진 · 손 · 감 · 건 · 곤 등.

상공이 말하였다.

"신의 며느리가 지었습니다."

임금이 말하였다.

"그러면 저런 며느리를 두고 굶주림과 추위에 파묻혀 남편 없이 혼자 빈 방에서 외롭게 밤을 지내게 하는 것은 어떻게 된 일인가?

상공이 깜짝 놀라 엎드려 말하였다.

"두려워 어찌할 바를 모르겠사오나, 전하께서는 어떻게 이처럼 자세히 알고 계십니까?"

그러자 임금이 말하였다.

"경의 조복을 보니 뒤에 붙인 청학은 신선의 세상을 떠나 푸른 바다 위로 왔다갔다 하여 굶주리는 모습이고, 앞에 붙인 봉황은 짝을 잃고 우는 모습이 분명하니, 그것을 보고 짐작하였노라."

상공이 대답하였다.

"신이 분명히 하지 못한 탓입니다."

임금이 물었다.

"남편 없이 혼자 빈 방에서 외롭게 밤을 지낸다는 것은 어떻게 된 일인가?"

상공이 말하였다.

"자식이 아비의 가르침을 생각지 않고 부부간에 화목하지 못한 탓입니다."

임금이 또 물었다.

"독수공방은 그렇다고 하고, 매일 굶주림과 추위를 견디지 못하여 항상 눈물로 세월을 보낸다는 것은 어떻게 된 일인가?"

상공이 두려운 마음을 가눌 수 없어 잠시 망설이다가 다시 말하였다.

"신은 사랑채에 거처하고 있어 안채의 일은 알지 못하오나, 이는 다 신이 어리석고 둔한 탓이오니 그 죄는 만 번 죽어도 마땅할 것입니다."

임금이 말하였다.

"잘 알지 못하겠지만, 그대의 며느리가 비록 아름답지 못하나 영웅의 풍채를 가지고 있도다. 푸대접하지 말라."

하며 또 덧붙여 말하기를,

"매일 흰 쌀을 서 말씩 줄 것이니 지금부터 한 끼에 한 말씩 지어 먹이며, 그대 집안 식구들이 푸대접할 것이니 특별히 조심하라."

하니, 상공이 절을 올리고 집으로 돌아와 집안 사람들을 모아 놓고 부인에게 임금께서 내리신 가르침을 낱낱이 이야기한 후에 또 시백을 불러 꾸짖어 말하였다.

"부모의 마음을 편안하게 하는 것이 자식의 효성이고, 임금의 마음 편안한 것과 나라가 태평하고 백성들의 살기가 편안한 것이 모두 다 신하의 충성이라. 네 마음대로 하여 아비로 하여금 두려워 몸둘 바를 모를 가르치심을 받게 하니, 너 같은 자식을 무엇에 쓰겠느냐?"

하고 호되게 꾸짖으니, 시백이 두렵고 몸둘 바를 몰라 엎드려 대답하였다.

"소자가 변변치 못하고 못나서 아버님의 가르치심을 거슬러 아버님께서 임금님께 황송한 처분과 대신들에게 무거운 책망을 받으시게 하였으니 그 죄는 만 번 죽어도 마땅한 것이고, 이렇게 화가 나시게 하였으니 두려워 어찌할 바를 모르겠습니다."

상공이 분함을 이기지 못하여 한동안 말이 없이 있다가 한참 후에야 다시 임금이 명한 것을 낱낱이 이야기하며 또 이르기를,

"네가 다시 거역하면 첫째는 나라에 불충하는 것이 될 것이고, 둘째는 부모에게 불효가 이를 데 없이 클 것이니 각별히 조심하여 지내라."

하니 그 후에 시백과 집안 사람들이 박씨에게 푸대접하는 것이 덜하였다. 이 때 박씨에게 매일 서 말씩 밥을 지어 들여 주었는데 박씨가 거뜬히 다 먹으니, 구경하는 사람들이 모두 다 놀라며 이르기를,

"여장군이라."

하였다.

박씨는 남편 시백을 이해하다. 한편, 시백이 아버지의 명을 거역하지 못하여 내외간에 함께 잠을 자려고 하였으나, 부인을 보면 차마 얼굴을 대할 마음이 없어져서 부부간에 정이 점점 더 멀어져 갔다.

그러자 박씨가 초당의 이름을 '피화당(避禍堂)'*이라고 써 붙이고 몸종 계화를 시켜서 뒤뜰 곁방 전후좌우에 갖가지 색의 나무를 심었다. 오색 흙을 가져다가 동쪽에는 푸른 기운을 따라서 푸른 흙을 나무뿌리에 북돋우고, 서쪽에는 흰 기운을 따라서 흰 흙으로 북돋우며, 남쪽에는 붉은 기운을 따라서 붉은 흙으로 북돋우고, 북쪽에는 검은 기운을 따라서 검은 흙으로 북돋었다. 그리고 중앙에는 노란 기운을 따라서 노란 흙을 북돋워 주었다. 또한 때 맞추어 물을 정성껏 주니, 그 나무들이 하루가 다르게 자라서 그 모양이 엄숙할 뿐만 아니라 신기한 일도 일어났다. 오색 구름이 자욱하고, 나뭇가지는 용이 서린 듯, 깊은 범이 호령하듯 갖가지 색의 새들과 수많은 뱀들이 끝없이 변화하였다. 그 신기한 재주는 귀신도 비교할 수 없는 것이니, 무식한 사람이야 누가 알아보겠는가!

이 때 상공이 계화를 불러 말하였다.

"요사이 부인이 무엇을 하며 지내더냐?"

계화가 물었다.

"뒤뜰에 갖가지 색깔의 나무를 심으시고 때를 맞추어 소녀로 하여금 물을 주어 기르라고 하셨습니다."

상공이 듣고 계화를 따라 뒤뜰 양쪽을 살펴보니 갖가지 색깔의 나무가 사방에 무성한데, 그 모양이 엄숙하여서 바로 보기 어려웠다. 그래서 계화를 붙들고 겨우 정신을 차려보니 나무는 용과 호랑이로 변하여 바람과 비를 일으키려 하고, 가지는 무수한 새와 뱀이 머리와 꼬리를 서로 맞물린 듯하여 변화가 무궁무진하므로, 상공이 깜짝 놀라며 감탄하여 말하였다.

피화당 : 재앙과 난리를 피하는 집.

"이 사람은 바로 신선이로다. 여자로서 이같은 영웅의 큰 지략을 품었으니, 신과 같은 그 재주를 이것으로도 헤아릴 수 있겠구나."

하고 박씨에게 물었다.

"저 나무를 무슨 까닭으로 심었으며, 이 집의 이름을 피화당이라고 하였는데, 잘 모르겠구나. 무슨 까닭이냐?"

박씨가 물었다.

"길한 것과 흉한 것과 재앙과 복은 사람에게 늘 있는 일이지만, 다음에 급한 일이 있어서도 이 나무로 방비를 할 수 있을 것이므로, 그래서 심었습니다."

상공이 그 말을 듣고 까닭을 물으니 박씨가 물었다.

"또한 하늘의 도움을 받을 수 있는 시기인데 어떻게 하늘의 조화를 누설할 수 있겠습니까? 다음에 자연히 알게 되실 것이오니 남에게 말을 퍼뜨리지 마십시오."

상공이 탄식하여,

"너는 정말로 나와 같은 사람의 며느리가 되기에 아깝구나. 나의 팔자가 기박하여 도리를 모르는 자식이 아비의 가르침을 듣지 않고, 부부간에 화목하고 즐겁게 지내지 않고 헛되이 세월만 보내고 있으니, 내 생전에 너희 부부가 잘 지내는 것을 보지 못할 것이다."

하며 말하였다. 박씨가 무릎을 꿇고 앉아서 위로하여 말하였다.

"저의 용모가 부족하여 부부간에 즐거움을 모르는 것이오니 이것은 모두 저의 죄이므로 누구를 원망하겠습니까마는, 다만 제가 원하는 바는 남편이 과거에 급제하여 부모님께 영화를 보시게 하고, 출세하여 자신의 이름을 세상에 드날리며 나라를 충성으로 도와서, 폭군이던 하나라 걸왕에게 올바른 말을 하였다는 용방이나 은나라 충신 비간이 오랜 세월 길이 이름을 날림을 본받은 후, 다른 집안에서 아내를 맞아 자손을 보고 아무 탈 없이 오래오래 살면 저는 죽어도 여한이 없겠습니다."

하는데, 상공이 그 말을 들으니 그 넓은 마음을 못내 감탄하며 더욱 불쌍하게 여기며 눈물을 흘리니, 박씨가 미안한 마음에 위로하여 말하였다.

"아버님께서는 잠깐만이라도 마음을 놓으십시오. 아무 때라도 설마 화목하게 지낼 때가 없겠습니까? 너무 근심하지 마십시오. 남편의 잘잘못을 드러내어 집안 사람들이 다 불효하다고 하면 이 또한 모두 제 잘못이오니, 제가 나쁜 사람으로 여겨질까 두렵습니다."

상공이 박씨의 말을 듣고 감탄하며 그의 도량과 후덕함을 칭찬하였다.

박씨의 지혜로 집안이 부유해지다.

하루는 박씨가 계화를 불러,

"대감께 여쭐 말씀이 있으니 그렇게 전하여라."

하니 계화가 명을 받들고 나와 상공에게 전하였다. 그러자 상공이 즉시 안방에 들어가 물었다.

"어떻게 하자는 말이냐? 자세히 말해라."

그러자 박씨가 말하였다.

"내일 아침에 종로 객줏집에 노복을 보내시면 곳곳에서 사람들이 말을 팔려고 모였을 것인데, 여러 말 가운데 작은 말 하나가 있을 것이니 비루먹어* 피부가 헐고 털이 빠지고 깡마르고 핏기가 없이 핼쑥하여 겉모양은 볼품이 없지만, 돈 삼백 냥만 믿을 만한 종에게 주어 사오라고 하십시오."*

상공이 들으니 황당해 보였으나 며느리는 보통 사람과 다르다는 것을 알고 즉시 허락하고 나와 근면하고 성실한 종을 불러 분부를 내려 말하였다.

"내일 종로에 가면 말장사들이 있을 것이니 말 하나를 사오는데, 여러 말들 중에서 비루 먹고 파리한 망아지 한 마리가 있을 것이니 돈 삼백 냥을 주고 사오너라."

하며 돈을 주니 노복들이 받아 가지고 나와서 서로 이야기하기를,

내일 아침에 종로 ~ 주어 사오라고 하십시오 : 박씨가 미래를 내다보는 신통한 능력을 가지고 있음을 알 수 있는 부분이다.

비루먹어 : (개나 나귀, 말 등이) 비루에 걸려. 여기서 비루는 짐승의 피부가 헐고 털이 빠지는 병을 가리킴.

"대감께서 무슨 까닭으로 비루먹고 파리한 말을 삼백 냥이나 주고 사오라고 하시는지, 이상한 일이로구나."

하고 서로 의심스럽게 여기며 그 이튿날 삼백 냥을 가지고 종로에 나가 보니 과연 말 열 필이 있는데, 그 중에 비루먹고 파리한 망아지를 보고 임자를 찾아가 그 값을 물으니, 임자가 대답하기를,

"그 말 값은 닷 냥이지만, 이것들 중에도 좋은 말이 많은데 하필 저렇게 볼품없는 것을 비싼 값을 주고 사다가 무엇 하려고 하십니까?"

하며,

"좋은 말을 사가시지요."

하는데 노복들이,

"우리 대감께서 그렇게 사오라고 분부하셨습니다."

하고 대답하니, 장사가 말하기를,

"그러면 닷 냥만 내고 가져가시오."

하니, 노복들이 말하기를,

"우리 대감 분부 가운데는 삼백 냥을 주고 사오라 하셨기에 왔으니 삼백 냥을 받고 주시오."

하였는데, 장사가 대답하기를,

"원래 값이 닷 냥인데 어떻게 지나치게 비싼 값을 받으라고 하십니까?"

하니, 노복들이 말하기를,

"대감의 분부대로 주는 것이니 여러 말 말고 받으시오."

하며 주었는데, 장사가 어떻게 된 일인지 몰라 의심하면서 굳이 사양하고 받지 않으므로, 노복들이 마지못해서 억지로 백 냥을 주고 이백 냥을 숨겨 가지고 말을 이끌고 돌아와 말하였다.

"과연 망아지가 있었으므로 비싸게 삼백 냥을 주고 사왔습니다."

상공이 즉시 며느리에게 말 사온 이야기를 하니, 박씨가 노복에게 가져오라 하여 자세히 보다가 말하였다.

"이 말의 값으로 삼백 냥 비싼 값을 주어야 쓸 데가 있는데, 잘 알지 못하는 노복들이 백 냥만 주고 이백 냥을 숨겨서 말장사를 주지 아니하였으므로 쓸 데 없으니, 도로 갖다 주라 하십시오."

상공이 이 말을 듣고 박씨의 귀신같이 알아맞히는 능력에 감탄해 마지않으면서 즉시 사랑채로 나와 노복들을 불러 꾸짖으며,

"너희들이 말 값 삼백 냥 중에 이백 냥을 감추고 일백 냥만 주고 사왔으니 상전(上典)*을 속인 죄는 차차 엄하게 다스릴 것이겠지만, 우선 숨긴 돈 이백 냥을 가지고 가서 말주인에게 주고 오라. 만일 우물쭈물하다가는 너희들의 목숨을 온전히 지키지 못할 것이다."

하니, 노복들이 잘못을 빌며,

"이렇게 명백하게 아시니 어떻게 거짓말로 속일 수 있겠습니까? 대감께서 시키시는 대로 삼백 냥을 전부 주었더니, 그 말 값이 원래 닷 냥이라 하고 받지 아니하기에 어쩔 수 없이 억지로 백 냥만 주고 이백 냥은 감추어 두었는데, 이렇게 신통하게 알아내시니 소인들의 죄는 만 번 죽어도 마땅하옵니다."

하고 즉시 종로에 나갔다. 노복들은 말장사를 찾아가 돈 이백 냥을 주며 말하였다.

"이 사람아, 주는 돈을 고집하고 받지 아니하더니 우리들이 상전에게 벌을 받게 되었으니 어찌 억울하지 않겠나?"

하며 이백 냥을 억지로 맡기고 돌아와,

"말장사를 찾아 주었습니다."

하므로 상공이 즉시 안방에 들어가 박씨에게 이를 전하였다.

그러자 박씨가 상공에게 말 기르는 법을 아뢰었다.

"그 말은 하루에 깨 한 되와 백미 오 홉씩 죽으로 쑤어서 삼 년 동안 먹이되, 이 초당 뜰에 풀어 놓고 밤에도 찬 이슬을 맞게 하십시오. 그러면 삼 년 후에

상전 : 종에 대하여 그 '주인' 이르는 말.

긴하게 쓸 일이 있습니다.”

박씨의 계획대로 망아지를 뒤뜰에서 놓아 기른 지 삼 년 만에 훌륭한 말이 되어 걸음이 호랑이와 같이 날래었다.

하루는 박씨가 상공에게 아뢰었다.

“아무 달 아무 날에 명나라 칙사(勅使)*가 남대문으로 들어올 것입니다. 믿을 만한 노복에게 분부하여 우리가 기른 말을 끌고 가서 그 칙사가 오는 길에 매어 두면 칙사가 보고 사려고 할 것이니 값을 묻거든 삼만 냥 딱 잘라서 팔아 오라 하십시오.”

상공이 듣고 며느리의 말대로 노복을 불러 분부한 후 칙사가 오기를 기다리니, 과연 그 날 명나라 칙사가 온다고 하므로 노복들이 말을 끌고 나가 오는 길에 매어 두었더니 칙사가 말을 보고 매우 기뻐하며 삼만 냥을 아끼지 않고 사가므로, 노복들이 받아 가지고 돌아와 상공에게 말을 판 사연을 낱낱이 알렸다.

상공이 삼만 냥을 얻게 되어 집안의 재산이 풍부해지자, 박씨에게 물었다.

“삼만 냥이나 되는 많은 값을 받았으니, 잘 모르겠구나, 어찌된 까닭이냐?”

박씨가 말하였다.

“그 말은 세상에서 가장 뛰어나다는 천리마(千里馬)였으나, 조선은 작은 나라라 알아볼 사람도 없을 뿐 아니라 지역이 어설프게 생겨서 쓸 곳이 없습니다. 호국(胡國)*은 지역이 넓고 머지않아 쓸 곳이 있는데, 그 칙사는 훌륭한 말을 알아보고 삼만 냥을 아끼지 않고 사간 것입니다.”

상공이 듣고,

“너는 여자지만 만 리까지 내다보는 눈이 있으니 정말로 아깝구나. 만일 남자가 되었다면 나라를 구하는 충신이 되었을 것을 여자가 된 것이 한스럽구나.”

하며 한탄하였다.

칙사 : 임금의 명령을 받은 사신.
호국 : 오랑캐의 나라. 중국의 청나라를 가리키는 말

박씨의 도움으로 시백이 장원 급제하다. 이 무렵에 나라가 태평하고 백성이 평안하며 곡식이 무르익으므로, 과거시험을 실시하여 인재를 전국에서 뽑는다 하였다.* 이시백이 과거 볼 준비를 하고 내일이면 대궐 안 과거 시험장으로 들어가게 되었다.

그 날 밤 박씨가 꿈을 꾸었는데, 뒤뜰 연못 가운데 화초가 활짝 피어 있는데 벌나비가 날아드니 속에서 벽옥 연적이 변하여 푸른 용이 되어 푸른 바다에서 노닐다가 여의주를 얻어 물고 빛깔 고운 구름을 타고 하늘의 서울인 백옥경으로 올라가는 것이 보였다. 꿈에서 깨고는 잠을 이루지 못하여 여러 가지 일을 생각하다가 동쪽 하늘이 밝아오기에 급히 나와 보니 과연 푸른빛 옥으로 된 연적(硯滴)*이 놓여 있는데, 자세히 보니 꿈 속에서 보던 연적이 분명하였다. 반갑게 여겨 갖다놓고 계화를 시켜 시백에게 잠깐 다녀가라는 말을 전하였다.

그러자 시백은 얼굴빛을 엄하게 하고서,

"왜 요망한 박씨가 감히 나를 부르느냐?"

하며 꾸짖으므로 계화가 무안한 마음으로 부인께 돌아와 그 사실을 전하였다. 이에 박씨가 깜짝 놀라 하늘을 쳐다보며 탄식하여,

"슬프다. 나의 죄 때문에 죄없는 네가 혼이 났으니, 이렇게 분한 일이 어디에 있겠느냐."

하고 슬퍼하다가, 다시 계화를 불러 연적을 주며 말하였다.

"이 연적의 물로 먹을 갈아 글을 지어 바치면 장원 급제할 것이니, 벼슬에 올라 이름을 날리면서 부모님께 영화롭게 사는 모습을 보여 드리고, 가문을 빛낸 후에 저처럼 운명이 기구한 사람을 생각지 말고, 이름난 가문의 아름다운 숙녀를 아내로 맞아 태평스럽게 일생을 함께 늙도록 하십시오 하여라."

시녀 계화가 박씨의 명대로 시백에게 가서 앞뒤 사연을 그대로 전하고 연적

이 무렵에 나라가 태평하고 ~ 전국에서 뽑는다 하였다 : 나라가 평안할 때 전국적으로 실시하는 특별 과거시험을 '태평과' 라 한다.
연적 : 벼룻물을 담는 조그만 그릇.

을 건네주었다. 과연 연적은 시백이 보기에도 천하에 없는 보배였다.

시백은 이 연적을 받고 오히려 슬픈 생각이 들어 지난 일을 돌아보며 잘못을 뉘우치고,

"나의 어리석고 못남을 부인이 너그럽게 이해하시오. 태평스럽게 즐거움을 함께 하기를 바라오."

하고, 또 계화를 불러서 지나치게 화를 낸 것을 좋은 말로 달래어 주었다.

이튿날, 과거장으로 들어가 글의 제목이 발표되기를 기다려 시험지를 펼치고 그 연적의 물로 먹을 갈아 단숨에 힘차게 글을 써 내려갔다. 이윽고 모든 사람들보다 앞서 글을 바치니 글이 매우 잘 되어 고칠 데가 없었다. 시백이 글을 바치고 방문이 나붙기를 기다리고 있으니 한참 후에 방을 내거는데, 장원이 바로 이시백이었다.*

높은 과거장에서 새로 문과에 급제한 사람을 들어오라고 재촉하는 소리가 온 서울 바닥에 쩌렁쩌렁 울리는데, 시백이 공손히 몸을 구부리고 대궐 앞에 들어가 기다리고 있으니, 임금이 장원 급제한 사람들을 물러나게 하고, 시백을 가까이 불러 자세히 보다가 칭찬하며 나라에 충성을 다할 것을 거듭 당부하였다. 시백이 절하여 은혜에 감사하는 예를 올리고 집으로 돌아오는데, 임금이 내린 어사화를 머리에 꽂고 몸에 금과 옥으로 된 띠를 두르고 말 위에 뚜렷이 앉았으니, 그 풍채는 만인 가운데 뛰어났으며 그 행동거지 또한 이 세상에서 가장 뛰어난 인재다웠다.

모든 재상이 이귀를 향하여 분분히 치하하므로 상공이 여러 손을 이끌어 술을 내어 즐기다, 날이 저물어 파연곡(罷宴曲)*이 나오자 모든 손님들이 각각 집으로 돌아갔다. 상공은 아들을 거느려 안방으로 들어와 저녁식사를 마치고 촛불을 밝히어 낮을 이어 즐기나, 박씨의 외모가 보기 흉하므로 손님 보기를

시백이 글을 바치고 ~ 장원이 바로 이시백이었다 : 박씨의 신통한 능력을 알려 주는 부분이고, 이시백의 무능함이 드러나는 부분이다. 자신의 능력으로 과거에 급제하는 것이 아니라, 아내가 준 신기한 연적으로 과거에 급제하는 모습을 통해 조선 시대의 남자 중심의 사고에서 벗어나 여성 중심의 사고로 변화하고 있음을 알 수 있다.

파연곡 : 잔치를 마칠 때 부르는 노래.

부끄러워하여 깊이 들어가 있음을 서운히 여겨 즐거워하지 아니하였다.

이에 부인이 말하였다.

"오늘 아들의 장원 급제와 같은 경사는 평생에 두 번 보지 못할 경사이거늘 상공의 낯빛이 좋지 아니하심은 필연 추악한 박씨, 좌석에 없음을 서운히 여기심이니, 어찌 우습지 않으리까?"

이 말에 화가 난 상공은 엄격한 표정으로 말하였다.

"부인은 아무리 자식이 없다 한들, 다만 용모만 보고 속에 품은 재주를 생각지 아니하느냐? 자부의 도학은 그 신통함이 옛날 제강공명의 부인 황씨를 누를 것이요, 덕행의 뛰어남은 태사에 비할 것이니, 우리 가문에 과분한 며느리거늘, 부인 말이 우습지 않으리요?"*

이에 부인의 안색도 매우 좋지 않았다.

이 때 계화는 시백의 장원 급제함을 듣고, 박씨에게 축하의 말을 하면서도 한편으로는 탄식하여 말하였다.

"아씨께서 시댁에 오신 후로 상공의 자취 이곳에 한 번도 보이지 아니하고, 우리 소저의 어진 덕이 대부인의 박대하심을 당하시어, 외로운 후원에 홀로 밤낮으로 사시며, 집안의 크고 작은 일에 참여하지 못하시고, 잔치에도 나가시지 못하시며 수심으로 세월을 보내시니, 제가 보기에도 그 신세가 슬프기 그지없습니다."

그러나 박씨는 태연히 웃고 대답하였다.

"사람 팔자는 다 하늘이 정하신 바라, 인력으로 고치지 못하거니와, 자고로 박명한 사람이 한둘이 아니니, 어찌 홀로 나뿐이랴? 분수를 지켜 천명을 기다림이 옳으니, 아녀자 되어 어찌 가부의 정을 생각하리요? 너는 이상야릇한 말을 다시는 하지 말라. 바깥 사람들이 들으면 나의 행실을 천히 여기리라."*

부인은 아무리 자식이 ~ 말이 우습지 않으리요 : 이 판서는 사람을 외모가 아니라 그 속에 품은 재주로 판단해야 한다고 이야기 하고 있다. 이 판서는 본질을 보고 판단할 수 있는 뛰어난 안목을 가진 사람이라고 할 수 있다.

사람 팔자는 다 ~ 행실을 천히 여기리라 : 박씨 부인은 자신이 지금 나설 때가 아니라고 판단하고 있다. 자신의 분수를 지켜 기다릴 줄 아는 현명함을 가진 부인이다.

계화는 박씨의 넓은 마음과 어진 말에 못내 감탄하였다.

박씨가 허물을 벗고 아들을 순산하다. 이 때 박씨가 시가에 온 지 이미 삼 년이 되었다. 하루는 시부모에게 문안 올리고 다시 옷깃을 여미고 여쭈었다.

"제가 이 가문에 온 지 삼 년으로, 본가 소식을 알 길이 없어 부모의 안부를 알고자 잠깐 다녀오려 하오니, 대인은 허락해 주십시오."

상공이 이 말을 듣고 크게 놀라 말하였다.

"이곳에서 금강산이 오백여 리요, 길 또한 험하거늘, 네 어찌 가려 하느냐? 장성한 남자도 출입하기 어렵거든 하물며 여자의 몸으로 어찌 가겠느냐! 이런 망령된 생각은 행여 하지 말라."

"저도 그런 줄 아오나 이번에는 꼭 다녀오려 하오니, 염려하지 마소서."

상공이 박씨의 남다른 점을 아는지라 이에 허락하며 말하였다.

"정말 한 번 다녀오고자 하거든 내일 근친(覲親)*할 채비를 해 줄 것이니 속히 다녀오라."

"수삼 일 동안에 다녀올 방법이 있사오니, 부디 근친할 채비는 걱정하지 마시옵소서."

상공이 박씨의 재주를 짐작하나 이렇듯 신속히 다녀올 도리가 있음은 몰랐는지라, 이 말을 듣고 더욱 신기하게 생각하여 흔연히 허락하였다. 박씨는 시부모에게 두 번 절하여 작별 인사를 올리고, 뒤채에 돌아와 계화를 불러 조용히 분부하였다.

"내 친가에 잠깐 다녀오리니, 너는 내 행색(行色)을 바깥 사람들에게 말하지 말라."

그리고는 뜰에 내려 두어 걸음 걷다가 몸을 날려 구름에 올라 삽시간에 금

근친 : 시집간 딸이 친정에 와서 친정 어버이를 뵘.

강산 비취동에 다다라 부모께 두 번 절하고 문안을 드리니, 박처사는 이에 딸의 손을 잡고 말하였다.

"너를 시가에 보낸 지 삼 년에 너의 박명(薄命)*을 슬퍼하였으나, 이는 하늘의 뜻이니 사람 힘으로는 움직이지 못할 것이나, 이제부터는 네 액운이 다하고 행복이 계속될 것이다. 이 달 십오 일에 내 올라가리니, 너는 잠깐 머무르다 먼저 가거라."

박씨는 부모 슬하에 몇 해의 회포를 풀며 며칠 동안 머무르는데, 처사 부부의 재촉이 성화같았다.

"너의 시댁에서 기다리실 테니, 빨리 돌아가 시부모를 뵈어라."

박씨는 마지못하여 부모를 작별 인사를 하고 다시 구름에 올라 잠깐 사이에 뒤채로 돌아오니, 계화가 바삐 박씨를 맞아, 신속히 다녀옴을 반가워하였다.

박씨는 곧 의복을 갖추고 시부모에게 나아가 문안 드리고, 다시 무릎꿇고 앉아 상공에게 말하였다.

"제가 올 때에 제 아버지 말씀이, 이 달 십오 일에 갈 것이니 너의 시부께 아뢰라 하더이다."

상공이 흔연히 고개를 끄덕이고, 사람을 시켜 술과 안주를 차려 놓고 처사가 오기를 기다렸다.

과연 십오 일에 이르러 달빛 맑고 바람 맑은데, 홀연 공중에서 학의 소리 나며, 처사가 구름을 타고 내려오므로, 상공이 황급히 뜰에 내려 처사를 맞아 방에 들어와 예를 마치고 자리에 앉았다. 시백 또한 의관을 갖추고 처사를 향하여 절을 하고 문안을 드리니, 시백의 뛰어난 풍채는 일대의 영웅호걸이라, 처사는 황홀하고 귀중히 여겨, 시백의 손을 잡고 상공을 향하여 말하였다.

"영랑(令郎)*이 거룩한 재주로 높은 벼슬에 올라 장원 급제하여 옥당(玉堂)*

박명 : 운명이 기구함.
영랑 : 남의 아들을 대접해 일컫는 말. 영식(令息).
옥당 : 홍문관(弘文館)을 달리 이르던 말.

에 참여하니 이런 경사가 또 없음을 아오나, 이 시골 사람의 천성이 보잘것없어 상공께 치하를 드리지 못하였더니, 금년은 내 딸의 액운이 다하여 지금 저의 흉한 용모와 누추한 바탕을 벗을 때가 되었으므로, 존문에 나와 사위의 과거급제한 경사를 치하하고, 아울러 여아를 보고자 왔나이다.”

상공이 처사의 말에 무슨 뜻인가 들어 있음을 짐작하고 기쁨을 이기지 못하여, 주객이 술을 나누며 밤이 깊음을 깨닫지 못하였다.

문득 닭의 소리 요란하여 처사가 비로소 박씨의 침소에 들어가니, 박씨가 급히 마루에서 내려 아버지를 맞아 절을 올리고 문안하였다. 처사는 흔연히 딸의 손을 잡고 마루로 올라 남쪽을 향하여 박씨를 앉히고 웃으며 말하였다.

“금년으로 너의 액운이 다하였도다.”

주문을 외며 소매를 들어 박씨의 얼굴을 가리키니, 그 흉하던 얼굴의 허물이 일시에 벗어지고 옥같이 고운 얼굴이 드러났다. 처사는 유쾌하게 웃으며 말하였다.

“내 이 허물을 가져가고자 하니, 남의 의혹을 없앨 길이 없으리니 시부께 말씀하여 궤를 얻어다 이를 넣어 시모와 가장에게 보여 의심을 풀게 하라. 오늘 이별하면 이후 칠십 년이 지나야 부녀가 다시 만나리라.”

이에 밖으로 나가 상공에게 작별 인사를 하며 당부하였다.

“이후 혹 어려운 일이 있거든 며느리에게 물으소서.”

뜰에 내려 두어 걸음 걷더니, 간 곳이 없었다.

이튿날 계화가 상공 앞으로 와서 박씨의 신기한 소식을 전하였다.

“어제 처사께서 다녀가신 후로 우리 박씨께서 얼굴의 허물을 벗고 절색(絕色)*의 부인이 되었기에 이런 신기한 술법에 놀라서 대감께 아뢰옵니다.”

상공이 기뻐하면서 후원의 초당으로 달려가 보니 그처럼 흉하던 며느리가 과연 절세의 미인으로 변하여 있었다.

절색 : (다시 없을 정도의) 빼어난 미색(美色).

"제가 전생의 죄가 크므로 얼굴에 흉한 허물을 쓰고 세상에 태어나서 수십 년의 액운을 채웠기로, 하늘이 가친께 명하여 본형을 회복하여 주셨으니 의심치 마십시오."

시부모는 믿어지지 않아 벗은 허물을 본 다음 확신하며 신기하게 여겼다.

이 때 임금은 시백의 재덕을 사랑하고 벼슬을 돋우어 병조판서로 임명하니 시백이 그 은혜에 감사의 예를 올렸다. 그리고 집으로 돌아와서 상공을 뵈옵자, 상공이 꾸짖었다.

"너는 지난 일을 생각지 못하느냐? 지금 무슨 면목으로 아내를 보겠느냐? 네 위인이 그렇게 어리석으니 국가의 중임을 어떻게 감당하겠느냐?"

시백과 박씨가 함께 잠자리에 든 지 몇 달이 못 되어 몸에 태기가 있더니 마침내 열 달이 되어 박씨가 쌍둥이 아들 형제를 낳았다.

박씨가 시백의 목숨을 구하다. 이 때 임금은 병조판서 이시백을 평안감사로 삼으셨다가 또다시 조정으로 불러들여서 곧바로 상경(上卿)* 벼슬을 내리셨다.

그런데 명나라의 조정이 요란하여 가달 등의 외적이 변경을 침노하므로, 임금이 심려하여 이시백을 상사로 삼고 적당한 인물을 군관으로 삼아서 원군(援軍)*을 출발시키라고 분부를 내렸다.

시백은 여러 장수 가운데서 임경업(林慶業)*을 정하여 임금에게 추천하였다. 이윽고 북방의 호국에 이르니, 호왕이 임경업을 보고 마음에 들어 사위 삼기를 원하며 은근히 탄식하였다.

"내가 조선을 쳐 정복하고자 했는데, 뜻밖에 명장이 있음을 보고 그 만큼 조선의 위세가 장엄함을 알았으니, 앞으로 조선을 깔보고 범하지 못하겠도다."

상경 : 조선 시대, 정일품과 종일품의 판서.
원군 : 도와 주는 군대.
임경업 : 조선 중기의 명장(名將).

이 때 옆에 있던 공주가 이런 호왕의 말을 듣고 뜻밖의 말을 하였다.

"부왕마마는 염려 마십시오. 제가 조선에 나아가서 이시백과 임경업을 없애 버리고 오겠습니다."

그러자 호왕은 기뻐하였다. 그렇지 않아도 호왕은 자신이 오랫동안 품어 온 조선 침략의 뜻을 공주가 이루어 주기를 은근히 바라고 있었다. 공주는 씩씩하게 조선을 향하여 길을 떠나 조선 남자의 행색으로 한성에 숨어 들어갔다.

박씨가 하루는 시부모에게 저녁 문안을 드리고 침실에 들었는데, 시백이 밤이 깊어 들어왔다. 박씨는 판서 이시백을 맞아 자리에 앉았다. 시백이 아들을 무릎에 앉히고 박씨와 더불어 이야기를 하였다. 드디어 밤이 이슥해지자 박씨가 심각하게 말하였다.

"내일 날이 어둑하여, 강원도 원주 기생 설중매라 일컬으며 상공의 서헌으로 올 것이니 그 아름다움을 탐내어 가까이 하시면 큰 화를 당하실 것이니, 그 계집에게 여차여차 이르시고 내실로 들여보내시면, 첩이 마땅히 여차하리니, 상공은 첩의 말을 잘 들으소서."*

시백이 웃으며 말하였다.

"부인의 말씀이 우습도다. 장부가 어찌 한 조그만 계집의 손에 몸을 바칠 수 있겠소?"

"상공이 첩의 말을 믿지 아니하거든, 그 계집을 후원으로 들여 보내시고 상공이 그 뒤를 쫓아 들어와, 그 계집이 말하는 것을 살펴보면 사실을 아실 것입니다."

하니, 시백이 그 말을 새겨듣기로 하였다.

이튿날, 시백이 부모에게 문안하고 조정에 들어갔다가 돌아오니 손님들이 모여 있었다. 이에 술을 내어 즐기다가 날이 저물어 손님이 각각 돌아가니, 시

내일 날이 어둑하여 ~ 말을 잘 들으소서 : 박씨의 앞날을 내다보는 신통한 능력이 나타나는 부분이다. 이시백은 아내의 말에 따라 행동할 뿐이다. 어려운 상황을 헤쳐나가는 데도 여자가 앞장을 서고, 남자는 여자의 말에 순종할 뿐이다.

백은 저녁을 마치고 서헌에 한가로이 앉아 있었다.

과연 밤이 깊은 후에 한 여자가 문을 열고 들어와 두 번 절하는데, 판서가 눈을 들어보니 나이 이십 세쯤 되었는데 그 얼굴이 백옥 같아 천하의 미인이라 놀라 물었다.

"너는 누구인가?"

그 여자가 대답하였다.

"소녀는 원주 사는 설중매이온데, 상공의 위풍이 시골에까지 유명하기로 한번 뵙고자 하여 험한 길을 왔사오니, 어여삐 여기심을 바라나이다."

판서가 말하기를,

"너의 말이 기특하나, 여기는 손님들의 출입이 잦으니, 후원에 부인이 있는 곳에 들어가 있으면, 손님들이 다 흩어진 후에 너를 부르리라."

하니, 설중매가 사양하지 아니하고 들어왔다. 박씨는 자리를 주고 계화에게 술과 안주를 가져오게 하여 술 한 잔을 부어 주었다. 설중매가,

"첩은 본디 술을 먹지 못하오니, 부인이 주심을 어찌 사양하리까?"

하고 받아 마시기를 이어 사오 배 하니, 두 눈이 어지러워 술기운을 이기지 못하고 자리에 쓰러져 잠들었다. 박씨가 그 여자의 자는 모습을 보니, 얼굴에 살기가 어려 그 흉독한 기운이 사람을 쏘는 것이었다.* 가만히 행장(行裝)*을 뒤지니 삼 척 비수가 들어 있었다. 박씨가 그 칼을 집으려 하니 그 칼이 변화무쌍하여 사람에게 달려들었다. 박씨가 놀라 급히 피하고 주문을 외어 그 칼을 제어하고, 잠 깨기를 기다렸다.

날이 밝은 후 정신을 차리고 설중매가 일어나 앉으니, 박씨가 말하였다.

"너는 바삐 너의 나라로 돌아가거라."

"첩은 강원도 원주 사는 계집으로서, 부모를 모두 여의어 의지할 곳이 없사

박씨가 그 여자의 ~ 사람을 쏘는 것이었다 : 설중매는 이시백과 임경업을 죽일 목적으로 왔기 때문에 얼굴에 살기가
　　어렸을 것이다.
행장 : 여행할 때 쓰이는 모든 기구.

와 가무를 배웠삽거늘, 어찌 본국으로 가라 하시나이까? 박씨의 높은 이름을 듣고 왔나이다."

그러자 박씨가 소리를 높여 호통을 쳤다.

"네 끝까지 나를 업신여기어 이렇듯 속이니 어찌 분하지 않겠는가? 네 호왕의 공주 기룡대가 아니냐?"

기령대는 어쩔 줄 몰라 하며 말하였다.

"부인이 사리가 밝으셔서 첩의 행색을 아시니 어찌 조금이나마 속이리까? 첩은 과연 호왕의 공주로, 부왕의 명을 받아 귀댁에 들어왔사오니, 부인의 너그러우신 덕으로 용서하시면 본국에 돌아가 조용히 지낼까 하나이다."

"네가 본색을 바로 고하기에 용서하는 것이니, 이 길로 곧장 떠나 네 나라로 가서 너의 국왕에게 전하라. 이판서의 부인 박씨에게 행색이 드러나 성사를 못하였는데, 박씨의 말이 네 잠시라도 머뭇거리면 큰 화를 만나리니 빨리 돌아가 화를 면하라 하더이다 하라."

기룡대는 정신이 없어 엎드린 채 용서를 빌었다.

"바라옵건대, 부인은 첩의 죄를 용서하소서. 무사히 고국으로 돌아가게 하옵심을 비나이다."

"너의 국왕이 분에 넘치는 뜻을 두어 우리나라를 침범하고자 하니, 이는 우리나라의 운수가 불길함이나, 너의 병력이 아무리 강하다 할지라도 마음대로 침범하지 못하리니, 너는 바삐 나가 자세히 이르라."

기룡대는 머리를 조아리고 사죄 후 작별 인사를 하고 나왔으나, 길을 찾지 못하였다. 밤새도록 사방을 돌아다녔으나 나갈 길이 없었다. 기룡대는 하늘을 우러러 탄식하였다.

"호국 공주 기룡대가 이시백의 집에 와서 죽게 될 줄을 어찌 알았으리요?"

이 때 문득 박씨 나타나 말하였다.

"네 어찌 가지 아니하고 날이 새도록 그저 있느뇨?"

기룡대는 땅에 엎드려 말하였다.

"첩이 부인의 덕을 입어 돌아가려 하였사오나 사방이 층암절벽이라 갈 바를 모르오니, 부디 부인께서 길을 인도하여 주옵소서."

그러자 박씨가,

"너는 그저 보내면, 필연 임경업 장군을 해하고 갈 듯한 고로, 너로 하여금 나의 수단을 알게 함이라."

하고 공중을 향하여 주문을 외니, 홀연히 뇌성벽력이 진동하며 폭풍우가 일어나 기룡대의 몸이 절로 날려 순식간에 호국 궁중에 가서 떨어졌다.*

이것을 본 호왕은 경악하였다. 공주 기룡대가 오랜 후에 정신을 차리고 일어나서 조선에 가서 겪은 자초지종의 일을 고하자 호왕은 경탄하였다.

"허허, 이시백의 부부가 그런 기대한 영웅인 줄은 몰랐도다."

나라가 위기에 처하다. 마침내 용골대, 용홀대의 두 형제가 왕의 명령을 받들고 군사를 훈련시켜 조선으로 행군하기 시작하였다.

이 때 박씨가 시백에게 심상치 않은 말을 하였다.

"호국의 공주 기룡대가 쫓겨 돌아간 후에 호국의 세력이 점점 강해져 조선 침범의 야망을 버리지 않고 군사를 내어 임경업을 죽이고 위로 상감의 항복을 받고자 금년 12월 27일에 동대문을 무너뜨리고 물밀듯이 쳐들어올 것입니다. 부디 그 날을 어기지 마시고 상감을 모시고 광주산성으로 급히 피하소서. 그 뒷일은 제가 이곳에서 알아서 하겠습니다."*

한편 임금은 영의정 김자점과 좌의정 박운학의 반대에 부딪쳐 나라의 위기에 대처하는 일을 제대로 판단하지 못하고 머뭇거리고만 있었다.

이 때 공중에서 홀연히 옆에 비수를 낀 선녀가 내려와서 뜰 아래 엎드려 임금에게 자신이 온 이유를 전하였다.

너는 그저 보내면 ~ 궁중에 가서 떨어졌다 : 박씨는 나라의 어려움에 헤쳐 나가는 데 앞장을 서고 있다. 그녀의 도술로 호국 공주 기룡대를 가볍게 해치웠고, 임경업 장군도 보호할 수 있었다.
호국의 공주 기룡대가 ~ 이곳에서 알아서 하겠습니다 : 박씨의 예지력이 드러난 부분으로, 임금(인조)이 난리를 피해 광주산성으로 피신하는 역사적 사실이 드러난 부분이다. 역사적 사실과 허구적 요소가 함께 나타났다.

"신은 도승지 이시백의 부인 박씨의 시비 계화입니다. 박부인이 저에게 지금 임금께서 간신 김자점의 말만을 들으시고 아직 피신을 미루고 계시니, 네가 가서 아뢰어 곧 산성으로 동가(動駕)* 하시게 하라 하더이다."

계화는 빼어 들고 왔던 칼을 칼집에 꽂고 앞에 있던 큰 망두석(望頭石)*을 번쩍 들어서 피난을 반대하고 있는 재상 김자점과 박운학을 겨누고 큰 소리로 꾸짖은 다음 다시 임금에게 아뢰었다.

"만일 이 밤을 지체하시면 큰 화를 당할 것이니 저의 주인 박씨의 말을 무심히 듣지 마시고 곧 피난하소서."

임금은 이시백을 이조판서 겸 광주 유수로 명하고 그의 호위 아래 산성으로 떠났다.

이 때 용골대가 한양성에 침입하여 보니 국왕이 이미 피난하고 대궐에 없으므로 아우 용홀대에게 한양을 점령하게 하고, 스스로 기병 오천을 거느리고 광주산성으로 추격하여 성중(城中)을 향해 쏘니 화살이 비 오는 듯하였다.

임금이 이런 혼란으로 어쩔 줄 모르고 망연실색(茫然失色)*하고 있을 때 공중에서 갑자기 큰 소리가 들려왔다.

"상감께서는 항복문서를 써서 용골대에게 주소서. 용골대는 세자 대군 삼형제를 볼모로 잡아가고 난리는 일단 끝날 것입니다. 신첩은 다른 사람이 아니라 광주 유수 이시백의 처입니다. 신첩이 한 번 나아가 칼을 들면 용골대의 머리와 호병 삼만을 풀 베듯 할 것이나 하늘의 뜻을 어기지는 못하옵니다. 신첩의 죄를 용서하소서."

이에 임금이 항복문서를 보내자, 용골대는 이를 받고서 세자·대군과 왕대비전을 데리고 광주를 떠나갔다.

한편 용홀대가 한양에 머물며 군사를 이끌고 박씨 집을 수색하다가 피화당

동가 : 임금이 탄 수레가 대궐 밖으로 나감.
망두석 : 무덤 앞에 세우는, 여덟 모로 깎은 한 쌍의 돌기둥. 망주석(望柱石).
망연실색 : 어이가 없어서 멍하고 놀라서 얼굴빛이 변함.

에 이르렀다. 이 때 갑자기 전후좌우로 나무들이 일시에 변하여 수많은 갑옷 입은 군사가 되어 에워싸는 것이었다. 용홀대가 크게 놀라 급히 달아나려는 데, 이미 칼 같은 바위가 앞을 막아 에워싸니 빠져 나갈 길이 없었다. 용홀대가 어찌할 줄 모르는데, 방 안에서 한 여인이 칼을 들고 나오면서 꾸짖었다.

"너는 어떠한 도적인데, 이곳에 들어와 죽기를 재촉하느냐?"

용홀대가 두 손을 모으고 절하며,

"부인이 뉘신지 알지 못하오나, 부디 살려 주옵소서."

하니, 여인이 말하였다.

"나는 박부인의 시비로, 너를 기다린 지 오래다. 너는 악독한 도적이니 어서 목을 늘이어 내 칼을 받아라."

용홀대가 그 말을 듣고 화가 나서 칼을 들어 계화를 치려 하나, 칼 든 팔에 갑자기 힘이 빠져 놀릴 수가 없었다. 하는 수 없어 하늘을 우러러 탄식하며,

"대장부가 세상에 나서 만리타국에서 큰 공을 세우려 했건만, 오늘날 조그마한 계집의 손에 죽을 줄 어찌 알았으리오?"

하고 스스로 목숨을 끊었다.

그러나 나라의 운명이 불행하여, 이미 왕대비와 세자·대군이 사로잡혔고, 김자점이 호국을 인도하였으니, 이를 어찌할 것인가? 결국 호국에게 에워싸인 채로 임금이 호국에게 항복문서를 보내며 강화(講和)*를 요청하였다.

박씨가 나라를 구하다. 한편 계화가 박씨 집의 후원 피화당에서 용홀대가 자결하자 그 머리를 베어 박씨에게 바쳤다. 그러자 박씨가 그의 머리를 높은 나뭇가지에 달아매어 두었다가 그의 형 용골대가 와서 보고 실망하게 하라고 일렀다.

이 때 용골대가 임금의 항복문서를 받고 한양으로 들어와서 동대문으로 이

강화 : 서로 전쟁 상대였던 나라가 전투를 중지하고 조약을 맺어 평화로운 상태로 되돌아가는 일.

르렀다가 용홀대가 박씨의 시비 계화에게 죽었다는 소식을 듣고 몹시 화가 나서 호통을 쳤다.

"이미 강화를 하였는데, 누가 내 아우를 죽였단 말이냐? 오늘은 원수를 갚으리라."

그리고는 용골대가 피화당에 다다르니, 과연 용홀대의 머리가 문 밖에 매달려 있었다. 용골대가 분을 참지 못하여, 칼을 높이 들고 말을 채찍질하며 안으로 달려들었다. 그 순간 바람이 일며 안개가 자욱해졌다.

문득 나무 속에서 한 여인이 나와 크게 꾸짖었다.

"무지한 용골대야, 네 아우가 내 손에 죽었거늘, 너조차 죽으려느냐?"

용골대가 이 말을 듣고 화를 내며,

"너는 어떠한 계집인데 장부의 마음을 돋우느냐? 내 아우가 불행하여 죽었으나 네 나라의 항복문서를 받았으니, 이제는 너희도 다 우리 나라의 신첩이라. 잔말 말고 어서 내 칼을 받아라."

하자, 이 때 박씨가 계화에게 명하였다.

"저놈을 죽이지는 말고 간담을 서늘케 하여 우리 도술이나 좀 보여 주어라."

계화가 용골대를 맞아 싸운 지 십여 차례만에 용골대는 계화의 무술 실력에 당하지 못할 것을 알았으나, 허세를 부리고 큰소리로 꾸짖으며 삼백 근 철퇴를 둘러메고 계화에게 달려들었다.

이 때 계화가 거짓으로 패한 척하여 달아나자 용골대는 의기양양하게 쫓으며 호통을 쳤다.

"이년, 네가 달아나면 안 잡힐 줄 아느냐?"

계화가 잡았던 칼을 공중에 휘저으며 주문을 외우니, 모래와 돌이 날리고 사방에서 어두귀면(魚頭鬼面)*의 병졸이 아우성을 치며 에워싸 들어오고, 눈과 비가 크게 퍼부어서 순식간에 물이 한 길도 넘으니, 용골대가 손발을 놀리

어두귀면 : (물고기 대가리에 귀신 낯짝이라는 뜻으로) '몹시 괴상하게 생긴 얼굴'을 이르는 말.

지 못하고 당황하여 살려 달라고 애걸하였다.*

　그러자 박씨가,

　"네가 그럴 뜻이라면 왕대비 전하를 이리로 모셔 오라."

하니, 용골대 부하들이 급히 왕대비를 모셔 왔다. 이에 박씨가 급히 뜰에 내려와 왕대비를 맞아 통곡하며 나라의 불행을 위로하였다. 그리고 계화에게 명하여 용골대를 풀어 주라 하니, 계화가 박씨의 명을 받고 나와서 용골대에게 말하였다.

　"너를 여기서는 용서한다. 허나 돌아가는 길에 의주에서 또 한 번 죽을 고비를 당하리니, 의주에 도착하는 즉시 의주 부윤 임경업 장군에게 머리 숙여 절하고 이 글을 보여 드려라. 그러면 임장군이 너를 용서하고 돌려 보내리라."

　용골대가 의주에 이르자 임경업이 날쌘 호랑이같이 달려들며 큰 소리로 용골대를 꾸짖었다.

　"이 흉악무도한 오랑캐 장수야. 어서 내 칼을 받아라."

　용골대는 황망히 말에서 내리며,

　"장군은 노기를 풀고 잠깐 이 글을 보시오."

하고 이시백 부인 박씨의 편지를 올렸다.

　　이번 우리 조국의 국운이 불길하여 이런 일을 당했으나, 하늘이 호국과 조선
　　두 나라가 종속 관계가 되라고 정하신 운수여서 용골대가 상감의 항복문서를
　　가지고 세자와 대군 삼 형제분을 모시고 귀국하는 것이니, 장군은 분한 마음
　　을 진정하시고 이 일행을 무사히 가게 하여 삼 년 후에 세자를 무사히 돌려보
　　내시는 것이 상책입니다. 장군은 부디 이 말씀을 믿고 들어주십시오.*

계화가 잡았던 칼을 ~ 살려 달라고 애걸하였다 : 병자호란에서 패한 우리 민족의 자존심의 상처를 당시의 장수인 용
　골대를 혼내주면서 씻고자 한다.
이번 우리 조국의 ~ 말씀을 믿고 들어주십시오 : 병자호란의 결과. 세자가 볼모로 잡혀가게 되고, 호국과 조선은 군
　신의 관계가 된다. 그러나 우리 힘이 약한 이상, 지금은 어찌 할 수 없고 조용히 후일을 도모하는 방법밖에 없다.

한편 임금은 광주산성에 피신하여 왕대비와 세자·대군을 항복문서와 함께 호국에 보내 놓고 불안해 하고 있었다.

하루는 공중에서 선녀 한 명이 내려왔다.

"신첩은 광주 유수 이시백의 처 박씨입니다."

"그대의 지략에 늘 탄복하던 중이었소. 이제 그대의 모습을 보게 되니 과인의 마음이 매우 기쁘오."

임금은 이시백과 박씨의 호위를 받으며 서울로 출발하여 궁궐로 돌아왔다.

그 후에 상감은 이시백에게 의정부 우의정에 대광보국으로 임명하고, 부인 박씨도 충렬정경부인으로 봉하고 부부의 충성을 항상 칭찬하였다.

어느 덧 세자·대군이 호국에 잡혀간 지도 삼 년이 되었으므로 왕대비와 임금이 밤낮으로 근심하고 계시던 중 임경업이 자원하여 전쟁터에 나간 후, 두 달 만에 호국에 이르러 왕자 삼형제를 모시고 귀국하니, 이 때 전임 영의정 김자점이 이시백과 임경업을 시기하여 어명이라는 거짓말로 먼저 임경업을 잡아서 옥에 가두고 역적으로 몰아 죽였다. 이에 이시백이 김자점의 음모를 폭로하니 상감이 노하여 김자점의 목을 베고 그 처자도 목을 베어 죽이게 하고, 온갖 세간살림을 몰수해 버렸다.

박씨와 이시백은 백년해로 하다. 그 해 가을 구월 초순에 임금이 세상을 떠나고 세자가 19세로 즉위하니 나이 어린 임금을 보필하는 이시백 재상의 이름이 온 나라에 널리 알려졌다. 그리고 그의 아들 형제가 모두 과거에 급제하여 하나는 평안감사를 하였고, 하나는 송도유수를 지냈는데 각각 백성을 잘 다스리고 청렴결백하였다.

그 후 삼부자가 함께 조정에서 나라에 충성을 다하고 자손을 교훈하여 부귀를 더하며 가문의 영광을 빛내니, 세월이 흘러 이시백 공의 나이가 팔십이 지났다.

어느 해 가을 구월 보름께 달빛이 휘황하게 밝으므로 이공이 부인과 더불어 완월대에 올라서 남녀 자손을 좌우에 앉히고 즐거운 잔치를 베풀던 중에 이공이 손수 잔을 들어 두 아들에게 주면서 뜻밖의 유언을 하였다.

"내 소년 시절의 일이 어제 같은데 어느 사이 팔십이 지났으니 세상일이 다 헛된 꿈이로구나. 우리 부부는 세상 명분이 다 하였으니, 너희들과 영결코자 한다. 금후로 너희들 형제는 조금도 슬퍼하지 말고 자손을 거느리고 길이 영화를 누려라."

그리고 모든 손자를 일일이 어루만지고 상을 물린 뒤에 부부가 나란히 누워서 자는 듯이 운명하였다.

임금이 이시백 공과 박씨 부인의 죽음을 전해 듣고 또한 슬퍼하며 예관을 보내어 조상(弔喪)*하게 하여 부의(賻儀)*를 후히 내리는 한편, 시호를 문충공이라 하고, 박씨 부인을 충렬비(忠烈妃)에 봉하여 주었다. 또한 박씨 부인의 시비 계화도 상전을 따라서 역시 병 없이 자는 듯이 숨을 거두었다. 이시백의 두 아들들은 더욱 슬퍼하였으나, 장례는 검소하게 하고, 시신을 관(棺)에 넣은 후 상복을 입고서 길일을 택하여 선산에 편안히 묻었다. 그리고 부모의 묘소 옆에 여막(廬幕)*을 짓고 살면서 아침 저녁으로 소리내어 슬피 울며 삼 년 상례를 지성으로 모셨다.

임금이 이런 형제의 충효를 아름답게 여기고 다시 중요한 직책을 맡기니, 형제가 더욱 극진한 충성으로 임금을 섬겨 그 직품(職品)*이 일품에 이르고 자손이 대대로 충성을 다하였다. ✿

조상 : 남의 죽음에 대하여 애도의 뜻을 표함.
부의 : 초상난 집에 부조로 돈이나 물건을 보내는 일, 또는 그런 돈이나 물건.
여막 : 옆이나 무덤 가까이에 지어 상제(喪制)가 거처하는 초막.
직품 : 왕조 때의 벼슬 등급. 문·무관 모두 일품에서 구품까지 아홉 등급으로 가르고, 각 등급을 정(正)·종(從)의 두 가지로 갈라서, 모두 열여덟 등급으로 구분하였음.

핵심 정리

갈래 | 한글 소설, 역사 소설, 전쟁 소설, 여걸 소설
성격 | 전기적(傳奇的)
연대 | 조선 시대 숙종 때
배경 | 시간적-조선 시대 인조 때, 병자호란
　　　공간적-한반도 전역
특징 | 역사적 사건과 허구적 요소를 결합. 변신 모티브 설정
소재 | 나라의 어려움을 극복하는 박씨의 도술 및 지혜
시점 | 전지적 작가 시점
주제 | 박씨의 영웅적 기상과 재주 및 청나라에 대한 적개심

구성과 내용

❶ 발단 | 박씨와 시백의 혼인 − 인조 때 재상 이귀(상공)는 금강산에 사는 박처사의 딸과 자신의 아들 시백을 혼인시킨다. 그러나 공의 가족들은 박씨가 못생겼다고 돌보지 않고 미워한다. 그래서 박씨는 후원에서 시녀 계화와 함께 지낸다.

❷ 전개 | 박씨가 허물 벗고 행복을 찾음 − 박씨는 상공을 위해 하루만에 조복을 짓고, 피부가 헐고 털이 빠지고 마르고 핏기 없는 말을 사서 잘 길러 중국 사신에게 비싼 값에 팔고, 시백이 과거 보러갈 때 벽옥 연적을 주어 장원급제 하도록 한다. 시집 온 지 삼 년이 된 어느 날 액운이 다하여 허물을 벗게 되고, 절세미인으로 변한 박씨는 가족들의 사랑을 받고 쌍둥이 아들 형제를 낳는다.

❸ 위기 | 박씨의 지혜로 시백이 위기를 면함 − 시백은 외적으로 소란한 명나라 조정을 구하기 위해 임경업을 추천하나 북방 호국의 호왕은 임경업을 보고 사위 삼기를 원한다. 뜻을 이루지 못한 호왕은 딸 기룡대를 보내 시백을 해치려 하나, 기룡대는 박씨의 지혜에 뜻을 이루지 못하고 쫓겨난다.

❹ 절정 | 박씨가 나라를 구함 − 호왕은 용골대, 용흘대 형제에게 조선을 침략하게 하고, 박씨는 임금을 광주산성으로 피신시킨다. 마침내 용골대는 광주산성으로 추격하고, 용흘대가 서울을 점령하여 혼란에 빠지자, 왕은 용골대에게 항복문서를 써 주고, 용골대는 세자와 대군 삼 형제와 왕대비를 볼모로 잡고 광주를 떠난다. 계화는 용흘대의 머리를 베고, 용골대를 도술로 놀라게 하여, 왕대비를 모셔 오는 데 성공한다.

❺ 결말 | 박씨의 부귀영화 − 임경업이 호국에 가서 왕자 삼 형제를 데리고 귀국한다. 임금이 승하하고 19세의 세자가 즉위한다. 이시백의 아들도 과거에 급제하고 시백의 나이 팔십이 되자, 잔치를 하던 중 유언을 하고 부부가 나란히 운명한다.

작품 줄거리 인조대왕 때 이귀(상공)는 총명하고 문장, 무예, 재주와 덕행이 뛰어나 재상에 이르고, 이름이 온 세상에 떨친다. 그의 아들 시백도 총명하고, 풍채와 문장이 뛰어나고, 용맹하여 많은 사람들의 칭찬을 받는다.

어느 날, 상공의 집에 허름한 옷차림의 도인이 찾아와 하룻밤 묵기를 청한다. 박처사라는 금강산에 머물며 지내는 손님은 보기에도 보통 사람으로 보이지 않는다. 그리고 세상에 하나뿐인 상공의 퉁소소리를 앞서가는 비상한 재주를 지니고 있다.

처사는 상공의 아들 시백을 보고 영웅이 될 재목이며 재상이 되어 정치할 기상이라고 느끼고, 상공에게 자신의 딸과 혼인을 허락해 달라고 부탁하여 석 달 후에 날을 잡았다.

상공의 부인은 이름없는 산중처사의 딸과 정혼한 공의 행동에 불만을 품는다.

결혼날이 다가와 시백과 상공은 금강산에 가서 박처사를 찾았지만, 며칠을 산 속에서 헤매고, 목동한테 박처사가 금강산에 산 지 삼천삼백 년이라는 허무맹랑한 이야기를 듣는다.

겨우 혼인 전날에야 박처서를 만나, 산중에서 시백과 박처사의 딸이 혼례를 치른다. 혼례를 마치고 며느리를 데리고 산을 내려와 얼굴을 보니 차마 바로 보지 못할 정도로 추한 얼굴이어서, 시백 역시 다시 대할 마음이 없어진다. 혼인을 축하하러 온 일가친척들도 박씨의 얼굴을 보고는 흉을 보고, 남녀 노비들도 박씨를 미워한다. 시백은 아버지의 명을 받아 방에 들어가나 박씨를 미워하는 마음이 더 커지고, 부인은 박씨에게 밥을 적게 주고 박대한다. 가족들의 구박을 견디다 못해 박씨는 상공에게 부탁하여 뒤뜰에 피화정을 짓고 계화와 함께 지낸다.

상공이 일품의 벼슬을 받고 궁에 들어가게 된다. 하룻밤에 조복을 지을 수 없어 고민을 하던 상공은 며느리의 신기한 솜씨로 조복을 지어 입고 궁에 들어간다. 조복을 본 임금은 수놓인 청학과 봉황을 보고, 수를 놓은 박씨의 처지를 짐작하고, 공에게 며느리가 영웅의 풍채를 지녔으니, 푸대접을 하지 말라고 이른다.

박씨는 종로 객줏집에 노복을 보내 피부가 헐고 털이 빠지고 마르고 핏기가 없는 말을 삼백 냥에 사 오라고 보낸다. 정직한 말 주인이 백 냥만을 받자, 나머지 돈은 노복이 가진다. 박씨는 신통력으로 그 사실을 알고 노복에게 이백 냥을 말 주인에게 더 주고 오라고 이른다. 그 후 이 말을 삼 년간 정성껏 길러 명나라 칙사에게 삼만 팔천 냥을 받고 판다.

시백이 과거에 응시할 바로 전 날, 박씨는 꿈에 뒤뜰 연못가에서 벽옥 연적이 변하여 푸른 용이 되어 하늘로 오르는 것을 보게 된다. 그래서 남편에게 벽옥 연적을 주어 장원급제를 하게 한다. 남편이 장원급제하여 잔치를 베풀어도 추한 외모의 박씨는 손님 보기가 부끄러워 잔치에도 참석하지 못하지만, 분수를 지켜 천명을 기다림이 옳다고 생각한다.

시집 온 지 삼 년이 된 어느 날 박씨는 시아버지에게 친정에 다녀올 것을 청하여 구름을 타고 금강산 비취동에 간다. 그곳에서 박씨는 액운이 다하였다는 아버지의 말을 듣고 돌아온다.

이 달 보름 금강산에서 구름을 타고 온 박처사가 도술로 딸의 허물을 벗겨 주니, 박씨는 일순간에 절세미인으로 변한다. 이에 시백을 비롯한 모든 가족들이 박씨를 반기고, 그 후 쌍둥이 아들 형제를 낳는다.

한편, 시백은 병조판서를 거쳐 평안감사, 상경 벼슬을 받은 뒤, 외적으로 소란한 명나라 조정을 구하기 위해 원군으로 임경업을 추천한다. 북방 호국의 호왕은 임경업을 보고 사위 삼기를 희망하나, 뜻을 이루지 못한다. 호왕은 조선의 명장 임경업과 이시백을 보고, 조선의 위세에 위축된다. 이 때 호왕의 딸 기룡대가 설중매로 변신하여 시백을 해치려 하나, 박씨의 지혜에 뜻을 이루지 못하고 쫓겨난다.

두 장군의 암살에 실패한 호왕은 용골대, 용홀대 형제에게 군사를 주어 조선을 치게 한다. 천기를 보고 이를 안 박씨는 시백에게 호병이 침공하니 임금을 모시고 광주산성으로 피신하라고 한다. 그러나 왕은 영의정 김자점과 좌의정 박운학의 반대에 부딪쳐 피신을 주저하나 박씨가 계화를 시켜 산성으로 피신하게 하고 이시백의 호위로 산성으로 떠난다. 마침내 용골대는 광주산성으로 추격하고, 용홀대는 서울을 점령하여 혼란에 빠지자, 왕은 용골대에게 항복문서를 써 주고, 용골대는 세자와 대군 삼 형제와 왕대비를 볼모로 하여 광주를 떠난다. 계화는 용홀대의 머리를 베고, 용골대를 도술로 놀라게 하여, 왕대비를 모셔 오는 데 성공한다. 용골대는 왕자 삼 형제를 볼모로 하고 물러가다가 의주에서 임경업을 만나나, 박씨가 써 준 편지를 보고 무사히 국경을 통과한다. 왕은 이시백을 우의정에, 박씨를 충렬정경부인에 봉한다.

3년 후 임경업은 호국에 가서 왕자 삼 형제를 데리고 귀국하고, 그 후 임금이 세상을 떠나자 19세의 세자가 즉위한다. 이시백의 아들도 과거에 급제하여 평안감사와 송도유수를 지낸다. 시백의 나이 팔십이 되자, 두 아들과 자손을 모아 놓고 잔치를 베풀던 중 유언을 하고 부부가 나란히 운명하고, 시비 계화도 박씨를 따라 병없이 죽는다.

더 알아보기

임진왜란과 병자호란이 가져다 준 충격

태조 이성계가 1392년 조선을 건국한 이후, 조선은 200년 동안 태평성대를 누렸으나 군사나 병법 등을 무시하고 글만을 숭상하여 선조대에 이르러서는 임진왜란(1592~1599)을 당하게 되었다. 또한 전쟁의 상처가 아물기도 전에 이번에는 북방 민족인 청의 침입을 맞게 되어 병자호란(1636~1637)을 겪게 되었다. 이들 양난이 조선 사회에 준 충격은 컸다. 국토가 잿더미로 변하고, 수많은 백성이 죽었으며, 나라 경제가 어려워지는 등 직접적인 물량의 피해는 물론, 백성들의 정신에도 피해를 많이 주었다. 지배층에 대한 불신에서 오는 서민 의식이 강해졌고, 그에 따른 지배층의 반성에서 실학 정신이 나타나기도 하였다. 이 양난을 겪고 난 후에 의식 세계의 변화가 크게 일어났고, 사실상 조선 봉건 제도의 붕괴 현상은 이 때부터 싹트기 시작하였다고 할 수 있다.

그리고 이러한 전쟁 체험을 소재로 한 우리 소설이 창작되었다. 반성의 의미이든 정신적 보복의 의미이든 간에, 민중들의 의식면에도 막대한 영향을 끼쳤던 이들 양난은, 작가들의 새로운 경험으로 작품의 훌륭한 소재가 될 수 있었기 때문이다. 「박씨전」은 바로 이들 양난을 소재로 창작된 전쟁 소설이다.

감상의 길잡이

역사적 사실을 다룬 소설 「박씨전」 「박씨전」은 「박씨부인전」, 「명월부인전」이라고도 하며, 이시백의 부인 박씨가 슬기와 도술로써 병자호란을 수습한다는 줄거리로, 역사적 사실에 가상적 요소가 가미되어 쓰여진 소설이다. 남자 주인공 이시백은 인조반정의 공신이며 병자호란 때 병조참판을 지낸 실존 인물이며, 병자호란의 수모를 겪은 인조대왕, 임경업 장군, 청나라 장수 용골대 등도 역사적 실재 인물이다.

이 작품은 야인이라고 경멸하던 만주족이 세운 호국(청나라)에게 패배한 쓰라린 경험을 소설을 통해서나마 극복하고자 했던 뜻이 담겨 있으며, 배청 사상(청나라를 반대하고 물리치려는 정신)을 고취하고 연이은 전쟁의 패배로 인한 정신적 보상을 받으려는 심리를 엿볼 수 있는 작품이다.

여성 영웅 소설 「박씨전」 「박씨전」은 가부장제의 남존여비 사회에서 해방되고자 한 여성들의 사회 참여 욕구가 반영된 작품이라고 할 수 있다. 초능력을 지닌 비범한 여성 박씨, 박씨의 곁에서 시중을 드는 계화 등은 유교 사회의 전형적인 여성상과 거리가 멀고, 남편 이시백은 작품 속에서는 비범한 재주와 기상, 영웅의 자질이 있다고 하지만, 실재 사건에서는 박씨에게 중요한 결정을 맡기는 소극적인 인물이다.

「박씨전」의 전·후반부의 차이

「박씨전」은 전·후반부에 나타난 갈등의 양상과 해결 방식이 각각 다르다.

전반부는 박씨의 추한 용모에 갈등의 원인이 있었고, 도술로 이를 해결한다. 후반부에서는 작품 공간이 확대되어 국가적 차원에서의 갈등이 등장하고, 이에 대한 제한된 해결을 하게 된다. 즉 전·후반부가 '① 자신의 결함이 겉으로 드러남, ② 1차 대결, ③ 격리(도피), ④ 2차 대결, ⑤ 해결' 등에 이르는 동일한 반복으로 나타난다.

전반부에 나타난 갈등의 전개 과정을 살펴보면,

① 그 원인이 박씨 자신의 추한 외모에 있었고, (박씨는 추한 외모로 태어남)
② 자신의 그런 결함이 가정 내의 갈등으로 나타나 대결 양상까지 보이게 되며, 그 자신은 집안에서 무시당한다. (시집 식구들이 추한 외모의 박씨를 미워함)
③ 박씨는 스스로 도피한다. (피화당에서 계화와 함께 지냄)
④ 도피 이후 박씨는 대결 양상에서 우위를 차지해 가며, 여러 가지 신비한 능력을 보인다. (하룻밤에 조복을 짓고, 싼 값에 산 말을 비싼 값에 팔고, 벽옥 연적으로 남편을 장원급제 시킴)
⑤ 결국 이 갈등은 도술에 의해 완전히 해결되고, 박씨는 집안에서 지위를 인정받게된다. (도술로 아름다운 용모로 바뀌고, 가족들의 사랑을 받음)

후반부에 나타난 갈등의 전개 과정을 살펴보면,

① 박씨가 속해 있는 조선에 결함이 있었고, (박씨에서 나라로 개인이 확대되고, 박씨 역시 한 나라의 백성이므로, 나라 안의 문제점을 개인의 결함으로 볼 수 있음)
② 그 결함이 겉으로 드러나 호국과의 대결을 하게 되며, (조선의 여러 문제는 해결되지 않았고, 외적의 침략에 아무런 대비도 하지 않았음)
③ 도피 혹은 격리될 수밖에 없었다. (왕과 왕족 및 신하들이 광주산성으로 피신)
④ 도피 이후 조선은 더욱 위태롭게 되고, (임금이 적장에게 항복하고 왕자들이 볼모로 잡혀감)
⑤ 이는 개인의 패배에까지 이르게 된다. 다만, 박씨가 능력을 발휘하여 부분적으로 패배는 줄어들지만, 그 패배가 하늘의 뜻임을 알게 되면서 대결 양상은 해결된다. (박씨는 적장 용홀대를 죽이고, 왕대비는 돌아오며, 3년 후 왕자들도 귀국함)

창조학습
활동

1. 「박씨전」과 관련된 내용이 <u>아닌</u> 것을 골라 보자.

① 여성이 중심 역할을 하고 있다.
② 박씨는 앞날을 내다보는 능력을 갖고 있다.
③ 유교 사회의 전통적인 사고가 잘 나타났다.
④ 병자호란 때 남한산성으로 피신한 역사적 사실과 관련되어 있다.
⑤ 호국은 오랑캐의 나라라는 뜻으로 만주족이 세운 청나라다.

2. 다음 [보기]에서 알 수 있는 내용은 무엇인지 생각해 보자.

보기

　박씨의 계획대로 망아지를 뒤뜰에서 놓아 기른 지 삼 년 만에 훌륭한 말이 되어 걸음이 호랑이와 같이 날래었다. 〈중략〉
　상공이 듣고 며느리의 말대로 노복을 불러 분부한 후 칙사가 오기를 기다리니, 과연 그 날 명나라 칙사가 온다고 하므로 노복들이 말을 끌고 나가 오는 길에 매어 두었더니 칙사가 말을 보고 매우 기뻐하며 삼만 냥을 아끼지 않고 사가므로, 노복들이 받아 가지고 돌아와 상공에게 말을 판 사연을 낱낱이 알렸다. 상공이 삼만 냥을 얻게 되어 집안의 재산이 풍부해지자, 박씨에게 물었다. "삼만 냥이나 되는 많은 값을 받았으니, 잘 모르겠구나, 어찌된 까닭이냐?" 박씨가 말하였다. "그 말은 세상에서 가장 뛰어나다는 천리마(千里馬)였으나, 조선은 작은 나라라 알아볼 사람도 없을 뿐 아니라 지역이 어설프게 생겨서 쓸 곳이 없습니다. 호국(胡國)은 지역이 넓고 머지않아 쓸 곳이 있는데, 그 칙사는 훌륭한 말을 알아보고 삼만 냥을 아끼지 않고 사간 것입니다."

① 박씨의 예지력을 알 수 있다.
② 명나라 칙사의 우매함을 알 수 있다.
③ 박씨의 부지런함을 알 수 있다.
④ 명나라에 대한 적개심을 해소하는 방편이다.
⑤ 조선 시대 유행한 무역의 한 방법이다.

3. 「박씨전」은 다른 고전 소설과 다르게 주인공이 남자가 아니라 여자다. 여자를 주인공으로 설정한 소설은 당시 사람들의 어떤 생각을 포함하고 있는지 생각해 보자.

4. 임진왜란과 연이은 병자호란은 우리 민족에게 큰 시련과 상처를 안겨 주었다. 「박씨전」의 내용이 이런 역사적인 사실을 배경으로 한 것은 어떤 의의가 있는지 이야기해 보자.

5. 이 소설은 역사적인 사건과 허구적인 요소가 가미되어 있다. 이런 두 요소를 적절히 배합한 의도는 무엇인지 말해 보자.

☞정답과 해설 p.414

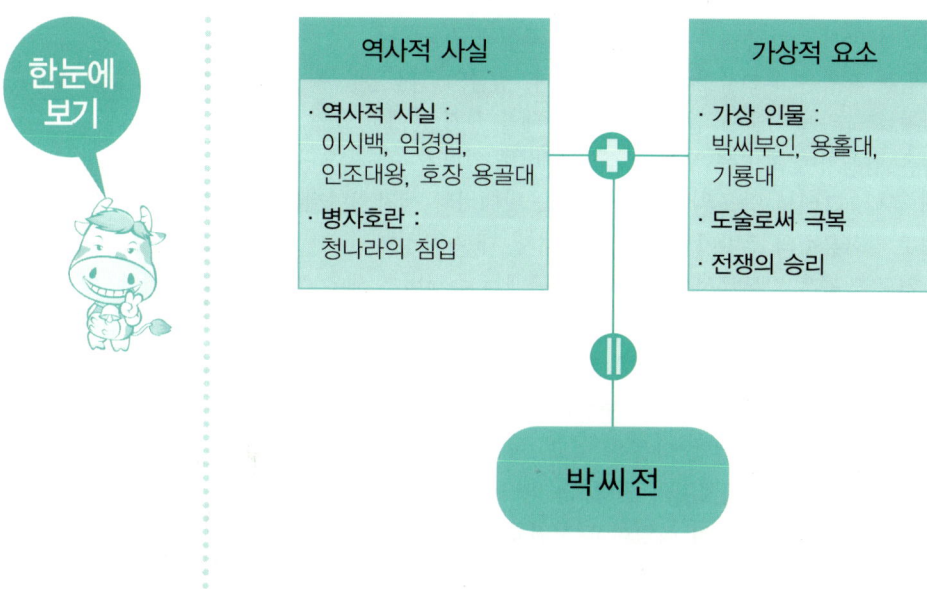

한눈에
보기

역사적 사실	가상적 요소
·역사적 사실 : 이시백, 임경업, 인조대왕, 호장 용골대 ·병자호란 : 청나라의 침입	·가상 인물 : 박씨부인, 용홀대, 기룡대 ·도술로써 극복 ·전쟁의 승리

박씨전

더 읽을
작품

병자호란의 또다른 영웅 이야기 「임경업전」을 감상해 보자.

「임경업전」은 「박씨전」과 같이 청나라에 대한 적개심과 복수심을 표현한 작품으로, 병자호란을 중심으로 활약한 영웅 임경업 장군의 일생과 무용담을 기록한 소설이다.

임경업은 충청도 청주 단월에서 태어나, 일찍 아버지를 여의고 어머니를 효성으로 섬긴다. 나이 18세에 무과에 장원하여 백마강 만호를 주니, 좋은 정치를 베풀어 소문이 조정에까지 미쳤고, 다시 천마산성 중군으로 임명한다.

갑자년 남경 동지사로 중국에 사신으로 갈 때, 이시백이 임경업과 함께 가기를 청한다. 그 때 호국이 적병의 침략을 받고 명에 구원병을 청한다.

호왕은 임경업에게 대사마 대장군 도원수를 제수하여 가달의 장수를 무찌르게 하여, 가달과 군사, 군마를 사로잡았으나, 가달이 자신의 잘못을 반성하여 살려 보낸다. 이 소식을 들은 천자는 조선에 맹장이 있음을 알고 임경업을 대견하게 생각한다. 임경업은 임무를 마치고 중국에 온 지 6년 만에 조선에 귀국한다.

당시 호왕은 조선을 노리고 있었으나, 임금이 임경업을 의주 부윤 겸 방어사를 제수하자 호국의 군사들이 겁을 먹고, 용골대를 시켜 동해로 돌아 조선을 침범하게 한다. 조정은 임경업이 호병을 무찌른 후 무방비로 있다가, 결국 오랑캐의 공격을 받아 한양을 내 준다. 그래서 임금은 남한산성으로, 왕대비와 세자 3형제는 강화로 피난을 갔지만, 결국 강화유수의 무방비로 왕대비와 세자, 대군은 잡혀 송파벌에 끌려간다.

결국 임금은 항복문서를 내리고, 용골대는 승전비를 세우고 득의양양 하였다. 임경업은 의주에서 슬픈 소식을 듣고 눈물을 감추지 못한다. 용골대가 세자 대군을 앞세우고 의주에 이르자 임경업은 호장을 무찌르려고 했으나, 용골대는 조선왕의 항복문서와 전지를 보여 주고 무사히 국경을 넘는다.

호왕은 임경업을 없앨 마음을 먹고, 명나라를 칠 것이니 임경업을 보내라는 국서를 보내 오고, 영의정 김자겸의 모함으로 임경업은 호국에 가게 된다. 그러나 임경업은 도망하여 속리산에 이르러 삭발하고 자취를 감춘다. 호왕은 크게 화를 내며 임경업을 찾았지만 속수무책이다. 임경업은 승려 차림으로 남경에 들어가 군사를 거느려, 북경을 쳐서 병자년의 원수를 갚으려 한다. 호왕이 임경업의 강직함과 용기에 탄복하여 세자와 대군을 풀어 주고 돌아가게 해 준다.

김자겸은 임경업이 돌아온다는 소식을 듣고, 임금에게 임경업을 모함하여 무사들을 시켜 몰매를 치게 한 후 옥에 가두어 죽게 한다(그의 나이 46세). 그리고 반역을 꾀함이 탄로날까 두려워 임경업이 자결하였다는 소문을 낸다. 임경업의 처 이씨는 그의 죽음을 알고 자결한다.

그 후 우의정 이시백이 김자겸의 소행을 낱낱이 밝히고 삼족까지 능지처참한다.

「임경업전」과 「박씨전」 모두 병자호란을 소재로 한 점, 명나라에 대한 충성과 청에 대한 적개심, 굴욕적인 항복에 대한 정신적 복수를 주제로 한 점에서는 공통되나, 「임경업전」은 실제의 역사적 인물인 남자 임경업을, 「박씨전」은 가공적 인물인 여자 박씨를 주인공으로 삼았다는 데에서 차이가 있다. 다시 말하면 가상의 주제를 위해 「박씨전」은 여주인공을 통하여 꿈과 같은 세계를 그렸고, 「임경업전」은 남주인공을 등장시켜 현실적인 세계를 리얼하게 묘사한 것이다. 이로 볼 때 이 두 작품은 하나의 자매편으로 볼 수 있다.

불합리한 사회에 도전한 의적

홍길동전
洪吉童傳

허균

「홍길동전」은 임진왜란 후의 사회 제도의 결함, 특히 본처의 아들과 첩의 아들이라는 신분 차이를 없애고 부패한 정치를 개혁하려는 허균의 혁명 사상을 작품화한 점에서 근대 소설과 맥락이 이어질 수 있는 소설이다.

 등장인물

홍길동 |

용모가 뛰어나고 총명하나 홍판서의 서자로 태어나 자신의 능력을 충분히 발휘하지 못한다. 길동을 시기하는 초란 때문에 결국 집을 떠나서 도적의 소굴에 들어가 두목이 된다. 부정한 방법으로 돈을 모은 양반들의 재물을 빼앗아 어려운 백성들을 도와주고, 어려움을 둔갑술과 축지술로 해결한다. 결국 왕에게 병조판서로 임명되고, 율도국의 왕이 된다. 자신의 신분적 한계를 뛰어넘은 영웅적 인물이다.

홍판서 |

홍길동의 아버지이지만 길동에게 해 줄 수 있는 것이 별로 없다. 길동이에게 분수를 지키기를 요구하나, 결국 집을 떠나는 길동에게 호부호형을 허락한다.

 작가 소개 허 균(金時習, 1435~1493) |

조선 중기의 문신이자 소설가. 호는 교산. 시와 글에 뛰어난 천재로 허난설헌의 동생이다. 장원 급제한 후 호조참의에까지 올랐다가, 광해군 폭정에 항거하여 반란을 계획하다가 탄로나서 참형을 당하였다. 저서로는 『홍길동전』, 『한정록』, 『교사시화』 등이 있다.

홍길동전
洪吉童傳

읽기 전에 ┃ 이 작품은 임진왜란 이후 민중 의식이 성장하고, 농민들의 저항 운동이 활발해지며, 서자 차별에 대한 집단적인 반발이 일어나면서 당시의 사회 모습을 소설로 표현하고 있다. 작가가 그리는 이상적인 사회의 모습과, 조선 사회가 안고 있는 문제점, 영웅 설화 등을 생각하며 읽어 보자.

길동이 태어나다. 조선조 세종 때에 한 재상이 있었으니, 성은 홍씨요 이름은 아무였다. 대대로 높은 가문 집안의 후예로서 어린 나이에 급제해 벼슬이 이조판서에까지 이르렀다. 물망(物望)*이 세상에서 으뜸인데다 충효까지 갖추어 그 이름을 온 나라에 떨쳤다. 일찍 두 아들을 두었는데, 하나는 이름이 인형으로 본처 유씨가 낳은 아들이고, 다른 하나는 이름이 길동으로 시비* 춘섬이 낳은 아들이었다.

홍판서는 길동을 낳기 전에 한 꿈을 꾸었다. 갑자기 우레와 벽력이 진동하며 청룡이 수염을 거꾸로 하고 공(公)*을 향하여 달려들기에, 놀라 깨어 보니 한바탕 꿈이었다.* 마음 속으로 크게 기뻐하여 생각하기를, '나 이제 용꿈을

물망 : 여러 사람이 인정하거나 우러러보는 명망(名望).
시비 : 곁에서 시중드는 여자 종.
공 : 홍판서를 말함.
갑자기 우레와 벽력이 ~ 보니 한바탕 꿈이었다 : 홍판서가 꾼 길동의 태몽이다. 길동이 신비한 능력을 타고날 출중한 인물이라는 것을 일러 주는 암시이다.

꾸었으니 반드시 귀한 자식을 낳으리라' 하고, 즉시 안채로 들어가니, 부인 유씨가 일어나 맞이하였다. 공은 기꺼이 그 고운 손을 잡고 바로 관계하고자 하였으나, 부인은 정색을 하고 말하였다.

"상공께서는 위신을 돌아보지도 않은 채 어리고 경박한 사람의 비루한 행위를 하고자 하시니, 첩은 따르지 않겠습니다."

하며 말을 마치고는 손을 떨치고 나가 버렸다. 공은 몹시 무안하여 화를 참지 못하고 사랑채로 나와 부인의 지혜롭지 못함을 한탄하였다.

그 때 마침 시비 춘섬이 차를 올리기에, 그 고요한 분위기를 틈타 춘섬을 이끌고 곁방에 들어가 바로 관계하였다. 그 무렵 춘섬의 나이는 열여덟이었는데, 한 번 몸을 허락한 후에는 문 밖에 나가지 아니하고 타인과 접촉할 마음도 먹지 않기에, 공이 기특하게 여겨 애첩으로 삼았다.

과연 그 달부터 태기가 있더니 열 달 만에 옥동자 하나를 낳았는데, 생김새가 비범하여 실로 영웅호걸의 기상이었다. 공은 한편으로 기뻐하면서도 부인의 몸에서 태어나지 못한 것을 안타깝게 여겼다.

길동이 서자의 서러움을 느끼다. 길동이 점점 자라 여덟 살이 되자, 총명하기가 보통이 넘어 하나를 들으면 백 가지를 알 정도였다. 그래서 공은 더욱 귀여워하면서도 출생이 천해, 길동이 늘 아버지니 형이니 하고 부르면, 즉시 꾸짖어 그렇게 부르지 못하게 하였다. 길동은 열 살이 넘도록 감히 부형을 부르지 못하고, 종들로부터 천대받는 것을 뼈에 사무치게 한탄하면서 마음 둘 바를 몰랐다.

"대장부가 세상에 나서 공맹(孔孟)*을 본받지 못할 바에야, 차라리 병법이라도 익혀 대장인(大將印)*을 허리춤에 비스듬히 차고 동정서벌(東征西伐)*하

공맹 : 공자와 맹자.
대장인 : 장수가 차던 병부의 신표.
동정서벌 : 여러 나라를 이리저리 정벌함.

여 나라에 큰 공을 세우고 이름을 만대에 빛내는 것이 장부의 통쾌한 일이 아니겠는가. 어찌하여 내 한 몸이 적막하고, 부형이 있는데도 아버지를 아버지라 부르지 못하고 형을 형이라 부르지 못하니 심장이 터질 것만 같구나. 이 어찌 통탄(痛嘆)*할 일이 아니겠는가!"*

하고 말을 마친 후, 뜰에 내려와 검술을 익히고 있었다.

그 때 마침 공이 또한 달빛을 구경하다가, 길동이 서성거리는 것을 보고 즉시 불러 물었다.

"너는 무슨 흥이 있어서 밤이 깊도록 잠을 자지 않느냐?"

길동은 공경하는 자세로 대답하였다.

"소인은 마침 달빛을 즐기는 중입니다. 그런데 만물이 생겨날 때부터 오직 사람이 귀한 존재인 줄 아옵니다만, 소인에게는 귀함이 없사오니, 어찌 사람이라 하겠습니까?"

공은 그 말의 뜻을 짐작은 했지만, 일부러 책망(責望)*하는 체하며,

"네 무슨 말이냐?"

하였다. 길동이 절하고 말씀드리기를,

"소인이 평생 설워하는 바는, 소인이 대감 정기(精氣)*를 받아 당당한 남자로 태어났고, 또 낳아 길러 주신 부모님의 은혜를 입었음에도 불구하고, 아버지를 아버지라 못 하옵고, 형을 형이라 못 하오니, 어찌 사람이라 하겠습니까?"

하고, 눈물을 흘리며 적삼을 적셨다. 공이 듣고 나자 비록 불쌍하다는 생각은 들었으나, 그 마음을 위로하면 마음이 방자해질까 염려되어, 크게 꾸짖어 말하였다.

"재상(宰相)* 집안에 천한 종의 몸에서 태어난 자식이 너뿐이 아닌데, 네가

통탄 : 몹시 탄식함, 또는 그 탄식.
대장부가 세상에 나서 ~ 통탄할 일이 아니겠는가 : 유교적인 출세를 꿈꾸는 길동에게 서자의 신분은 큰 장벽이 아닐 수 없다. 자신의 신세를 한탄하며, 당시 사회에 대한 불만을 토로하고 있다.
책망 : 잘못을 들어 꾸짖음, 또는 그 일.
정기 : 만물에 갖추어져 있는 순수한 기운. 또는 심신 활동의 근본이 되는 힘.
재상 : 임금을 보필하며 모든 관원을 지휘·감독하는 자리에 있는 이품 이상의 벼슬을 통틀어 이르던 말.

어찌 이다지 방자하냐? 앞으로 다시 이런 말을 하면 내 눈앞에 서지도 못하게 하겠다."

이렇게 꾸짖으니 길동은 감히 한 마디도 더 하지 못하고, 다만 엎드려 눈물을 흘릴 뿐이었다. 공이 물러가라 하자, 그제서야 길동은 침소로 돌아와 슬퍼해 마지않았다. 길동 본래 재주가 뛰어나고 도량이 활발한지라 마음을 가라앉히지 못해 밤이면 잠을 이루지 못하곤 하였다.

하루는 길동이 어미 침소에 가 울면서 아뢰었다.

"소자가 어머니와 더불어 전생 연분이 중하여, 금세에 모자가 되었으니, 그 은혜가 지극하옵니다. 그러나 소자의 팔자가 기박(奇薄)*하여 천한 몸이 되었으니 품은 한이 깊사옵니다. 장부가 세상에 살면서 남의 천대를 받음이 불가한지라, 소자는 자연히 설움을 억제하지 못하여 어머니 슬하를 떠나려 하오니, 엎드려 바라건대 어머니께서는 소자를 염려하지 마시고 건강하게 지내십시오."

그 어미가 듣고 나서 크게 놀라 말하였다.

"재상가의 천생이 너뿐이 아닌데, 어찌 마음을 좁게 먹어 어미 속을 태우느냐?"

길동이 대답하였다.

"옛날, 장충의 아들 장길산(張吉山)*은 천생이지만 열세 살에 그 어미와 이별하고 운봉산에 들어가 도를 닦아 아름다운 이름을 후세에 전하였습니다.* 소자도 그를 본받아 세상을 벗어나려 하오니, 어머니께서는 안심하고 후일을 기다리십시오. 근간에 곡산댁의 눈치를 보니 상공(相公)*의 사랑을 잃을까 하여 우리 모자를 원수같이 알고 있습니다. 큰 화를 입을까 하오니 어머니께서

기박 : (이상하게도) 운수가 사나워 일이 뒤틀리고 복이 없음.
장길산 : 조선 숙종 때 해서지방의 구월산을 중심으로 전국적으로 활동한 도둑의 우두머리.
옛날, 장충의 아들 ～ 이름을 후세에 전하였습니다 : 장길산은 허균이 죽은 다음에 활동한 인물이다. 따라서 이 작품이 허균이 살아 있을 때 써 놓은 원작이 아니라 나중에 고쳐 쓴 작품임을 알 수 있다.
상공 : '재상'의 높임말.

는 소자가 나감을 염려하지 마십시오."

하니, 그 어머니 또한 슬퍼하였다.

원래 곡산댁은 곡산 지방의 기생으로 상공의 첩이 되었던 것인데, 이름은 초란이었다. 아주 교만하고 자기 마음에 맞지 않으면 공에게 고자질을 하기에, 집안에 해로운 일이 많았다. 자신은 아들이 없는데, 춘섬은 길동을 낳아 상공으로부터 늘 귀여움을 받게 되자, 속으로 불쾌하여 갈등을 없애 버릴 마음만 먹고 있었다.

초란이 길동을 죽일 흉계를 꾸미다. 하루는 초란이 흉계를 꾸미고 무녀를 청하여 말하기를,

"내가 편안하게 살려면 길동을 없애는 방법밖에는 없다. 만일 나의 소원을 이루어 주면 그 은혜를 후하게 갚겠다."

고 하니, 무녀가 듣고 기뻐서 대답하였다.

"지금 흥인문(興仁門)* 밖에 일류 관상녀(觀相女)*가 있는데, 사람의 상을 한 번 보면 전후 길흉을 판단합니다. 그 사람을 청하여 소원을 자세하게 말하고, 공께 소개하여 그녀로 하여금 전후사를 자신이 본 듯이 이야기하게 되면, 공이 속아 넘어가 길동을 없애고자 할 것이니, 그 때를 틈타 이리이리하면 되지 않겠습니까?"

이에 초란이 크게 기뻐서 먼저 은돈 오십 냥을 주고 관상녀를 청해 오도록 하자, 무녀가 작별을 고하고 갔다.

이튿날 공이 내실에 들어와 부인과 더불어 길동이 비범함을 화제로 이야기하면서 다만 신분이 천함을 안타까워하고 있던 중, 문득 한 여자가 들어와 마루 아래서 인사를 하기에, 공이 이상하게 여겨 물었다.

"그대는 어떠한 여자인데 무슨 일로 왔소?"

흥인문 : 서울의 동대문의 본이름.
관상녀 : 사람의 상을 보고 그 사람의 운명 등을 판단하는 것을 업으로 하는 여자.

그 여자가 말하였다.

"소인은 관상 보는 사람이온데, 우연히 상공 댁에 이르렀습니다."

공이 이 말을 듣고 길동의 장래를 알고 싶어 즉시 길동을 불러서 보이니, 관상녀가 이윽히 보다가 놀라 말하기를,

"이 공자의 상을 보니 천고 영웅이요 일대 호걸이지만, 지체가 부족하니 다른 염려는 없을 듯합니다."

하고는 말을 하고자 하다가 주저하기에, 공과 부인이 크게 의심이 가서 말하였다.

"무슨 말인지 바른 대로 이르라."

관상녀가 마지 못하는 체하며 주위 사람들을 내보내고 말하였다.

"공자의 상을 보니, 가슴 속에 조화(造化)*가 무궁하고 미간에 산천 정기가 영롱하오니 실로 왕이 될 기상입니다. 장성하면 장차 온 집안이 멸망하는 화를 당할 것이오니, 상공께서는 유념하십시오."

공이 듣고 나서 놀란 나머지 한참 동안이나 묵묵히 있다가 마음을 진정시키고 이르기를,

"사람의 팔자는 피하기 어려운 것이니, 너는 이런 말을 누설(漏泄)*하지 말라."

당부하고는, 돈푼이나 주어 보내었다.

그 후로는 공이 길동을 산에 있는 정자에 머물게 하고 행동 하나하나를 엄격하게 감시하였다. 길동은 이런 일을 당하자 설움이 더욱 북받쳤지만 어쩔 수가 없어 『육도삼략(六韜三略)』*이라는 병법과 천문지리를 공부하고 있었다. 공이 이 사실을 알고는 크게 근심하여 말하였다.

"이놈이 본래 재주가 있으니, 만일 과분한 마음을 품게 되면 관상녀의 말과 같을 것이니, 이를 장차 어찌하랴?"

조화 : 사람의 힘으로는 어떻게 된 것인지 알 수 없을 만큼 야릇하거나 신통한 일.
누설 : 비밀이 새어 나가게 함.
육도삼략 : 중국의 병서의 고전인 『육도』와 상략·중략·하략으로 된 황석공의 『삼략』을 아울러 이르는 말.

이 때 초란이 무녀와 관상녀와 내통하여 공을 놀라게 하고는 길동을 없애고자 큰돈을 들여 자객(刺客)*을 매수하였는데, 그 이름은 특재였다. 초란은 특재에게 전후 내막을 자세히 일러주고는 공에게 가서 아뢰었다.

"며칠 전 관상녀가 아는 일이 귀심 같으니, 길동의 앞일을 어떻게 처리하려 하십니까? 저도 놀랍고 두려우니 일찍 길동을 없애 버리는 것이 나을 듯하옵니다."

공은 이 말을 듣고 눈썹을 찡그리면서,

"이 일은 내 손바닥 안에 있으니, 너는 번거롭게 굴지 말라."

하고 물리치기는 했으나, 자연히 마음이 어지러워 밤이면 잠을 이루지 못해 병이 나고 말았다. 부인과 좌랑 인형이 크게 근심이 되어 어쩔 줄 모르고 있는데, 초란이 곁에서 모시고 있다가 아뢰었다.

"상공의 병환이 위중하심은 길동으로 인한 것입니다. 저의 좁은 소견으로는 길동을 죽여 없애면 상공의 병환도 완쾌되실 뿐 아니라, 가문도 보존할 것이온데, 어찌 이 점을 생각하지 않으시는지요?"

부인이 이르기를,

"아무리 그렇다 한들 천륜(天倫)*이 중요한데 차마 어찌 그런 짓을 하겠나?"

고 하자, 초란이 말하였다.

"듣자오니 특재라는 자객이 있는데, 사람 죽이기를 주머니 속의 물건 잡듯이 한답니다. 그에게 거금을 주고 밤에 들어가 해치게 하면, 상공이 아셔도 어쩔 수 없을 것이오니, 부인은 재삼 생각하십시오."

부인과 좌랑(佐郞)*이 눈물을 흘리면서 말하였다.

"이는 차마 못할 바이로되, 첫째는 나라를 위함이요, 둘째는 상공을 위함이며, 셋째는 홍씨 가문을 보존하기 위함이니, 너의 생각대로 하려무나."

자객 : (어떤 음모에 가담하거나 남의 부탁을 받고) 사람을 몰래 죽이는 사람.
천륜 : 부자 · 형제 사이에 마땅히 지켜야 할 도리.
좌랑 : 조선 시대의 정육품 벼슬.

그러자 초란이 크게 기뻐하면서, 다시 특재를 불러 사정을 자세히 이야기하고, 오늘밤에 급히 행하라 하니, 특재가 그렇게 하겠다 하고 밤이 되기를 기다렸다.

　길동이 위기를 모면하다. 한편, 길동은 그 원통한 일을 생각하니 잠시를 머물지 못할 방이지만, 상공이 내린 명령이 엄하므로 어쩔 수가 없어 밤마다 잠을 설치고 있었다. 그런데 그 날 밤, 촛불을 밝혀 놓고 『주역(周易)』*을 골똘히 읽고 있는데, 까마귀가 세 번 울고 갔다.* 길동은 이상한 예감이 들어 혼잣말로,

　"저 짐승은 본래 밤을 꺼리는데, 이제 울고 가니 매우 불길하구나."

하면서 잠시 『주역』의 팔괘로 점을 쳐보고는, 크게 놀라 책상을 밀치고 둔갑법(遁甲法)*으로 몸을 숨긴 채 동정을 살피고 있었다. 새벽 2시쯤 되자 한 사람이 비수를 들고 천천히 방문으로 들어왔다. 길동이 급히 몸을 감추고 주문을 외니, 갑자기 한 줄기 음산한 바람이 일어나면서, 집은 간 데 없고 첩첩산중에 풍경이 굉장하였다. 크게 놀란 특재는 길동의 조화가 무궁한 줄 알고 비수를 감추며 피하고자 했으나, 갑자기 길이 끊어지면서 층암절벽이 가로막자, 오도가도 못하는 처지가 되었다. 사방으로 방황하다가 피리소리를 듣고서야 정신을 차리고 살펴보니, 한 소년이 나귀를 타고 오며 피리 불기를 그치고 꾸짖었다.*

　"너는 무엇 때문에 나를 죽이려 하는가? 죄 없는 사람을 해치면 어찌 천벌이 없겠는가?"

그런데 그 날 밤, ~ 세 번 울고 갔다 : 까마귀는 불길한 징조를 나타내는 새로 길동이에게 닥칠 불길한 사건을 암시하고 있다.

주역 : 삼경의 하나. 음양의 원리로 천지 만물의 변화하는 현상을 설명하고 해석한 유교의 경전. 주나라 때 대성되어 '주역' 이라고 함.

둔갑법 : 술법을 써서 마음대로 자기 몸을 감추거나 다른 것으로 변하게 하는 법.

사방으로 방황하다가 피리소리를 ~ 불기를 그치고 꾸짖었다 : 길동이 위기에 처하자 둔갑술로 위기를 모면하고 있다. 홍길동의 둔갑술은 서유기의 손오공의 영향을 받아 나타났다고 할 수 있다

하고 주문을 외니, 홀연히 검은 구름이 일어나며 큰 비가 물을 퍼붓듯이 쏟아지고 모래와 자갈이 날리었다. 특재가 정신을 가다듬고 살펴보니 길동이었다. 재주가 대단하다고는 여기면서도 '어찌 나를 대적하리오.' 하고 달려들면서 소리쳤다.

"너는 죽어도 나를 원망하지 말라. 초란이 무녀와 상녀로 하여금 상공과 의논하게 하고, 너를 죽이려 한 것이니, 어찌 나를 원망하랴."

칼을 들고 달려드는 특재를 보자, 길동은 분함을 참지 못해 요술로 특재의 칼을 빼앗아 들고 호통을 쳤다.

"네가 재물을 탐내어 사람 죽이기를 좋아하니, 너같이 무도한 놈은 죽여서 후환을 없애겠다."

하고 칼을 드니, 특재의 머리가 방 가운데 떨어졌다. 길동은 분노를 이기지 못해 그 날 밤에 바로 관상녀를 잡아 와 특재가 죽어 있는 방에 들이쳐 박고 꾸짖기를,

"네가 나와 무슨 원수 졌다고 초란과 짜고 나를 죽이려 했느냐?"

하고 칼로 치니, 처참하기 그지없었다.

길동이 집을 떠나다. 이 때 길동이 두 사람을 죽이고 하늘을 살펴보니, 은하수는 서쪽으로 기울어지고 달빛은 희미하여 마음은 더욱 울적해졌다. 분통이 터져 초란마저 죽이고자 하다가, 상공이 사랑하는 여자라는 데 생각이 미치자, 칼을 던지고 달아나 목숨이나 건지기로 마음먹었다. 바로 상공 침소에 가 하직(下直)* 인사를 올리고자 하는데, 마침 공도 창 밖의 인기척을 듣고서 창문을 열고 살폈다. 공은 길동임을 알고 불러 말하였다.

"밤이 깊었거늘 네 어찌 자지 않고 이렇게 방황하느냐?"

길동은 땅에 엎드려 아뢰었다.

하직 : (먼 길을 떠날 때) 웃어른에게 작별을 알림.

"소인이 일찍 부모님께서 낳아 길러 주신 은혜를 만분의 일이나마 갚을까 하였더니, 집안에 옳지 못한 사람이 있어 상공께 거짓으로 아뢰어 소인을 죽이고자 하기에, 겨우 목숨을 건졌으나 상공을 모실 길이 없기로 오늘 상공께 하직을 고하옵니다."

하기에, 공이 크게 놀라 물었다.

"너는 무슨 일이 있어서 어린아이가 집을 버리고 어디로 가겠다는 거냐?"

길동이 대답하였다.

"날이 밝으면 자연히 아시게 되려니와, 소인의 신세는 뜬구름과 같사옵니다. 상공의 버린 자식이 어찌 갈 곳이 있겠습니까?"

길동이 두 줄기의 눈물을 감당하지 못해 말을 이루지 못하자, 공은 그 모습을 보고 불쌍한 마음이 들어 타일렀다.

"내가 너의 품은 한을 짐작하겠으니, 오늘부터는 아버지를 아버지라 부르고 형을 형이라 불러도 좋다."*

길동이 절하고 아뢰었다.

"소자의 한 가닥 지극한 한을 아버지께서 풀어 주시니 죽어도 한이 없습니다. 엎드려 바라옵건대, 아버지께서는 만수무강(萬壽無疆)* 하십시오."

이렇게 말하고 하직하니, 공이 붙잡지 못하고 다만 무사하기만을 당부하였다. 길동이 또 어머니 침소에 가서,

"소자는 지금 슬하를 떠나려 하오나 다시 모실 날이 있을 것이니, 어머니께서는 그 사이 건강하십시오."

하고 하직 인사를 하였다. 춘섬이 이 말을 듣고 무슨 까닭이 있음을 짐작하나 굳이 묻지는 않고 하직하는 아들의 손을 잡고 통곡하면서 말하였다.

"네 어디로 가려 하느냐? 한 집에 있어도 거처하는 곳이 멀어 늘 보고 싶었는데, 이제 너를 정처없이 보내고 어찌 잊으랴. 부디 쉬 돌아와 만나기를 바란다."

내가 너의 품은 ~ 형이라 불러도 좋다 : 길동이의 소망 중 하나인 호부호형이 허락되는 순간이다.
만수무강 : 장수를 빌 때 쓰는 말로 수명이 끝이 없음.

길동이 절하고 문을 나와 멀리 바라보니 첩첩한 산중에 구름만 자욱한데 정처없이 길을 가니 어찌 가련하지 않겠는가*.

한편, 초란은 특재의 소식이 없자 이상하다 싶어 사정을 알아 보라 했더니, 길동은 간 데가 없고 특재와 관상녀의 시신만 방에 있더라고 하였다. 이에 혼비백산(魂飛魄散)*하여 급히 부인에게 알리니, 부인은 크게 놀라 좌랑을 불러 이 일을 이야기하고 상공에게도 알렸다. 이 소식에 접한 상공은 대경실색(大驚失色)*하며 말하였다.

"길동이 밤에 와서 슬피 하직하기에 이상하다 여겼더니, 결국 이런 일이 벌어졌구나."

이에 좌랑이 감히 숨기지 못하여 초란이 그 동안에 한 일을 아뢰었더니, 공은 더욱 분노하여 초란을 내쫓고 슬그머니 그들의 시체를 없앤 후, 종들을 불러 이런 말을 입 밖에 내지 말라고 당부하였다.

길동이 도적 두목이 되다. 그 무렵, 길동은 부모와 이별하고 정처없이 떠돌다가, 어떤 경치 좋은 곳에 이르렀다. 인가를 찾아 점점 들어가니 큰 바위 밑에 돌문이 닫혀 있었다. 가만히 그 문을 열고 들어가자 평원 광야가 나타나는데, 거기에는 수백 호의 인가가 즐비하고, 여러 사람이 모여 잔치를 하며 즐기고 있었다. 알고 보니 그곳은 도적의 소굴이었다. 한 사람이 길동을 보고 예사롭지 않다는 듯 반겨 말하였다.

"그대는 어떤 사람이기에 이곳에 찾아 왔소? 이곳에는 영웅이 모여 있으나, 아직 우두머리를 정하지 못하고 있으니, 그대가 만일 용맹하게 참여할 마음이 나면 저 돌을 들어 보시오."

"나는 경성 홍판서의 서자(庶子)* 길동인데, 집에서 천대받기 싫어서 아무 데

길동이 절하고 문을 ~ 어찌 가련하지 않겠는가 : 집을 나선 길동이의 앞날이 험난함을 암시하는 구절이다.
혼비백산 : 혼백이 날아 흩어진다는 뜻으로, 몹시 놀라 어찌할 바를 모름.
대경실색 : 몹시 놀라 얼굴빛이 하얗게 변함.
서자 : 첩에게서 태어난 아들.

나 정처없이 다니다가, 우연히 이곳에 들어왔소. 마침 모든 호걸들이 동료 되기를 바라니 대단히 감사하거니와, 장부가 어찌 저만한 돌 들기를 근심하리오."

하고 그 돌을 들어 수십 보를 걷다가 던졌는데, 그 돌 무게는 천 근이었다. 여러 도적들이 일시에 칭찬하며,

"과연 장사로다. 우리 수천 명 중에 이 돌 드는 자가 없더니, 오늘 하늘이 도와 장군을 내려 주셨도다."

하고, 길동을 윗자리에 앉힌 뒤, 차례로 술을 권하며 옛날 의례대로 흰 말을 잡아 맹서하면서 언약을 굳게 맺었다. 이에 많은 사람들이 일시에 응낙하고 온 종일 즐기며 놀았다. 그 후 길동은 여러 사람과 더불어 무예를 연습해 몇 개월 안에 군법을 엄히 세웠다.

하루는 여러 사람들이 하나의 제의를 하였다.

"우리가 벌써부터 합천 해인사*를 쳐 그 재물을 빼앗고자 하였으나, 지략이 부족하여 실천에 옮기지 못했는데, 이제 장군님 의견은 어떠하신지요?"

길동은 웃으며,

"내가 장차 출동할 터이니, 그대들은 내 지휘대로만 하라."

하고는, 푸른 도포에 검은 띠를 두르고 나귀 등에 올랐다. 부하 몇몇도 뒤따랐다.

"내가 그 절에 가서 동정을 살펴보고 오겠다."

하며 가는 뒷모습이 분명히 재상가 자제였다.

길동이 그 절에 들어가 주지에게 먼저 말하였다.

"나는 경성 홍판서 댁 자제다. 이 절에 공부를 하려고 왔는데, 내일 백미 이십 석을 보낼 것이니, 음식을 깨끗이 장만하라. 너희들과 함께 먹겠다."

하고는, 절 안을 두루 살펴보며 뒷날을 기약하고 동구를 나오니 모든 중들이 기뻐하였다.

길동이 돌아와 백미 수십 석을 보내고 부하들을 불러 놓고 말하였다.

해인사 : 합천군 가야면 가야산 남서쪽에 있는 사찰로 신라 애장왕 때 세워짐.

"내가 아무 날 그 절에 가 이리이리 할 것이니, 그대들은 내 뒤를 따라와 이리이리 하라."

그 날이 다가와 부하 수십 명을 데리고 해인사에 이르렀더니, 중들이 맞이해 들어갔다. 길동이 노승을 불러,

"내가 보낸 쌀로 음식이 부족하지 않던가?"

하니 노승이,

"어찌 부족하겠습니까. 너무 황감(惶感)*하였습니다."

고 하였다. 길동이 맨 윗자리에 앉아, 모든 중을 일제히 청해 각기 상을 받게 하고는, 먼저 술을 마시며 차례로 권하니, 모든 중이 황감해 하였다. 길동이 상을 받고 먹다가 모래를 슬그머니 입에 넣고 깨무니, 소리가 크게 났다. 중들이 듣고 놀라 사과를 했지만, 길동은 일부러 화를 내어 꾸짖었다.

"너희들이 음식을 어찌 이다지 깨끗하지 않게 했느냐? 이는 반드시 나를 깔보고 업신여기는 짓이다."

하고, 부하들을 시켜 모든 중을 한 줄에 결박하여 앉히니, 모두가 겁이 나서 어쩔 줄을 몰랐다. 이윽고 수백 명이 일시에 달려들어 모든 재물을 제 것 가져가듯 하니, 중들이 보고 다만 입으로 소리만 지를 따름이었다. 외출했던 불목하니*가 마침 그 때 돌아오다가 이 일을 보고 관가에 알리니, 합천 원(員)*이 관군을 뽑아 그 도적을 잡게 하였다. 장교(將校)* 수백 명이 도적을 쫓다가 문득 보니 송라*를 쓰고 장삼을 입은 중이 산에 올라가 외쳤다.

"도적이 저 북쪽의 작은 길로 가니 빨리 가 잡으시오."

관군들은 그 절 중이 가르치는 줄 알고, 풍우같이 북쪽의 작은 길로 찾아 가다가 잡지도 못하고 날이 저문 후에 돌아갔다. 길동은 부하들을 남쪽의 큰길로

황감 : 황송하고 감격스러움.
불목하니 : 절에서 밥 짓고 물 긷는 일을 맡아서 하는 사람.
원 : 조선 시대에, 고을을 다스리는 부윤·목사·부사·군수·현감·현령 등 관원을 두루 일컫던 말. 수령.
장교 : 각 군영과 지방 관아의 군무에 종사하던 낮은 벼슬아치를 통틀어 이르던 말.
송라 : 소나무겨우살이로 볏짚으로 우산처럼 엮어 만든, 여승이 쓰던 모자.

보내고 홀로 중의 차림으로 관군을 속여 무사히 소굴로 돌아오니, 모든 부하들이 이미 재물을 가져다 놓고 있었다. 그들이 함께 사례하기에 길동은 웃으며,

"장부가 이만한 재주 없대서야 어찌 여러 사람의 우두머리가 되리오."

하였다.

길동이 의적이 되다.

그 후, 길동은 스스로 호를 활빈당이라고 하면서 조선 팔도로 다니며 각읍 수령이 불의로 모은 재물이 있으면 탈취하고, 혹시 가난하고 의지할 데 없는 사람이 있으면 구제하되, 백성은 침범하지 않고 나라의 재산에는 추호도 손을 대지 않았다. 그래서 부하들은 그 뜻에 감복하였다.

하루는 길동이 모든 사람을 모으고 의논하였다.

"제 함경 감사가 탐관오리로 백성을 착취해 견딜 수 없게 되었는지라, 우리가 그대로 둘 수 없으니, 그대들은 나의 지휘대로 하라."

하고는, 아무 날 밤으로 약속을 하고, 하나씩 흘러 들어가 남문 밖에 불을 질렀다. 감사가 크게 놀라 불을 끄라 하니, 관리며 백성들이 한꺼번에 달려나와 불을 끄는데, 길동의 부대 수백 명이 함께 성중에 달려들어 창고를 열고 곡식과 무기를 찾아내어 북문으로 달아나니, 성중이 물 끓듯이 요란해졌다. 감사가 뜻밖의 변을 당하여 어쩔 줄을 모르다가 날이 밝은 후 살펴보고서야 창고의 무기와 곡식이 없어졌음을 알고 크게 놀라 도적 잡기에 전력을 기울였다.

그런데 홀연 북문에 방이 붙기를,

아무 날 돈과 곡식을 도적한 자는 활빈당 당수 홍길동이라.

하였기에, 감사가 군사를 징발하여 도적을 잡으려 하였다.

한편, 길동이 여러 부하와 함께 곡식을 많이 훔쳤으나, 행여 길에서 잡힐까 염려하여 둔갑법과 축지법을 써서 처소에 돌아오니, 날이 새려 하였다.

하루는 길동이 여러 부하를 모으고 말하였다.

"이제 우리가 합천 해인사에 가 재물을 탈취하고 또 함경 감영에 가 돈과 곡식을 훔쳐서 소문이 파다하려니와, 나의 이름을 써서 감영에 붙였으니 오래지 않아 잡히기 쉬울 것이다. 그러나 그대들은 나의 재주를 보라."

하고 즉시 지푸라기로 허수아비 일곱을 만들어 주문을 외며 혼백을 붙였다. 일곱 길동이 한꺼번에 팔을 뽐내며 크게 소리치고 한 곳에 모여 야단스럽게 지껄이니, 어느 것이 진짜 길동인지 알 수가 없었다.*

팔도에 하나씩 흩어지되, 각각 사람 수백 명씩 거느리고 다니니, 그 중에서도 어느 것이 진짜인지 알 수가 없었다. 여덟 길동이 팔도에 다니며 바람과 비를 마음대로 불러오는 술법을 부려 각 읍 창고에 있던 곡식을 하룻밤 사이에 종적없이 가져가며, 지방에서 서울로 올려 보내는 선물 보통이들을 하나도 놓치지 않고 탈취하니, 팔도의 각 읍이 시끄러워져서 사람들이 밤에는 잠을 설치고 낮에는 길에 나다니지 못하였다. 이 때문에 팔도가 요란해지자, 감사가 공문을 올렸는데, 그 내용은 대개 이러하였다.

"난데없는 홍길동이라는 대적이 신통한 술법을 부려 각 읍의 재물을 탈취하고 서울로 보내는 물품을 가로막아 문제가 점점 심각해지니, 그 도적을 잡지 않으면 장차 어느 지경에 이를지 알지 못할 정도이오니, 엎드려 바라오니 성상께서는 좌우 두 포도청에 명하여 잡게 하옵소서."

임금이 보고 크게 놀라 포도대장을 부르고 있는데, 계속 팔도에서 공문이 올라왔다. 연이어 떼어 보니 도적의 이름을 다 홍길동이라 하였고, 돈과 곡식 잃은 날짜를 보니 한 날 한 시였다. 임금이 크게 놀라 말하기를,

"이 도적의 용맹과 술법은 옛날 중국의 도적 치우(蚩尤)*라도 당하지 못하겠도다. 아무리 신기한 놈인들 한 몸이 팔도에 있어서 한 날 한 시에 어떻게 도적질을 하리오? 이는 보통 도적이 아니어서 잡기 어렵겠으니, 좌포장과 우

즉시 지푸라기로 허수아비 ~ 알 수가 없었다 : 길동이는 둔갑술을 써 불의의 재물을 탈취하여 가난한 백성들을 구제하고 있다.

치우 : 치우천왕. 동방의 군신이라 함. 구리로 된 머리와 쇠로 된 이마를 가지고 모래와 쇠가루를 먹고 살았는데, 중국의 황제헌원과 싸워서 이기다가 자석의 위력 때문에 패하여 죽었다는 이야기가 『이십오사』에 나옴.

포장이 군사를 내어서 잡으라.”

하니, 이 때 우포장 이흡이 아뢰었다.

　“신이 비록 재주는 없으나 그 도적을 잡아 오겠사오니, 전하께서는 근심하지 마십시오. 이제 좌우포장이 어찌 한꺼번에 출전하겠습니까?”

　임금이 옳다고 여겨 급히 출발하기를 재촉하니, 이흡이 하직한 후 수많은 관졸을 거느리고 출발하면서, 각각 흩어져 아무 날 문경에 모이기로 약속하였다. 이흡은 약간의 포졸들을 데리고 옷을 바꿔 입고 다녔다.

　이흡이 길동을 잡는 데 실패하다.　하루는 날이 저물어 주막을 찾아 쉬고 있는데, 갑자기 어떤 소년이 나귀를 타고 들어와 인사를 하였다. 이흡이 답례를 하니, 그 소년은 갑자기 한숨을 지으면서 말하였다.

　“온 천하가 임금의 땅 아님이 없고, 모든 땅의 백성이 임금의 신하 아님이 없으니, 소생이 비록 시골에 있으나 나라를 위해 근심을 하고 있습니다.”

　이흡이 일부러 놀라는 체하며 물었다.

　“그게 무슨 말이오?”

　소년이 말하였다.

　“이제 홍길동이라는 도적이 팔도로 다니며 소란을 피워 인심이 동요하고 있는데, 그놈을 잡아 없애지 못하니 어찌 분하지 않겠습니까?”

　이흡이 이 말을 듣고 말하였다.

　“그대가 기골(奇骨)*이 장대하고 말씀이 충직하니, 나와 함께 그 도적을 잡는 것이 어떻겠소?”

　소년이 말하였다.

　“내가 벌써 잡고자 하면서도 용력 있는 사람을 만나지 못하여 그냥 있었는데, 이제 그대를 만났으니 어찌 다행이 아니겠소? 그러나 그대의 재주를 알

기골 : 보통과는 다른, 특이한 골상이나 뛰어난 성품, 또는 그러한 골상이나 성품을 가진 사람.

수 없으니 그윽한 곳에 가서 시험합시다."

하고 가다가, 한 곳에 이르러 높은 바위 위에 올라앉으면서 말하였다.

　"그대는 힘을 다하여 두 발로 나를 차 떨어뜨리라."

하고, 벼랑 끝에 나가 앉았다. 이흡이 생각하기를,

　'제 아무리 용력이 있은들 한 번 차면 어찌 떨어지지 않으리오.'

하고 평생 힘을 다하여 두 발로 힘껏 차니, 그 소년이 갑자기 돌아앉으며 말하였다.

　"그대는 정말 장사로다. 내가 여러 사람을 시험해 보았지만, 나를 움직이게 한 자가 없었는데, 그대에게 차이어 오장이 울린 듯하도다. 그대가 나를 따라오면 길동을 잡을 것이오."

하고 첩첩산중으로 들어가기에, 이흡이 혼자 속으로,

　'나도 힘을 자랑할 만하더니 오늘 저 소년의 힘을 보니 어찌 놀랍지 않은가! 그러나 이곳까지 왔으니 설마 저 소년 혼자인들 길동 잡기를 근심하리오.'

하고 따라갔다. 그 소년이 갑자기 돌아서면서,

　"이곳이 길동의 소굴인데, 내가 먼저 들어가 살펴볼 것이니, 그대는 여기서 기다리라."

고 하였다. 이흡은 속으로 의심은 되었으나, 빨리 잡아오라고 당부하고는 앉아 있었다. 이윽고 홀연히 계곡으로부터 수십 명의 군졸들이 요란하게 소리를 지르며 내려오고 있었다. 이흡이 크게 놀라 피하고자 하는데, 점점 가까이 와 이흡을 묶으면서 꾸짖었다.

　"네가 포도대장 이흡인가? 우리들이 저승의 왕명을 받아 너를 잡으러 왔다."

하고, 쇠사슬로 목을 옭아 풍우같이 몰아가니, 이흡이 혼이 빠져 어쩔 줄을 몰랐다. 한 곳에 이르러 소리를 지르며 꿇어앉히기에, 이흡이 정신을 가다듬어 쳐다보니, 궁궐이 광대한데 무수한 신장(神將)*들이 주위에 벌여서 있고, 전

───────────

신장 : 갑옷과 투구를 쓴 귀신을 이르는 말.

상에 하나의 임금이 앉아 성난 목소리로 말하였다.

"네 하찮은 놈이 어찌 홍 장군을 잡으려 하는가? 너를 잡아 지옥에 가두겠다."

이흡이 겨우 정신을 차려,

"소인은 인간 세상의 보잘것없는 사람인데, 죄도 없이 잡혀 왔으니, 살려 보내 주시기 바랍니다."

하고 몹시 애걸하니, 전상에서 웃으며 꾸짖었다.

"이 사람아. 나를 자세히 보라. 나는 곧 활빈당 우두머리 홍길동이다. 그대가 나를 잡으려 하기에 그 용맹한 힘과 뜻을 알고자, 어제 내가 푸른 도포 입은 소년처럼 꾸며 그대를 인도해 이곳에 와서 나의 위엄을 보여 주는 것이다."

말을 마치자, 부하들을 시켜 묶은 것을 끌렀다. 마루에 앉히고 술을 내어와 권하면서 다시 말하였다.

"그대는 부질없이 다니지 말고 빨리 돌아가되, 나를 보았다 하면 반드시 죄를 추궁당할 것이니, 부디 그런 말은 내지 말라."

이렇게 말하고는, 다시 술을 부어 권하면서 부하들에게 내어 보내라 하였다.

이흡이 생각하기를,

'내가 이것이 꿈인가 생시인가? 여기에는 어찌하여 왔을까?'

하며 길동의 신기한 조화에 놀라 일어나 가고자 하였다. 그러나 홀연 팔다리를 움직일 수 없었다. 괴이하다는 생각이 들어 정신을 차리고 살펴보니, 자신이 가죽 부대 속에 들어 있었다. 간신히 나와 보니 부대 셋이 나무에 걸려 있었다. 차례로 끌러 내어 보니, 처음 떠날 때 데리고 왔던 부하들이었다.* 서로 이르기를,

"이게 어찌된 일인고? 우리가 떠날 때는 문경으로 모이자 하였는데, 어찌 이곳에 왔을까?"

하고 두루 살펴보니, 다른 곳도 아니고 서울의 북악산이었다. 네 사람이 어이

괴이하다는 생각이 들어 ~ 데리고 왔던 부하들이었다 : 길동을 잡으러 온 관리들은 언제나 길동에게 당하고 만다. 길동은 나라의 질서를 어지럽히는 큰 골칫거리였을 것이다.

없어 성안을 굽어보며 하인에게 물었다.

"너는 어째서 여기 왔느냐?"

세 사람이 아뢰었다.

"소인들은 주막에서 자고 있었는데, 갑자기 바람과 구름에 싸이어 이리 왔사오니, 어찌된 까닭인지 알지를 못하겠습니다."

이흡이,

"이 일이 너무나 허무맹랑하니 남에게 말하지 말라. 그러나 길동의 재주는 헤아릴 수 없으니 사람의 힘으로써야 어찌 잡겠는가? 우리가 이제 그저 들어가면 반드시 죄를 면치 못할 것이니, 아직 몇 달을 기다리다가 들어가자."

하고 나왔다.

임금이 길동을 잡아들이라 하다. 이 때, 임금이 팔도에 공문을 내려 길동을 잡도록 하였지만, 그 조화가 무궁하여 서울의 큰 길에 혹은 수레를 타고 왕래하고, 혹은 각 고을에 도착 날짜를 미리 공문으로 알려 놓고는 가마를 타고 왕래하기도 하며, 혹은 어사의 모습을 꾸며 탐관오리의 목을 자르고 임금에게 보고하되 임시어사 홍길동이 올리는 공문이라 하였다. 이에 임금은 더욱 진노하여,

"이놈이 각도에 다니며 이런 난리를 치는데도 아무도 잡지 못하니, 이를 장차 어찌하리오?"

하면서 삼정승과 육판서를 모아 놓고 의논을 하고 있었다. 그 때 연이어 공문이 올라왔는데, 다 팔도에 홍길동이 작란한다는 내용의 공문이었다. 임금이 차례대로 보고는 크게 근심하여 주위를 돌아보면서 물었다.

"이놈이 아마 사람은 아니고 귀신인 것 같소. 조신 중에서 누가 그 근본을 짐작할 수 있겠소?"

한 사람이 나와서 아뢰었다.

"홍길동은 전임 이조판서 홍아무개의 서자요, 병조좌랑 홍인형의 서제이오

니, 이제 그 부자를 잡아 와서 친히 문초하시면 자연히 아실까 하옵니다."

　임금이 더욱 화를 내어,

　"이런 말을 어찌 이제야 하는가?"

하고는, 즉시 그렇게 하도록 명령하였다. 홍공은 의금부에 가두고, 먼저 인형을 잡아들였다. 임금이 몸소 문초하다가 진노하여 책상을 치며 꾸짖었다.

　"길동이란 도적이 너의 서제(庶弟)*라는데, 어찌 조치하지 않고 그냥 두어 국가에 큰 재앙이 되게 한단 말인가? 네가 만일 잡아들이지 않으면, 네 부자의 충효도 돌아보지 않을 것이니, 빨리 잡아들여 나라에 큰 변이 없게 하라."

　인형이 황공하여 관(冠)*을 벗고 머리를 조아리며 말하였다.

　"신의 천한 아우가 있어 일찍 사람을 죽이고 달아난 지 몇 년이나 지났으되, 그 생사를 알지 못하여 신의 늙은 아비 그 때문에 신병이 위중한 나머지 목숨이 끊어질 지경에 이르렀습니다. 길동이 착하지 못하여 성상께 근심을 끼쳤으니, 신의 죄는 만 번 죽어도 애석하지 않사옵니다. 그러나 엎드려 바라옵건대, 전하께서는 자비로운 은택을 내려 신의 아비 죄를 용서하시와, 집에 돌아가 조리하게 하시면, 신이 죽음으로써 맹서하고 길동을 잡아 저희 부자의 죄를 면하올까 하옵니다."

　임금이 다 듣고 나자 감동하여 즉시 홍공을 풀어 주고, 인형을 경상 감사로 임명하면서 말하였다.

　"경이 만일 길동을 잡지 못하면 감사로서의 능력이 없다고 볼 것이니라. 기한을 일 년으로 정하여 주니 빨리 잡아들이라."

　인형이 수없이 절하며 은혜에 감사하고 임금에게 인사를 올리고 나왔다. 바로 그 날 출발을 하여 감영에 도착하여, 감사로 부임해서는 각 읍에 공고문을 붙였다. 그 내용은 길동을 달래는 것이었다.

서제 : 아버지 첩에게서 난 아우.
관 : 지난날 검은머리나 말총으로 엮어 만들어 남자들이 머리에 쓰던 머리쓰개.

사람이 세상에 남에, 오륜이 으뜸이요, 오륜이 있음으로써 인의예지가 분명하거늘, 이를 알지 못하고 임금과 부모의 명을 거역해 불충불효가 되면 어찌 세상에 용납하리요. 우리 아우 길동은 이런 일을 알 것이니 스스로 형을 찾아와 사로잡히라. 아버지께서 너로 말미암아 고칠 수 없는 병환이 들고, 성상께서 크게 근심하시니, 너의 죄악은 가득 차서 넘치는 셈이다. 이 때문에 나를 특별히 감사로 임명하여 너를 잡아들이라 하신다. 만일 잡지 못하면 우리 홍씨 집안의 여러 대에 걸친 깨끗한 덕이 하루 아침에 없어지리니, 어찌 슬프지 않으랴. 바라나니 아우 길동은 이를 생각하여 일찍 자수하면 너의 죄도 덜 것이요, 우리 가문도 보존할 것이니, 너는 만 번 생각하여 자수하라.

감사가 이 공문을 각 읍에 붙인 뒤 자신의 관직 업무를 잠시 쉬고 길동이 자수하기만 기다리고 있었다.

길동이 잡혔다가 풀려나다. 하루는 나귀를 탄 소년 하나가 하인 수십 명을 거느리고 병영 문 밖에 와 뵙기를 청한다 하기에, 감사가 들어오라 하니, 그 소년이 당상에 올라와 인사를 하였다. 감사가 눈을 들어 자세히 보니 그토록 기다리던 길동인지라, 기쁘고도 놀라워 주위 사람들을 물러가게 하고, 손을 잡고 흐느껴 울면서 말하였다.

"길동아, 네가 집을 떠난 뒤 생사를 알지 못하여 아버지께서는 고칠 수 없는 병을 얻으셨다. 너는 갈수록 불효를 끼칠 뿐 아니라 나라에 큰 근심이 되었다. 무슨 마음으로 이렇듯 불충불효를 하며, 도적이 되어 세상에 비할 데 없는 죄를 짓느냐? 이 때문에 성상께서 진노하시어 나로 하여금 너를 잡아들이도록 하셨다. 이는 피치 못할 죄이니 너는 일찍 서울로 올라가 왕명에 순종해라."
하고 말을 마치며 눈물을 비 오듯 흘렸다. 길동은 머리를 숙이고 말하였다.

"제가 여기에 온 것은 아버지와 형을 구하기 위한 것이니, 어찌 다른 말이 있겠습니까? 대감께서 당초에 천한 길동을 위하여 아버지를 아버지라 부르게 하고 형을 형이라 부르게 하셨던들 어찌 여기까지 이르렀겠습니까? 지나간 일은 말해 봐야 쓸 데 없거니와, 이제 소제를 묶어 서울로 올려 보내십시오."
하고는 다시 말이 없었다. 감사는 이 말을 듣고 한편 슬퍼하면서 한편 공문을 쓰고는 길동의 목에 칼을 채우고 발에 차꼬*를 채워 죄인 호송용 수레에 태웠다. 건장한 장교 십여 명을 뽑아 호송하게 한 뒤, 밤낮으로 갑절의 길을 가도록 시켜 올려 보냈다. 각 읍 백성들은 길동의 재주를 들었는지라, 잡아온다는 소문을 듣고 길에 모여 구경을 하였다.

이 때, 팔도에서 다 길동을 잡아 올리니, 조정과 서울 사람들이 어찌된 영문인지를 아무도 몰랐다. 임금이 놀라서 온 조정의 신하들을 모으고, 몸소 죄인을 다스리는데, 여덟 명의 길동을 잡아 올리니 그들이 서로 다투면서 말하기를,

"네가 진짜 길동이지 나는 아니다."
하며 서로 싸우니, 어느 것이 진짜 길동인지 분간할 수가 없었다. 임금이 괴이히 여겨 즉시 홍공을 불러 말하였다.

"자식을 알아보는 데는 아비만한 자가 없다 하니, 저 여덟 중에서 경의 아들을 찾아내라."

홍공이 황공하여 머리를 조아리면서 말하였다.

"신(臣)의 천한 자식 길동은 왼편 다리에 붉은 혈점이 있사오니, 그것으로써 알 수 있을 것입니다."

또 여덟 길동을 꾸짖기를,

"지척(咫尺)*에 임금님이 계시고 아래로 아비가 있는데, 네가 이렇듯 천고에 없는 죄를 지었으니 죽기를 아끼지 말라."
하고 피를 토하면서 엎어져 기절하였다. 임금이 크게 놀라 궁중의 약국에 지시해 치료하게 하였으나, 효험이 없었다. 여덟 길동이 이를 보고 모두 눈물을 흘리면서 주머니에서 환약 한 개씩을 꺼내어 입에 넣자, 홍공이 잠시 후 정신

차꼬 : 중죄인을 가둘 때 쓰던 형벌 기구. 두 개의 긴 나무토막으로 두 발목을 고정시켜 자물쇠로 채우게 되어 있음.
지척 : 매우 가까운 거리.

을 차렸다.

그러자 길동 등이 임금에게 말하였다.

"신의 아비가 나라의 은혜를 많이 입었사온데, 신이 어찌 감히 나쁜 짓을 하오리까마는, 신은 본래 천한 종의 몸에서 났는지라, 그 아비를 아비라 못하옵고 그 형을 형이라 못하와, 평생 한이 맺혔기에 집을 버리고 도적의 무리에 참여하였사옵니다. 그러나 백성은 추호도 범하지 않고 각 읍 수령이 백성들을 들볶아 착취한 재물만 빼앗았을 뿐입니다. 이제 십 년이 지나면 조선을 떠나 갈 곳이 있사오니, 엎드려 빌건대 성상께서는 근심하지 마시고 신을 잡으라는 공문을 거두어 주십시오."

그러더니 여덟 명의 길동이 한꺼번에 넘어지는데, 자세히 보니 다 풀로 만든 허수아비였다. 임금이 더욱 놀라며 진짜 길동을 잡으라는 공문을 다시 팔도에 내렸다.

길동이 허수아비를 없애고 이리저리 다니다가 사대문에 글을 써 붙였다.

소신 길동은 아무리 하여도 잡지 못할 것이오니, 병조판서 벼슬을 내리시면 잡히겠습니다.

임금이 그 글을 보고 신하들을 모아 의논하니, 신하들이 말하였다.

"이제 그 도적을 잡으려 하다가 잡지 못하고 도리어 병조판서를 제수하심은 이웃 나라에도 창피스러운 일입니다."

임금이 옳다고 여기고 다만 경상 감사에게 길동 잡기를 재촉하니, 경상 감사가 왕명을 받고는 황공하고 죄송하여 어쩔 줄을 몰랐다.

하루는 길동이 공중으로부터 내려와 절하고 말하였다.

"제가 지금은 진짜 길동이오니, 형님께서는 아무 염려 마시고 결박하여 서울로 보내십시오."

감사가 이 말을 듣고는 손을 잡고 눈물을 흘리면서 말하였다.

"이 철없는 아이야. 너도 나와 동기인데 부형의 가르침을 듣지 않고 온 나라를 떠들썩하게 하니, 어찌 애닲지 않으랴. 네가 이제 진짜 몸이 와서 나를 보고 잡혀가기를 자원하니 도리어 기특한 아이로다."

하고, 급히 길동의 왼쪽 다리를 보니, 과연 혈점이 있었다. 즉시 팔다리를 단단히 묶어 죄인 호송용 수레에 태운 뒤, 건장한 장교 수십 명을 뽑아 철통같이 싸고 풍우같이 몰아 가도, 길동의 안색은 조금도 변치 않았다. 여러 날만에 서울에 다다랐으나, 대궐 문에 이르러 길동이 한 번 몸을 움직이자, 쇠사슬이 끊어지고 수레가 깨어져, 마치 매미가 허물 벗듯 공중으로 올라가며, 나는 듯이 운무에 묻혀 가 버렸다. 장교와 모든 군사가 어이없어 다만 궁중만 바라보며 넋을 잃을 따름이었다. 어쩔 수 없이 이 사실을 보고 하니, 임금이 듣고,

"세상에 이런 일이 또 어디 있으랴?"

하며, 크게 근심을 하였다. 이에 여러 신하 중 한 사람이 아뢰기를,

"길동의 소원이 병조판서를 한 번 지내면 조선을 떠나겠다는 것이라 하오니, 한 번 제 소원을 풀면 제 스스로 은혜에 감사하오리니, 그 때를 타 잡는 것이 좋을까 하옵니다."

고 하였다. 임금이 옳다 여겨 즉시 길동에게 병조판서 벼슬을 내리고 사대문에 글을 써 붙였다.*

그 때 길동이 이 말을 듣고 즉시 고관의 복장인 사모관대에 띠를 두르고 덩그런 수레에 의젓하게 높이 앉아 큰 길로 버젓이 들어오면서 말하기를,

"이제 홍판서의 은혜에 감사하러 온다."

고 하였다. 병조의 하급 관리들이 길동을 맞이하여 궁 안으로 데리고 들어온 뒤, 서로 의논하기를,

"길동이 오늘 임금께 인사드리고 나올 것이니 도끼와 칼을 쓰는 군사를 숨

임금이 옳다 여겨 ~ 글을 써 붙였다 : 그 당시에는 서자들이 벼슬길을 열어 달라고 청을 하였지만, 끝내 뜻을 이루지 못하였다. 따라서 서자인 길동이 병조판서의 벼슬을 받은 것은 당시에는 이룰 수 없었던 소망을 표현한 것이라 할 수 있다. 즉 당시의 서민 의식을 엿볼 수 있다.

겨 두었다가 그가 나오거든 일시에 쳐 죽이도록 하자."

하고 약속하였다. 길동이 궁 안에 들어가 엄숙히 절하고 아뢰기를,

"소신이 죄악이 지중하온데, 도리어 은혜를 입사와 평생의 한을 풀고 돌아
가면서 전하와 영원히 작별하오니, 부디 만수무강하소서."

하고 말을 마치며 몸을 공중에 솟구쳐 구름에 싸여 가니, 그 가는 곳을 알 수
가 없었다. 임금이 보고 도리어 감탄하기를,

"길동의 신기한 재주는 고금에 드문 일이로다. 제가 지금 조선을 떠나노라
하였으니, 다시는 폐를 끼칠 일이 없을 것이요, 비록 수상하기는 하나 일단 대
장부다운 통쾌한 마음을 가졌으니 염려 없을 것이로다."

하고, 팔도에 사면(赦免)*의 글을 내려 길동 잡는 일을 그만두었다.

길동이 조선을 떠나다. 한편, 길동이 돌아와 부하들에게,

"내가 다녀 올 곳이 있으니, 너희들은 아무 데도 출입하지 말고 내가 돌아오
기를 기다리라."

하고, 즉시 몸을 솟구쳐 남경으로 향하여 가다가 한 곳에 다다르니, 거기가 바
로 율도국이었다. 사면을 살펴보니 산천이 깨끗하고 인물이 번성하여 편안하
게 살 만한 곳이었다.* 남경에 들어가 구경한 뒤, 또 제도라 하는 섬에 들어가
두루 다니면서 산천도 구경하고 인심도 살피다가 오봉산에 이르니, 정말 제일
강산이었다. 둘레가 칠백 리요, 기름진 논이 가득하여 살기에 정말 합당하였
다. 그리고 마음 속으로,

'내 이미 조선을 하직하였으니, 이곳에 와 은거하였다가 큰 일을 꾀하리라.'

생각하고 가벼운 걸음으로 본 곳에 돌아와 여러 부하에게 말하였다.

"그대는 아무 날 양천강변에 가서 배를 많이 만들어 몇 월 며칠 경성 한강에서

사면 : 죄를 용서하여 형벌을 면제함.
즉시 몸을 솟구쳐 ~ 살 만한 곳이었다 : 길동이 조선을 떠나 중국으로 와서 새로운 나라를 개척하려고 하고 있다. 이
것은 당대의 좁은 국토관에서 벗어나, 중국까지 개척을 하려는 허균의 호방한 기상을 느낄 수 있다.

기다리라. 내 임금께 청해 벼 일천 석을 구해 올 것이니, 약속을 어기지 말라."

한편, 홍공은 곧 병이 나았고, 임금 또한 근심없이 지내게 되었다. 이 때가 구월 보름이었는데, 임금이 달빛을 받으며 후원을 거닐고 있을 때, 갑자기 한 줄기의 맑은 바람이 일어나며 공중에서 피리 소리가 맑게 울려오는 가운데, 한 소년이 내려와 임금 앞에 엎드렸다. 임금은 놀라서 물었다.

"선동(仙童)이 어찌 인간 세상에 내려왔으며 무엇을 하려 하느뇨?"

소년은 땅에 엎드려,

"신은 전임 병조판서 홍길동이옵니다."

하고 아뢰니 임금이 놀라 물었다.

"네가 깊은 밤에 어찌 왔느냐?"

길동이 대답하기를,

"신이 전하를 받들어 만세를 모실까 했으나, 제가 천한 종의 몸에서 태어났기 때문에 문(文)으로는 홍문관이나 예문관 벼슬 길이 막혀 있고, 무(武)로는 선전관 벼슬 길이 막혀 있습니다. 이런 까닭으로 사방을 멋대로 떠돌아다니면서 관청에 폐를 끼치고 조정에 죄를 지었던 것이온데, 이는 전하로 하여금 아시게 하려 함이었습니다. 엎드려 바라건대 전하께서는 만수무강하십시오."

하고, 공중으로 올라가 나는 듯이 가거늘, 임금이 그 재주를 못내 칭찬하였다. 그 후로는 길동이 해를 끼치지 않으니, 사방이 태평하였다.

길동이 조선을 작별을 고하고, 남경 땅 제도라는 섬으로 들어가, 수천 호의 집을 지은 뒤, 농업에 힘쓰고 무기 창고를 지으며 군법을 연습하니, 병사는 잘 훈련되고 양식은 풍족하게 되었다.

하루는 길동이 화살 촉에 바를 약을 구하러 망탕산*으로 가다가 낙천 땅에 이르렀다. 그곳에는 부자 백룡이라는 사람이 딸 하나를 두고 있었는데, 재질이 비상하여 애중하게 여기는 터였으나, 어느 날 광풍이 크게 불면서 그 딸이

망탕산 : 중국 강소성 탕상현 동남쪽에 있는 산.

없어져 버렸다. 그러자 백룡 부부는 슬퍼하면서 많은 돈을 들여 사방으로 찾았으나 행방을 알 수 없었다. 부부는 슬픔에 젖어 말을 퍼뜨렸다.

'누구라도 내 딸을 찾아 주면, 재산의 반을 주고 사위를 삼으리라.'

길동은 이 말을 듣고 측은한 마음이 들었으나 어쩔 수 없어 망탕산에 가서 약초를 캐며 들어가다가 날이 저물어 주저하고 있는데, 갑자기 사람 소리가 나며 등불이 밝게 비쳤다. 그곳을 찾아가니 사람이 아닌 미물이 앉아 지껄이고 있었다. 원래 이 짐승은 울동이라는 짐승인데, 여러 해를 묵어 변화가 무궁하였다. 길동이 몸을 감추고 활로 쏘니, 그 중 괴수가 맞았다. 그러자 모두 소리를 지르며 달아나기에, 길동은 나무에 의지하여 밤을 지내고 두루 돌아다니면서 약을 캐더니, 갑자기 괴물 몇이서 길동을 보고 물었다.

"그대는 무슨 일로 이 깊은 곳에 이르렀소?"

길동이 대답하였다.

"내가 의술을 아는 고로 이 산에 들어와 약을 캐는 중인데, 그대들을 만났으니 다행이오."

그것이 대답하기를,

"나는 이곳에 산 지 오래더니, 우리 왕이 부인을 새로 정하고 어제 밤에 잔치를 하다가 하늘에서 내린 살*을 맞아 위중한지라. 그대가 명의라 하니 선약으로 왕의 병을 고치면 중상을 받으리라."

하였다. 길동이 생각하기를,

'이놈이 어제 밤에 상한 놈이로다.'

하고 허락하였다. 그것이 길동을 인도하여 문에 세우고 돌아가더니, 이윽고 청하기에 길동이 들어가 보니 그림으로 장식한 집이 넓고도 아름다운데, 그 가운데 흉악한 것이 누워 신음하다가 길동을 보자 몸을 움직이면서 말하였다.

"내가 우연히 천살을 맞아 위독했는데, 애들의 말을 듣고 그대를 청하였으

하늘에서 내린 살 : 하늘이 내린 악기(惡氣)나 해(害). 천살(天煞)이라고 함. 즉 무속에서, '불길한 별'을 이르는 말.

니, 이는 하늘이 나를 살린 것이라. 그대는 재주를 아끼지 말라."

길동이 이런 칭찬에 감사의 뜻을 표하고 말하였다.

"먼저 몸의 내부를 치료할 약을 쓰고, 다음으로 외부를 치료할 약을 쓰는 것이 좋을까 하노라."

괴물이 응낙하자, 길동이 약주머니에서 독약을 내어 급히 온수에 타서 먹이니, 한참만에 한 마디 소리를 지르고 죽었다. 그러자 모든 요괴가 길동에게 일시에 달려들었다. 길동이 신통술을 부려 모든 요괴를 후려치는데, 갑자기 두 젊은 여자가 애걸하였다.

"저희는 요괴가 아니라 세상 사람인데 잡혀 왔사오니, 남은 목숨을 구하여 세상으로 나가게 하소서."

길동은 백룡의 일을 생각하고 사는 곳을 물었더니, 하나는 백룡의 딸이요, 하나는 조철의 딸이었다. 길동이 요괴를 깨끗이 없애 버리고, 두 여자를 구출해 각각 제 부모에게 돌려보내니, 그 부모들은 몹시 기뻐하며 그 날로 길동을 사위 삼았는데, 첫째 부인은 백소저요, 둘째 부인은 조소저였다.* 길동이 하루 아침에 두 아내를 얻은 후, 두 집 가족을 거느리고 제도섬으로 가니, 모든 사람이 반기며 축하하였다.

길동이 아버지 죽음을 슬퍼하며 장사 지내다. 하루는 천문(天文)*을 보다가 놀란 눈물을 흘리기에, 주위에서 무슨 까닭으로 슬퍼하느냐고 물으니, 길동이 탄식하면서 말하기를,

"내가 부모의 안부를 하늘의 별을 보고 짐작해 보려고, 지금 하늘을 보니 아버지의 병세가 위태로운데도, 나의 몸이 먼 곳에 있어 거기에 이르지 못하는구나."*

길동이 요괴를 깨끗이 ~ 둘째 부인은 조소저였다 : 요괴 퇴치의 무용담은 고전 소설에 자주 나타나는 모티브로, 중국의 『전등신화』에도 나타난다. 동시에 두 여인을 아내로 맞이하는 일부다처제의 모습을 볼 수 있다.

천문 : 천체의 운행에 따라 역법(曆法)을 연구하거나, 길흉을 예언하는 일.

내가 부모의 안부를 ~ 거기에 이르지 못하는구나 : 길동은 아버지의 병세가 심함을 천문 보고 파악할 수 있는 탁월한 능력을 갖고 있다. 완전한 영웅으로서의 면모를 모두 갖추었다고 할 수 있다.

하니 모든 사람들이 슬퍼하였다.

이튿날 길동은 월봉산에 들어가 훌륭한 묘 자리를 구한 후, 묘 닦는 일을 시작하여 석물(石物)*을 국릉(國陵)*과 같이 하였다. 그러고는 한 척의 큰 배를 준비하여 부하들에게 조선국 서강 강변으로 몰고 가서 기다리라 하였다. 자신은 즉시 머리를 깎고 중의 모습을 갖춘 뒤, 작은 배 한 척을 타고 조선을 향하였다.

이 무렵, 홍판서는 홀연히 병을 얻어 위중해지자, 부인과 인형을 불러,

"내가 죽어도 다른 한이 없으나, 길동의 생사를 알지 못하는 것이 한스럽구나. 제가 살아 있으면 찾아올 것이니, 적서(嫡庶)*를 구분하지 말고 제 어미를 잘 대접해 주어라."

하고, 숨이 끊어지니, 온 집이 슬픔에 잠겨 장사를 치르고자 하나, 묘터를 구하지 못해 난처하였다.

하루는 문지기가 알리기를,

"어떤 중이 와서 영위(靈位)*에 조문(弔問)*하려 합니다."

고 하였다. 이상하게 여겨 들어오라 했더니, 그 중이 들어와 목을 놓아 크게 우니, 모든 사람이 곡절을 몰라 서로 얼굴만 돌아보았다. 그 중이 상주에게 한번 통곡한 뒤 말하기를,

"형님께서 어찌 아우를 몰라보십니까?"

고 하였다. 상주가 자세히 보니, 그 중은 바로 아우 길동이었으므로, 붙잡고 통곡하며 말하였다.

"아우야, 그 사이 어디 갔더냐? 아버지께서 평소에 유언이 간절하셨는데, 이제사 오니 어찌 자식의 도리가 이러한가?"

석물 : 무덤 앞에 돌로 만들어 놓은 물건.
국릉 : 임금의 무덤.
적서 : 적자와 서자. 즉 정실 즉 본처의 몸에서 난 아들과 첩에게서 난 아들.
영위 : 죽은 이의 영혼을 모신 자리. 신위.
조문 : (남의 죽음에 대하여) 슬퍼하는 뜻을 드러내며 상주(喪主)를 위문함.

상주는 길동의 손을 이끌고 내당에 들어가 모부인을 뵈옵고 춘섬을 만나게 하였다. 한바탕 통곡한 뒤 춘섬이 물었다.

"네가 어찌 중이 되어 다니느냐?"

이에 길동이 대답하였다.

"소자가 조선을 떠나 머리 깎고 중이 되어 지술(地術)*을 배웠지요. 이제 아버지를 위하여 좋은 터를 구했으니, 어머니는 염려 마십시오."

인형이 크게 기뻐하면서 말하였다.

"너의 재주 기이하여 좋은 터를 구하였다고 하니 무슨 염려가 있겠느냐."

다음 날 길동이 운구(運柩)*하여 제 어머니를 모시고 서강 강변에 이르니, 지휘해 놓은 배가 기다리고 있었다. 배에 올라 화살같이 빨리 저어 한 곳에 다다르니, 여러 사람이 수십 척의 배를 대기시켜 놓고 있었다. 서로 반기며 호위하여 가니 그 광경이 대단하였다. 어언간 산 위에 다다르자, 인형이 자세히 보니 산세가 웅장하였다. 이에 길동의 지식을 못내 탄복하였다.

일을 마치고 함께 길동의 처소로 돌아오니, 백씨와 조씨가 시어머니와 시숙을 맞아 뵈옵는 한편, 인형과 춘랑은 못내 길동의 지식을 탄복하고, 또한 춘섬은 길동이 장성하였음을 칭찬하였다.

그 후 여러 날이 지나자, 인형은 길동과 춘섬을 이별하면서 아버님 산소를 극진히 모실 것을 당부한 후, 산소에 작별을 고하고 길동의 처소를 떠났다.

본국에 이르러, 모부인을 만나고 전후 사실을 이야기하니, 부인이 신기하게 여겼다.

길동이 율도국을 차지하다.

한편, 길동은 아버님 제사를 극진히 받들어 삼년상을 마치고 난 후, 모든 영웅을 모아 무예를 익히며 농업에 힘을 쓰니, 병사는 잘 조련되고 양식도 풍족하였다. 남쪽에 율도국이라는 나라가 있

지술 : 풍수설에 따라 자리를 살펴서 묏자리나 집터 따위의 좋고 나쁨을 점치는 술법.
운구 : 관을 운반함.

었는데, 기름진 평야가 수천 리나 되어 실로 살기 좋은 나라였으므로, 길동이 늘 마음 속으로 그 나라를 차지하려고 생각해 오던 바였다. 모든 사람을 불러,

"내가 이제 율도국을 치고자 하니 그대들은 최선을 다하라."

하고는 그 날 진군을 하였다. 길동은 스스로 선봉장이 되고, 마숙을 후군장으로 삼아, 잘 훈련된 병사 오만을 거느리고 율도국 철봉산에 이르러 싸움을 걸었다.

율도국 태수 김현충이 난데없는 군사가 싸움을 걸어오는 것을 보고 크게 놀라 왕에게 보고하는 한편, 한 부대의 군사를 거느리고 내달아 싸웠다. 길동이 이를 맞아 싸워 한 번의 접전에 김현충을 베고 철봉을 얻어 백성을 달래어 위로하였다. 그리고 정철로 하여금 철봉을 지키게 하고, 대군을 지휘해 움직여 바로 도성을 치는데, 먼저 이러한 내용의 격서(檄書)*를 율도국에 보냈다.

병장 홍길동은 글을 율도왕에게 부치나니, 무릇 임금은 한 사람의 임금이 아니요, 천하 사람의 임금이다. 내 하늘의 명을 받아 병사를 일으켜 먼저 철봉을 쳐부수고 물밀 듯 들어오고 있으니, 왕은 싸우고자 하거든 싸우고, 그렇지 않으면 일찍 항복하여 살기를 도모(圖謀)*하라.

왕이 다 보고 나서 소리쳐 말하기를,

"우리나라가 철봉을 굳게 믿거늘, 이제 잃었으니 어찌 대항하랴."

하고는, 모든 신하를 거느리고 항복하였다.

길동이 성중에 들어가 백성을 달래어 안심시키고 왕위에 오른 후, 전의 율도왕을 의령군에 봉하였다.

또한 마숙과 최철을 각각 좌의정과 우의정으로 삼고, 나머지 여러 장수에게도 각각 벼슬을 내리니, 조정에 가득 찬 신하들이 만세를 불러 축하하였다.

왕이 나라를 다스린 지 삼 년 만에 산에는 도적이 없고, 길에서는 떨어진 물

격서 : 급히 여러 사람들에게 알리려고 여러 곳에 보내는 글.
도모 : (어떤 일을 이루려고) 수단과 방법을 꾀함.

건을 주워 가지지 않으니, 태평세계라고 할 만하였다. 왕이 백룡을 불러,

"내가 조선 임금께 표문(表文)*을 올리려 하니, 경은 수고를 아끼지 말라."

하고 당부를 하였다. 그 후 길동은 표문과 편지를 홍씨 집안으로 부쳤다. 백룡이 조선에 도착하여 먼저 표문을 올리니, 임금이 이를 보고 크게 칭찬하였다.

"홍길동은 진실로 기이한 인재로다."

그리고 홍인형을 위로 사신으로 삼아 유서(諭書)*를 내렸다. 인형이 임금의 은혜에 감사한 후 돌아와 모부인에게 임금과 이야기한 내용을 말씀드리니, 부인이 또한 길동에게 가고자 하였다.

인형이 마지못해 부인을 모시고 출발하여 여러 날만에 율도국에 이르렀다. 왕은 그들을 맞이하여 향안(香案)*을 차려놓고 유서를 받은 후, 모부인과 인형을 환대하였다. 산소를 찾아 본 후 큰 잔치를 베풀어 즐겼다. 그런데 여러 날이 지난 후 유씨가 갑자기 병을 얻어 죽으니, 선릉(先陵)*에 쌍장(雙葬)*하였다. 인형이 왕을 작별을 고하고 본국에 돌아와 임금에게까지 보고하니, 임금이 모친상 당했음을 위로하였다.

율도왕이 삼년상을 마치니, 대비도 이어 세상을 떠나 선능에 안장하고, 삼년상을 마쳤다. 왕이 삼남이녀를 낳으니, 장자와 차자는 백씨 소생이고, 삼자와 차녀는 조씨 소생이었다. 장차 현을 세자로 봉하고 그 나머지는 모두 군(君)*으로 봉하였다.

왕이 나라를 다스린 지 삼십 년에 갑자기 병이 들어 별세하니 나이 칠십이세였다. 왕비도 이어 죽으니 선능에 편안히 묻은 후, 세자가 즉위하여 대대로 태평스럽게 살아갔다. ✿

표문 : 임금에게 표(表)로 올리던 글.
유서 : 관찰사나 절도사·방어사 등이 부임할 때 왕이 내리는 명령서.
향안 : 향로나 향합 따위를 올려놓는 상.
선릉 : 이 글에서는 홍길동의 아버지 홍판서의 묘를 가리킴.
쌍장 : 둘의 시체를 한 무덤에 묻음.
군 : 조선 시대에 왕의 서자를 비롯한 가까운 종친이나 공이 있는 신하에게 내리던 존칭.

갈래 | 한글 소설, 사회 소설, 낙원 소설, 도술 소설, 영웅 소설
성격 | 사실적, 현실적, 전기적(傳奇的)
연대 | 조선 광해군 때
배경 | 시대적-조선 세종 때
　　　　공간적-조선 전역과 중국 남경
시점 | 전지적 작가 시점
특징 | 홍길동의 일생을 다룬 열전적(列傳的) 구성
주제 | 사회 제도의 모순과 적서 차별 타파

구성과 내용

❶ **발단** | 길동이 서자로 태어남 – 조선 세종 때 홍판서와 시비 춘섬의 소생인 홍길동은 영웅호걸의 기상을 타고 났지만 서자인 자신의 처지에 한을 품는다.

❷ **전개** | 길동이 집을 떠남 – 홍판서의 첩 초란은 관상녀와 특재를 매수하여 길동을 해치려고 하나, 길동은 도술로 특재와 관상녀를 죽인다. 홍판서가 길동에게 호부호형을 허락하나 길동은 집을 떠난다.

❸ **위기** | 길동이 활빈당 두목이 됨 – 길동은 도적의 두목이 되어 해인사의 보물을 빼앗고 스스로 활빈당이라고 한다. 부정한 방법으로 모은 재물을 빼앗아 가난하고 의지할 데 없는 사람들을 돕는다. 길동은 함경도 감영의 재물을 둔갑법과 축지법을 써서 빼앗으며 8명의 길동이 팔도의 각 읍 창고를 하룻밤 사이에 소동을 벌인다. 우포장 이흡이 그를 잡으러 나섰지만 오히려 당하고 만다.

❹ **절정** | 길동이 병조판서가 되어 한을 풀게 됨 – 임금이 길동의 형 인형을 경상감사로 임명하고 길동을 잡아들이라고 하자, 인형은 길동을 달래는 공고문을 붙인다. 길동이 소년의 모습으로 나타나 서울로 잡혀가나, 서울에 모인 8명의 길동은 모두 풀로 만든 허수아비였다. 길동의 계책에 당해낼 도리가 없던 임금은 병조판서로 임명한다. 그 후 조선을 떠나 남경 땅 제도라는 섬에서 지내다가, 망탕산에서 요괴를 퇴치하고 두 여자를 구해 아내로 맞이한다.

❺ **결말** | 길동이 율도국의 왕이 됨 – 아버지가 세상을 떠나자 삼년상을 치른다. 제도로 돌아온 길동은 군사를 모아 율도국을 점령하고 왕이 되어 태평세계를 이룩한다. 이곳에서 유씨와 어머니 모두 세상을 떠나고, 길동도 72세에 죽음을 맞는다.

홍길동은 조선 세종 때 서울에 사는 홍판서와 시비 춘섬의 소생으로 서자이다. 홍판서가 청룡이 달려드는 길몽을 꾸고 부인 유씨를 가까이 하려 하였으나 응하지 않아, 춘섬과의 사이에서 낳은 아들이 길동이다. 그는 생김새가 비범하고 영웅호걸의 기상을 타고 났다. 어려서부터 도술을 익히고 장차 훌륭한 인물이 될 기상을 보였으나, 첩이 낳은 천한 신분인 탓에 아버지를 아버지라 부르지 못하고 형을 형이라 부르지 못한다.

홍판서의 첩 초란은 길동이 상공의 귀여움을 독차지하자 불쾌하게 생각하여 길동을 해치려는 계획을 세운다. 우선 흥인문 밖 관상녀에게 길동이 왕의 될 기상이며, 장성하여 집안을 멸하게 하는 화를 가져올 것이라고 이야기하게 한다. 관상녀의 말에 놀란 상공은 길동을 산 속 정자에 머무르게 한다. 이 때를 이용하여 초란이 자객 특재를 매수하여 그를 죽이려 하나, 길동이 도술로 특재와 관상녀를 죽이고 집을 떠나려 한다. 길동은 하직 인사를 하러 갔다가 홍판서에게서 호부호형을 허락받는다.

방랑의 길을 떠난 길동은 도적의 소굴에 들어가 힘을 겨루어 두목이 된다. 먼저 기이한 방법으로 해인사의 보물을 빼앗고 스스로 활빈당이라 이름을 붙이고, 양반들이 부정한 방법으로 모은 재물을 빼앗아 가난하고 의지할 데 없는 사람들에게 나누어 준다.

길동은 함경도 감영의 재물을 둔갑법과 축지법을 써서 빼앗고 홍길동의 소행이라는 방을 붙여 둔다. 또 일곱 길동으로 변신시켜서, 8명의 길동이 팔도의 각 읍 창고를 하룻밤 사이에 빼앗아 가는 소동을 벌인다. 팔도가 다같이 장계를 올리는데 도적의 이름이 홍길동이요, 도적당한 날짜가 한 날 한 시였다. 함경감사가 도적을 잡는 데 실패하자 임금이 좌우 포장에게 홍길동을 잡으라고 명령한다. 그러나 우포장 이흡이 그를 잡으러 나섰다가 도리어 길동의 도술에 당하고 만다.

임금은 결국 아버지와 병조좌랑인 형 인형을 불러들여 길동을 잡아들일 방책을 연구한다. 홍인형은 경상감사가 되어 길동을 달래는 글을 붙이자, 길동이 나귀를 타고 소년의 모습으로 나타나 아버지와 형을 위태로움에서 구하기 위해 기꺼이 서울로 잡혀 간다. 이 때 팔도에서 길동을 잡아올렸으나, 모두 풀로 만든 허수아비였다. 길동이 사대문에 방을 붙여 병조판서의 벼슬을 주면 잡히겠다고 하자, 결국 임금은 병조판서로 임명한다.

병조판서가 된 길동은 평생의 한을 풀고 다시 조선을 떠나 남경 땅 제도섬으로 간다. 화살촉에 바를 약을 구하러 망탕산에 가다가 백룡의 딸이 요괴에게 붙잡힌 것을 알고, 신통술로 요괴를 죽이고 두 여자를 구해 아내로 맞이하여 제도섬으로 돌아온다. 이 무렵 천문을 보고 아버지의 병세를 짐작한 길동은 묘자리를 구하고 스님으로 변장하여 집으로 가서 관을 모셔 오고 삼년상을 치른다. 제도로 돌아온 길동은 군대를 모아 율도국을 점령하고 왕이 되어 태평세계를 이룩한다. 이상국을 건설하고 조선에 사신을 보내어 임금에게 자신의 계획을 적어 올리니, 왕이 길동의 재주를 칭찬한다. 형 인형이 친어머니 유씨를 모시고 율도국에 가 그를 만나고, 그 후 유씨와 길동의 어머니가 세상을 떠난다. 길동은 삼남 이녀를 낳고 나이 72세에 죽음을 맞고 세자가 즉위하여 태평세월을 누린다.

더 알아보기

실존인물 홍길동과 가공인물 홍길동

「홍길동전」은 역사상의 실존인물인 홍길동을 소재로 하여 쓴 작품이라는 설이 있다. 즉 『조선왕조실록』에 보이는 연산군 6년(1500년) 11월에 잡은 강도 홍길동은 '홍길동전' 이 있기 전의 전설형의 인물로서, 이로 인해 하나의 '전'으로서 성립되었다는 것이다.

『왕조실록』, 연산군조에 강도 홍길동에 관한 기록이 있다. '강도 홍길동은 옥관자를 붙이고 붉은 띠를 두르고 당상관 차림의 고관이 되어 첨지 행세를 하였다. 따라서 버젓이 관청 출입을 하며 온갖 짓을 다하였다. 그리고 대낮에 떼를 지어서 다녔는데, 모두 무장을 하였다.' 이런 홍길동을 지방의 수령들조차 존대했으니 그의 세력은 대단하였다고 한다. 곧 홍길동은 도적의 두목으로서, 『실록』에는 그 행실은 황당하고 상업을 경영하며 지방의 수령과 결탁하여 먹을 것과 가옥을 서로 주고받았다고 하였다. 과연 전무후무한 강도일 뿐 아니라, 재주가 비상하여 '홍길동이 재주'라는 속담까지 나왔다고 한다. 이 홍길동은 임꺽정(林巨正)과 같은 의적으로 추측되는데, 조선 시대에는 이런 도적이 심심치 않게 나타나서 조정을 괴롭혔었다. 그 중에서도 홍길동 사건이 가장 컸다.

도적 홍길동이 잡힌 지 13년 후인 중종 8년(1513)의 『실록』에는, 충청도 일대에 아직도 홍길동의 영향이 남아서 도적을 피하여 떠돌아다니는 사람들이 농촌으로 돌아가지 않아서 논밭이 황폐해 있었다는 기록이 있다. 그리고 같은 중종 18년, 25년에도 대적당(大賊黨)의 사건이 있었는데, 이렇게 큰 도적 무리가 나올 때마다 『실록』은 홍길동을 회상하며 경계하도록 기록하고 있으니, 도적의 세력이 얼마나 컸었는가를 짐작할 수 있다.

그러나 허균이 지었던 「홍길동전」은 주인공이 이 실존했던 홍길동을 모델로 한 것인가에 대해서는 속단할 수 없다. 특히 『왕조실록』은 정부의 홍보용 인쇄 책자와 같은 성격을 갖고 있어서 비록 의적이라 하더라도 강도로 규정해 버렸을 것이고, 홍길동의 의협적인 강도 행위(탐관오리의 재산을 약탈하는 등)는 전혀 알아볼 자료가 없다. 그러나 이런 영웅적인 도둑의 우두머리에 관한 여러 가지 전설은 구전되어 전했을 것이니, 「홍길동전」의 작가 허균에게 영향을 주었다고 추측할 수 있다.

감상의 길잡이　　「홍길동전」에 나타난 민중성　　임진왜란을 계기로 봉건 질서가 동요하고, 민중 의식이 성장하게 되면서, 15세기 말 이래로 농민들의 저항운동이 두드러졌다. 『조선왕조실록』에 의하면 1500년경에 홍길동(洪吉同)이라는 인물이 도적의 우두머리로 나타나 세상을 놀라게 하였다고 한다. 실제 인물인 홍길동은 잡혀서 죽었지만, 홍길동의 투쟁은 하나의 생생한 역사적 경험으로, 민중의 입장에서는 그가 잡혀서 죽은 사실을 인정하고 싶지 않았을 것이다. 따라서 「홍길동전」에 반영된 소박한 민중성은 허균의 창작만이 아니라 우리 민족 모두의 소망을 포함한 것이라고 할 수 있다.

허균의 일생도 「홍길동전」의 탄생과 관계가 있다. 어머니는 예조판서를 지낸 김광철의 딸로 명문 출신이었지만 허엽의 둘째 부인이 되었다. 허균은 서자는 아니었지만 이복형제 사이에서 자라며 서자의 고통을 알게 되었다. 그래서 친구인 박응서 등과 서자에게도 벼슬을 할 수 있게 해 달라고 간청한 적도 있다. 그리고 그의 스승이 서자로서 벼슬도 못하고 불운한 일생을 보낸 것을 지켜보기도 하였다. 허균은 점차 사회의 불공평한 인간 대우에 불만을 품게 되었고, 사회 제도의 모순을 비판적으로 보기 시작했으며, 서자들과 힘을 모아 세력을 형성하기도 하였다. 허균은 이런 경험을 바탕으로 하여 우리 문학사에 중요한 위치를 차지하는 「홍길동전」을 쓸 수 있었다.

주인공 길동은 빈민을 위한 행동으로 서자임에도 불구하고 결국 병조판서로 임명된다. 이것은 서자의 벼슬길이 금지된 사회에 대해 불만을 품었던 서민들의 의식을 반영한 것으로, 이후에 등장한 서민 문학에도 큰 영향을 주었을 것으로 보인다.

「홍길동전」의 소설적 가치　　「홍길동전」은 이전의 소설이 환상적이거나 비현실적인 소재를 택한 데 비해, 당시의 사회 현실에서 소재를 선택하였다. 임진왜란 후의 사회 제도의 결함과 적서의 신분 차별을 없애고 탐관오리나 불사(해인사) 경제의 부패를 개혁하려는 혁명 사상을 나타냈다는 점에서 근대 소설과 맥락이 이어지는 작품이라고 볼 수 있다. 민중에게 희생을 강요하는 지배층을 공격하고, 억압받고 착취당하는 민중을 동정함으로써 뚜렷한 민중 의식을 나타내고, 당시의 사회 문제를 그대로 보여 주었다는 점에서 사실주의적이고 현실적인 경향을 띤 최초의 문학 작품이라고 할 수 있 다.

「홍길동전」은 최초의 한글 소설이다. 허균은 전통적인 윤리 구조를 부정하고 새로운 세계관을 받아들여 시야를 넓히고, 옛 문인들이 손대지 않았던 새로운 소설 양식을 통하여 자신의 새롭고 자유로운 혁명 사상을 나타내려 했던 것이다.

「홍길동전」은 성격상 영웅 소설로 볼 수 있다. 홍길동의 출생, 성장, 투쟁과 활동은 영웅의 일생과 일치한다.

허균은 「수호전」에 심취하여 그 영향을 받았다고도 한다. 양산박에 송강을 두목으로 모인 108명 의적들이 내세운 '하늘을 대신하여 정의를 행한다' 는 구호는 홍길동이 두목인 활빈당의 정신과 일치한다. 그리고 길동의 축지법이나 분신술과 같은 도술은 손오공이 등장하는 「서유기」의 영향을 받은 것으로 볼 수 있다.

오늘날 전하는 「홍길동전」은 대개 19세기에 출현한 것으로 보이는 판각본들로, 현재 전하는 자료가 나중에 고쳐진 작품이라는 증거가 여럿 있다. 하나의 예로, 경판본(京板本) 「홍길동전」에는 '장길산' 이라는 이름이 나오는데, 장길산은 허균이 세상을 떠난 후인 17세기 말의 인물이다. 이처럼 민중들의 저항 정신을 통해 변화되면서 그 중 몇 종류의 이야기들이 전해지고 있다.

창조학습
활동

1. 「홍길동전」에 대한 설명으로 <u>잘못된</u> 것을 찾아보자.

　① 허균이 서자였으므로, 서자의 아픔을 알고 쓸 수 있었다.
　② 서자인 길동이 병조판서가 되는 장면에는 서민 의식이 반영되어 있다.
③ 영웅소설의 전형적인 형태를 띠고 있다.
④ 서자 문제, 탐관오리의 부정부패 등 당시 실재했던 사회 문제들을 보여 주었다.
⑤ 한글로 쓰여진 최초의 소설이다.

2. 「홍길동전」에 나타난 사회의 모습에 해당하지 <u>않는</u> 것을 찾아보자.

　① 적서 차별　　　　② 일부다처제
　③ 사원의 부패　　　④ 도적으로 인한 관리들의 수난
　⑤ 서자들을 관리로 등용

3. 「홍길동전」을 영웅 설화의 기본적인 구조와 연관시켜 볼 때, 각 부분에 해당하는 내용을 써 보자.

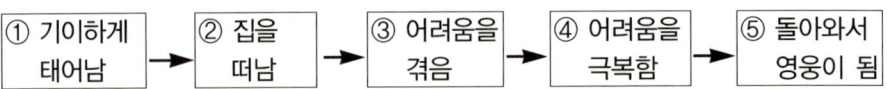

① 기이하게
태어남 → ② 집을
떠남 → ③ 어려움을
겪음 → ④ 어려움을
극복함 → ⑤ 돌아와서
영웅이 됨

4. 「홍길동전」은 허균의 작품이지만, 나중에 고쳐 쓰여졌을 것이라는 설도 있다. 다음 [보기]에서 그 근거를 찾아보자.

보기

"옛날, 장충의 아들 장길산은 천생이지만 열세 살에 그 어미와 이별하고 운봉산에 들어가 도를 닦아 아름다운 이름을 후세에 전하였습니다. 소자도 그를 본받아 세상을 벗어나려 하오니, 어머니께서는 안심하고 후일을 기다리십시오. 근간에 곡산댁의 눈치를 보니 상공의 사랑을 잃을까 하여 우리 모자를 원수같이 알고 있습니다. 큰 화를 입을까 하오니 어머니께서는 소자가 나감을 염려하지 마십시오."

5. 다음 [보기]를 통해 알 수 있는 허균의 사상을 정리해 보자.

보기

길동이 조선을 작별을 고하고, 남경 땅 제도라는 섬으로 들어가, 수천 호의 집을 지은 뒤, 농업에 힘쓰고 무기 창고를 지으며 군법을 연습하니, 병사는 잘 훈련되고 양식은 풍족하게 되었다.

☞ **정답과 해설 p.415**

영웅 설화의 구조 7단계

한눈에
보기

1. 고귀한 혈통을 지닌 인물이다

1. 아버지가 홍판서로 명문 양반 가에서 출생한다

2. 임신이나 탄생이 비정상적이다

2. 홍판서와 시비 춘섬 사이에서 태어난 서자이다

3. 보통 사람과는 다른 탁월한 능력을 타고난다

3. 둔갑술, 축지법, 분신술 등 다양한 도술과 무예에 능하고, 하나를 들으면 열을 아는 총명함을 갖춘다

4. 어려서 버려져 죽을 고비를 겪는다

4. 춘섬이 특재와 관상녀를 시켜 죽이려고 한다

5. 죽을 고비에서 구출되거나 양육자를 만나 살게 된다

5. (예외) 위기를 길동 자신의 능력으로 슬기롭게 대처한다

6. 자라서 다시 위기에 부딪친다

6. 사찰과 감영을 도둑질하여 조정에서 잡으려고 한다

7. 위기를 적극적으로 극복하고 승리자가 된다

7. 왕에게 병조판서의 벼슬을 받고, 율도국의 왕이 된다

또 하나의 영웅소설 「전우치전」을 감상해 보자.

「전우치전」은 작가, 연대 미상의 한글 소설로, 조선 중종 때 담양에서 활동했다는 전우치를 소재로 한 작품이다. 전우치는 조선 시대 실재했던 인물로서 지방에서 선비로 행세하다가 나중에 송도에 가서 숨어 버렸다는 설이 있다. 실재인물을 주인공으로 하여 쓴 소설이긴 하지만, 도술 이야기가 매우 비현실적이다. 그러나 당시의 부패한 정치와 당쟁(黨爭: 당파를 이루어 서로 싸움)을 풍자하고 그것을 독자들에게 효과적으로 전달하기 위해서는 어쩔 수 없었는지도 모른다. 그 내용이 「홍길동전」과 매우 비슷하다.

이 소설의 주인공인 전우치는 의협심을 발휘하여 부패한 정치를 바로잡으려 하였고, 가난한 백성들을 도와 주기 위해 도술을 이용하며, 사회 혁명 사상을 불러일으키려고 한다. 전우치의 신기한 도술과 통쾌한 거사(擧事 : 큰일을 일으킴)는 작자의 상상력이 대단했음을 느끼게 한다.

조선 초 송도에 자신의 몸을 감추는 신기한 재주를 가진 전우치라는 선비가 살고 있었다. 이 때 해적들이 제멋대로 노략질을 하고 흉년이 계속되어 양민들의 생활이 비참해진다. 전우치는 임금에게 하늘에 태화궁을 지으려 한다며 황금 들보(기둥)를 받아 그것으로 빈민을 구한다. 나중에 그의 속임수를 알게 된 임금이 체포령을 내린다. 그러나 전우치는 포도청 병사들을 도술로 물리친다. 그리고 병 속에 들어간 채 나타나 임금을 당황하게 한다. 결국 임금이 정중히 나타나면 벼슬을 주겠다고 하나, 전우치는 끝내 나타나지 않는다. 그 후 전우치는 구름을 타고 사방을 다니며 어진 일을 했고, 억울한 사람들의 원한도 풀어 준다. 나중에 조정에 들어가 선전관이 된 전우치는 도적 두목 엄준을 잡아와 왕을 기쁘게 한다. 그러나 간신들이 전우치를 시기하여 음해하니, 왕이 이를 듣고 매우 화를 내며 전우치를 극형에 처하라고 한다. 전우치는 왕 앞에서 그린 그림 속의 말을 타고 달아나 버린다. 이렇게 도망쳐 나온 전우치는 자신이 가지고 있는 족자 속의 미인을 불러 손님들에게 술과 안주를 대접하기도 한다. 전우치는 서화담이 도학이 높다는 말을 듣고 찾아갔다가 그의 도술에 걸려 곤욕을 당하고는 제자가 된다. 이 후 그는 태백산으로 들어가 계속 도를 닦는다.

허 생 전
許 生 傳

■ 박 지 원

「허 생 전」은 중국의 과학 문명 수용을 주장한 북학파의
대표적인 인물인 박지원의 이용후생이라는 실학 사상이 잘
반영된 작품이다.

 **등장인물**

허생 |

현실 생활에 무관심한 채 글만 읽는 선비이다. 그러나 아내의 성화에 못 이겨 글 읽기를 중단하고 장사를 해서 많은 재물을 벌어 이상국을 건설한다. 그는 현실 정치를 담당할 능력이 있고 북벌정책에 대한 뚜렷한 의식을 가지고 있으나, 사실상 재산과 지위가 없는 불우한 지식인이다. 그러나 그는 재물 앞에서도 당당하고 권세 앞에서도 당당하다. 한편 아무하고나 결탁하지 않고 자기 원칙과 기준을 가지고 행동하는 소신 있는 인물을 대표하고 있다.

변씨 |

당시 부(富)만 추구하는 다른 부자와 판이한 면모를 보여 주는 인물이다. 허생의 비범함을 꿰뚫어 보는 깊은 통찰력을 지니고 있으며, 당시 시대 상황의 흐름을 정확히 파악하는 감각도 갖추고 있다. 벼슬하지 않고 민간에 있는 인재 발굴에도 관심을 갖는 근대적인 의식을 소유한 자본가의 본보기라고 할 수 있다.

이완 |

어영대장의 신분으로서 겉으로 보기에는 당대의 북벌 정책을 주도하는 능력과 뚜렷한 명분 의식을 지닌 듯이 보인다. 그러나 실상은 허생이 제기한 세 가지 문제에 대해서 어느 것 하나도 자신 있게 대답을 못하는 소극적인 인물이다. 현실 정치를 담당할 만한 능력이 없고 닫힌 사고 방식을 가진 대표적인 인물이다.

군도 |

군도들은 원래 양민들이었으나 돈이 없어 땅과 아내를 갖지 못하고 도둑의 길을 걷게 된 사람들이다. 곧, 집권층의 무능과 이익 다툼 속에서 희생을 당한 민중들이다.

작가 소개 박지원(朴趾源, 1737~1805) |

조선 후기의 문신이며 실학자. 서울 출생. 호는 연암(燕巖) · 연상(烟湘) · 열상외사(洌上外史). 과거 급제에 실패한 후 오직 학문과 저술에만 전념하였다. 그러다가 삼종형 박명원을 따라 북경에 갔다 온 후 관직에 올라 『열하일기』, 『과농소초』, 『한민명전의』 등을 저술하고 이용후생의 사상을 펼치다가 69세로 일생을 마쳤다.

허생전

許生傳

읽기 전에 | 이 작품은 허생이라는 선비가 장사를 해서 돈을 벌어 도둑의 무리를 구제하고 시험적으로 이상적 사회를 세운 뒤에 다시 본래의 선비 모습으로 돌아온다는 내용을 담고 있다. 연암 박지원의 실학 사상은 무엇인가 알아보고, 더불어 조선 시대의 헛된 명분과 허례허식에 얽매인 선비 계층을 비판하는 작가 의식에 유의하면서 읽어 보자.

허생이 아내의 성화로 책을 덮다. 허생은 묵적골에 살았다. 남산 밑 골짜기로 곧장 가면 우물이 있고, 그 위에 오래된 은행나무가 하늘을 가리고 서 있다. 허생의 집 사립문은 은행나무를 향해 언제나 열려 있었다. 집이라야 두어 칸 되는 초가집으로 비바람을 막지 못할 정도로 거의 다 쓰러져가는 오막살이었다.

그러나 허생은 비바람이 새는 것은 아랑곳하지 않고 늘 글읽기만 좋아했으므로 가난하기 짝이 없었다. 그나마 그 아내가 삯바느질을 해서 겨우 입에 풀칠을 하였다.

어느 날 허생의 아내가 배고픈 것을 참다못해 눈물을 흘리며 푸념을 늘어놓았다.

"당신은 한평생 과거(科擧)도 보러 가지 않으면서, 어쩌자고 글만 읽으세요?"

그러나 허생은 태연하게, 껄껄 웃으며 대답하였다.

"내 아직 글이 서툴러서 그렇다네."*

"그렇다면 장인(匠人)* 노릇도 못 하시나요?"

"장인 일을 평소에 배우지 않았는데 어쩌오?"

"그렇다면 하다못해 장사라도 해야지요."

"장사를 하려 해도 밑천이 없는 걸 어쩌오?"

아내는 드디어 역정을 냈다.

"당신은 밤낮없이 글만 읽더니, 기껏 '어쩌오?' 소리만 배웠단 말씀이오? 장인 일도 못 한다, 장사도 못 한다면, 도둑질이라도 못하시나요?"*

허생은 이 말에 책을 덮고는 벌떡 일어났다.

"애석한 일이로다. 내가 글읽기를 십 년으로 작정하였는데, 인제 겨우 칠 년이로구나."

그 길로 허생은 휙 문 밖으로 나가버렸다. 그러나 한양 거리에 아는 사람이 있을 턱이 없었다.

허생이 변씨에게 돈 만 냥을 빌리다. 그는 종로 거리를 오르락내리락 하였다. 그러면서 길 가는 사람을 붙들고 물었다.

"누가 한양에서 제일 가는 부자요?"

그 사람은 한양에서 제일 가는 갑부라면 변씨(卞氏)라고 일러주었다. 허생은 바로 그 집을 찾아갔다. 허생은 변씨를 만나 길게 절한 후에 단도직입적으로 말하였다.

"내 집이 가난하여 장사 밑천이 없소. 무얼 좀 해 보려고 하는데, 돈 만 냥

내 아직 글이 서툴러서 그렇다네 : 여기서의 '글'은 곧 '학문'을 말한다. 이 말은 허생이 정말 자신의 학문이 서툴다는 것이 아니고 자신이 생각한 만큼 학문을 완성하지 못하였다는 뜻이다. 본문을 통하여 살펴보면 허생은 10년 간 글읽기를 작정했는데, 이 때가 7년째 된 것으로 나타난다.

장인 : 목공이나 도공(陶工) 등과 같이, 손으로 물건 만드는 일을 직업으로 하는 사람.

당신은 밤낮없이 글만 ~ 도둑질이라도 못하시나요 : 허생이 가정 형편은 전혀 모르고 또한 돈 버는 일이라고는 아무 것도 모른다고 하면서 밤과 낮으로 글 읽기만 좋아하는 것에, 그의 부인이 화가 나 남편의 인격을 무시하는 모욕적인 말을 퍼붓는 장면이다. 여기서 허생 부인은 글보다는 가정 형편과 돈을 중요시하는 현실적이며 실리적인 인물임이 드러난다.

(兩)만 빌려 주십시오."

변씨가

"그러시오."

하고 대뜸 승낙하고는 만 냥을 내주었다.

허생은 감사하다는 인사말 한 마디 없이 돈을 받아 가지고 가 버렸다.

변씨 집에는 그 자제들과 문객이 많이 모여 있었다. 문 밖을 나서는 허생의 몰골을 보아 하니, 이건 영락없는 거지가 아닌가. 선비랍시고 허리끈을 매기는 했지만 술이 다 빠져 너덜너덜하고, 가죽신이라고는 하지만 뒤꿈치가 한쪽으로 다 닳아 빠졌다. 다 낡아빠진 망건이며, 땟국이 줄줄 흐르는 두루마기, 거기다가 허연 콧물까지 훌쩍거리는 품이 거지 중에서도 상거지였다. 이런 자에게 만 냥을 선뜻 내주다니. 모두들 어리둥절해서 물었다.

"어른께서는 저 사람을 아시나요?"

"모르지."

변씨는 모두가 놀라 묻는 말에 대답도 태연하게 하였다.

"아니, 하루 아침에, 얼굴도 모르는 사람에게 만 냥(萬金)을 그냥 내던져 버리시다니. 더구나 그 이름 석 자도 묻지 않으시고 어쩌려고 그러십니까?"

변씨는 정색을 하고 말하였다.

"이건 너희들이 알 바 아니다. 대체로 남에게 무엇을 빌리러 오는 사람이라면 으레 자기 뜻을 이것저것 길게 늘어놓기 마련인데. 약속은 꼭 지킨다느니, 염려 말라느니 하고 말일세. 그러면서 비굴한 빛이 얼굴에 나타나고, 한 말을 되뇌곤 하지. 그런데 이 사람은 옷이며 신발이 모두 떨어지긴 했지만, 우선 말이 짤막하고 사람을 대하는 눈이 아랫사람을 내려다보는 듯하며 조금도 부끄러워하는 기색이 없네. 물질 따위에는 관심이 없고 벌써 전부터 제 살림에 만족하고 있는 사람임에 틀림없어. 그러니 그가 한 번 해 보고 싶은 장사라는 것도 작은 일이 아닐 게고, 나 또한 그 사람을 한 번 시험해 보려는 거야. 게다가 주지 않았으면 모르되, 이미 만 냥을 내주었으니 구태여 그의 이름 석 자를 물어서 무엇하겠나?"

큰 장사꾼만이 할 수 있는 말이었다.

허생이 백만 금을 벌다. 허생은 만 냥을 얻자, 다시 자기 집에 들르지도 않고,

'안성은 경기와 호남의 갈림길이고 삼남의 길목이렷다.' *

하면서 그 길로 내려가 안성에 거처를 마련하였다.

다음 날부터 그는 시장에 나가서 대추 밤 감 배며, 석류 귤 유자 등의 과일이란 과일은 모조리 사들였다. 파는 사람이 부르는 대로 값을 다 주고, 팔지 않는 사람에게는 시세(市勢)*의 배를 주고 샀다. 그리고 사는 대로 한없이 곳간에 저장해 두었다.

이렇게 되자 오래지 않아서 나라 안의 과일이란 과일은 모두 바닥이 났다. 허생이 과일을 몽땅 쓸어 갔기 때문이다. 그러자 대신들이 집에서 잔치나 제사를 지내려고 해도 과일을 구경하지 못하여 제사상도 제대로 갖추지 못할 형편에 이르렀다. *

이번에는 과일 장수들이 허생에게 달려와서 과일을 얻을 형편이 되었고, 저장했던 과일들은 열 배 이상으로 값이 올랐다.

"허이, 겨우 만 냥으로 이 나라를 기울게 할 수 있다니, 우리 나라의 형편을 알 만하구나!"

허생은 이렇게 탄식하였다.

과일을 다 처분한 다음 그는 다시 칼, 호미, 무명, 명주, 솜 등을 모조리 사

안성은 경기와 호남의 갈림길이고 삼남의 길목이렷다 : 허생은 경기도와 충청도이 맞닿는 지역이며 충청도, 전라도, 경상도의 길목인 안성으로 내려가 자신이 머무를 집을 마련한다.
시세 : 시장에서의 수요와 공급의 원활한 정도.
대신들이 집에서 잔치나 ~ 못할 형편에 이르렀다 : 높은 벼슬에 있는 집에서는 잔치나 제사를 지낼 때 격식에 맞게 과일을 사용하였다. 그런데 허생이 과일을 몽땅 사들여 과일이 없으니, 높은 벼슬아치들이 잔치와 제사상을 격식에 맞게 제대로 갖추지 못할 형편에 놓였음을 말하고 있다. 이는 과일이 없으면 잔치와 제사를 지내지 못하는 허례허식적인 풍속을 비판하고 있는 것이다.

가지고 제주도로 건너가서 그것을 팔아 이번에는 말총이란 이름이 붙은 것은 모조리 사들였다.

"몇 해가 못 가서 나라 안 사람들은 상투로 머리를 싸매지 못할 것이다."

허생이 장담한 대로 얼마 가지 않아서 과연 나라의 망건 값이 열 배로 뛰어 올랐다. 말총을 내다 파니 백만 금이 되었다.

허생이 도둑들을 섬에 살게 하다. 어느 날 허생은 늙은 뱃사공 한 사람을 만나 물었다.

"바다 밖에 혹시 사람이 살 만한 빈 섬이 있지 않던가?"

"있습지요. 옛날에 바람을 만나 서쪽으로 줄곧 사흘 동안을 흘러가다가 빈 섬에 닿았습지요. 그곳은 아마 사문과 장기라는 곳의 중간쯤으로 짐작됩니다. 꽃과 잎이 저절로 피고 과실이며 오이가 철을 따라 여물었습죠. 그 뿐입니까. 고라니와 사슴이 떼지어 다니고 바닷고기들도 놀라지 않았습니다."

허생은 사공의 말을 듣고 크게 기뻐하였다.

"자네가 만약 나를 그곳에 데려다 준다면 평생 동안 함께 부귀를 누리도록 해 주겠네."

사공은 허생의 말에 따르기로 하였다.

이리하여 바람이 알맞게 부는 날을 기다려 바람을 타고 동남쪽으로 곧장 배를 몰아 사공이 말한 섬에 이르렀다. 허생은 섬에 상륙하여 높은 바위꼭대기에 올라가 사방을 둘러보고 나서 썩 마음에 들지는 않는 듯 이렇게 말하였다.

"땅이 천 리도 못 되니 무엇에 쓴단 말인가? 다만 땅이 기름지고 샘물이 맛있으니 한갓 부잣집 늙은이 노릇이나 할 수 있겠구나."

사공이 물었다.

"텅 빈 섬에 사람이라곤 하나도 없으니, 대체 누구와 함께 사신다는 말씀이시오?"

"덕(德)이 있는 사람에게는 사람들이 저절로 모여들게 마련이지. 덕이 없는 것이 걱정이지, 어찌 사람이 없는 것을 근심하겠는가?"

이 때, 변산 지방에 수천 명의 도둑이 나타나 노략질을 하고 있었다. 여러 고을에서는 나졸들까지 풀어서 도둑을 잡으려 했으나 도둑의 무리를 쉽게 소탕하지 못하였다. 그러나 도둑의 무리 역시 각 고을에서 대대적으로 막고 나서니 쉽게 나아가 도둑질하기 어려워져 마침내 깊은 곳에 몸을 숨기고, 급기야 굶어 죽을 판이 되었다.

허생은 이 소문을 듣고 도둑의 소굴을 찾아 들어갔다. 그리고 도둑의 우두머리를 만나 설득하기 시작하였다.

"천 명이 천 냥을 빼앗아 와서 나눠 가진다면 한 사람 앞에 얼마씩 돌아가는가?"

"그야 일 인당 한 냥이지요."

"그럼 모두 아내가 있소?"

"없소."

"그럼 논밭은 있소?"

"흥, 땅이 있고 아내가 있으면 왜 도둑질을 한단 말이오?"*

"정말 그렇다면 왜 장가를 들어 집을 짓고 소를 사서 농사를 지으며 살려고 하지 않는가? 그렇게 하면 도둑놈 소리도 듣지 않을 테고, 살림살이하는 부부의 재미도 있을 것이고, 아무리 밖으로 나가서 쏘다닌다고 해도 아무도 잡아가지 않을 테니 얼마나 좋은가? 길이길이 의식주가 풍족할 텐데."

"허허, 누가 그것을 몰라서 그러겠소? 다만 돈이 없어 못할 뿐이지요."

허생은 웃으며 말하였다.

"도둑질을 하면서 어찌 돈이 없는 것을 걱정한단 말이오? 정 그렇다면 내가 마련해 주겠소. 내일 바다에 나와 보오. 붉은 깃발을 단 배가 보일 거요. 모두

흥, 땅이 있고 ~ 도둑질을 한단 말이오 : 허생의 질문에 도둑들이 대답한 말이다. 도둑들은 먹고 살 수 있는 땅이 있고 가정을 이룰 수 있는 아내가 있다면 왜 도둑질을 하겠냐고 되묻는다. 여기에서 당시의 도둑들은 먹고 살아갈 수 없는 형편에서 어쩔 수 없이 도둑질을 하였음을 알 수 있다. 따라서 선량한 백성들을 도둑으로 만드는 당시의 나라 정치와 벼슬아치들의 잘못된 정책을 비판하고 있음을 알 수 있다.

돈을 실은 배이니, 갖고 싶은 대로 가져가구려."

허생은 이렇게 말하고 어디론가 가버렸다.

도둑들은 하도 말 같지가 않아서 모두 그를 미친놈이라고 비웃었다. 그러나 그 이튿날 혹시나 해서 바닷가에 나가 보았더니, 과연 허생이 삼십만 냥이나 되는 돈을 배에 싣고 기다리고 있었다. 도둑들은 크게 놀라, 이건 보통 사람이 아니라고 생각하였다. 모두 허생 앞에 줄지어서 절을 하였다.

"오로지 장군님의 분부만을 따르겠소이다."

"그렇다면 어디 자네들이 질 수 있는 대로 가지고 가 보게!"

허생의 말이 떨어지자 도둑들은 앞을 다투어 돈 자루에 달려들었다. 그러나 욕심뿐이지 제아무리 기운 좋은 놈일지라도 백 냥을 짊어지지 못하였다.

"기껏 백 냥도 못 지면서 무슨 도둑질을 하겠다는 게요? 그렇다고 이제 양민(良民)이 되려고 해도, 이름이 도둑의 명부에 올라 있을 테니 그것도 안 될 테고, 그렇다면 갈 곳도 없겠구려. 그럼 잘 되었소. 내가 여기서 자네들을 기다릴 것이니, 이제부터 한 사람이 백 냥씩 가지고 가서 여자 하나와 소 한 마리를 구해 오시오. 자네들의 실력을 한 번 보아야겠소."

허생의 말에 도둑들은 모두 좋다고 저마다 돈 자루를 짊어지고 뿔뿔이 흩어져 갔다. 허생은 몸소 이천 명이 일 년 동안 먹을 양식을 장만해 가지고 도둑들이 오기를 기다렸다.

도둑들은 기일이 되자 빠짐없이 모두 돌아왔다. 허생은 그들과 부인들을 모두 배에 태우고 그 빈 섬으로 들어갔다. 허생이 도둑들을 몽땅 데리고 갔으므로, 이 때부터 나라 안에 시끄러운 일이 없었다.

섬에 상륙하자, 그들은 곧 나무를 베어 집을 짓고, 대나무를 잘라 엮어서 울타리를 세웠다. 그러자 순식간에 큰 마을이 생겼다. 그런 다음 다시 밭을 일궜다. 토질이 좋아서 밭갈이와 김매기를 하지 않아도 온갖 곡식이 잘 자랐다. 그래서 한 해나 세 해만큼 걸러 짓지 않아도 한 줄기에 아홉 이삭이 달렸다.

이렇게 되자 3년 동안의 양식을 저장하고 난 나머지는 모두 배에 싣고 장기도에 가져가서 팔았다. 장기라는 곳은 삼십만여 호나 되는 일본의 영토로 가옥이 삼십 일만이나 되었다. 때마침 그 지방에 큰 흉년이 들었으므로 가지고 갔던 양곡을 모두 팔고 은 백만 냥을 받아 가지고 돌아왔다.

"이제야 뭘 좀 해 본 것 같구나."

허생은 길게 한숨을 쉬며,

"인제야 내 조그만 시험이 끝났어."*

하고 탄식한 후, 섬에 사는 남녀 이천 명을 모두 한자리에 모이게 하였다.

"내가 처음에 자네들과 이 섬에 들어올 때엔 먼저 부자가 되게 한 다음에, 따로 문자를 만들고 옷이며 갓 같은 것도 지어 입게 하려고 하였소.* 그런데 땅이 좁고 내 덕이 부족하니, 나는 이제 여기를 떠날까 하오. 자네들은 아이들을 낳거들랑 오른손에 숟가락을 쥐게 하고, 또 하루라도 먼저 난 사람에게 서로 음식을 양보하는 등의 덕을 갖도록 가르치시오."*

그러고는 자기가 타고 나갈 배 한 척만 남겨두고 다른 배들은 모조리 불살라 없애 버렸다.

"가지 않으면 오는 이도 없을 거요."

또한 돈 오십만 냥을 바다 가운데 던져 버렸다.

"바다가 마르면 그걸 주워 갈 사람도 있겠지. 백만 냥이라면 우리나라에도 써먹을 데가 없을 테고, 하물며 이런 조그만 섬에서 어디다 쓰겠는가!"

그러고는 글을 아는 자들만 골라 모조리 함께 배에 태웠다.

"이 섬에서 화근을 없애야 되지."*

인제야 내 조그만 시험이 끝났어 : 작품의 서두에서 허생이 부자 변씨에게 '무얼 좀 해 보려고 하는데, 돈 만 냥만 빌려 주십시오'라고 말했던 그 무엇이 끝났음을 의미한다. 여기에서 허생은 무인도에 이상적인 공동체를 건설함으로써 조그만 시험이 끝났다고 말하고 있는 것이다.

먼저 부자가 되게 ~ 입게 하려고 하였소 : 문자를 만들고 옷을 지어 입게 하는 것은 곧, 문화 활동이다. 새로운 문화를 통해서 새 이상국의 질서를 세우고자 하는 허생의 의도를 엿볼 수 있다.

자네들은 아이들을 낳거들랑 ~ 덕을 갖도록 가르치시오 : 사람이 살아가는 법을 익히게 하고 또 가족 관계에 있어서 아랫사람은 윗사람을 공경하고 윗사람은 아랫사람을 사랑하면서 서로 서로 아름다운 덕을 베풀며 살아가라는 허생의 당부 말이다. 즉 기본적 관습을 지키고 기본적 생활 윤리를 지키면 충분히 살아갈 수 있다는 것이다.

그러고는 글을 아는 ~ 화근을 없애야 되지 : 배운 사람이 오히려 재앙의 근원이 된다는 뜻으로, 당시 겉만 그럴싸할 뿐 실속 없고 하는 일 없이 먹고 놀기만 하는 지식인들에 대한 비판 의식을 나타내고 있다.

이로부터 허생은 나라 안을 두루 돌아다니며 가난하고 의지할 곳이 없는 사람들을 구제하였다. 그러고도 은이 십만 냥이나 남았다.

허생이 변씨에게 돈을 갚고 집으로 돌아가다.

'이것으로 변씨에게 빌린 것을 갚아야겠군.'

허생은 실로 오랜만에 변씨를 찾아갔다.

"나를 알아보시겠소?"

하고 묻자, 변씨가 놀라며 말문을 열었다.

"그대의 얼굴빛이 조금도 나아지지 않았구려. 혹시 만 냥을 몽땅 털리셨소?"

허생이 웃으며 말하였다.

"재물로 인해서 얼굴이 좋아지는 것은 당신들에게나 있는 일이오. 만 냥이 어찌 도(道)를 살찌게 하겠소?"

그러고는 십만 냥을 변씨에게 내놓았다.

"내가 하루 아침의 주림을 견디지 못하고 글읽기를 도중에 포기했으니, 당신에게 만 냥을 빌렸던 것이 부끄럽소."

변씨는 크게 놀라 일어나서 절하였다. 그리고 십만 냥을 사양하고, 옛날 빌려준 돈에다 십분의 일로 이자를 쳐서 받겠다고 하였다. 그러자 허생이 화를 벌컥 내며,

"어찌 자네는 나를 장사치로만 보는가?"

하고는 소매를 홱 뿌리치고 일어나 가버렸다.

변씨는 더 말해야 소용이 없을 줄 알고 가만히 그 뒤를 밟아 따라갔다. 허생이 곧장 남산 밑 골짜기로 걸어가더니, 거의 다 쓰러져가는 어느 조그만 오막살이로 들어가 버렸다. 마침 한 늙은 할멈이 우물 위쪽에서 빨래를 하고 있었다.

변씨가 그 할멈에게 말을 걸었다.

"저 조그만 초가가 누구의 집이오?"

"허생원 댁이라오. 가난한 형편에 글공부만 좋아하더니, 하루 아침에 집을

나가서 5년이 지나도록 소식도 없고 돌아오지도 않았지요. 여태까지 부인 혼자 살면서, 남편이 집을 나간 날에 제사를 지낸다오."

변씨는 비로소 그의 성이 허씨라는 것을 알고 탄식하며 돌아섰다.

다음 날, 변씨는 허생에게서 받았던 은을 모두 가지고 그의 집을 찾아갔다. 그러나 허생은 여전히 받지 않고 거절하였다.

"내가 부자가 되고 싶었다면 백만 냥을 버리고 십만 냥을 받겠소? 나 이제부터는 당신의 도움으로 살아가겠소. 당신은 가끔 나를 돌보아주시오. 식구를 헤아려서 양식이나 떨어지지 않고 몸을 재어서 옷이나 지어 입도록 하여 주오. 그것으로 일생을 만족할 것이오. 왜 재물 때문에 내 정신을 괴롭게 하겠오?"

변씨가 여러 가지 말로 허생을 달래 보았으나, 허생이 들어주지 않으니 끝끝내 어찌할 도리가 없었다.

그 때부터 변씨는 허생의 집에 쌀뒤주가 바닥나거나 옷이 떨어질 때쯤 되면 손수 찾아와서 도와 주었다. 그러면 허생은 그것을 기꺼이 받아들였다. 그러나 혹시 분수에 넘친다고 생각하면 곧 좋지 않은 기색으로,

"어째서 나에게 재앙을 갖다 맡기려 하오?"

하였다.

그러나 술병을 들고 찾아가면 평소보다 더욱 반가워하며 서로 술잔을 기울여 취하도록 마셨다.

이렇게 몇 해를 지나는 동안, 두 사람 사이의 정이 날로 두터워져 백년지기(百年之己)*처럼 다정해졌다.

변씨가 허생의 재주를 알아 주다. 어느 날, 변씨가 5년 동안에 어떻게 백만 냥이나 되는 돈을 벌었던가를 조용히 물어 보았다.

"다섯 해 사이에 어떻게 해서 백만 금을 벌었소?"

백년지기 : 오래 전부터 사귀어 온 친합 친구.

허생이 대답하였다.

"그야 가장 알기 쉬운 일이지요. 우리 조선은 외국과 무역이 없고, 수레가 나라 안을 두루 돌아다닐 수 없어서, 온갖 물건이 제자리에서 생산되고 제자리에서 소비되지요. 대체로 천 냥은 적은 금액이라 한 가지 물건을 독점할 수는 없지만, 천 냥을 열로 쪼개면 백 냥이 열이라, 또한 열 가지 물건을 살 수 있지요. 그리고 물건이 가벼우면 나르기도 쉬워서 한 가지 물건이 시세가 좋지 않더라도 나머지 아홉 가지 물건에서 재미를 볼 수 있소. 이것은 보통 이익을 내는 방법으로 작은 장사치들이 하는 짓 아니오? 게다가 만 냥을 가지면 대개 한 가지 물건을 몽땅 살 수 있기 때문에, 수레면 수레 전부, 배면 배를 전부, 한 고을이면 한 고을을 전부, 마치 총총한 그물로 훑어내듯 다 사들일 수 있지요. 이를테면 뭍에서 나는 만 가지 중에 한 가지를 슬그머니 독점해 버리든지, 물에서 나는 만 가지 중에 슬그머니 하나를 독점한다든지, 약 재료 중에서 슬그머니 한 가지만을 독점하면, 한 가지 물건이 한 곳에 묶여 있는 동안 모든 장사치들은 그 물건을 구경할 수도 없게 되는 것이지요. 값이 뛸 것은 당연하오. 그러나 이는 백성들을 못살게 하는 길이 될 거요. 백성을 도둑놈으로 만들기 좋은 방법이지요. 훗날에라도 나랏일을 맡은 관리가 만약 나의 이 방법을 쓴다면 반드시 나라는 곧 병들고 말 것이오."

변씨는 듣고 나서 다시 물었다.

"그럼 내가 선뜻 만 냥을 내어 줄 줄은 어떻게 알고 나를 찾아와 청하였소?"

허생이 대답하였다.

"당신만이 내게 꼭 빌려 줄 수 있었던 것은 아니지만, 누구라도 만 냥을 가지고 있는 사람치고는 누구나 다 주었을 것이오. 나 스스로 내 재주를 헤아려 보면 넉넉히 만 냥을 벌 수 있다고 생각했으나, 운명은 저 하늘에 달려 있는 것이니, 낸들 그것을 어찌 알겠소? 그러므로 나를 알아보고 내 말을 들어주는 사람은 복이 있는 사람이지요. 반드시 더욱더 큰 부자가 되게 하는 것은 하늘이 시키는 일일 텐데, 어찌 주지 않았겠소? 내 이미 만 냥을 받은 다음에는 그

복을 빌려서 일을 한 것뿐이오. 그리고 일마다 곧 성공했던 것이고. 만약에 내가 내 재산으로 혼자서 일을 시작하였다면 그 성패 또한 알 수 없었겠지요."

변씨는 허생의 그 재주가 아깝다고 생각하였다. 자기와 같은 장사치로서는 상상도 못할 배포(配布)*요 도량(度量)*과 재주가 아닐 수 없었다. 이런 큰그릇을 어찌 그냥 썩힌단 말인가?

"바야흐로 지금 사대부들은 전날 남한산성에서 오랑캐에게 당했던 치욕을 씻으려 하고 있소. 지금이야말로 지혜와 재주를 갖춘 선비가 팔뚝을 걷어붙이고 한 번 일어설 때가 아니오? 선생의 그 재주로 어째서 파묻혀 지내려 한단 말이오?"

"어허, 예로부터 한평생 묻혀 지낸 사람이 한둘이었겠소? 우선, 조성기(趙聖期)*같은 분은 적국(敵國)에 사신으로 갔더라면 솜씨 있게 일을 처리할 사람이었지만 일생을 베잠방이*로 늙어 죽지 않았던가? 유형원(柳馨遠)*같은 분은 군량(軍糧)*을 조달(調達)*할 만한 재능이 있었건만, 저 바닷가에서 소요하고 있지 않았소? 그러니 오늘날 국정을 맡아 처리하는 자들의 기량을 알 수 있지요. 나로 말하면 장사에 솜씨가 있어. 그 돈으로라면 넉넉히 아홉 나라 임금의 머리라도 살 수 있었지만, 그것을 바닷속에 던져버리고 돌아온 것은, 도대체 쓸 곳이 없기 때문이었지요."

변씨는 후하고 긴 한숨을 쉬고는 돌아갔다.

허생이 이완을 꾸짖은 뒤 사라지다. 변씨는 전부터 정승 이완과

배포 : 마음을 써서 이리저리 세운 계획. 마음을 써서 일을 이리저리 계획함.
도량 : 너그러운 마음과 깊은 생각. 아량. 또는 일을 잘 알아서 경영할 수 있는 품성.
조성기 : 조선 시대 숙종 때 학자. 호는 졸수재. 뛰어난 재주가 있었지만 평생을 독서에만 전념했으며, 한문 소설 「창선감의록」을 지었음.
베잠방이 : 가랑이가 무릎까지 내려오게 지은, 베로 만든 남자 홑바지.
유형원 : 조선 시대 효종 때의 실학자. 호는 반계 학행이 높았지만 벼슬을 사양하고 평생 야인(野人)으로 지냈음. 사실에 근거해 진리를 탐구하는 실사구시(實事求是)의 학풍이 시작되는 무렵에 실학을 학문의 위치에 올려 놓았음.
군량 : 군대의 양식.
조달 : 필요한 자금이나 물자 등을 대어 줌.

잘 아는 사이였다. 이공이 당시 어영 대장이 되어서 변씨와 더불어 이야기하다가 혹시 쓸 만한 인재가 없는가를 물었다.

"요즘 항간에 기이한 재주를 숨기고 있는 사람으로 함께 큰 일을 해낼 만한 사람이 있으면 말해 보게나."

변씨는 그제야 생각이 나서 허생에 관한 이야기를 하였다. 이공이 그런 인물이 한양에 살고 있다는 소리에 깜짝 놀랐다.

"기이한 일이로군. 정말 그런 사람이 있을까? 그래 그 사람의 이름이 무엇이라 하던가?"

"소인은 그 사람과 3년을 가까이 지냈지만, 여태껏 이름도 모르옵니다."

"그 사람은 비범한 사람이 분명하네. 자네와 같이 한 번 가 보세."

밤이 되자 이공은 말을 타고 가기가 미안해서 수행하는 나졸을 다 물리치고 변씨만을 데리고 걸어서 허생의 집을 찾아갔다.

변씨는 이공을 잠시 문 밖에 서서 기다리게 하고 혼자 먼저 들어가서, 허생을 보고 이공이 몸소 찾아온 이유를 이야기하였다. 허생은 못 들은 체하고 말하였다.

"자네가 차고 온 술병이나 어서 이리 내놓으시오."

그리하여 두 사람은 술을 내어 즐겁게 마셨다. 변씨는 술을 마시면서도 이공을 밖에 오래 서 있게 하는 것이 민망해서 거듭 이공의 일을 말하였으나, 허생은 대꾸도 하지 않았다.

밤이 깊어졌다. 허생은 비로소 말을 꺼냈다.

"손님을 불러 볼까요."

이공이 방에 들어왔다. 그래도 허생은 자리에서 일어나 맞이할 생각조차 하지 않았다. 이공은 몸둘 곳을 몰라하다가 마침내 내 나라에서 어진 인재를 구하는 뜻을 설명하자, 허생은 손을 저으며 막았다.

"밤은 짧은데 말이 너무 길어서 듣기에 지루하구려. 지금 자네는 무슨 벼슬에 있는가?"

"어영대장(御營大將)*이오."

"그래? 그렇다면 자네는 나라에서 신임받는 신하로군. 내가 와룡선생(臥龍先生)* 같은 사람을 추천할 테니, 자네가 임금께 아뢰어서 삼고초려(三顧草廬)*를 하게 할 수 있겠는가?"

이공은 고개를 숙이고 한참 동안 생각하고 나서 말하였다.

"어려운 일입니다. 그 다음의 두번째 방책은 없을까요? 들려주십시오."

"나는 원래 '두번째' 라는 것은 배우지 못하였다네."

하고 허생이 외면하였으나, 이공이 거듭 간청하자 허생은 못이겨 말을 이었다.

"옛날에 우리 조선이 명나라 장졸들에게 은혜가 있다고 하여, 그 자손들이 많이 우리 나라로 망명해 와서 정처 없이 떠돌고 있소. 자네가 조정에 청하여 종실(宗室)*의 딸들을 모두 그들에게 시집보내고, 김류와 장유*의 집 재산을 빼앗아서 그들에게 나누어주게 할 수 있겠는가?"

이것도 정말 생각조차 할 수 없는 문제가 아닌가. 이공은 또 머리를 숙이고 한참을 생각하더니 비로소 고개를 들었다.

"어렵습니다."

"이것도 어렵다 저것도 어렵다 하면 도대체 무슨 일을 하겠소? 그럼 가장 쉬운 일이 있는데, 자네가 할 수 있겠는가?"

"말씀을 듣고자 하옵니다."

"대체로 천하에 큰 뜻을 외치려면 먼저 천하의 호걸들과 접촉하여 교분을 맺지 않을 수 없네. 또 남의 나라를 치려면 먼저 첩자를 보내지 않고는 여태껏

어영대장 : 조선 시대, 어영청의 으뜸 벼슬. 종이품에 해당함.

와룡선생 : 제갈량. 자는 공명. 중국 촉한의 정치가 · 전략가. 여기서는 제갈공명과 같은 지성인을 비유함.

삼고초려 : 중국 후한의 유비가 난양에 은거하고 있던 제갈량의 초가집을 세 번 찾아가 간청하여 드디어 제갈량을 맞아들인 일에서, '인재를 맞아들이기 위해서 여러 번 찾아가서 예를 다하는 일' 을 이르는 말.

종실 : 종친. 임금의 친족.

김류와 장유 : 다른 원본에는 훈척, 권귀로만 되어 있음. 훈척은 공을 세운 인척을 말하며, 권귀는 권위 있는 양반들을 이르는 말. 구체적으로 보면, 김류와 장유 모두 인조반정(1623년)에 공헌하여 전성기를 누림. 병자호란 전후 김류는 안일하게 행동하고, 장유는 김류의 안일함을 비판하며 현실에 책임을 지려고 노력함.

성공할 수 없는 법이네. 지금 만주 땅에는 천하의 주인이 들어앉아서 스스로 중국 사람과는 친하지 못하였다고 여기는 판이오. 이에 조선이 스스로 다른 나라보다 먼저 항복을 하였으니, 저들은 우리를 가장 믿을 것이네.

진실로 당(唐)나라, 원(元)나라 때처럼 우리가 우리 자제들을 유학 보내어 학문을 배우고 벼슬까지 하도록 허용해 주고, 상인들도 자유로이 오갈 수 있도록 해 달라고 간청하면, 저들도 반드시 자기네에게 친근하려 함을 보고 기뻐 승낙할 것이다. 그렇게 되거든 나라 안에서 자제들을 가려 뽑아서 머리를 깎고 되놈의 옷을 입혀서 들여보내고, 그 중 선비는 가서 빈공과(賓貢科)*를 보도록 하게.

또 백성들은 멀리 강남으로 건너가 장사를 하면서, 그들의 실정을 염탐하는 한편, 저 땅의 호걸(豪傑)*들과 친분을 맺어 둔다면, 그때야말로 군사를 일으키고 천하를 뒤집어 옛날의 수치를 씻을 수 있을 것이네. 그런 다음 명나라의 황족인 주씨를 찾아 천자로 받들고, 만약 주씨가 없으면 천하의 제후들을 거느리고 천자가 될 만한 인물을 하늘에 추천한다면, 우리 나라는 잘 되면 대국(大國)의 스승이 될 것이고, 못 되어도 백구지국(伯舅之國)*의 지위를 잃지 않을 것이네."

이공은 얼빠진 듯 멍하니 있다가 겨우 입을 열었다.

"사대부들이 모두 몸을 조심하며 예법(禮法)을 지키는데, 누가 그들의 제자를 머리 깎게 하고 되놈의 옷을 입게 하겠소?"

이 말에 허생은 크게 꾸짖어 말하였다.

"소위 사대부란 것들이 무엇이란 말인가? 오랑캐 땅에서 태어나서 자칭 사대부라 뽐내다니, 이런 어리석을 데가 있나? 의복은 흰 옷만을 입으니 그것이야말로 상인(商人)이나 입는 것이고, 머리털을 한데 묶어서 송곳같이 상투를

빈공과 : 당나라에서 외국사람에게 보이던 과거. 신라의 최치원 등이 급제했음.
호걸 : 지혜와 용기가 뛰어나고, 포부가 넓으며 의지가 강한 사람.
백구지국 : 천자가 이성(異姓)의 제후를 부르는 존칭. 황제의 맏외숙의 나라라는 뜻.

트니 이것은 남쪽 오랑캐의 방망이 상투가 아닌가. 그러면서 도대체 무엇을 가지고 예법이라 한단 말인가? 옛날 번어기(樊於期)*는 원수를 갚기 위해서 자신의 머리를 아끼지 않았고, 무령왕(武靈王)*은 나라를 부강하게 만들고자 되놈의 옷을 부끄럽게 여기지 않았다. 지금 명나라의 원수를 갚겠다고 하면서, 그까짓 상투 하나를 아낀단 말인가? 뿐만 아니라 장차 말을 달리고 칼을 쓰고 창을 던지며, 활을 당기고 돌 던지는 일을 익혀야 할 판국에, 그 넓은 소매의 옷을 고쳐 입지 않고 예법만 찾는단 말인가? 내가 비로소 세 가지를 들어 말하였는데, 너는 그 중 한 가지도 하지 못한다면서, 그래도 신임받는 신하라 하겠나? 신임받는 신하라는 게 참으로 이렇단 말인가? 자네 같은 자는 칼로 목을 잘라야 할 것이야."

허생은 좌우를 돌아보며 칼을 찾아 찔러 죽일 듯이 하였다. 이공은 크게 놀라 엉겁결에 급히 뒷문을 차고 뛰쳐나와 뒤도 돌아보지 않고 도망쳤다.

이튿날 그가 다시 허생의 집을 찾아가 보았더니, 이미 집이 텅 비고, 찬바람만 쓸쓸할 뿐, 허생은 어디에도 간 곳이 없었다. ✿

번어기 : 전국 시대 진나라의 무장. 뒤에 연나라에 망명하여 있던 중 진시황을 암살하려는 이에게 자기의 목을 내주어 황제가 의심을 품지 않도록 하였음.
무령왕 : 조나라의 임금.

**핵심
정리**

갈래 | 한문 소설, 풍자 소설
성격 | 냉소적, 풍자적
연대 | 정조 4년(1780년)
배경 | 시간적 – 북벌 정책을 세웠던 조선 시대 효종 때
　　　　공간적 – 서울과 한반도 전역, 장기라는 무인도
시점 | 전지적 작가 시점
특징 | 요약적 제시 방법으로 사건을 진전시킴
　　　　주인공의 대화로 주제를 드러냄
주제 | 사대부 계층의 현실에 대한 깨달음과 실천을 촉구함

구성과 내용

❶ 발단 | 허생의 생활상 – 남산 아래 묵적골의 다 쓰러져가는 오막살이집에 사는 허
　　　　생은 글읽기만 좋아한다. 하루는 굶주리다 못한 아내가 푸념을 하자 허생이
　　　　책을 덮고 집을 나선다.

❷ 전개 | 허생의 시험 – 허생은 한양 제일 부자 변씨를 찾아가 돈 만 냥을 꾼다. 그
　　　　돈을 가지고 허생은 온갖 과일을 전부 사들인다. 얼마 후, 과일이 없어져
　　　　온 나라가 잔치나 제사를 지낼 수 없게 되자 과일값이 폭등하여 허생은 금
　　　　방 10배의 돈을 벌게 된다. 허생은 다시 그 돈으로 물건을 사서 제주도에
　　　　들어가 말총과 바꾸어 모든 말총을 거두어 들인다. 얼마 되지 않아 망건의
　　　　재료인 말총을 구할 수 없게 되자 망건 값이 폭등한다. 허생은 다시 말총을
　　　　팔아 10배의 돈을 번다. 그 돈으로 허생은 도둑의 무리를 데리고 무인도를
　　　　찾아가 이상국을 건설한다. 그런 다음 글을 아는 사람들을 데리고 다시 본
　　　　토로 돌아온다. 허생은 변씨를 만나 만 냥을 꾸어준 대가로 10만 냥을 돌려
　　　　주며 어떻게 하여 많은 돈을 벌게 되었는가를 말해 준다.

❸ 위기 | 허생과 이완 대장의 만남 – 변씨가 허생과 이완대장의 만남을 주선한다.
　　　　허생은 이완에게 세 가지 현실 문제 해결책을 제시하지만 이완은 모두 받
　　　　아들이기 어렵다고 대답한다.

❹ 절정 | 허생의 사대부 비판 – 허생이 크게 화를 내며 사대부를 비판하면서 칼을
　　　　찾아 이완을 찌르려 한다. 이완은 깜짝 놀라 뒷들창을 통하여 달아난다.

❺ 결말 | 허생의 잠적 – 이튿날 이완이 허생을 찾았으나 이미 그는 자취를 감춘 뒤
　　　　였다.

작품 줄거리　　　허생은 묵적골의 다 쓰러져가는 오막살이에 사는 선비로, 집안 살림은 전혀 모른 채 글읽기만 좋아한다. 삯바느질을 하며 겨우 끼니를 이어가던 아내가 어느 날 배고픔을 참지 못하고, 과거도 보지 않으면서 글은 왜 읽으며, 글을 읽느니보다 차라리 도둑질이라도 하는 것이 좋겠다고 푸념을 한다. 이에 허생은 읽던 책을 덮고 그 길로 집을 나간다. 허생은 종로 거리에서 길 가는 사람을 붙들고 한양에서 제일 부자가 누구냐고 묻는다. 사람들이 변씨라고 일러 주자, 허생은 그 집을 찾아간다. 그리고 변씨를 만나 대뜸 무얼 좀 해 보려 한다면서 돈 만 냥을 빌려 달라고 한다. 변씨는 두말 않고 돈을 내어 준다.

변씨에게 만 냥을 빌린 허생은 안성으로 내려가 과일 장사를 하여 폭리를 취한다. 이어 제주도에 들어가 말총 장사를 하여 많은 돈을 번다. 이것은 모두 매점 매석(買占賣惜 : 어떤 상품의 값이 오를 것을 예상하여, 미리 많이 사 두고 팔지 않는 일)으로 큰 돈을 벌게 된 것이다. 그렇게 큰 돈을 번 허생은 어느 날 늙은 뱃사공을 만나 바다 밖에 사람이 살 만한 빈 섬이 있는가를 묻는다. 그리고 그 뱃사공의 안내를 받아 섬에 간다.

이 때, 변산 지방에 수천 명의 도둑이 나타나 노략질을 한다. 여러 고을에서는 그 도둑들을 소탕하려고 대대적으로 나선다. 이로 인해 도둑들이 깊은 곳에 몸을 숨기고 급기야는 굶어 죽을 판이 된다. 허생은 그 숨어 있는 도둑들을 찾아가 우두머리를 잘 설득한다. 그리하여 도둑들에게 각기 소 한 필, 여자 한 사람씩을 데려오게 하여, 그들과 함께 빈 섬으로 들어가서 농사를 짓는다. 허생은 도둑들과 함께 큰 마을을 만들고 밭을 일구고 온갖 곡식을 풍성하게 거두어 들인다. 이렇게 되자 3년 동안의 양식을 저장하고 난 나머지는 모두 배에 싣고 마침 흉년이 든 장기도로 가져가서 팔아 은 백만냥을 번다. 그 후 허생은 글 아는 사람들을 데리고 그 섬을 떠난다.

돌아온 허생은 나라 안을 두루 돌아다니면서, 가난하고 의지할 곳 없는 사람들을 구제한다. 그리고도 돈이 남게 되자 변씨에게 찾아가 본래 빌린 돈의 열 배인 십만 냥을 갚는다. 변씨는 크게 놀라 일어나서 절하며 십만 냥을 사양하고, 옛날 빌려준 돈에 십분의 일로 이자를 쳐서 받겠다고 한다. 그러자 허생은 자신을 장사치로만 본다고 화를 내며 가 버린다. 변씨는 더 말해야 소용이 없을 줄 알고 가만히 그 뒤를 밟아 따라간다. 허생은 남산 밑 골짜기 거의 다 쓰러져 가는 어느 조그만 오막살이로 들어가 버린다. 다음 날, 변씨는 허생에게서 받은 돈을 모두 가지고 그의 집을 찾아간다. 그러나 허생은 여전히 받지 않고 거절한다. 결국 허생과 변씨는 서로 친구가 되기로 한다. 변씨가 술을 가지고 찾아가면, 허생은 술을 즐겨 마시며 그에게 돈 번 이야기를 들려주곤 한다.

변씨로부터 허생의 이야기를 들은 이완 대장은 그와 함께 허생을 찾아온다. 이완이

허생에게 인재를 구한다는 뜻을 전한다. 허생은 세 가지의 현실 타개책인, 소위 '시사
삼책(時事三策)'을 말한다. 그러나 이완은 그 세 가지 계책에 대해 차례로 실행하기 어
렵다고 한다. 그러자 허생은 화를 내며, 이완을 칼로 찌르려고 한다. 이에 놀란 이완은
도망을 가 버린다. 다음 날 이완이 다시 허생의 집으로 찾아갔을 때는 이미 집 안은 텅
비어 있고 허생은 온데간데없었다.

더 알아보기

실학파 문학

실학이란 실사구시지학(實事求是之學)의 줄인 말로 사실에 근거하
여 실제 사물과 생활에서 진리를 찾아낸다는 뜻이다. 실학파 문학이
란 이런 실학 정신에 입각하여 활동한 학자들의 문학 작품을 말한다.
실학을 주장한 학자들은 현실을 꿰뚫어 보고 자아 반성을 통하여 공허한 이상과 이야
기 위주로 펼쳐진 과거 주자학적(朱子學的) 도학(道學)의 관념적 세계에 날카로운 비판
을 가하고, 실생활의 추구와 서구의 진보된 새로운 학문을 도입하려 하였다.
그들은 과거 당시(唐詩)와 당송고문(唐宋古文)을 모범으로 삼아 오던 사대부(士大夫 :
벼슬이나 문벌이 높은 집안의 사람)의 진부하고 형식적인 정통 문학(正統文學)과는 반대
로 신선한 구상과 평이한 사실적 수법으로 시와 산문을 창작하였으며, 우리 나라의 속
담과 이언(俚言 : 항간에 퍼져 있는 상스러운 말)을 자유롭게 표현하고 풍자와 해학으로
서민적 정취를 담아 한문장(漢文章)에서 중국의 전형에서 벗어난, 이른바 한국적인 한문
체(漢文體)를 확립하였다.

　　　삽화 형식의 「허생전」 「허생전」은 연암 박지원의 『열하일기(熱河日記)』 가운데 '옥갑야화(玉匣夜話)'에 삽화 형식으로 실려 있는 한문 단편 소설이다. '옥갑야화'는 연암이 북경으로부터 돌아오는 도중 옥갑이란 곳에서 여러 비장(裨將)들과 밤을 세워가며 나눈 이야기를 옮겨 적은 형식으로 되어 있다. 역관과 그 무역에 대한 것이 그 날 밤의 화제이다. 이야기가 꼬리에 꼬리를 물어 제5화(話)까지 이어졌는데, 그 뒤에 이어지는 제6화가 바로 「허생전」이다.

　사건은 몹시 가난하여 입에 풀칠도 못하는 형편에, 책만 읽는 허생의 태도에 아내가 푸념하는 데서 시작한다. 아내는 학문을 한다는 것은 물건 만드는 장인(匠人) 노릇이나 장사치 노릇보다 더 쓸모 없으며, 학문을 하느니 차라리 도둑질이라도 하라고 말한다. 이것은 당시 선비들이 하는 일도 없고 무능(無能)함을 풍자하는 것이며, 당시 학문인 유학을 완전히 무시한 발언이라고 할 수 있다.

　아내의 성화에 허생은 변씨를 찾아가 돈을 빌리게 된다. 변씨는 두말 없이 돈 만 냥을 빌려 준다. 변씨는 상인으로서 단순히 주인공의 주변을 맴도는 주변적인 인물이 아니다. 변씨는 허생의 가난에 찌든 모습과 몰락한 선비의 모양새를 보고도, 세상의 이해 관계를 꿰뚫어 보듯이 알고 있는 상인의 절묘한 수완을 보여 주고 있다. 즉 변씨는 허생이 하려는 일은, 단순히 돈을 버는 것에만 있지 않다고 판단한 것이다.

　허생은 변씨에게 빌린 돈으로 안성에서 과일을, 제주도에서 말총을 매점 매석하여 값을 갑자기 올려 많은 이익을 얻는다. 이것은 올바른 상업적 행위라기보다, 당시 상품을 모두 사들여 폭리를 취할 수 있는 현실적 결함을 보여 준 행위이다. 안성에서 과일을 몽땅 사들인 것은 당시의 겉으로만 그럴싸할 뿐 실속이 없는 잘못된 관혼상제의 풍습을 풍자하기 위한 것이다. 그리고 제주도에서 말총을 몽땅 사들인 것은, 망건을 쓰지 않으면 선비의 체통이 안 서는 줄 아는 당시의 관습을 비판하려는 것이다.

　허생은 무인도(無人島)에 자신의 이상국을 건설한다. 이것은 허생 자신을 위한 훌륭한 안식처를 마련하려는 것이 아니다. 여기에는 500년 동안 조선 시대의 선비들이 잘못 만들어 놓은 온갖 관습을 없애고 새로운 미래의 나라를 건설하고자 하는 꿈이 한데 모아져 있다고 할 수 있다. 즉 어떤 문제를 해결함에 있어서는, 탁상공론(卓上空論 : 현실성이 없는 헛된 이론이나 논의)보다 근본적이고 구체적인 방안을 세워 실천해야 함을 보여 준다. 또한 허생은, 나라의 잘못된 제도는 물론, 백성들이 가난 때문에 착한 본성을 잃고 도둑질이라도 해서 먹고 살려고 하는 현실을 탄식한다. 그리하여 인간의 존엄성을 인정하면서, 지배 계급에 의해 권리나 인격이 짓밟힌 민중을 옹호하고 있다. 또한 놀고 먹는 사람이 없는 자립 자족의 사회를 꿈꾸고 있음을 보여 주고 있다.

허생이 제시한 삼대책

허생이 이완에게 제시한 삼대책(三對策)은 이 작품의 핵심이라고 할 수 있다.

제1책은 '인재 등용의 중요성'이다. 인재를 등용할 때 가문과 당파의 성격에 따라 결정하던 기존의 관습을 버리고 인재를 제대로 뽑아 알맞은 자리에서 일하게 하는 적극적인 태도를 요청한다. 그러기 위해서는 일찍이 유현덕이 제갈량 와룡선생을 삼고초려하여 등용한 것처럼, 북벌을 성취하려면 우리 나라의 국정을 행하는 관원들도 현재 은둔해 있는 인재들을 등용해야 한다는 것이다.

제2책은 '새로운 정치 질서의 기반 마련'이다. 이를 위해 당시 명나라에서 망명해 온 정치가들을 국혼(國婚 : 왕실의 혼인)을 하게 해 주고, 벼슬이 높고 권세가 있는 집안과 왕의 인척들의 재산을 나누어 주자고 한다. 이것은 북벌이 표면상의 이유나 구실에 치우쳐 있음을 비판하는 한편, 보수적인 정치 세력이 함부로 날뛰는 것을 막고, 이로 인한 당파 싸움이나 잘못된 정치적 관습이 확대되는 것을 방지하여 새로운 정치 질서의 기반을 마련하자는 의견이다.

제3책은 '현실주의적 외교관'이다. 우리 나라의 자제(子弟)를 뽑아 청나라나 강남으로 보내어 그곳의 형편을 파악하게 하자는 실질적이며 현실적인 방법이다. 즉, 군대의 힘으로 청나라를 직접 공격하여 이기기보다는, 청나라의 내부에 은근히 접근하여 그들을 본질적으로 지배할 수 있는 매우 좋은 계책이다. 특히 원수를 갚기 위해서는 자신의 목을 쾌히 내놓은 '번어기'와 잘 사는 나라를 만들기 위해 오랑캐 복장을 부끄럽게 여기지 않은 '무령왕'의 고사를 통하여, 큰 일을 앞에 두고도 머리 모양과 복장만을 신경쓰는 양반 사대부들의 태도를 비판하고 있다. 이는 북벌론의 허점을 날카롭게 비판하고 있는 부분이라 할 수 있다.

이 작품의 뛰어난 점은, 인물간의 대립과 갈등의 양상을 치밀하게 구성한 데 있다. 또 인물간의 관계를 통해 에피소드를 엮어가는 이야기 전개 방식을 취하고 있는 것도 눈에 띈다. 이러한 「허생전」은 작품 속의 등장인물들을 통해 현실적인 문제를 해결하지도 못하면서 헛된 공담(空談 : 쓸데없거나 실행이 불가능한 이야기)만을 일삼는 양반 세계의 모순을 파헤치고 있다. 아울러 작가가 가지고 있는 경제 사상을 펼치는 등 북학 사상(北學 思想 : 조선 시대에 실학자들이 청나라의 진보된 문물 제도를 본받아 우리 나라의 뒤떨어진 문물이나 제도를 개량하고자 한 주장)을 강력히 표현하고 있기도 하다.

1. 다음은 「허생전」의 등장 인물과 인물들 상호간의 관계를 토의한 내용이다. 알맞지 <u>않은</u> 것을 찾아보자.

① 장미조 : 허생은 실학 사상을 바탕으로 한 뛰어난 지식을 가지고서도 때를 제대로 만나지 못하여 불우하게 일생을 보낸 전형적인 인물이야.

② 백합조 : 변씨는 상업을 해서 많은 자본을 모으고, 청나라의 앞선 문물과 발전된 모습을 통해 의식이 깨인 신흥 재벌 혹은 자본가 세력의 전형이라고 할 수 있지.

③ 목련조 : 이완은 당대의 시대적인 흐름조차 제대로 파악할 줄 모르고 오로지 자기들의 권세 유지에만 몰두한 채 권위주의에 얽매어 있는 무능한 통치자의 전형이야.

④ 벚꽃조 : 하지만 이완은 허생과 같은 인재를 국가 기관에 등용하여 정치적 동반자로서 현실 문제를 해결하려고 많은 노력한 기울인 인물이야.

⑤ 국화조 : 여기서 작가는 허생과 변씨로 대표되는 지식인과 자본가의 협력이 이루어낼 수 있는 경제적 이익과 계층간의 연대 의식을 긍정하고 있어.

2. 허생이 도적의 무리들과 함께 무인도에서 했던 구체적 내용이 <u>아닌</u> 것을 찾아보자.

① 빈민 구제   ② 해외 무역
③ 북벌 대책 강구   ④ 이상 세계 전설
⑤ 자급 자족 사회 구축

3. 허생이 안성에서 과일, 제주도에서 말총 등을 몽땅 사들인(매점 매석) 행위를 비판할 때 가장 알맞은 것을 골라 보자.

① 허례허식 비판   ② 상업 경제 비판
③ 선비 문화 비판   ④ 교통 수단 비판
⑤ 무능한 정치 비판

4. 다음 중 허생이 이완에게 제시한 세 가지 대책의 내용이 <u>아닌</u> 것을 찾아보자.

① 유능한 인재를 뽑을 때 마치 유비가 와룡선생을 모시기 위해 삼고초려한 것과 같이 정성을 들일 것.
② 명나라 장수들과 우리 나라 종친의 딸들을 혼인시키고, 김류와 장유와 같은 권세가의 집을 나누어 줄 것.
③ 우리 자제들을 머리를 깎고 되놈의 옷을 입혀 청나라로 유학하게 하여 빈공과 시험을 보게 할 것.
④ 우리 나라 서민들로 하여금 강남에 건너가서 장사를 하면서 청나라의 실정을 살펴보는 한편 호걸들과 협력하게 할 것.
⑤ 번오기와 무령왕과 같이 예법을 지켜 국력을 길러 병자호란과 같은 치욕적인 일이 없도록 할 것.

5. 「양반전」의 정선 양반과 「허생전」의 묵적골 허생을 진정한 선비의 참모습이라는 점에 초점을 맞추어 비교 대조해 보자.

6. 「허생전」의 내용과 관련하여 그 사상적 배경을 생각해 보자.

☞정답과 해설 p.416~7

허생의 매점 매석 행위의 의미

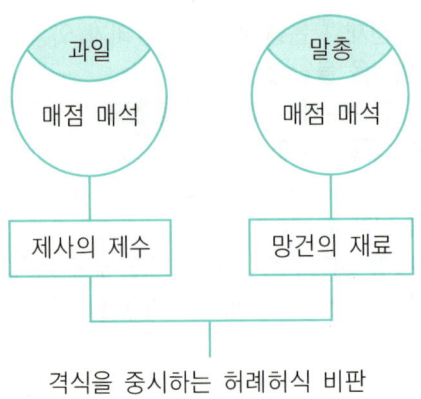

```
        과일              말총
      매점 매석          매점 매석

      제사의 제수        망건의 재료

        격식을 중시하는 허례허식 비판
```

더 알아보기

박지원의 실학 사상과 풍자 문학

박지원의 사상은 18세기 실학의 한 주류를 이루고 있던 이용후생 (利用厚生)과 역사의식을 기초로 하고 있다. 이용후생은 상공업의 발전을 중요시하는 입장에서 선진 청나라 문화를 받아들여, 조선의 현실을 개혁하려는 데 목적이 있다. 실학파의 북학주의가 시대적 북벌주의와 대립된 것도 바로 이 개혁을 방해하는 정치 현실과 이에 대한 열망의 대결로 설명될 수 있다. 당시 지배 계층이 상공업을 천시하여 경제적 어려움과 백성의 가난은 점점 심해져 갔다. 따라서 이 문제를 해결하기 위해서는 상품의 유통과 생산 기구의 개발이 필요하며, 부패와 사치를 일삼는 권세가들은 스스로 반성하고 농공상의 발전에 적극적으로 참여해야 한다는 것이 박지원의 실학 사상이다. 이것이 그의 문학 작품에서 날카로운 비판과 풍자로 나타난다.

사실 문학에서 풍자는 한 개인을 넘어서 많은 사람들이 공감할 수 있어야 한다. 이것은 본질적으로 풍자가 정치 문학의 가장 일반적인 형식임은 물론, 풍자와 정치 사이의 밀접한 관계를 설명하는 것이다. 박지원은 효종 때 이후 무능한 정치가들 사이에 퍼져 사회적 병폐가 되어 온 사대적 북벌주의의 허위성을 폭로하고 현실적 부조리를 비판·풍자하면서, 그의 실학 사상을 제시하였다. 특히 「허생전」에서 이상적인 세계관에서 불완전한 현실을 바라보는 작가의 풍자 의식을 엿볼 수 있다.

박지원의 「열녀 함양박씨전」을 감상해 보자.

이 작품은 조선 후기에 지은 한문 단편 소설이며, 『연암집』 '연상각선본'에 실려 있다. 작자가 안의현감(安義縣監)에 재직하던 때 쓴 것으로 풍자성을 지닌다.

통인(通引) 박상효의 조카딸인 박씨는 대대로 현리(縣吏)를 지낸 하잖은 집안의 딸로 태어나 일찍 부모를 여의고 어릴 때부터 조부모 슬하에서 자랐는데, 효도가 극진하였다. 19세에 함양의 아전 임술증에게 시집갔으나, 술증이 원래 병이 있어 결혼한 지 반 년이 못 되어 죽었다. 박씨는 예를 다하여 초상을 치른 뒤 며느리의 도를 다하여 시부모를 섬기다가 남편의 대상(大祥 : 죽은 지 두 돌이 되는 해에 하는 제사) 날에 약을 먹고 죽는다. 박씨는 정혼한 뒤 술증의 병이 깊음을 알았으나 결혼을 하였으며 초례를 치렀을 뿐 끝내 빈 옷만 지킨 셈이었다.

작가는 박씨가 젊은 과부로서 오래 이 세상에 머문다면 친척들의 연민을 받고 또 이웃사람들의 망령된 생각도 면하지 못할 것이라 하여, 상기(喪期 : 상을 입는 동안)가 끝날 때를 기다려 지아비가 죽은 그 날 그 시각에 죽음으로써 그 처음의 뜻을 이룬 점을 기리고 있다.

그러나 작가가 이 글을 쓴 동기는 박씨의 열(烈)을 이 세상에 드러내기 위함이 아니다. 왜냐하면, 이미 함양군수 윤광석 등 3명이 『박씨전』을 썼기 때문이다. 작가는 박씨와 같은 행위를 두고 열을 지키기 위해 얼마나 피눈물나는 극기가 필요한가를, 그 반대의 경우를 들어 그 지나침을 풍자한 것이다. 재혼한 이의 자손을 정식 관직에 임용하지 말라고 한 국가 정책은 서민을 위하여 마련한 것이 아닌데도 불구하고, 귀천을 막론하고 과부로 절개를 지킴은 물론, 나아가 물불에 몸을 던지고 독약을 먹고 목을 매는 일이 일어나고 있는 현실을 비판한 것이다.

그리하여 일찍 과부가 된 한 여인이 깊은 고독과 슬픔을 달래기 위해 동전을 굴리면서 아들 형제를 출세시킨 이야기를 삽화로 넣어 수절의 어려움을 밝히고, 이와 같은 어려움을 넘긴 여인이야말로 진정한 열녀라 할 수 있다고 말한다. 그리하여 박씨의 수절을 완곡히 비판하면서 그러한 행위가 만연하는 사회 풍조, 나아가 과부의 개가를 금지시킨 사회 제도까지 비판하고 있다. 『열녀 함양박씨전』은 이러한 비판 의식을 삽화와 함께 설명과 문답으로 간결하고 실감나게 표현한 작품이다.

감언이설(甘言利說) | 달콤한 말과 이로운 이야기. 곧 남의 비위에 맞도록 꾸민 달콤한 말과 이로운 조건을 내세워 남을 꾀하는 말을 가리킴.

구우일모(九牛一毛) | 아홉 마리 소에 털 한가닥이 빠진 정도라는 뜻으로, 아주 큰 물건 속에 있는 아주 작은 물건, 여러 마리의 소의 털 중에서 한 가닥의 털, 대단히 많은 것 중의 아주 적은 것 등을 비유하는 말.

등용문(登龍門) | 용문(龍門)에 오른다는 뜻으로, 입신출세의 관문을 이르는 말, 또는 뜻을 펴서 크게 성공함을 비유(比喻)할 때 쓰는 말.

맹모삼천(孟母三遷) | 맹자의 어머니가 맹자를 제대로 교육하기 위하여 집을 세 번이나 옮겼다는 뜻으로, 교육(敎育)에는 주위 환경이 중요하다는 가르침.

부화뇌동(附和雷同) | 우레 소리에 맞춰 함께한다는 뜻으로, 자신의 뚜렷한 소신 없이 그저 남이 하는 대로 따라가는 것을 이르는 말.

살신성인(殺身成仁) | 몸을 죽여 인(仁)을 이룸. 곧 옳은 일을 위하여 자기 몸을 희생한다는 말.

어부지리(漁父之利) | 둘이 다투고 있는 사이에 엉뚱한 사람이 이익을 얻게 됨, 또는 그 이익. 도요새와 조개가 싸우고 있는 사이에 어부가 쉽게 둘을 다 잡았다는 고사에서 유래함.

전화위복(轉禍爲福) | 화가 바뀌어 오히려 복이 된다는 뜻으로, 어떤 불행(不幸)한 일이라도 끊임없는 노력과 강인한 의지로 힘쓰면 불행을 행복으로 바꾸어 놓을 수 있다는 말.

천양지판(天壤之判) | 하늘과 땅의 차이. 곧 아주 엄청난 차이을 가리킴.

퇴고(推敲) | 미느냐 두드리느냐라는 뜻으로, 시나 글의 글자나 구절을 여러 번 고친다는 말.

파죽지세(破竹之勢) | 대나무를 쪼개듯 걷잡을 수 없이 물리치며 쳐들어가는 기세.

형설지공(螢雪之功) | 반딧불에 비춰 공부한 방의 창문과 눈에 비춰 공부한 책상이란 뜻으로, 쉬지 않고 부지런히 공부에 힘쓴다는 말.

정답과 해설 Answer & Explanation

심청전

1. ❺ (「심청전」에서의 효 사상은 기본적인 것으로 새롭게 읽기에 해당되지 않는다. 「심청전」에서는 전반적으로 불교의 효를 연상시키는 대목이 많다. 가난한 주인공의 모습도 그렇고, 자애로운 아버지의 모습도 그러하다. 또한 이들이 걸식으로 생계를 잇는다는 설정도 그렇다. 불교에서 원래 출가한 비구니의 생산 활동은 금지되었기에 걸식으로 생활하도록 되어 있는 것이다.)

2. ❺ ('권선징악'이란 유교적 교훈이다.)

3. ❹ ('오행'은 동양 철학에서 만물을 생성하고 만상(萬象)을 변화시키는 다섯 가지 원소인 금(金), 목(木), 수(水), 화(火), 토(土)를 이르는 말이다.)

4. ❸ (무슨 일이든 정성이 지극하면 하늘이 감동하여 다 이룰 수 있다는 뜻.)

5. 우리 나라에서 대표적인 희생효의 이야기로 알려져 있는 「심청전」에서는 딸이 자신을 희생하면서까지 아버지에게 효도하는 모습을 보임으로써 아버지와 딸의 관계가 이야기의 중심을 이루고 있다. 그런데 심청이 스스로 임당수에 몸을 던진 것이 자식으로서 최선의 방법이었을까? 심봉사의 입장에서 눈을 뜬다는 것과 딸자식이 언제나 그의 곁에 있어 주는 것은 모두 최상의 소망이었을 것이다. 어느 한쪽도 떼어버릴 수 없는 큰 비중을 차지하고 있는 것이다. 따라서 심봉사가 눈뜸과 심청의 목숨을 교환할 수는 없다. 심청은 심봉사에게는 소중한 존재요, 부녀지간의 고귀한 인과 관계에 있는 것이다. 결국 딸을 팔아 눈을 뜬다고 해도 심봉사가 그 사실을 알게 된다면, 겉으로는 눈을 떴을지라도 딸에 대한 죄책감 때문에 마음의 눈은 더욱 처참한 어둠 속을 헤매게 될 것이다. 때문에 심청이 아버지에 한 효행이 오히려 불효를 안겨 주는 결과를 낳을 수도 있다.

● 이생규장전

1. ❺ (이 작품에서는 두 주인공이 모두 죽음으로 이야기가 끝을 맺고 있다. 진실한 사랑은 세상의 어떠한 고난, 심지어는 죽음마저도 어쩔 수 없다는 것을 보여 준다.)

2. ❹ (「이생규장전」에서 이생과 최랑의 사랑에서 최랑의 행동이 이생보다 더 개방적이고 적극적으로 나타난다. 그것도 흔히 찾아볼 수 없는 남녀의 자유로운 연애를 하는 데 있어 최랑은 이생을 담장 안으로 불러들이고 이생에게 모든 책임은 자신이 다 지겠다는 이야기를 하고 있으며 이생이 울주로 쫓겨난 뒤 병들어 누웠을 때에도 부모에게 자신을 이생과 결혼시켜 달라고 용감하게 부탁하고 있다.)

3. 홍건적의 난. (이생과 최랑이 결혼을 하여 행복하게 살았지만 뜻하지 않은 홍건적의 침입으로 집안의 부모들도 모두 목숨을 잃고 최랑마저 칼에 맞아 죽는다. 가장 행복했던 시점에서 불행의 나락으로 떨어지게 된 사건이다.)

4. 이야기 중간에 시가 들어 있는 것은 등장인물들의 심리를 쉽게 표현하고 또 낭만적인 분위기를 연출하기 위해서다. 예를 들어 이야기 첫머리에 양생이 지은 시를 보면 양생의 처지와 심정이 잘 표현되고 있다. 달 밝은 밤에 느끼는 외로움을 '외롭다'라는 말로 표현하는 것이 아니라 시라는 형식을 통해 비유적으로 자신의 심정을 드러내고 있다. 이것을 읽은 독자들은 소설 속에서 시를 맛봄으로써 더 깊은 감동을 느낄 수 있다.

5. 이생과 최랑이 살고 있는 현실 세계는 고려 말 공민왕 때이다. 이생의 부모에게서 알 수 있는 것처럼 집안의 재산과 지위를 따지고 부모의 허락을 받아야 결혼할 수 있는 봉건 사회(封建社會 : 왕이 직접 다스리는 땅 이외의 땅을 제후에게 나누어 주어 거두어 그 땅에서 소작농이 농사를 짓고 농작물을 거두어들이게 하여 자급자족 경제를 이루던 사회)이다. 또 홍건적이 쳐들어와 전쟁과 살인이 빈번하게 일어나는 곳이다. 전쟁 후 나라는 폐허가 되고 그 가운데 주인공들은 비극을 겪게 된다. 따라서 이 작품의 주된 갈등은 개인과 사회 사이에서 일어나고 있다.

토끼전

1. **❶** (「토끼전」의 근원 설화는 인도, 중국, 일본 등에도 있다.)

2. **❷** (①눈 가리고 아웅한다–자신의 잘못을 다 알고 있는데도 미련하게 거짓말을 한다 ②꿈보다 해몽이 좋다–사실이나 현상보다 더 좋게 생각한다. ③아는 도끼에 발등 찍힌다–믿었던 사람에게 해를 입게 되는 경우를 이른다. ④개구리 올챙이 적 생각 못 한다–지난날의 어렵던 때의 일을 생각지 않고 행동하는 경우를 타이르는 말이다. ⑤하늘이 무너져도 솟아날 구멍이 있다–아무리 어려운 경우에 처하더라도 살아 나갈 방도가 있다.)

3. **근원설화** (「구토 설화」)→판소리사설 (「수궁가」, 「토별가」)→고전소설 (「토끼전」, 「별주부전」) 대부분의 소설은 소설 이전 형태인 설화로 존재하다가 판소리로 불리게 된다. 판소리로 여러 사람들에게 불리면서 그 대본이 필요해지고, 문자로 정착이 되면서 소설이라는 기록 문학의 형태로 자리잡게 된다.

4. 별주부가 죽고, 용왕이 헛된 욕심을 버리고 하늘이 정한 운명을 따르는 결말이다. 헛된 욕심을 부린 용왕은 죽어야 한다는 생각을 담고 있다고 볼 수 있다. 즉 지배 계층에 대한 서민의 완전한 승리를 보여 주는 결말이다. 토끼전의 이본 중 하나로 자신의 본분을 다하지 못한 자라가 죽고, 용왕이 죽음을 맞이하는 부분이다. 지배 계층과 서민의 대립, 그 대립의 결과 서민의 승리를 보여 주는 부분으로, 당시 피지배 계층의 현실 불만과 욕구가 반영된 내용이다.

5. 서민들이 갖고 있었던 현실적 불만, 욕구, 해학과 비판 등은 직설적인 표현 방법보다는 동물을 이용하여 표현하는 우회적인 방법이 양반과의 대결에서 훨씬 효과가 컸기 때문이다. 우화는 동물의 이야기를 통해 인간의 잘못을 일깨우고, 주제를 전달하기 위한 방법으로 용왕과 자라, 토끼 등은 바로 당시 인간들의 모습을 비유했다고 할 수 있다.

● 구운몽

1. ⑤ (난양공주는 양소유의 두 명의 처 중 한 명이다. 양소유라는 유교 사회에서 중요한 틀을 형성하고 있는 중심 인물의 주변에 있는 인물에 불과하다.)

2. ③ (사대부들이 동경하는 출세를 실현한 사람은 성진이 아니라 양소유이다. 성진은 불도를 열심히 닦아 불교를 대표하는 인물이 된다.)

3. 유교–입신양명, 부귀공명, 도교–작품의 비현실적인 내용을 이루는 신선 사상, 불교–인생무상, 불교에 귀의 (「구운몽」에는 유교, 불교, 도교를 대표하는 인물이 나타나고, 이것들이 잘 어울려 하나의 이야기를 형성하고 있다. 그러나 유교와 불교의 큰 틀 속에 도교는 큰 역할을 하지 못하고 있다.)

4. 개인적 동기–노모를 위로하기 위해 창작, 문학적 동기–한국인은 한국어로 작품을 써야 한다는 '국민문학론'적 사고에서 창작. (「구운몽」은 김만중의 효성과 연관되어 널리 알려진 소설이며, 김만중의 『서포만필』에 나온 김만중의 문학관과 관련이 있는 작품이다.)

5. 인생무상을 깨닫게 되는 부분으로 현실에서의 부귀영화가 덧없다는 뜻이다. 이 부분이 작품의 주제를 나타낸다. (이 소설의 주제를 이끌기 위한 부분이다. 인간이 좇는 부귀영화도 다 허무한 것에 불과하다는 것이다.)

1. ❸ (유교 사회는 가부장적인 사회로 남성이 중심이 되는 사회이다. 「박씨전」에서는 여성이 중심이 되어 이야기가 전개되는 특징이 있다.)

2. ❶ (인용된 글과 같은 내용은 결국 박씨의 비범함, 앞날을 내다보는 능력(예지력)을 이야기하기 위한 부분이다. 조복을 하루만에 다 지은 일이나, 벽옥 연적을 주어 이시백을 장원 급제하게 한 것도 이에 해당된다.)

3. 남성 중심 사회에서 여성의 사회 참여 의지가 나타난 작품으로, 가부장제 사회의 삼종지도(三從之道 : 여자가 지켜야 하는 도리로, 어려서는 아버지, 시집 가서는 남편, 남편이 죽은 뒤 아들을 따라야 한다는 유교적 도리)로 아버지, 남편, 아들에게 종속되는 삶이 아니라 주체적인 여성의 삶을 표현한 것이다. 조선 후기 실학의 영향으로 다양한 생각이나 주장이 등장할 수 있었다. 특히 능력이 있어도 발휘할 수 없었던 여성이 실제 사회에서 활동하고 싶은 마음이 조금씩 움텄을 것이다.

4. 실제로 병자호란은 인조의 굴욕적인 항복으로 끝이 났다. 이런 쓰라린 패배에 대한 정신적 보상과 배청 사상(排淸思想 : 청나라에 반대하고 물리치려는 사상) 고취가 필요했을 것이다. 7년에 걸친 임진왜란으로 몸과 마음이 황폐해지고 지친 우리 민족은 병자호란의 굴욕적인 항복으로 자존심에 큰 상처를 입었다. 이런 현실의 아픔을 달래줄 소재가 필요했을 것이고, 그것을 소설의 소재로 이용한 것이다. 비록 소설의 내용이 현실과는 정반대의 모습이지만, 그것만으로도 우리 민족에게는 힘이 되었을 것이다.

5. 허구적인 요소로만 글을 쓴다면 하나의 이야기라고 생각할 수 있지만, 역사적인 요소가 가미되어 표현된다면 하나의 역사적 사실을 대하는 느낌을 갖는다. 비록 현실에서는 패한 전쟁이지만, '청나라를 이길 수 있다' 또는 '청나라에게 받은 치욕을 씻어야 한다'. 그리고 '청나라를 혼내준 우리 조상이 자랑스럽다'고 느끼면서 다시금 용기와 희망을 가질 수 있기 때문이다. 우리 민족의 상처를 달랠 수 있는 사실과 같은 이야기, 실감나는 이야기가 필요했을 것이다. 허구적인 요소만이 가득하다면 사람들에게 신뢰감이 떨어지고, 역사적인 사실만을 쓴다면 흥미가 떨어지기 때문에 두 요소를 적절히 섞어서 표현했을 것이다.

홍길동전

1. ❶ (허균은 서자는 아니었지만, 서자들과 어울리면서 그들의 아픔을 알고 당시 사회의 모순을 고치고 싶어하였다.)

2. ❺ (길동은 망탕산에서 요괴를 물리치고 두 여자를 구해 모두 아내로 삼는다. 이는 일부다처제 사회의 모습을 보여 주는 부분이며, 길동은 가출하여 도적의 무리와 함께 해인사의 보물을 빼앗아 빈민들에게 나누어 준다. 길동은 병조판서가 되긴 하지만, 그것은 길동의 횡포를 막기 위한 고육지책(苦肉之策 : 어려움에서 벗어나기 위해 제 몸을 괴롭히면서까지 짜낸 방책)이었으며, 서자가 벼슬을 한다는 것은 여전히 어려운 일이었다.)

3. ① 판서가 우레와 벽력이 진동하며 청룡이 수염을 거꾸로 하고 달려드는 꿈을 꾼 후, 시비 춘섬과의 사이에서 길동이 태어남. ② 주위 사람들이 해치려고 하자 길동이 집을 나감. ③ 길동이 도적이 되자 조정에서 그를 잡으려고 함. ④ 왕이 길동에게 병조판서의 벼슬을 내림. ⑤ 율도국의 왕이 됨

4. 실제로 허균이 지은 원작「홍길동전」은 전하지 않으며, 오늘날 전하는「홍길동전」은 대개 19세기에 출현한 것으로 보이는 판각본들이다. 현전하는 자료가 원작 그대로가 아니고 후대의 개작이라는 증거도 여럿 있다. 그 중 하나가, 경판본(京板本)「홍길동전」에는 '장길산'이라는 이름이 나오는데, 장길산은 허균 사후인 17세기 말의 인물인 것이다. 이처럼 민중들의 발랄한 저항정신을 통해 변개되면서 그 중 몇 종류의 본들이 전하고 있는 것이다.「홍길동전」은 허균의 작품이지만, 후대의 개작이 많다. 그 근거가 바로 〈보기〉에 인용된 부분이다. 장길산은 허균 사후의 인물이기 때문에 현전하는 작품은 후대의 개작이라고 할 수 있다.

5. 고대 소설은 대개 중국—사대부들의 동경의 대상—을 배경으로 한 것이 많다.「홍길동전」의 경우 전반부는 우리나라를 배경으로 하고, 후반부는 길동이 본격적인 활동을 하는 곳으로 중국 남경으로 설정하였다. 그곳에서 길동은 율도국이라는 나라를 점령하여 왕이 되는데, 이것을 통해 허균의 진취적이고, 개방적이며, 적극적인 사고를 엿볼 수 있다. 당시의 조선 사대부들이 가졌던 좁은 국토 개념에서 벗어나 중국을 점령하고 지배하는 사고는 자유분방한 기개를 가진 허균이 작품에서만 볼 수 있을 것이다. 홍길동이 병조판서의 지위를 마다하고 조선을 떠나 중국으로 가서 나라를 경영한다. 이것은 이전의 소설이 대개 중국을 배경으로 한 것과 크게 대조가 된다.

허생전

1. ❹ (이완은 당대의 인재들을 국가기관 밖에 방치해 둔 채 가끔씩 정치적 위기에 봉착했을 때마다 그런 위기를 벗어나 보려는 수단으로 활용할 의도를 가졌다고 볼 수 있다.)

2. ❸ ('북벌 대책 강구'는 당시 벼슬아치들이 구호로 내세웠던 명분론(名分論)이다.)

3. ❶ (허생은 안성에서는 과실을, 제주도에서는 말총을 모두 사들여 값을 폭등하게 한 후 되팔아 폭리를 취한다. 과실을 제수로 하여 제사를 지내지 않고 망건을 머리에 쓰지 않으면 예법에 어긋나는 줄로만 아는 당대 선비들의 허례허식을 비판하고 있다.)

4. ❺ (번오기는 중국 전국 시대에 연의 태자 형가가 진시황을 암살하려고 할 때 스스로 자기 머리를 베어 진시황에게 접근할 기회를 제공한다. 즉, 원수를 갚기 위해 자기의 머리(목숨)를 아끼지 않았다. 그리고 무령왕은 중국 전국 시대 조나라의 왕으로, 강대해진 진나라가 다른 제국을 압박하자 그들에게 대항하기 위해 전쟁에 편리한 호복을 입었다.)

5. 허생은 가정 살림을 등한시한 채 글만 읽는 가난한 선비라는 점에서 한편으로는 「양반전」의 정선 양반과 비슷해 보인다. 그러나 선비의 본 모습이란 면에서 볼 때 둘 사이에는 매우 큰 차이가 있다. 정선 양반은 평생 글을 읽었지만 결국 자신의 생계도 해결하지 못하는 무능한 인물임에 비해, 허생은 탁월한 경제적 수완으로 국가적 가난을 해결할 뿐만 아니라, 정치 분야에도 탁월한 견해를 지닌 유능한 인물이며, 그는 당대 사회 현실 문제의 원인을 정확하게 진단하고 그 해결 방안까지 제시하고 있다. 또한 정선 양반이 돈 앞에 비굴한 태도를 취했던 것과는 달리, 그는 오만할 정도로 당당하다. 그는 전혀 알지 못한 변씨에게 만 냥이란 거금을 꾸면서

도 전혀 비굴한 모습을 보이지 않으며, 자신에게 거금을 꾸어 준 장안 제일의 부자 변씨를 '장사꾼'으로 매도하는 데 주저하지 않는다. 이러한 허생의 당당함은 자신의 능력에 대한 자신감에서 비롯된 것으로, 이는 무능력 때문에 비굴해질 수밖에 없었던 정선 양반의 경우와 대조적이다. 바로 여기에서 작자의 실학적 선비관이 선명하게 드러난다. 선비는 현실을 외면한 채 글만 읽는 '신선 같은' 존재가 되어서는 안 되며, 정치·경제 등 현실 문제에 대한 식견(識見 : 학식과 견문, 사물을 분별할 수 있는 능력)과 능력을 갖추어 국가와 사회를 잘 다스릴 수 있는 존재여야 한다는 것이다. 독서가 선비의 본업이긴 하지만, 독서 그 자체가 중요한 것이 아니라, 실생활에 활용할 수 있는 독서가 중요하다는 의미인 것이다.

6. **실학** (연암 박지원은 실학을 밑바탕으로 하여 사회 개혁의 의지를 보인 작가이다. 실학의 중심 슬로건은 실사구시(實事求是) 이용후생(利用厚生) 따라서, 실제와 동떨어진 이야기와 심오한 학문을 일삼는 유학자들을 풍자하고 허례허식의 폐습과 풍속을 공격하며 정치가들의 무능과 위선을 비판하는 작품을 남겼다.

메모 하기

친구를 선택하듯이 좋은 책을 선택하라.

Choose A best book like your choice of friends.

MEMO

메모
하기

친구를 선택하듯이 좋은 책을 선택하라.

www.prun21c.com

www.prun21c.com

www.prun21c.com

www.prun21c.com